Edition Knurrhahn

Tino Filippi

Nadelfieber

Mord im Christbaumdorf

Ein Spessartkrimi

Edition Knurrhahn
im Thomas Rüger Verlag
Nürnberg

Bibliographische Information der Deutschen Nationalbibliothek

Die Deutsche Nationalbibliothek verzeichnet diese Publikation in der Deutschen Nationalbiografie; detaillierte bibliographische Daten sind im Internet über http://dnb.d-nb.de abrufbar.

Impressum:

Nadelfieber
Mord im Christbaumdorf
Ein Spessartkrimi
von
Tino Filippi

bei der Edition Knurrhahn
im Thomas Rüger Verlag, Am Graben 38, 90475 Nürnberg
www.thomasruegerverlag.de
und beim Autor

Printed in Germany.
Druck: optimum.druckdienstleistungen 90419 Nürnberg
Umschlaggestaltung: Julia Notkina

1. Auflage Oktober 2019

ISBN 978-3-932717-59-8

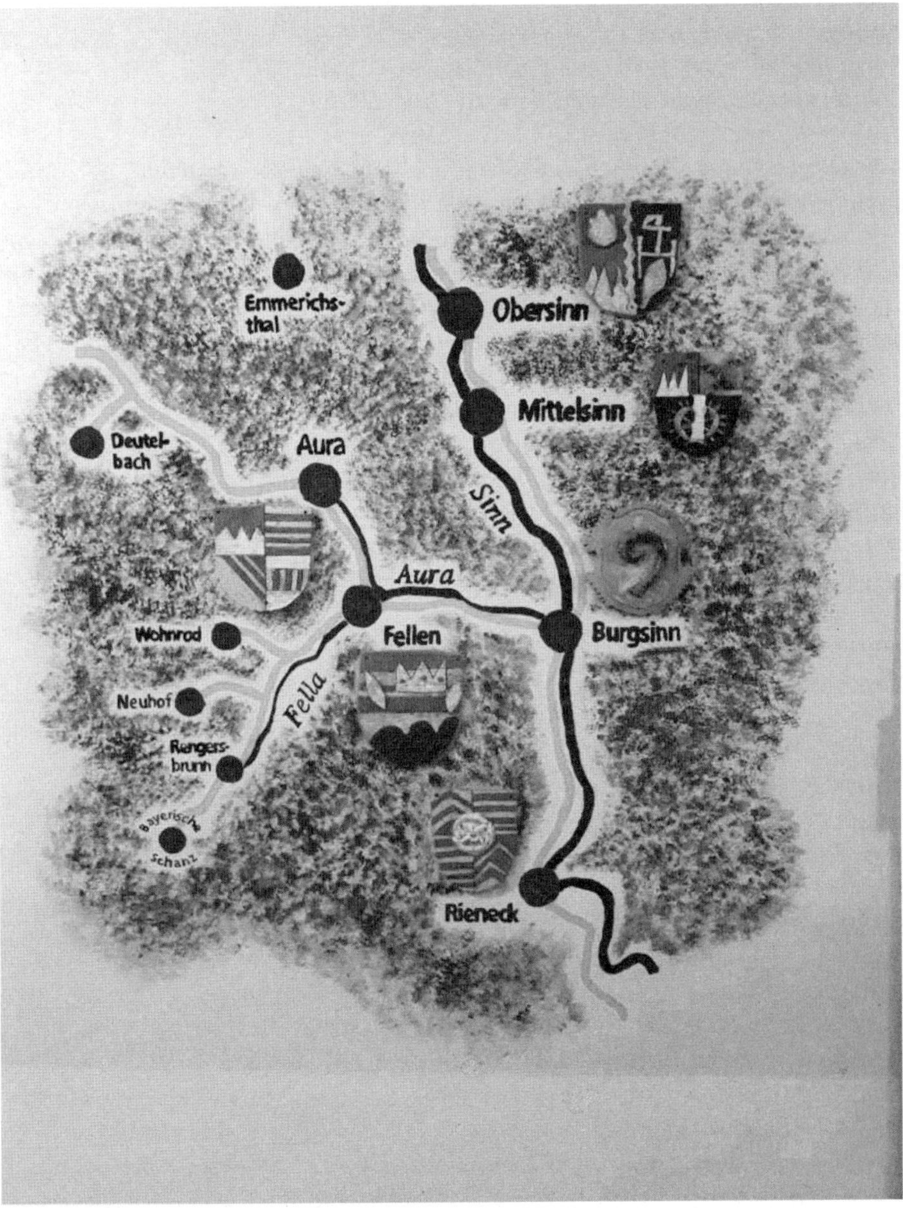

(Karte aus der Mittelschule von Burgsinn)

Epilog

Zeitungsbericht vom Montag, dem 16. Juni 1995

Am vergangenen Wochenende kam es auf der Staatsstraße ST 2304 zwischen Obersinn und Mittelsinn zu einem tödlichen Verkehrsunfall.
Ein 52-jähriger PKW-Fahrer, von Obersinn kommend, ist unmittelbar vor dem beschrankten Bahnübergang von der Fahrbahn abgekommen und in die Sinn gestürzt. Der Fahrer eines entgegenkommenden Fahrzeuges hatte den Unfallhergang beobachtet, konnte aber nicht eingreifen. Das verunglückte Fahrzeug war auf das Dach gestürzt und in der Sinn versunken. Der Unfallbeobachter war sofort in die nächste Ortschaft gefahren, um die Feuerwehr und den Rettungsdienst zu alarmieren. Trotz größter Bemühungen der umliegenden Feuerwehren kam für den Fahrer des verunglückten PKWs jede Hilfe zu spät. Er verstarb noch am Unfallort. Weitere Ermittlungen haben ergeben, dass der Fahrer alkoholisiert gewesen war.

Mitte November, über zwanzig Jahre später.

Kapitel 1

„Herr Steinhauser, Sie solle ihren Chef, den Herrn Rappert, zurückrufe. Heut noch!", sagte Frau Schäflein streng. Sie sah ihn mit hochgezogenen Augenbrauen über ihre rosa Brille hinweg an. „Er hat ausdrücklich darauf bestanden, dass ich Ihne des diesmal persönlich ausricht. Die Ausred, dass ich Ihne ein Zettel hingelegt hab, lässt er net mehr gelten."
„Ja, ja, ich hab´s verstanden." Johannes Steinhauser verdrehte genervt die Augen, während er mit seinem Schreibtischstuhl unruhig hin und her rollte.
Ute Schäflein, die gute Seele auf dem Burgsinner Rathaus, hatte sich in den letzten Monaten in gewisser Weise zu Steinhausers rechter Hand entwickelt. Sie nahm so gut wie jeden Anruf auf der Polizeidienststelle Burgsinn entgegen. Was letztlich auch daran lag, dass er die Rufumleitung auf ihren Apparat eingestellt hatte. Natürlich ohne es ihr zu sagen. Zu seiner Verwunderung hatte es die sonst so pfiffige Hessin noch nicht bemerkt. Oder sie hatte es bemerkt und spielte gerne seine persönliche Polizei-Assistentin. Steinhauser war es jedenfalls egal, solange er auf diese Weise nervigen Anrufen entgehen konnte. Per Mail war er auch nicht zu erreichen. Nachdem er das dritte Mal bei Rappert einen PC beantragt und ihn immer noch nicht bekommen hatte, beschloss er, ohne PC auszukommen. Was ihm auch über weite Strecken gelang. Um seine Berichte nicht mehr mit der Hand schreiben zu müssen, hatte ihm Frau Schäflein wenigstens einen Laptop besorgen können. Den hatte sie aus den Restbeständen des Bürgermeisters organisiert.
Steinhauser warf einen Blick auf die Uhr. Es war noch eine halbe Stunde bis zum Feierabend. Am liebsten hätte er die Zeit einfach abgesessen, aber er wusste nur zu gut, was Rappert von ihm wollte.
„Ich kann Sie sehe, Herr Steinhauser", rief Frau Schäflein aus dem Nebenzimmer. „Vom Angucke wählt des Telefon net."
„Wie hat er denn geklungen, der Rappert?", fragte Steinhauser.
„Wie man halt so klingt, wenn man diese Woche scho über zehn Mal erfolglos versucht hat, seinen Untergebenen zu erreiche."
„Ja, ja, schon gut. Sie ham ja Recht", gestand er. „Irgendwann muss ich ihm ja mal einen Zwischenbericht abgeben."

Unter den strengen Augen von Frau Schäflein wählte er die Nummer seines Dienststellenleiters in Gemünden. Wie erwartet, war dieser bereits nach dem ersten Klingeln am Apparat.
„Steinhauser, wo treiben Sie sich denn schon wieder rum? Wurd ja auch Zeit, dass Sie sich mal melden!", fauchte Rappert ungehalten ins Telefon.
Steinhauser blieb ruhig. Mittlerweile war er dessen militärischen Tonfall gewohnt. „Grüß Gott, Herr Rappert. Ich dacht, ich melde mich mal, um Sie über den aktuellen Stand der Ermittlungen zu informieren."
„Hat Sie diese ... wie war doch gleich der Name?"
„Frau Schäflein", erinnerte ihn Steinhauser.
„Ja genau! Hat Sie diese Frau Schäflein nicht darüber informiert, dass Sie sich umgehend bei mir melden sollen?"
„Doch, natürlich hat sie das", bestätigte Steinhauser. „Ich wollte Sie auch schon längst anrufen, Herr Rappert, aber Sie wissen ja, wie das ist, wenn man mitten in so komplizierten Ermittlungen steckt und jeder noch so vagen Spur nachgehen muss. Da kann man so was schon mal vergessen."
„Reden Sie keinen Unsinn, Steinhauser!", überging der Dienststellenleiter seine Erklärung. „Sie haben den ganzen Tag Zeit mich anzurufen!"
„Da haben Sie im Grunde ja auch Recht", stimmte Steinhauser in bewusst ruhigem Tonfall zu. „Allerdings ist das ohne Diensthandy schlecht möglich, wenn ich unterwegs bin. Wie Sie wissen, habe ich bereits mehrfach einen Antrag gestellt, aber ..."
„Ja, ja, ich weiß, für was Sie alles Anträge gestellt haben!", unterbrach ihn Rappert barsch. „Sagen Sie mir lieber, was Sie herausgefunden haben! Die Berichte der letzten Tage waren alles andere als aufschlussreich!"
Steinhauser wartete einen Augenblick mit seiner Antwort. Er nahm ein paar herumliegende Zettel und raschelte mit ihnen am Hörer. „Einen Augenblick bitte, ich gehe gerade mal meine Notizen durch. Sie müssen wissen, ich bin noch nicht dazu gekommen, alles zu sortieren. Ach ja, hier habe ich es ja. Also ..."
„Ja wird's bald!", bellte Rappert durch die Leitung.
„Um ehrlich zu sein, habe ich noch keinen richtigen Verdächtigen", gestand er und hielt den Hörer sofort ein Stück von seinem Ohr weg.
„Wollen Sie mich verarschen!", donnerte es auch schon durch das kleine Büro, dass sogar Frau Schäflein nebenan zusammenzuckte. „Vor zwei Wochen gingen bereits die ersten Anzeigen bei mir ein, und Sie tappen immer noch im Dunkeln?"
„Ja wissen Sie, Herr Rappert ...", setzte Steinhauser zu einer Erklärung an,

doch dieser ließ ihn nicht zu Wort kommen.
„Sehen Sie zu, dass Sie mir Ergebnisse liefern! Ich erwarte von Ihnen, dass Sie ab sofort nachts Patrouille fahren! Haben Sie mich verstanden?“, befahl er schroff.
„Nachts?“, gab Steinhauser erschüttert zurück.
„Ja, nachts! Tagsüber wird der Täter wohl nicht aktiv sein, oder?“, waren die letzten Worte, die Rappert durch den Hörer brüllte, bevor er das Telefonat beendete.
„Ganz schö sauer, der Herr Rappert“, stellte Frau Schäflein fest. „Geht´s immer noch um die Christbaumgeschichte?“
„Ja“, bestätigte Steinhauser. „Aber wie soll ich denn jemanden finden, der bei Nacht und Nebel überall im Sinngrund die Spitzen von markierten Christbäumen abzwickt? Haben Sie auch nur eine Ahnung, wie viele Hektar hier in der Gegend mit Christbäumen zugepflastert sind?“
„Ganz schön viel“, sagte Frau Schäflein. „Was habbe Sie denn scho alles versucht, um den Übeltäter zu überführe?“
„Naja“, gab Steinhauser schulterzuckend zurück. „Ich hab mir aufgeschrieben, wer alles wie oft Anzeige erstattet hat und wann der Christbaumzwicker wo zugeschlagen hat.“
„Also habbe Sie nix gemacht“, stellte sie kopfschüttelnd fest.
„Das ist nicht ganz richtig“, verteidigte sich Steinhauser. „Ich führe Buch und analysiere … im Geiste. Wie so´n Profiler. Bevor ich den Täter überführen kann, muss ich ihn erst verstehen. Dann geht’s ganz schnell.“
„Wie ich scho gesagt hab: Nix ham Sie gemacht.“
„Was soll ich denn machen, Frau Schäflein?“, Steinhauser wirkte genervt. „Ich habe hier Anzeigen aus Mittelsinn, Burgsinn, Fellen, Aura und sogar aus Rieneck auf meinem Tisch liegen. Und ich bin alleine!“ Erneut warf er einen Blick auf die Uhr. Nur noch ein paar Minuten bis zum wohl verdienten Feierabend. „Hier sind hunderte, ach was sage ich, tausende Hektar mit Christbäumen zugepflastert. Wie soll ich da jemanden überführen? Das ist wie die Suche nach der Nadel im Heuhaufen!“
„Jetzt übertreibe Sie aber. Sie könnte sich ja erst mal auf die Felder der Betroffene konzentriere“, schlug Frau Schäflein vor.
„Diese Flächen sind immer noch viel zu groß“, wehrte Steinhauser ab. „Ich habe mir einen Plan besorgt und grob die Tatorte markiert. Da ist kein System zu erkennen. Glauben Sie mir, völlig aussichtslos hier jemanden zu erwischen. Und außerdem ... ist mir das wurscht. Ich renn doch nicht nachts durch den Wald und guck, ob da jemand Christbäume beschneidet.“

„Aber Herr Steinhauser“, meinte Frau Schäflein empört. „Das kann Ihne doch net wurscht sein. Die Leut im Sinngrund baue auf Sie.“
Steinhauser rutschte verlegen auf seinem Stuhl herum. „Habbe Sie denn eine Idee?“, imitierte er mit leichtem Unterton ihren hessischen Akzent.
„Sie könnte ja nachts mal mit dem Auto rumfahre“, schlug sie vor. „Auch wenn Sie den Zwicker net erwische, vielleicht können Sie ihn ja davon abhalte, noch mehr Schade anzurichte. Schließlich sind Sie hier die Polizei und die arme Christbaumerzeuger könne ja auch nix dazu.“
„Naja, ob die so arm sind“, meinte Steinhauser, hob aber ergebend die Arme. „Ich verspreche Ihnen, ich werde die Sache zukünftig etwas ernster angehen.“
„Etwas?“ Sie musterte ihn streng.
„Ja, ja, schon gut. Ich werde alles in meiner Macht Stehende tun, um den Übeltäter zu überführen“, sagte er gehorsam.
„Das will ich doch hoffe“, lächelte sie zufrieden. Anschließend klopfte sie ihm aufmunternd auf die Schulter.
„Und um mich bei den Ermittlungen ein wenig zu unterstützen, liebe Frau Schäflein ...“, meinte Steinhauser mit einem übertrieben freundlichen Grinsen. „... da könnten Sie mir doch in den nächsten Tagen eine genaue Auflistung aller Christbaumerzeuger im Sinngrund und eine aktuelle Übersicht über deren Anbauflächen besorgen, oder? Mit Namen, Adressen und allem, was man eben so braucht.“
„Klar kann ich das“, sagte sie und grinste zurück. Was wiederum dazu führte, dass Steinhauser das Lachen verging.
Hätte ich mir denken können, dass die das macht, dachte sich Steinhauser. Dabei blickte er erfreut zur Uhr. Nur noch drei Minuten bis zum ersehnten Feierabend.
„Hier, die gewünschte Unterlagen“, sagte Frau Schäflein triumphierend und knallte ihm einen Stapel Karten und Tabellen auf den Tisch.
Steinhauser zuckte erschrocken zusammen.
„Der Herr Rappert hat mir gesagt, dass ich Ihne etwas unter die Arme greife soll, weil des sonst nie was wird.“
„Aber ich bin doch dran!“, beschwerte er sich halbherzig. Wohlwissend, dass dies eher nicht der Fall war.
Frau Schäflein ließ seine letzte Bemerkung unkommentiert und verschwand in ihrem Büro. Steinhauser warf einen verächtlichen Blick auf die Karten, als es plötzlich an seiner Tür klopfte. Er hielt die Luft an. In der Hoffnung, der späte Besucher würde es sich anders überlegen und morgen

wiederkommen, schwieg er. Doch ein weiteres, deutlich energischeres Klopfen zerschlug seine Hoffnung. Dennoch beschloss er es zu ignorieren. Sein Feierabend hatte jetzt oberste Priorität. Erst ein strenger Blick von Frau Schäflein zwang ihn zur Kapitulation.

„Ihre Motivation lässt in letzter Zeit stark zu wünsche übrig", sagte sie vorwurfsvoll.

„Ist ja schon gut", gab sich Steinhauser geschlagen, setzte seine Mütze auf und bat die Person einzutreten.

„Hallo Herr Polizist", begrüßte ihn ein junger Mann mit schmalem Gesicht. Auf seinem Kopf saß eine löchrige Baseballmütze mit dem Schild nach hinten. Er steckte in einer grünen, ölverschmierten Latzhose mit dazu passender Jacke. „Da hab ich ja Glück, dass Sie noch da sind. Wegen der Arbeit konnte ich leider nicht eher kommen."

„Was heißt hier Glück", entgegnete Steinhauser und war um gute Laune bemüht. „Wir sind bis zur letzten Minute für unsere Bürger da."

„Und darüber hinaus!", tönte es aus dem Nebenzimmer.

„Genau, Frau Schäflein! Und darüber hinaus!", bestätigte Steinhauser zähneknirschend.

„Das hat der Mehrhold auch gesagt", stimmte der junge Mann beiden zu. „Sie müssen wissen, ich arbeite nämlich als Kfz-Mechaniker in der Autowerkstatt unseres geschätzten Bürgermeisters und der hat mich nicht eher gehen lassen. Und das, obwohl ich dem gesagt habe, dass ich noch zur Polizei aufs Rathaus muss."

„Das kann ich mir gut vorstellen", gab sich Steinhauser verständnisvoll, denn er wusste genau, warum Mehrhold ihn nicht eher hatte gehen lassen. „Was kann ich denn für Sie tun?"

„Ich möchte Anzeige erstatten", sagte der Mann.

„So, und wen wollen Sie anzeigen?" Steinhauser holte ein Formular hervor.

„Keine Ahnung", meinte der Mann verlegen.

„Also gegen Unbekannt", notierte Steinhauser desinteressiert und kaum lesbar auf dem Formular. „Um was genau geht's denn?"

„Mir ist gestern Abend jemand ins Auto gefahren. Der Kotflügel hinten links ist total im Arsch."

„Nennen Sie mir doch erst mal Ihren Namen", forderte Steinhauser ihn auf.

„Marcel Breuer."

„Wohnhaft?"

„Aura."
„Wann war der Unfall?"
„Gestern, so gegen 19:45 Uhr."
Steinhauser schaute Breuer einen Moment nachdenklich an, dann schob er ihm das Formular über die Theke entgegen. „Wissen Sie was, Herr Breuer", meinte er schließlich, „seien Sie doch bitte so gut und füllen das Formular selber aus. Ich werde mich dann morgen sofort damit beschäftigen. Geht auch ganz einfach. Sehen Sie, hier oben müssen Sie nur ..."
„Herr Steinhauser!", mischte sich Frau Schäflein ein. Mit verschränkten Armen stand sie im Türrahmen.
Steinhauser warf ihr einen langen Blick zu, murmelte etwas Unverständliches und wandte sich wieder Marcel Breuer zu. Von seinem pünktlichen Feierabend konnte er sich jetzt endgültig verabschieden. „Naja, vielleicht doch etwas zu kompliziert für Sie, Herr Breuer", meinte er und nahm das Formular wieder an sich.
Dieser schaute verwirrt zwischen dem Polizisten und der Verwaltungsangestellten hin und her. „Dann erzählen Sie mal, was passiert ist", fuhr Steinhauser fort.
„Also, das war so ...", begann Breuer mit seiner Geschichte. Steinhauser war bemüht interessiert zu wirken, „... ich habe mir gestern Abend in Mittelsinn beim Lukas eine Pizza geholt."
Der Lukas war eine Mittelsinner Dorfkneipe. Dort konnte man hervorragend essen. Wobei die Kneipe kein Italiener oder gar ein Speiselokal im klassischen Sinne war. Wahrlich nicht. Aber der Lukas hatte im Sinngrund einen Kultstatus und seine Pizzen waren über die Landesgrenzen hinaus heiß begehrt. Es sind zwar nur ein paar Kilometer bis nach Hessen, aber das klingt einfach bedeutender.
„Die Pizzen vom Lukas sind voll lecker", warf Frau Schäflein dazwischen, verstummte aber gleich wieder. Steinhauser ließ den Einwurf unkommentiert und forderte Breuer auf weiterzuerzählen. Schließlich wusste er, wer der Lukas war.
„Ich war gerade auf dem Rückweg nach Aura, als unterhalb vom Auraer Berg, da wo es anfängt steil zu werden, plötzlich jemand links aus dem Feldweg gerast kam. Ich konnte gar nicht mehr reagieren. Der Penner ist mir hinten in die Seite geknallt und einfach abgehauen."
„Der andere Verkehrsteilnehmer hatte Sie also am *Erbsenhafen* gerammt, wenn ich Sie richtig verstanden habe?"
„Wo hat der mich gerammt?", fragte Breuer verwirrt.

„Am *Erbsenhafen*", wiederholte Steinhauser. „Die Ecke dort nennt man so. Aber ist ja auch egal. Konnten Sie irgendetwas erkennen? Das Nummernschild, den Fahrzeugtyp oder wer gefahren ist?", fragte Steinhauser mechanisch.
„Nein, wie denn auch, der war ja viel zu schnell. Und dunkel war es auch!"
„Es ist also ein Mann gefahren?", hakte Steinhauser nach.
„Ein Mann? Das weiß ich doch nicht! Wie kommen Sie darauf", wunderte sich Breuer.
„Sie sagten doch eben: *Der Penner* ist Ihnen in die Seite geknallt", wiederholte Steinhauser.
„Naja, das sagt man doch so, oder?", verteidigte sich Breuer.
„Es hätte also auch eine Frau gewesen sein können?"
Breuer zögerte. „Theoretisch … ja."
„Sie können also nicht sagen, ob ein Mann oder eine Frau gefahren ist?"
„Nein, das ging doch alles so schnell. Es war doch dunkel und geblendet wurde ich auch."
„Können Sie wenigstens sagen, um was für ein Auto es sich gehandelt hat?"
Breuer war erneut unsicher, dann gab er kleinlaut ein „Nein" von sich.
Steinhauser stöhnte hörbar auf. „Ich versuche es mal anders herum. Was wissen Sie überhaupt?"
„Nur, dass es ein großes Auto war. Ein dunkles, großes Auto. So ein SUV … glaub ich zumindest."
„So, so, Sie glauben. Konnten Sie vielleicht eine Marke erkennen?", Steinhauser war genervt und machte keinen Hehl daraus.
„Nein", kam es erneut kleinlaut von Breuer.
„Tja, nicht viel, was Sie da wissen", meinte Steinhauser abfällig.
„Und außerdem bin ich total erschrocken. Ich dachte erst, der … oder die ... rast direkt durch mich hindurch. Ich fahr doch nur so einen alten Opel Astra, ohne Seitenaufprallschutz", verteidigte sich Breuer.
„Haben Sie wenigstens irgendwelche Spuren gesichert?", fragte Steinhauser.
„Was denn für Spuren?", wunderte sich Breuer.
„Zum Beispiel Glassplitter von den Scheinwerfern, Bruchstücke der Stoßfänger oder sonst irgendwas Brauchbares, um das Fahrzeug zu identifizieren?", wurde Steinhauser konkreter.
„Ist das nicht Ihre Aufgabe, sich um so was zu kümmern?", wunderte sich

Breuer.
Steinhauser verdrehte die Augen. Er hatte jetzt wahrlich keine Lust, sich um irgendwelche Bagatellschäden zu kümmern. „Ja, wie stellen Sie sich das denn vor? War ich bei dem Unfall dabei oder Sie? Und außerdem war das schon gestern Abend. Etwas spät für Spurensicherung. Da hätten Sie doch wenigstens mal nachsehen können, ob Sie was finden, bevor Sie hier auftauchen."
„Entschuldigung", gab Breuer verschüchtert zurück. „So weit hatte ich jetzt nicht gedacht."
„Naja, wie auch immer", beschwichtigte Steinhauser. „Und was soll ich jetzt mit diesen vagen Informationen anfangen?"
„Das weiß ich doch nicht? Sie sind doch die Polizei", entgegnete Breuer. „Wollen Sie sich den Schaden vielleicht einmal ansehen?"
Steinhauser überlegte. Dabei spürte er die Blicke von Frau Schäflein, wie sich diese regelrecht in seinen Rücken bohrten. Er blickte erneut zur Uhr. „Ich muss jetzt leider los", begann er in versöhnlichem Tonfall. „Aber Frau Schäflein wird Sie zu ihrem Wagen begleiten und ein paar Fotos machen. Nicht wahr, Frau Schäflein?"
„Wer? Ich?", sagte sie verdattert.
„Ja, genau Sie!", bestätigte Steinhauser. „Sie wissen doch, dass ich heute einen wichtigen Auftrag von meinem Chef bekommen habe und dazu bedarf es noch einiger Vorbereitungen."
„Aha, auf einmal", war alles, was sie dazu sagte.
Steinhauser drückte ihr das Formular in die Hand und zerrte sie zur Theke. „Seien Sie doch bitte so nett, füllen mit Herrn Breuer das Formular aus und machen ein paar Beweisfotos. Ich werde mich morgen als erstes darum kümmern. Versprochen!" Bevor Frau Schäflein etwas sagen konnte, wandte er sich wieder an Marcel Breuer. „Sobald ich etwas herausgefunden habe, melde ich mich bei Ihnen. Wenn Ihnen noch was einfällt, melden Sie sich bei mir. Okay?"
Breuer nickte.
Und ehe sich die beiden versahen, schnappte sich Steinhauser die Karten, die ihm Frau Schäflein gebracht hatte, stopfte sie in seinen Rucksack und war verschwunden.

Es war Mitte November, düster und sehr kalt für die Jahreszeit. Dunkle, graue, tiefhängende Wolken schoben sich langsam über den Sinngrund

hinweg. In den letzten Nächten waren die Temperaturen das erste Mal deutlich unter null Grad gefallen und lagen am Tag nicht viel darüber. Eigentlich sollte es laut Wetterbericht heute sogar schneien. Die Laternen warfen ihr warmes Licht auf die Straßen Burgsinns und in den Schaufenstern der Geschäfte wurde schon lange mit Weihnachten gedroht.
Steinhauser knöpfte seinen dicken Mantel zu und warf sich den Rucksack über. Vor einigen Wochen hatte er das Angebot seiner Schwester Monika und ihrem Mann Klaus angenommen und war in deren kleine Einliegerwohnung eingezogen. Sehr zum Bedauern seiner Mutter, die es gerne gesehen hätte, wenn er bei ihnen gewohnt hätte. Doch sein Vater Rudolf hatte sich beharrlich dagegen gewehrt, seine Fitnessgeräte aus dem ehemaligen Zimmer seines Sohnes zu entfernen. Und da das Gästezimmer unter der Woche von Kai, ihrem Auszubildenden, bewohnt wurde, blieb ihm nichts Anderes übrig, als sein Quartier in Burgsinn aufzuschlagen. In seinem alten LT Wohnbus wurde es in der Nacht einfach viel zu kalt.
Dafür konnte er jetzt zu Fuß zur Arbeit gehen. Was er allerdings bisher nur einmal getan hatte. Vom oberen Kirchrain, wo das Haus seiner Schwester stand, ging es steil hinunter bis zum Rathaus. Was in der Früh auch kein Problem darstellte. Doch den Weg zurück wollte er sich nach Feierabend nicht mehr antun. Zu seinem Glück hatte sein Schwager Klaus ein Herz und überließ ihm sein nagelneues E-Bike. Bei Regen oder wenn er sonst einmal ein Auto benötigte, durfte er sogar den Polo seiner Schwester benutzen. Im Großen und Ganzen konnte er sich nicht beschweren. Es hätte schlimmer kommen können.
Steinhauser schwang sich auf den Sattel und radelte mit maximaler Akku-Unterstützung den Kirchrain hinauf.
„Hallo Onkel Hannes“, begrüßte ihn Torben, der jüngste Spross seiner Schwester, als er das E-Bike durch den Garten zur Einliegerwohnung schob. Eingepackt in eine dicke Daunenjacke, einer Pudelmütze und Handschuhen stand Torben auf der Wiese. In der Hand hielt er eine Leine und Jacky, die Beagle-Dame, saß neben ihm und rührte sich nicht. „Die Mama hat gesagt, ich soll mal mit ihr rausgehen. Aber die Jacky bewegt sich nicht. Kein Stück!“, beschwerte er sich.
„Der ist es zu kalt. Frauen frieren doch immer so schnell“, lachte Steinhauser. „Komm wir gehen rein.“
Jackys ehemaliges Frauchen hatte sich nach ihrem letzten Telefonat mit Steinhauser im Sommer nicht mehr gemeldet, also beschloss er den Hund zu adoptieren. Sehr zur Freude seines Neffen und seiner Nichten, denn

diese wollten schon immer einen Hund haben. Allerdings waren seine Schwester und sein Schwager bisher dagegen gewesen. Aber einen echten Polizeihund hatte schließlich niemand vorzuweisen. Zudem konnten sie Steinhauser schlecht vorschreiben, den Hund abzugeben. So war Jacky tagsüber versorgt und Steinhauser musste sie nicht immer mit aufs Rathaus schleppen.

Wenn er nach Feierabend nach Hause kam, hatte seine Schwester zum Glück immer noch nebenan in der Arztpraxis ihres Mannes zu tun. So lief er nicht Gefahr, jeden Tag von ihr zum Essen eingeladen und ausgefragt zu werden. Monika war, wie ihre Mutter, eine typische Hausfrau und ebenso neugierig. Doch nach einem klärenden Gespräch, welches Steinhauser bei seinem Schwager in Auftrag gegeben hatte, ließ sie ihn weitestgehend in Ruhe. Klaus wusste schließlich am besten, wie er seine Frau zu nehmen hatte, und Steinhauser wollte seiner Schwester nicht vor den Kopf stoßen. Vor allem nicht, weil er ihre Einliegerwohnung beziehen durfte.

Steinhauser zog sich seinen geliebten Polizei-Jogginganzug an und zauberte ein paar Chips hervor. Während er mit Torben vor dem Fernseher abhing, verkroch sich Jacky in ihr Körbchen, um ein Nickerchen zu machen. Wenig später verabschiedete sich sein Neffe und Steinhauser breitete notgedrungen die mitgebrachten Karten auf dem Esszimmertisch aus. Mit mäßigem Interesse studierte er, wo im gesamten Sinngrund Christbaumkulturen angepflanzt wurden. Frau Schäflein hatte ganze Arbeit geleistet. Alle Felder waren in unterschiedlichen Farben gekennzeichnet. Steinhauser legte alle Karten auf dem Boden aus und war überrascht, wie viele Gebiete es waren. Nachdem er sich einen groben Überblick verschafft hatte, markierte er eine Route, die er heute Abend abfahren wollte. Auch wenn er es für äußerst unwahrscheinlich hielt, dass er jemandem begegnen sollte, wollte er dennoch nicht alleine unterwegs sein. Er überlegte einen Moment, wen er ins Vertrauen ziehen konnte, nahm schließlich sein Telefon zur Hand und wählte eine Nummer. Die Auswahl war begrenzt.

„Hannes, was liegt an?“, krakelte Strubinski erfreut am anderen Ende der Leitung.

„Hast du heute Abend schon was vor?“

„Heute? Lass mich überlegen“, meinte Strubinski. „Heute ist Mittwoch … klar, heute ist Yoga mit Lavinia. Das ist in Gemünden und wir müssen auch bald los.“

„Yoga?“, wunderte sich Steinhauser. „Seit wann machst du Yoga?“

„Seit mich Lavinia dazu überredet hat“, gab er zurück.

„Überredet? Du meinst wohl gezwungen“, korrigierte Steinhauser. Er wusste, welche Waffen Strubinskis Frau einsetzte, um ihren Mann dazu zu bringen, das zu tun, was sie wollte.
„Nein!“, widersprach Strubinski vehement. „Das mach ich freiwillig. Ist auch kein gewöhnliches Yoga.“
„Aha, gibt's da unterschiedliches Yoga?“
„Die Lavinia und ich, wir machen erotisches Yoga. Für Paare“, erklärte Strubinski. „Am Anfang war ich auch skeptisch, aber wir waren jetzt schon drei Mal dort und ich sage dir, du glaubst nicht, was man im Bett alles so machen kann.“
„Ja pfui Teufel, ich will´s gar nicht wissen, was ihr da für Sauereien veranstaltet“, sagte Steinhauser.
„Du Depp, das ist super“, meinte Strubinski. „Da bekommt man gezeigt, wie man Yoga-Übungen anders interpretieren kann und dadurch neuer Schwung ins Sexualleben kommt. Ist echt prima. Solltest du mit Stefanie auch mal machen. Ihr könnt euch jederzeit anmelden. Sind insgesamt fünfzehn Sitzungen und noch ein paar Plätze frei. Soll ich euch anmelden?“
„Nein!“, wehrte Steinhauser entschieden ab. „Auf keinen Fall ... die ist doch in Würzburg und wir sehen uns eh so selten.“ *Eigentlich gar nicht*, schob er in Gedanken hinterher. Seit seinem Rauswurf aus der gemeinsamen Wohnung im Sommer, hatten sie zwar wieder regelmäßig Kontakt und telefonierten sogar einmal die Woche, aber ob er jetzt noch eine Beziehung mit ihr hatte, wusste er selbst nicht so genau. Und wenn, dann war diese eher platonisch. Die Hoffnung, dass sie wieder zusammenkommen, hatte er aber noch nicht aufgegeben. Zumindest nicht, solange Stefanie keinen anderen hatte. Allerdings wusste er auch, dass der gestriegelte Schönling Tobias Stickl aus der Rechtsmedizin keine Gelegenheit ausließ, um sie anzubaggern.
„Warum willst du wissen, ob ich heut Abend Zeit hab?“, riss ihn Strubinski aus seinen Gedanken.
„Ich brauch deine Hilfe“, sagte Steinhauser. Er wusste genau, wie er Strubinskis Interesse wecken konnte. „Der Rappert hat einen heiklen Auftrag für mich.“
„Der Rappert?“, raunte Strubinski beeindruckt ins Telefon. „Um was geht's denn?“
„Du hast es bestimmt schon in der Zeitung gelesen.“ Steinhauser machte es spannend. „Ich soll den Christbaumschänder aus dem Sinngrund dingfest machen.“

„Ja, davon hab ich gelesen“, bestätigte Strubinski. „Stand ein Riesenartikel in der Zeitung: *Christbaumschänder im Sinngrund*. Da rennt jemand rum und zwickt die Spitzen von den Weihnachtsbäumen ab.“
„Genau, und ich soll jetzt nachts Patrouille fahren“, erklärte Steinhauser. „Aber alleine ist das so eine Sache. Wenn ich dem Typ tatsächlich begegne, wäre es von Vorteil, wenn ich einen Partner hätte.“
Steinhauser wusste, wenn er das Wort Partner ins Spiel brachte, war ihm Strubinskis Unterstützung sicher.
„Klar helf ich dir, Partner!“ Strubinski schluckte den Köder. Steinhauser konnte sich bildlich vorstellen, wie er mit stolzgeschwellter Brust das Telefon in der Hand hielt. „Wär‘ ja net der erste Fall, den mir löse.“
Steinhauser verdrehte die Augen. „Eben, deshalb brauch ich dich ja.“
„Wann soll´s denn los geh´n?“
„Ich dacht, ich komm so kurz vor 23:00 Uhr bei dir vorbei“, schlug Steinhauser vor. „Wär‘ auch gut, wenn wir dein E-Auto nehmen könnten. Das ist leiser.“
„Yoga beginnt um 19:00 Uhr“, rechnete Strubinski laut. „Um 21:00 Uhr ist es vorbei, eine halbe Stunde später sind wir zu Hause … passt. Da haben Lavinia und ich noch eine Stunde Zeit, um die Theorie gleich in die Praxis umzusetzen. Am besten man probiert die Stellungen gleich aus, wenn man wieder zu Hause ist, um einen gewissen Übungseffekt zu erzielen.“
„Bitte verschon mich mit Details“, bat Steinhauser. „Hauptsache, du bist um 23:00 Uhr fertig!“
„Ja, das schaff ich locker“, versprach Strubinski. „Der Yoga-Sex ist zwar der Hammer, aber auch mega anstrengend.“
Mit den Worten: „Alles klar, ich komm dann bei dir vorbei“, beendete Steinhauser das Gespräch.
Er ließ sich auf die Couch fallen und schaute auf die Uhr. Ein paar Stunden blieben ihm noch. Da er nicht wusste, wie lange die Aktion heute Nacht dauern würde, beschloss er, es wie Jacky zu halten, und noch eine Mütze voll Schlaf zu nehmen.

Kapitel 2

Zuerst war es die Titelmelodie der Actionreihe Mission Impossible, die aus dem Smartphone hämmerte, dann das aufgebrachte Bellen von Jacky, was Steinhauser aus dem Schlaf riss. Aus dem kleinen Nickerchen war ein ausgedehnter Tiefschlaf geworden. Er schaltete den Krach ab und rieb sich verwundert die Augen. Zum Glück hatte er den Wecker gestellt, sonst hätte er glatt verschlafen. Er ging zum Fenster und warf einen Blick auf das Außenthermometer. Anschließend trottete er ins Schlafzimmer und holte seine Thermounterwäsche, eine dicke Mütze und Handschuhe. Jacky ließ ihn dabei nicht aus den Augen. Sie wedelte voller Vorfreude mit dem Schwanz.

„Wir geh´n jetzt nicht Gassi", sagte er zu ihr, während er seine Winterstiefel, dann seine Multifunktionsjacke anzog. Doch Jacky war hellwach und voller Tatendrang.

„Ab ins Körbchen", befahl Steinhauser, was Jacky allerdings wenig beeindruckte. Sie stand vor der Tür und wartete. „Du kannst nicht mitkommen", versuchte er es erneut, blieb aber erfolglos. Da er die Tür nicht öffnete, schlüpfte sie durch die Hundeklappe. Steinhauser hatte die Klappe extra anbringen lassen, damit Jacky in den Garten gehen konnte, wenn sie ihr Geschäft erledigte oder sie sich mal die Beine vertreten wollte. Was sie nach anfänglichen Schwierigkeiten mittlerweile regelmäßig machte.

„Wie du willst", seufzte er mit Blick auf die Uhr und verließ nach ihr die Wohnung.

Die Beagle-Dame tigerte bereits durch den Garten. Erst nachdem sie ihre übliche Runde gedreht und ihr Geschäft erledigt hatte, ließ sie sich von Steinhauser in den Polo seiner Schwester lotsen. Kurz darauf standen sie im Hof von Strubinski. Noch etwas schlaftrunken kletterte er unbeholfen aus dem Auto und suchte nach seinem alten Schulfreund.

„Fred", rief er, als ihm im selben Augenblick jemand auf die Schulter tippte. Steinhauser schrie erschrocken auf und drehte sich blitzartig mit geballten Fäusten um. Vor ihm stand ein hagerer, von Kopf bis Fuß in Schwarz gekleideter Mann, mit einer Sturmhaube über dem Kopf. Um seinen Hals hing ein merkwürdiges Gerät. Jacky wagte sich bei dessen Anblick erst gar nicht aus dem Auto.

„Keine Panik. Ich bin´s nur", gab sich der Mann als Fred Strubinski zu erkennen.

„Bist du wahnsinnig?“, beschwerte sich Steinhauser. „Wie kannst du mich nur so erschrecken und wie siehst du überhaupt aus?“
„Tarnkleidung“, erklärte Strubinski knapp. „Damit uns niemand entdeckt.“
Steinhauser musterte ihn eindringlich. „Was ist das für ein Ding?“ Er deutete auf das Gerät um Strubinskis Hals.
„Ein Nachtsichtgerät“, verkündete dieser stolz. „Das Teil wollte ich schon immer mal ausprobieren. Dass du kein Equipment für so einen Einsatz hast, hab ich mir schon gedacht.“
„Dafür hab ich ja dich“, meinte Steinhauser. „Und zieh bitte diese bescheuerte Sturmhaube ab. Wir sind hier nicht im Anti-Terroreinsatz!“
„Irgendwie aber schon“, sagte Strubinski kleinlaut. „Christbaumterror. Und kalt ist es auch“, schob er noch hinterher.
„Wie du willst, dann lass sie halt auf.“
„Hast du wenigstens deine Knarre dabei?“, fragte Strubinski.
„Nein“, gab Steinhauser entschieden zurück. „Ich hab nicht vor, in der Gegend herumzuballern.“
„Ich dacht ja nur; aber mal was Anderes“, wechselte Strubinski das Thema. „Ich hab ja nix dagegen, wenn wir mit meinem E-Auto fahren, weil es leiser ist ... aber bekomme ich das auch … irgendwie vergütet? Du hast mich für den Einsatz ja offiziell angefordert.“
„Angefordert? Vergütet?“ Steinhauser glaubte sich verhört zu haben. „Ich hab noch nicht mal einen Dienstwagen und du willst am Ende noch Kilometerpauschale, oder was?“
„War ja nur ne Frage“, beschwichtigte Strubinski. „Wann bekommst du eigentlich deinen Dienstwagen?“
„Keine Ahnung“, gestand Steinhauser. „Beantragt hab ich ihn schon mehrmals, aber irgendwie scheint das keinen so richtig zu interessieren. Zumindest kann ich die gefahrenen Kilometer geltend machen und das Geld denjenigen zukommen lassen, die mir ihre Autos leihen.“
„Also gibt es doch eine Kilometerpauschale?“, hakte Strubinski sofort nach.
„Ja, Fred!“, sagte Steinhauser genervt. „Du musst mich nicht umsonst durch die Gegend fahren! Zufrieden?“
„Ach was, geschenkt. Das mach ich doch gern“, wehrte Strubinski ab. „Wir sind doch ein super Team und wenn du meine Hilfe brauchst, dann will ich mal nicht so sein.“
„Du bist halt ein feiner Kerl“, lobte ihn Steinhauser und verfrachtete Jacky auf die Rücksitzbank.

Wenig später saßen beide im E-Auto und glitten lautlos aus dem Dorf.
„Wohin?“, fragte Strubinski.
„Zuerst zurück nach Burgsinn“, erklärte Steinhauser, schaltete das Innenlicht ein und breitete eine der Karten unbeholfen auf dem Armaturenbrett aus.
„Du hast aber schon einen Plan, oder?“, fragte Strubinski vorsichtig.
„Ja natürlich.“ Steinhauser hielt ihm die Karten unter die Nase. „Wir fahren jetzt Richtung Burgsinn, danach über Fellen und Aura zurück nach Mittelsinn. Entlang der Landstraße gibt es jede Menge Christbaumkulturen. Und wenn uns was auffällt, schauen wir genauer nach.“
„Das ist jetzt nicht dein Ernst?“ Strubinski schaute ihn ungläubig an.
„Klar, wieso denn nicht?“
„Das hättest du auch ohne mich machen können!“, schimpfte Strubinski, fuhr rechts ran und nahm ihm die Karten weg.
„Was soll denn das jetzt?“, beschwerte sich Steinhauser. „Du kannst doch nicht einfach mitten auf der Straße stehen bleiben!“
„Siehst du doch! Um die Zeit kommt hier keiner mehr vorbei“, sagte Strubinski, schaltete den Warnblinker ein, stieg aus, ging zur Beifahrertür und riss sie auf. „Wenn mir jemanden überführ wolle, dann müssen mir da such, wo er nicht damit rechnet.“
„Was hast du denn vor?“, wunderte sich Steinhauser.
„Du fährst und ich sag wohin!“ Strubinski war hochmotiviert.
„Ich kann die Karre nicht fahren.“
„Geht ganz einfach. Und jetzt ab ans Steuer!“
Steinhauser blies die Backen auf, betrachtete seinen Freund und überlegte kurz, ob es Sinn machen würde, mit ihm zu diskutieren. Er entschied sich aus taktischen Gründen dagegen. Also setzte er sich ans Lenkrad. Zumindest hatte Strubinski den Ehrgeiz, den er vermissen ließ.
„Und wohin jetzt?“, fragte Steinhauser. Eigentlich wollte er nur eine kleine Runde drehen und dann ab ins Bett. Doch bei seinem Plan hatte er die Variable Strubinski nicht berücksichtigt.
Dieser studierte konzentriert die Karten, dann zeigte er auf einen Feldweg.
„Da rein!“
„Ist nicht dein Ernst, oder?“
„Doch!“, gab Strubinski entschieden zurück. „Das ist ein Rundweg, der führt an den Kulturen entlang und zurück auf die Hauptstraße. Hier hat der Täter optimale Fluchtmöglichkeiten, wenn ihn jemand stören sollte.“
„Willst du jetzt jeden Feldweg abklappern?“

„Nicht jeden, aber alle, die von der Straße aus zu Christbaumkulturen führen“, stellte Strubinski klar.
„Das kann ja Stunden dauern“, sagte Steinhauser genervt.
„Na und! Dazu sind wir doch hier, oder?“
Steinhauser verdrehte die Augen und warf einen skeptischen Blick in den Himmel. „Es ist stockdunkel und schneien soll es heut Nacht auch noch.“
„Ich hab nigelnagelneue Winterreifen drauf! Außerdem lügt der Wetterbericht immer“, sagte Strubinski, der vor Eifer brannte.
Steinhauser gab sich geschlagen und lenkte den Wagen nach einer kurzen Einweisung in den Feldweg. Es war wirklich kinderleicht, das E-Auto zu fahren. Sofort steckte Strubinski seinen Kopf aus dem Fenster und suchte mit seinem Nachtsichtgerät die Gegend ab.
„Super Ding“, sagte er voller Begeisterung. „Man kann alles erkennen. Willst du auch mal?“
„Nein, du machst das schon“, lehnte Steinhauser ab. Er sehnte sich nach seinem Bett.
Strubinski unterdessen machte seine Drohung wahr – jeder Feldweg, der zu einer Christbaumkultur führte, wurde abgefahren. Und nicht nur das. Jedes Mal, wenn sie an einem Hochsitz vorbeikamen, stieg er aus, kletterte hinauf und hielt mit seinem Nachtsichtgerät Ausschau.
Während sie sich nahezu wortlos von einem Feldweg zum anderen bis nach Fellen vortasteten, fing es an zu schneien. In Aura entwickelte sich bereits ein kleines Schneegestöber, was sich in kürzester Zeit in einen regelrechten Schneesturm verwandelte.
„Lass uns abbrechen“, schlug Steinhauser vor, während sie langsam den Auraer Berg Richtung Mittelsinn hinunterfuhren. Rechts von ihnen lag der Erbsenhafen, ein kleines Tal, das von beiden Seiten mit ausgedehnten Christbaumkulturen gesäumt war. Außer ein paar schemenhaften Umrissen war von den Bäumen allerdings nichts zu erkennen.
„Halt an!“, schrie Strubinski plötzlich.
Steinhauser trat instinktiv auf die Bremse. Das Auto schlingerte ein Stück, bis es zum Stehen kam.
„Bist du bescheuert?“, beschwerte sich Steinhauser. „Musst du mich so erschrecken?“
„Da drüben, im Erbsenhafen, ist ein Licht!“ Strubinski deutete schräg über das Tal, stieg aus und schaute mit seinem Nachtsichtgerät in die dunkle, stürmische Nacht.
Steinhauser atmete tief ein, stieg ebenfalls aus und stellte sich neben ihn.

Tatsächlich, trotz des heftigen Schneesturms glaubte auch er, auf der anderen Seite des Tals vage den Lichtkegel eines Fahrzeuges erkennen zu können.
„Ich seh nix!“, sagte er trotzdem. „Ich finde, wir haben unser Bestes gegeben und sollten uns so langsam auf den Rückweg machen, bevor das Schneetreiben noch schlimmer wird.“
„Spinnst du?“, beschwerte sich Strubinski und rannte hektisch zur Fahrertür. „Ich fahr weiter!“
„Was hast du denn vor?“
„Steig ein!“, befahl Strubinski.
Steinhauser verdrehte die Augen und setzte sich auf den Beifahrersitz.
„Das ist bestimmt der Zwicker!“, sagte Strubinski voller Überzeugung und setzte sein Auto in Bewegung. „Das ist die Gelegenheit, den Übeltäter auf frischer Tat zu ertappen!“
„Der ist doch viel zu weit weg!“, meinte Steinhauser.
„Paperlapapp, den kriegen wir!“ Strubinski ließ sich nicht beirren.
Während die Scheibenwischer am Rande ihrer Belastbarkeit arbeiteten, schlitterten sie langsam den Auraer Berg hinunter. Die Sicht lag mittlerweile bei null. An der Abzweigung in den Erbsenhafen angekommen, bog Strubinski in den Feldweg ein und beschleunigte. Nachdem die Reifen mehrfach durchgedreht hatten, gruben sie sich schließlich in den Schotter und katapultierten das Auto im Zickzack-Kurs voran.
„Fred, dein Ehrgeiz in allen Ehren ...“, versuchte es Steinhauser behutsam, „... aber wir kommen da nicht weiter. Der Schneefall wird immer stärker und da hinten kommt eine scharfe Kurve, die steil nach oben geht. Wir bräuchten einen Geländewagen und selbst dann wäre es noch fraglich, ob wir es bei dem Wetter schaffen, da hoch zu kommen.“
„Kein Wunder, dass eure Aufklärungsquoten im Keller sind, wenn ihr jedes Mal einen Rückzieher macht, wenn´s mal schwierig wird“, sagte Strubinski und krallte sich verbissen hinter das Lenkrad.
Doch es kam, wie Steinhauser befürchtet hatte. Strubinski verlor in der Kurve die Kontrolle über sein Fahrzeug und sie rutschten mit den Vorderrädern in den Graben.
„Das hast du jetzt davon!“, schimpfte Steinhauser. „Ich hab doch gesagt, du kommst da nicht rauf!“
„Ja, ja. Der Herr Polizist weiß mal wieder alles besser!“, gab Strubinski gereizt zurück.
Steinhauser verdrehte innerlich die Augen und verzichtete auf einen

weiteren Kommentar. Ob er Recht hatte oder nicht, spielte jetzt keine Rolle, sie hingen fest. „Und was gedenkst du jetzt zu tun?"
Strubinski sagte zunächst nichts, sondern starrte nur vor sich hin. „Im Auto sitzen bleib, können mir jedenfalls nicht", meinte er beleidigt.
„Raus aber auch nicht!", stellte Steinhauser fest. „Man sieht ja kaum noch die Hand vor Augen, so pfeift der Schnee durch die Gegend."
Beide saßen schweigend eine Weile nebeneinander. Gerade, als sich Steinhauser umdrehte, um nach Jacky zu schauen, die sich ängstlich auf der Rücksitzbank zusammengekauert hatte, neigte sich das Auto plötzlich zur Seite. Der Wagen kippte in Zeitlupe um und blieb schräg im Graben liegen.
„Jetzt müssen wir raus!" Mehr sagte Strubinski zu ihrer Lage nicht.
„Und wohin? Wir können bei dem Sturm unmöglich bis ins Dorf laufen."
„Da oben ...", Strubinski zeigte in die Nacht, „... ein Stück hinter der Kurve ist eine Jagdhütte. Da können wir uns unterstellen."
„Okay", stimmte Steinhauser zu. „Hast du eine Taschenlampe?"
„Im Handschuhfach." Strubinski setzte sein Nachtsichtgerät auf und kletterte aus dem schräg im Graben liegenden Auto.
Steinhauser kramte die Taschenlampe hervor und versuchte die Beifahrertür zu öffnen, doch diese ging nur einen Spalt weit auf. „Na toll," fluchte er und wollte ebenfalls über die Fahrertür aus dem Auto klettern, als ihm Strubinski diese vor der Nase zuknallte. „Idiot!", beschwerte sich Steinhauser. Er versuchte die Tür zu öffnen, doch sie fiel ihm immer wieder entgegen. Erst, als Strubinski seine verzweifelten Versuche bemerkte, half er ihm aus dem Wagen. Jacky davon zu überzeugen, ihnen zu folgen, erwies sich als schwierig, aber die Beagle-Dame hatte keine Wahl. Steinhauser zerrte sie an der Leine aus dem Auto. Mit der Taschenlampe leuchtete er das Auto ab, um den Schaden zu begutachten, konnte aber nicht viel erkennen, außer dass das linke Hinterrad in der Luft hing. Strubinski interessierte sich nur wenig für sein Auto.
„Wo ist die Hütte?", fragte Steinhauser.
Strubinski starrte mit seinem Nachtsichtgerät konzentriert in den Schneesturm. „Mir nach, ich hab prima Sicht", sagte er und stapfte los.
Sie zogen sich ihre Kapuzen über und folgten dem kaum noch zu erkennenden Feldweg, während ihnen der Schneesturm heftig ins Gesicht wehte. Sie konnten keine fünf Meter weit sehen und der Schnee ging ihnen bereits fast bis zu den Knöcheln. Der Schein der Taschenlampe wurde von den dichten Schneeflocken geschluckt. Steinhauser hatte das Gefühl, eine

weiße, flimmernde Wand anzuleuchten. Doch Strubinski schien zu wissen, wohin sie mussten. Wenig später erreichten sie ein provisorisches Tor aus Absperrzäunen. Strubinski zog es auf. Sie quälten sich einen steilen Weg hinauf, der direkt in eine Christbaumkultur führte und vor der besagten Jagdhütte endete. Erschöpft, als ob sie einen Marsch von mehreren Kilometern hinter sich gebracht hätten, stellten sie sich unter das Vordach. Dort klopften sie sich erst einmal den Schnee von den Kleidern. Auch Jacky schüttelte sich den Schnee aus dem Fell.
Nachdem sich Steinhauser kurz orientiert hatte, untersuchte er mit der Taschenlampe die Hütte. Es war eine große Blockhütte aus halbrunden Baumstämmen, mit kleinen Fenstern und den dazugehörigen Fensterläden, die alle geschlossen waren. „Jagdhütten hab ich mir immer irgendwie anders vorgestellt."
„Wie denn?", fragte Strubinski.
„Kleiner. Die ist ja riesig."
„Die gehört ja auch der Uschi", erklärte Strubinski, während er testete, ob die Tür offen war. „Ist offen", stellte er erfreut fest und so betraten sie gemeinsam die Hütte.
Steinhauser ging vorsichtig umher und leuchtete den Raum aus, als er plötzlich stolperte. Gerade so konnte er einen Sturz verhindern. Instinktiv suchte er sofort nach der Ursache. Stück für Stück inspizierte er den Dielenfußboden. Als im Lichtkegel der Taschenlampe plötzlich ein nacktes Bein erschien, erstarrte er in seiner Bewegung.
„Fred!", rief er erschrocken. „Hier liegt jemand!"
Sofort war Strubinski mit seinem Nachtsichtgerät zur Stelle. „Scheiße, du hast Recht!"
„Gibt´s hier Licht?", fragte Steinhauser.
„Ja, hinter der Hütte ist ein Stromaggregat", erklärte Strubinski. „Den Strom und das Aggregat hab ich selber installiert."
„Kannst du das anschmeißen?"
„Ja, wenn Benzin drinnen ist. Ich bin gleich wieder da." Strubinski eilte aus der Jagdhütte, während Steinhauser die Person am Boden genauer untersuchte. Kurz darauf war Strubinski wieder zurück und schaltete das Licht an. Was er da sah, versetzte ihm einen Schrecken. Erschüttert zog er seine Sturmhaube ab. Seine langen, zerzausten Haare standen in alle Richtungen, was in dieser Situation ziemlich grotesk wirkte.
Beide standen wie versteinert vor einer leblos am Boden liegenden Frau, die von Jacky interessiert beschnuppert wurde.

„Das ist die Uschi“, stellte Strubinski bestürzt fest, während Jacky damit begann, den Fuß der Frau abzulecken.
„Aus!“, schrie Steinhauser, packte sie und band sie am Bein eines massiven Tisches fest. Eine rustikale, gepolsterte Eckbank und stabile Stühle im Landhausstil rundeten eine große Sitzgruppe ab, die den halben Raum einnahm.
„Ist die tot?“, fragte Strubinski ungläubig.
Steinhauser beugte sich zu ihr hinunter und fühlte den Puls. Die Frau, die Strubinski Uschi nannte, war halbnackt und lag auf dem Rücken. Unter ihrem Kopf hatte sich eine kleine Blutlache gebildet, die ihre langen Haare verklebte.
„Sieht ganz so aus“, stellte Steinhauser nach kurzer Untersuchung fest. „Die ist eiskalt und stocksteif. Das Blut ist auch trocken. Wahrscheinlich liegt die hier schon länger. Ist das die Uschi, der die Hütte gehört?“
„Ja und nein“, sagte Strubinski. „So genau kann ich das gar nicht sagen.“
„Was jetzt? Gehört ihr die Hütte oder nicht?“
„Eigentlich gehört die Hütte dem Jagdpächter, einem gewissen Lorenz Bergmann aus Frankfurt“, erklärte Strubinski. „Zumindest hab ich dem immer die Rechnungen geschickt. Ein paar Mal hab ich ihn sogar getroffen. Der glaubt auch, er wär was Besseres, aber bezahlt hat er immer pünktlich. Jedenfalls hat die Uschi die Hütte öfters genutzt.“
„Aha“, war Steinhauser einziger Kommentar. Er ging ein paar Schritte, setzte sich auf einen der Stühle und ließ seinen Blick umherwandern. Die Tote lag vor einem großen Kaminofen. Sie trug nur einen roten Slip und ein dazu passendes Nachthemd mit schwarzer Spitze. Daneben stand ein schmiedeeisernes Gestell, in das Holzscheite fein säuberlich gestapelt waren. An den Wänden hingen Tierfelle, Geweihe und die Köpfe von ausgestopften Tieren. Die kleinen Sprossenfenster waren von rot-weiß karierten Vorhängen umrahmt. Drei Türen führten in angrenzende Räume. Die Einrichtung erinnerte ihn sofort an die urige Berghütte, auf der er vor einigen Jahren mit Stefanie bei einer Wandertour übernachtet hatte. Nur war diese noch größer gewesen.
„Was mache mir denn jetzt?“, fragte Strubinski.
„Wir sollten die Kripo rufen, ... also ich meine, meine Kollegen“, sagte Steinhauser und kramte sein Handy hervor. „Ich hab keinen Empfang!“
Strubinski prüfte sein Handy. „Ich auch nicht!“, stellte er fest. „Wahrscheinlich hat man in der Mongolei besseren Empfang als bei uns!“
„Ja, wahrscheinlich! Ein Hoch auf den Industriestandort Deutschland.

Kann aber auch am Schneesturm liegen", vermutete Steinhauser.
Beide gingen langsam im Raum umher und hielten überall erfolglos ihre Handys in die Höhe.
„Bringt nix", sagte Steinhauser enttäuscht. Er steckte sein Telefon wieder ein und öffnete eine der Türen. Dahinter war eine kleine, aber gut ausgestattete Küche. „Gibt´s hier fließend Wasser?"
„Ja", sagte Strubinski. „Unterm Dach ist ein großer Wassertank, der von Zeit zu Zeit aufgefüllt wird. Die Uschi hat an alles gedacht. Nebenan sind sogar ein Klo und eine Dusche. Und hinter der Hütte eine Grube."
„Das friert im Winter doch alles ein", wunderte sich Steinhauser.
„Der Wassertank ist isoliert und in der Küche und im Bad wurden Durchlauferhitzer installiert", erklärte Strubinski. „Solange kein Dauerfrost mit zehn Grad minus ist, geht das schon. Ansonsten muss das Wasser halt raus."
„Scheint die Luxusausführung einer Jagdhütte zu sein", stellte Steinhauser fest. „Und was ist hinter der dritten Tür?"
„Weiß ich nicht. Als ich die Installationen gemacht habe, war der Raum leer."
Steinhauser stieß die Tür auf und schaltete das Licht an. Der Raum wurde in ein rotes, schummriges Licht getaucht. Drei der Wände waren typisch für eine Blockhütte. Lediglich eine Wand war verputzt und bemalt worden. Auf ihr wurde der Blick in eine grüne Wald- und Wiesenlandschaft dargestellt. In der Mitte des Raumes stand ein riesiges Bett, das allerdings eher wie eine Spielwiese für Erwachsene anmutete. In einem massiven Kopfteil waren feine Holzschnitzereien eingearbeitet. Die Bettlaken waren zerwühlt.
„Hat die Uschi hier einen Puff betrieben?", fragte Steinhauser verwirrt, während er sich interessiert umschaute.
„Woher soll ich das wissen?" Strubinski betrat den Raum. Nachdem er alles einen Moment auf sich hatte wirken lassen, betrachtete er das riesige Wandgemälde. „Seltsam", murmelte er.
„Was ist seltsam?" Steinhauser stellte sich neben Strubinski und betrachtete ebenfalls die bemalte Wand.
„Ach, … nix", meinte er, wandte sich seinem Schulfreund zu und griff dessen vorherige Frage auf. „Ob die einen Puff betrieben hat?" Er zuckte ahnungslos mit den Schultern. „Man hört halt immer wieder mal was."
„Und was hört man immer wieder mal so?"
„Dass die Uschi nix anbrennen lässt ... beziehungsweise ... nix hat

anbrennen lassen, falls du verstehst, was ich meine?"
„Kennst du die Uschi etwa näher?" Steinhauser musterte seinen Freund genau.
„Spinnst du!", gab dieser energisch zurück. „Ich hab für solche Zwecke meine Lavinia."
„Wie heißt die Uschi eigentlich richtig?", fragte Steinhauser schnell, bevor Strubinski wieder begann aus dem Nähkästchen zu plaudern. Kopfkino mit den Strubinskis konnte er jetzt gar nicht gebrauchen.
„Ursula Sternberg", erklärte sein Schulfreund. „Auch *Die Christbaumkönigin* genannt."
„*Christbaumkönigin?*" Steinhauser war verwundert.
„Ja, so wird sie genannt, weil sie die größten Christbaumkulturen im Sinngrund besitzt. Sie bewirtschaftet etliche Hektar Land. Aber wie viele genau, das weiß niemand."
„Die kenn ich nicht", sagte Steinhauser. „Die Uschi muss ihre Karriere, ganz gleich welcher Art, erst gestartet haben, nachdem ich nach Würzburg gezogen bin. Das Bett und ihre luftige Bekleidung geben ja schon mal einen Hinweis darauf, was sie zuletzt gemacht haben könnte."
„Doch, die Uschi kennst du!", widersprach Strubinski. „Ihr Vater, der alte Sternberg, ist doch damals mit dem Auto in der Sinn verunglückt. Ist schon über zwanzig Jahre her."
Steinhauser überlegte. „War das der Unfall, bevor die Schranken weggekommen sind?"
„Ja, genau!", bestätigte Strubinski. „Da haben doch wochenlang alle drüber geredet. Wenig später wurde dann die Sinn begradigt, die Straße neu gebaut und die Schranken auf der Landstraße nach Obersinn und an der Dorfeinfahrt nach Mittelsinn abgerissen."
„Ja, jetzt, wo du es sagst. An den Unfall kann ich mich düster erinnern", dämmerte es Steinhauser. „Der Name Sternberg sagt mir auch was. Deren Hof ist mitten im Dorf, aber an die Uschi kann ich mich beim besten Willen nicht erinnern."
„Echt nicht? Die hatte angeblich früher schon so einen ... nervösen Unterleib", meinte Strubinski.
„Fred!", gab Steinhauser entrüstet von sich. „Wie sprichst du über die Tote! Ein bisschen mehr Respekt, wenn ich bitten darf!"
„Entschuldigung", gab Strubinski kleinlaut zurück. „Du weißt ja, wie das ist, auf´m Dorf. Da wird halt gleich geredet."
„Ich hab früher jedenfalls noch nicht an *nervöse Unterleibe* gedacht",

stellte Steinhauser klar.
„Du vielleicht nicht, aber ...“, Strubinski brach den Satz ab. Der strenge Blick von Steinhauser ließ ihn verstummen.
Kopfschüttelnd ging Steinhauser zurück in den großen Raum. Erneut betrachtete er nachdenklich die Tote. Sie war zweifellos eine sehr attraktive Frau gewesen. Nachdem sein Blick eine Weile auf ihr geruht hatte, untersuchte er die Umgebung, in der sie lag, genauer. An der einen Ecke des Kaminofens entdeckte er Blutspuren und einige Haare, die er Strubinski zeigte. „Sie könnte mit dem Kopf gegen den Ofen geknallt sein.“
„Aber warum?“, fragte Strubinski.
„Vielleicht hat sie es mit ihrem Liebhaber etwas zu wild getrieben“, meinte Steinhauser ratlos.
„Aber der hätte sie doch nicht liegen gelassen!“
„Kann ich mir eigentlich auch nicht vorstellen“, stimmte Steinhauser zu. „Vielleicht hat er Frau und Kinder und ist in Panik geraten? Wenn es denn überhaupt ein Liebhaber gewesen war. Deswegen wäre es gut, wenn sich die Kollegen von der Kripo der Sache annehmen würden.“
Beide prüften erneut den Empfang ihrer Handys.
„Ich hab einen Balken“, freute sich Steinhauser.
„Rufst du jetzt deine Kollegen an?“, wollte Strubinski wissen.
Steinhauser überlegte. Er hatte zwar, entgegen seinen Behauptungen, nie bei der Kripo gearbeitet und wollte auch unter allen Umständen vermeiden, dass diese Tatsache herauskam, aber Kollegen waren sie bei der Polizei irgendwie doch alle. „Ich ruf die Stefanie an, die kümmert sich dann um den Rest“, sagte er und wählte ihre Nummer.
Beide starrten gespannt auf das Display. Nach einer gefühlten Ewigkeit ertönte eine brüchige, aber gereizte Frauenstimme. „Hannes, spinnst du? Es ist mitten in der Nacht!“
Schnell drückte Steinhauser das Handy gegen sein Ohr. Strubinski musste ja nicht mit anhören, was sie sagte.
„Hallo Schatz“, begrüßte er Stefanie. Steinhauser wollte verhindern, dass sein Freund Verdacht schöpfen könnte, dass ihre Beziehung zurzeit etwas frostig war. „Tut mir echt leid, dass ich dich stören muss, aber wir haben hier einen Notfall.“
„Wir?“, kam es schlaftrunken zurück, ohne dass sie näher auf seine Begrüßung einging.
„Ja, der Fred und ich … wir haben … was gefunden … und da dachten wir, es wäre besser, wenn wir dich anrufen.“

„Gefunden?“ Stefanie wachte langsam auf. „Was habt ihr denn mitten in der Nacht gefunden?“
„Eine Leiche“, sagte Steinhauser. Am anderen Ende der Leitung wurde es still. Er wartete, aber es kam keine Antwort. „Hallo Stefanie, bist du noch dran?“
„Ja, bin ich“, kam es etwas verstört zurück.
„Hast du mich verstanden?“
„Ja, hab ich.“
„Und was machen wir jetzt?“
„Jetzt sagst du mir erst mal, wo ihr seid und was passiert ist“, forderte sie ihn auf. Steinhauser war sich sicher, dass sie jetzt hellwach war.
In ein paar kurzen Sätzen berichtete er ihr, was ihn und Strubinski dazu bewegt hatte, sich die Nacht um die Ohren zu schlagen und wie es dazu kam, dass sie über die Leiche gestolpert waren.
„Und wo genau seid ihr jetzt?“, hakte sie nach.
„Im Erbsenhafen, in der Jagdhütte der Toten.“ Steinhauser versuchte ihr zu erklären, wo das ist, doch so richtig verstanden hatte sie es nicht.
„Ich alarmiere jetzt erst mal meinen Chef und den Stickl mit seinem Team“, legte Stefanie die weitere Vorgehensweise fest. „In etwa zwei Stunden treffen wir uns in Mittelsinn an der Linde. Dann zeigt ihr uns, wo ihr die Leiche gefunden habt.“
„Alles klar. So machen wir das“, stimmte Steinhauser zu. „Wir müssen eh noch ins Dorf laufen. Bei uns schneit es nämlich wie Sau! Kann sein, dass wir etwas später kommen.“
„Wir werden warten“, versicherte ihm Stefanie und beendete das Gespräch.
„Und was machen wir so lang mit ... ihr?“ Strubinski deutete auf die Tote.
„Nix“, sagte Steinhauser und nahm Jacky an der Leine. „Die rennt nicht weg. Mach das Aggregat aus und komm!“
Strubinski tat, wie ihm befohlen wurde. Nachdem die Jagdhütte wieder im Dunkeln lag, stapften sie im Schneesturm mit Jacky im Schlepp Richtung Mittelsinn. Der Schnee ging ihnen jetzt schon bis zu den Waden.

Kapitel 3

„Wie läuft eigentlich eure Fernbeziehung?“, fragte Strubinski, nachdem sie eine ganze Weile schweigend durch den Schneesturm gestapft waren. Steinhauser ging jedoch nicht darauf ein. Als Strubinski ihn schubste, leuchtete ihm Steinhauser mit der Taschenlampe direkt in sein Nachtsichtgerät. Strubinski schrie erschrocken auf, riss sich das Gerät herunter und beschwerte sich lauthals. Steinhauser lenkte den kleinen Lichtkegel wieder vor seine Füße und ging kommentarlos weiter. Doch Strubinski blieb hartnäckig. „Ich stell mir das verdammt schwer vor, wenn man sich nur am Wochenende sieht. Oder noch nicht mal dann, wenn die Stefanie wieder Dienst hat. So ganz ohne Sex, das könnte ich nicht aushalten. Immer nur ...“

„Fred!“, fiel ihm Steinhauser ins Wort. „Ich denke, wir haben jetzt andere Sorgen als mein Privatleben! Können wir uns darauf verständigen, dass meine Beziehung zu Stefanie heute Abend kein Thema ist?“

„Ich mach mir doch nur meine Gedanken“, meinte Strubinski entschuldigend, setzte sein Nachtsichtgerät wieder auf und starrte ihn an.

Ich auch, dachte sich Steinhauser.

Auf halber Strecke streikte Jacky. Die Beagle-Dame bewegte sich keinen Zentimeter mehr vorwärts. Steinhauser blieb nichts Anderes übrig, als sie zu tragen. Als sie nach einem nicht enden wollenden Marsch endlich Mittelsinn erreicht hatten, waren sie nicht nur durchgefroren, sondern auch mit einer verkrusteten Schneeschicht überzogen. An der Linde standen bereits ein Zivilfahrzeug, zwei Polizeifahrzeuge und ein Kleintransporter der Würzburger Polizei. Der Schneesturm hatte sich mittlerweile etwas gelegt und war in einen mäßigen Schneefall übergegangen. Das ganze Dorf lag unter einer dicken Schneedecke und erstrahlte im Schein der Laternen in friedlichem Weiß. Als sich Steinhauser und Strubinski der Linde näherten, stieg ein ganzes Einsatzkommando aus den Fahrzeugen aus. Auf den ersten Blick konnte Steinhauser Stefanie und ihren Chef, den Kriminalhauptkommissar Marek Tagweih, erkennen. Direkt hinter ihr stand Stickl, der Rechtsmediziner. Fehlte nur noch, dass er seinen Arm um sie legte. Im Licht der Straßenlaternen konnte Steinhauser zwar sein Gesicht nicht genau erkennen, war sich aber sicher, dass er bis über beide Ohren grinste. Neben ihm standen seine Leute und einige Polizisten in Uniform.

Unbewusst starrte Steinhauser Stefanie an. Er fand es immer wieder faszinierend, wie sie es schaffte, so umwerfend auszusehen, ganz gleich, was sie anhatte und wie spät oder früh es war. Als sich ihre Blicke trafen, schaute er verlegen zur Seite.
Etwas abseits, auf der Bank um die Linde, saß die Spezialistin der Kriminaltechnik, Natascha Holm, und rauchte eine Zigarette. Sie war Ende zwanzig und irgendwie hatte Steinhauser, seit ihrer ersten Begegnung vor zwei Jahren, Angst vor ihr. Sie hatte damals zufällig etwas mit Stefanie besprochen, als er sie nach der Arbeit abholte. Damals schaute sie ihn so merkwürdig an und immer, wenn sie sich zufällig über den Weg gelaufen waren, nannte sie ihn beim Vornamen. *Hallo, Johannes*, sagte sie mit einem entwaffnenden Blick und gab seinem Namen einen Klang, der Steinhauser aus unerfindlichen Gründen nervös machte. Ihre extrem kurz geschorenen Haare verbarg sie unter einer dicken Strickmütze. Als sie ihn sah, warf sie ihre Zigarette weg und kam zur Gruppe. Nach Informationen von Stefanie, hatte sie an Armen, Beinen und am Hals viele Tätowierungen. Es wurde gemunkelt, dass ihr ganzer Körper tätowiert war, was jedoch niemand bestätigen konnte. Dass sie sehr exzentrisch war, war hingegen jedem bekannt. Allerdings war sie auch außergewöhnlich gut in ihrem Job. Laut Stefanie hatte sie den besten Abschluss seit Jahrzehnten hingelegt und galt als hochbegabt. Doch ihr Erscheinungsbild und ihre starke Persönlichkeit standen ihrer beruflichen Karriere meist im Weg. Ihre fachlichen Kompetenzen waren unumstritten und deshalb für die Kripo in Würzburg eine absolute Bereicherung. Man sagte ihr nicht nur nach, dass sie ein Computergenie war, sondern auch, dass sie im Nahkampf außergewöhnliche Fähigkeiten besaß. Sie war im Besitz eines schwarzen Gürtels in Karate und Taekwondo.
„Hallo Johannes“, begrüßte sie ihn mit tiefer Stimme. Steinhauser stammelte etwas Unverständliches und schaute schnell zur Seite.
Erfreut stellte er fest, dass sie Rappert nicht informiert hatten. Sein Dienststellenleiter aus Gemünden würde noch früh genug erfahren, dass er über eine Leiche gestolpert war.
„Konnten Sie uns nicht sagen, dass es hier zwanzig Zentimeter Schnee hat!“, begrüßte Marek Tagweih die beiden schlecht gelaunt. „In Würzburg hat es nicht geschneit!“
„Hab ich doch!“, gab Steinhauser verdattert zurück und betrachtete den Kriminalhauptkommissar. Der stand in Slipper, einer leichten Hose, Jackett und einem langen, edel wirkenden Mantel vor ihnen.

Abrupt schaute Tagweih verärgert zu Stefanie, die sofort rot anlief, dann zu Stickl und seinen Leuten. Alle hatten ihre komplette Winterausrüstung angezogen. Doch bevor ihr Chef etwas sagen konnte, ergriff Steinhauser schnell das Wort.
„Sorry, bei all der Aufregung muss ich wohl vergessen haben, es zu sagen“, sagte er schnell und schlug sich demonstrativ die Hand an die Stirn.
„Und außerdem ist Winter!“, mischte sich Strubinski ein, um Steinhausers Worten Nachdruck zu verleihen. „Da kann man von einem Erwachsenen ja wohl erwarten, dass er sich was Anständiges anzieht, wenn er mitten in der Nacht raus muss! Bei den anderen hat´s ja auch geklappt.“
Tagweih warf Stefanie, die am liebsten im Erdboden versunken wäre, einen ärgerlichen Blick zu, dann wandte er sich direkt an Strubinski.
„Sie sind doch dieser … sogenannte *freie Mitarbeiter*? Der Elektrofuzzi, oder?“, erinnerte sich Tagweih an ihre letzte Begegnung. „Was zum Teufel machen Sie hier?“
„Er hat mich unterstützt“, warf Steinhauser schnell dazwischen, bevor Strubinski antworten konnte.
„Unterstützt?“, wunderte sich Tagweih. „Bei was unterstützt? Seid ihr zwei Kappen jetzt die Experten für Tiefkühltote, oder was?“
Anscheinend hatte der Kommissar die Sache mit der Leiche in der Gefriertruhe noch nicht vergessen. Wahrscheinlich kommt so etwas in Würzburg auch nicht so häufig vor. Stefanie, die hinter ihrem Chef stand, konnte sich ein Grinsen nicht verkneifen. Sie hatte die Aktion zwar auch nicht in Ordnung gefunden, war aber dennoch ein wenig stolz auf Steinhauser, wie er den Fall, ohne die Kripo hinzuzuziehen, auf seine ganz spezielle Art gelöst hatte.
Ohne auf die Bemerkung von Tagweih einzugehen, erklärte Steinhauser, warum Strubinski und er heute Nacht überhaupt unterwegs waren und wie es dazu kam, dass sie die Leiche gefunden hatten.
„So, so, ein Christbaumzwicker!“, meinte Tagweih abfällig zu seinen Ausführungen. „Und wo ist jetzt die Leiche?“
„Immer noch in der Jagdhütte“, sagte Steinhauser. „Allerdings befürchte ich, dass wir da mit euren Fahrzeugen nicht hinkommen. Die Straße nach Aura ist unter der Schneedecke spiegelglatt und Räum- und Streudienst kommt um diese Zeit keiner.“
„Wenn überhaupt einer kommt“, sagte Strubinski. „Die Straße zwischen Mittelsinn und Aura gehört nämlich den Gemeinden und nicht dem Kreis.“

„Und was hat das jetzt zu bedeuten?“, fragte Tagweih.
„Der Paul Reichel, unser Gemeindearbeiter, steht frühestens in vier Stunden auf und fängt an zu räumen. Wenn er überhaupt aufsteht“, erklärte Strubinski.
„Das ist aber kein Problem“, meldete sich Steinhauser zu Wort. „Ich weiß, wer uns zur Jagdhütte bringt.“
Strubinski schaute ihn verwundert an.
„Der Sepp hat doch noch unseren Feierwagen, den alten Ladewagen, den wir damals für unsere legendären 1. Mai-Touren umgebaut hatten“, erinnerte ihn Steinhauser. „Damit kann er uns alle mit seinem Bulldog bis zur Hütte bringen.“
„Dieser Sepp, ist das der Herr Holzinger, der damals die Leiche in seiner Güllegrube gefunden hatte?“, hakte der Hauptkommissar interessiert nach.
„Ja“, bestätigte Steinhauser, ohne näher auf seine Frage einzugehen. Stattdessen kramte er sein Telefon hervor.
„Na, dann hätten wir ja wieder alle drei zusammen.“ Tagweih rollte die Augen und warf Stefanie einem langen Blick.
Diese zuckte nur ratlos mit den Schultern, während Steinhauser darauf wartete, dass er Holzinger erreichte. Was ihm auch gelang. Steinhauser musste zwar zunächst die eine oder andere ungehaltene Beschimpfung über sich ergehen lassen, aber als er ihm erzählte, dass die Kripo im Dorf war und er sie auf Grund der Wetterlage zum Fundort einer Leiche bringen müsse, beruhigte er sich. Und als Holzinger dann noch erfuhr, wer die Leiche war, verstummte er ganz und versprach sofort zu kommen.
Es dauerte auch nicht lange, da hörten sie schon das Dröhnen eines riesigen Schleppers durch die Nacht hallen. Der kleine Ladewagen wirkte wie ein Spielzeug hinter der riesigen Zugmaschine, als Holzinger an der Linde erschien.
„Hallo zusammen“, begrüßte er die Gruppe, die bereits auf ihn wartete. „Ich habe gar nicht mitbekommen, dass es so viel geschneit hat. Es ist ganz schön glatt.“
Tagweih schenkte ihm kaum Beachtung. Während Stickls Team seine Ausrüstung auf dem Wagen verstaute, erklärte Steinhauser seinem Freund noch einmal die Situation und den Ernst der Lage. Kurz darauf saßen und standen alle auf dem umgebauten Ladewagen und fuhren Richtung Aura. An der Stirnseite war aus Balken und ungehobelten Brettern eine Theke errichtet worden. Dahinter standen zusammengepfercht die uniformierten Polizisten und Natascha Holm, die Steinhauser nicht aus den Augen ließ.

Hinter ihnen hingen diverse Vorrichtungen für große und kleine Schnapsflaschen. In der Mitte stand ein Tisch aus Kanthölzern und dicken Bohlen. Links und rechts waren lange Bänke angeschraubt, auf die sich der Rest der Crew, bewaffnet mit Taschenlampen, gequetscht hatte. Sie schauten sich neugierig um. Der komplette Wagen war mit Spanplatten verschalt gewesen und hinter den Bänken waren alte Holzfenster ohne Scheiben eingelassen. Das Heck war offen und eine kleine Treppe machte es einfacher, auf den Wagen zu klettern. Die alte Plane über ihnen war größtenteils kaputt, aber zum Glück schneite es nicht mehr so stark. Im Heck des Wagens standen Steinhauser und Strubinski, die sich an seitlich angebrachten Griffschlaufen festhielten. Während Steinhauser versuchte, den Blicken von Natascha Holm auszuweichen, verkroch sich Jacky verängstigt unter dem Tisch. Auf dem Tisch lag ein großer Kunststoffsarg. Diese Art Särge wurde von der Kripo nur in absoluten Ausnahmefällen mitgebracht. In der Regel wurde ein Bestatter mit dem Abtransport der Leiche beauftragt. Aber anscheinend war heute so ein Ausnahmefall. Stickls Equipment belagerte jeden noch verbliebenen freien Platz im umgebauten Ladewagen.
Etwas ungläubig betrachtete Tagweih die Szenerie, verkniff sich aber jeden Kommentar.
„Wie früher", lachte Strubinski. „Nur, dass uns die Polizei damals immer angehalten hatte und nie mitgefahren ist."
Wortlos starrten ihn alle an. Strubinski verkroch sich verlegen hinter Steinhauser. Tagweih verdrehte kopfschüttelnd die Augen. Das Dröhnen des Schleppers hallte durch die Nacht.

Kurz nachdem Holzinger in den Feldweg eingebogen war, blieb er stehen.
„Ab hier müssen wir laufen", erklärte Steinhauser, bevor Fragen aufkamen. „Freds Auto blockiert den restlichen Weg zur Hütte. Es ist aber nicht mehr weit."
Stickls Leute und die Polizisten schnappten sich die Ausrüstung und folgten Strubinski, der den Tross anführte. Direkt hinter ihm liefen Marek Tagweih und Natascha Holm. Der Hauptkommissar rutschte mit seinen Slippern immer wieder aus, lehnte aber jede Hilfe entschieden ab. Die Chefin der Kriminaltechnik blickte immer wieder suchend über ihre Schulter. Am Ende der Gruppe gingen Stefanie, Holzinger und Steinhauser, der Jacky hinter sich herzerrte. Als er Stefanies strafenden Blick bemerkte,

nahm er den Hund wieder auf die Arme.
„Danke“, flüsterte Stefanie Steinhauser zu.
„Wofür denn?“, wunderte er sich.
„Dass du vorhin gelogen hast. Ich hab meinem Chef doch glatt vergessen zu sagen, dass es hier geschneit hat“, gestand Stefanie.
„Ach das ...“, wehrte Steinhauser ab. „Das war doch selbstverständlich.“
„Trotzdem, danke.“
„Keine Ursache. Für dich immer wieder gerne“, meinte er und war froh, sie seit langer Zeit wieder einmal zu sehen. Auch wenn ihm ein anderer Anlass lieber gewesen wäre. „War es denn wirklich nötig, die ganzen Spezialisten der Kripo heute Nacht antanzen zu lassen?“, fragte er leise.
„Als der Tagweih deinen Namen gehört hatte, gingen bei ihm alle Alarmglocken los. Er hat mich extra angewiesen, die komplette Truppe zu alarmieren“, erklärte Stefanie.
Steinhauser schaute sie mit großen Augen an, fragte aber nicht weiter nach.
Als sie endlich die Hütte erreicht hatten, waren Tagweihs Schuhe aufgeweicht, seine Socken durchnässt, seine Kleider verdreckt und seine Laune im Keller. An dem steilen Anstieg war er mehrfach ausgerutscht und hingefallen.
„Wo ist denn jetzt die Leiche?“, rief er ungehalten.
„In der Hütte“, sagte Strubinski kleinlaut. Gerade als er die Tür öffnen wollte, hielt ihn Tagweih energisch zurück.
„Halt!“, schrie er ihm ins Ohr, dass Strubinski zusammenzuckte. „Sie bleiben draußen! Ich will gar nicht wissen, wie viele Spuren Sie schon zertrampelt haben!“
„Auch gut“, gab Strubinski gleichgültig zurück. Innerlich freute er sich, dass Tagweih mit seinen teuren Gucci-Tretern durch den Schnee stapfen musste. „Dann schalt ich mal das Aggregat an, dass die Spezialisten was sehen. Wenn´s recht ist?“
Tagweih warf Strubinski nur einen wütenden Blick zu, bevor dieser um die Ecke verschwand. Kurz darauf erstrahlte die Jagdhütte in hellem Licht. Stickls Leute schlüpften unter dem Vordach etwas unbeholfen in ihre weißen Einweganzüge und steckten ihre Schuhe, auf einem Bein hüpfend, in Überzieher. Anschließend verschwand einer nach dem anderen mit der Ausrüstung in der Hütte. Der Sarg kam zuletzt.
„Sie kommen mit!“, befahl Tagweih Stefanie und drückte ihr ebenfalls einen Einweganzug in die Hand. „Und ihr drei!“, wandte er sich an Steinhauser, Strubinski und Holzinger. „Ihr drei wartet hier draußen! Jetzt sind

die Profis an der Arbeit! Habt ihr mich verstanden?"
„Jawohl, Herr Tagweih!", gaben die drei gehorsam zurück.
Nachdem auch der Hauptkommissar in der Hütte verschwunden war und die Tür demonstrativ hinter sich geschlossen hatte, setzten sie sich auf einen langen, halbierten Baumstamm, der als Bank unter dem Vordach diente. Jacky kauerte sich frierend zwischen Steinhausers Beinen zusammen. Ein wenig tat ihm sein Hund ja schon leid, aber da musste die Beagle-Dame jetzt durch. Schweigend saßen die drei einträchtig nebeneinander und starrten in die Nacht. Erneut setzte starker Schneefall ein.
„So viel Schnee auf einmal, hat´s schon lang nemmer", versuchte Strubinski die unangenehme Stille zu beenden.
„Stimmt", waren die knappen Kommentare von Steinhauser und Holzinger. Danach wurde es wieder still.
„Wie geht's eigentlich dem Jan, eurem Nachwuchs?", wandte sich Strubinski mit einem weiteren Versuch, ein Gespräch zu beginnen, an Holzinger.
„Prima", gab dieser zurück.
„Du sollst doch Patenonkel machen, oder?", fragte Strubinski jetzt Steinhauser.
„Ja", bestätigte dieser und wandte sich an Holzinger. „Wann ist noch mal die Taufe?"
„Am Sonntag, dem 2. Advent. Da ist auch der erste von den zwei VeMiNa-Märkten. Die sind immer am 2. und 3. Advent", erinnerte ihn Holzinger. „Das hab ich dir schon drei Mal gesagt!"
„Was für Märkte?", wunderte sich Steinhauser.
„Na, von der VeMiNa", mischte sich Strubinski ein. „Das sind doch die Adventsmärkte von der Vereinigung Mittelsinner Nadelgewächserzeuger. Ve – Mi – Na."
„Ach so. Ja, weiß ich doch. Steht dick und fett im Kalender", versicherte Steinhauser. Erneut machte sich Stille unter ihnen breit.
„Nächste Woche ist auch schon Weihnachtsmarkt", ergänzte Strubinski noch, aber keiner reagierte.
Strubinski wartete einen Moment, dann ergriff er wieder das Wort. „Ist schon irgendwie verrückt. Erst ist Weihnachtsmarkt im Schulhof und ein paar Wochen später, am 2. und 3. Adventswochenende, sind noch mal die VeMiNa-Märkte, die sich über das halbe Dorf erstrecken. Aber irgendwie auch schön. Die Christbaumfuzzis sorgen wenigstens dafür, dass bei uns mal was los ist. Außer Kirb im Sommer ist bei uns ja auch der Hund

begraben. Wobei die Kirb ja auch nicht mehr das ist, was sie mal war. Aber das ist ja mittlerweile überall so. Wenn ich da an uns denke, wie wir um die Linde getanzt sind."
Wieder wartete Strubinski auf irgendeine Reaktion, wieder kam nichts. „Kommt die Stefanie auch zum Weihnachtsmarkt?", wandte er sich erneut an Steinhauser.
Dieser drehte den Kopf langsam zu Strubinski, schaute ihn lange an und holte tief Luft. „Fred", sagte er fast flehend. „Kannst du bitte einfach mal die Klappe halten? Ich will jetzt nix red!"
„Ist ja scho gut", gab dieser beleidigt zurück. „Ihr seid genauso verkrampft wie der Tagweih."
„Wie meinst du das?", wollten beide sofort wissen.
„So mies wie der drauf ist, hat der entweder total schlechten Sex oder gar keinen!"
„Willst du behaupten, wir hätten schlechten Sex?", entrüsteten sich Steinhauser und Holzinger.
„Naja, ihr habt ein Baby bekommen", meinte er zu Holzinger, „und die Stefanie wohnt in Würzburg. Ja, ich denk, euch geht's wie dem Tagweih. In eurem Fall: kein Sex!"
„Spinnst du!", beschwerte sich Holzinger, doch bevor er noch etwas sagen konnte, ergriff Strubinski wieder das Wort.
„Reg dich doch nicht so auf", beruhigte er ihn. „Ich weiß, was da hilft."
„Fred, bitte! Das will jetzt keiner hören!", warf Steinhauser dazwischen, da er bereits ahnte, was jetzt kommen würde. Doch verhindern konnte er es nicht.
Voller Begeisterung erzählte Strubinski von dem erotischen Yoga-Kurs, den er zurzeit mit seiner Frau Lavinia erfolgreich besuchte, und wie sie dadurch frischen Wind in ihr ohnehin schon abwechslungsreiches Sexualleben bringen konnten. Aus Rücksicht auf Steinhauser ließ er zwar Details aus, doch die Beschreibungen genügten, um bei ihm ein nicht mehr aufzuhaltendes Kopfkino in Gang zu setzen. Hilflos ließ er Strubinski gewähren und zu seiner Überraschung zeigte Holzinger großes Interesse an dem Kurs. Am Ende waren beide so verblieben, dass Holzinger mit Katja über eine Teilnahme reden würde.
„Kann ja nicht schaden", meinte dieser und Strubinski warf Steinhauser ein breites Grinsen zu.
Plötzlich öffnete sich die Tür der Jagdhütte. Zwei Polizisten kamen mit der Leiche im Sarg heraus. Die drei verstummten.

„Die Tote muss auf den Wagen!“, rief ihnen Tagweih hinterher.
Die beiden Männer versuchten den steilen Anstieg zur Hütte hinunterzulaufen. Was sich mit einer zusätzlichen Taschenlampe in der einen Hand und dem erneut einsetzenden Schneefall jedoch als viel schwieriger herausstellte, als sie angenommen hatten. Der Boden war gefroren. Nach wenigen Schritten verlor der erste das Gleichgewicht. Die Tragschale knallte auf den Boden, der Deckel sprang herunter und rutschte zusammen mit den Polizisten das Stück bis zum Feldweg hinunter.
„Nix passiert!“, riefen sie, rollten im Schein der Taschenlampen hektisch den Sack mit der Leiche zurück in den Sarg und machten den Deckel wieder fest. Kurz darauf waren sie außer Sichtweite.
Nach und nach kam einer nach dem anderen wieder aus der Jagdhütte heraus und entledigte sich seines Einweganzuges.
„Und, wie sieht´s aus?“, fragte Steinhauser, als Stefanie die Hütte verließ.
„So wie es aussieht, ist die Tote mit dem Kopf gegen den Ofen gestürzt“, sagte Stefanie.
„Soweit waren wir auch schon“, gab Strubinski zurück.
„Dabei hat sie sich vermutlich das Genick gebrochen“, berichtete sie weiter.
„Und wie lange liegt die da schon?“, fragte Steinhauser.
„Der Tobias vermutet, dass der Tod der Frau schon gestern Abend, also am Dienstag, zwischen 17:00 und 23:00 Uhr eingetreten ist. Genauer geht es im Augenblick leider nicht“, meinte Stefanie. „Näheres zum Todeszeitpunkt und den Todesumständen kann er erst sagen, wenn er die Tote auf seinem Tisch liegen hat. Also ... ich meine ... wenn er sie genauer untersucht hat. Wenn ich ...“
„Frau Fehlhaus!“, unterbrach Tagweih energisch ihre Unterhaltung. „Ich denke, ich muss Ihnen nicht sagen, dass Sie mit dem Stand der Ermittlungen vertraulich umgehen müssen!“
„Nein, natürlich nicht“, gab sie verlegen zurück.
„Hören Sie mal!“, mischte sich Strubinski ein. „Schließlich haben wir die Uschi gefunden!“
„Und Sie haben genau richtig gehandelt, indem Sie diesmal gleich die Spezialisten gerufen haben.“ Tagweih nahm ihm gleich den Wind aus den Segeln. „Und ich erwarte absolutes Stillschweigen über diesen Vorfall. Das gilt für jeden von Ihnen! Und kommen Sie ja nicht auf die Idee irgendwelche ... *Ermittlungen* ... anzustellen. Wenn wir Ihre Hilfe benötigen sollten, was ich eher für unwahrscheinlich halte, dann werden wir Sie kon-

taktieren. Haben Sie mich verstanden?"
„Ja", gaben die drei einstimmig zurück.
Tagweih musterte sie eindringlich, war sich aber nicht sicher, ob seine Ansprache etwas nützen würde.
„Nur eines noch", schob Steinhauser vorsichtig hinterher. „Falls der Herr Stickl Hundespeichel an den Füßen der Toten finden sollte, dann ist der von meinem Hund."
Tagweih holte tief Luft, schaute zu Jacky und setzte an, etwas zu sagen, schluckte es aber hinunter. Stattdessen forderte er Holzinger auf, sie bitte wieder zurück ins Dorf zu bringen. Nachdem der Hauptkommissar die Tür versiegelt hatte, brachte Holzinger alle wieder zurück nach Mittelsinn an die Linde. Tagweih hatte während der Rückfahrt ganz bewusst darauf geachtet, dass Steinhauser nicht mit Stefanie sprechen konnte. Was nicht nötig gewesen wäre, denn es sagte keiner auch nur ein Wort. Steinhauser und Strubinski starrten betroffen auf den Sarg, in dem jetzt die Uschi lag, eingepackt in einen Plastiksack.
Bevor Stefanie ins Auto ihres Chefs stieg, rief Steinhauser ihr noch schnell zu, dass er sie anrufen werde, dann verschwanden die Leute von der Kripo.

Kapitel 4

Es war bereits kurz nach 10:00 Uhr, als Steinhauser aus einem unruhigen Schlaf erwachte. Die Ereignisse der zurückliegenden Nacht nahm er als Anlass, erst dann zur Arbeit zu gehen, wenn er von alleine wach werden würde. Jacky lag ebenfalls noch in ihrem Körbchen. Sie hob desinteressiert den Kopf, als ihr Herrchen mit dicken Augenringen ins Bad schlurfte. Nach einer gefühlten Ewigkeit kam er wieder heraus und schlüpfte in seine Polizeiuniform. Steinhauser zog sich seinen dicken Wintermantel über, steckte die Unterlagen, die er von Frau Schäflein bekommen hatte, in seinen Rucksack und öffnete die Tür. Jacky zögerte kurz, kam dann aber doch langsam hinterher getrottet. Auch ihr war die lange Nacht anzumerken. Kaum hatte sie das Haus verlassen, blieb sie stehen. Es war deutlich kälter als gestern Nacht und auf ihrer Wiese lagen über zwanzig Zentimeter Schnee, der ihr bis zum Hals reichte. Sie beobachtete Steinhauser, wie er mit einer Schneeschaufel den Weg zur Straße notdürftig räumte. Nachdem sie sich einen Moment umgeschaut hatte, verschwand sie wieder durch ihre Hundeklappe im Haus. Der Räumdienst war auch schon unterwegs gewesen, hatte die Straßen vom Schnee befreit und gestreut.
Mit einem Schal vermummt, rollte Steinhauser auf dem E-Bike seines Schwagers den Berg hinunter ins Dorf. Trotz seines Mantels biss sich die Kälte durch seine Kleider und er war froh, endlich das Rathaus zu erreichen. Dort freute sich Steinhauser schon auf eine heiße Tasse Kaffee von Frau Schäflein. Umso enttäuschter war er, als er feststellte, dass sie nicht da war. Da er keine Lust hatte, selber Kaffee zu kochen, verzog er sich in sein Büro. Während er die Geschehnisse der Nacht noch einmal Revue passieren ließ, breitete er die Karten und Listen von Frau Schäflein auf seinem Schreibtisch aus. Interessiert verglich er zum wiederholten Male die farblich markierten Felder auf den Landkarten mit einer Liste, auf der die Besitzer mit derselben Farbe gekennzeichnet waren. Steinhauser war überrascht, als er feststellte, wie viele Ländereien Ursula Sternberg gehörten. Sie hatte in allen Gemeinden des Sinngrundes Christbaumkulturen. Die meisten davon lagen auf dem Gebiet von Mittelsinn. Hinter den Namen auf der Liste waren noch die Hektar angegeben. Steinhauser staunte nicht schlecht, als er las, wie viel Ursula Sternberg bewirtschaftete. Mit über 140 Hektar Land war sie wahrlich die *Christbaumkönigin* vom Sinngrund und besaß, wie er es schon von Strubinski erfahren

hatte, mit Abstand die meisten Kulturen. Und dafür benötigte sie auf jeden Fall Personal. Er beschloss, ihren Hinterbliebenen bei nächster Gelegenheit einen Besuch abzustatten. Allerdings wollte er zunächst warten, bis die Spezialisten der Kripo die Nachricht von Ursulas Tod überbracht hatten. Dafür waren sie ja schließlich auch die Fachleute.
„Da sind Sie ja!“, tönte es plötzlich aus dem Nebenzimmer. „Ich hab scho gedacht, ich muss die Polizei allamiere, weil Sie heut Morgen net gekomme sind.“
„Tut mir leid, Frau Schäflein. Ich wollte anrufen, aber ich hatte eine anstrengende Nacht.“
„Und, habbe Sie den Christbaumzwicker erwischt?“
„Ach, woher denn“, wehrte Steinhauser ab und deutete auf die Karten. „Bei den vielen Feldern, da müsst es schon mit dem Teufel zugehen, wenn man jemanden auf frischer Tat erwischt. Aber dafür bin ich über eine ...“ Steinhauser brach den Satz ab.
Was Frau Schäflein natürlich nicht entgangen war. „Über was sind Sie?“, hakte sie sofort nach.
Steinhauser erinnerte sich an die mahnenden Worte von Marek Tagweih. „Ich bin über eine … Wurzel gestolpert. Halb so schlimm“, sagte er knapp und wechselte gleich das Thema. „Sind Sie mit dem Herrn Breuer klargekommen?“
Frau Schäflein verzichtete zu seinem Glück darauf nachzubohren. „Mehr oder weniger“, gab sie etwas beleidigt zurück. „Besonders nett war des net von Ihne. Einfach so zu verschwinde. Das Anzeigeformular und die Bilder liegen in der Mappe auf Ihrem Schreibtisch. Ich hoff, des passt so.“
„Ich gelobe Besserung“, sagte Steinhauser. Demonstrativ kramte er die Mappe unter den Karten hervor und gab sich interessiert.
Frau Schäflein stellte sich neben ihn. „Hab ich des richtig gemacht?“
„Sieht ganz gut aus“, meinte Steinhauser, während er das Dokument oberflächlich überflog.
„Und was gedenke Sie jetzt zu tun?“
„Wegen was?“
„Weche dem Unfall … und dem Christbaumzwicker.“
„Abwarten und beobachten“, sagte Steinhauser.
Frau Schäflein verdrehte hinter seinem Rücken die Augen, ging aber nicht näher darauf ein.
„Ich hätt da mal ´ne Frage zu der Anzeige.“ Sie deutete auf das Formular in seiner Hand.

„Dann legen Sie mal los“, wandte er sich zu ihr um.
„Könne Sie mir mal erklären, was der Erbsenhafen ist?“, fragte Sie vorsichtig.
„Tja, der Erbsenhafen ...“ überlegte er. „Das ist so“, begann er, legte das Formular zur Seite und ging zu einer großen Deutschlandkarte, die in seinem Büro hing. „Ganz oben ist Deutschland, dann kommen die Bundesländer. In unserem Fall Bayern. In Bayern gibt es wiederum Franken, das sich in Ober-, Mittel- und Unterfranken aufteilt. Wir leben im Spessart beziehungsweise im Sinngrund, der in Unterfranken liegt. Und im Sinngrund gibt es dann die verschiedenen Gemeinden. Und der Erbsenhafen ist ein kleiner ... Bezirk von Mittelsinn. Ja, so könnte man es bezeichnen“, meinte er voller Stolz auf seine Erklärung. Frau Schäflein starrte ihn stirnrunzelnd an. Da sie nichts sagte, fuhr er fort: „In Burgsinn gibt es ja auch solche Bezirke. Zum Beispiel den Gaisrein, Bettlersruh oder den Judengraben. Und in Mittelsinn gibt es eben den Erbsenhafen. Hier in der Gegend gibt es lauter Bezirke mit solchen lustigen Namen. Besonders gut finde ich die Galgenäcker in Mittelsinn.“
„Galgenäcker?“ Sie schaute ihn verwundert an.
„Ja, die Galgenäcker“, wiederholte Steinhauser mit geheimnisvollem Unterton in seiner Stimme. „Da wurden früher die Verbrecher von Mittelsinn aufgehängt und die sterblichen Überreste verscharrt. Wenn die Landwirte ihre Pflüge über die Äcker ziehen, finden sie noch heute menschliche Knochen.“
„Ja, ja“, meinte Frau Schäflein und zeigte ihm den Vogel. „Und im Judengraben wurden die Juden vergraben, oder was?“
Steinhauser presste die Lippen aufeinander und zuckte mit den Schultern. „Um politisch korrekt zu bleiben, würde ich diese Frage lieber nicht beantworten“, gab er zurück. „Aber ich denke, die haben sich, wenn überhaupt, eher dort versteckt.“
„Wolle Sie mich jetzt verarsche?“, meinte Frau Schäflein etwas beleidigt. „Glaube Sie, ich bin blöd? Und außerdem kenn ich alle Bezirk von Burgsinn!“
„Entschuldigen Sie vielmals. Ich wollte Sie bestimmt nicht ...“, setzte Steinhauser zu einer Entschuldigung an, doch Frau Schäflein fuhr ihm ins Wort.
„Lassen Sie´s mal gut sein“, wehrte sie ab. „Kümmern Sie sich mal lieber um den Herrn Breuer!“
Sie wartete keine Antwort ab, ging in ihr Büro und schloss demonstrativ

die Tür. Steinhauser schaute ihr etwas unschlüssig hinterher. Verärgern oder aufziehen wollte er sie eigentlich nicht, aber vielleicht hatte er den Bogen doch etwas überspannt. Gut, die Geschichte mit den Galgenäckern war dann vielleicht doch etwas zu viel des Guten, aber genauso hatte es ihm sein Großvater erzählt, als er noch klein gewesen war. Was bei ihm damals zu tagelangen Alpträumen geführt hatte.
Steinhauser nahm das Anzeigeformular wieder zur Hand und prüfte, was Frau Schäflein alles notiert hatte. Während er das Protokoll aufmerksam durchging, erstarrte er plötzlich. Ein eiskalter Schauer lief ihm den Rücken hinunter. Der Unfall fand genau in dem Zeitfenster statt, in dem, laut Klugscheißer Stickl, Ursula Sternberg zu Tode gekommen war. *Vielleicht wurde Breuer vom Täter gerammt*, schoss es ihm durch den Kopf.
Er nahm den Hörer seines Telefons in die Hand und durchsuchte das elektronische Telefonbuch nach der Nummer der Kripo aus Würzburg. Als er sie gefunden hatte, zögerte er.
Ich soll mich bloß nicht einmischen, erinnerte er sich an Tagweihs mahnende Worte und überlegte. *Und zudem ist der genaue Todeszeitpunkt ja auch noch nicht zu hundert Prozent geklärt. Besser ich lasse es, sonst führe ich die Spezialisten noch auf eine falsche Fährte. Am Ende bin ich noch der Depp, weil ich die Ermittlungen behindert habe*. Steinhauser legte den Hörer wieder zur Seite. *Vielleicht hat ihn aber auch der Christbaumzwicker gerammt? In diesem Fall sollte ich der Sache unbedingt nachgehen. Der Rappert will schließlich Ergebnisse!*
Er steckte die Bilder samt Anzeigeformular zurück in die Mappe und ging zu Frau Schäflein.
„Liebe Frau Schäflein“, begann er betont freundlich. Dafür erntete er einen strengen Blick. „Ich bräuchte Ihre Hilfe.“
„Um 16:00 Uhr will ich ihn wiederhaben!“, gab sie zurück, ohne abzuwarten, was er noch sagen wollte. Dann wühlte sie kurz in ihrer Handtasche und hielt Steinhauser ihren Autoschlüssel entgegen.
„Bis dahin bin ich locker wieder hier. Ich muss nur mal eben nach Aura und den Herrn Breuer etwas fragen“, versicherte er mit einer tiefen Verbeugung.
Als der Herbst langsam in den Winter überging und die Tage kürzer wurden, war Frau Schäflein von ihrem Fiat Spider Cabriolet auf ihren feuerroten Fiat 500 gewechselt. Steinhauser war ihr wirklich sehr dankbar, dass er fast immer ihr Auto benutzen durfte. Meistens nahm er aber den Polo seiner Schwester. Das ging allerdings nicht, wenn er schon mit dem

E-Bike seines Schwagers auf dem Rathaus war. Ein eigenes Dienstfahrzeug hatte er, zum Leidwesen aller, immer noch nicht. Und für seinen alten Wohnbus waren die aktuellen Temperaturen Gift. Dafür hatte er jetzt ein mobiles Blaulicht, das er im Notfall auf dem Dach befestigen und über den Zigarettenanzünder ein- und ausschalten konnte.

Breuer wohnte im Aasgrund, einem kleinen Wohngebiet außerhalb von Aura. Hier kannte jeder jeden und die Nachbarn kannte man meist besser als sich selbst. Auf der Suche nach Breuers Adresse fuhr Steinhauser langsam die Straße entlang. Sofort hatte er die Aufmerksamkeit der Anwohner, die gleich erkannt hatten, dass dieses Auto nicht hierher gehörte. Aus den verschneiten Gärten und hinter den Gardinen an den Fenstern verfolgten ihn neugierige Blicke. Davon unbeirrt, bog Steinhauser in einen kleinen Hof ein. Er stellte sich demonstrativ neben sein Auto und schaute sich um. Die Breuers hatten sich bisher offensichtlich noch nicht die Mühe gemacht, ihr Grundstück vom Schnee zu befreien. Beim Anblick des uniformierten Polizisten waren die Köpfe der neugierigen Beobachter wieder verschwunden. Binnen Sekunden wurden sie unsichtbar.
Steinhauser stapfte zur Haustür und klingelte. Doch auch nachdem er mehrmals Sturm geklingelt hatte, öffnete niemand. In der Hoffnung, jemanden zu finden, ging er um das Haus herum. Aber das kleine Anwesen war wie ausgestorben. Aus seinen Augenwinkeln heraus konnte er sehen, wie ihn jemand von Nachbargrundstück aus durch eine etwa zwei Meter hohe, verschneite Hibiskus-Hecke hindurch beobachtete. Steinhauser drehte sich ruckartig um und ging direkt auf die Person zu. Er war sich sicher, dass es sich um eine Frau handelte.
„Grüß Gott. Mein Name ist Steinhauser“, stellte er sich vor.
Die Person schien erstarrt zu sein. Dass er sie ansprechen würde, damit hatte sie offensichtlich nicht gerechnet.
„Ich kann Sie sehen, Frau …?“
Zunächst kam keine Antwort.
„Sind Sie der Polizist aus Burgsinn?“ Es war tatsächlich eine Frau, die ihn fragte. Ohne allerdings ihren Namen zu nennen oder sich zu bewegen.
„Ja“, bestätigte Steinhauser. „Können Sie mir vielleicht sagen, wo der Herr ...“, Steinhauser kramte die Anzeige aus der Mappe hervor. „... Marcel Breuer ist?“
„Hat er was angestellt?“, kam prompt die Frage.

„Sind Sie vielleicht etwas neugierig, Frau ...?“ Steinhauser versuchte die Nachbarin durch das löchrige Gestrüpp zu erkennen, konnte aber nur Stücke ihrer Kleider sehen.
„Nein“, gab sie knapp zurück. Wiederum ohne sich vorzustellen.
„Also gut, Frau ... ohne Namen“, setzte Steinhauser erneut an. „Wissen Sie, ob bei den Breuers jemand zu Hause ist?“
Wieder keine Antwort. Steinhauser wurde ungeduldig.
„Herrgottsackra, was ist denn los mit Ihnen?“, entfuhr es ihm ungehalten. Er versuchte, die Zweige des Zauns mit den Händen zur Seite zu drücken, um die Frau zu erkennen. „Ich will doch nur wissen, ob bei den Breuers jemand zu Hause ist!“, schimpfte er.
Doch die Frau war verschwunden. Steinhauser hatte es lediglich geschafft, dass ihm Schnee in den Nacken fiel, der ihm eiskalt den Rücken hinunterlief. Er überlegte kurz, ob er der Nachbarschaft einen Besuch abstatten sollte, entschied sich dann aber dagegen. Um sich mit irgendwelchen eigenwilligen Hausfrauen anzulegen, hatte er jetzt weder Zeit noch Lust. Stattdessen schaute er sich erneut auf dem Grundstück der Breuers um. In einem Schuppen entdeckte er einen alten, silbergrauen Opel Astra. Nach einem prüfenden Blick auf die Bilder, die Frau Schäflein gemacht hatte, war er sich sicher, dass es sich um das Auto von Marcel Breuer handelte. Steinhauser ging um das Auto herum. Am hinteren, linken Kotflügel entdeckte er den fotografierten Schaden.
„Voll erwischt“, meinte er nur, während er das Heck inspizierte.
Neben dem Kotflügel waren auch das Licht und der Kofferraumdeckel in Mitleidenschaft gezogen worden. Der Schaden war vermutlich größer als der Wert des alten Opels. Dessen allgemeiner Zustand war nämlich nicht besonders gut. Für so etwas hatte er einen Blick. An vielen Stellen war der Rost bereits durch den Lack gebrochen. Steinhauser hatte seine Zweifel, ob das Auto für den Straßenverkehr überhaupt noch tauglich gewesen war. Ein Blick auf die TÜV-Plakette verriet ihm, dass der Opel noch ein Jahr TÜV hatte.
Bei näherer Betrachtung des Schadens konnte er deutlich die dunklen Farbsplitter des anderen Fahrzeuges erkennen. Mit den Fingern versuchte er einige Splitter aus dem Kotflügel zu lösen, hatte aber keinen Erfolg. Doch wenn er herausfinden wollte, von welchem Fahrzeugtyp Breuer gerammt worden war, musste er genau diese Splitter analysieren lassen. Nur so konnte er den Kreis der verdächtigen Fahrzeuge eingrenzen.
Steinhauser schaute sich im Schuppen um. Hinter dem Auto war eine

große Werkbank mit allerlei Werkzeugen, Maschinen und jeder Menge Spachtelmasse. Offensichtlich hatte Breuer vor, den Schaden selbst zu reparieren. Da er bei Mehrhold in der Autowerkstatt arbeitete, bot es sich ja an. Steinhauser entdeckte einen Zollstab und begann, den Schaden grob zu vermessen. Die ermittelten Maße trug er auf den Bildern von Frau Schäflein ein. Darin hatte er Übung. Zu Verkehrsunfällen war er während seiner Dienstzeit in Würzburg mindestens einmal pro Woche gerufen worden.

Erneut betrachtete er den Schaden. Irgendetwas fand er sonderbar, wusste aber im Augenblick nicht was. Jetzt suchte er nach einem geeigneten Hilfsmittel, um die Farbsplitter aus dem Kotflügel zu lösen. Eine größere Pinzette wäre gut gewesen, aber er fand nichts, was ihm zusagte. Während er so überlegte und sich umsah, stach ihm eine Flex, also ein Winkelschleifer, ins Auge.

Kurzentschlossen setzte er sich Schutzbrille und Gehörschutz auf und schnitt damit ein großes Stück Blech mit besonders vielen Farbsplittern aus dem Kotflügel heraus.

Die alte Karre würde eh keinen TÜV mehr bekommen und die Beweismittel mussten schließlich sichergestellt werden. Zudem wäre bei dem Schaden sowieso ein neuer Kotflügel fällig gewesen.

Steinhauser beschloss, über Mittelsinn zurück nach Burgsinn zu fahren. Er wollte kurz bei seinen Eltern vorbeischauen und fragen, ob sie im Kampf gegen den Schnee seine Hilfe benötigten. Mittlerweile hatten die ortsansässigen Winterdienste auch die Straße über den Auraer Berg halbwegs geräumt. Salz wurde aus Kostengründen nur an den steilen Stellen gestreut, und das auch nicht im Überfluss. Nachdenklich schaute er in das verschneite Tal, den Erbsenhafen, dann hinüber zu Ursula Sternbergs Jagdhütte. Er konnte sie unter der Schneedecke und zwischen den vielen Christbäumen nur deshalb erkennen, weil er seit gestern Nacht wusste, wo sie in etwa stand.

Dabei fiel ihm ein kleiner, weißer Kastenwagen auf, der unmittelbar hinter Strubinskis E-Auto stand, das immer noch im Graben lag und den Weg blockierte. Fast hätte er ihn in der weißen Landschaft übersehen. Steinhauser fuhr rechts ran, stieg aus und schaute sich um. Da sah er jemanden. Ob es sich dabei um eine Frau oder um einen Mann handelte, konnte er aus der Entfernung allerdings unmöglich erkennen. Die Person

kam gerade den steilen Weg zur Jagdhütte heruntergelaufen, als sie ihn bemerkte. Sie hielt kurz inne und schaute in Steinhausers Richtung. Dann fing sie an zu rennen. Sie stürzte, rappelte sich wieder auf, sprang in den Kastenwagen und fuhr los. Der Wagen schlingerte kurz auf dem zugeschneiten Feldweg, fand dann aber die Spur. Steinhauser sprang ebenfalls sofort ins Auto. Er wollte unbedingt wissen, wer heute, ausgerechnet heute, bei diesem Wetter, dort herumschlich. Und das nach dem gestrigen Vorfall. Er musste den Kastenwagen abfangen, um jeden Preis. Da er aber das Auto von Frau Schäflein hatte, wollte er nichts riskieren und fuhr vorsichtig den steilen Berg hinunter. Er kam dem Kastenwagen immer näher, doch dieser raste wie verrückt auf die geteerte Verbindungsstraße zu. Steinhauser versuchte, den Schriftzug auf der Seitenwand zu entziffern, war aber noch viel zu weit weg. Das einzige, was er erkennen konnte, war ein großer Dachständer. Steinhauser war sich sicher, dass die Person unbedingt vermeiden wollte, dass man sie erkannte. Doch er musste einsehen, dass der Vorsprung des Kastenwagens zu groß war. Es war unmöglich, die Abzweigung in den Feldweg vor ihm zu erreichen.
Der Wagen schlitterte auf die Straße. Beinahe wäre er in den Graben auf der gegenüberliegenden Seite gerutscht. Aber dem Fahrer gelang es, die Kontrolle über sein Fahrzeug zu behalten. Er raste Richtung Mittelsinn und das bei diesen schlechten Straßenverhältnissen. Zu gerne hätte Steinhauser gewusst, wer sich hier herumgetrieben hatte und vor allem: Warum? Aber das Risiko, mit Frau Schäfleins Auto einen Unfall zu bauen, war ihm zu groß. Er konnte und wollte es nicht riskieren, sie zu verärgern. Langsam rollte er nach Mittelsinn, mit der leisen Hoffnung, dass der Fahrer des Kastenwagens vielleicht an einer anderen Stelle in den Graben gerutscht war – natürlich ohne sich zu verletzen. Was allerdings nicht der Fall war.
An der Ortseinfahrt nach Mittelsinn klingelte sein Handy. Er stellte sich zwischen zwei aufgetürmte Schneehaufen und nahm das Gespräch entgegen. Es war Frau Schäflein.
„Sie solle sofort den Rappert anrufe!“, teilte sie ihm mit. „Der war ganz uffgerecht. Scheint wirklich dringend zu sein.“
Er bedankte sich und versprach, umgehend zurückzukommen. Frau Schäflein war die einzige Person auf dem Rathaus, der er seine private Telefonnummer anvertraut hatte. Aber auch nur, weil er immer noch kein Diensthandy hatte. Sie musste ihm hoch und heilig versprechen, die Nummer unter keinen Umständen weiterzugeben. Aber für Notfälle war es durchaus

sinnvoll, wenn wenigstens sie ihn erreichen konnte. Und dies schien ein Notfall zu sein. Zumindest hatte Frau Schäflein diesen Eindruck vermittelt. Was aber noch lange nichts zu bedeuten hatte.
Steinhauser überlegte kurz, ob er Rappert gleich anrufen sollte, verwarf den Gedanken aber sofort wieder. Dann hätte der ja seine Privatnummer und das kam überhaupt nicht in die Tüte. Deshalb beschloss er, nach Burgsinn zurückzufahren. Seinen Eltern würde er eben später einen Besuch abstatten.

„Was habbe Sie denn da?“, wunderte sich Frau Schäflein, als Steinhauser mit dem Stück Blech aus Breuers Kotflügel ins Rathaus kam.
„Das?“ Steinhauser betrachtete sein Mitbringsel. „Das ist ein Beweisstück. Brauch ich, um den Unfallverursacher zu überführen.“
„Schö, dass Sie so engagiert sind“, freute sich Frau Schäflein.
„Das ist doch das Mindeste, was ich tun kann“, wehrte Steinhauser ab und bedankte sich, dass sie ihm ihr Auto geliehen hatte. „Wie war denn die Laune vom Rappert, als er angerufen hatte?“, wechselte er das Thema.
„Ich weiß ach net“, meinte sie schulterzuckend. „Der ist immer irgendwie so … angespannt, hab ich das Gefühl.“
„Hat er gesagt, was er will?“
„Der sagt mir nie, was er will, es sei denn, es geht gar net annerst“, wehrte Frau Schäflein mit einer wegwerfenden Handbewegung ab. „Vermutlich will der net, dass ich Sie warne kann ... vor was auch immer.“
Vielleicht will der auch einfach nicht, dass Sie alles wissen, dachte Steinhauser. „Naja, dann werd ich mal hören, was der will.“ Mit einem lauten Seufzer setzte er sich an seinen Schreibtisch und wählte die Nummer von Rappert. Frau Schäflein drückte ihm demonstrativ die Daumen, bevor sie sein Büro verließ.
„Steinhauser, wo treiben Sie sich denn schon wieder rum?“, war die harsche Begrüßung von Rappert. „Und warum haben Sie mich nicht informiert?“
Steinhauser verdrehte die Augen, blieb aber ruhig. „Wären Sie so freundlich, mir auf die Sprünge zu helfen. Worüber habe ich Sie nicht informiert?“
„Über die Leiche!“, gab Rappert scharf zurück. Steinhauser stellte sich vor, wie dieser hinter seinem Schreibtisch stand, den Telefonhörer so fest umklammerte, dass seine Hand kaum noch durchblutet wurde und sein

Kopf rot wie eine Ampel leuchtete. „Der Typ von der Kripo aus Würzburg hat mich heute Morgen angerufen!“

„Ich durfte Sie nicht informieren, Herr Rappert.“

„Steinhauser, wollen Sie mich verarschen?“

„Herr Rappert, wie kommen Sie denn auf so etwas? Das würde ich doch niemals machen“, versicherte er seinem Chef. „Der Typ von der Kripo hat mir ausdrücklich verboten, über den Leichenfund zu sprechen“, schob Steinhauser noch wahrheitsgemäß hinterher.

„Seit wann machen Sie denn, was man Ihnen sagt?“

„Eigentlich immer“, gab Steinhauser zurück.

„Das ist ja ganz was Neues. Und merken Sie sich eins: Sie unterstehen meinem Kommando!“, stellte Rappert lautstark klar. „Und in Zukunft erwarte ich von Ihnen, dass Sie mich umgehend informieren, wenn derartiges in meinem Zuständigkeitsbereich passiert! Haben Sie mich verstanden, Steinhauser?“

„Selbstverständlich, Herr Rappert. Sie sind der Boss!“, bestätigte Steinhauser. *Du musst mich nicht anbrüllen, du Depp, ich kann dich auch so verstehen*, hätte er ihm am liebsten gegen den Kopf geworfen, konnte sich aber beherrschen. „Ich wollte Sie ja auch als allererstes anrufen, aber ich hatte Ihre Nummer leider nicht zur Hand. Wenn ich ein Diensthandy gehabt hätte, in dem Ihre Nummer eingespeichert ist, dann hätte ich Sie selbstverständlich als aller …“

„Übertreiben Sie es nicht, Steinhauser!“, fiel ihm Rappert ins Wort. „Ich werde dafür sorgen, dass Sie ein Diensthandy bekommen! Das verspreche ich Ihnen!“

„Oh, das wäre ja wunderbar“, gab Steinhauser überrascht zurück. Im nächsten Augenblick ärgerte er sich über sich selbst. Denn eigentlich war er ohne Diensthandy ganz zufrieden. So war er für Rappert nicht immer erreichbar. Dies würde sich mit einem Diensthandy allerdings schlagartig ändern. „Aber kein so ein altes Ding mit Tasten. Muss scho was gescheit´s sein“, schob er noch schnell hinterher.

„Das lassen Sie mal meine Sorge sein“, stellte Rappert gleich klar. „Wichtig ist, dass Sie für mich erreichbar sind!“

„Ja, natürlich. Der Staat muss sparen, wo er kann.“

„Sie haben es erfasst! Und morgen früh will ich einen ausführlichen Bericht von Ihnen. Haben Sie mich verstanden?“

„Jawohl, Herr Rappert.“

Kurz darauf war die Leitung tot.

Steinhauser hatte nicht die geringste Lust einen detaillierten Bericht zu schreiben. Und schon gar nicht bis morgen früh.
Er war gerade dabei, das Blech aus Breuers Kotflügel in seinen Rucksack zu stopfen, als Frau Schäflein wieder hereinkam.
„War´s schlimm?“, fragte Sie vorsichtig.
„Auch nicht schlimmer als sonst“, gab Steinhauser gleichgültig zurück. Da kam ihm eine Idee. Er ging auf Frau Schäflein zu, führte sie in ihr Büro und bat sie Platz zu nehmen. „Können Sie schweigen, Frau Schäflein?“, fragte er geheimnisvoll.
Sie schaute verwundert. „Ja, natürlich kann ich schweigen“, gab sie vorsichtig zurück.
„Weil, ich hätte da nämlich eine brisante Aufgabe für Sie“, machte er es spannend.
„Herr Steinhauser, Sie könne sich hundertprozentig auf mich verlasse“, versicherte sie ihm und legte beide Hände auf ihr Herz.
„Ich habe gestern Nacht, als ich den Christbaumzwicker gesucht habe, die Leiche von Ursula Sternberg gefunden“, offenbarte er ihr. Es war eh nur eine Frage der Zeit, bis sie es erfahren würde.
„Oh mein Gott!“, stieß Frau Schäflein erschüttert aus und hielt sich erschrocken die Hand vor den Mund. „Dann stimmt es also doch, was im Dorf erzählt wird. Ich wollt Sie heut Morgen scho frag, ob des stimmt, hab mich aber net getraut.“
Sie hatte es schon längst erfahren, wie auch immer.
„Ja, schlimme Sache“, meinte Steinhauser tröstend. „Morgen oder übermorgen steht es bestimmt in der Zeitung.“
„Und was kann ich da tun?“, fragte Sie verwundert.
„Sie müssen mir versprechen, dass Sie niemandem etwas darüber erzählen, was ich Ihnen jetzt sage!“, erinnerte er sie noch einmal an die Brisanz der Angelegenheit.
„Ich schwöre!“, versicherte ihm Frau Schäflein.
„Gut, ich vertraue Ihnen“, bestätigte ihr Steinhauser und hielt einen Moment inne, bevor er weitersprach. „Ich soll für die Kripo als eine Art ... verdeckter Ermittler agieren“, begann er zu erklären. „Weil ich hier aufgewachsen bin, ist es meine Aufgabe, das Vertrauen der Menschen zu gewinnen, um so an Informationen zu kommen. Und der Rappert darf nix davon erfahren!“
Mit offenem Mund starrte ihn Frau Schäflein an.
„Da ich ab jetzt rund um die Uhr im Einsatz bin, bleibt mir kaum noch

Zeit, die Berichte für den Rappert zu schreiben", fuhr er fort. „Und da kommen Sie ins Spiel. Ihre Aufgabe wird es sein, mir den Rücken freizuhalten."
„Und was kann ich da mache?", fragte Frau Schäflein.
Steinhauser war sicher, dass sie alles für ihn tun würde. „Ihre Aufgabe wäre es, die Berichte für den Rappert zu schreiben, damit ich die Ermittlungen vorantreiben kann. Den Christbaumzwicker muss ich ja auch noch überführen."
„Und wie soll ich das mache? Ich weiß doch gar net, was ich dem schreibe soll."
„Ganz einfach", meinte Steinhauser. „Ich werde Ihnen täglich, oder wenn es eben mal wieder Zeit für einen Bericht wird, kurz berichten, was ich so gemacht habe. Sie machen sich ein paar Notizen und schreiben für den Rappert was zusammen. Muss ja nicht so genau sein."
„Und Sie glaube, das kann ich?"
„Aber selbstverständlich, Frau Schäflein. Wenn nicht Sie, wer dann? Und um das zu testen, werden wir gleich damit anfangen. Ich erzähle Ihnen kurz, was gestern geschehen ist, und Sie bringen es zu Papier. Anschließend lese ich noch mal drüber und Sie faxen oder mailen den Bericht an den Rappert. PC hab ich ja keinen."
„Ja, wenn Sie meinen."
Mit den Worten: „Das wird schon. Sie können das", machte er ihr noch einmal Mut und zerstreute ihre letzten Zweifel. Er gab ihr Block und Stift, dann berichtete er in groben Zügen, wie es dazu gekommen war, dass er die Leiche von Ursula Sternberg gefunden hatte. Strubinski erwähnte er hierbei lieber nicht. Es war besser, wenn Rappert nichts von ihm wusste. Während Steinhauser grob den Ablauf des gestrigen Abends wiedergab, machte sich Frau Schäflein eifrig Notizen. Sofort, nachdem er geendet hatte, schoss sie an ihren PC und begann zu schreiben.
Für einen kurzen Moment hatte Steinhauser ein schlechtes Gewissen, aber als er sah, mit welchem Eifer sie sich an die Arbeit machte, ärgerte er sich, dass er diese Idee nicht schon früher gehabt hatte. Dass sie schweigen konnte, davon war er überzeugt. Er nahm sich auch vor, die Berichte so kurz wie möglich zu halten, um sie nicht unnötig zu belasten. Und wenn sie keine Zeit haben oder es ihr zu viel werden sollte, dann würde er selbstverständlich den ein oder anderen Bericht wieder selber schreiben.

Endlich Feierabend. Auf dem Nachhauseweg sprang Steinhauser noch schnell beim Metzger vorbei, um Jacky mit ein paar frischen Knochen zu überraschen. Die Beagle-Dame verkroch sich damit sofort unter den kleinen Wohnzimmertisch. Das machte sie immer so, wenn er ihr Knochen mitbrachte. Dort fühlte sie sich sicher und unbeobachtet. Steinhauser hörte nur noch ein zufriedenes Schmatzen, begleitet vom Knacken der Knochen. Das fraß sie viel lieber als das blöde Dosenfutter. Allerdings konnten zu viele Knochen auch schon mal zur Verstopfung führen. Diese Erfahrung mussten Jacky und Steinhauser gleichermaßen machen. Einen Hund mit Darmproblemen wollte Steinhauser nicht noch einmal haben. Das schmerzverzerrte Gesicht, das Jacky damals beim Kacken von steinharten Kugeln gemacht hatte, hatte ihm schon beim Zusehen wehgetan. Also gab es immer mal etwas Anderes zu fressen, damit Jackys Darmflora auch schön im Gleichgewicht blieb.
Steinhauser zog sich etwas Bequemes an und warf sich auf die Couch. Das Blech aus Breuers Kotflügel legte er auf den Wohnzimmertisch. Gerade als er sich sein verdientes Feierabendbier öffnete, klopfte es an der Verbindungstür zum gemeinsamen Treppenhaus. Seine Schwester und ihre Familie wohnten über ihm. Eigentlich wollte er jetzt seine Ruhe haben, also wartete er ab. Doch das Klopfen wurde energischer.
„Ich weiß, dass du da bist!", hörte er seine Schwester Monika rufen. „Das E-Bike von Klaus ist in der Garage, also mach auf!"
Steinhauser hatte keine Wahl, er öffnete.
„Stimmt das?", fragte sie ihn und wirkte erschüttert.
„Ich weiß nicht, wovon du sprichst", gab er zurück.
„Dass die Uschi tot ist!"
„Strubinski", knurrte Steinhauser, während seine Schwester in die Wohnung stürmte. „Woher weißt du denn das schon wieder?", wollte er wissen.
„Das darf ich nicht sagen", gab Monika zurück. „Das musste ich versprechen. Eigentlich darf ich es noch nicht einmal wissen."
Der beste Weg, Informationen in Umlauf zu bringen, war immer noch, zu sagen, dass man es niemandem sagen soll. Diese ungeschriebene Regel war mindestens so alt wie die Menschheit selbst und die sicherste Methode, Neuigkeiten in Umlauf zu bringen.
„Es gibt hier nur zwei Menschen, die das wussten: der Fred und ich. Und von mir weißt du es nicht!", klärte Steinhauser seine Schwester auf.
„Vom Fred weiß ich es nicht. Das schwör ich dir!"
„Oh, das ist aber merkwürdig", tat er überrascht.

„Ja, ich geb´s ja zu. Die Lavinia war heut in der Praxis. Aber sie hat es nur mir gesagt."
„Sagt Lavinia!", stellte Steinhauser klar.
„Sie hat´s mir nur gesagt, weil ich deine Schwester bin. Sonst niemandem, wirklich!"
„Na, da bin ich ja beruhigt", spottete er, setzte sich auf die Couch und nahm einen kräftigen Schluck aus seiner Bierflasche. Er hatte nicht vor, die Diskussion weiterzuführen. Und im Grunde war es ihm auch egal. Geheimhalten konnte man es eh nicht. Frau Schäflein hatte es ja auch schon gewusst.
„Und?", fragte Monika, nachdem er nichts mehr sagte.
„Und was?", fragte er zurück.
„Stimmt´s oder stimmt´s nicht, dass die Uschi umgebracht wurde?"
„Wenn´s die Lavinia gesagt hat, dann wird's schon stimmen", sagte er und schaltete den Fernseher ein.
„Du könntest ruhig ein bisschen gesprächiger sein", meinte sie beleidigt.
„Es reicht doch, wenn die Lavinia gesprächig ist, oder?"
„Das darf ja wohl nicht wahr sein! Da hat man den Polizisten im Haus und alles muss man von anderen erfahren!", beschwerte sie sich, ging und knallte die Tür hinter sich zu.

Später, nachdem Steinhauser geduscht hatte, nahm er noch einmal die Unterlagen über die Christbaumerzeuger zur Hand, die er von Frau Schäflein bekommen hatte. Er hatte sie extra mit nach Hause genommen, damit er sich in Ruhe überlegen konnte, was er in Bezug auf den Christbaumzwicker unternehmen konnte. Wobei ihn das eigentlich weniger interessierte. Doch Ursulas mysteriöses Ableben hatte sein Interesse geweckt. Aber da er in diese Richtung unmöglich offiziell ermitteln konnte – Tagweih würde ihn steinigen –, beschloss Steinhauser, seine geplanten Aktivitäten unter dem Deckmantel *„Operation Christbaumzwicker"* zu verbergen.
Er ging die Unterlagen akribisch durch und entschied sich dazu, am nächsten Tag einem von Ursula Sternbergs Kollegen einen Besuch abzustatten.

Kapitel 5

Da es am nächsten Morgen wieder etwas geschneit hatte, beschloss Steinhauser mit dem Polo seiner Schwester aufs Rathaus zu fahren. Der Burgsinner Winterdienst lag nämlich noch im Winterschlaf, denn die steilen Straßen am Kirchrain waren noch nicht geräumt und gestreut worden. Und da er beschlossen hatte, das E-Bike seines Schwagers stehen zu lassen, nahm er diesmal auch Jacky mit. Auch wenn sie sich beharrlich weigerte, das mollig warme Haus gegen die Eiseskälte einzutauschen, hatte er kein Erbarmen. Steinhauser drehte noch kurz eine kleine Runde mit ihr, dann ging es ab ins Auto.
Anders als sonst, war er heute voller Tatendrang. Bis spät in die Nacht hatte er über den Unterlagen der Christbaumerzeuger gesessen und sich einen Plan für die nächsten Tage zurechtgelegt. Jetzt galt es diesen umzusetzen. Aus Angst, mit dem Polo die steile Straße hinunterzurutschen, fuhr er besonders langsam. Der Wagen geriet zwar immer wieder ins Schlingern, aber als erfahrener Autofahrer war dies kein Problem für ihn.
Frau Schäflein freute sich, Jacky wieder einmal zu sehen und gab ihr gleich ein paar Leckerlis, die sie immer parat liegen hatte.
„Kann ich die Jacky bei Ihnen lassen, Frau Schäflein? Ich müsst noch was erledigen. Dauert auch nicht lange."
„Kein Problem. Habbe Sie den Bericht für den Herrn Rappert scho gelese? Liegt auf Ihrem Schreibtisch."
„Mach ich sofort."
Gesagt, getan. Steinhauser setzte sich und las aufmerksam, was Frau Schäflein aus seinen Informationen zusammengeschrieben hatte. Sie stand hinter ihm und wartete gespannt auf seinen Kommentar zu ihrem Werk. Als er fertig war, schaute er sie an, ohne zunächst etwas zu sagen. Für Frau Schäflein war sein Schweigen ein Ticken zu lange.
„Net gut?", kam prompt ihre Reaktion.
„Das kann man so nicht sagen", meinte Steinhauser. „Eigentlich zu gut. Der Rappert glaubt nie, dass ich das geschrieben habe."
„Soll ich´s noch mal neu schreibe?"
„Nein, auf keinen Fall", wehrte er ab. „Sie haben sich solche Mühe gegeben. Der Bericht ist hervorragend. Und diesmal wollte er ja auch einen sehr detaillierten Bericht haben. Aber in Zukunft können Sie sich ruhig ein wenig kürzer fassen. Nicht, dass der noch misstrauisch wird."

„Wenn Sie das sagen, Herr Steinhauser, dann mach ich das. Aber bis es passt, könne Sie ja immer noch mal drüber schaue, oder?“
„Genauso machen wir das, Frau Schäflein“, stimmte er zu und gab ihr den Bericht zurück. „Den können Sie so schicken. Ich mach dann mal los.“
Zum einen hatte sich Steinhausers schlechtes Gewissen wieder gemeldet, denn er wollte sie wirklich nicht von ihrer eigentlichen Arbeit abhalten, zum anderen hatte er Angst, dass Rappert zukünftig immer solch detaillierte Berichte verlangen könnte. Und das konnte er nun wahrlich nicht gebrauchen.

Kurze Zeit später parkte Steinhauser zwischen zwei Schneehaufen an der Hauptstraße von Mittelsinn. Er hatte sich vorgenommen, Ingo Weirich einen Besuch abzustatten. Ingo Weirich war laut Frau Schäfleins Unterlagen ein eingefleischter Junggeselle und hinter Ursula Sternberg der zweitgrößte Christbaumerzeuger in Mittelsinn. Wie einige andere aus dem Sinngrund, hatte auch er Anzeige gegen den unbekannten Christbaumzwicker erstattet. Ein guter Grund, um ihm einmal auf den Zahn zu fühlen. Sein Geschäft hatte er, wie die Sternbergs, im Mittelsinner Gewerbegebiet. Wobei er ein wesentlich kleineres Grundstück hatte. Sein Wohnhaus mit altem Bauernhof lag mitten im Dorf. Viele Grundstücke im Dorfkern waren früher einmal Bauernhöfe gewesen, die aber nach und nach aufgeben mussten. Die klassische Landwirtschaft hatte sich halt einfach nicht mehr gelohnt. Übrig geblieben waren nur noch Steinhausers Freund Holzinger, der auf Bio umgestellt hatte, und einige kleinere Landwirte, die aber meist nur im Nebenerwerb tätig waren. Viele der ehemaligen Landwirte hatten deshalb auf den Anbau von Christbäumen umgesattelt.
Ursulas Wohnhaus lag ebenfalls an der Hauptstraße, allerdings ein Stück weiter in Richtung Dorfmitte, in der Nähe der Linde, dem Wahrzeichen von Mittelsinn, nur auf der anderen Straßenseite. Sie und Weirich waren aber trotzdem irgendwie Nachbarn gewesen.
„Die Polizei? Was verschafft mir die Ehre?“, fragte Weirich verwundert, als er die Haustür öffnete und Steinhauser vor ihm stand. Weirich war, laut Unterlagen von Frau Schäflein, die wirklich an alles gedacht hatte, Ende vierzig.
„Hallo Ingo. Ich dacht mir, ich schau mal bei dir vorbei“, entgegnete Steinhauser und blieb direkt beim „du“. Er hatte zwar die letzten zehn Jahre in Würzburg Dienst geschoben, bis das bayerische Innenministerium das

Projekt „Mehr Sicherheit auf dem Land“ ins Leben gerufen hatte, aber schließlich waren sie ja beide Mittelsinner. So wollte er auch gleich das Eis brechen und sein Vertrauen gewinnen. Er hoffte, auf diesem Weg leichter mit ihm ins Gespräch zu kommen. Auch wollte er auf keinen Fall den Polizeibeamten raushängen lassen.
„Was gibt's?“, fragte Weirich.
„Ich wollt mal ein kurzes Zwischenfazit wegen dem Christbaumzwicker abgeben. Schließlich haben du und einige andere deiner Kollegen aus dem Sinngrund Anzeige gegen Unbekannt erstattet.“
„Aha“, meinte er interessiert. „Weißt du schon, wer es ist?“
„Nicht direkt, aber ich hab ein paar Ermittlungen angestellt. So viele kommen als Verdächtige eigentlich gar nicht in Frage.“
„Echt? Und wer sind die Verdächtigen?“, wollte Weirich neugierig wissen.
„Das kann ich dir leider nicht sagen – laufende Ermittlungen.“
„Ich dacht, du wolltest mir einen Zwischenbericht geben?“
„Äh, ... ja“, stammelte Steinhauser. „Ich wollt dir halt mitteilen, dass ich an der Sache dran bin.“
„Davon bin ich ausgegangen. Und was willst du jetzt von mir?“, wunderte sich Weirich.
Steinhauser hatte sein Vorhaben nicht zu Ende gedacht. Er hatte zwar eine Idee, aber keine Ahnung, wie er diese umsetzen sollte. Doch da fiel ihm gerade noch etwas ein. „Ich will, dass du mir alle Personen, die aus deiner Sicht als Christbaumzwicker in Frage kommen könnten, auf einen Zettel schreibst. Aber nicht mehr als fünf.“
Weirich schaute ihn mit einem großen Fragezeichen im Gesicht an.
„Das ist eine ganz neue Ermittlungsmethode – kommt aus den USA“, erklärte Steinhauser selbstsicher. Dass er diese Methode gerade eben frei erfunden hatte, musste er ja nicht verraten. „Ich klapper jetzt noch die anderen ab, die Anzeige erstattet haben, und dann bin ich mal gespannt, wer alles so auf den Listen steht. Wegen Überschneidungen und so. Aber das musst du nicht weiter verstehen.“
„Aha. Und bis wann brauchst du die Liste?“
„Bring sie einfach die Tage vorbei. Denk mal in Ruhe darüber nach, bevor du jemanden aufschreibst.“ Steinhauser wartete, ob Weirich noch etwas sagte, aber der schaute ihn nur an. Dennoch hatte er das Gefühl, dass Weirich noch etwas bedrückte. „Ist noch was?“, fragte Steinhauser deshalb nach.
Weirich druckste herum, konnte es aber nicht länger für sich behalten.

„Was ist denn jetzt mit der Uschi … ich meine … was ist mit der Ursula?“
„Was soll denn mit ihr sein?“
„Weil die doch jetzt tot ist.“
„Ach, du weißt das auch schon?“, tat Steinhauser überrascht.
„Hannes, ich bitte dich. Wir sind hier in Mittelsinn. Da geht so was rum wie nix.“
Steinhauser überlegte, ob er nachfragen sollte, woher er es wusste. In der Zeitung war jedenfalls noch nichts gestanden. Doch bevor er fragen konnte, kam ihm Weirich zuvor.
„Gestern Mittag war die Polizei bei den Sternbergs“, sagte er. Steinhauser war überrascht, dass die Information diesmal nicht von Strubinski kam, doch dann schob Weirich noch einen Satz hinterher: „Das wurd aber auch schon heute früh bei deinen Eltern in der Bäckerei erzählt. Ging wie ein Lauffeuer durchs Dorf.“
Nicht mal bis zum Sonnenaufgang hatte es Strubinski für sich behalten können, aber irgendwie wunderte das Steinhauser nicht. Doch es war gut, dass Weirich auf Ursula zu sprechen kam, so konnte er ihm jetzt vorsichtig auf den Zahn fühlen.
„Wie war eigentlich dein Verhältnis zur Uschi?“
Weirich zuckte mit den Schultern. „Was heißt hier Verhältnis … ich hat nix mit ihr, falls du das meinst.“
Das hatte Steinhauser zwar nicht gemeint, hakte aber sofort nach. „Hatte die Uschi Verhältnisse?“
„Hannes, die Uschi ist tot und ich will da nix schlechtes red“, gab Weirich knapp zurück.
Steinhauser war zwar etwas verwundert, dass er so kurz angebunden war, wollte ihn aber auch nicht unter Druck setzten. Über Tote redet man schließlich nicht schlecht. Zumindest nicht so kurz nach deren Tod. Das konnte in ein paar Tagen allerdings schon ganz anders aussehen. Er musste sich also nur gedulden.
„Hattest du sonst irgendwelche Probleme mit ihr? Schließlich war sie ja die *Christbaumkönigin*, wie ich gehört hab.“
„Ich hatte keine Probleme mit der Uschi!“, stellte Weirich klar. „Streit hatte ich mit ihr nicht, falls du das meinst. Letztlich sitzen wir alle in einem Boot und man braucht immer mal den anderen. Siehst du ja jetzt selbst, mit dem Christbaumzwicker. Da sind gleich ein paar Christbaumerzeuger betroffen.“
„Aber da bin ich ja jetzt dran“, sagte Steinhauser und verabschiedete sich.

Mehr wollte er im Augenblick gar nicht wissen. Die Aussage von Weirich, dass er nicht schlecht über die Uschi reden wollte, ließ erahnen, dass da noch mehr zu erfahren war.
Steinhauser überlegte, ob er den Sternbergs einen Besuch abstatten sollte, hielt den Zeitpunkt aber für ungeeignet. Schließlich hatten sie gerade erst erfahren, dass die Uschi tot ist. Da er in Mittelsinn war, nutzte er die Gelegenheit lieber, um kurz bei seinen Eltern vorbeizuschauen.
Sein Vater hatte den Schnee im Hof mit Hilfe seines Schleppers fein säuberlich auf einen Haufen geschoben. So mussten die Kunden auf ihrem Weg in die Bäckerei nicht durch den Schnee stapfen. Sehr zur Freude seines Patenkinds Torben, dem Sohn seiner Schwester. Seine Mutter Hildegard berichtete ihm, dass Torben bereits gestern hier gewesen war und mit Opa Schnee geschoben hatte. Anschließend hatte er begonnen, eine Schneeburg in den großen Haufen zu graben. Und heute, nach der Schule, wollte er weiterbauen. Und natürlich wusste Hildegard auch schon von Uschis Tod. Strubinski hatte es ihr gestern Morgen beim Brötchen holen vertraulich erzählt. Also nur wenige Stunden nachdem sie die Uschi gefunden hatten. Und natürlich hatte es Hildegard niemandem weitererzählt – genauso wie alle anderen.
Da bei Steinhausers Eltern alles in Ordnung war, fuhr er wieder zurück aufs Rathaus, wo er bereits sehnsüchtig erwartet wurde.

Marcel Breuer stand ungeduldig im Foyer neben Frau Schäflein. Als Steinhauser das Rathaus betrat, stürmte er dem Polizisten aufgebracht entgegen.
„Herr Steinhauser!“, rief er. „Sie glauben nicht, was passiert ist!“
„Na, Sie werden es mir bestimmt gleich erzählen.“ Steinhauser hatte schon so einen vagen Verdacht, weshalb Breuer hier war.
„Jemand hat ein Stück Blech aus meinem kaputten Kotflügel geschnitten“, bestätigte dieser seine Vermutung.
„Das kann doch gar nicht sein!“, gab Steinhauser den Ungläubigen.
„Doch!“, sagte Breuer und schob Steinhauser zur Tür hinaus. „Ich zeig´s Ihnen.“
„Der is scho die ganze Zeit so uffgerecht“, meinte Frau Schäflein verzweifelt. „Der ließ sich gar net beruhige. Ich hab gesagt, er soll später noch mal komme, aber der wollt unbedingt auf Sie warte.“
„Passt scho. Ich kümmer mich um ihn“, beruhigte er sie und ließ sich von

Breuer zu dessen Auto zerren.
„Hier, sehen Sie?“
„Tatsächlich!“ Steinhauser schüttelte ungläubig den Kopf, während er das rechteckige Loch im Kotflügel untersuchte. „Wer macht denn so was?“
„Ja, das sollen Sie doch herausfinden, Herr Steinhauser.“
„Können Sie sich vorstellen, wer so etwas machen könnte?“, wandte sich Steinhauser an Breuer und holte sein Handy hervor.
Breuer dachte angespannt nach, konnte sich aber beim besten Willen nicht vorstellen, wer so etwas machte. Steinhauser schoss in der Zwischenzeit mehrere Bilder vom beschädigten Objekt. Er wollte einen professionellen Eindruck machen.
„Wie krank muss man denn sein, wenn man aus einem kaputten Kotflügel ein verbeultes Stück Blech ausschneidet?“, meinte Breuer ratlos. „Eigentlich wollte ich den Schaden nur etwas ausbeulen und spachteln. Jetzt muss ich zusehen, dass ich einen gebrauchten Kotflügel auftreibe. Einen neuen kann ich mir nicht leisten“, jammerte der junge Mann.
Steinhauser schaute ihn einen Moment an, bevor er antwortete. „Naja, den Kotflügel hätten Sie ja eh komplett erneuern müssen. So was kann man doch nicht spachteln!“
„Natürlich kann ich das spachteln“, regte sich Breuer auf. „Ich kann alles spachteln. Ich bin schließlich Kfz-Mechaniker. Bis der TÜV abgelaufen ist, hätte das locker gehalten.“
Stimmt, erinnerte sich Steinhauser, *Breuer hatte ja erwähnt, dass er beim Mehrhold in der Autowerkstatt* arbeitete.
„Der Typ ist doch total gestört, der so was macht“, beschwerte sich Breuer weiter. „Diesen Psychopathen müssen Sie finden!“
Das ging Steinhauser dann doch etwas zu weit. Breuer hatte ihn, wenn auch unwissend, mehrmals hintereinander beleidigt. So etwas konnte er nicht auf sich sitzen lassen. Und das alles wegen so einer alten Karre. Deshalb betrachtete sich Steinhauser das Auto jetzt genauer. Er ging langsam um den heruntergekommenen Opel herum und kam anschließend auf den allgemeinen Zustand des Fahrzeuges zu sprechen. Was bei Breuer hingegen auf wenig Begeisterung stieß. „Wenn ich mir Ihr Auto so ansehe, dann kann ich mir gar nicht vorstellen, dass das Fahrzeug überhaupt noch TÜV hat.“
„Doch, der hat noch ein Jahr“, gab Breuer misstrauisch zurück.
„Ein Jahr noch?“, stieß Steinhauser überrascht aus, auch wenn er das schon wusste. „Um die allgemeine Verkehrstauglichkeit Ihres Fahrzeuges

sicherzustellen, würde ich gerne eine vorgezogene TÜV-Prüfung anordnen. Wäre das in Ordnung für Sie?"
„Wie jetzt?" Breuer sah ihn verdattert an. „Geht so was überhaupt?"
„Natürlich geht das!", entgegnete Steinhauser voller Überzeugung. „Wenn ich der Meinung bin, dass Ihr Fahrzeug eine Gefahr für den Verkehr und die Allgemeinheit darstellt, kann ich es sogar stilllegen."
Breuer starrte ihn fassungslos an, dann besann er sich. „Vielleicht ist es ja doch besser, wenn ich mir einfach einen gebrauchten Kotflügel besorge. Ist wahrscheinlich auch nicht viel teurer. Kann ihn ja schließlich selber einbauen und den Rest etwas ausbeulen."
„Wenn Sie mir versichern, dass Sie Ihr Fahrzeug fachmännisch reparieren, dann sollte eine vorgezogene TÜV-Prüfung auch nicht nötig sein."
„Ja, das kann ich Ihnen versichern. Hundertprozentig!" Breuer hatte den Satz kaum ausgesprochen, da saß er schon in seinem alten Opel Astra und fuhr eilig davon.
Zurück im Rathaus wurde Steinhauser von Frau Schäflein in Empfang genommen. „Habbe Sie zufällig was mit dem Loch im Kotflügel von dem Herrn Breuer zu tun?", fragte sie ihn mit einem wissenden Blick.
„Ich? Wie kommen Sie denn darauf?", grinste Steinhauser.
„Naja, ich dacht ja nur. Wegen dem Blech, das Sie gestern angeschleppt habbe."
„Blech? Was denn für ein Blech?" Steinhauser zuckte ahnungslos mit den Schultern. „Haben Sie hier irgendwo ein Blech gesehen?"
Mit einem verschmitzten Lächeln schüttelte Frau Schäflein den Kopf. „Ich hab scho verstande – verdeckte Ermittlungen."
Steinhauser zwinkerte ihr mit einem breiten Grinsen zu. „Ich sehe schon, wir verstehen uns bestens."

Kapitel 6

Am Abend stattete Jacky Steinhausers Nichten und seinem Neffen einen Besuch im 1. Stock ab und so hatte er endlich Zeit, Stefanie anzurufen. In ein paar Tagen war in Mittelsinn Weihnachtsmarkt. Er wollte sie unbedingt fragen, ob sie mit ihm dorthin gehen möchte. Und da Stefanie bisher immer noch nicht offiziell gemacht hatte, dass ihre Beziehung zur Zeit etwas ... unklar war, um es vorsichtig auszudrücken, hatte er noch Hoffnung, sie zurückzugewinnen. Ende November war der Weihnachtsmarkt zwar fast etwas früh, aber dafür konkurrenzlos, weil er der erste in der Gegend war. Und seit er Stefanie kannte, waren sie bisher immer zusammen dort erschienen. Seit dem Rauswurf aus ihrer gemeinsamen Wohnung in Würzburg hatten sie sich nicht mehr mit ihren Freunden getroffen. Bisher konnte sich Steinhauser immer damit herausreden, dass er jetzt im Sinngrund Dienst schob. Aber sollte er allein zum Weihnachtsmarkt erscheinen, würde es schwer werden, alle davon zu überzeugen, dass ihre Beziehung noch intakt war.

Das Gespräch mit Stefanie war kurz, aber herzlich und mit dem erhofften Ergebnis für Steinhauser. Stefanie freute sich über seinen Anruf und hatte sich das Weihnachtsmarktwochenende sogar schon frei genommen.

Mit einem zufriedenen Lächeln schlüpfte Steinhauser in seinen geliebten Polizei-Jogginganzug, lümmelte sich auf die Couch und schaltete den Fernseher ein. Kurz nach der Tagesschau klopfte es plötzlich an der Haustür. Steinhauser hatte weder Besuch erwartet, noch Lust auf einen späten Gast. Da er aber seine Anwesenheit nicht verheimlichen konnte, öffnete er notgedrungen.

„Servus Hannes." Vor ihm stand Fred Strubinski. Seine langen, schwarzen Haare schauten zerzaust unter einer dicken Wollmütze hervor. Er sah aus, als ob er zu einer Expedition nach Sibirien aufbrechen wollte. Um seinen Hals hing das Nachtsichtgerät. „Saukalt heut Abend", sagte er und kam unaufgefordert herein.

„Was machst´n du hier, um die Zeit?", fragte Steinhauser genervt.

„Ich hab nachgedacht, Hannes", begann Strubinski. „Mir müsse noch mal in die Jagdhütte."

„Und wozu?"

„Ich hab da so ein Gefühl."

„Du und deine Gefühle", winkte Steinhauser ab. „Kannst du die nicht

morgen haben?“
„Morgen ist wieder hell“, gab er zurück und kam gleich zur Sache. „Es ist zwar scho ne Weile her, als ich den Strom dort installiert hab, aber irgendwas war da jetzt anders.“
„Und was?“
„Kann ich dir nicht sagen, ich müsst mich da noch mal umguck.“
„Fred, mir könne da net nei! Der Tagweih hat die Tür versiegelt“, erinnerte ihn Steinhauser.
„Der Tagweih hat doch keine Ahnung“, wehrte Strubinski ab. „Hinter der Hütte, in dem Raum, wo das Stromaggregat steht, ist der Verteilerkasten. Von dort führt eine Leiter unters Dach zum Wassertank und von da könne mir über die Ruck-Zuck-Leiter in die Hütte. Ganz einfach und keiner kriegt was mit.“
Steinhauser überlegte. Manchmal hatte Strubinski ja richtig gute Eingebungen, aber konnte er die nicht tagsüber haben. Da fiel ihm etwas ein.
„Apropos, das kriegt keiner mit“, wandte sich Steinhauser an seinen Freund. „Der Tagweih hat doch ausdrücklich gesagt, mir solle nix von der Leiche erzähl. Und was machst du?“
„Ich hab´s nur der Lavinia und deiner Mutter gesagt“, meinte Strubinski ohne jedes Schuldgefühl. „Die Lavinia kann schweigen wie ein Grab und deine Mutter hat mir versprochen, nix zu sagen.“
Steinhauser schüttelte resignierend den Kopf. Jetzt war es ja auch egal.
„Vergiss es“, meinte er und wechselte wieder das Thema. „Wenn ich dich richtig verstanden habe, dann willst du da jetzt einsteigen, oder?“
„Mir zwei halt“, gab Strubinski zurück.
„Mir ham gar kein Auto. Ich kann unmöglich mit dem Polo meiner Schwester im Wald rumfahr und deine E-Karre liegt noch im Graben, oder? Wie bist du überhaupt hergekommen?“
„Ich hab´m Sepp sein Geländewagen. Mit Allrad“, grinste Strubinski. „Mein E-Auto ist mittlerweile beim Mehrhold in der Werkstatt. Das hat der Sepp mit seim Bulldog heut rausgezogen. Da hab ich ihn gleich gefragt, ob ich sein Geländewagen haben kann.“
„Könne dem Mehrhold sei Leut dein E-Auto überhaupt reparier?“, wunderte sich Steinhauser.
„Ja, ist doch nur Blech kaputt. Und außerdem soll beim Mehrhold so´n junge Kerl schaff, der das voll drauf hat mit dem Blech.“
„Ach so“, war alles, was Steinhauser dazu sagte. Er konnte sich schon denken, wer der junge Kerl war.

„Und weißt du, was mir aufgefallen ist, als wir mein Auto geborgen haben?“
„Nein, ich war ja nicht dabei.“
„Da stand sonst kein anderes Auto rum“, sagte Strubinski voller Stolz.
Steinhauser musterte ihn und wartete, dass er noch etwas sagte, aber Strubinski stand nur da und grinste. „Und was willst du mir jetzt damit sagen?“, hakte er schließlich nach. Wie auf Kommando sprudelte es aus Strubinski heraus.
„Du bist mir vielleicht ein Kommissar“, sagte er kopfschüttelnd. „Wenn da nirgends ein Auto rumsteht, wie ist denn dann die Uschi zur Jagdhütte gekommen? Ich hab alles abgesucht. Aber es war weit und breit kein Fahrzeug zu sehen.“
Eine interessante und nicht ganz unerhebliche Feststellung, die Strubinski da gemacht hatte. Das wurde Steinhauser jetzt auch klar. Aber er konnte ja schlecht zugeben, dass er, der mutmaßliche Kommissar, so etwas Banales, aber ermittlungstechnisch durchaus Wichtiges, nicht geprüft hatte.
„Die Spezialisten aus Würzburg haben das bestimmt auch registriert. Und ich bin schließlich zurzeit nicht als Kommissar im Einsatz. Hast ja gehört, was der Tagweih gesagt hat“, winkte Steinhauser ab.
„Willst du das deinen Kollegen nicht sagen?“
„Nein“, gab Steinhauser entschieden zurück. „Ich hab echt keinen Bock, mir von dem Tagweih, dem Klugscheißer, irgend so einen arroganten Spruch reindrücken zu lassen. Ne, die machen das schon.“
„Da hast du auch wieder Recht. Ich wollt´s halt mal erwähnt haben“, meinte Strubinski etwas geknickt.
„Das war ja auch richtig so. Und wenn dir was auffällt, dann sag´s ruhig. Man weiß ja nie, wofür es gut ist“, lobte ihn Steinhauser. Er wollte auf keinen Fall, dass Strubinski derartige Entdeckungen für sich behielt.
Steinhauser zog sich um, denn Strubinski von seinem Vorhaben abzubringen, versuchte er erst gar nicht. Zudem war er jetzt gespannt, ob Strubinskis Gefühle noch etwas zum Vorschein bringen würden.

Kurze Zeit später standen beide in der Jagdhütte. Strubinski hatte das Aggregat eingeschaltet, Licht gemacht und sie, wie beschrieben, über das Dach in die Hütte gelotst. Beide betrachteten die markierte Stelle und die kleine Blutlache, an der sie Ursula Sternberg gefunden hatten. „Und was sagen deine Gefühle nun?“, fragte Steinhauser in die Stille hinein.

Strubinski sagte nichts, ging in der Hütte umher, betrat jeden Raum, schaltete alle Lichter an und sah sich um. Im Schlafzimmer blieb er stehen.
„Da!“, sagte er schließlich und deutete auf das Wandgemälde. „Die Wand passt nicht hierher!“
Steinhauser stellte sich neben ihn, wusste aber nicht so recht, was er meinte. Gemeinsam betrachteten sie das Bild. Je länger sie darauf schauten, umso mehr hatte Steinhauser tatsächlich das Gefühl, in eine Wald- und Wiesenlandschaft zu blicken. Die Malerei war einfach, erfüllte aber auf beeindruckende Weise ihren Zweck. Fehlte nur noch, dass ein Reh vorbeihüpfte.
„Alle Wände der Blockhütte sind aus groben Holzstämmen“, erklärte Strubinski, ging auf die Wand zu und klopfte dagegen. Es klang hohl. „Aber die nicht! Die ist glatt, angemalt und hohl.“
„Na und, dann wurde die Wand eben verkleidet, weil´s halt schöner aussieht. Auf die runden Balken kann man schließlich schlecht ein Bild malen. Lockert den Raum ja auch etwas auf, wenn man bedenkt, was hier alles so gelaufen ist“, meinte Steinhauser gleichgültig.
„Unten an dieser Wand verlaufen alle Leitungen in den Verteilerkasten, das weiß ich ganz genau.“
„Vielleicht hast du die Leitungen so schlampig verlegt, dass die Uschi die nicht mehr sehen wollte.“
„Red kein Schmarrn. Die hab ich höchst akkurat verlegt. Da ist jedes Kabel ein Meisterwerk.“
„Deine Meisterwerk kenn ich. Da muss ich nur in deine Lagerhalle guck.“
Ohne Steinhausers Bemerkung zu kommentieren, ging Strubinski in die Küche, danach in die Toilette, murmelte etwas Unverständliches vor sich hin, kam zurück und schritt die Breite des Schlafzimmers ab. Dann ging er in den großen Gemeinschaftsraum und maß auch hier die Breite.
„Kannst du mir mal erklären, warum du da jetzt hin und her rennst, wie ein aufgescheuchtes Huhn?“, beschwerte sich Steinhauser.
Strubinski überlegte kurz, dann ging er wieder zum Wandgemälde. „Hier fehlt ein halber Meter.“
„Klar, und das hast du jetzt mit deinen Präzisionsschritten herausgefunden?“
„Genau, so ist es!“, sagte Strubinski, warf Steinhauser einen strengen Blick zu, der so viel bedeutete wie: *„Nerv mich nicht“*, und kletterte über die Ruck-Zuck-Leiter auf den Dachboden. „Bleib du mal hier“, rief er und war verschwunden.

Kopfschüttelnd stand Steinhauser im Schlafzimmer vor dem Gemälde. Farne, verschiedene Bäume mit dichten Blättern in den unterschiedlichsten Grüntönen, ein kleiner Wasserfall und einige Tiere erweckten den Eindruck, direkt in den Wald zu schauen. Ihm gefiel es.
Plötzlich klopfte es aus dem Waldpanorama heraus. „Hannes, guck mal!“, hörte Steinhauser die gedämpfte Stimme von Strubinski.
„Fred?“
„Ja, wer denn sonst?“
Steinhauser inspizierte angespannt die Wand. Er traute seinen Augen nicht. Aus dem Astloch eines Baumstammes schaute ein Finger heraus.
„Komm mal her und schau dir das an“, hörte er Strubinskis gedämpfte Stimme, während dieser mit dem Finger wackelte. „Du musst zurück zum Aggregatraum.“
Steinhauser kletterte über den Dachboden zurück und sah sich um. Der Raum war auf der Innenseite mit Dämmplatten verkleidet, damit man das Brummen des Aggregates draußen und in der Hütte nicht hören konnte.
„Hier bin ich!“, rief Strubinski.
Sein Kopf schaute aus einer schmalen Tür neben der Leiter heraus, die unter das Dach führte. Die Tür war zwar nicht besonders gut getarnt gewesen, aber ebenfalls mit Dämmplatten verkleidet, so dass man sie auf den ersten Blick nicht gleich erkennen konnte. Steinhauser betrat einen schmalen, länglichen Raum, der von einem schummrigen Licht erhellt wurde und gerade einmal so breit war, dass eine Person hineingehen konnte. Er stand jetzt direkt hinter Strubinski und schaute ihm über die Schulter.
„Guck mal“, sagte dieser und reichte Steinhauser etwas Schmales, Rundes. Es sah aus wie ein dicker Kugelschreiber.
„Was ist das?“ Steinhauser betrachtete interessiert das längliche Teil.
„Eine Kamera“, erklärte Strubinski. „Die hab ich aus der Wand gezogen. Da, wo ich meinen Finger durchgesteckt hatte. Und hier ist der Laptop dazu.“ Strubinski deutete auf das Regal vor ihm.
„Fred“, sagte Steinhauser und schwieg einen Moment. Strubinski verdrehte sich den Hals und sah ihn unsicher an. „Allen Respekt. Du bist ja die reinste Spürnase.“
„Naja“, wehrte dieser bescheiden ab. „Wenn ich den Strom nicht verlegt hätt, wär´s mir auch nicht aufgefalle.“
Mit Laptop und Kamera kletterten sie zurück in die Jagdhütte. Strubinski legte ihn auf den Tisch und fuhr ihn hoch.
„Passwortgesichert!“, stellten sie ernüchtert fest.

„War ja auch nicht anders zu erwarten“, meinte Steinhauser.
Strubinski versuchte einige Begriffe, gab dann aber auf. „Den kriegen mir jetzt nicht geknackt. Aber das macht nix. Ich hab da ein paar Programme, mit denen knack ich das Ding in Nullkommanix. Ansonsten kenn ich jemanden, der jemanden kennt, der mir hilft.“
Steinhauser schaute ihn streng an. „Was für Programme? Und wen kennst du, der jemanden kennt, der so was kann?“
„Naja, ... man kennt sich halt ... und so Programme sind ja heute auch kein Hexenwerk mehr. Der Laptop ist ja schließlich auch nicht vom BND“, sagte Strubinski mit einem Grinsen. „Bleib locker. Alles ganz legal.“
„Mir eigentlich wurscht, ob das legal ist oder nicht. Ich will wissen, was da drauf ist.“
„Was wird da wohl drauf sein!“ Strubinski rollte mit den Augen. „Eine Kamera, ein Bett und ein Laptop. Da stellt sich wohl eher die Frage: Wer da drauf ist?“
„Mag sein“, stimmte Steinhauser zu. „Bis wann kriegst du das hin?“
„Muss ich sehn, aber ich meld mich, wenn ich was hab.“
Mit Nachtsichtgerät und Taschenlampen traten sie den Rückzug an. Die Jagdhütte lag wieder im Dunkeln. Es hatte erneut angefangen leicht zu schneien. Vorsichtig gingen sie den steilen Pfad zur Straße hinunter, als Steinhauser plötzlich wegrutschte. Er wedelte wild mit den Armen und versuchte das Gleichgewicht wieder zu erlangen, doch es glückte ihm nicht. Mit einem großen Ausfallschritt versuchte er, das Unvermeidbare zu verhindern, landete aber kopfüber im zugeschneiten Graben neben dem Feldweg. Strubinski, der hinter ihm lief, beobachtete amüsiert diese Slapstickeinlage. Nur mit Mühe konnte er verhindern, nicht in lautes Gelächter zu verfallen, während sich Steinhauser fluchend aus dem Schnee wühlte. Dabei fiel ihm im Schein der Taschenlampe etwas Gelbes auf. Er untersuchte die Stelle genauer und förderte einen Gegenstand hervor.
„Was hast´n da?“, fragte Strubinski neugierig.
Steinhauser befreite seinen Fund vom Schnee und zeigte ihn Strubinski. „Sieht aus wie ein Fahrradhelm.“
„Wie kommt denn der hierher?“, wunderte sich Strubinski.
„Woher soll ich das denn wissen?“, gab Steinhauser zurück. „Aber den nehm ich mit. Man weiß ja nie.“
„Meinst du, wir sollten die Stefanie und den Tagweih informieren?“, fragte Strubinski plötzlich. „Ich mein, wegen dem Laptop ... und dem Helm. Vielleicht ist es ja wichtig.“

„Auf keinen Fall!“, schoss es aus Steinhauser heraus. „Dann wissen die doch, dass wir hier eingestiegen sind. Und außerdem sollen wir den Profis nicht ins Handwerk pfuschen. Zumindest nicht, bevor wir wissen, was auf dem Laptop ist.“
„Stimmt auch wieder. Besser wir machen keine Pferde scheu. Schließlich bist du ja im Grunde genommen auch von der Kripo“, pflichtete ihm Strubinski bei.
Steinhauser sagte dazu lieber nichts.

Kapitel 7

Am nächsten Morgen erschien Steinhauser ungewöhnlich früh auf dem Rathaus. Im Sommer raffte er sich eher auf, aber wenn die Tage kürzer wurden, zog er es meistens vor, etwas länger zu schlafen. Pünktlich Feierabend machte er trotzdem, denn meistens war nicht viel los. Doch da er sich jetzt selbst zum verdeckten Ermittler befördert hatte, hatte er auch das volle Verständnis von Frau Schäflein, die ihm sofort eine Tasse ihres hervorragenden Kaffees reichte. Womit allerdings keiner von ihnen gerechnet hatte, war, dass Horst Mehrhold heute ebenfalls früh auf den Beinen war. Er saß bereits in Steinhausers Büro und erwartete ihn. Noch nicht einmal Frau Schäflein hatte mitbekommen, wann der Burgsinner Bürgermeister das Büro betreten hatte. Beide staunten nicht schlecht, als er ihnen einen „Guten Morgen!" wünschte und Steinhauser direkt zu sich zitierte.
Ohne lange Umschweife teilte das Gemeindeoberhaupt seinem Polizisten mit, was er mit Rolf Rappert vereinbart hatte. Zunächst hielt es Steinhauser für einen Scherz, aber da irrte er sich. Seine schönen Ermittlungspläne wurden mit einem Schlag über den Haufen geworfen.
„Wollen Sie mich verarschen?", beschwerte sich Steinhauser. „Ich bin Polizist und kein …", er wusste nicht, wie er es beschreiben sollte, da er es immer noch nicht glauben konnte.
„Regen Sie sich nicht so auf!", fiel ihm Mehrhold ins Wort. „Ihr Chef hält es für eine super Idee. Wegen Integration, Bürgernähe, Vorbildfunktion und so. Sie wissen schon. Der Herr Rappert ist, wie ich übrigens auch, der Meinung, dass dadurch der Satz „Die Polizei, dein Freund und Helfer" quasi zum geflügelten Wort wird."
„Ich mach doch keinen Winterdienst!", hielt Steinhauser dagegen.
„Doch! Solange der Berthold Fritsch krank ist, werden Sie für ihn einspringen!", stellte Mehrhold noch einmal unmissverständlich klar. „Das ist eine dienstliche Anweisung! Soll ich Ihnen vom Herrn Rappert ausrichten! Und jetzt melden Sie sich umgehend am Bauhof. Dort wartet man bereits auf Sie."
Steinhauser kam sich vor wie in einem schlechten Film.
Mehrhold klopfte ihm mit einem breiten Grinsen auf die Schulter. „Ein weiterer Punkt für die noch offene To-Do-Liste. Hervorragend!" Dann war der Bürgermeister verschwunden.
Steinhauser fehlten die Worte. Aber das passte zu Rappert und Mehrhold.

Er kannte Berthold Fritsch ganz gut. Naja, so gut, wie man jemanden eben kennt, wenn man sich auf dem Rathaus ab und an mal über den Weg läuft und das ein oder andere über ihn aufschnappt. Fritsch arbeitete schon seit über dreißig Jahren auf der Gemeinde und hatte so einiges miterlebt. Allerdings hatte die Gemeinde auch schon so einiges mit Fritsch erlebt. Seinem verlebten Gesicht war anzusehen, dass er ab und an mal einen durchzog. Und das beschränkte sich nicht nur auf Bier und Zigaretten. Aber da er ansonsten ein eher harmloser Zeitgenosse war, machte ihm niemand Stress. Wie man ihn allerdings guten Gewissens die Gemeindefahrzeuge fahren lassen konnte, war Steinhauser ein Rätsel. Doch das war Mehrholds Problem. Da wollte er sich auf keinen Fall einmischen. Er war froh, wenn er mit dem Bürgermeister nichts zu tun hatte.
Steinhauser schaute niedergeschlagen zu Frau Schäflein, doch die konnte ihm auch nicht helfen. „Kopf hoch, Herr Steinhauser. Des schaffe Sie scho."
Mit einer gehörigen Portion Wut im Bauch stellte er die Tasse Kaffee unberührt zur Seite und schnappte sich seine Winterjacke. Er war zwar mit dem Polo seiner Schwester aufs Rathaus gekommen, zog es aber vor, zu Fuß zum Bauhof zu laufen. Was unter den gegebenen Umständen die beste Lösung war. Nach einem dreißigminütigen Fußmarsch, mit einigen durchaus vermeidbaren Umwegen, kam er dort an und hatte sich wieder etwas beruhigt. Die anderen Gemeindearbeiter erwarteten ihn bereits. Sie konnten zwar nichts für seine Situation, doch nachdem der erste einen blöden Spruch von sich gegeben hatte, platzte ihm der Kragen.
„Die Aktion hier ist irgendwann beendet. Dann bin ich aber immer noch Polizist! Also überlegt euch gut, was ihr sagt und was ihr macht!"
Schnell wurde ihnen klar, dass seine Laune im Keller war, und zogen es vor, ihn besser nicht weiter zu provozieren. Über ihn lästern konnten sie ja immer noch, wenn er wieder weg war.
Steinhauser quetschte sich eine neongelbe Warnweste über seine Winterjacke und wurde im Umgang mit dem Traktor und dem Schneeschieber eingewiesen. Zum Glück war er früher oft Traktor gefahren und hatte den Dreh schnell raus. Auf der ersten Tour wurde er von Andy begleitet, der ihm zeigte, welche Hebel er betätigen musste. Nach ein paar Runden durchs Dorf hatte Steinhauser die Maschine im Griff. Die Burgsinner staunten nicht schlecht, als sie ihren Polizisten auf dem Schlepper erkannten. Auch wenn es bestimmt lustig ausgesehen hatte, wie er mit Polizeiuniform, Winterjacke und neongelber Warnweste, die ihn wie ein Korsett

einschnürte, den Schnee räumte, war Steinhauser dennoch bemüht, eine gute Figur zu machen. Kurz nach Mittag war er dann fertig und Andy erklärte ihm noch, was er ab morgen zu tun hatte. Und vor allem wann. Steinhauser zog die Augenbrauen hoch und blies die Backen auf, als er erfuhr, dass er für den Rest der Woche um 04:00 Uhr aufstehen und nachsehen musste, ob es geschneit hatte. Wenn ja, musste er raus: schieben und streuen.
Aber damit nicht genug. Nachdem Steinhauser endlich fertig und wieder auf dem Rathaus angekommen war, klingelte sein Telefon. Er schaute auf das Display. Es war Rolf Rappert.
„Jetzt nicht!“, knurrte er und gönnte sich erst einmal eine Tasse von Frau Schäfleins leckerem Kaffee, der ihm am Morgen verwehrt geblieben war. Anschließend ging er zum nahegelegenen Imbiss, um Mittagspause zu machen. Das hatte er sich wahrlich verdient.
„Servus Henni“, grüßte er die Besitzerin.
„Hallo Hannes. Drei Burgsinner? Wie immer?“, fragte sie. Wobei die Frage eher rhetorisch war.
„Ja, wie immer“, gab er zurück.
Seit Steinhauser wieder in der Heimat war, gönnte er sich regelmäßig die knusprigen, zusammengepressten, gebackenen Brötchenscheiben mit saftigem Hackfleisch, Ketchup und gerösteten Zwiebelstückchen. Mit Henni, der Besitzerin, war er natürlich per Du. Schließlich kannte sie ihn seit seiner Jugend.
„Warst du das vorhin? Auf dem Bulldog beim Schneeschieben?“, fragte Henni.
Steinhauser wusste nicht so recht, was er sagen sollte. Er nickte nur halbherzig, da er mit einer blöden Bemerkung rechnete. Doch es kam ganz anders.
„Endlich mal jemand. der mit anpackt, wenn´s was zu tun gibt. Solche Leute bräuchten wir mehr. Die Burgsinner gehen diesmal auf´s Haus.“
Steinhauser bedankte sich etwas verlegen und verdrückte genüsslich die Burgsinner. Hätte sie ihm die Burgsinner nicht spendiert, hätte er geglaubt, sie würde ihn nur hochnehmen wollen. Aber so wusste er jetzt nicht mehr, ob er auf Mehrhold und Rappert sauer oder ihnen eher dankbar sein sollte. Als ihm auf dem Rückweg zum Rathaus dann auch noch einige Passanten den nach oben gestreckten Daumen entgegenhielten, war seine Wut verflogen ... zumindest bis er morgen früh aufstehen musste.
Kaum in seinem Büro angekommen, klingelte schon wieder das Telefon.

„Des is der Rappert“, rief Frau Schäflein. „Seit Sie weg waren, hat der bestimmt scho zehn Mal versucht, Sie zu erreiche.“
Steinhauser warf ihr einen langen Blick zu und ließ es ebenso lange klingeln, bevor er schließlich doch den Anruf entgegennahm. Dass Rappert ihn nicht begrüßte, daran hatte sich Steinhauser längst gewöhnt. Ebenso an dessen liebevolles: „Steinhauser, wo treiben Sie sich denn schon wieder rum?“
Wie gewohnt, gab er ein höfliches „Grüß Gott, Herr Rappert“ zurück und ließ den darauffolgenden Redeschwall seines Vorgesetzten geduldig über sich ergehen. Er versuchte noch zu erwähnen, dass er gerade vom dienstlich angeordneten Winterdienst gekommen war und immer noch auf sein Diensthandy wartete, aber das überging Rappert einfach.
„Das ist jetzt nicht Ihr Ernst?“, fragte Steinhauser leicht aufgebracht, nachdem der Informationsfluss seines Dienststellenleiters endlich geendet hatte. Während dessen Predigt war Steinhausers Puls stetig angestiegen und er hatte Mühe, sich zu beherrschen.
„Das ist eine dienstliche Anweisung! Fertig, aus, Ende! Ich sehe keine Veranlassung, diese mit Ihnen zu debattieren. Sehen Sie zu, dass Sie nach Gemünden kommen!“, stellte Rappert unmissverständlich klar.
„Nur, falls Sie es vergessen haben: Ich habe kein Dienstfahrzeug, Herr Rappert“, erwiderte Steinhauser spöttisch.
„Aber in Burgsinn gibt es einen Bahnhof!“, gab Rappert triumphierend zurück. „Den Weg vom Bahnhof in Gemünden zur Polizeistation kennen Sie ja. Ist nicht weit. Ich habe auch eine Überraschung für Sie. Sie werden begeistert sein.“
Es machte Klick in der Leitung und Steinhauser kochte vor Wut. Er holte mehrmals tief Luft und warf einen Blick zur Uhr. Mit dem Polo seiner Schwester würde er auf keinen Fall nach Gemünden fahren.
„Schlechte Nachrichten?“, fragte Frau Schäflein besorgt, als er mit mürrischem Gesicht an ihr vorüberging.
„Der Rappert hat einen seiner Vollpfosten auf einen Lehrgang geschickt und ich darf den jetzt für den Rest der Woche vertreten“, gab Steinhauser angefressen zurück. „Weil hier ja eh nix zu tun ist. Außer dem bisschen Winterdienst und das dauert ja nicht den ganzen Tag, hat der Rappert gemeint.“
Frau Schäflein sagte sicherheitshalber nichts und Steinhauser beeilte sich, den Zug nicht zu verpassen.

Nach einer durchaus entspannenden Zugfahrt und einem weniger entspannenden Fußmarsch, begleitet von leichtem Schneegestöber, erreichte Steinhauser etwas durchnässt und schwer gefrustet die Dienststelle in Gemünden.
„Da sind Sie ja endlich!", wurde er von Rappert in dessen gewohnt militärischem Tonfall begrüßt. Drei weitere Kollegen waren ebenfalls anwesend. Deren Namen waren ihm allerdings wieder entfallen. Der Vierte war wohl auf dem besagten Lehrgang. Zwei kannte er noch von damals, als sie ihn einmal bei einer Verkehrskontrolle mit Frau Schäfleins Fiat Spider angehalten hatten. Eine Begegnung, die wenig zur Förderung des Teamgeistes beigetragen hatte, um es mal vorsichtig auszudrücken. Ansonsten hatte er eher selten mit ihnen zu tun. Worüber er auch sehr froh war.
Rappert stellte ihm die Kollegen noch einmal kurz mit Namen vor und offenbarte ihm anschließend, wie er sich den Ablauf der restlichen Woche vorgestellt hatte. Im Grunde nicht anders, als es Steinhauser schon befürchtet hatte: Mitten in der Nacht geht es los mit Winterdienst. Im Idealfall schieben und streuen, danach mit dem Zug nach Gemünden.
„Und wann soll ich mich um den Christbaumzwicker kümmern?"
„Seien Sie doch nicht so einfallslos, Herr Steinhauser", meinte Rappert mit einem verschmitzten Blick zu seinen Kollegen. „Dann müssen Sie sich halt mal ein bisschen reinhängen. Das machen Sie schon. Nächste Woche haben Sie dann wieder mehr Zeit für die Weihnachtsmänner im Sinngrund."
Steinhauser entging nicht, dass sich alle das Lachen verkniffen. Er wollte schon gehen, als ihm Rappert einen kleinen Gegenstand entgegenhielt.
„Ihr Handy", meinte der Dienststellenleiter mit einem Lächeln. „Das hatte ich Ihnen doch versprochen."
Skeptisch betrachtete Steinhauser das Gerät, dann nahm er es zögerlich entgegen. „Was soll´n das sein?"
„Ja, ich weiß, es ist keines von diesen modernen Wischdingern mit Internet und so", gestand Rappert, „aber das brauchen Sie ja nicht. Hauptsache, ich kann Sie erreichen."
Kommentarlos steckte er es ein, schaute kurz zu seinen Kollegen, die immer noch dagegen ankämpften, laut loszulachen, und verließ Rapperts Büro.

Der Rest der Woche verlief dann genau so, wie es Steinhauser befürchtet hatte. Zu einer völlig unchristlichen Zeit weckte ihn die Titelmelodie von Mission Impossible. Dabei fühlte er sich so gar nicht wie der Geheimagent Ethan Hunt, der immer topfit und auf alles vorbereitet war. Steinhauser quälte sich schlaftrunken aus dem Bett und sah nach, ob es geschneit hatte. Natürlich hatte es jede Nacht geschneit. Zwar nicht viel, aber eben genug, dass er nicht mehr ins Bett zurückkonnte. Schieben und streuen. Das Beste daran war immer noch, dass es ihm die Burgsinner mit aufmunternden Gesten dankten, und von Henni bekam er täglich drei Burgsinner spendiert. Dafür lohnte sich das Aufstehen wenigstens.
Anschließend fuhr er mit dem Zug nach Gemünden und verbrachte den Rest des Tages mit seinem Kollegen Frank Hack. Hack war gar nicht so verkehrt, wie er zunächst befürchtet hatte. Dennoch war Steinhauser heilfroh, als die Woche endlich zu Ende ging.
Am Freitagnachmittag, nachdem er wieder aus Gemünden zurück-gekommen war, schaute Steinhauser noch einmal auf dem Rathaus vorbei. Frau Schäflein war natürlich noch anwesend. Er hatte sie diese Woche kaum gesehen.
„Sie bekommen wohl auch nie genug?“, begrüßte er die gute Seele der Gemeindeverwaltung und strahlte sie an.
„Na, Ihne scheint´s ja heut auch gut zu gehe, Herr Steinhauser“, sagte sie.
„Nach so einer Woche freut man sich umso mehr auf´s Wochenende“, meinte er zufrieden. „Am Samstag und am Sonntag soll es keinen Schnee geben, das ist gut für den Mittelsinner Weihnachtsmarkt, und ab Montag muss ich nicht mehr nach Gemünden. Der Berthold ist dann bestimmt auch wieder gesund, und ich kann mich wieder um die wichtigen Dinge des Polizistendaseins kümmern.“
Er zwinkerte ihr zu, doch Frau Schäflein schaute ihn überraschend ernst an.
„Ach, der Herr Fritsch ...“, deutete sie an. „Hat man des Ihne denn net gesagt?“
„Was gesagt?“, fragte Steinhauser misstrauisch.
„Ich würd mal net davon ausgehe, dass der Fritsch am Montag wieder zur Arbeit erscheint.“
„Und warum nicht?“
„Naja, der Fritsch geht halt bald in Rente“, begann sie. „Und seit ich denke

kann, ist der immer krank, wenn der Winterdienst hat oder Schnee liegt. Ich will ihm da ja nix unterstelle, aber ..."
Steinhauser traute seinen Ohren nicht. Es dauerte einen Moment, bis er begriff, was sie damit andeutete, fragte aber sicherheitshalber noch einmal nach: „Wollen Sie damit sagen, dass der Herr Fritsch am Montag nicht zur Arbeit kommt?"
„Ich würd sagen: Ja. Zu hundert Prozent."
„Das werden wir ja sehen!", sagte Steinhauser entschlossen. „Wo wohnt´n der?"
Frau Schäflein schaute kurz im PC nach und schrieb ihm die Adresse auf einen Zettel. Mit dem Zettel in der Hand verließ er im Stechschritt das Rathaus.
Frau Schäflein lief ihm hinterher „Wo wolle Sie denn jetzt hin?", rief sie über den Parkplatz.
„Zum Fritsch!", rief er zurück.

Kurz darauf stand Steinhauser in Berthold Fritschs Wohnzimmer. Die Vorhänge waren zugezogen. Die einzige Lichtquelle war ein überdimensionaler Flachbildfernseher. Der Raum war mit einer leicht bläulichen Dunstwolke erfüllt. Sofort erkannte er den Duft von Marihuana, ein Duft, der Steinhauser von etlichen Einsätzen in Würzburg bestens bekannt war. In einem Aschenbecher auf dem kleinen Wohnzimmertisch glimmte auch die Quelle des Geruchs. Daneben standen drei Bierflaschen. Vermutlich leer. Fritsch lag mit einer rot-weiß gestreiften Jogginghose und Feinrippunterhemd entspannt auf der Couch und ließ sich von Assi-TV berieseln, wie Steinhauser die Nachmittagssendungen einiger Privatsender bezeichnete. Auf seinem Bauch lag ein Zwergpinscher, der sofort aufsprang und loskeifte, als Steinhauser das Zimmer betrat. Genau so hatte sich Steinhauser das traute Heim von Fritsch vorgestellt. Für einen kurzen Augenblick bedauerte er dessen Frau, aber nachdem er diese noch einmal kurz gemustert hatte, konnte er beide nur beglückwünschen. Sie passten perfekt zusammen.
„Berthold, du hast Besuch", meinte seine Frau schüchtern.
Fritsch staunte nicht schlecht, als Steinhauser vor ihm stand.
„Hannes? Welch Überraschung!" Fritsch richtete sich erschrocken auf und brachte seinen Hund mit einem klaren Befehl zum Schweigen.
„Servus Berthold", meinte Steinhauser knapp und betrachtete den ver-

meintlichen Patienten. Da er sonst nichts sagte, wurde Fritsch etwas nervös. Beide blickten auf den Joint.
„Ich hab gehört, du machst Winterdienst“, sagte Fritsch schließlich etwas verunsichert, um dem Schweigen ein Ende zu bereiten. Seine Frau knetete nervös ihre Hände.
„Ich wollt mal nachsehen, wie es dir so geht, Berthold. Ich hab gehört, du bist auf dem Weg der Besserung.“
„So, hast du?“, stammelte er verlegen.
„Ja, hab ich!“, stellte Steinhauser klar. Erneut schauten beide auf den Joint. „Du scheinst ja die perfekte Medizin zu haben, oder seh ich das falsch?“
„Ich hab´s aber scho noch ganz schö im Hals“, schob Fritsch mit einem plötzlichen Hustenanfall hinterher.
„Und ich krieg ein Hals, wenn du am Montag nicht im Bauhof erscheinst!“
„Oh“, stieß Fritsch überrascht aus und überlegte kurz. „Ob das klappt, kann ich dir heute aber noch nicht sagen.“
„Aber ich kann dir das sagen!“ Steinhausers Tonfall war scharf, er beugte sich zu ihm hinunter und schaute ihm in die Augen. Fritschs Pupillen waren riesig, das konnte er sogar bei dem schummrigen Licht erkennen und dass Fritsch nicht todkrank war, stellte er auch ohne medizinische Ausbildung fest. Und für Simulanten hatte er absolut nichts übrig. „Auf deiner Krankmeldung steht *„voraussichtlich krank bis …“* und ich sehe voraus, dass du am Montag wieder fit bist“, stellte er klar.
„Aber der Arzt hat gesagt ...“, setzte Fritsch an, doch Steinhauser fiel ihm aufgebracht ins Wort.
„Was der Arzt gesagt hat, ist mir scheißegal!“, schrie sich Steinhauser jetzt in Rage. „Ich kann dir nur eines sagen: Wenn du am Montag nicht auf dem Bauhof erscheinst, hast du ganz andere Probleme als Halsweh!“ Steinhauser hielt ihm seinen Joint vor die Nase und zeigte auf den Zwergpinscher. Er war noch nicht fertig. „Ich lass dich täglich zum Drogentest antanzen und wenn dein Hund irgendwo hinscheißt, dann halte ich dir die Anzeige unter die Nase, noch bevor du den Haufen wegkratzen kannst! Wenn du dein Auto irgendwo abstellst, wo es nicht hingehört, dann hast du einen Strafzettel unter deinem Scheibenwischer, noch bevor du ausgestiegen bist! Du machst keinen Furz mehr, ohne dass ich hinter dir stehe und rieche, ob es nicht bereits Geruchsbelästigung ist! Und da ich ja sonst nix zu tun habe, werde ich das jeden verdammten Tag machen! Bis dich der Gries holt! Haben wir uns verstanden?“
An dieser Stelle sollte kurz erwähnt werden, dass *der Gries* das hiesige

Bestattungsunternehmen ist.
Zur Salzsäule erstarrt, saß Fritsch auf seiner Couch. Sein Zwergpinscher hatte sich verängstigt unter den Tisch verkrochen. Der einzige, der jetzt noch etwas sagte, war der Flachbildfernseher. Es lief gerade eine Doku über Polizeieinsätze im Ruhrgebiet, die eigentlich niemand brauchte. Angesichts dieses Fernsehprogramms hatte Steinhauser schon wieder ein wenig Verständnis für Fritsch. So ein Schwachsinn war nur mit Alkohol und Drogen zu ertragen.
„Haben wir uns verstanden?", hakte Steinhauser nach.
„Hä?", stammelte Fritsch.
„Was heißt hier: Hä?", fauchte Steinhauser. „Hä heißt: Wie bitte, können Sie den Satz noch einmal wiederholen, ich habe Sie nicht verstanden. Soll ich mich wiederholen?"
„Nein, nein", schüttelte Fritsch eifrig den Kopf. „Ich denke, bis Montag bin ich wieder fit. Ganz bestimmt. Mein Hals ist schon viel besser."
Steinhauser deutete mit dem Zeigefinger auf ihn. „Wir sehen uns!", sagte er und ging.
Während er die Tür hinter sich zuzog, konnte er gerade noch Fritschs Frau hören, wie sie mit ihm schimpfte. „Ich hab dir schon immer gesagt, dass das auf Dauer nicht gut geht. Deine Sauferei und das Kraut, das du da ständig rauchst, bringt dich noch mal um."
„Du musst grad was sagen!", hielt Fritsch dagegen.
Da Steinhauser keine Lust hatte, sich deren Gezeter anzuhören, machte er sich auf den Weg in seinen verdienten Feierabend. Ein zufriedenes Grinsen konnte er sich dabei nicht verkneifen.

Kapitel 8

Endlich kam der Samstag. Der Tag, auf den Steinhauser schon die ganze Woche hingefiebert hatte. Am Samstag war Weihnachtsmarkt in Mittelsinn und Stefanie hatte sich angekündigt. Der Gedanke daran, sie endlich wieder zu sehen, half ihm, diese stressige Woche zu vergessen. Er hatte sie zwar in der Nacht, in der sie Ursula Sternberg gefunden hatten, auch gesehen, aber das zählte nicht.
Stefanie hatte sich für 17:00 Uhr angekündigt, damit sie gemeinsam mit Torben rechtzeitig in Mittelsinn sein konnten. Denn dort kam um 18:00 Uhr der Nikolaus und verteilte kleine Geschenke. Steinhausers Patenkind war zwar schon fast neun Jahre alte, freute sich aber immer noch wie ein Schnitzel, wenn ihm der Nikolaus am Mittelsinner Weihnachtsmarkt etwas schenkte. Dort warteten dann auch schon Steinhausers Eltern auf Torben. Sie hatten mit Monika ausgemacht, dass sie sich um ihren Enkel kümmern würden, da er auch bei Oma und Opa übernachten sollte. Steinhauser war zwar durchaus verantwortungsbewusst, aber seine Schwester konnte deutlich ruhiger schlafen, wenn ihre Eltern die Aufsicht über ihren Sohn hatten.
Dann war es soweit. Punkt 17:00 Uhr klingelte es. Auf Stefanie war eben Verlass, ganz gleich wie beschissen das Wetter auch war.
Mit einem schüchternen, fast verlegenen „Hallo“ begrüßte er sie. Stefanie gab ihm zu seiner Überraschung einen Kuss auf die Wange. Ihm wurde ganz heiß und er stammelte etwas Unverständliches. Mit solch einer Begrüßung hatte er nicht gerechnet. Es war das erste Mal, dass sie ihn besuchte, um gemeinsam etwas zu unternehmen, seit sie ihn aus der gemeinsamen Wohnung in Würzburg geworfen hatte. Unsicher nahm er ihr den Mantel ab. Er fühlte sich wie bei ihrem ersten Date. Damals war er auch hypernervös gewesen, hatte schwitzige Hände und stammelte sinnlose Sätze. So wie gerade eben. Sie sah umwerfend aus und er wollte sich unbedingt von seiner besten Seite zeigen. Jacky kam herbei und beschnupperte sie neugierig. Zu Steinhausers Überraschung hatte Stefanie sogar ein paar Leckerlis dabei, die sie ihr entgegenwarf.
„Du und ein Hund, das hätte ich niemals für möglich gehalten“, sagte Stefanie, während sie Jacky streichelte und sich interessiert umschaute.
„Naja, geplant war es nicht“, gestand Steinhauser. Nach kurzem Zögern erzählte er ihr, wie es wirklich dazu gekommen war, dass er und Jacky

mittlerweile ein eingespieltes Team waren. Er wollte, soweit es eben möglich war, keine unnötigen Geheimnisse mehr vor ihr haben. Notfälle ausgenommen. Stefanie staunte nicht schlecht, als sie erfuhr, dass Jacky der Hund der Gefriertruhenleiche war, die er damals, zwecks illegal verdeckter Ermittlungen, eingefroren hatte. Dennoch fand sie es sehr liebevoll von ihm, dass er Jacky nicht in ein Tierheim gegeben hatte.
„Bei dir ist es so ... aufgeräumt", meinte sie mit einem Augenzwinkern. „Deinen Sinn für Ordnung habe ich anders in Erinnerung."
„Naja, wäre ja auch schlimm, wenn ich aus unserer ...", Steinhauser brach den Satz ab. Er wusste nicht, wie er ihre *Beziehungspause* bezeichnen sollte. War es denn überhaupt eine Pause oder war es für Stefanie ein Ende? Standen sie heute vor einem Neuanfang? Eigentlich wollte er auch gar nicht darüber reden. Also verzichtete er darauf. Stattdessen holte er ihr etwas zu trinken. „Ich fühl mich hier ganz wohl und so langsam hab ich mich auch wieder eingelebt. Aber ..."
„Was aber?", hakte sie nach, als er den Satz abbrach.
„Nichts", wehrte er ab und wechselte das Thema. Auf keinen Fall wollte er bei ihr den Anschein erwecken, dass sie ihm fehlte. Auch wenn sie das tat. Sie setzten sich auf die Couch und kamen irgendwann auf die Uschi zu sprechen.
„Wie weit sind eigentlich die Spezialisten mit ihren Ermittlungen?"
„Hannes, du weißt doch ganz genau, dass ich dir nichts über laufende Ermittlungen sagen darf."
„Scho, aber ich hab die Tote ja schließlich auch gefunden. Ist doch auch klar, dass mich der Fall interessiert. Ich verrat auch bestimmt nix. Ehrenwort!"
„Davon gehe ich mal aus und ich würde es dir auch nicht raten", meinte sie mit einem Lächeln.
„Also, was habt ihr?"
„Den Todeszeitpunkt hat der Tobi auf zwischen 19:00 und 20:00 Uhr eingegrenzt", begann sie bereitwillig zu berichten. Steinhauser verkrampfte sich innerlich, als er den Namen des Rechtsmediziners hörte. Musste sie ausgerechnet Stickl, den eingebildeten, gutaussehenden, intellektuellen Klugscheißer, *Tobi* nennen. Ganz so, als ob sie mittlerweile beste Freunde wären. Das war neu. Steinhauser hatte den Leichenfledderer noch nie leiden können. Und das wusste sie ganz genau. Also schluckte er es hinunter und versuchte sich nichts anmerken zu lassen.
„Der Tobi, der ist mir so einer", wechselte sie plötzlich das Thema.

Steinhauser war kurz davor zu platzen. Über alles würde er sich mir ihr unterhalten, wirklich alles. Sogar über Schuhe. Aber nicht über Stickl, diesen elenden, überheblichen Schleimer.
„Ach, was ist er denn für einer, der Tobi?“, gab er halblaut von sich. Zähneknirschend versuchte er sich nichts anmerken zu lassen.
„Ja, der schenkt mir immer wieder mal Blumen und ständig möchte er mich zum Essen einladen.“
„Ach“, kam es erneut aus ihm heraus. Diesmal etwas schärfer. Er gab sich alle Mühe, gelassen zu wirken. Sie grinste amüsiert. Seine Gesichtszüge hingegen erfroren. Ob sie mit Stickl Essen gegangen war oder nicht, ließ sie offen. Er hakte auch nicht nach.
„Ich glaube, der Tobi steht auf mich.“
Jetzt war es genug! Wenn sie hergekommen war, um ihn zu provozieren oder zu demütigen, dann konnte sie auch gleich wieder gehen. Steinhauser holte gerade Luft, um ihr die Meinung zu geigen, als sie ihre Hand auf sein Bein legte. Unter ihrer Berührung schmolz er dahin. Von Kopf bis Fuß überzog ihn eine Gänsehaut und sein Herzschlag beschleunigte sich augenblicklich. Sofort war seine Wut verflogen. Vielleicht sollte er ihr auch einmal Blumen schenken oder schicken? Da gab es doch solche Läden, die man mit so was beauftragen konnte. Ja, das war eine gute Idee, das würde er machen – ganz bestimmt.
„So, ... tut er das?“, fragte Steinhauser unsicher.
„Ist ja jetzt auch egal. Wo war ich stehen geblieben?“ Sie suchte gedanklich ihren roten Faden und kam zurück zu den Ermittlungen. „Genau. Wir haben noch DNA-Spuren gefunden.“
„Echt? DNA?“
„Ja“, bestätigte sie stolz. „Genaugenommen hat die der Tobi gefunden“, schob sie noch grinsend hinterher. Steinhauser schwieg. Da immer noch ihre Hand auf seinem Bein lag, ignorierte er den erneuten Seitenhieb. Er wartete, dass sie näher darauf einging. „Die Klassiker: Hautreste unter den Fingernägeln der Toten und Sperma auf dem Bettlaken. Aber wehe, du sagst etwas!“
„Ich sag natürlich nix! Für wen hältst du mich denn?“, versicherte er ihr. Wobei ihn das Sperma nicht wirklich überrascht hatte. Wozu brauchte die Uschi sonst die riesige Spielwiese in der Jagdhütte? Sofort kamen ihm der Laptop, der geheime Raum mit der versteckten Kamera und der gelbe Fahrradhelm in den Sinn. Steinhauser starrte einen Moment ins Leere. In seinem Kopf begann es zu rattern. Jetzt lag nahe, was auf dem Laptop zu

sehen war. Blieb nur die Frage: Wer? Er überlegte, ob er Stefanie vom Laptop, der Kamera und dem gefundenen Fahrradhelm erzählen sollte. Er verwarf den Gedanken aber gleich wieder. Ehrlichkeit ja, aber jetzt war kein guter Zeitpunkt dafür, wo sie sich doch gerade wieder etwas näher kamen. Steinhauser wollte unter allen Umständen vermeiden, dass sie sauer auf ihn werden könnte, weil er in die Jagdhütte eingestiegen war. Und wenn sie erfahren würde, dass Strubinski mit von der Partie gewesen war, wäre der Abend gelaufen, noch bevor er begonnen hatte. Das wollte er auf keinen Fall riskieren.
„Habt ihr schon eine Ahnung, von wem das Sperma sein könnte?“, fragte er schnell.
„Dazu kann ich dir nichts sagen – laufende Ermittlungen. Ich hab dir eh schon viel zu viel erzählt. Das darf der Tagweih auf keinen Fall erfahren! Hast du mich verstanden?“, wiederholte sie.
„Ja klar. Ich bin doch nicht blöd. Du kannst dich voll auf mich verlassen.“
Kurz darauf klopfte es an der Verbindungstür zum gemeinsamen Treppenhaus. Es waren Torben und Vanessa. Jennifer, das Mittlere ihrer drei Kinder, hatte keine Lust auf Weihnachtsmarkt. Ebenso wie ihre Eltern. Es war ihnen zu kalt. „Das endet eh wieder in einem Besäufnis. Wie jedes Jahr“, hatte Monika gesagt und ihren Bruder ermahnt, seinem Patenkind ein Vorbild zu sein.
„Ich hab uns ein Taxi organisiert“, meinte Steinhauser zu Stefanie. Dabei grinste er seine Nichte an. „Die Vanessa hat sich bereit erklärt, uns zum Weihnachtsmarkt zu fahren und wieder zu holen – egal wann wir nach Hause wollen. Sie ist nämlich seit ein paar Tagen achtzehn und braucht jetzt keinen mehr, der neben ihr sitzt, wenn sie fährt.“
„Wir können doch selber fahren“, meinte Stefanie. „Die Vanessa hat bestimmt Besseres zu tun, als uns in der Gegend herumzukutschieren.“
„Nein, das passt schon. Das macht sie gerne und außerdem ist sie mir noch was schuldig“, meinte Steinhauser mit einem Zwinkern Richtung Vanessa. „Stimmt´s?“
Diese verdrehte nur die Augen und ging. „Ich warte im Auto.“
„Was ist dir deine Nichte denn schuldig?“, wunderte sich Stefanie.
„Ach, nix Besonderes. Nur eine Taxifahrt. Ich hab ihr mal aus der Patsche geholfen und jetzt tut sie mir eben einen Gefallen. Ist so ein Onkel-Nichten-Ding“, wehrte Steinhauser ab und bevor Stefanie nachhaken konnte, holte er seine Mütze, Handschuhe und Mantel. Er hatte jetzt keine Lust, ihr von der Nacht zu erzählen, als er Vanessa und ihre Freundinnen

stockbesoffen mit einem Taxi aus Schaippach abgeholt hatte. Torben, eingepackt wie ein Eskimo, sprang vorneweg.

Wie schon die letzten Tage, lagen die Temperaturen deutlich unter null und ihr Atem verwandelte sich in eine weiße Wolke, als sie aus dem kleinen Polo ausstiegen. Begleitet von leichtem Schneefall, rannte Torben sofort die breite Treppe hinauf, die zum Dorfplatz von Mittelsinn führte. Dort, im ehemaligen Schulhof, standen die schneebedeckten Holzbuden des Weihnachtsmarktes. Das alte, aus Backsteinen gemauerte Schulgebäude wurde schon lange nicht mehr als Schule genutzt. In den alten Klassenzimmern gab es für die Besucher Kaffee und Kuchen. Über der Treppe prangte ein großes Schild mit der Leuchtschrift *Weihnachtsmarkt Mittelsinn*. Neben der Treppe, direkt vor dem Kriegerdenkmal, stand ein riesengroßer Schneemann, der gut und gerne drei Meter hoch war. Nase, Mund und Augen waren mit einer leuchtenden Lichterkette dargestellt. Drumherum standen einige Christbäume – was sonst? Schließlich war Mittelsinn ja auch die Christbaumhochburg im Sinngrund. Oberhalb des Dorfplatzes wurde die über fünfhundert Jahre alte evangelische Kirche samt ihres spitzen Glockenturms mit dezentem Licht angestrahlt. Auf einer Postkarte hätte es nicht schöner aussehen können. Was aber nicht jedes Jahr der Fall war. Vor einigen Jahren hatte es über zehn Grad plus und Dauerregen. Da kam bei niemandem Weihnachtsstimmung auf. In diesem Jahr war alles anders, dank des frühen Schnees und des Kälteeinbruchs.
Leise Weihnachtsmusik sowie der Duft von Glühwein und Bratwürsten drang zu ihnen. Vanessa verabschiedete sich und Steinhauser und Stefanie folgten Torben, der schon im Getümmel verschwunden war. Die Menschen drängten sich dicht auf dem Dorfplatz. Zahlreiche, beleuchtete und weihnachtlich geschmückte Hütten bildeten einen großen Kreis. Auf der Treppe zum Rathaus stand der Weihnachtsmann, umringt von vielen Kindern, und verteilte kleine Päckchen. Inmitten der Menschenmenge qualmten zu Öfen umgebaute Ölfässer. Um deren Schlote waren rustikale Bretter befestigt, so dass sie gleichzeitig als Stehtische dienten.
„Hannes! Stefanie!“, rief eine wohl bekannte Stimme. Ehe sie sich versahen, kam Strubinski auf die beiden zugestürmt. In den Händen hielt er einen Stapel duftender Waffeln. „Servus Stefanie“, sagte er knapp und deutete mit den Waffeln über das Getümmel in eine nicht zu definierende Richtung. „Wir stehen da drüben, bei der Feuerzangenbowlenbude. Die

Lavinia, die Katja, der Sepp und die Kinder. Kommt ihr?“
„Wir kommen“, gab Steinhauser zurück. „Müssen nur noch schnell nach Torben schauen.“
Auf der Suche nach Torben trafen sie Steinhausers Eltern. Hildegard strahlte bis über beide Ohren, als sie Stefanie sah. Sogar Rudolf sah erleichtert aus. Nachdem Steinhauser und Stefanie seinen Neffen ordnungsgemäß an seine Eltern übergeben hatten, gesellten sie sich zu ihren Freunden.

Einige Stunden später lichteten sich die Besucher und das Gedränge wurde weniger. Steinhausers Eltern und Torben waren, ebenso wie Holzingers Eltern mit dessen Kindern, längst zu Hause. Sonja, die Tochter von Lavinia und Fred Strubinski, wurde kurzerhand Steinhausers Eltern mitgegeben. Sonjas Begeisterung hielt sich jedoch in Grenzen. Sie musste nichts sagen, ihr Gesichtsausdruck genügte vollkommen, um zu wissen, was sie dachte. Aber da sie mit Torben in eine Klasse ging, hielten es ihre Eltern für eine super Idee. Hildegard und Rudolf, die Fred schon seit Kindesbeinen an kannten, hatten kein Problem damit. Früher übernachtete er bei ihnen, jetzt halt seine Tochter. Sonja trug es mit Fassung. Im Grunde konnte sie Torben ja eigentlich ganz gut leiden, was sie natürlich niemals zugeben würde.
Die Stimmung vor der Hütte, an der die süffige Feuerzangenbowle ausgeschenkt wurde, war so gut, dass keiner nach Hause wollte. Zudem hatten sie sich einen Stehplatz an einem der Ölfassöfen ergattert und waren nicht gewillt, diesen so schnell wieder aufzugeben. Sie verteidigten ihn hartnäckig gegen jeden Eindringling. Es war verdammt lange her, dass die Freunde das letzte Mal so gemütlich beisammen waren und es gab viel zu erzählen.
Steinhausers anfängliche Nervosität in der Nähe von Stefanie verschwand mit jeder Tasse Bowle und er wagte es sogar, seinen Arm um sie zu legen. Sie warf ihm einen langen Blick zu und ließ ihn gewähren. Was wohl auch an ihrem stetig steigenden Genuss der Feuerzangenbowle lag. Steinhauser war es egal, er genoss die Berührung.
Irgendwann beschlossen die Mädels, eine kleine Runde über den Weihnachtsmarkt zu drehen. Und kaum war Stefanie weg, wurde Steinhauser von Strubinski und Holzinger zum Fall Uschi gelöchert. Doch er blieb hart und beharrte immer wieder darauf, dass ihm Stefanie nichts gesagt hatte.

Dafür hatte Holzinger ein durch die Feuerzangenbowle gesteigertes Mitteilungsbedürfnis.
„Naja ...“, druckste er zunächst zögerlich herum, bevor er dann doch seinem Drang nachgab. Steinhauser und Strubinski spitzten die Ohren.
„Wenn die Uschi zu ihren Lovern so freundlich war wie zu mir, dann wundert´s mich nicht, dass die … aber das geht mich ja alles nix an.“
„Hatte die Uschi Lover?“, fragte Steinhauser direkt weiter.
„Kann ich nicht sagen … man hört halt immer mal was“, wiegelte Holzinger ab.
„Hattest du Zoff mit der Uschi?“, blieb Steinhauser hartnäckig.
„Ich will nix Schlechtes red. Die ist ja jetzt tot“, war alles, was er sagte.
Bevor Steinhauser weiter bohren konnte, schnappte sich Holzinger ihre leeren Tassen und holte Nachschub.
Über Tote redet man nicht schlecht, das hatte Steinhauser doch schon mal gehört. Deshalb hakte er zunächst auch nicht weiter nach, sondern wartete noch zwei, drei Runden Feuerzangenbowle ab. Dann setzte er erneut an.
„Sepp, hattest du jetzt eigentlich Stress mit der Uschi oder nicht?“, wandte er sich eher beiläufig an Holzinger.
Der zuckte übertrieben mehrfach mit den Schultern. „Ansichtssache“, meinte er, mittlerweile leicht angetrunken. „Zumindest war ich mit der nicht so dick wie andere. Aber ich will nix gesagt ham. “
„Ach, und was ist Ansichtssache?“ Steinhauser witterte die Chance, etwas mehr über Ursula Sternberg zu erfahren, spürte aber ebenfalls die Wirkung der Bowle. Und da Strubinski dafür sorgte, dass ihre Tassen immer voll waren, machte es die Sache nicht leichter.
Eine weitere Runde später kam Holzinger ganz dicht zu Steinhauser. Strubinski tat es ihm nach und die drei steckten die Köpfe dicht zusammen.
„Hannes, du musst mir versprech, dass du nix erzählst“, flüsterte Holzinger.
„Logisch!“, quakte Strubinski dazwischen. „Wir können schweigen wie ein Grab. Stimmt´s, Hannes?“
Steinhauser verdrehte die Augen. „Wie du schweigen kannst, das weiß ich ja jetzt!“
„Aber hier geht’s um den Sepp. Und da halt ich dicht! Ehrenwort!“
„Wenn ich dich jetzt wegschicke, gehst du dann?“, fragte Steinhauser.
„Nö“, gab Strubinski mit einem breiten Grinsen zurück.
„Dann leg los, Sepp!“, sagte Steinhauser und gab ihm einen Stoß.

„Die Uschi, das Miststück“, begann Holzinger direkt. Der Zeitpunkt war gekommen, wo es egal war, ob jemand tot oder lebendig war. Die Feuerzangenbowle tat ihr übriges. „Letztes Jahr, da hat die Uschi ...“
„Halt!“, fiel ihm Strubinski ins Wort.
„Fred, was ist?“, ranzte ihn Steinhauser genervt an, worauf dieser erschrocken zusammenzuckte.
„Ich wollt nur ...“, Strubinski holte sein Handy hervor und legte es vorsichtig zwischen die Tassen mit Bowle. Er schaute zu Steinhauser, dann zu Holzinger „Ich wollt nur aufnehm, was du uns erzählst. Nicht, dass mir was vergessen … ich mein nur, wegen der … Feuerzangenbowle. Versteht ihr?“
Zunächst sagte keiner der beiden etwas, dann nickte Steinhauser und klopfte ihm anerkennend auf die Schulter. „Super Idee, Fred. Wollt ich auch grad vorschlagen.“
„Was ist jetzt? Wollt ihr hör, was ich zu sagen hab oder nicht?“, meldete sich Holzinger mit einem Rülpser zu Wort. Seine Zunge war schwer.
„Logisch! Leg los!“, forderten sie ihn auf und steckten die Köpfe wieder zusammen.
„Also … wo war ich? Ach ja. Letztes Jahr, da hat die Uschi ´nen Acker neben meiner Wiese gekauft. Und ich hab ja gewusst, dass die da Christbäume drauf macht. Also hab ich sie gebeten, nicht an der Grenze zu meiner Wiese zu spritzen. Sie sollt halt ein Stück weg bleib.“
„Und?“, fragte Strubinski gespannt.
„Hat das Miststück nicht interessiert. Hat gespritzt und der Scheißdreck ist natürlich auf meine Wiese geweht.“
„Ja und?“, fragte Steinhauser.
„Seid ihr blöd?“, regte sich Holzinger auf. „Ich bin jetzt Biobauer. Da darf so´n Zeug nicht auf meine Wiesen.“
„Stimmt. Du bist ja jetzt der Bio-Sepp“, erinnerten sie sich und lachten.
„Und dann?“, wollte Steinhauser wissen.
„Ich hab´s im Guten versucht …“, beide schauten ihn skeptisch an. Holzinger bemerkte ihre Blicke. „Ehrlich, ich war voll friedlich. Aber das war der scheißegal, der blöden Kuh. Ich hab mich auf´m Amt beschwert, aber dort hat es keine Sau interessiert. Armin Burger, so heißt der Neu dort. Ich werde mich der Sache annehmen, hat er gesagt. Und was ist passiert? Nix! War ja auch nicht anders zu erwarten gewesen.“
„Wundert dich das?“, fragte Steinhauser. „So wie du dich damals dort aufgeführt hast.“

„Ach was, ist doch schon ewig her“, wehrte Holzinger ab.
„Und wie ging´s weiter?“, wollten beide wissen.
„Keine Ahnung“, Holzinger zuckte mit den Schultern und nahm einen kräftigen Schluck Feuerzangenbowle. „Jetzt ist die Uschi tot und meine Tasse ist auch schon wieder leer. Holst du?“, wandte er sich an Steinhauser.
„Bin ich dran?“
„Im Zweifel: Ja“, bestätigte Strubinski und Steinhauser sorgte für Nachschub. Dann wollte er wissen, was Holzinger noch so alles zu berichten hatte. Nach dem nächsten Schluck sprudelte es nur so aus ihm heraus. Steinhauser und Strubinski konnten ihm irgendwann nicht mehr folgen. Er erzählte etwas über eine Fläche im Gewerbegebiet, die zuerst dem Weirich versprochen gewesen war, dann aber doch an die Uschi verkauft wurde, und dass es damals im Gemeinderat voll den Zoff gegeben hatte. Zudem wurde seine Aussprache immer undeutlicher.
„Mein Vodder hat sich damals voll aufgeregt. War ja quasi mittendrin statt nur dabei, als Gemeinderatsmitglied“, meinte Holzinger und lachte.
Doch das war noch lange nicht alles, was er loswerden wollte. Und das, obwohl er doch gar nicht schlecht über die Uschi reden wollte. Irgendwann war es ihm dann egal. Moral und Anstand hatten eine Promillegrenze und die war jetzt überschritten. So erfuhren Steinhauser und Strubinski, dass es in der Jagdgenossenschaft auch Ärger gegeben hatte. Der Jagdpächter hatte ursprünglich geplant, seine Jagdhütte auf ein Feld vom Weirich zu bauen, sich dann aber kurzfristig doch für ein Feld von der Uschi entschieden. Ganz plötzlich.
„Irgendwie ironisch, dass die Uschi jetzt genau in der Hütte tot aufgefunden wurde, findet ihr nicht auch?“ Holzinger hob die Tasse.
Steinhauser und Strubinski nickten. Sie stießen an und leerten ihre Tassen in einem Zug. Die Feuerzangenbowle tat weiter ihre Wirkung.
„Aber der Weirich ist grad so ein Arschloch“, ließ Holzinger seinem angestauten Frust freien Lauf. „Der spritzt auch ohne Rücksicht auf Verluste. Ich hab ja kaum ein Feld, das nicht in der Nähe von so einem Christbaumfuzzi ist. Wie auch? Die sind ja überall.“
„Ja, ja, als Bio-Bauer hat man´s auch nicht leicht“, tröstete ihn Strubinski. Dabei stellte er sich auf die Zehenspitzen und legte seinen Arm um Holzingers Schulter. Da Holzinger fast zwei Köpfe größer war, sah das Ganze etwas unbeholfen aus. Was zählte, war die Geste.
Während Strubinski seinem Freund seelischen Beistand leistete, füllte

Steinhauser die Tassen wieder mit Bowle. Holzinger erzählte noch etwas von einem E605-Skandal, der aber schon einige Jahre zurücklag. Was Genaues wusste er allerdings nicht mehr, oder konnte sich wegen seines aktuellen Zustandes nicht mehr erinnern. Dass die Uschi bis zu ihrem Ableben Zoff mit dem Weirich wegen eines Waldstückes gehabt hatte, das beide kaufen wollten, bekamen Steinhauser und Strubinski ebenfalls nur noch am Rande mit. Deshalb beschloss Steinhauser, die Aufnahme morgen sofort noch einmal anzuhören. Aber dass der Weirich offensichtlich im Dauerclinch mit der Uschi gelegen war, das hatte er abgespeichert. Hier wollte er noch einmal den Hebel ansetzen. Der liebe Ingo Weirich, überlegte Steinhauser, sagt der doch glatt zu mir, er hatte keinen Zoff mit der Uschi.

Als Steinhauser so dastand, mit seinem Gleichgewichtssinn kämpfend, und gedankenversunken in seine Tasse starrte, kitzelte es an seinem Ohr. Erschrocken fuhr er herum. Vor ihm stand Stefanie und schaute ihn mit glasigen Augen an. Sie zog ihn mit einem Lächeln zu sich heran, biss ihm zärtlich in sein Ohrläppchen und flüsterte: „Ich will jetzt nach Hause." Dabei zwinkerte sie und leckte sich die Lippen. Mit offenem Mund starrte Steinhauser sie an.

„Ja, ... klar, ... sofort! Ich ruf gleich die Vanessa an", stammelte Steinhauser nervös. Wenn Stefanie seit ihrer Trennung genauso viel Sex gehabt hatte wie er, nämlich exakt null, dann gab es jetzt nur eins: ab nach Hause. Aufgeregt kramte er umständlich sein Handy hervor und wählte Vanessas Nummer.

Mailbox.

Auch weitere Versuche blieben erfolglos. Also schrieb er ihr eine Nachricht und hoffte, dass sie bald antwortete. Nach einem Blick auf seine Uhr fiel ihm auf, dass die drei Frauen ganz schön lange unterwegs gewesen waren. Muss wohl auch ein feuchtfröhlicher Rundgang gewesen sein. Denn alle drei wirkten irgendwie ... verändert ... und ungewöhnlich zutraulich. Zumindest konnte er sich Stefanies Verhalten nur so erklären. Aber das war jetzt nebensächlich.

Strubinski setzte sein breitestes Grinsen auf und gab seiner Lavinia einen innigen Kuss. Mit Zunge und allem, was dazu gehörte. Fehlte nur noch, dass sie sich die Kleider vom Leib rissen und wie zwei ausgehungerte Hyänen übereinander herfielen. Steinhauser und Holzinger verzogen angewidert das Gesicht.

„Fred! Lavinia!", riefen sie. „Macht das doch bitte zu Hause. Das will hier

keiner sehen!“
„Ihr seid doch bloß neidisch“, lachte Lavinia laut. „Ich wüsste da was für euch. Ihr kleinen Spießer.“
„Bitte nicht“, sagte Steinhauser, denn er ahnte bereits, was jetzt kommen würde. Doch die beiden Frauen wussten schon längst Bescheid. Lavinia hatte sie lang und breit über den erotischen Yoga-Kurs und seine Vorzüge aufgeklärt. Holzinger hatte glatt vergessen, mit Katja darüber zu reden. Die Aufregungen der Nacht, in der sie Ursula Sternberg gefunden hatten, waren vermutlich doch zu viel gewesen. Aber er erinnerte sich sofort wieder und wollte jetzt genaueres wissen. Das ließen sich Lavinia und Fred Strubinski nicht zweimal sagen. Sehr anschaulich und mit kleinen, fast zirkusreifen Vorführungen demonstrierten die Strubinskis, wie durch den Yoga-Kurs neues Feuer in ihr Schlafzimmer gekommen war. Dass sie dabei die Aufmerksamkeit der anderen noch verbliebenen Besucher des Weihnachtsmarktes auf sich zogen, war ihnen egal. Nicht, dass es bei ihnen an Feuer gefehlt hätte, wie sie mehrfach versicherten, nein, sie waren eben beide offen für Neues. Deswegen passten sie ja so gut zusammen, auch wenn dies rein optisch eher weniger der Fall war. Lavinia geizte nie mit ihren Reizen, während Strubinski eher etwas hilflos neben ihr wirkte.
Fassungslos musste Steinhauser feststellen, dass sogar Holzinger von der Idee begeistert war, dass alle gemeinsam diesen seltsamen Yoga-Kurs besuchen sollten. Und als sogar Stefanie großes Interesse zeigte, war auch sein Widerstand gebrochen. Ihr Wunsch war ihm Befehl. Ganz besonders jetzt.
Voller Sehnsucht schielte Steinhauser immer wieder zu Stefanie und anschließend auf die Uhr. Doch Vanessa machte keine Anstalten sich zu melden.
Strubinski schleppte in der Zwischenzeit ein Runde Feuerzangenbowle nach der anderen heran. „Diesmal mit Schuss“, verkündete er voller Stolz. Sein Gleichgewichtssinn hatte auch schon ordentlich Schlagseite. Ruck, zuck waren die Tassen geleert. „Ich geh un hol dann noch a mol wos von dam edle Gesöff“, lallte Strubinski. Seine Zunge hatte mittlerweile ein Eigenleben entwickelt. „Öder wie die gepflechde Franzose soche: Ein Schüttdiebrühno vom Allerfeinsten aus dem Hause Le Schluck. Öder wie mir ömmer soche: Hau wech die Scheiße! Ha, ha“, mit einer Lache, die dreckiger nicht hätte sein können, schwankte er davon, um nur kurz darauf mit einem frisch gefüllten Tablett wiederzukommen.

Der Verlust der Muttersprache war bei allen sechs mittlerweile weit fortgeschritten. Ebenso verloren sie jedes Gefühl für Zeit und Außentemperatur. Als endlich die Titelmelodie von Magnum aus Steinhausers Hose schallte, leisteten ihnen nur noch ein paar einsame Kampftrinker Gesellschaft. Die meisten Buden hatten schon Feierabend gemacht. Gemeinsam mit Strubinski und Holzinger gelang es Steinhauser den Anruf entgegenzunehmen. Jetzt war Teamwork gefragt. Es dauerte eine Weile, bis sie endlich begriffen, dass seine Nichte Vanessa am großen Schneemann stand und wartete. Die drei Pärchen verabschiedeten sich ausgiebig voneinander und verließen torkelnd und singend den Weihnachtsmarkt. *Oh Christbaumdorf, oh Christbaumdorf, wie grün sind deine Bäume, du grünst nicht nur zur Sommerzeit,* ... hallte es, kaum zu verstehen, über den alten Schulhof und die letzten Hüttenbesitzer machten drei Kreuze, dass sie endlich Feierabend hatten.

Kapitel 9

Sie schmiegte sich an Steinhauser und ihre Lippen berührten sich. Es war Monate her gewesen, dass sie sich das letzte Mal so nahe gewesen waren. Wie in Trance zog er sie zu sich heran, kraulte ihre langen Ohren und küsste ihre kalte Nase. Seine Berührung entfachte ungekannte Leidenschaft in ihr und sie leckte ihm mit ihrer rauen Zunge über das ganze Gesicht. Immer schneller, immer feuchter. Steinhauser konnte sie kaum noch bremsen. Zärtlich versuchte er sich aus ihrer Umklammerung zu lösen – erfolglos. Ihr Verlangen war selbst für Steinhauser etwas zu viel. Er öffnete schlaftrunken die Augen und erstarrte. Dann gab er einen kreischenden Schrei von sich. Jacky sprang erschrocken aus dem Bett und rannte ins Wohnzimmer.

Was ist passiert?

Das Bett neben ihm war leer. Er schaute sich mit verquollenen Augen um und suchte nach seinem Handy. Draußen war es bereits hell. Kurz vor 14:00 Uhr, stellte er entsetzt fest.

Stefanie! Wo ist sie?

Es klaffte eine Lücke in seiner Erinnerung. Und zwar genau von dem Zeitpunkt an, als sie von Vanessa abgeholt worden waren, bis jetzt. Was davor alles so im Detail geschehen war, wusste er auch nicht mehr so genau.

„Scheiß Feuerzangenbowle!“, murmelte er und schälte sich mühevoll aus dem Bett. Alles drehte sich. Er musste einen Augenblick warten, bis er sich erheben konnte. Mit kleinen Schritten schlurfte er schwankend zur Schlafzimmertür und lehnte sich an den Türrahmen. Sein Blick wanderte umher.

Da ist sie!

Steinhausers Herz erhöhte sofort die Schlagzahl.

Stefanie stand, nur mit einem seiner T-Shirts bekleidet, am Fenster im Wohnzimmer und schaute hinaus. Er starrte auf ihre nackten Beine. Sie trug roten Nagellack auf den Fußnägeln. Sie war der Hammer. Ein Prachtweib. In der Hand hielt sie eine dampfende Tasse Kaffee. Draußen wehten kleine Schneeflocken gegen die Scheibe. Steinhauser rieb sich verschlafen die Augen.

Was mach ich denn jetzt? Hatten wir Sex? Etwa Versöhnungssex?

Versöhnungssex war der beste Sex der Welt, und er konnte sich nicht daran erinnern.

Plötzlich drehte sie sich um. „Na du, hat dich die Jacky geweckt?", sagte sie mit einem Lächeln und kam auf ihn zu.
„Äh, ... ja, kann man so sagen", stammelte er und hatte keinen Plan, wie er sich verhalten sollte.
„Du siehst ganz schön mitgenommen aus. War wohl eine *harte* Nacht für dich." Sie zwinkerte ihm zu und reichte ihm eine Tasse Kaffee.
Mechanisch nahm er die Tasse entgegen. „So, ... findest du?"
„Du etwa nicht?"
Sie wirkte ausgeruht und zufrieden. Steinhauser nahm einen Schluck, um Zeit zu gewinnen. Der Kaffee war perfekt wie sie. Hatten sie vielleicht doch Sex gehabt? Oh Gott, sie hatten Sex - Versöhnungssex und er konnte sich nicht daran erinnern.
„Ja, ... irgendwie schon, ... oder?", gab er zögerlich zurück.
„Du willst mir aber jetzt nicht sagen, dass du dich nicht an heute Nacht erinnern kannst, oder?", fragte sie mit einem strengen Blick, dann gab sie ihm einen langen Kuss auf den Mund.
„Natürlich kann ich mich erinnern", sagte er sofort. „Wo denkst du hin?"
„Das wäre ja auch noch schöner", sagte sie, zog das T-Shirt aus und ging splitterfasernackt ins Schlafzimmer. Mit offenem Mund starrte er ihr hinterher.
„Ich muss jetzt los, hab nachher Dienst." Sie warf ihm einen Handkuss zu und schloss die Tür vor seiner Nase.
Steinhauser ließ den Kopf gegen den Türrahmen fallen.
Hatten wir jetzt Sex ... oder nicht?
Sind wir wieder zusammen ... oder nicht?
Oder ist unsere Beziehung jetzt nur noch rein sexuell?
Er konnte sie unmöglich fragen. Dann würde sie gleich wieder so etwas sagen wie: *Wie kann man so etwas nur vergessen?* Oder: *Ich hätte es wissen müssen, du änderst dich nie!* Dabei hatte er sich doch geändert. Er hatte einen Hund und die Wohnung war aufgeräumt ... gut, letzteres lag auch an seiner Schwester. *Wenn du die Wohnung in einen Saustall verwandelst, bist du schneller wieder draußen, als dass du bis drei zählen kannst,* hatte sie gesagt. Nein, eigentlich hatte sie es nicht gesagt, sie hatte es ihm eingeimpft. Und einmal die Woche machte sie Visite.
Steinhauser ließ sich auf die Couch fallen. Jacky kam herbei und kuschelte sich vorsichtig an ihn.
„Sorry, wegen vorhin." Während er ihr den Rücken kraulte, starrte er sehnsüchtig auf die Schlafzimmertür. „Ich dachte, du wärst sie."

Kurz darauf kam Stefanie heraus.
„Süß, ihr zwei“, strahlte sie die beiden an. Nachdem sie sich ihren Mantel übergeworfen hatte, gab sie ihm noch einen Kuss und mit den Worten: „Und wegen dem ... Yoga-Kurs ... telefonieren wir“, ging sie.
Er lächelte gequält zurück. Kaum war sie draußen, sackte er mit einem lauten Seufzer in sich zusammen.
„Ganz klar“, sagte er zu Jacky. „Sie steht auf dich, und weil du auf mich stehst, steht sie jetzt auch wieder auf mich … oder so ähnlich.“
Und ganz so, als ob Jacky ihn verstanden hätte, leckte sie ihm über die Wange.
„Ist ja gut“, sagte er und kraulte sie hinter den Ohren. „Jetzt muss ich nur noch herausfinden, ob wir Sex hatten oder nicht. Und einen Weg finden, diesem bescheuerten Yoga-Kurs aus dem Weg zu gehen. Danke, Fred!“

Am liebsten hätte sich Steinhauser wieder in sein Bett verkrochen, aber daraus wurde nichts. Weihnachtsmarktsonntag war Familientag, eigentlich. Das gemeinsame Mittagessen bei seinen Eltern mit seiner Schwester und ihrem Anhang hatte er bereits verpasst. Was ihn schon ein wenig ärgerte. Denn Hildegard legte sich immer mächtig ins Zeug, um ihre Lieben zu verwöhnen. Andererseits hatte er auch gar keinen Hunger. Monika hätte ihn bestimmt geweckt, wenn Stefanie nicht da gewesen wäre. Aber das war ihm heute egal. Jetzt galt es, rechtzeitig zu Kaffee und Kuchen in der alten Schule am Dorfplatz zu sein, wenn er nicht den Unmut seiner Mutter auf sich ziehen wollte. Für sie waren Familientage heilig. Weihnachten, Ostern, Pfingsten und der Weihnachtsmarkt waren die fixen Tage, an denen alle zusammenkamen.
Nach einer schnellen Dusche trank er noch ein Flasche Wasser auf ex, um seinen gestörten Mineralienhaushalt wieder einigermaßen auszugleichen, und machte sich mit Jacky auf den Weg. Als er in Mittelsinn ankam, war die ganze Familie gerade dabei, den Hof zu verlassen. Er parkte den Polo und kam zu ihnen gelaufen. Während ihn seine Schwester, ihr Mann, die Kinder und sein Vater angrinsten, warf ihm seine Mutter einen todesverachtenden Blick zu. Steinhauser ignorierte sie einfach. Hauptsache, sie sagte nichts. „Was grinst ihr denn so blöd?“, fragte er seinen Schwager. „Ich konnte leider nicht eher.“
„Na, bist wohl nicht aus dem Bett gekommen“, zwinkerte ihm Klaus, der Landarzt, zu.

„Depp!“, war alles, was Steinhauser sagte, und ging einfach an ihm vorüber.
„Wohl nicht eher ins Bett reingekommen“, schob Vanessa hinterher.
„Wo ist sie denn?“, hakte Klaus mit einem Grinsen nach.
„Ja, wo ist denn die Stefanie?“, wollte auch Hildegard wissen, die ihn immer noch streng musterte. „Ich dacht, die würde auch mitkommen.“
„Tja, da hast du wohl falsch gedacht. Die hat Dienst“, gab er viel schärfer zurück, als er es eigentlich gewollt hatte. Sie konnte es einfach nicht lassen. Wobei sie es ja nicht böse meinte. So war sie halt, die liebe Familie.
„Rotzlöffel!“, sagte seine Mutter nur und ließ ihn stehen.
Steinhauser schnaufte kurz durch, dann musste er noch die Schneeburg begutachten, die Torben und Jennifer in den großen Schneehaufen gegraben hatten, den Rudolf aufgetürmt hatte. Nachdem ihm Torben alles erklärt hatte, gingen sie auf den Weihnachtsmarkt.
Während ihn seine Mutter konsequent ignorierte, versuchte ihn sein Schwager Klaus immer wieder in irgendwelche belanglosen Gespräche zu verwickeln, auf die er so gar keine Lust hatte. Er versuchte es mit der Taktik seines Vaters: Niemals in ganzen Sätzen antworten, sondern immer nur mit Lauten wie „Hm“ oder „Aha“. Dazu möglichst teilnahmslos und desinteressiert wirken. Doch das nutzte nichts. Klaus drückte ihm ein Gespräch nach dem anderen rein. Offensichtlich war er froh, sich einmal nicht über irgendwelche Krankheiten oder Wehwehchen seiner Patienten unterhalten zu müssen. Steinhauser ließ den Nachmittag über sich ergehen, aß brav ein Stück Kuchen und trank sieben Tassen Kaffee – schwarz. Auf Milch und zwei Stück Zucker, wie er es normalerweise bevorzugte, verzichtete er diesmal. Seine Geschmacksrezeptoren waren noch ohne Funktion und irgendwie musste er ja seinen Kreislauf bei Laune halten.
Später hatte er sich noch mit Strubinski verabredet. An das, was ihnen Holzinger am gestrigen Abend alles erzählt hatte, konnte er sich nur noch in Bruchstücken erinnern. Deshalb wollte er seinem Gedächtnis auf die Sprünge helfen. Fred hatte zum Glück alles „auf Band“ aufgenommen. Ein wenig fuchste es ihn ja schon, dass ihm das nicht selbst eingefallen war. Aber zugeben würde er das natürlich nie. Als Hildegard den Familientag offiziell für beendet erklärte, machte er sich sofort auf zu Strubinski.

„Scheiße, Fred! Wie siehst du denn aus?“ Mit offenem Mund starrte Steinhauser Strubinski an. Der stand barfuß vor ihm, trug hautenge Leggins mit

Tigermuster und einem ebenso hautengen, türkisfarbenen Body. Am Kopf trug er ein breites Stirnband – ebenfalls im Tigermuster-Look. Er hätte glatt ein Zeitreisender aus den Achtzigern sein können. Seine dünnen, langen Haare hingen wirr in alle Richtungen. In seinem Gesicht stand ihm der Schweiß und Steinhauser wollte alles, aber bloß nicht wissen, was er in diesem Aufzug machte. Doch Strubinskis Informationsbedürfnis konnte er nicht stoppen.
„Servus Hannes. Du kommst genau richtig“, begrüßte der ihn freudestrahlend. „Komm rein, mir mache grad Yoga. Die Lavinia und ich.“ Strubinski grinste bis über beide Ohren.
Steinhauser wusste beim besten Willen nicht, was es da zu grinsen gab. „Nein, nein, lass mal Fred. Ich komm später wieder … oder nie wieder.“ Ihm schwante Schlimmes.
„Schmarr net“, lachte Strubinski laut auf. Bevor Steinhauser reagieren konnte, wurde er ins Haus gezerrt. „Mir mache nur Trockenübungen. Quasi als Warm-up, bevor mir dann tiefer einsteigen … falls du verstehst?“ Steinhauser schüttelte es bei der Vorstellung, was Strubinski mit tiefer einsteigen meinte. Und schon war es da – das Kopfkino.
„Eure Yoga-Trockenübungen auf´m Weihnachtsmarkt haben mir eigentlich gereicht“, wehrte sich Steinhauser gegen das Unvermeidliche. „Auf Alpträume kann ich ganz gut verzicht. Also tschüss, bis zum nächsten Mal.“
Doch Strubinski interessierte es nicht im Geringsten, was er sagte. Unbeirrt zerrte und schob ihn der schmächtige Kerl unerwartet kraftvoll ins Wohnzimmer im zweiten Stock. Dort war alles zur Seite geräumt worden. Auf dem Boden lag eine große quadratische Matte. Lavinia stand auf einem Bein und streckte die restlichen Gliedmaßen von sich. Als Steinhauser sie sah, traf ihn fast der Schlag. Das lag aber nicht an der seltsamen Pose, die sie einnahm, sondern an ihrer Kleidung. Sie trug exakt das gleiche Outfit wie Strubinski. Jetzt brauchte er starke Nerven.
„Das ist der gestreckte Kranich“, erklärte Strubinski stolz, stellte sich neben seine Frau und nahm dieselbe Pose ein. „Ist eine super Übung, um sich zu strecken, damit man so richtig gelenkig wird und fördert auch den Gleichgewichtssinn.“
„Ich geh dann mal wieder.“ Steinhauser wandte sich um. Da erhob Lavinia das Wort.
„Hannes!“, sagte sie liebevoll, aber dennoch mit einem gewissen Unterton, dass er es nicht wagte sich zu entfernen. Wenn er ihr schon nicht widerstehen konnte, wie sollte das dann Strubinski schaffen? Lavinia wusste

eben, welche Knöpfe sie drücken musste. Schließlich kannten sie sich schon seit dem Kindergarten.
In Zeitlupe löste sie sich elegant aus ihrer Starre und kam auf ihn zu. Strubinski kniff ihr in den Hintern, sie zwinkerte lässig zurück. Fehlte nur noch, dass ihm der Sabber aus dem Mund lief.
„Sind wir vielleicht ein wenig prüde?", fragte sie, kam ganz dicht an Steinhauser heran und gab ihm einen Kuss auf den Mund. Das machte sie nur, wenn Stefanie nicht dabei war.
„Ich und prüde?", Steinhauser lachte. „Woher denn! Kein bisschen! Aber auf eure Paarungsverrenkungen kann ich dann doch ganz gut verzichten. Vor allem auf die von dem da." Steinhauser deutete auf Strubinski. Der lachte nur.
„Entspann dich, Hannes", meinte Lavinia und dehnte sich. Dabei streckte sie ihm ihren Hintern entgegen. Unbewusst starrte er darauf.
„Ein Prachtstück, oder?" meinte Strubinski, der immer noch im gestreckten Kranich verharrte.
„Also, das ist mir jetzt echt zu blöd mit euch zwei Vögeln", beschwerte sich Steinhauser. „Ich wollte mir nur noch mal anhören, was der Sepp gestern im Suff so alles von sich gegeben hatte und euch nicht bei euren Paarungs-Vorbereitungen stören. Und Zeuge davon wollte ich auf keinen Fall werden."
„Doch ein wenig prüde, unser Hannes", spottete Strubinski. „Oder was meinst du, mein Schatz?"
„Ach Fred, sei doch nicht so." Lavinia streckte ihm immer noch ihr Hinterteil entgegen. „Er ist halt ein Beamter. Immer den Bleistift im Allerwertesten."
„Danke fürs Gespräch, ihr Späthippies!" Steinhauser wollte nur noch weg. Beim Gedanken daran, mit den beiden zu einem Kurs für erotisches Yoga zu gehen, wurde ihm schlecht. Vom Kopfkino keine Rede. „Kann ich jetzt dein Handy haben, oder soll ich geh´n?", wurde er etwas ungehalten. „Ich wollte morgen eigentlich das ein oder andere in Erfahrung bringen."
„Ich komm ja schon." Strubinski wurde vom gestreckten Kranich zum fliegenden und hüpfte, mit den Armen wedelnd, in den Hausgang.
„Das find ich ja echt super, dass ihr zwei gemeinsam versucht herauszufinden, wer der Uschi das angetan hat", sagte Lavinia.
„Was machen wir?" Steinhauser glaubte sich verhört zu haben.
„Ihr seid doch jetzt so was wie geheime Ermittler. Du und der Fred."
„Wie kommst du denn auf so was?"

„Fred hat schon gesagt, dass ihr ein super Ermittlerduo seid. Und er ist dabei so eine Art ... *freier Mitarbeiter*. Er springt immer dann ein, wenn du nicht mehr weiterkommst. Ich bin ja so stolz auf meinen Fred. Meinen kleinen 007."
„Fred!", schrie Steinhauser ungehalten in den Hausgang. „Was erzählst du denn da für einen Scheiß?"
„Ach, die Lavinia", wehrte er ab und wedelte mit dem Handy. „Die übertreibt mal wieder."
Bevor Steinhauser noch etwas erwidern konnte, schaltete Strubinski das Gerät ein und alle drei hörten sich an, was Holzinger alles so losgelassen hatte. Sie hörten es sich vier Mal an, denn seine Aussprache war nicht immer sehr deutlich. Ein Auswärtiger hätte das Kauderwelsch niemals verstanden.
„Und jetzt?", fragte Lavinia. „Was macht ihr jetzt?"
„Ich mache!", sagte Steinhauser entschieden. „Um das mal klarzustellen: Ich mache!"
„Okay, wenn du dich dann besser fühlst. Was machst *du* jetzt?", fragte sie erneut.
„Das überleg ich mir heute Abend", antwortete Steinhauser.
„Wie du meinst." Lavinia zuckte mit den Schultern. „Du weißt ja, wo du meinen Fred finden kannst."
Steinhauser verdrehte die Augen. Aber wenn er ehrlich war, dann hatte sie eigentlich gar nicht so unrecht. Freds aufmerksame Beobachtung hatte sie auf die Spur mit dem Laptop gebracht und dank ihm konnten sie sich Holzingers Gelall vom Weihnachtsmarkt noch einmal in aller Ruhe anhören, denn vom Abend selbst wusste er ja auch nicht mehr viel. Nur so konnte er die weitere Vorgehensweise jetzt überdenken. „Schick mir die Aufnahme noch mal auf mein Handy", sagte er zu Strubinski.
„Kein Problem, mach ich."
„Wie weit bist du eigentlich mit dem Laptop?"
„Ich bin dran", gab Strubinski mit einem Lächeln zu seiner Angetrauten zurück. „Ich hab mir ein Programm besorgt, damit knack ich das Passwort im Nullkommanichts."
„Ist das illegal?", fragte Steinhauser mehr aus Gewohnheit, als dass es ihn wirklich interessierte.
„Legal, illegal, scheißegal", mehr sagte Strubinski dazu nicht.
„Ist dieses Programm von dem, den du kennst, der jemanden kennt, der solche Programme hat?", hakte er trotzdem nach.

„Ich weiß nicht, wen du meinst, wen ich kenn, der jemanden kennt, der solche Programme hat“, gab Strubinski mit einen breiten Grinsen zurück. „Bleib locker, alles im grünen Bereich.“
Im Grunde hatte er ja Recht und es war Steinhauser auch völlig egal, wie sie an die Daten auf dem Laptop kamen. Hauptsache, sie kamen an die Daten. Das Eis, auf dem sie sich bewegten, war ohnehin hauchdünn. Vielleicht waren sie doch kein so schlechtes Team, überlegte Steinhauser und musterte Strubinski von oben bis unten. Dann sagte er laut: „Auf keinen Fall!“
„Was meinst du mit *„Auf keinen Fall“*?“ Lavinia stemmte die Hände in die Hüften und schaute ihn herausfordernd an.
„Äh, … auf keinen Fall bleib ich noch länger hier. Ich geh jetzt, bevor ihr über euch herfallt.“
„Ich meld mich, wenn ich den Laptop geknackt hab“, rief ihm Strubinski noch hinterher.

Am Abend drehte Steinhauser mit Jacky noch eine kleine Runde. Es war zwar bitterkalt und Jacky hatte eigentlich gar keine Lust, aber das nutzte ihr nichts. Die Straßenlaternen tauchten die Siedlung in eine romantische Schneelandschaft, wie es nur selten der Fall war. Geschneit hatte es die letzten Tage nicht mehr und die Straßen konnten dank seines Einsatzes gefahrlos befahren werden. Ein wenig stolz war er schon auf sich.
Die frische Luft tat ihm gut und er überlegte, was er mit den Informationen von Holzinger anfangen konnte. Er zückte sein Handy und schaltete das Diktiergerät ein. Er war zwar nicht selbst auf diese simple Idee gekommen, aber man lernt ja nie aus. Besser als aufgeschrieben und schneller geht es auch. Konzentriert besprach er sein Handy, was er morgen alles erledigen wollte und in welcher Reihenfolge. Dabei zerrte er Jacky hinter sich her, die nur widerwillig einen Schritt nach dem anderen machte. Schließlich hatte er ein Einsehen mit der verfrorenen Beagle-Dame und kürzte seinen ohnehin kurzen Rundgang noch einmal ab. Was aber mehr daran lag, dass ihm auch kalt wurde. Während seine Gedanken um die tote Uschi kreisten, wäre er beinahe über einen Schneehaufen gestolpert. Als er sich umsah, ging Jacky gerade in Stellung und kackte in Seelenruhe mitten auf den Gehweg.
„Scheiße!“, schimpfte Steinhauser, nachdem er bemerkte, dass er keine Kacktüte zum Einsammeln eingesteckt hatte. Sofort fiel ihm die To-Do-

Liste des Bürgermeisters wieder ein. Wild kackende Hunde war auch einer der Punkte, um die er sich kümmern sollte. Beziehungsweise um deren Besitzer, die überall ihre Hunde kacken ließen.
Steinhauser sah sich kurz um, dann nahm er Schnee, warf ihn auf den Kackhaufen und schob ihn mit den Schuhen vorsichtig beiseite.
„Schämen Sie sich!", krächzte plötzlich eine Stimme. Steinhauser zuckte erschrocken zusammen. Peinlich berührt sah er sich um, konnte aber niemanden entdecken.
„Hier oben bin ich!", krächzte es erneut.
Aus einem Fenster im zweiten Stock schaute eine ältere Frau heraus und wedelte mahnend mit dem Zeigefinger. Jetzt sah er sie. Verunsichert bückte er sich, kratzte noch etwas Schnee zusammen und formte aus dem Kackhaufen einen großen Schneeball. Den hielt er dann in die Höhe. „Ich hab meine Tüte vergessen."
„Ja, ja, das sagen alle! Und ich trete dann wieder rein!", keifte die Frau zurück.
Mit dem Schneeball in der Hand ging er weiter.
Zeitgleich mit seiner Schwester Monika, seinem Schwager Klaus und den Kindern, erreichte er das Haus. Diese waren noch etwas länger bei seinen Eltern geblieben. Klaus war gerade dabei, die Mülltonne für die Montagsleerung vor die Tür zu stellen. Sie unterhielten sich ein wenig und Steinhauser legte den Schneeball auf die Tonne, während Torben mit Jacky spielte. Nach ihrem kurzen Plausch ging Klaus zurück ins Haus. Als Steinhauser den Schneeball in die Tonne werfen wollte, war er weg. Er schaute, ob er heruntergefallen war. Da traf ihn etwas Kaltes mitten ins Gesicht.
„Schneeballschlacht!", schrie Torben, lachte laut und warf sich hinter einem Schneehaufen in Deckung. „Ich hab deinen Schneeball geklaut!"
Steinhauser kratzte sich den Schnee samt Jackys Kacke aus dem Gesicht und dem Mund. Er spuckte angewidert aus und wischte sich den Rest mit Schnee ab. Ein brauner Streifen blieb zurück.
„Was ist los, Onkel Hannes?", fragte Torben unsicher. „Du siehst so komisch aus. Hab ich dir wehgetan?"
„Nein, alles gut", gab er würgend zurück. „Aber ich muss mich jetzt duschen … den Mund ausspülen und Zähne putzen." Er pfiff Jacky herbei und verschwand in seiner Wohnung.

Kapitel 10

In der darauffolgenden Nacht schlief Steinhauser so schlecht wie lange nicht mehr. Zumindest fühlte es sich so an. Kurz nachdem er endlich eingeschlafen war, fand er sich bei den Strubinskis wieder. Aus seinem Kopfkino wurde ein Albtraum. Zunächst begann alles ganz harmlos, doch dann fingen die Strubinskis an, sich in ihrem Wohnzimmer in seltsamen Posen zu räkeln. Sie rieben ihre Körper in nicht zu beschreibenden Stellungen aneinander und küssten sich so wild, als wollten sie sich gegenseitig auffressen. Das ging so lange, bis sich Fred aus seiner hautengen Tigerleggins schälte und ihm mit einem breiten Grinsen seinen weißen Arsch entgegenhielt. Steinhauser wollte davonlaufen, konnte sich aber nicht bewegen. Er zappelte wild und mit einem lauten Schrei wachte er auf. Nach Luft schnappend schaltete er das Licht an und wischte sich den Schweiß von der Stirn. Jacky saß neben seinem Bett und schaute ihn mit großen Augen an. Dabei fragte er sich, warum es nicht Lavinia gewesen war, die sich ihrer Kleider entledigt hatte. Es hätte ihn schon einmal interessiert, ob er dann auch schweißgebadet aufgewacht wäre. Musste es ausgerechnet Fred sein. Nachdem er ein Glas Wasser getrunken hatte, fiel er wieder in einen unruhigen Schlaf. Dieses Prozedere wiederholte sich noch drei Mal in der Nacht und jedes Mal war es Fred, der ihm seinen weißen Arsch entgegenhielt.

Noch nie hatte er sich so sehr gefreut, als ihn die Titelmelodie von Mission Impossible weckte und er nicht mehr von den Strubinskis und ihrem erotischen Yoga träumen musste. Er war heilfroh, als er endlich auf die Arbeit durfte. Ohne Zeit zu verlieren, schwang er sich in den Polo seiner Schwester und machte sich auf den Weg.

Auf dem Rathaus angekommen, ließ er sich zuerst einmal von Frau Schäflein einen Kaffee bringen.

„Ham Sie schon gewusst? Sie müsse jetzt auch net mehr im Bauhof aushelfe“, sagte Frau Schäflein. „Der Berthold Fritsch ist heut völlig überraschend zur Arbeit erschiene. Und das, obwohl der eigentlich noch krankgeschribbe ist.“

„Ach“, meinte Steinhauser mit einem verschmitzten Grinsen.

„Was habbe Sie dem denn gesagt? Sie war´n doch am Freitag bei ihm gewese, oder?“

„Ach wissen Sie“, begann Steinhauser, zuckte leicht mit den Schultern und

winkte ab. „Manchmal muss man den Leuten einfach nur gut zureden. Und das am besten in der Sprache, die sie auch verstehen."
„Und so was könne Sie?"
„Naja, bei der Polizei hat man halt so gewisse Lehrgänge wie Deeskalation und so´n Zeug. Ich hab dann einfach mal deeskaliert und dem Herrn Fritsch klar gemacht, wie wichtig er und sein Einsatz für die Gemeinde ist."
„Und was habbe Sie da gesagt?", wollte Frau Schäflein neugierig wissen.
„Ich habe ihm gesagt ...", Steinhauser machte es spannend, „... dass er sich nicht fragen soll, was seine Gemeinde für ihn tun kann, sondern was er für seine Gemeinde tun kann. Und da hat ihn wohl der Patriotismus gepackt."
„Echt? Der Fritsch ein Patriot? Des kann ich ja gar net glaube", wunderte sie sich kopfschüttelnd.
„Ja, ... wie gesagt, manchmal muss man nur die richtigen Worte finden."
Anschließend berichtete er ihr noch ausführlich über den Mittelsinner Weihnachtsmarkt. Zumindest das, woran er sich noch erinnern konnte. Den Teil mit der Feuerzangenbowle ließ er weg. Sie musste ja nicht alles wissen. Und nachdem Frau Schäfleins Neugierde befriedigt war, hörte er noch einmal seine Sprachnotizen ab. Um nichts zu vergessen, hielt er die wichtigsten Punkte zusätzlich schriftlich fest. Er konnte schließlich schlecht sein Handy abhören, während er die Leute befragte.
Gerade als er gehen wollte, klingelte das Telefon auf seinem Schreibtisch. Unter den wachsamen Augen von Frau Schäflein betrachtete er unschlüssig das Display.
„Ist wohl Ihr Chef, oder?", fragte sie.
„Ja, aber für den hab ich jetzt echt keine Zeit." Steinhauser wartete, bis das Telefon verstummte, dann verließ er sein Büro. Er kam gerade mal bis zur Tür, dann klingelte sein neues Diensthandy. „Das Ding hatte ich ja total vergessen", sagte er und kramte es aus seiner Jacke.
„Ist das neu?", fragte Frau Schäflein neugierig.
„Ja, vom Rappert. Damit er mich rund um die Uhr erreichen kann."
„Das tut mir aber leid", bedauerte sie ihn.
„Mir auch", seufzte Steinhauser und nahm den Anruf entgegen.
„Steinhauser!", krakelte es sogleich gewohnt unfreundlich aus dem kleinen Lautsprecher. „Wo zum Teufel treiben Sie sich denn schon wieder rum?"
„Im Dienst natürlich", gab er höflich zurück.
„Wie, im Dienst?"
„Ich bin dem Christbaumzwicker ganz dicht auf den Fersen", log er.

„Wollen Sie mich verarschen?“
„Niemals“, gab Steinhauser zurück und verstand nicht, wie man am Montagmorgen schon so schlecht gelaunt sein konnte.
„Wenn Sie dem Christbaumzwicker so dicht auf den Fersen sind, wie kann es dann sein, dass gerade eben schon wieder Leute angerufen und Anzeige erstattet haben? Gestern wurden nämlich erneut bei über hundert Christbäumen im gesamten Sinngrund die Spitze abgezwickt!“
„Gestern? Im gesamten Sinngrund?“
„Ja, gestern!“, wiederholte Rappert.
„Gestern hatte ich ja auch frei“, erklärte Steinhauser.
„Frei?“, erneut wiederholte Rappert seine Worte. „Ein Polizist hat niemals frei!“
„Natürlich nicht“, pflichtete Steinhauser sofort bei. „Aber sagen Sie mir doch, wer hat denn heute Morgen angerufen und Anzeige erstattet?“
„Jemand aus Aura, einer aus Fellen und einer aus Mittelsinn, ein gewisser Herr Herr Weirich“, antwortete Rappert.
„Na, das passt ja prima. Genau zu dem wollte ich gerade.“
„Gut“, kam es versöhnlich aus dem Handy. „Ach ja, wegen Ihres Berichts über den Leichenfund.“
„Was ist denn damit?“, fragte er unsicher und schaute zu Frau Schäflein.
„Das war bisher Ihr bester Bericht. Weiter so“, kam ein völlig unerwartetes Lob von Rappert, dann legte er auf.
„Was ist denn? Sie schaue so komisch?“, fragte Frau Schäflein vorsichtig.
„Einen schönen Gruß vom Rappert. Ihr Bericht war der beste, den ich bis jetzt geschrieben habe“, sagte Steinhauser.
„Oh, ist das jetzt schlimm?“
„Naja, seine Erwartungen an mich sind halt jetzt gestiegen. Sie müssen zukünftig mehr Steinhauser und weniger Frau Schäflein reinpacken. Geht das? Es sei denn, Sie wollen ab jetzt immer meine Berichte schreiben.“
„Ich werd mein Bestes gebbe“, zwinkerte sie.
„Davon bin ich überzeugt“, sagte er und verließ das Rathaus.

Nach einer kleinen Rundfahrt durch Mittelsinn traf Steinhauser Weirich auf seinem Umschlagplatz an. Dieser lag in der Mitte des kleinen Mittelsinner Gewerbegebietes und war, wie alle dortigen Grundstücke, mit einem Maschendrahtzaun umgeben. Ursula Sternbergs Grundstück lag am Ende und war durch ein überdimensionales Schild nicht zu übersehen.

Weirichs Schild war kleiner, wie halt alles bei ihm. Schon beim Einbiegen sah er den kauzigen Kerl, wie er mit einigen Helfern eingenetzte Christbäume vom Schnee befreite und auf einen LKW verlud. In einer Halle und auf dem gesamten Gelände standen hunderte Bäume, an denen kleine Fähnchen mit unterschiedlichen Farben angebracht waren. Einer nach dem anderen wurde verladen. In Gedanken ging Steinhauser schnell noch einmal seine Fragen durch, die er Weirich stellen wollte. Es waren viele, die diesem mit Sicherheit kein Lächeln ins Gesicht zaubern würden. Aber Steinhauser war vorbereitet.
„Da schau an, der Herr Polizist! Was verschafft mir die Ehre?“, begrüßte ihn Weirich etwas angesäuert. „Hast du die Sau endlich erwischt, die mir meine Bäume kaputt macht. Gestern hat er wieder zugeschlagen.“
„Ich weiß! Noch hab ich ihn nicht, aber ich bin dicht dran. Nur noch eine Frage der Zeit“, gab Steinhauser selbstsicher zurück.
„Echt?“ Weirich war sichtlich verwundert und sein Tonfall wurde versöhnlich.
„Ja, aber ich kann dir noch nichts Genaues sagen. Laufende Ermittlungen, du verstehst?“
„Hast du schon einen Verdächtigen?“
„Wie schon gesagt: laufende Ermittlungen.“
„Ich verstehe. Und was führt dich zu mir?“
Steinhauser schaute sich um. „Nicht allzu groß, dein Umschlagplatz. Der von der Uschi macht da schon mehr her, oder?“
„Jeder wie er will“, gab Weirich kurz angebunden zurück.
„Oder wie man ihn lässt“, meinte Steinhauser spitz.
„Was willst du damit sagen?“ Weirich wurde kurz ungehalten, hatte sich aber gleich wieder im Griff.
„Stimmt es, dass man dir den Platz von der Uschi zuerst zugesagt hatte?“
Weirich sagte nichts.
„Du musst nicht antworten, ich weiß es auch so“, meinte Steinhauser lässig. „Gab mächtig Wirbel, damals im Gemeinderat, wie ich gehört habe. Du warst ganz schön sauer.“
„Ist längst vergessen“, knurrte Weirich. „Ich bin zufrieden mit dem, was ich hab.“
„Jedenfalls war euer Verhältnis nicht so einträchtig, wie du mir das letzte Mal gesagt hast“, stellte Steinhauser klar.
„Mein Gott!“, meinte Weirich genervt. „Klar war ich damals sauer! Der Kranz, unser Superbürgermeister, die Pflaume, hat mir die Fläche zugesagt

und dann hat dieser bescheuerte Gemeinderat plötzlich für die Uschi gestimmt. Sie mussten die finanziellen Aspekte berücksichtigen, hat man mir dann erklärt. Diese Idioten. Ich kann mir schon denken, was das für Aspekte waren."
„So, welche denn?", hakte Steinhauser nach.
„Ich will nix Schlechtes red. Schließlich ist die Uschi tot und das ist schlimm genug. Aber merkwürdig war das schon."
„Was war merkwürdig?", wollte Steinhauser sofort wissen.
„Dass die Uschi plötzlich so viel Geld hatte", erklärte Weirich. „Angeblich hat sie mehr geboten als ich. Ich hab gesagt, ich geh drüber, aber der Gemeinderat hatte ja schon abgestimmt. Dabei hat doch jeder gewusst, dass die Uschi abgebrannt war."
Mit einem leisen „Aha" nahm Steinhauser die Information zur Kenntnis und wartete einen Moment, aber Weirich sagte nichts mehr. Er nutzte die Gelegenheit und warf schnell einen Blick auf seine Notizen.
„Und wie war das mit der Jagdhütte? Die wollt der Jagdpächter doch zuerst auf eines deiner Felder stellen", fuhr er mit seinem Fragenkatalog fort.
„Du bist ja gut informiert", stellte Weirich überrascht fest.
„Tja, das ist mein Job. Also, was war da los?"
„Nix, der Bergmann, der Jagdpächter, hat mich irgendwann angerufen und mir mitgeteilt, dass ein Stück von der Frau Sternberg eher seinen Vorstellungen entspricht."
„Das war alles?" Steinhauser schaute ungläubig.
„Ja, das war alles", bestätigte Weirich. „Ist mir doch scheißegal, wo der Jagdpächter seine Hütte hinstellt. Ist ja auch schon ewig her."
„War das vor oder nach dem Kauf der Fläche im Gewerbegebiet?"
„Lange davor. Als der neue Jagdpächter kam. Wieso?", wollte Weirich wissen.
„Nur so", meinte Steinhauser. „Und im Augenblick hast du Zoff mit dem Holzinger. Stimmt das?" Steinhauser ging direkt zum nächsten Punkt über. „Er hat sich beschwert, dass beim Spritzen deiner Weihnachtsbäume Pestizide auf seine Wiesen geweht sind."
„Erstens ...", begann Weirich. Es war ihm anzusehen, dass er innerlich kochte. Seine Augen und eine dicke Ader an seinem Hals quollen deutlich hervor. „... ich spritz keine Pestizide, sondern bring Pflanzenschutzmittel aus. Das hat dein sauberer Freund, der Bio-Bauer, bis vor ein paar Jahren selber noch ganz genauso gemacht. Und zweitens: Der soll sich net so anstell. Das bisschen, was da rüber geweht ist, juckt keine Sau."

„Aber die Behörden juckt es!“, hielt Steinhauser dagegen.
„Ach, die Behörden, diese scheinheiligen Deppen“, regte sich Weirich auf. „Hier wird ein Getue gemacht, wenn wir Christbaumerzeuger unsere Bäume pflegen. Der angeblich verseuchte Baum steht dann wochenlang im Wohnzimmer und dünstet aus. Oje, alle werden sterben! Wir bringen nur Mittel aus, die gesetzlich zugelassen und nötig sind. Außerdem werden viele Flächen auch gemäht, anstatt Pflanzenschutzmittel einzusetzen. Schließlich ist das Zeug sauteuer. Wir müssen genau Buch führen, wo, wann und wie oft wir welche Mittel einsetzen. Ist nix anderes wie im Weinbau und der konventionellen Landwirtschaft auch. Hast du das gewusst?“
„Nein“, gestand Steinhauser.
„Jetzt weißt du es!“, sagte Weirich. Aber damit war er noch lange nicht fertig. „Ich will dir mal was erklären“, fuhr er fort. „Wir Christbaumerzeuger bringen im Jahr maximal ein bis zwei Mal Pflanzenschutzmittel auf dasselbe Feld aus. Das ist gar nix im Vergleich zu anderen Sparten.“
„Echt, nicht öfter?“, wunderte sich Steinhauser.
„Nein! Nicht öfter!“, bestätigte Weirich entschieden. „Im Frühjahr werden Pflanzenschutzmittel gegen Unkraut eingesetzt und das auch nur bis zum sechsten Standjahr. Dann sind die Bäume groß genug, dass nix mehr hochkommt. Ab dem sechsten Standjahr werden dann zwischen Anfang Mai und Ende Juni Mittel gegen Insekten und Pilze ausgebracht. Und das war´s. Von da an wird hauptsächlich gemäht und nur noch selten die teuren Mittel verwendet. Geerntet wird dann im November. Also Monate später. Die Mittel, die wir verwenden, dürfen sogar noch ein paar Tage vor der Erdbeer- oder Spargelernte eingesetzt werden. Und die Erdbeeren werden gegessen! Ich hab noch keinen gesehen, der einen Baum frisst! Und weißt du, was mich am meisten aufregt?“
„Äh, … nein. Woher auch?“, gab Steinhauser ahnungslos zurück.“
„Wenn Leute das Maul aufreißen, die sich täglich eine Schachtel Zigaretten in die Lunge saugen! Und wenn die dann an Lungenkrebs krepieren, waren auch wir schuld. Ha, ich lach mich kaputt!“
Weirich holte kurz Luft, doch bevor Steinhauser etwas einwerfen konnte, fuhr dieser fort. „Früher, da waren auf jedem zweiten Hof Viecher. Da haben alle irgendwelche Mittel ausgebracht, um in unserer Holzapfelgegend halbwegs was Brauchbares von den steinigen Böden runterzuholen. Da hat das keine Sau interessiert. Haben ja alle mitgemacht. Und wenn sich die Landwirtschaft noch lohnen würd, dann wär Mittelsinn heut noch ein

verschissenes Kuhkaff. Aber das hat sich nicht mehr gelohnt! Und daran sind nicht die Leute Schuld, die sich bis ins hohe Alter abgeschafft haben!"
„Ja, das mag ja alles stimmen, was du da sagst ...", warf Steinhauser halbherzig dazwischen, aber Weirich ließ ihn nicht weiterreden.
„Viele, die heute Christbäume anbauen, hatten früher mal Landwirtschaft", fuhr Weirich unbeirrt fort. „Irgendwas müssen die mit ihrem Land machen! Es ist doch da! Man kann nicht alles verwildern lassen! Die Leute müssen ja schließlich von was leben! Es kann nicht jeder zur Polizei oder in die Fabrik. Hier gibt's halt nix!"
Steinhauser hatte jetzt keinen Nerv für eine Grundsatzdiskussion über die gesellschaftlichen Entwicklungen. Diese Probleme würden sie hier und jetzt sowieso nicht lösen. Deshalb sagte er lieber nichts und hoffte darauf, dass sich Weirich wieder beruhigte. Was er dann auch tat.
„Weißt du, wo noch viel mehr Pflanzenschutzmittel zum Einsatz kommen als bei der Christbaumerzeugung?", fragte dieser jetzt überraschend ruhig.
Steinhauser zögerte. „Nicht direkt", gab er schließlich zu.
„Im Weinbau und auf Apfelplantagen", sagte Weirich. „Im Weinbau, da werden bedeutend öfter die unterschiedlichsten Mittel ausgebracht, damit die Trauben auch schön wachsen. Und den Wein schüttet man nicht in eine Schale und lässt ihn ausdünsten. Nein, den kippt man sich in den Hals! Das ist aber in Ordnung, weil, der schmeckt ja ganz hervorragend. Auf einem Baum kaut keiner rum, oder?"
„Ja, so genau kenne ich mich da jetzt nicht aus", gestand Steinhauser.
„Aber ich!", stellte Weirich klar. „Im letzten Jahr war ich mit dem Obst- und Gartenbauverein an der Mosel. Da sind wir an den Weinbergen entlanggelaufen, während ein Hubschrauber über die Reben geflogen ist. Plötzlich wurde es ganz feucht um uns herum. Die Brillen beschlugen und die meisten bekamen einen Hustenanfall, weil wir auf einmal mitten in einem stinkenden Nebel standen."
„Und was willst du mir jetzt damit sagen?", fragte Steinhauser.
Weirich überging seine Frage. Er hatte jetzt wieder Fahrt aufgenommen. „Auf den Apfelplantagen werden diese neuen Club-Sorten bis zu zwanzig Mal im Jahr behandelt, wenn es sein muss. Und nur damit im Discounter ein Apfel wie der andere aussieht. Wenn die nicht alle wie gemalt sind, dann kauft die den armen Bauern keine Sau ab. Und billig müssen sie sein. Die Menschen sind so krank im Kopf. Dabei ist es völlig wurscht, wie so ein Apfel aussieht! Ist immer noch ein Naturprodukt. Hauptsache, die schmecken. Werden ja eh gekaut und runtergeschluckt. Untersuchungen

haben sogar ergeben, dass bei 80% der Äpfel noch minimale Rückstände von Pflanzenschutzmitteln in der Schale gefunden wurden. Aber auch das ist laut EU-Verordnung alles unbedenklich und im grünen Bereich."
„Ich kauf Bio-Äpfel", sagte Steinhauser leichtfertig.
„Du vielleicht, aber die meisten wollen billig einkaufen. Denen ist es doch scheißegal, wo das Zeug herkommt", griff Weirich seine Vorlage auf. „Ich kenne einige Landwirte, die auf Bio umstellen wollen, aber nicht können. Und weißt du auch, warum?"
„Äh … nein", musste Steinhauser zugeben.
„Weil der Markt voll ist. Alle reden von Bio, aber bezahlen will es keiner. Bio gibt es halt nicht zum Discounter-Preis! Kost ja auch mehr in der Erzeugung. Gleiches gilt auch für Bio-Christbäume."
„Woher weißt du denn das alles?", wunderte sich Steinhauser.
Weirich zuckte mit den Schultern. „Da war letzte Woche eine Doku im Fernsehen. War sehr interessant. Die Kollegen und ich, wir können es uns gar nicht leisten, gegen irgendwelche Vorschriften zu verstoßen. Hier in der Gegend glotzt doch jeder genau hin, was wir machen!"
Steinhauser war aufgefallen, dass Weirich das Wort *Pflanzenschutzmittel* jedes Mal besonders betonte, wenn er es im Zusammenhang mit seinen Bäumen in den Mund nahm. Er ließ sich aber nicht beeindrucken und bohrte unbeirrt weiter.
„Und wie war das damals, mit dem E605-Skandal?"
„Mensch Hannes, was kommst Du denn jetzt mit den alten Geschichten. Das liegt doch Jahre zurück!" Weirich war anzumerken, dass er keine Lust hatte, über dieses Thema zu reden. „Das ist doch längst Hysterie."
„Du meinst History", verbesserte Steinhauser. „Das englische Wort für Geschichte."
„Sag ich doch! Jedenfalls ist das schon ewig her."
„Hast du das Zeug jetzt verspritzt oder nicht?"
„Nein! Ich hab das Zeug natürlich nicht verwendet!", stritt er vehement ab. „Und außerdem waren nicht nur meine Bäume auffällig gewesen, sondern auch welche von der Uschi, dem Zahn und dem Rausch. Wir sind doch nicht bescheuert! Oder glaubst du, dass ausgerechnet die größten Christbaumerzeuger aus Mittelsinn das verbotene Zeug einsetzten, und dann auch noch gleichzeitig? Wir haben uns damals zusammengetan, um gemeinsam gegen diese Verleumdung vorzugehen. Außerdem ist Parathion für die Christbaumerzeugung eh ungeeignet. Das Zeug wurde früher im Garten- und Obstanbau gegen Schädlinge benutzt."

„Para … was?“
„Parathion!“, wiederholte Weirich. „Das ist nur ein anderer Name für E605.“
„Aha. Konnte man das Zeug nachweisen?“, fragte Steinhauser weiter.
Weirich holte tief Luft. „Was heißt hier *nachweisen*? An einzelnen Bäumen, die im Verkauf waren, wurden minimale Rückstände festgestellt.“
„Aber man konnte was feststellen“, beharrte Steinhauser.
Weirich musste sich zusammenreißen. Er biss die Zähne zusammen. „Das konnte alles geklärt werden! Steht alles im Gutachten! Kannst du ja nachlesen!“
„Sag mir doch, was da drinnen steht“, forderte ihn Steinhauser auf.
„Du hast keine Ahnung, oder?“, meinte Weirich abfällig.
Steinhauser ließ sich nicht aus der Ruhe bringen. „Das würde ich so nicht sagen. Nur weil ich Fragen stelle, heißt das noch lange nicht, dass ich nichts weiß.“
„Pass mal auf, Hannes!“, sagte Weirich scharf. „Ich erklär dir das mal. Damit du nicht dumm sterben musst!“
„Ich bin ganz Ohr, Ingo.“
„2001 wurde E605 verboten“, begann Weirich. „Wenn du kurz vor dem Verbot das Zeug noch auf deinem Acker ausgebracht hast, dann ist das noch Jahre danach in den Böden nachweisbar, je nachdem, wie stark dein Acker damit bearbeitet wurde. Da man in etwa weiß, wie lange es dauert, bis das Zeug verschwunden ist, kann man über Bodenproben recht genau ermitteln, wann es das letzte Mal eingesetzt wurde. Das Zeug hat ja fast jeder benutzt, bis es verboten wurde!“
„Und was kam bei den Untersuchungen raus?“, hakte Steinhauser nach.
„Natürlich nix! Weil´s nix zum Nachweisen gab! Alle Böden sauber! Zufrieden?“
„Das ging ja dann noch mal gut aus für euch.“
„Was heißt hier gut?“ Weirich war da anderer Meinung und das machte er deutlich. „Auf diese Art Presse hätten wir gut und gerne verzichten können. Ein Riesenartikel stand in der Zeitung. „E605-Skandal in Mittelsinn“, war der Aufmacher und hat ne ganze Seite bekommen. Damals kamen über hundert Polizisten nach Mittelsinn. Man hat unsere Wohnungen und Hallen durchsucht und von zweihundert Kulturen Bodenproben genommen. Wie bei Schwerverbrechern! Überleg doch mal. Bei jedem von uns waren nur drei oder vier Bäume kontaminiert. Alle anderen sauber. Damals hatte ich einen Stand in Karlstadt. Da kam die Polizei mit so einem Fuzzi

vom Bund Naturschutz und hat genau von den vier Bäumen Proben genommen, die kontaminiert waren. Ich hatte damals über zweihundert Bäume dabei und ausgerechnet die vier haben die erwischt! Und die sind auch, ohne zu zögern, genau auf diese Bäume zugegangen. Man hätte meinen können, die haben das Zeug gerochen! Dass da was faul war, war doch klar. Wenn ich das Zeug auf´m Acker ausbring, dann sind doch mehr als vier Bäume kontaminiert, oder? In der Landwirtschaft, wo Lebensmittel angebaut werden, machen die kein so´n Aufstand!"
Steinhauser schwieg. Er hatte keine Ahnung von dem, was ihm Weirich erzählte, und wollte sich deshalb lieber nicht äußern.
„Die Aktion war völlig daneben und überzogen", fuhr Weirich fort. „Gefunden haben die natürlich nix. Voll für´n Arsch, der Aufstand! Sinnlos Steuergelder verblödelt! Und nur, weil unsere Behörden und die Staatsanwälte so dämlich sind. Die haben sich vom Bund Naturschutz vor den Karren spannen lassen und bis auf die Knochen blamiert. Hätten die nur für fünf Cent Hirn, dann hätten die sich erst mal schlau gemacht, bevor die Unschuldige an den Pranger stellen."
„Die werden sich schon Gedanken gemacht haben. So eine Aktion wird normalerweise akribisch und über einen langen Zeitraum geplant", wusste Steinhauser aus eigener Erfahrung.
„Das würd mich auch mal interessieren, welche Schwachmaten das geplant haben!" Weirich war angefressen. Ein Thema, das ihn offensichtlich immer noch beschäftigte. „Wenn sich diese superschlauen Staatsanwälte mal näher mit dem Thema beschäftigt hätten, dann hätten die gewusst, dass das Zeug an den Pflanzen nur zwei bis drei Wochen nach dem Ausbringen nachweisbar ist. Dass wir im Juni das letzte Mal Pflanzenschutzmittel einsetzen, hab ich dir ja schon gesagt. Mal ganz davon abgesehen, dass es völliger Schwachsinn ist, im Herbst Pflanzenschutzmittel einzusetzen. Was reg ich mich eigentlich auf? Der Scheiß ist lang vorbei!"
„Ihr habt also vermutet, dass da eine Schmutzkampagne gegen euch losgetreten wurde?" fragte Steinhauser vorsichtig.
Weirich überlegte zunächst, ob er antworten sollte. „Ist doch egal, was wir vermutet hatten. Die Staatsanwaltschaft hat´s dann jedenfalls auch irgendwann kapiert und in diese Richtung ermittelt, aber da ist natürlich nix rumgekommen."
„Wisst ihr, wem ihr die Aktion zu verdanken hattet?"
„Nein, sonst hätten wir uns den schon vorgeknöpft. Wir hatten nur so einen Verdacht."

„Ach“, jetzt wurde Steinhauser neugierig. „Und wen hattet ihr in Verdacht?“
„Das kann ich nicht sagen. War ja nur ein Verdacht, den wir nicht erhärten konnten.“
„Ingo, ich bin von der Polizei“, versuchte es Steinhauser erneut. „Zudem bin ich Mittelsinner. Vielleicht kann ich euch helfen, euren Verdacht zu bestätigen.“
Weirich winkte ab. „Vergiss es! Irgendwann muss mal gut sein. Aber ich will´s mal so formulieren: Im Sinngrund gibt es nicht nur in Mittelsinn Christbaumerzeuger. Das wird bei all dem Trubel gerne mal vergessen! Nachdem an unseren Bäumen das E605 in geringen Mengen nachgewiesen wurde, mussten wir alle Bäume dort abholen, wo wir unsere Verkaufsstände hatten. Komisch war nur, dass ein anderer Händler … kein Mittelsinner, und ich sag auch jetzt nicht wer … sofort genau dort die Versorgungslücken schließen konnte. Kann natürlich auch Zufall gewesen sein.“
„Ihr glaubt also, dass euch das Zeug untergeschoben wurde?“
Weirich zögerte mit einer Antwort. „Das hab ich so nicht gesagt. Merkwürdig war nur, dass das Zeug nur an ein paar einzelnen Bäumen gefunden wurde. Oder glaubst du, irgendjemand von uns rennt auf seinem Acker rum und behandelt nur ein paar Bäume und das auch noch, kurz bevor er sie erntet?“
„Du glaubst also ...“
Weirich ließ Steinhauser nicht ausreden. „Ich glaub gar nix! So Bäume kann man auch da austauschen, wo sie verkauft werden oder anders manipulieren. Aber die Sache ist lange her und wir wurden von dem Verdacht freigesprochen. Und das zählt! Wenigstens wurde dann auch ein großer Zeitungsartikel veröffentlicht, in dem unsere Unschuld dargelegt wurde. Aber noch viel wichtiger: Wir konnten unsere Geschäftspartner von unserer Unschuld überzeugen und an die Verkaufsstände zurückkehren.“
„Habt ihr nicht weiter versucht herauszufinden, wer hinter der Sache gesteckt hatte?“, wollte Steinhauser wissen.
„Anfangs schon, aber dafür hatten wir dann keine Zeit mehr. Wir haben uns alle zusammengetan und auf das Projekt VeMiNa konzentriert. Die jährlich steigenden Besucherzahlen an den Adventsmärkten sprechen ja für sich. Dass deshalb viele neidisch auf uns sind, damit können wir leben. Neider gibt es immer und die werden mit zunehmendem Erfolg nicht weniger. Wie heißt es so schön: Mitleid gibt’s umsonst, Neid muss man sich verdienen. Unsere Gäste kommen jedenfalls sehr gerne zu uns.“

„Das gönn ich euch ja auch, ganz ehrlich. Bin ja schließlich auch Mittelsinner“, sagte Steinhauser und kam zurück zu seinem Thema. „Ich hab ja auch gar nicht behauptet, dass du oder sonst wer gegen irgendwelche Vorschriften oder Gesetze verstoßen hat“, stellte Steinhauser noch einmal klar. Zudem war es ihm auch völlig egal, wer, was, wann, wo und wie oft spritzte, ausbrachte … oder pflegte. Das konnte er Weirich natürlich so nicht sagen. Er war weder Weintrinker, noch kaute er Christbäume. Lediglich Äpfel und Erdbeeren mochte er. „Ich wollte eigentlich nur wissen, ob du Zoff mit dem Holzinger hast.“
„Zoff, ... was heißt hier Zoff?“, wiegelte Weirich mit einer wegwerfenden Handbewegung ab. „Ich würde sagen, es gab eine kleine Meinungsverschiedenheit. Aber das haben wir geklärt. Ich hab ihm versprochen, das nächste Mal besser aufzupassen und er verzichtet dafür auf eine Anzeige. Wir haben´s doch alle nicht leicht, da müssen wir uns nicht auch noch gegenseitig an die Gurgel gehen.“
„Klingt vernünftig“, sah Steinhauser ein. Dabei kam ihm noch eine Frage. „Warum macht ihr nicht auch einen auf Bio?“
Weirich schnaufte tief durch. „Klar, kann man alles machen!“, gab er schroff zurück. „Wenn du genug Abnehmer dafür hast, kein Problem. Dadurch steigen halt auch die Kosten. Unsere Bäume sind zwar nicht Bio, aber, wie schon gesagt, bestimmt nicht giftiger als die Lebensmittel, die in den Supermärkten gekauft und dann gegessen werden.“
Da Steinhauser dieses Thema nicht weiter vertiefen wollte, ging er direkt zum nächsten Punkt über.
„Wie war das eigentlich mit dem Wald, den erst du und dann die Uschi kaufen wollte?“
„Steinhauser ... du nervst mich!“ Weirich schaute ihn grimmig an. „Ständig willst du was wiss!“
„Das bringt mein Job so mit sich“, blieb der gelassen. „Also, was war da jetzt, und von wem wolltet ihr das Stück kaufen?“
„Was hat das bitteschön mit dem Christbaumzwicker zu tun?“, warf Weirich dazwischen.
„Allgemeine Recherche“, erklärte Steinhauser. „Ich muss mir doch ein Gesamtbild über die Verhältnisse in deinem Geschäft machen, wenn ich den Übeltäter dingfest machen soll. Das soll ich doch, oder?“
„Ja, freilich sollst du das“, gestand er ein. „Der Verkäufer ist ein Burgsinner. Karl-Heinz Neuhaus. Frührentner. Es ist kein allzu großes Waldstück. Knapp vier Hektar. An der Grenze zu Mittelsinn. Ich hab in der Ecke

schon ein paar Hektar, da würde es gut dazu passen."
„Und die Uschi hatte dort wahrscheinlich auch ein paar Felder, oder?"
„Genau", stimmte Weirich zu. „Deshalb wollte sie es ja auch haben."
„Und wer bekommt es jetzt, … nach ihrem Tod?"
„Der Neuhaus hat mich gleich angerufen und mir gesagt, dass ich den Wald jetzt doch haben kann."
„Ach, dann wollte er ihn zuerst an dich verkaufen, bevor er der Uschi den Zuschlag gab", kombinierte Steinhauser, der immer noch hochkonzentriert Weirichs Worten lauschte und alles in sich aufsaugte.
„Ja!", bestätigte Weirich. „Ganz am Anfang wollt er an mich verkaufen. Dann kam die Uschi und hat mehr geboten. Und das, obwohl ich schon das Doppelte geboten hatte, als normal üblich."
„Da hat die Uschi wohl noch was draufgelegt", meinte Steinhauser.
„Scheint so", knurrte Weirich, dem es gar nicht gefiel, wie er ausgefragt wurde.
„Hast du die Adresse von dem Neuhaus?" Steinhauser hielt ihm das Handy unter die Nase. „Einfach sagen, wo er wohnt. Ich nehm´s auf Band auf."
Zähneknirschend und etwas unbeholfen stotterte Weirich die Adresse auf das Diktiergerät des Handys. Karl-Heinz Neuhaus wollte er in jedem Fall auch einen Besuch abstatten. Steinhauser überlegte einen Moment, dann wechselte er das Thema.
„Wo warst du eigentlich letzten Dienstag zwischen 19:00 und 20:00 Uhr", fragte er vorsichtig. Aber anscheinend nicht vorsichtig genug.
„Hast du sie noch alle?", wurde Weirich laut und wusste sofort, worauf er hinauswollte. „Bin ich jetzt verdächtig oder was?"
Doch Steinhauser ließ sich von seinem kleinen Wutausbruch nicht aus der Ruhe bringen. Er war sich durchaus bewusst, dass dies eine kritische Frage war. Und er wusste auch, dass Weirich manchmal eine kurze Zündschnur hatte. Für verdächtig hielt er ihn eigentlich nicht. Aber alleine die Frage nach einem Alibi machte einen professionellen Eindruck. „Wenn du nix zu verbergen hast, dann kannst du es mir doch sagen, oder?"
Weirich zögerte. „Das hat doch mit dem Christbaumzwicker überhaupt nix zu tun!", beschwerte er sich.
„Ich kann auch die Kripo in Würzburg anrufen und denen sagen, dass du nicht kooperierst, wenn dir das lieber ist", stellte Steinhauser klar.
„Ja, ist ja schon gut! Dienstag letzter Woche, hast du gesagt?"
Steinhauser nickte.
„Da war ich beim Lukas. Champions League. Die Bayern haben da

gespielt. Ich bin immer beim Lukas, wenn die Bayern spielen."
„Aber die spielen doch erst um neun oder so", sagte Steinhauser spitz.
„Wir treffen uns aber immer schon um sieben. Zwecks Gedankenaustausch", meinte Weirich.
„Wer ist *wir*?"
„Der Erwin Zahn, der Gerd Rausch, der Hodschi, der Schorsch, der Reichel und der Peller", zählte Weirich auf, ohne dabei Luft zu holen.
Steinhauser notierte sich die Namen. Er kannte sie alle. Horst Tschirr alias Hodschi war der Kassenwart vom Schützenverein und Georg Kümmer, den alle nur Schorsch nannten, war der erste Vorstand, Franz Peller der Dorfmetzger und Paul Reichel der Gemeindearbeiter von Mittelsinn. Erwin Zahn und Gerd Rausch waren ebenfalls im Christbaumgeschäft tätig und Geschädigte vom Christbaumzwicker.
„Ein bunter Haufen", meinte Steinhauser.
„Sonst noch was?", motzte Weirich angesäuert.
„Eines noch. Hast du die Liste mit deinen Verdächtigen wegen dem Zwicker, die du aufschreiben solltest?" fragte Steinhauser. „Kannst du dich erinnern?"
„Ja, kann ich. Das neumodische Zeug von den Amis." Weirich durchsuchte seine Hosentaschen und kramte einen kleinen zerknitterten Zettel hervor. „Wollte ich schon mal vorbeibringen. Bin aber nicht dazu gekommen. Siehst ja selber, was hier los ist."
Steinhauser nahm den Zettel, warf einen kurzen Blick darauf und steckte ihn ein. Anschließend verabschiedete er sich. Während er zum Polo seiner Schwester ging, fiel sein Blick auf einen großen dunklen Wagen, der etwas versteckt zwischen den Christbäumen und einem großen Schneehaufen stand. Gerade als er einsteigen wollte, erinnerte er sich an Breuers Unfall, der genau in dem Zeitraum passierte, als Ursula Sternberg ums Leben gekommen war. Er hielt inne und wandte sich noch einmal Weirich zu.
„Ist das deiner?", rief er und deutete auf den Wagen.
„Ja", rief Weirich zurück. „Wieso?"
„Ich will nur schnell was guck", sagte Steinhauser und ging zum Auto. Es war einer dieser großen SUVs, von denen Breuer gesprochen hatte. Ein Japaner.
„Von mir aus", war alles, was Weirich sagte. Dabei beobachtete er den Polizisten bei jedem Schritt, den er machte.
Steinhauser umrundete den Geländewagen und inspizierte ihn genau. Konnte aber keine Beschädigung oder Anzeichen einer Reparatur

erkennen. Zumindest nicht auf den ersten Blick.
„Alles in Ordnung?“, fragte Weirich.
„Ja, alles in bester Ordnung“, gab er knapp zurück. Dann wandte er sich noch ein letztes Mal an den genervten Christbaumerzeuger. „Hast du auch so einen … Kastenwagen … zufällig in weiß?“
„Nein, hab ich nicht. Aber von denen fahren hier ja genug rum. Brauchst du einen?“
„Nein, brauch ich nicht“, gab Steinhauser zurück, verabschiedete sich und quetschte sich hinter das Lenkrad des Polos.
Wäre ja auch zu schön gewesen, dachte er, während Weirich mit ausladenden Schritten in seiner Halle verschwand. Steinhauser führte noch ein längeres Gespräch mit seinem Diktiergerät. Die vielen Informationen, die er von Weirich bekommen hatte, musste er unbedingt dokumentieren. Im Anschluss machte er sich auf den Weg zu seinem nächsten Ziel. Es schien ein erfolgreicher Tag zu werden.

Nur ein paar Meter weiter bog er wieder ab und fuhr auf den Umschlagplatz von Ursula Sternberg. Dort standen in Reihe zwei Sattelzüge und warteten darauf, mit Christbäumen beladen zu werden. Als er vorhin vorbeigefahren war, stand hier noch keiner. Eine kleine Armee Arbeiter wieselte über das Gelände, welches bis in den letzten Winkel des Areals mit eingenetzten Bäumen übersät war. In einer riesigen Halle, in die Weirichs Halle locker zweimal reingepasst hätte, türmten sich unzählige Bäume in hohen Paletten.
Wenn er bei Weirich noch das Gefühl gehabt hatte, dass hunderte Bäume darauf warteten ihre Reise anzutreten, so hatte er hier den Eindruck, dass zigtausende darauf warteten, auf die LKW´s verladen zu werden.
Zunächst wurde der kleine, grüne Polo von den Arbeitern kaum zur Kenntnis genommen. Als Steinhauser jedoch ausstieg, seine Mütze aufsetzte und die Polizeiuniform zurechtrückte, hatte er die volle Aufmerksamkeit aller. Die Arbeiter erstarrten kurz in ihren Bewegungen, warfen sich unsichere Blicke zu und machten dann langsam wieder weiter.
„Wer hat denn hier was zu sagen?“, fragte Steinhauser in die Runde. Da sich jedoch niemand angesprochen fühlte, ging er auf einen der Männer zu und sprach ihn direkt an.
„Ich nix Ahnung“, gab dieser in gebrochenem Deutsch eingeschüchtert zurück.

„Ah … du nix deutsch“, meinte Steinhauser und redete jetzt ganz langsam.
Der Mann nickte eifrig. „Ich nix deutsch“, bestätigte er.
„Wo ist Chef?“ Automatisch wechselte Steinhauser ebenfalls in gebrochenes Deutsch. Warum er das tat, wusste er selbst nicht. Aus seinen Einsätzen in Würzburg wusste er eigentlich nur zu gut, dass dies völliger Blödsinn war. Aber irgendwie konnte er es damals schon nicht lassen.
„Ich nix Chef“, gab der Mann zurück.
Depp, dachte sich Steinhauser, *das ist mir auch klar*. „Ist Chef hier?“, fragte er erneut, machte dabei eine kreisende Handbewegung und zeigte auf den Boden.
Der Mann nickte eifrig. „Gehört alles Chef“, sagte er und lachte ihn mit einem Gebiss voller Zahnlücken an.
„Du mich verstehen?“, hakte Steinhauser nach.
Der Mann nickte und grinste. „Viel Arbeit“, sagt er.
„Ja, so wird das nix mit uns zwei“, seufzte Steinhauser, ließ ihn stehen und schaute zu einem anderen. Doch noch bevor er etwas fragen konnte, zuckte der schon mit den Schultern und wandte sich ab. Steinhauser ging um den LKW herum. Dort stand ein weiterer Mann, der ihm den Rücken zugewandt hatte. Er klopfte ihm auf die Schulter.
„Ich suchen Chef“, sagte er langsam.
Der Mann schaute ihn verwirrt an.
„Ich – suchen – Chef“, wiederholte Steinhauser, diesmal noch langsamer.
„Ist – Chef – hier?“ Steinhauser zeigte mit kreisenden Handbewegungen auf die Gebäude. Als Pantomime hätte er schlechte Karten auf dem Arbeitsmarkt.
„Das ist ja mal ganz was Neues. Ein Polizist mit Migrationshintergrund“, sagte der Mann amüsiert. „Sprechen du Deutsch?“, fragte er, um sicherzugehen.
„Blödsinn“, meinte Steinhauser verlegen. „Ich bin Deutscher.“
„Entschuldigung“, meinte der Mann mit einem verschlagenen Grinsen. „Ich dachte nur … weil Sie so … südländisch aussehen und so … merkwürdig gesprochen haben.“
„Ja, ja, schon gut“, wehrte Steinhauser ab. „Egal jetzt. Sind Sie hier der Chef?“
„Nicht direkt“, meinte dieser mit einer Mischung aus osteuropäischem Akzent und einem Hauch Dialekt. „Ich bin Juri Sobczak, der Vorarbeiter.“
„Haben Sie Migrationshintergrund?“, fragte Steinhauser direkt. Er schätzte den Mann auf Anfang fünfzig. Sein Gesicht war schmal mit tiefen Falten.

„Nein, ich bin Pole, ganz ohne Migrationshintergrund. Einfach nur Pole“, gab Juri mit einem Lachen zurück.
„Aha“, meinte Steinhauser und erinnerte sich an Heinz, den Taxifahrer, den er damals im Zusammenhang mit der Güllegrubenleiche verhört hatte. Der war auch Pole gewesen.
„Ich arbeite schon seit fast dreißig Jahren für die Sternbergs“, erklärte Juri. „Da lernt man die Sprache.“
„Ach, dann haben Sie den alten Sternberg noch gekannt?“, fiel Steinhauser direkt ein.
„Ja, er war es, der mich eingestellt hatte. Ich war sein erster Mitarbeiter“, erinnerte sich Juri und wirkte dabei etwas wehmütig. „Ein harter Brocken, aber er hat mich immer gut behandelt. Und gut bezahlt.“
„Und wie viele Leute arbeiten jetzt für die Sternbergs?“
„Während der Saison sind es so um die dreißig. Aber ansonsten sind wir fünf Leute, die dauerhaft für die Sternbergs arbeiten“, sagte Juri.
„Dann kennen Sie die Sternbergs ja sehr gut, oder?“, fragte Steinhauser.
„Ja, das kann man wohl so sagen“, stimmte Juri zu.
„Hatte die Ursula Probleme?“, fragte Steinhauser direkt.
Juri antwortete nicht gleich. „Was heißt Probleme“, meinte er. „In dem Job hat man immer irgendwelche Probleme.“
„Gab es größere Streitigkeiten?“
„Die Frau Sternberg hatte schon ein gewisses Talent, sich unbeliebt zu machen“, räumte Juri ein. „Aber so genau weiß ich das auch nicht.“
„Hatte sie Feinde?“
„Feinde?“, überlegte der Vorarbeiter. „Neider, würde ich sagen.“
Steinhauser überlegte seine nächste Frage. Er erinnerte sich an Strubinskis Worte, als sie die Leiche gefunden hatten und an den Laptop mit der Kamera. „Es wird gemunkelt, dass sie … dass ihre Methoden, um an ihre Ziele zu kommen … wie soll ich sagen … nicht immer ganz astrein gewesen waren“, stammelte Steinhauser etwas unbeholfen, da er nicht pietätlos klingen wollte.
„Frau Sternberg war eine schöne Frau“, sagte Juri und hob entschuldigend die Hände. „Sie hat gewusst, wie sie ihre Reize einsetzen musste. Aber ich weiß von nix.“
Steinhauser überlegte, ob er hier weiter nachbohren sollte, beließ es aber dabei. Selbst wenn Juri etwas wusste, war es doch eher unwahrscheinlich, dass er ihm etwas verriet. Deshalb wechselte er das Thema. „Wer leitet denn jetzt die Geschäfte?“

„Ihr Sohn, Benedikt Sternberg, ist jetzt der Chef, aber er ...“, Juri brach den Satz ab. Es wirkte zunächst so, als ob er seine weiteren Worte abwägte, dann aber schwieg. Steinhauser hakte nicht nach. „Ist der Benedikt hier?“, fragte er stattdessen.
„In der Halle.“ Juri zeigte auf das rechte von drei großen, offenen Rolltoren.
Steinhauser bedankte sich, dann begab er sich auf die Suche nach Benedikt Sternberg. Juri wandte sich ab und schrie lautstark einige Worte auf Polnisch. Die Arbeiter, die sie beobachtet hatten, schreckten zusammen und machten sich wieder an die Arbeit.
In der Halle sauste ein Gabelstapler umher, während Männer eingenetzte Bäume in extra angefertigte Paletten bis in zwei Meter Höhe stapelten. Eine ältere Frau beobachtete aufmerksam die Szenerie. Trotz des Lärms, den der Gabelstapler verursachte, bemerkte sie Steinhauser sofort. Sie musterte ihn von oben bis unten. Die Frau kam ihm bekannt vor, auch wenn er sie früher nicht gar so oft gesehen hatte. Sie war die Mutter von Ursula Sternberg, aber ihr Name fiel ihm nicht mehr ein.
„Grüß Gott, Frau Sternberg“, begrüßte er sie.
„Warum so förmlich“, gab sie zurück. „Du bist doch der kleine Steinhauser, von der Bäckerei.“
Dass sie ihn als den *kleinen Steinhauser* bezeichnete, traf ihn hart, aber er schluckte es hinunter. Da spielte es auch keine Rolle, dass er schon über dreißig war. „Kannst ruhig Elisabeth zu mir sagen“, schob sie noch hinterher.
„Mein Beileid“, teilte er ihr seine Anteilnahme mit. „Ich will auch gar nicht lange stören. Aber Sie, also, … du weißt ja, wie das ist. Die Polizei muss ermitteln.“
„Ja, ja, ich weiß. Deine Mutter, die Hildegard, hat schon gesagt, dass du bei der Kripo arbeitest und den Saukerl finden wirst, der das meiner Ursula angetan hat.“
„So, hat sie das?“
„Ja, hat sie. Und dass du jetzt an so einem Projekt des Innenministeriums mitarbeitest, hat sie auch erzählt. Aber das stand ja schon vor längerem in der Zeitung. Die Hildegard ist ganz schön stolz auf dich.“
„Zum Glück hab ich die Hildegard“, seufzte Steinhauser und beschloss, bei Gelegenheit mit seiner Mutter über ihr Mitteilungsbedürfnis zu reden. Auch wenn das wahrscheinlich nicht viel bis gar nichts bringen würde.
„Und wie kann ich dir helfen?“, fragte Elisabeth Sternberg. „Deine

Kollegen waren doch schon hier. Wir haben alle ihre Fragen beantwortet."
„Ich wollte ...", Steinhauser überlegte fieberhaft. Ja, was wollte er eigentlich. „Ich wollte einfach mal mit euch reden. Vielleicht habt ihr ja eine Idee, wer das der Ursula angetan haben könnte. Ich hätte auch gerne noch mal einen Blick in ihr Büro geworfen. Wenn das für dich in Ordnung ist."
„Natürlich ist das in Ordnung. Du machst ja auch nur deine Arbeit", meinte sie etwas niedergeschlagen.
„Ist Ursulas Sohn … also dein Enkel, auch da?"
„Ja, der Benedikt ist da hinten. Zählt die Nordmanntannen, die heute geholt werden." Sie zeigte zum andere Ende der Halle.
„Bestimmt auch nicht einfach für ihn, jetzt die Geschäfte alleine zu leiten."
„Naja", meinte Elisabeth schulterzuckend. „Eigentlich kümmert sich der Juri um alles. Der Benedikt hat sich bisher nie sonderlich für die Christbäume interessiert. *Er braucht noch etwas Zeit*, hat die Uschi immer gesagt. Aber mittlerweile gibt er sich alle Mühe."
Jetzt wusste Steinhauser auch, warum Juri den Satz vorhin abgebrochen hatte. Zusammen mit Elisabeth Sternberg ging er ans andere Ende der Halle. Dort stand ein junger Mann vor zahllosen Paletten und zählte Bäume.
„Benedikt", rief Elisabeth Sternberg. Ihr Enkel drehte sich um. „Das ist der Johannes Steinhauser. Er möchte mit dir reden."
Benedikt war schlank, hatte ein schmales, hageres Gesicht und kurze, dunkle Haare. Im Vergleich zu den anderen Christbaumerzeugern sah er aus wie ein Milchbubi. Was nicht zuletzt auch daran lag, dass er sehr jung war. Er wirkte eher wie ein Medizinstudent, als wie ein knallharter Geschäftsmann. Und zimperlich durfte man in dieser Branche wahrlich nicht sein.
„Waren Sie es, der meine Mutter gefunden hat", fragte er direkt.
„Ja, das war ich. Aber du kannst ruhig Hannes zu mir sagen. Ich bin auch Mittelsinner."
Benedikt nickte kurz. „Habt ihr schon eine Ahnung, wer es gewesen sein könnte?"
„Nein, noch nicht", gestand Steinhauser. „Das ist nicht so einfach."
„Das glaub ich", sagte er etwas abfällig. „Wenn jeder, der mit meiner Mutter ins Bett gestiegen ist, verdächtig ist, dann habt ihr alle Hände voll zu tun."
„Benedikt!", fuhr ihn seine Oma an.
„Stimmt doch!", hielt er lautstark dagegen. Jetzt wirkte er gar nicht mehr wie ein Milchbubi. Steinhauser schaute verdutzt und wusste nicht, was er

sagen sollte. Anscheinend war das Verhältnis zu seiner Mutter etwas angespannt gewesen, um es vorsichtig auszudrücken.
„Sie hat sich tatsächlich eingebildet, ich bekomm das nicht mit. Das konnte auf Dauer ja nicht gut gehn!", schimpfte der junge Sternberg weiter. „Von jedem Arschloch hat sie sich bespringen lassen und jetzt, ... und jetzt ist sie tot. Und ich werd nie erfahren, wer mein Vater ist."
Jetzt war sich Steinhauser sicher, dass das Verhältnis zwischen Mutter und Sohn nicht nur angespannt, sondern komplett zerrüttet gewesen war. Ein Terrain, auf das er sich lieber nicht begeben wollte. Dass Benedikt nicht wusste, wer sein Vater war, und schlecht auf seine tote Mutter zu sprechen war, genügte ihm fürs erste.
„Kann ich mich jetzt mal im Büro umsehen?", fragte Steinhauser, um zu verhindern, dass Oma Sternberg noch mit ihrem Enkel zu streiten begann. Was er dort wollte, wusste er selber nicht so genau, aber es konnte ja nicht schaden, sich einmal umzusehen.
„Tu dir keinen Zwang an", meinte Benedikt gleichgültig und zeigte ihm den Weg. „Ich schalt nur schnell die Alarmanlage ab. Deine Kollegen waren auch schon da."
„Ihr habt ´ne Alarmanlage?", wunderte sich Steinhauser.
„Ja, die Mama hat drauf bestanden, weil da wichtige Unterlagen drinnen sind. Aber die meisten haben deine Kollegen schon einkassiert. Ich glaub nicht, dass du da noch was findest."
Das werden wir ja sehen, dachte sich Steinhauser und erinnerte sich an den Laptop, den die angeblichen Spezialisten ja auch nicht gefunden hatten.
„Wurde bei euch schon mal eingebrochen?"
„Ja, ... nein, ... vielleicht. Ich kann es gar nicht genau sagen", meinte Benedikt schulterzuckend.
„Wie? Du weißt es nicht?", wunderte sich Steinhauser.
„Die Alarmanlage hat der Strubinski installiert. Der Pfuscher! Am Anfang ist die fünf oder sechs Mal losgegangen und keiner wusste warum", erklärte Benedikt. Steinhauser nickte nur. „Da war vielleicht was los. Jedes Mal ist die Polizei völlig für´n Arsch angerückt. Dann hat die Mama Stress gemacht und der Elektropfuscher hat irgendwas gemacht. Frag mich aber nicht, was er gemacht hat. Seitdem war jedenfalls nix mehr."
„Und wo ist das Büro?"
„Da drüben." Der junge Mann zeigte zur Ecke der Halle und ging auf eine massive Tür zu. Dort tippte er auf einem kleinen Elektrokasten mit Ziffern herum. Bei jeder Berührung erklang ein melodischer Ton und am Ende

folgte ein lautes „Klick“.
„So, jetzt kannst du rein“, sagte er.
Als Steinhauser die Tür öffnen wollte, hielt er inne. Sie war von der Kripo versiegelt worden. Und das Siegel wollte er lieber nicht zerstören. Spätestens wenn einer von Tagweihs Leuten noch mal hier auftauchen sollte, würde der Kommissar erfahren, dass er hier gewesen war. Und das konnte Steinhauser nicht riskieren. Dennoch wollte er unbedingt einen Blick in das Büro werfen. Er wusste nur im Augenblick nicht, wie er es anstellen sollte, unbemerkt rein und wieder raus zu kommen. Schließlich wandte er sich wieder ab.
„Hast du es dir anders überlegt?“, wunderte sich Benedikt.
„Ja, ich hab was vergessen. Ich muss noch mal los“, gab Steinhauser knapp zurück. Er wandte sich ab, um zu gehen, hielt dann aber noch einmal kurz inne. „Ist das der einzige Eingang?“
„Nein, es gibt noch einen auf der Rückseite, damit man nicht immer durch die Halle muss, wenn man mal ins Büro will. Die Tür wurde nachträglich eingebaut“, sagte Benedikt.
„Und die ist auch mit so einem Zahlenkombinationsschloss gesichert?“
„Nein, das hat der Elektropfuscher nicht gebacken gekriegt“, meinte Benedikt. „Als der die Tür an die Alarmanlage anschließen wollte, ging gar nix mehr. Beziehungsweise es ging nur noch der Alarm. Das hat er dann irgendwie anders gelöst. Aber das hat am Anfang auch nicht funktioniert. Ich hab keine Ahnung, was der da getrieben hat.“
„Gut, dann erst mal Danke für deine Hilfe. Ich komm bei Gelegenheit noch mal vorbei und seh mich um.“ Steinhauser verabschiedete sich und ging.
Benedikt Sternberg zuckte gleichgültig mit den Schultern und schaltete die Alarmanlage wieder scharf. Steinhausers Magen knurrte und nach einem Blick auf die Uhr stellte er fest, dass es längst Zeit für ein kleines Mittagessen war. Er fuhr auf direktem Weg zum Imbiss und ließ sich von Henni drei Burgsinner machen. Frisch gestärkt und nach einem kleinen Plausch hörte er sein Diktiergerät ab, machte sich einige Notizen und verabschiedete sich. Karl-Heinz Neuhaus, sein letztes Ziel für heute, wohnte gleich um die Ecke, am Mäusberg.

Nachdem Steinhauser mehrfach kurz die Klingel betätigt hatte, aber daraufhin nichts gehört hatte, drückte er etwas fester auf die alte Taste.

Jetzt klingelte es. Nachdem der Klingelton allerdings nicht mehr verstummte, bemerkte er, dass sich die breite Taste verklemmt hatte. Hektisch versuchte er mit den Fingern die Taste wieder zu lösen, hatte aber keinen Erfolg. Er holte seine Dienstwaffe hervor und versuchte durch leichtes Klopfen mit dem Griff die Taste zu lockern. Aber auch das half nichts. Das schrille Klingeln konnte man weit hören. Steinhauser schaute sich verlegen um und überlegte kurz, ob er einfach wieder gehen sollte, dann entschied er sich für eine drastische Lösung des Problems. Er entsicherte seine Waffe und zielte auf die Klingeltaste. Plötzlich wurde die Tür aufgerissen.
„Ja, geht's noch?!" schimpfte ein älterer Mann und erstarrte beim Anblick des bewaffneten Polizisten. Erschrocken zog Steinhauser seine Waffe zurück. Beide schauten sich für einen Moment wortlos an.
„Klemmt", brach Steinhauser das Schweigen, sicherte seine Waffe und steckte sie wieder weg.
Der Mann löste sich aus seiner Starre, zauberte einen kleinen Schraubenzieher hervor und mit einem geübten Handgriff brachte er die Klingel zum Schweigen. „Das passiert, wenn man zu fest draufdrückt", schaute er den Polizisten streng an. Neuhaus war etwas untersetzt, hatte ein rundes Gesicht und krause, grauschwarze Haare.
„Sind Sie Karl-Heinz Neuhaus?", fragte Steinhauser, ohne näher auf sein Missgeschick einzugehen.
„Ja, wieso?"
„Ich hätte da ein paar Fragen an Sie."
„Um was geht's denn?", wollte Neuhaus wissen.
„Um die verstorbene Frau Ursula Sternberg. Sie wissen, dass Frau Sternberg ...", Steinhauser suchte nach den richtigen Worten, „... verstorben ist?"
Neuhaus sagte zunächst nichts. Unschlüssig schaute er zu dem Polizisten.
„Ja, ich habe es gehört. Schlimme Sache", meinte Neuhaus kopfschüttelnd und wirkte dabei sichtlich betroffen. „Und wie kann ich der Polizei helfen?"
„Ich würde gerne wissen, wie Ihre Beziehung zu Frau Ursula Sternberg gewesen war."
„Beziehung?", fragte Neuhaus verunsichert, schaute kurz hinter sich, trat vor die Tür und zog sie leise hinter sich zu. „Was für eine Beziehung? Ich hatte keine Beziehung zu Frau Sternberg! Wie kommen Sie denn da drauf?"
„Ich meinte Ihre Geschäftsbeziehung", wurde Steinhauser konkreter.

„Was denn für eine Geschäftsbeziehung?“ Neuhaus war sichtlich verwirrt.
„Frau Sternberg wollte doch ein Stück Wald von Ihnen kaufen, oder nicht?“
„Ach so, das meinen Sie.“ Neuhaus entspannte sich.
„Was dachten Sie denn?“, wunderte sich Steinhauser.
„Ach nichts“, winkte er ab. „Aber was hat das mit ihrem Tod zu tun?“
„Reine Routine“, beruhigte ihn Steinhauser. „Wir befragen jeden, der zuletzt mit Frau Sternberg zu tun gehabt hatte.“
„Aha. Dann tappt die Polizei wohl noch im Dunkeln, oder?“
„Das kann ich Ihnen leider nicht sagen. Laufende Ermittlungen. Sie verstehen doch?“
„Ja klar.“
„Verkaufen Sie den Wald jetzt an den Sohn von Frau Sternberg?“, fragte Steinhauser weiter und tat so, als ob er nicht wüsste, an wen Neuhaus den Wald verkaufen wollte.
Dieser zögerte. „Nein, ich verkauf an den Ingo Weirich, auch ein Christbaumerzeuger“, gestand er schließlich.
„Ach?“, tat Steinhauser überrascht. „Und warum? Die Sternbergs sind doch bekannt dafür, die besten Preise zu zahlen.“
„Ja, schon, aber ...“, Neuhaus knetete seine Hände und suchte nach den richtigen Worten. „Ich wollte die Familie Sternberg jetzt nicht mit dem Kauf meines Waldes belasten. Die haben doch im Moment ganz andere Sorgen. Und der Weirich zahlt auch gut.“
„Wie verkauft man denn einen Wald?“, wollte Steinhauser jetzt wissen.
„Ich bin auf´s Rathaus und hab´s ins Amtsblatt setzen lassen.“
„Ach, so einfach ist das?“, wunderte sich Steinhauser. „Und dann haben sich Frau Sternberg und Herr Weirich gemeldet?“
„Zuerst der Herr Weirich, dann die Frau Sternberg.“
„Gut, das genügt mir erst einmal“, meinte Steinhauser und ließ das jetzt mal so stehen. Im Grunde war es ihm auch völlig egal, an wen Neuhaus seinen Wald verkaufte. Und an wen er zuerst verkaufen wollte und es sich dann doch anders überlegt hatte, interessierte ihn noch weniger.
„Sonst noch was?“, fragte Neuhaus, nachdem Steinhauser nichts sagte.
Steinhauser überlegte, aber ihm fiel nichts mehr ein. Außer der Standardfrage in solchen Fällen.
„Wo waren Sie am letzten Dienstag zwischen 19:00 und 20:00 Uhr?“
Neuhaus schaute ihn verwundert an. „Wieso?“
„In diesem Zeitraum ist Frau Sternberg ums Leben gekommen.“

Jetzt schaute Neuhaus entgeistert. „Bin ich etwa verdächtig?“, quiekte er verwirrt.
„Kommt darauf an“, tat Steinhauser geheimnisvoll. „Diese Frage stellen wir immer den Personen, die in letzter Zeit näher mit dem Opfer zu tun hatten. Ist quasi eine Standardfrage. Das kennen Sie doch bestimmt aus dem Fernsehen, oder?“, schob er zur Erklärung hinterher.
Auf Neuhaus´ Stirn bildete sich Schweiß und er trat nervös auf der Stelle. „Ja, aber ich wusste ja nicht, ... dass das in echt auch so ist. Das kommt jetzt etwas überraschend für mich“, stammelte er.
„Kein Grund zur Panik“, beruhigte ihn Steinhauser, um anschließend ein: „Sie müssen nicht Antworten … es sei denn … Sie haben etwas zu verbergen“, hinterher zu schieben.
„Zu verbergen? Ich? Nein! Wie kommen Sie denn darauf?“, stellte Neuhaus klar. „Ich hab nur grad überlegt, wo ich war.“
Steinhauser hatte jetzt keine Lust, auf eine Antwort zu warten, und unnötig verängstigen wollte er den Mann auch nicht. Neuhaus wirkte alles andere als verdächtig auf ihn. „Sie können auch auf dem Rathaus vorbeikommen und es mir sagen, wenn es Ihnen wieder eingefallen ist“, schlug er schnell vor, da er jetzt langsam Feierabend machen wollte.
„Nein, nein, ich weiß es wieder“, erinnerte er sich. „Ich war beim Gruber. Sie wissen schon, die Kneipe hier im Dorf.“
Steinhauser nickte. Er kannte den Gruber. Den Gruber kannte hier jeder.
„Dort treff ich mich immer mit Freunden, wenn die Bayern spielen“, erzählte er weiter.
Eine volle Kneipe war ja als Alibi auch ganz praktisch.
„Aber die spielten doch erst um neun oder so“, hakte Steinhauser nach. Auch wenn ihm Neuhaus leid tat, beschloss er die Befragung durchzuziehen. Er wollte schließlich auch bei ihm einen professionellen Eindruck hinterlassen.
„Ja, aber wir treffen uns immer schon um 18:00 Uhr zum Schafkopf“, schob Neuhaus nach.
„Okay, dann hätte ich gerne die Namen der Mitspieler.“ Steinhauser holte sein Handy hervor und ließ den verwirrten Neuhaus die Namen ins Diktiergerät sprechen. „Telefonnummern?“, fragte er weiter.
Neuhaus zuckte mit den Schultern. „Die kenn ich nicht auswendig.“
„Dann wäre das vorerst alles. Sollte ich weitere Fragen haben, werde ich mich melden. Sollte Ihnen noch irgendetwas einfallen, dann werden Sie sich melden. Ist das klar?“ Mit diesen Worten drückte er Neuhaus seine

Visitenkarte in die Hand. Nachdem dieser mehrfach genickt hatte, beendete er seinen Besuch.

Wieder auf dem Rathaus angekommen, war es dann auch nicht mehr lang bis zum Feierabend. Steinhauser zog sich noch für ein paar Minuten in sein Büro zurück, hörte sein Diktiergerät ab und machte sich einige Notizen. Er war zufrieden mit seinen Ermittlungen und überlegte, ob er Stefanie darüber informieren sollte. Es konnte durchaus sein, dass sie stolz auf ihn war. Es konnte allerdings das genaue Gegenteil eintreten. Nachdem er das Risiko eines Konfliktes abgewägt hatte, entschied er sich dagegen und verabschiedete sich von Frau Schäflein.
Zu Hause angekommen, drehte er noch ein Runde mit Jacky, bevor er sich heiß duschte und es sich mit einem Bier und Chips auf der Couch bequem machte. Während er etwas lustlos durch die Programme zappte und sich noch einmal alles durch den Kopf gehen ließ, hatte er eine Idee. Steinhauser griff zum Telefon.

Kapitel 11

Es dauerte eine Weile, bis sich Steinhausers Gesprächspartner mit den Worten: „Servus Hannes, was liegt an?“, meldete.
Steinhauser zögerte. Er überlegte noch einmal, ob es wirklich eine gute Idee war, für sein Vorhaben ausgerechnet Strubinski ins Vertrauen zu ziehen. Aber je länger er darüber nachdachte, umso mehr wurde ihm bewusst, dass Strubinski der Einzige war, der dafür in Frage kam. Auch wenn er sich gegen diese Tatsache innerlich sträubte.
„Fred, ich geb es ja nur ungern zu, aber ich brauch deine Hilfe“, quälte er über seine Lippen und hatte Strubinskis breites Grinsen vor seinem geistigen Auge.
„Um was geht's denn? Ein paar Tipps für dein Liebesleben? Yoga?“ Strubinski lachte höhnisch ins Telefon. „Am Mittwoch gehen die Lavinia und ich wieder hin. Dann melde ich euch an. Der Sepp ist voll motiviert.“
Für diesen blöden Yoga-Kurs hatte Steinhauser jetzt wahrlich keinen Kopf. „Tu, was du nicht lassen kannst“, gab er sich gleichgültig. „Aber deswegen ruf ich nicht an.“
„Dacht ich mir. Weswegen dann?“
„Ich müsste mal ins Büro von der Uschi“, sagte Steinhauser.
„Dann geh doch einfach rein. Bist doch von der Polizei“, gab Strubinski zurück.
„Geht nicht. Die Tür ist versiegelt. Wenn ich das Siegel beschädige, dann kriegt der Tagweih doch gleich raus, dass ich das war. Und auf Stress mit dem Depp hab ich echt kein Bock“, erklärte Steinhauser, was Strubinski durchaus nachvollziehen konnte. „Außerdem hat das Büro eine Alarmanlage die du eingebaut hast und da dachte ich ...“
„... und da dachtest du, der Fred kann die bestimmt umgehen“, brachte Strubinski den Satz zu Ende. Der Stolz in seiner Stimme war nicht zu überhören.
„Ja … das dachte ich mir.“ Steinhauser verdrehte die Augen.
„Kein Problem. Das mache mir mit links“, sagte Strubinski. „Ich hab sogar einen Schlüssel für den Hintereingang.“
„Was hast du?“ Steinhauser glaubte sich verhört zu haben.
„Ja, hab ich“, bestätigte Strubinski. „Das erklär ich dir später. Wann soll´s losgehen?“
„Um 01:00 Uhr, würde ich sagen“, schlug Steinhauser vor.

„Alles klar. Treffen wir uns vor Ort?“
„Abgemacht!“

Kurz vor 01:00 Uhr fuhr Steinhauser mit dem Polo seiner Schwester nach Mittelsinn und parkte direkt vor dem Tor zu Ursula Sternbergs Hof. Er stieg aus und versuchte das Tor zu öffnen. Es war verschlossen.
„Wie siehst du denn aus?“, zischte plötzlich eine Stimme aus der Dunkelheit.
Steinhauser drehte sich erschrocken um. Vor ihm stand Strubinski. Wieder einmal von Kopf bis Fuß völlig in Schwarz gekleidet, mit Sturmhaube über dem Kopf. Sein Nachtsichtgerät hatte er natürlich auch wieder dabei.
„Findest du nicht, dass du etwas übertreibst?“, fragte Steinhauser.
„Ich und übertreiben?“, gab Strubinski entgeistert zurück. „Immer noch besser als du! Warum in Gottes Namen hast du deine Polizeiuniform an?“
„Für alle Fälle“, gab Steinhauser zurück. „Man weiß ja nie, was passiert, wenn man mit dir unterwegs ist.“
„Du musst´s ja wissen.“ Strubinski schüttelte den Kopf, stellte sich an das Tor und machte eine Räuberleiter. „Auf geht's. Lass uns keine Zeit verlieren.“
Steinhauser nickte und zog sich etwas unbeholfen über das Tor. Anschließend streckte er seine Hände durch die breiten Gitterstäbe und half Strubinski in den Hof. Im schwachen Schein einer am Zaun stehenden Straßenlaterne liefen sie zielstrebig um die große Halle herum. Dahinter wurde es sofort stockdunkel. Strubinski zog sein Nachtsichtgerät auf, ging zur Hintertür und kramte mit seinen Handschuhen umständlich einen Schlüssel hervor. Steinhauser hatte eine kleine Taschenlampe und leuchtete ihm direkt ins Gesicht.
„Sag mal, spinnst du!“, Strubinski riss sich aufgeregt das Gerät von den Augen. „Willst du, dass ich blind werde!“
„Jammer mir nicht die Ohren voll. Sag mir lieber, wie du an den Schlüssel von der Uschi ihrem Büro kommst?“
„Den hab ich mir heimlich machen lassen“, gestand Strubinski.
„Und warum?“, hakte Steinhauser nach.
„Wegen der bescheuerten Alarmanlage. Die hab ich von einem … tschechischen Lieferanten.“
„Aha, ein tschechischer Lieferant“, meinte Steinhauser spitz.
„Ja, alles voll legal … und billig“, stellte Strubinski klar. „Aber irgendwie

hatte die Software einen Fehler. Die blöde Anlage ist dauernd losgegangen und kurz darauf standen deine Kollegen auf der Matte. Nach dem dritten oder vierten Fehlalarm stand dann die Uschi bei mir auf der Matte und hat rumgestresst."
„Zu Recht!", bestätigte Steinhauser.
„Ja, freilich zu recht", gestand Strubinski. „Jedenfalls habe ich den Fehler nicht gefunden und der Lieferant aus Tschechien ist bis heute verschollen."
„Wen wundert´s", war alles, was Steinhauser dazu sagte. „Hauptsache billig."
„Ja, ich geb´s ja zu. War vielleicht nicht der seriöseste Internetanbieter. Und weil ich den scheiß Fehler nicht gefunden hab, hab ich die Alarmanlage überbrückt."
„Überbrückt?" Steinhauser schaute ungläubig.
„Ja, überbrückt", bestätigte Strubinski. „Ich hab ein Zeitschaltrelais mit Funkverbindung zu meinem Handy dazwischen geklemmt. Immer wenn die Alarmanlage losgeht, bekomme ich zuerst das Signal. Erst zwei Stunden später wird das Signal zur Wache nach Gemünden weitergeleitet. Ich hab dann genug Zeit, die Anlage zurückzusetzen."
„Das ist jetzt nicht dein Ernst, oder?" Steinhauser traute seinen Ohren nicht.
„Doch. Sonst hätte ich ja eine neue besorgen müssen."
„Du spinnst doch. Und wie oft gibt's Fehlalarm?", wollte Steinhauser wissen.
„Nicht so oft."
„Wie oft?" Steinhauser ließ nicht locker.
„So alle zwei Monate mal. Also nicht so schlimm."
„Und dann rennst du immer hierher und setzt die Anlage zurück?", fragte Steinhauser ungläubig.
„Ja, ich wohn ja quasi gleich um die Ecke. Gehört zum Kundenservice und wenn dann doch jemand eingestiegen ist, kann ich ja direkt die Polizei rufen."
„Und deshalb brauchst du den Schlüssel."
„Gut kombiniert, Herr Kommissar. Da merkt man halt gleich, dass du vom Fach bist."
„Fred, laber mich nicht voll. Weiß die Uschi … beziehungsweise, wusste die Uschi, dass du einen Schlüssel hast?"
„Naja, kann ich jetzt gar nicht so genau sagen", druckste er herum.
„Fred!", mahnte Steinhauser.

„Natürlich wusste die das nicht“, gab er zu. „Den hab ich mir machen lassen, als die Hintertür eingebaut wurde. Die sollte ich mit so einem Zahlenkombinationsschloss an die Alarmanlage koppeln. Aber das hat nicht geklappt. Wegen dem Tschechen. Deshalb hab ich einen Sensor in das Schloss eingebaut. Wenn abgeschlossen wird, schaltet sich die Anlage scharf und wenn aufgeschlossen wird, wird die Anlage deaktiviert. Das war mit der tschechischen Software gar nicht so einfach zu programmieren. Aber ich hab´s hingekriegt.“
„Du erwartest aber jetzt nicht, dass ich dich dafür lobe, oder? Mach hin und schließ auf!“, befahl Steinhauser.
Strubinski wandte sich der Tür zu, als ihn Steinhauser plötzlich zurückhielt. „Das Siegel“, meinte er und leuchtete auf den Klebestreifen der Kripo. „Kannst du durch Aufschließen die Alarmanlage deaktivieren und wir steigen durch ein Fenster ein?“
„Nicht nötig“, grinste Strubinski, holte ein kleines Sprühfläschchen aus seiner Jacke hervor und wedelte vor Steinhauser herum. „Das Siegel ist gleich ab.“
Strubinski sprühte das Polizeisiegel mehrfach ein und wartete.
„Das geht nicht so einfach ab wie eine Tapete“, meinte Steinhauser.
„Das ist auch kein Tapetenlöser“, sagte Strubinski stolz. „Das ist eine Spezialmischung.“
„Spezialmischung?“ Steinhauser schaute skeptisch.
„Ja, hab ich auch aus dem Internet.“
Steinhauser verdrehte die Augen.
„Das Zeug ist echt der Hammer. Damit löse ich immer die Etiketten auf den Elektrogeräten. Klappt einwandfrei.“
„Wozu musst du Etiketten von Elektrogeräten ablösen?“, hakte Steinhauser interessiert nach.
„Hab ich das gesagt?“ Strubinski biss sich auf die Unterlippe.
„Ja, genau das hast du eben gesagt“, bestätigte Steinhauser.
„Eigentlich meinte ich ... wenn hartnäckiger Tesafilm wieder mal nicht von der Fensterscheibe abgeht, dann ist das Zeug sehr hilfreich. Die Lavinia dekoriert doch immer so gerne“, sagte Strubinski mit einem verschmitzten Grinsen, was allerdings unter der Sturmhaube verborgen blieb.
Steinhauser kapitulierte. „Ich glaub, ich will gar nicht wissen, was du alles so treibst.“
„Ja, das glaub ich auch“, stimmte Strubinski zu und zog ein Teppichmesser hervor. „Leucht mir mal.“

Unter Steinhausers ungläubigen Augen löste Strubinski geschickt das aufgeweichte Siegel von der Tür, so dass es nur noch am Rahmen hing. Mit einem zufriedenen Grinsen steckte er den Schlüssel ins Schloss und drehte ihn um. In diesem Moment durchfuhr das Jaulen einer Sirene die Stille der Nacht. Zeitgleich verwandelten zahlreiche gelbe Blinklichter die Halle in ein einziges Leuchtspektakel.
„Fred!“, schrie Steinhauser lautstark.
„Scheiße!“, war Strubinskis knapper Kommentar. Er riss sich das Nachtsichtgerät vom Kopf, stürmte ins Büro, machte Licht, sprang zielgerichtet zum Sicherungskasten und riss ihn auf. Planlos und hektisch betätigte er eine Sicherung nach der anderen, aber es tat sich nichts. Lediglich das Licht ging kurz aus und wieder an.
„Weg da!“, befahl Steinhauser entschieden und stieß Strubinski grob zur Seite. Er zog seine Dienstwaffe heraus und feuerte das gesamte Magazin in den Sicherungskasten. Ohne Erfolg. Erst nachdem Strubinski noch mehrmals wie ein Verrückter mit einem Schreibtischstuhl auf die Verteilungen eingeschlagen hatte, verstummte die Alarmanlage. Alle Lichter erloschen und es wurde wieder dunkel ... und still.
Beide standen regungslos da.
„Glaubst du, das hat jemand gehört?“, fragte Strubinski vorsichtig.
„Kann ich mir nicht vorstellen“, meinte Steinhauser kopfschüttelnd, verdrehte die Augen und schlug sich verzweifelt gegen die Stirn. Strubinski konnte es zum Glück nicht sehen. „Wie blöd bist du eigentlich?“, fragte Steinhauser scharf. „Natürlich hat man das gehört! Das ist ja der Sinn von so einer Alarmanlage.“
„Ist mir völlig unbegreiflich, wie das passieren konnte“, sagte Strubinski gefrustet. „Muss wohl irgendwie mit dem Sensor im Schloss und der Software von dem Tschechen zusammenhängen. Aber du hast ja jetzt alles kaputtgeschossen!“
„Wenn du gewusst hättest, was du tust, dann wär die bescheuerte Alarmanlage erst gar nicht losgegangen!“, hielt Steinhauser dagegen.
„Wenn die von Anfang an funktioniert hätte, dann hätte ich auch keinen Schlüssel.“
„Ist doch jetzt scheißegal. Schlüssel hin oder her, der Tschechen-Rotz, den du da eingebaut hast, ist losgegangen, obwohl das nicht hätte passieren dürfen! Laut deiner Aussage! Da werden bestimmt bald die ersten angetanzt kommen, um nachzusehen, was hier los ist“, meinte Steinhauser verärgert.

„Ohne Schlüssel hätten wir aber die Tür gar nicht aufgekriegt“, blieb Strubinski beharrlich.
Steinhauser seufzte laut. „Ist jetzt auch wurscht!"
„Ich kann das gar nicht verstehen.“ Strubinski betrachtete den Sicherungskasten. Betreten stand er davor und starrte mit dem Nachtsichtgerät in das zerstörte Chaos. Steinhauser gesellte sich zu ihm und leuchtete mit der Taschenlampe hinein. „Eigentlich war das tiptop installiert“, meinte Strubinski ratlos.
„Was heißt hier tiptop?“, regte sich Steinhauser auf. „Tiptop ist die Schwester von Scheiße, und genau so war der Murks installiert! Sonst würd´s in dem Kasten jetzt nicht so aussehen, wie es aussieht!“
„Du hast doch gar keine Ahnung!“, hielt Strubinski dagegen.
„Viel weniger Ahnung wie du kann ich gar nicht haben!“ Steinhauser hätte ihn am liebsten gewürgt.
„Dann mach dein Scheiß doch selber, ich hau ab!“, sagte Strubinski beleidigt und ging zur Tür.
„Warte doch!“ Steinhauser hielt ihn zurück und holte kurz Luft. Dass Strubinski jetzt einen Abflug machte, wollte er auch nicht. „Es tut mir leid“, entschuldigte er sich. „Niemand ist perfekt.“
„Okay, ich bleibe. Allein bist du ja auch aufgeschmissen.“ Strubinski gab sich versöhnlich.
„Vielleicht haben wir ja Glück und den Krach hat tatsächlich keiner mitbekommen“, meinte Steinhauser schulterzuckend und fing an, sich im Büro umzusehen.
„Was suchst du eigentlich?“ fragte Strubinski.
„Keine Ahnung. Irgendetwas halt, was irgendwie auffällig ist.“
Wortlos begannen sie in der Dunkelheit das Büro Stück für Stück zu inspizieren. Sie durchsuchten Schränke und Regale, als plötzlich das Klingeln eines Handys die Stille zerriss.
„Mein Diensthandy“, stellte Steinhauser überrascht fest. Er hatte sich noch nicht daran gewöhnt, dass er von Rappert eines bekommen hatte.
„Du hast ein Diensthandy?“ Selbst Strubinski war überrascht.
„Ja, aber nur so ein altes Ding“, winkte Steinhauser ab, kramte es hervor und betrachtete die Nummer. Er hatte so eine Ahnung, wer das sein könnte.
„Was ist das denn für ein Teil?“ Strubinski lachte laut auf. „So was gibt’s noch?“
„Ist doch egal, wie das aussieht.“

„Die Polizei ist ja noch schlechter ausgestattet als die Bundeswehr." Strubinski amüsierte sich über Steinhausers Handy, welches immer noch klingelte.
„Halt jetzt mal die Klappe", befahl Steinhauser. „Das ist bestimmt der Rappert."
„Steinhauser, wo treiben Sie sich gerade rum?", krakelte sein Dienststellenleiter verschlafen aus dem Telefon.
„Ich ... äh ..." Steinhauser überlegte kurz und versuchte ebenfalls verschlafen zu wirken. „Ich bin im Bett, warum?"
„Sie müssen nach Mittelsinn! Jetzt!", befahl sein Chef knapp.
Steinhauser wartete einen Moment. Er wusste natürlich warum, gab sich aber ahnungslos. „Mittelsinn? Um diese Zeit? Was soll ich denn da?"
„Die Alarmanlage bei den Sternbergs ist wieder mal losgegangen", erklärte sein Chef. „Wahrscheinlich eh nur ein Fehlalarm. Das hatten wir in der Vergangenheit öfter mal. Die hat dieser unfähige Elektriker aus Mittelsinn installiert. Den kennen Sie doch, oder?"
Steinhauser zögerte. „Ja, den kenn ich. Aber nur flüchtig", bestätigte er schließlich.
„Von wegen flüchtig! Sehen Sie zu, dass Sie da hinkommen", waren die letzten Worte von Rappert, danach war das Gespräch beendet.
„Das war dein Chef, oder?", fragte Strubinski.
„Ja, er hat gemeint ich soll mal zu den Sternbergs. Da ist wieder mal die Alarmanlage losgegangen, die dieser unfähige Elektriker aus Mittelsinn installiert hat."
„Was für ein Arschloch", meinte Strubinski verärgert. „Als ob der eine Ahnung hätte. So eine Alarmanlage ist hochkomplex und hochsensibel."
„So sensibel wie du und dein top-installiertes Zeitschaltrelais."
„Ich kann immer noch gehen, wenn dir das lieber ist."
„Du bleibst!", befahl Steinhauser. „Hauptsache, der schickt keinen seiner Leute."
„Stimmt auch wieder", bestätigte Strubinski und wandte sich wieder dem alten Sekretär zu, den er schon vorher ins Visier genommen hatte. „Ich glaub, ich hab da was", sagte er aufgeregt.
Steinhauser schaute derweilen in einen großen Karton. „Ich glaub, ich auch", meinte er, als plötzlich ein Lichtkegel den Raum erhellte.
„Scheiße!", stießen beide erschrocken aus und starrten aus dem Fenster.
„Da kommt jemand", stellte Strubinski erschrocken fest. „Was jetzt?"
„Ich würde sagen ... du versteckst dich erst mal", befahl Steinhauser und

zeigte auf die Hintertür. „Versteck dich hinter der Halle. Licht geht ja jetzt eh keins mehr. Im Dunkeln wird man dich schon nicht sehen."
„Und du?"
„Ich lass mir was einfallen", gab Steinhauser zurück und Strubinski verschwand in der Dunkelheit.
Mit der Taschenlampe in der Hand lief Steinhauser schnell um das Büro herum in den Hof, um zu sehen, wer da kam. Das Tor öffnete sich automatisch und die hellen Lichter eines dunklen Pick-up blendeten Steinhauser. Die Türen gingen auf und aus dem Wagen stiegen Benedikt Sternberg und seine Großmutter.
„Was ist denn hier los?", fragte der junge Sternberg und ging direkt auf Steinhauser zu. „Was machst du denn schon hier?", wunderte er sich, als er den Polizisten erkannte. „Bei uns zu Hause ging der Alarm doch gerade erst an."
„Reiner Zufall", meinte Steinhauser. „Ich bin gerade durchs Dorf gefahren."
„Um diese Zeit?", wunderte sich die Großmutter.
„Ja, ...", Steinhauser suchte fieberhaft nach einer glaubwürdigen Erklärung. Da hatte er eine Idee. „Ich war gerade auf meiner Runde ... wegen dem Christbaumzwicker ... ihr wisst schon. Den such ich doch immer noch. Und als ich hier vorbeigekommen bin, gingen plötzlich die Lampen an. Da hab ich natürlich gleich nachgeschaut, was los ist."
„Und was ist los?", wollte Benedikt gleich wissen.
„Jemand ist in euer Büro eingestiegen. Über die Hintertür", erklärte Steinhauser.
Benedikt Sternberg holte eine Taschenlampe aus dem Auto und folgte gemeinsam mit seiner Großmutter dem Polizisten um das Gebäude herum.
„Hier muss ein Profi am Werk gewesen sein", sagte Steinhauser und leuchtete auf das abgelöste Polizeisiegel. „Das kann man normal gar nicht ablösen, ohne es kaputt zu machen. Das Türschloss ist auch sauber geknackt worden."
„Aha", war alles, was Benedikt dazu meinte, dann ging er vorsichtig ins Büro. Er wollte das Licht anschalten, aber es blieb dunkel. Neugierig leuchtete er den Raum aus, als sein Blick an dem völlig zerstörten Sicherungskasten hängen blieb. „Was ist denn hier passiert?"
„Das kann ich leider auch nicht sagen", gab sich Steinhauser ratlos und schilderte die Lage aus seiner Sicht. „Als ich am Tor angekommen bin, war die Sirene noch an und die Lichter haben geblinkt. Kurz darauf wurde

es still und dunkel. Bis ich über das Tor geklettert war und das Büro erreicht hatte, war niemand mehr da. Der Einbrecher hat vermutlich Panik bekommen, als die Alarmanlage angegangen ist und dann den Sicherungskasten zerstört, um sie irgendwie abzuschalten. Und als er mich gesehen hat, ist er höchstwahrscheinlich abgehauen."
Immer noch starrten Benedikt und seine Großmutter auf den zerstörten Sicherungskasten. Es sah so aus, als hätte eine Bombe eingeschlagen. Anschließend schauten sie sich im Schein seiner Taschenlampe im Büro um.
„Schon witzig", meinte der junge Sternberg. „Nach unzähligen Fehlalarmen hat das Gelump vom Strubinski tatsächlich funktioniert. Hätt ich nie gedacht, wenn man bedenkt, wie oft der Pfuscher an der Anlage rumgefummelt hat."
„Seid ihr eigentlich versichert?", wechselte Steinhauser das Thema, da er Strubinskis fachliche Qualifikationen lieber nicht kommentieren wollte.
„Gute Frage. Kann ich dir gar nicht sagen", antwortete Benedikt.
„Naja, der Strubinski kann das bestimmt wieder reparieren", meinte Steinhauser.
„Der Strubinski?", stieß Benedikt aus. „Ich bin mir nicht sicher, ob ich den da noch mal ran lass."
„Ach was, der macht dir bestimmt einen super Preis", meinte Steinhauser.
„Wie kommst du darauf, dass mir ausgerechnet der Wucherer einen super Preis macht?", wunderte sich Benedikt.
„Äh, ... naja, ... nur so", stammelte Steinhauser verlegen.
„Das ist mir jetzt egal", meldete sich Elisabeth Sternberg zu Wort. „Hast du jemanden gesehen?", fragte sie stattdessen in Richtung Steinhauser.
„Nein. Vielleicht waren es ja auch mehrere", gab der zurück. „Habt ihr vielleicht eine Idee, wer das gewesen sein könnte?"
„Nein, ich nicht", sagte Benedikt und leuchtete zu seiner Großmutter.
„Ich auch nicht", meinte Elisabeth Sternberg kopfschüttelnd. „Es sieht auch nicht so aus, als ob hier jemand rumgewühlt hätte."
„Vermutlich hab ich den oder die Einbrecher vorher verscheucht", sagte Steinhauser. Dabei war er bemüht, einen professionellen Eindruck zu machen. „Was könnte es hier zu finden geben? Geld?"
„Nein, Geld ist hier keins", gab Benedikt zurück. „Glaubst du, der Einbruch hat was mit dem Tod meiner Mutter zu tun?"
„Hm ...", Steinhauser überlegte, was er darauf antworten sollte. „Gut möglich, muss aber nicht zwangsläufig so sein", sagte er schließlich und war stolz auf sich und seine diplomatische Antwort.

„Du wirst den Dreckskerl doch finden, oder?“, fragte Benedikt. In seinen Worten lag Trauer. Der Verlust seiner Mutter musste schwer für ihn sein. Und dass er zuletzt Streit mit ihr gehabt hatte, machte die Sache für ihn nicht leichter.
„Ich werde alles daran setzen“, versprach Steinhauser und das war nicht nur so dahergeredet.
„Brauchst du uns noch?“, wollte Elisabeth Sternberg wissen.
„Eigentlich nicht“, antwortete er.
„Dann können wir ja wieder geh´n. Ich bin müde und will in mein Bett“, sagte sie genervt.
„Das könnt ihr. Geht ruhig schlafen. Wenn ihr nix dagegen habt, dann werde ich mich hier noch ein wenig umsehen und das Büro später wieder versiegeln“, schlug Steinhauser vor.
„Von mir aus“, sagte Benedikt gleichgültig. „Dann brauch ich die Polizei wenigstens nicht zu rufen.“
„Nein, das musst du nicht. Auf keinen Fall! Ich bin ja schon da und werd mich um alles kümmern, versprochen!“, stimmte Steinhauser zu und die beiden verließen das Büro.
Kaum hatte der Pick-up das Gelände verlassen, erschien Strubinski wieder.
„Von wegen Elektropfuscher!“, beschwerte er sich. „Der hat ja gar keine Ahnung, von was der da redet. Und wenn der meint, dass ich ihm den Schaden reparier, dann hat er sich ganz gewaltig geschnitten!“
„Reg dich ab“, meinte Steinhauser. „Du wirst das alles reparieren, wenn sich der junge Sternberg bei dir meldet. Und das zu einem super günstigen Spezial-Preis. Hast du mich verstanden?“
„Ich glaub, es geht los! Schließlich hast du alles zu Schrott geschossen!“, beschwerte er sich weiter.
„Wenn du kein so ein *Pfuscher* wärst, dann hätte ich auch nicht auf den Kasten schießen müssen!“, hielt Steinhauser dagegen und stellte auch gleich klar, dass jetzt keine Zeit für derartige Debatten ist.
Strubinski deutete beleidigt auf den alten Sekretär. „Ich hab da was entdeckt … falls es dich interessiert.“
„Spiel jetzt nicht den Beleidigten“, meinte Steinhauser. „Zeig mir lieber, was du gefunden hast.“
Mühevoll zerrte der Elektriker die klemmende Schublade heraus, legte sie auf einen Schreibtisch und stocherte mit einem Taschenmesser in den Ecken herum.
„Was wird das, wenn´s fertig ist?“, fragte Steinhauser ungeduldig.

„Die alten Dinger haben meist einen doppelten Boden“, erklärte Strubinski. „Die Lavinia hat mal so ein Teil von ihrer Mutter geschenkt bekommen und da hatte das Schubfach auch einen doppelten Boden. Da war aber damals nix drin.“
„Aha“, meinte Steinhauser, schob Strubinski beiseite, nahm die Schublade und warf sie mit voller Wucht auf den Boden.
„So geht's natürlich auch“, sagte Strubinski und untersuchte die zersplitterten Holzstücke. „Sieh mal, was wir dahaben.“ Er hielt eine schmale Mappe triumphierend in die Höhe.
Steinhauser nahm die Mappe an sich, steckte sich seine Taschenlampe in den Mund, nahm die Papiere heraus und inspizierte diese.
„Was sind das für Unterlagen?“, fragte Strubinski ungeduldig.
„Sehen aus wie Kaufverträge“, gab Steinhauser nach einer Weile zurück und reichte sie Strubinski. „Guck du mal.“
Strubinski überflog die Papiere und kam mit einem lauten Pfiff zu dem gleichen Ergebnis. „Stimmt, sehen aus wie Kaufverträge. Zu dem Preis würde ich auch den Wald von diesem Neuhaus kaufen.“
„Der Hammer, oder?“ sagte Steinhauser und nahm die Papiere wieder an sich. „Dem Neuhaus hätte die Uschi für vier Hektar Wald einen Pauschalpreis von 200 Euro gezahlt. Da hätte der vom Weirich bestimmt mehr bekommen. Aber der Vertrag ist nicht unterschrieben. Und auf dem für die Fläche im Gewerbegebiet ist gar kein Preis eingetragen.“
„Und unterschrieben ist da auch nichts. Das stinkt doch zum Himmel!“, sagte Strubinski.
„Das ist alles etwas merkwürdig“, stimmte Steinhauser zu und nahm die Verträge an sich. Dass er mit Neuhaus schon gesprochen hatte, behielt er für sich. „Die schau ich mir in Ruhe noch mal genauer an.“
„Und was machen wir jetzt?“, fragte Strubinski.
Da war es wieder, dieses *wir*, das Steinhauser immer einen Schauer über den Rücken laufen ließ, wenn es aus Strubinskis Mund kam. Aber auch diesmal musste er sich eingestehen, auf die Idee mit dem doppelten Boden in dem alten Sekretär wäre er nicht gekommen.
„Ja, was machen wir jetzt? Gute Frage. Das kann ich dir jetzt auch nicht so genau sagen“, meinte Steinhauser schulterzuckend. „Ich muss die Faktenlage erst mal genau analysieren. Aber wenn, dann mache *ich* was, und nicht *wir*. Es sei denn, ich brauch dich.“
„Klar, verstehe. Du bist der Spezialist und ich der Mann im Hintergrund. Damit kann ich leben“, gab sich Strubinski verständnisvoll. „Wer ist

eigentlich dieser Neuhaus?", schob er hinterher.
Steinhauser überlegte, was er Strubinski alles anvertrauen konnte. Da sein Schulfreund blöderweise auch der einzige war, dem er überhaupt etwas anvertrauen konnte, entschied er sich schließlich dazu, ihm einfach alles zu erzählen, was er bisher in Erfahrung bringen konnte. Er begann bei Stefanies Bericht über die Spermaspuren, die Stickl in der Jagdhütte gefunden hatte, bis hin zu seinen Befragungen von Weirich und Neuhaus.
„So richtig viel hast du ja nicht", meinte Strubinski.
„Bis jetzt", gestand Steinhauser und grinste in Strubinskis Nachtsichtgerät, „aber das wird sich ändern. Die Spezialisten haben noch weniger."
„Hast du eigentlich die Alibis von diesem Neuhaus und dem Weirich schon geprüft?", kam es prompt von Strubinski.
Steinhauser war etwas überrascht von der Frage. „Äh, ... noch nicht. Wann denn auch?" Dass er gar nicht vorgehabt hatte, irgendwelche Alibis zu prüfen, behielt er lieber mal für sich. „Aber wenn die alle zum Fußball schauen in der Kneipe waren, dann gibt's ja eh mehr als genug Zeugen."
„Erzählen können die viel", meinte Strubinski streng, „du musst das auf jeden Fall absichern!"
„Ja, das werde ich natürlich noch machen, oder willst du mir jetzt erzählen, wie ich meine Arbeit zu machen habe?", rügte ihn Steinhauser. Es kam ihm fast so vor, als würde Strubinski die Ermittlungen leiten. Er konnte ja schlecht sagen, dass er es eh für unwahrscheinlich hielt, dass einer der beiden als Täter in Frage kam. Gerade in ermittlungstaktischen Dingen musste er professionell wirken. Ganz nach dem Motto: Souveränes Auftreten bei völliger Ahnungslosigkeit. Deshalb wechselte er schnell das Thema. „Wir sollten gehen", meinte er.
Strubinski nickte und ging voran. Plötzlich blieb er jedoch stehen und drehte sich um. „Du hattest doch auch was entdeckt, oder?", fiel ihm wieder ein.
„Ja, stimmt", erinnerte sich Steinhauser, ging zu einem großen, offenen Karton und leuchtete hinein. „Schau mal", forderte er Strubinski auf.
Dieser warf einen Blick hinein und nach kurzem Zögern holte er ein paar kleine Schachteln heraus. „Wildtierkameras", stellte er verwundert fest.
„Ja, und zwar eine ganze Kiste voll", bestätigte Steinhauser.
Sie leerten den Inhalt auf den Boden und zählten.
„Genau 50 Kameras", stellte Steinhauser fest.
„Und alle Schachteln sind leer", ergänzte Strubinski.
„Hast du die der Uschi besorgt?", fragte Steinhauser.

„Nein, das wüsste ich!“ Strubinski inspizierte die Kiste genauer. „Da guck! Die hat die Uschi im Internet bestellt! Bei so einem riesigen Versandhändler, der in Deutschland keine Steuern bezahlt!“
„Reg dich ab!“, sagt Steinhauser. „Die waren wahrscheinlich billiger als bei dir.“
„Von wegen billiger!“, beschwerte sich Strubinski. „Nicht alles, was du im Internet kaufst, ist auch billiger als im Einzelhandel. Aber wenn dann irgendwas nicht funktioniert, von dem billigen Scheiß, der im Internet bestellt wurde, dann bin ich wieder gut genug! Den Deppen kann der Strubinski ja machen! Aber dann rumgejammert, wenn die kleinen Geschäfte auf dem Land Bankrott machen. Die hätte mich ja wenigstens mal fragen können, die blöde Kuh! Von der bis zu mir sind es höchstens fünf Minuten zu Fuß!“
Da hatte Steinhauser wohl einen wunden Punkt bei seinem Freund getroffen. Unrecht hatte er ja nicht, mit dem was er sagte. Aber jetzt und hier war kein guter Zeitpunkt über das allgemeine Konsumverhalten zu debattieren.
„Du wirst es verkraften“, sagte er knapp und kam zurück zum Thema. „Mich interessiert viel mehr, was die Uschi mit so vielen Wildtierkameras wollte.“
„Na was wohl!“ Strubinski hatte sich wieder abgeregt und war verwundert, dass Steinhauser das Offensichtliche nicht erkannte. „Die hat die Dinger bestimmt überall auf ihren Feldern aufgehängt, um den Christbaumzwicker zu erwischen.“
„Ja, logisch. Das war mir schon klar“, räusperte sich Steinhauser.
„Jetzt müssen wir nur noch die Kameras finden und mit etwas Glück hast du vielleicht sogar deinen Zwicker.“
„Du glaubst doch nicht im Ernst, dass ich jetzt da draußen rumrenne, und die Kameras suche?“, entrüstete sich Steinhauser. Dass es ihm eigentlich egal war, wer die Baumspitzen abzwickte, erwähnte er besser nicht.
„Jetzt natürlich nicht mehr“, meinte Strubinski kopfschüttelnd. „Aber wenn es hell ist! Und ich werde dich dabei selbstverständlich unterstützen. Versprochen!“
Doch dieses Versprechen wirkte auf Steinhauser eher wie eine Drohung. „Wir sollten uns lieber um die Uschi kümmern als um den Christbaumzwicker. Das hat Priorität“, sagte Steinhauser. Jetzt hatte er doch glatt selbst das Wort wir benutzt.
„Klar, du bist der Boss. Aber was hältst du davon, wenn ich mich mal nach

den Kameras umschau, während du die Alibis checkst? Wir sollten die Ermittlungen aufteilen, um effektiv zu arbeiten“, schlug Strubinski vor.
Steinhauser schüttelte es kurz bei dem Gedanken, die Ermittlungen mit Strubinski aufzuteilen, doch wenn dieser die Christbaumkulturen nach Kameras absuchen wollte, warum nicht? Er hatte es jedenfalls nicht vor.
„Ja, gute Idee. Mach du das mal“, bestärkte er Strubinski in seinem Vorhaben. „Seh aber zu, dass dich keiner sieht. Du weißt ja ... mein Chef ist nicht so begeistert von freien Mitarbeitern. Aber jetzt gehen wir!“
Es war spät, er war müde und wollte in sein Bett, bevor Strubinski noch weitere Ideen hatte. Nachdem sie die Tür wieder versiegelt hatten, gingen sie. Das Tor war allerdings auch wieder verschlossen. Sie kletterten erneut darüber und Steinhauser startete den Polo. Gerade als er losfahren wollte, klopfte Strubinski noch einmal an die Scheibe. Steinhauser ließ sie herunter.
„Hast du eigentlich schon ein Weihnachtsgeschenk für die Stefanie?“, fragte er.
„Fred, wie kommst du denn jetzt da drauf?“, wunderte sich Steinhauser. Weihnachtsgeschenke waren das Letzte, an das er gerade dachte.
„Nur ein Tipp von mir“, meinte sein Schulfreund und lehnte sich ins Auto. „Deine Perle hat meiner Perle anvertraut, dass sie sich über heiße Dessous freuen würde.“
Steinhauser schaute Strubinski mit großen Augen an. Hatte er da eben richtig gehört? Lavinia und er wussten, was sich Stefanie zu Weihnachten wünschte. Er hingegen wusste, weder ob sie wieder zusammen waren, noch ob sie Versöhnungssex gehabt hatten. Fragen konnte er sie auch nicht. Vielleicht sollte er Strubinski fragen? Strich den Gedanken aber gleich wieder.
„Ja, ist gut. Danke für den Tipp, aber jetzt will ich ins Bett.“ Steinhauser war genervt und hatte nicht die geringste Lust, mit Strubinski über Weihnachtsgeschenke, geschweige denn über Dessous zu reden. Fehlte nur noch, dass er wieder anfing von seinem erotischen Yoga-Kurs zu schwärmen.
Als ob dieser Steinhausers Gedanken lesen konnte: „Wenn ihr erst mal durch den Yoga-Kurs auf den Geschmack gekommen seid, dann ...“, weiter kam er nicht. Steinhauser ließ die Scheibe hoch und fuhr los.

Kapitel 12

Wenn Jacky nicht gewesen wäre, dann hätte Steinhauser vermutlich den gesamten Vormittag verschlafen. Nachdem die Beagle-Dame aufgewacht war, trottete sie in den Garten, um ihr Geschäft zu erledigen. Anschließend wühlte sie noch etwas im Schnee, wobei sie erfolglos versucht hatte, ein Loch in den gefrorenen Rasen zu graben. Da sie eine außergewöhnlich kälteempfindliche Hunde-Dame war, ging sie bald wieder ins Haus zurück und postierte sich erwartungsvoll vor ihrem leeren Futtertrog. Aber ihr Herrchen machte keine Anstalten, ihr etwas zu Fressen zu bringen. Also suchte sie ihn im Schlafzimmer auf. Völlig verdreckt und durchnässt sprang sie auf Steinhausers Bett und leckte ihn ab. Als Steinhauser erschrocken hochfuhr, war es bereits zu spät. Jacky hatte den Dreck überall verteilt und die Bettdecke stank nach nassem Hund. Angewidert verzog er sein Gesicht und verscheuchte schimpfend die vierbeinige Dreckschleuder aus seinem Schlafzimmer.

Als er auf die Uhr schaute, war er binnen Sekunden hellwach. Er schrubbte Jacky mit einem Handtuch notdürftig sauber, gab ihr zu Fressen und bezog in Rekordzeit sein Bett neu. Danach sprang er in seine Uniform und stürmte aus dem Haus. Es war bereits kurz nach 11:00 Uhr.

„Hannes!“, schrie seine Schwester vom Balkon herunter, als sie ihn sah.

Vor Schreck wäre er beinahe ausgerutscht. Genervt sah er zu ihr hoch. „Was ist? Ich muss los!“

Sie deutete auf den Rasen. „Das ist los! Tretminenalarm!“

Die schwarzen Haufen, die Jacky regelmäßig auf die weiße Schneedecke des Rasens setzte, waren nicht zu übersehen. Und zahlreich waren sie auch.

„Och Monika. Dafür hab ich jetzt echt keine Zeit“, jammerte Steinhauser.

„Das hab ich gern. Sich die Nächte um die Ohren schlagen, aber keine Zeit haben, die Scheißhaufen von deinem Hund wegzumachen!“

Steinhauser wägte ab, ob es sich lohnte, mit seiner Schwester zu debattieren. Und kam schnell zu dem Ergebnis, dass es keinen Sinn machen würde. Schließlich brauchte er ihren Polo. Unter den wachsamen Augen von Monika sammelte er mit einer Schaufel Jackys kleine Kunstwerke ein und entsorgte sie. Es waren zwölf Stück gewesen. Danach konnte er endlich zum Rathaus.

„Schö, dass Sie auch mal vorbeischaue. Ich dacht scho, Ihne wär was passiert“, wurde Steinhauser von Frau Schäflein begrüßt.
„Was soll mir schon passieren“, gab er lächelnd zurück und stürmte in sein Büro.
Frau Schäflein kam ihm hinterher. „Ihr Chef, der Herr Rappert, hat angerufe. Wollt wisse, was gestern los war.“ Sie schaute ihn erwartungsvoll an. „Was war denn los gestern?“
„Ach nix“, wehrte Steinhauser ab. „Nur ein Fehlalarm bei den Sternbergs. Die Alarmanlage ist ohne ersichtlichen Grund losgegangen.“
„So, bei den Sternbergs. Das war aber scho lang net mehr der Fall gewese. Früher war das ja regelmäßig passiert.“
„Gibt´s eigentlich auch jemanden, der das nicht weiß?“
Frau Schäflein zuckte mit den Schultern. „Net uffreche, Herr Steinhauser. Des hat sich halt so rumgesproche. Der Sinngrund ist ja ach net soooo groß. Soll ich ihrem Chef einen Bericht schreibe?“
„Lassen Sie mal, ich ruf ihn gleich an.“
Steinhauser wählte Rapperts Nummer und Frau Schäflein verzog sich in ihr Büro.
„Steinhauser, wo treiben Sie sich denn den ganzen Morgen rum?“, wurde er von seinem Chef auf die gewohnt charmante Art begrüßt.
Steinhauser blieb ruhig. „Nachdem ich mir die halbe Nacht wegen dem blöden Fehlalarm um die Ohren schlagen musste, hab ich es mir heute gegönnt auszuschlafen.“
„Bis jetzt? Ham Sie mal auf die Uhr geschaut. Es ist gleich Mittag.“
„Ich weiß, aber sonst wär´s ja kein Ausschlafen gewesen.“
„Steinhauser! Ich warne Sie!“, drohte Rappert und holte tief Luft. „Ich erwarte Ihren Bericht. Das können Sie ja seit Neustem besonders gut.“
Rappert legte auf.
Ohne Zeit zu verlieren, ging Steinhauser zu Frau Schäflein und diktierte ihr ein paar Stichpunkte über die zurückliegende Nacht, damit sie einen Bericht schreiben konnte. Während sie sich sofort an die Arbeit stürzte, lehnte er sich noch einmal in seinem Schreibtischstuhl zurück und kramte einen Zettel aus der Hosentasche. Bevor er ins Bett gegangen war, hatte er sich noch schnell ein paar Notizen gemacht, denen er heute nachgehen wollte. Da der halbe Tag bereits vorüber war, setzte er Prioritäten.
„Frau Schäflein, ich muss noch mal los“, meldete er sich ab und eilte aus dem Rathaus.

Sein Weg führte ihn direkt nach Mittelsinn, zum Aussiedlerhof seines Schulfreundes Sebastian Holzinger. Der schmale, geteerte Weg dorthin war zwar geräumt, aber nicht gestreut. Mehr rutschend und schlingernd als fahrend, quälte er den Polo den Hügel auf der geschlossenen Schneedecke hinauf. Kurz vor seinem Ziel kam es, wie es kommen musste, er blieb stecken. Die Vorderreifen drehten wild durch, während der Wagen langsam zurück und in einen seitlich aufgeschobenen Schneehaufen rutschte.
„Ich kotz gleich!“, schimpfte Steinhauser und stieg wütend aus. Aufgebracht trat er gegen die Reifen, rutschte weg und schlug der Länge nach hin. Er rappelte sich wieder auf und betrachtete das Dilemma. Nachdem er sich vergewissert hatte, dass der Wagen keinen Schaden genommen hatte, beruhigte er sich wieder. Was sich jedoch gleich wieder änderte, als er die Reifen näher in Augenschein nahm. Ein Vorgehen, das ihm als Streifenpolizist bei Unfällen jeglicher Art in Fleisch und Blut übergegangen war.
„Das darf doch wohl nicht wahr sein!“, stöhnte Steinhauser auf, als er die abgefahrenen Sommerreifen sah.
Fluchend schaute er in den wolkenlosen Himmel und stapfte los. Nase, Ohren, Hände und Füße waren taub vor Kälte, als er das Domizil der Holzingers erreichte. Für eine Schneewanderung bei Minusgraden trug er eindeutig die falsche Kleidung. Entsprechend überrascht war sein Freund, als er ihn kommen sah. Dieser saß eingepackt wie ein Eskimo auf seinem Radlader und schob Schnee auf Haufen zusammen, damit er an seine Silos kam.
„Hannes? Was machst´n du hier … zu Fuß?“, begrüßte er ihn und stellte den Motor ab.
„Ach, hör mir auf“, machte Steinhauser seinem Frust Luft. „Meine Schwester hat noch die Sommerreifen auf ihrer Karre. Jetzt steht die Kiste auf der Straße. Ich komm weder vor noch zurück.“
„Sag bloß, du hast net geguckt, ob die Winterreifen schon drauf sind?“, lachte Holzinger. „Du weißt aber scho, dass du dich von der Verkehrstüchtigkeit deines Fahrzeuges vergewissern musst, bevor du losfährst?“
„Sepp, laber mich nicht voll!“, gab Steinhauser gereizt zurück.
„Du musst doch längst gemerkt ham, dass du mit Sommerreifen durch die Gegend fährst“, wunderte sich Holzinger.
Steinhauser konnte es sich selber nicht erklären, wie er das hatte übersehen können. Aber bisher war ihm während dem Fahren nichts Außergewöhn-

liches aufgefallen. Schließlich kam es bei diesem Wetter schon mal vor, dass das Auto rutschte.
„Willst du mich jetzt belehren, oder was?", beschwerte sich Steinhauser.
„Da hat aber einer gar keine gute Laune", meinte Holzinger amüsiert.
„Bleib locker, gibt Schlimmeres … solange du nicht von der Polizei angehalten wirst. Schau dich lieber mal um." Holzinger deutete Richtung Tal und zog es vor, kein weiteres Öl in das innerlich lodernde Feuer seines Freundes zu gießen. „So einen Anblick hat man nur selten. Und so einen frühen Wintereinbruch gab es auch seit Jahrzehnten nicht mehr. Wer weiß, wie lange der Schnee noch liegt. Alles steckt unter einer weißen Schneedecke, die Schornsteine qualmen und alles ist irgendwie so … so idyllisch."
„Was geht´n mit dir ab? Seit wann bist du unter die Romantiker gegangen?"
„Manchmal sitz ich mit der Katja einfach im Hof und genieß den Ausblick", meinte Holzinger unbeirrt.
Steinhauser stellte sich neben ihn und beide schauten auf Mittelsinn hinunter. Ihr Blick erstreckte sich weit in das beschauliche Sinntal hinein. Sie konnten bis zu den Nachbarorten Obersinn und Burgsinn schauen.
„Naja, ... scho schö bei uns", gestand Steinhauser nach einer Weile.
„Sag ich doch", meinte Holzinger.
„Was machen wir mit meinem Auto?", fragte Steinhauser
„Ich zieh dir dein Auto schon raus", meinte Holzinger gelassen. „Runter geht's dann immer irgendwie. Aber was treibt dich bei dem Wetter hier rauf?"
„Ich wollt eigentlich dein Vodder sprech."
„Der ist drinnen", meinte Holzinger und beide gingen ins Haus. „Gibt´s eigentlich was Neues vom Fall Uschi?"
„Du hast doch gehört, was der Tagweih gesagt hat. Ich bin da raus", gab Steinhauser zurück. Er hatte keine Lust, Holzinger ins Vertrauen zu ziehen. Strubinski genügte ihm voll und ganz.
„Und was willst du von meinem Vodder? Du ermittelst doch, oder?"
„Was heißt hier ermitteln … ich wollt nur was abklären. Kannst ja dabei bleib."
„Ich versteh scho", sagte Holzinger und klopfte ihm auf die Schulter, dann betraten sie die Küche.
Gerda und ihre Schwiegertochter Katja waren gerade dabei, das Mittagessen vorzubereiten. Auf der Eckbank saß der kleine Paul und neben ihm,

im Maxicosi, lag sein kleiner Bruder Jan.
„Schau mal, wer da kommt", begrüßte sie Katja. „Der Hannes, Jans zukünftiger Patenonkel."
Die Taufe, schoss es Steinhauser durch den Kopf. Die hatte er ja völlig vergessen. *Wann war die noch mal?*
„Hallo Katja", grüßte er zurück und betrachtete den kleinen Jan.
„Du weißt aber schon noch, wann die Taufe ist, oder?", fragte Katja.
„Ja klar. Wie könnt ich das vergessen", gab Steinhauser voller Überzeugung zurück. Dabei überlegte er fieberhaft, wann der Tag war. Auf jeden Fall vor Weihnachten, da war er sich sicher.
„Klar weiß das der Hannes", warf Holzinger dazwischen. „Steht doch dick und fett in seinem Kalender. Stimmt´s?"
„Logisch", bestätigte Steinhauser mit einem lässigen Nicken.
„Na, dann wollen wir mal hoffen, dass du rechtzeitig auf deinen Kalender schaust", meinte Katja mit leichtem Unterton und wandte sich wieder dem Herd zu, während Gerda den Tisch deckte.
„Isst du mit?", fragte Gerda.
Steinhauser musste nicht lange überlegen. Selber kochen war nicht gerade seine Stärke und von seiner Schwester wollte er sich auch nicht immer durchfüttern lassen. Wobei er es durchaus zu schätzen wusste, wenn ihn Torben zum Essen holte oder ihm Reste vom Vortag vorbeibrachte. Die Burgsinner von Henni im Imbiss waren zwar super, aber drei bis vier Mal die Woche auch eine etwas einseitige Ernährung. Seine völlig chaotische Nahrungsmittelaufnahme blieb auch seiner Waage nicht verborgen, aber noch war alles im grünen Bereich. Fand er zumindest. Und da er heute noch nichts gegessen hatte, kam ihm Gerdas Einladung gerade recht. Wenig später saßen alle am Tisch. Es gab Bratwürste mit Kartoffelbrei, Kraut und Brötchen aus der Bäckerei Steinhauser.
„Wie früher, da hast du auch oft bei uns gegessen", meinte Gerda. Steinhauser nickte mit vollem Mund.
„Was wolltest du jetzt eigentlich vom Vodder?", fragte Holzinger, und erinnerte Steinhauser wieder an den Grund seines Besuches.
Steinhauser wandte sich an Reinhold Holzinger. „Wie war das eigentlich damals, als die Uschi den Zuschlag vor dem Weirich für die Fläche im Gewerbegebiet bekommen hatte? Da hatte es im Gemeinderat doch voll Zoff gegeben, oder?"
„Zoff?", wiederholte Reinhold. „Das ist gar kein Ausdruck. Schon während der Abstimmung wurde gestritten, dann rumgebrüllt und zum

Schluss hatten wir eine handfeste Schlägerei im Gemeinderat."
„Echt? Ist ja der Wahnsinn!", meinte Steinhauser überrascht. „Und wie kam´s dazu?"
„Im Gewerbegebiet waren noch zwei Grundstücke frei", begann Reinhold. „Ein ziemlich großes und ein deutlich kleineres. Zunächst wollte die keiner haben, doch dann kam der Weirich und wollte das große Stück kaufen. Im Gemeinderat war´n wir alle froh, dass sich endlich ein Interessent gefunden hatte, also war der Verkauf eigentlich nur noch reine Formsache. Dann hat sich plötzlich die Uschi gemeldet und wollte auch das große Stück haben. Also wurde die Abstimmung auf Drängen von unserem Bürgermeister Kranz verschoben. Um einen neuen Preis zu verhandeln, hat er gesagt. Das Hin und Her hat sich einige Wochen hingezogen, bis es endlich zur längst fälligen Abstimmung gekommen ist. Und dann wurd´s lustig. Mit einer Stimme mehr bekam die Uschi den Zuschlag und in der Gemeinderatssitzung ist das Chaos ausgebrochen. In der Zeitung stand ein riesiger Artikel: *Keilerei bei der Mittelsinner Gemeinderatssitzung*. Wir waren wochenlang das Topthema im Sinngrund. Aber immerhin, die Uschi hatte ein Drittel mehr gezahlt, als der Weirich zahlen wollte. Für die Gemeinde in jedem Fall ein gutes Geschäft."
„Aha", meinte Steinhauser etwas verwundert und erinnerte sich an den Kaufvertrag, den er mit Strubinski gefunden hatte. Und er war sich sicher, dass dort gar kein Kaufpreis eingetragen war. Jetzt verstand er gar nichts mehr. Er musste sich den Vertrag unbedingt noch mal genauer ansehen.
„Und wer hat alles für die Uschi gestimmt?"
Holzingers Vater hob beschwörend die Hände. „Hannes, das darf ich doch nicht sagen."
Steinhauser tat es ihm gleich. „Reinhold, ich bin bei der Polizei. Wenn ich es wissen will, kriege ich es ja doch raus."
Reinhold Holzinger überlegte. „Ja, wahrscheinlich hast du recht."
„Nicht nur wahrscheinlich, sondern ganz sicher", korrigierte ihn Steinhauser und schob sich ein großes Stück Bratwurst in den Mund.
„Aber von mir weißt du nix, ist das klar? Schließlich bin ich wieder in den Gemeinderat gewählt worden, im Gegensatz zu manch anderem."
„Und wer sind diese anderen?", Steinhauser wurde ungeduldig.
„Spielt doch jetzt keine Rolle mehr. Manche sind auch gar nicht mehr angetreten", sagte Reinhold und hielt inne.
Steinhauser sah ihn gespannt an und machte mit Messer und Gabel eine auffordernde Geste, dass er weiterreden sollte. Reinhold zögerte. Sein

Blick wanderte von einem der Anwesenden zum anderen. In der Küche war es mucksmäuschenstill geworden. Alle schauten gebannt zu Reinhold. Lediglich der kleine Paul formte vergnügt seinen Kartoffelbrei zu kreativen Skulpturen, ließ diese anschließend durch die Finger gleiten, um sie letzten Endes unter großen Verlusten in den Mund zu stopfen.
„Ich schreib dir die Namen nachher auf“, sagte Reinhold und ein Stöhnen, gefolgt von zaghaften Beschwerden, erfüllte den Raum.
Nachdem sich die Gemüter wieder beruhigt hatten, wies Reinhold noch einmal auf seine Schweigepflicht als Gemeinderat hin. Danach widmete sich jeder wieder seinem Essen. Als alle satt waren, verschwand Reinhold und kam kurze Zeit mit einem Zettel in der Hand wieder. Unter den wachsamen Augen seiner Familienmitglieder reichte er ihn Steinhauser, der kurz nickte und ihn ungelesen einsteckte.
„Noch nicht einmal mir hast du erzählt, wem du damals dein blaues Auge zu verdanken hattest“, meinte Gerda beleidigt und begann den Tisch abzuräumen.
Reinhold verdrehte die Augen. „Ich muss in den Stall“, sagte er nur und ging. „Ich zieh dann mal dein Auto raus“, sagte Holzinger und folgte seinem Vater aus der Küche.
Eine halbe Stunde später tastete sich Steinhauser mit dem Polo langsam die Straße hinunter. Er wollte noch einmal bei seinen Eltern vorbeischauen.

An der Linde in Mittelsinn angekommen, bog Steinhauser ab. Da kam ihm ein weißer Kastenwagen entgegen. Zunächst nahm er ihn gar nicht zur Kenntnis, doch dann fiel ihm wieder die Begegnung an der Jagdhütte im Erbsenhafen ein. Dort hatte er einen ähnlichen Transporter gesehen, mit genau so einem Dachständer. Er stieg voll auf die Bremse, wendete mit einem haarsträubenden Manöver den Polo und raste zurück zur Kreuzung. Wohin war der Kastenwagen abgebogen? Steinhauser wusste es nicht. Er kramte sein mobiles Blaulicht aus dem Handschuhfach hervor, befestigte es mit dem Magneten auf dem Dach, schaltete es ein und entschied sich nach links abzubiegen, Richtung Dorfmitte. Die Chancen standen fifty-fifty. Mit deutlich überhöhter Geschwindigkeit raste er, gefolgt von den verstörten Blicken der Anwohner, durchs Dorf. Am Ortsausgang stieg er erneut beherzt auf die Bremse. Wohin jetzt? Links ging es nach Obersinn, rechts nach Burgsinn - von dem Kastenwagen war keine Spur zu sehen.

Zu gerne hätte er gewusst, wer der Fahrer gewesen war. Den Schriftzug auf der Seitenwand des Transporters hatte er blöderweise auch nicht gelesen. Resigniert packte er das Blaulicht wieder weg und fuhr zu seinen Eltern.
„Dass du dich auch mal wieder blicken lässt", wurde Steinhauser von seiner Mutter Hildegard schroff begrüßt, als er die Backstube betrat. Kai, der Azubi, winkte kurz und widmete sich gleich wieder seiner Arbeit.
„Ich freu mich auch dich zu sehen, liebste Mutter", gab Steinhauser spitz zurück und hatte gleich das dumme Gefühl, dass die Stimmung im Hause Steinhauser aktuell nicht die beste war. „Wo is´n der Vodder?"
„Lass mir die Ruh mit deim Vodder!", kam prompt die Antwort und sein Gefühl wurde bestätigt.
Hildegard warf die Schüssel, die sie gerade in der Hand hielt, scheppernd auf einen Edelstahlwagen und wischte sich die Hände an einem Tuch ab.
„Entschuldigung", meinte sie versöhnlich, „aber dein Vodder ist zurzeit etwas anstrengend."
„So, was ist denn?", fragte Steinhauser.
„Wir müssen unsere Heizung erneuern", sagte sie frustriert.
„Wieso erneuern?", wunderte sich Steinhauser.
„Ach, Hannes", winkte Hildegard ab. „Das musst du dein Vodder fragen. Ich kapier das alles nicht."
„Und was müsst ihr erneuern?"
„Ich weiß es nicht. Ich weiß nur, dass er jetzt eine Hackschnitzelheizung bauen will."
„Aha", war alles, was ihr Sohn dazu sagte. „Und wo ist der Vodder jetzt?"
„Im alten Saustall", sagte Hildegard und ging voran.
Der alte Saustall war ein leerstehendes Gebäude in der Mitte des Hofes und diente als Abstellkammer für alles Mögliche. Rudolf Steinhauser war gerade dabei, etwas Platz zu machen. Er räumte mehrere Kisten um und malte mit Kreide Striche auf den Boden und die Wände.
„Was wird´n das, wenn´s fertig ist?", fragte Steinhauser seinen Vater.
Rudolf hielt kurz inne, wandte sich ihm aber nicht zu, sondern malte weiter. „Ach, der Herr Sohn hat sich auch wieder mal zu uns verirrt", meinte er ebenso schroff wie seine Mutter zuvor.
„Jetzt macht aber mal halblang", beschwerte sich Steinhauser bei seinen Eltern gleichermaßen. „Ich bin schließlich berufstätig und kann auch nix dazu, dass ihr in eurem Haus keinen Platz mehr für mich hattet. Hättest du dein … dein … Fitnesscenter aus meinem alten Zimmer entfernt, dann,

dann ...“, er richtete die Worte direkt an seinen Vater, „... dann würde ich jetzt bei euch statt bei der Monika wohnen. Selber schuld!“
„Ihr sollt nicht streiten“, meldete sich Hildegard genervt zu Wort.
„Warum habt ihr denn überhaupt so eine Scheißlaune?“, beschwerte sich Steinhauser. „Und warum willst du jetzt eine Hackschnitzelheizung bau?“
„Von wollen kann hier nicht die Rede sein. Ich muss! Beziehungsweise die Idioten vom Amt wollen das!“, gab Reinhold verärgert zurück und kam zu seinem Sohn.
„Und wieso will das Amt, dass du eine Hackschnitzelheizung baust?“, wunderte sich Steinhauser.
„Naja, die wolle net direkt, dass ich ne Hackschnitzelheizung bau“, revidierte Rudolf seine Aussage, „aber der Schlotfeger hat mein gute alte Holzofe verwurfe.“
„Aber den hast du doch schon ewig. Die kleine, gusseiserne Müllverbrennungsanlage. Was ist denn an der nicht mehr in Ordnung?“
„Die Werte!“, spottete Rudolf. „Seit neustem sind die Werte net mehr in Ordnung! Nach dreißig Jahren sind jetzt die Werte net mehr in Ordnung! Das musst du dir mal überleg! Als ob der jetzt anders brennen tät!“
Steinhauser Junior schaute ratlos. „Und was sind das für Werte?“
„Laut so ´nem bescheuerten Immissionsschutzgesetz dürfen die Grenzwerte für Feinstaub nicht über 0,10g/m³ und für Kohlenmonoxid nicht über 1,0g/m³ liegen“, erklärte Steinhauser Senior. Dabei war ihm anzusehen, dass er mit sich kämpfte, nicht die Fassung zu verlieren. „Und das alles, weil unsere Politiker glauben, den Planeten im Alleingang retten zu müssen.“
„Da stecken bestimmt keine bösen Absichten dahinter. Und irgendjemand muss ja anfangen, etwas zu tun“, meinte Steinhauser vorsichtig und beobachtete seinen Vater genau. Dass dessen Laune im Keller war, konnte ein Blinder sehen. „Und wo lagen die Grenzwerte vorher?“, wollte er wissen.
Rudolf antwortete wie auf Kommando. Offensichtlich hatte er nur darauf gewartet, sein kürzlich erworbenes Fachwissen preiszugeben. „Der Grenzwert für Feinstaub lag vorher bei 0,15g/m³ und bei Kohlenmonoxid bei 4,0g/m³.“
„Oh, das ist bei Kohlenmonoxid aber eine drastische Reduzierung“, stellte Steinhauser überrascht fest. „Und wo liegen deine Werte?“
„Feinstaub etwa 0,06g/m³ und Kohlenmonoxid irgendwo bei 1,90g/m³“, kam es wie automatisch von seinem Vater.
„Ist doch nur ein Wert, der nicht passt. Mach deinen Ofen halt mal richtig

sauber, vielleicht reicht´s dann“, schlug Steinhauser vor. Doch da traf er einen empfindlichen Nerv seines Vaters.
„Was glaubst du denn, was ich gemacht habe?“, donnerte er los. „Ich hab den Ofen mit einem Schweißbrenner ausgebrannt, der sah aus wie neu! Dann hab ich extra trockenes Buchenholz ohne Rinde in der Holzhalle zusammengesucht, im Backofen der Bäckerei noch mal getrocknet und verbrannt, als der Schlotfeger gemessen hat! Mehr geht nicht!“
„Du wolltest bescheißen?“, sagte Steinhauser kopfschüttelnd.
„Was heißt hier bescheißen? Ich wollte optimieren, sonst nix!“, gab sein Vater entrüstet zurück.
„Wenn das nix genutzt hat, dann sieht´s echt schlecht aus für dich“, stellte Steinhauser fest.
„Genau!“, bestätigte Rudolf und polterte los. „Die Drecksäck da oben. In irgendso einem Ministerium haben irgendwelche Planlosen den Grenzwert extra so niedrig gewählt, dass kein alter Holzofen besteht. Und dabei heizen grad mal knapp 10% in Deutschland mit Holz. Und von denen 10% ham weniger als 2% so nen alten Ofen wie ich. Das ist alles nur Schikane. Wahrscheinlich soll der Heizungsbau-Industrie unter die Arme gegriffen werden. Das geht halt am einfachsten mit nem neuen Gesetz, gegen das sich keiner wehren kann. Das sind Methoden wie bei den Russen! Die Säck von den Ämtern hocken bequem in ihren Stühlen und machen sich wahrscheinlich ihren Arsch mit Gas vom Russen warm. Und wer zahlt deren fette Gehälter? Der Steuerzahler! Und ich bin Steuerzahler! Aber den kleinen Mann kann man ja schikanier! Autos müsst man bau, dann kannst du dir alles erlaub! Oder noch besser: Kohlekraftwerke betreib! Da müsst ich hundert Jahre lang heiz, bis ich so viel Dreck in die Luft schleu-der wie die an einem Tag!“
Nachdem sich Rudolf Luft gemacht hatte, wurde es still im alten Saustall. Steinhauser schaute zu seiner Mutter. Die zuckte nur mit den Schultern. „Das hör ich mir jetzt schon seit Wochen an. Seit der Schlotfeger dagewesen war“, meinte Hildegard mit Blick zu ihrem Mann, der ihren Kommentar mit einem Kopfschütteln bedachte.
„Jetzt reg dich doch nicht so auf. Dadurch wird’s nicht besser“, versuchte Steinhauser beruhigend auf seinen Vater einzuwirken.
„Ich reg mich auf, wann ich will!“, polterte der wieder los. „Schließlich zahl ich jeden Monat meine Steuern, von denen diese Typen auf den Ämtern bezahlt werden! Dein Gehalt übrigens auch, Herr Polizist!“
„Du wiederholst dich und unfair wirst du jetzt auch“, beschwerte sich

Steinhauser, hielt sich aber zurück. Er wollte jetzt keinen Streit vom Zaun brechen. Wie sein Vater zu seiner Berufswahl stand, war ihm bestens bekannt. Dass er sich nicht für das Bäckerhandwerk entschieden hatte, rieb er ihm ja bei jeder sich bietenden Gelegenheit unter die Nase. „Gibt es da keine andere Möglichkeit?", fragte Steinhauser vorsichtig. „Wie sieht´s mit Strom aus?"
„Strom?", stieß Rudolf entgeistert aus und verzog sein Gesicht. Steinhauser bereute seine Frage sofort. Es war gerade kein guter Zeitpunkt für Vorschläge. „Der Strom wird doch auch immer teurer. Seit bei den Japsen das Atomkraftwerk überschwemmt wurde, werden unsere doch abgeschaltet. Unsere! Das musst du dir mal überlegen! Wir müssen die Welt ja retten, mit erneuerbarer Energie. Die sichersten Kraftwerke der Welt werden abgeschaltet und an unseren Grenzen fault der Schrott der anderen vor sich hin! Wo ist denn da der Sinn?"
„Jetzt ist aber gut!", fuhr Steinhauser seinem Vater ins Wort. „Du stresst dich ja total rein. Komm mal wieder runter! Das wirst du nicht ändern. Dafür sind andere zuständig. Oder findest du die Atomkraftwerke etwa gut?"
Rudolf Steinhauser setzte an etwas zu sagen, winkte dann aber nur ab. „Nein, natürlich nicht", stimmte er seinem Sohn schließlich zu. „Jedenfalls will ich mich nicht von Öl, Gas oder Strom abhängig mach", meinte er etwas versöhnlicher. „Und Hackschnitzel kann ich mir zur Not selber mach oder im Dorf kauf. Gibt ja genug, die welche ham, und das Geld bleibt dann auch im Dorf. Ist mir immer noch lieber, als es den Konzernen vorne und hinten reinzuschieben. Und erneuerbar ist es auch!"
„Das ist ja auch eine vorbildliche Einstellung", lobte Steinhauser seinen Vater und war froh, dass er sich langsam wieder etwas beruhigte. „Aber du bist halt auch nicht mehr der Jüngste. Lohnt sich da so eine Investition überhaupt noch? So eine Hackschnitzelheizung ist ja auch nicht gerade billig."
„Was heißt hier: *lohnt sich das*?", beschwerte sich Rudolf. „Wenn der Torben mal ins Geschäft einsteigen will, dann lohnt sich das in jedem Fall."
Steinhauser blies die Backen auf. Da war er wieder, dieser Seitenhieb. Er hatte ihn schon vermisst. Dabei war Torben gerade mal 8 Jahre. Aber dafür Opas Lieblingsenkel. „Dann ist eine Hackschnitzelheizung doch eine gute Idee. Was regst du dich also so auf?", wunderte sich Steinhauser.
„Das ist ja noch lang nicht alles!", fuhr Rudolf fort.
„So, was denn noch?", fragte Steinhauser mit etwas genervtem Unterton

und warf einen kurzen Blick zu seiner Mutter, die schweigend neben ihm stand.
„Ich wollte ne Halle für die Bevorratung von Hackschnitzel bau und das wurd vom Amt abgelehnt."
„Wieso das denn?", wunderte sich Steinhauser. „Die sollen doch froh sein, dass du nachwachsende Rohstoffe verwenden willst. Das wird doch immer und überall gepredigt."
„Ich bin aber net privilegiert, eine Halle zu bauen!", hielt Rudolf dagegen.
„Was soll´n das jetzt wieder sei? Privilegiert?"
„Genau: privilegiert, das ham die gesagt", bestätigte Rudolf noch einmal. „Ich betreib keine Landwirtschaft und deshalb darf ich auch keine Halle bau. Und da ist es völlig egal, ob ich dreißig Hektar Wald besitz und auf erneuerbare Energien umstell will."
„Das passt doch gar nicht zusammen, was du da erzählst", zweifelte Steinhauser die Worte seines Vaters an. Was allerdings keine gute Idee war.
„Doch! Laut dem Bauamt schon!" polterte Rudolf wieder los. „Ich habe nämlich keine Einnahmen aus meinem Wald und da ist es auch völlig egal, was ich alles beheizen will. Die wollen keine unnötige Halle in der Gegend steh ham. Und ich hätte ja schon genug Halle außerhalb vom Ort. Die soll ich erst mal aufräum, dann hätt ich auch Platz für Hackschnitzel. So was muss ich mir sagen lassen! So was Rotzfreches! Was ich mit meinem Zeug mach, geht die einen Scheiß an! Als ob die paar Quadratmeter für eine weitere Halle irgendwas ausmachen würden!"
„Woher wissen die denn überhaupt von deinen alten Hallen?", fragte Steinhauser schnell dazwischen, als sein Vater kurz einmal Luft holte.
„Vom Satellit ... und von der Ortsbegehung letzte Woche."
„Warum hast du mich denn nicht längst angerufen und mit mir geredet? Da wär ich doch dazu gekommen", beschwerte sich Steinhauser.
„Du wohnst ja jetzt bei deiner Schwester und kommst kaum noch vorbei. Deine Mutter hat sich auch schon beschwert", meinte Rudolf und blickte kurz zu Hildegard.
„Stimmt, da kann ich dir nicht widersprechen", gestand Steinhauser und schaute ebenfalls verstohlen zu seiner Mutter. „Aber ich hab ein Telefon."
Rudolf gab nur ein leises Knurren von sich, sagte aber nichts.
„Hast du mal mit den Leuten vom Amt geredet?", fragte Steinhauser.
„Was heißt hier geredet? Gebrüllt hab ich mit denen. Gebrüllt! Dass die mich auch ja verstehen!"
Steinhauser Junior gab einen lauten Seufzer der Verzweiflung von sich.

„Das war vielleicht ein Fehler. Schon mal darüber nachgedacht?"
„War ja klar, dass du zu deinen Beamtenfreunden hältst", schimpfte Rudolf mit erhobenem Zeigefinger.
„Das kannst du so nicht sagen. Ich versuche nur sachlich zu bleiben", hielt Steinhauser dagegen. „Aber da muss es doch eine Lösung geben. Die können dir doch nicht verbieten, eine Hackschnitzelheizung zu bauen, oder?"
„Das machen die auch nicht. Die Heizung dürf ich bau, aber eben keine Halle zur Bevorratung der Hackschnitzel."
„Das ist ja voll behindert!", regte sich jetzt Steinhauser Junior auf. „Wo ist denn da die Logik?"
„Jetzt hast du´s kapiert, mein Sohn", meinte Rudolf mit erhobenen Händen. „Da will man was Gutes tun und unsere weltfremden Ämter schmeißen dir nur Knüppel zwischen die Beine, weil sie völlig behinderte Vorgaben und Paragraphen haben, die mit der Realität nix zu tun haben. Ich war vorher extra beim Weirich und hab mich schlau gemacht."
„Beim Weirich?", wunderte sich Steinhauser.
„Ja, der hat doch auch ´ne neue Hackschnitzelheizung."
„Und was hat der gewusst, der Weirich?"
„Der Weirich hat gemeint, ich soll zuerst mit dem Gustav Drödler von der Umweltbehörde red. Wenn der die Halle und den geplanten Standort absegnet, geht das durch wie nix. Der ist angeblich die größte Hürde", sagte Rudolf.
„Und, hast du mit dem gesprochen?", wollte Steinhauser wissen.
„Ja, hab ich", bestätigte sein Vater.
„Und, was hat er gesagt?" Steinhauser wurde ungeduldig. Er hasste es, wenn er Leuten, mit denen er sprach, jedes Wort aus der Nase ziehen musste.
„Anfangs war er auch nicht begeistert, als ich ihm erklärt hab, wo die Halle hinsoll. Aber als der die alten Hallen gesehen hat, hat er seine Meinung geändert. Da sehe ich von meiner Seite keine Probleme für eine Erweiterung. Bei Ihnen ist ja alles sehr sauber und gepflegt. So etwas sieht man gerne, im Gegensatz zu anderen Leuten hier in der Gegend. Bei manchen steht alles wild herum und es sieht aus wie auf einer Müllhalde, hat er gesagt."
„Und das Amt für Landwirtschaft hat die Halle trotzdem abgelehnt?" Steinhauser schaute ratlos.
„Nein! Das war das Bauamt! Dieser Klehrbach, das Arschloch. Und das, obwohl der bei der Ortsbegehung noch nicht mal dabei gewesen war", er-

klärte Rudolf angefressen. „Aber die vom Amt für Landwirtschaft können mir da auch nicht helfen, ham die gesagt. Die auf den Ämtern passen schon auf, dass die sich nicht ins Gehege kommen. Überall nur diese elenden …“

„Ja, ich weiß … überall diese Beamten. Ich hab´s verstanden, Vodder!“ Steinhauser reichte es langsam. Irgendwann musste sich sein Vater doch wieder mal beruhigen.

„Und wie geht´s jetzt weiter?“, fragte Steinhauser vorsichtig.

„Wenn ich das wüsst“, meinte Rudolf resigniert. „Ich soll eine der alten Hallen wegreißen und dann könnte ich da eine neue Halle für die Hackschnitzel hinbau.“

„Naja, ist ja schon mal ein Anfang. Und was ist mit dem Zeug, das drinnen steht?“, fragte Steinhauser.

„Das ist doch denen scheißegal!“ Und sofort war Rudolf wieder auf Vollgas. „Diese ahnungslosen Sesselfurzer wollten mir doch tatsächlich erzähl, was ich brauch und was nicht! Kannst du dir das vorstell? Mir? Denen hab ich vielleicht was erzählt! So weit sind mir scho, dass ich mir von so dahergelaufenen Beamten sagen lassen muss, was ich brauch und was nicht. Wenn ich meine Geräte auf die Wiese stelle und mit ´ner Plane abdeck, dann kann er nix dagegen mach, hat der Typ gemeint. Das blöde Hohlbrot! Das musst du dir mal vorstell! Ob mir mei Zeug verrostet oder nicht, ist ja net sein Problem. Dem rost ja nix, außer seinem Hirn vielleicht, falls er eins hat. Ich weiß nicht, ob´s bei den Russen schlimmer ist.“

„Vodder! Jetzt komm mal wieder runter, so schlimm ist es jetzt auch wieder nicht. Nur weil´s jetzt net nach deim Kopf geht, wie du´s gewohnt bist“, jetzt wurde auch sein Sohn laut.

Hildegard wagte es nicht, etwas zu sagen.

„Klar, du musst ja zu denen halt. Bist ja auch einer von denen!“, schimpfte Rudolf weiter. Und war wieder so richtig in Fahrt. „Armes Deutschland, sag ich da nur. Mich würd mal interessieren, welche Ämter für die Abgaswerte der Dieselautos zuständig gewesen waren. Da hörste nix! So viel Holz kann ich mit meim alte Ofe gar net verbrenn, was die illegal an Schadstoffen in die Umwelt geblasen ham. Aber so ist es halt in unserem schönen Staat. Immer feste druff auf die kleine Leut. Wenn du Geld hast, geht alles. Du musst nur die richtige Leut schmier, dann läufts. Am Schluss krieg´ste noch ne fette Abfindung in den Arsch geschoben.“

„RUDOLF!!!“, schrie Hildegard aus Leibeskräften und ihr Mann verstummte augenblicklich. Auch ihr Sohn zuckte erschrocken zusammen.

Beide Männer sahen sie entgeistert an und keiner wagte es etwas zu sagen. Die drei standen eine Weile da und schwiegen sich an. Dann schob Rudolf seinen Sohn und seine Frau grob zur Seite und verließ im Stechschritt den Saustall.
„Was geht denn mit dem ab?“ Steinhauser schüttelte erstaunt den Kopf. Derart aufgebracht hatte er seinen Vater bisher noch nie erlebt.
„Hannes, du musst mit deim Vodder red!“, sagte Hildegard. In ihren Worten lagen Verzweiflung und Ratlosigkeit.
„Das hab ich doch gerade versucht. Oder hast du nicht zugehört? Besonders zielführend war das Ganze jetzt nicht. Aber der beruhigt sich schon wieder“, versuchte er seine Mutter zu trösten.
Hildegard sah ihren Sohn hilfesuchend an. Sie knetete nervös ihre Hände und seufzte mehrmals laut auf. Ihr Blick war anders als sonst. Sie schien sich ernsthaft Sorgen zu machen.
„Ist sonst noch irgendwas, was ich wissen sollte?“, fragte er vorsichtig und nach reiflicher Überlegung. Denn er wusste selbst nicht so genau, ob er überhaupt wissen wollte, ob es noch weitere Neuigkeiten gab.
„Dein Vodder ist völlig außer Rand und Band“, begann Hildegard zögerlich. Sie knetete immer noch beunruhigt ihre Hände.
„Das hab ich auch gemerkt“, gab ihr Sohn zurück und schaute sie erwartungsvoll an.
„Dein Vodder will mit der alten Pistole von seinem Opa aufs Amt marschier“, sagte sie schließlich völlig aufgelöst. „Du weißt doch, das Ding, das sein Opa aus´m Krieg mitgebracht hat.“
Steinhauser schaute verdutzt.
„Das alte Ding?“ Er erinnerte sich und bekam ein leichtes Glänzen in seine Augen. Steinhauser kannte die alte Pistole sehr gut. Die Luger 08. Die wurde von dem Österreicher Georg Luger entwickelt und kam im ersten und zweiten Weltkrieg zum Einsatz. „Wegen dieser Pistole wollte ich Polizist werden. Ein schönes, altes Ding. Die stammt noch aus dem ersten Weltkrieg und müsste mittlerweile schon über hundert Jahre alt sein. Die hat mir der Vodder immer zum Spielen gegeben, weißt du noch?“
„Ja, das weiß ich noch!“, sagte Hildegard streng. „Und ich fand es unmöglich von deim Vodder, einem Kind eine echte Waffe zum Spielen zu geben.“
„Naja, so schlimm war das nicht“, wehrte Steinhauser ab und versuchte seine Mutter zu beruhigen. „Das Ding geht ja nicht mehr. Ist völlig verrostet und der Abzug klemmt. Also mit dem Ding kann er vielleicht jeman-

den erschrecken, aber keinen wirklichen Schaden mehr anrichten."
„Was bist du denn für ein Polizist?", beschwerte sich Hildegard entgeistert.
„Der beruhigt sich schon wieder", wehrte ihr Sohn ab. „Und außerdem sind die auf dem Amt Kummer gewohnt." Er erinnerte sich an den Obersinner Bernhard Diehl, der einmal mit der Axt auf dem Amt erschienen war und einen Beamten bedroht hatte. Da war die Axt deutlich gefährlicher gewesen als die verrostete Pistole von seinem Vater. Dass dieser Beamte später in der Güllegrube von Holzinger tot aufgefunden worden war, hatte allerdings andere Gründe.
„Dein Vodder hat die Pistole reparieren lassen!", sagte Hildegard und riss ihn aus seinen Gedanken. „Er hat was?", Steinhauser war sich nicht sicher, ob er seine Mutter gerade richtig verstanden hatte.
„Ja, der war extra in Frankfurt bei so einem Restoratör."
„Restaurator", korrigierte Steinhauser.
„Das ist doch jetzt völlig egal, wie der heißt!", schrie Hildegard. „Die Pistole geht und er hat sich Munition besorgt."
Steinhauser wusste nicht, was er sagen sollte. Er traute seinen Ohren nicht und versuchte diese surrealen Informationen in seinem Kopf zu sortieren.
„Munition? Woher hat er die Munition?", fragte er ungläubig.
„Von der Vanessa", sagte Hildegard. Jetzt verstand er gar nichts mehr.
„Wie? Die Vanessa hat ihm Munition besorgt?", hakte er verwirrt nach.
„Wo will denn die Vanessa Munition für die alte Pistole herbekomm?"
„Internetz … oder wie das heißt", erklärte Hildegard.
„Internet", korrigierte Steinhauser.
„Du sollst mich nicht immer belehren, wenn du eh weißt, was ich meine!", beschwerte sich Hildegard lautstark. Steinhauser machte eine entschuldigende Geste und hörte zu, was ihm seine Mutter noch zu sagen hatte.
„Sie war neulich da und da hat sie mit deinem Vodder in diesem ... Internet ... die Munition bestellt."
„Bist du sicher?", fragte Steinhauser jetzt doch etwas besorgt.
„Ja, auf dem Computerfernseher stand was von Munition für nostalgische Waffen. Hab ich gesehen", bestätigte seine Mutter.
Steinhauser setzte an, ihr zu erklären, dass der Computerfernseher Monitor genannt wurde, verzichtete aber darauf.
„Ist der denn bescheuert? Der kann sich doch nicht von seinem Enkelkind Munition für eine Waffe beschaff lass! Und wie kommt die überhaupt dazu, so was zu machen?", regte er sich jetzt über seinen Vater und seine Nichte auf.

„Er hat der Vanessa gesagt, er hätt´ne Rattenplage. Da hat´se ihm halt geholfe."
„Ich glaub, es hackt! Wie is´n der drauf? Hat er die Munition schon?"
Hildegard zuckte mit den Schultern. „Ich hoffe nicht!", meinte sie verzweifelt. „Hannes, du musst was mach!"
„Ja, was denn? Soll ich´n verhaft, oder was?"
„Wenn´s hilft", sagte seine Mutter fast flehend.
„Weißt du, wo die Pistole ist?"
„Nein, er hat sie versteckt, nachdem ich gesagt hab, dass ich sie dir geben will."
Steinhauser ging ein paar Schritte im alten Saustall umher und dachte nach. Wenn er seinen Vater jetzt auf die Pistole und die Munition ansprechen würde, hätte das wenig Sinn. Nicht nach seinem Auftritt eben. Er würde ihm die Pistole auf keinen Fall aushändigen. Und vorgewarnt wäre er auch. Das Problem musste anders gelöst werden.
„Hör genau zu", wandte er sich wieder an seine Mutter. „Du passt auf, wenn die Post kommt. Du guckst ja eh immer in jedes Paket, egal für wen es ist. Wenn du Munition siehst, versteckst du sie und rufst mich sofort an. Falls er sie allerdings schon hat, dann wird der irgendwann die Pistole testen wollen, ob die funktioniert. Du musst halt aufpass, was er so treibt. Also im Grunde wie immer. Und wenn er auf´s Amt fahren will – rufst du mich an! Wenn dir was auffällig vorkommt – rufst du mich an! Wenn der Vodder irgendetwas macht, was er sonst nicht macht – rufst du mich an! Hast du mich verstanden?"
Hildegard nickte mehrmals. „Ich ruf dich an!"
„Und kein Wort zum Vodder, dass du mit mir geredet hast. Ist das klar? Sonst ist er gewarnt."
„Und was machst du jetzt?"
„Ich?", Steinhauser überlegte kurz. „Feierabend! Mir langt´s für heut", sagte er und ging.

Für den Fall, dass ihn noch mal jemand suchen sollte, meldete sich Steinhauser bei Frau Schäflein ab und fuhr direkt zu seiner Wohnung. Während der Fahrt führte er ein lautstarkes Gespräch mit seinem nicht anwesenden Vater und gestikulierte wild mit den Armen. Er konnte noch immer nicht fassen, was ihm seine Mutter offenbart hatte. Dabei waren die letzten Tage so ruhig gewesen. Und jetzt so etwas. Erst als er den Kirchrain zum Haus

seiner Schwester hinauffuhr, besann er sich wieder, hielt den Mund und hörte auf, mit den Armen zu wedeln. Was wohl auch an den Blicken einiger verwundert dreinschauender Passanten lag, die ihn beobachtet hatten.
Zu Hause wurde er von Jacky freudig begrüßt. Sie tobte gerade mit Torben und Jennifer durch den Garten. Dass sie ihm die Hose von oben bis unten einsaute, nahm er gar nicht zur Kenntnis. Zu sehr war er noch in seine Gedanken versunken. Er grüßte Torben und streichelte die Beagle-Dame ausgiebig, bevor er den Weg zu seinem Kühlschrank einschlug, um sich erst einmal eine Flasche Bier aufzumachen. Er trank sie halb leer, warf seine Dienstkleidung ins Badezimmer und schlüpfte in seinen geliebten, grünen Polizei-Jogginganzug. In ihm fühlte er sich am wohlsten. Zusammen mit dem Bier und einer Tüte Chips als Abendbrot, hockte er sich auf die Couch und versuchte seine Gedanken zu ordnen. Neben dem Christbaumzwicker, der ihm im Grunde völlig egal war, und der toten Uschi, die ihm nicht egal war, musste er sich jetzt auch noch um seinen Vater kümmern. Er ging zwar nicht davon aus, dass Rudolf einen Amoklauf startete, besorgt war er dennoch. Und dann war da auch noch Stefanie. Hatten sie jetzt Versöhnungssex oder nicht? Waren sie wieder ein Paar oder nicht? All diese Dinge gingen ihm durch den Kopf, und er war nicht in der Lage, einen klaren Gedanken zu fassen. Weder im Fall Christbaumschänder, noch im Fall Uschi hatte er irgendetwas in Erfahrung bringen können, was ihm wirklich weiterhelfen konnte. Nicht einen einzigen Verdächtigen hatte er, geschweige denn eine Spur, die man als Spur bezeichnen konnte. Und das frustrierte ihn.
Während er seinen Gedanken nachhing, kletterte Jacky durch die Hundeklappe in die Wohnung und rannte mit wedelndem Schwanz auf ihn zu.
„Halt!“, schrie er und konnte gerade noch verhindern, dass sie auf die Couch sprang. Die Beagle-Dame war tropfnass und sah aus, als ob sie sich quer durch den Garten gegraben hätte. Im Sommer hatte sie mehrmals Löcher in den englischen Rasen seines Schwagers Klaus gewühlt und es sich in der kühlen Erde gemütlich gemacht. Was Klaus alles andere als lustig gefunden hatte. Die Kinder hingegen amüsierten sich köstlich. Besonders Torben, der fast täglich mit ihr herumtobte, animierte sie noch dazu.
„Wage es nicht!“, drohte Steinhauser mit erhobenem Finger. Jacky ließ enttäuscht die Ohren hängen. „Mitkommen!“, befahl er und ging ins Badezimmer. Langsam und wohlwissend, was sie jetzt erwartete, trottete Jacky hinterher.

Geduldig ließ sie die folgende Dusche samt Schaumbad mit der Duftnote *Blumenwiese* über sich ergehen. Erst nachdem Steinhauser sie trockengerubbelt und geföhnt hatte, durfte sie zurück ins Wohnzimmer. Dort setzte sie sich vor ihren Trog und wartete, bis sie ihr längst fälliges Futter bekam. Kurz darauf saß Steinhauser wieder auf seiner Couch, schob sich hungrig eine Ladung Chips in den Mund und lauschte Jackys Schmatzen. Die Beagle-Dame verschlang in rekordverdächtiger Zeit die gesamte Dose Hundefutter und verkroch sich danach müde in ihr geliebtes Körbchen. Es war alles, was ihr von ihrem vorherigen Herrchen geblieben war. Immer, wenn Steinhauser das Weidekörbchen sah, wurde er an Jürgen Feißthammer, die Leiche aus der Güllegrube, erinnert. Und an dessen Exfrau, die zwar das besorgte Frauchen mimte, sich dann aber nie wieder gemeldet hatte. Sie zog es dann doch vor, bei ihrem neuen Lover auf Mallorca zu bleiben und Jacky ihm zu überlassen. Aber Steinhauser war ihr deswegen nicht böse, eher im Gegenteil.
„Du hast´s gut", sagte er zu Jacky. „Wenn ich nicht bald dem Rappert Ergebnisse liefere, macht der mir die Hölle heiß. Und darauf hab ich noch weniger Lust, als nach dem Deppen zu suchen, der hier die Christbäume malträtiert."
Jacky hob kurz den Kopf. Sie hatte sich mittlerweile daran gewöhnt, dass ihr Steinhauser seine Sorgen klagte. Und jedes Mal, wenn sie das tat, hatte er das Gefühl, sie würde ihn verstehen.
Steinhauser gab einen lauten Seufzer von sich. „Scheiß Kripoarbeit. Das ist voll anstrengend." Er machte sich ein neues Bier auf, setzte sich neben Jacky auf den Boden und streichelte sie.
„Da lob ich mir doch eine ordentliche Verkehrskontrolle. Raser rausziehen, schön Strafzettel verteilen und Führerscheine einkassieren. Oder vielleicht sollte ich mich doch lieber um die To-Do-Liste vom Mehrhold kümmern, als auf Verbrecherjagd zu gehen?"
Als Jacky das Schnarchen anfing, legte er sich wieder auf die Couch und dachte nach. Bevor er völlig übermüdet in sein Bett kroch, hatte Steinhauser eine Entscheidung getroffen. In den nächsten Tagen würde er sich weder um den Christbaumzwicker, noch um Uschis Tod kümmern. Stattdessen wollte er verstärkt ein Auge auf seinen Vater werfen. Egal was Rudolf vorhatte, er musste ihm zuvorkommen.

Kapitel 13

Es vergingen fast zwei Wochen ohne besondere Ereignisse. Berthold Fritsch kam zur Überraschung aller, die auf der Gemeinde arbeiteten, regelmäßig zur Arbeit. Was in den letzten Jahren bei dieser Wetterlage nie der Fall gewesen war. Denn der Winter hielt sich in diesem Jahr hartnäckig im Sinngrund und die Temperaturen kletterten nur selten über den Gefrierpunkt. Jedes Mal, wenn Fritsch Steinhauser über den Weg lief, senkte er verlegen den Kopf und suchte schnellstens das Weite.
Die Kinder im Dorf waren die einzigen, die sich über die weiße Pracht freuten. In kleinen und großen Gruppen, in allen Altersklassen, trafen sie sich, ausgerüstet mit Schlitten, am Kirchrain zum Rodeln.
Lediglich Rappert ging Steinhauser in schöner Regelmäßigkeit auf den Wecker und forderte Ergebnisse.
„Wenn sie den Zwicker nicht bald finden, ist Weihnachten! Sehen Sie zu, dass Sie in die Pötte kommen!“, war sein Standardbefehl. Steinhauser gab sich motiviert, stellte aber bei seinen Anrufen immer auf Durchzug. Außerdem gab es keine weiteren Vorfälle, bei denen ein Christbaum zu Schaden kam.
„Ich bin dran“, war Steinhausers Antwort, die er immer zum Besten gab. Anschließend hielt er den Hörer weit weg von seinem Ohr oder legte ihn einfach zur Seite. Rapperts militärische Ansage konnte er auch so hervorragend verstehen und irgendwann kannte er den Text sogar auswendig.
Steinhauser stattete seinen Eltern jeden Tag einen kurzen Besuch ab, um zu sehen, was sein Vater so trieb. Doch der war überraschend ruhig und verlor kein Wort mehr über die Probleme mit den Ämtern.
Auf die Frage, wie die Lage sei und ob er ihm helfen könne, meinte Rudolf nur: „Mach dir keine Gedanken um mich, ich regel das schon … auf meine Weise!“
Und genau dieses *„auf meine Weise“* bereitete Steinhauser Kopfzerbrechen. Er wagte es aber nicht seinen Vater auf die Waffe anzusprechen. Ebenso verzichtete er darauf, mit Vanessa zu reden. Er wollte es nicht riskieren, dass sein Vater irgendwie herausbekam, dass er wusste, dass er die Waffe wieder flott gemacht und sich Munition bestellt hatte. Seiner Mutter war in den letzten Tagen auch nichts aufgefallen. Es kam weder ein verdächtiges Päckchen, noch verhielt sich sein Vater irgendwie auffällig. Rudolf war fast schon zu ruhig.

Die einzige Konstante dieser Tage war Frau Schäflein. Ihrer freundlichen und fröhlichen Art konnte man sich nicht entziehen. Mit Hingabe schrieb sie Steinhausers Berichte. Er überflog sie kurz, bedankte sich und war stolz auf sie. Es war ihr gelungen, etwas mehr Johannes Steinhauser und etwas weniger Ute Schäflein in ihre Formulierungen zu packen. Manchmal hatte er auch ein schlechtes Gewissen, aber so lange sie sich nicht be-schwerte, beließ er es dabei.

Endlich war Freitag und auch diese Woche zu Ende. Bewaffnet mit Bier, Chips und der Fernbedienung machte es sich Steinhauser auf der Couch bequem. Jacky verkrümelte sich in ihren Korb. Und schon wenig später schliefen beide selig ein und schnarchten um die Wette.
Erst ein Hupen riss Steinhauser aus dem Schlaf. Während der Fernseher immer noch lief, richtete er sich verschlafen auf und schaute auf das Display seines Handys. Sofort war er hellwach. Das Hupen hatte eine SMS von Stefanie angekündigt.
Bis morgen Abend. Ich versuch so früh wie möglich zu kommen. Gruß Stefanie.
„Morgen Abend?“, verwundert rieb sich Steinhauser die Augen und überlegte. Er schlurfte verschlafen zu seinem Terminkalender. So wie es aussah, hatte er im September das letzte Mal einen Blick darauf geworfen. Er riss drei Monate herunter und sichtete den Dezember. Zu seiner Erschütterung war nichts eingetragen – keine einzige Eintragung. Aber er war sich sicher, dass die nächsten Tage etwas anstand. Wann war noch mal die Taufe von Jan? Oder war da noch was Anderes?
„Genau ...“, er schlug sich gegen die Stirn, dass es klatschte. „Morgen ist ja der Samstag vor dem 2. Advent und das erste von den zwei VeMiNa-Markt-Wochenenden.“
Wie konnte er das nur vergessen? Überall hingen Plakate und im Radio wurde regelmäßig auf dieses Ereignis hingewiesen. Sogar das Bayerische Fernsehen war da gewesen und hatte in der Frankenschau ausführlich über die anstehenden Märkte berichtet: Mittelsinn, das kleine Kaff, mausert sich zum Christbaummekka im Sinngrund. Die einen lieben es, die anderen … naja, es gibt halt überall welche, die was zu meckern haben. Jetzt wusste er auch, warum in ganz Mittelsinn die Höfe aufgeräumt und auf Hochglanz gebracht wurden. Die Hauptstraße war bis zur Linde mit weihnachtlich geschmückten Bäumen gesäumt. Er hatte sich schon darüber gewundert, als

er die letzten Tage nach seinem Vater geschaut hatte. Selbst der räumte auf. Der VeMiNa-Markt zog sich nämlich über das halbe Dorf. Seine El-tern hatten an der Linde auch einen Stand. Das hatte ihm seine Mutter sogar gesagt, aber vor lauter Angst, dass Rudolf mit seiner Waffe auf dem Landratsamt einmarschieren könnte, hatte er es wieder vergessen.
Steinhauser machte sich gleich eine Notiz in seinem Terminkalender und nach einem Blick auf die Uhr stellte er fest, dass es mittlerweile schon kurz nach 22:00 Uhr war. Er wollte nur noch in sein Bett. Steinhauser schleppte sich ins Bad, als die Titelmelodie von Magnum durch die Wohnung hallte. Jacky hob kurz den Kopf und suchte sich eine neue Stellung. Eigentlich wollte Steinhauser jetzt seine Ruhe haben. Genervt sah er nach, wer ihn um diese Zeit noch störte. Es war Fred Strubinski. Er drückte ihn weg. Kurz danach gab sein Handy ein lautes Hupen von sich. Schon wieder eine SMS und schon wieder Strubinski.
Ich weiß, dass du da bist. Ich steh vor der Tür, las er den Text und verdrehte die Augen.
Steinhauser wusste, dass er sich nicht abwimmeln lassen würde und öffnete ihm notgedrungen.
„Ich bin hundemüde. Wehe, wenn´s nix Wichtiges ist."
„Und ob das wichtig ist. Megawichtig sogar!", Strubinski hielt ihm einen Laptop unter die Nase und stürmte in die Wohnung. „Ich hab das Passwort geknackt."
„Passwort?" Steinhauser begriff nicht ganz.
„Der Laptop aus der Jagdhütte!", erinnerte ihn Strubinski.
„Ja klar, den hatte ich doch glatt vergessen."
„Ich auch", gestand Strubinski mit einem entschuldigenden Schulterzucken. „Das Programm, das drüber gelaufen ist, hatte das Passwort schon letzte Woche geknackt."
„Letzte Woche!", stieß Steinhauser aus. „Und da kommst du erst jetzt!"
„Reg dich ab", meinte Strubinski, ohne näher auf seine Beschwerde einzugehen, setzte sich auf die Couch und klappte den Laptop auf. „Hannes, hock dich her und halt dich fest. Wir brauchen Bier und Chips."
Steinhauser schaute etwas verwirrt und holte Strubinski auch ein Bier, Chips waren ja schon da. Dann warteten sie, bis der Laptop hochgefahren war.
Strubinski öffnete eine Datei und es erschienen zahlreiche Videodateien. Jedes Video war mit Name und Datum abgelegt. Steinhauser überflog die Namen und schaute verdutzt zu Strubinski.

„Genau so hab ich auch geglotzt", sagte der nur.
„Das sind ja Filme von unserem Bürgermeister und seinen ehemaligen Gemeinderäten", stellte Steinhauser fest.
„Ja, der Franz Peller, unser Wurstkönig aus Mittelsinn, der Paul Reichel, unser geschätzter Gemeindearbeiter, der nie streut, wenn es glatt ist, der Horst Tschirr, Kassenwart vom Schützenverein, sowie der Georg Kümmer, erster Vorstand vom Schützenverein, sind alle bei der letzten Wahl nicht mehr angetreten", erklärte Strubinski. „Woher weißt du eigentlich, dass die mal im Gemeinderat waren? Da warst du doch noch in Würzburg."
„Fred, ich bin Ermittlungsspezialist, schon vergessen?", brüstete sich Steinhauser. „Jedenfalls sind das genau die Kandidaten, die bei der Vergabe der Fläche im Gewerbegebiet für die Uschi und gegen den Weirich gestimmt haben." Steinhauser kramte den Zettel hervor, den er von Reinhold Holzinger bekommen hatte. Zur Sicherheit verglich er die Namen noch einmal, ob sie auch wirklich mit den Laptopdateien übereinstimmten – sie stimmten tatsächlich überein.
„Woher hast du denn den Zettel?", fragte Strubinski neugierig, als er die Namen las.
„Ist jetzt egal", meinte Steinhauser und konzentrierte sich wieder auf den Bildschirm.
„Die anderen Dateien sind vom Lorenz Bergmann, dem Jagdpächter, und diesem Karl-Heinz Neuhaus. Das war doch der mit dem Kaufvertrag von dem Wald, oder?", erinnerte sich Strubinski.
„Genau der", bestätigte Steinhauser. „Hast du dir die Videos schon angeschaut?"
„Das kannst du aber annehmen. Deshalb bin ich ja sofort hergefahren", bestätigte Strubinski, nahm sich sein Bier und hielt Steinhauser das andere hin.
„Das wirst du brauchen."
„Na dann: Film ab", meinte Steinhauser und Strubinski klickte auf das erste Video mit Karl Kranz, dem Mittelsinner Bürgermeister.
Sofort erkannten sie das Bett in der Jagdhütte. Der Raum war in schummriges, rotes Licht getaucht und auf dem Bett räkelte sich die Uschi. Halbnackt, nur mit ein paar schwarzen Spitzendessous bekleidet. Im Hintergrund lief die entsprechende Musik. Mit dem Zeigefinger forderte sie jemanden auf, zu ihr zu kommen. Es dauerte einen Moment, dann trat Karl Kranz ins Bild. Beim Anblick des Bürgermeisters zuckte Steinhauser kurz zusammen und verzog das Gesicht. Fast wäre ihm das Bier aus der Hand

gefallen. Sein einziges Kleidungsstück war eine weiße Feinripp-Unterhose mit Eingriff. Der Mittfünfziger schob seinen Bierbauch vor sich her und rollte auf das Bett. Nicht sonderlich elegant, aber zielorientiert. Sofort begann er an Uschi herumzufummeln. Gierig wie ein ausgehungertes Raubtier begrapschte er das Objekt seiner Begierde. Uschi schien das alles nicht zu berühren. Sie wirkte kalt und abgebrüht. Sie schaute sogar kurz in die Kamera. Es dauerte nicht lange, da hatte sich Kranz seiner Feinripp-Unterhose entledigt und Uschis Dessous entfernt. Eigentlich hatte er ihr die Unterwäsche entrissen. Als der Bürgermeister anfing, über Uschi herzufallen, klappte Steinhauser den Laptop zu.
„Ja, pfui Deifel", sagte Steinhauser erschüttert. Er schüttelte sich und leerte das Bier in einem Zug.
Strubinski lachte und klappte den Laptop wieder auf. „Das wird noch viel besser. Schau hin!"
„Mach das weg, ich will das nicht sehen", schüttelte sich Steinhauser und stand auf. „Die Bilder krieg ich nie wieder aus meinem Kopf."
Strubinski hingegen langte genüsslich in die Chips und nahm einen kräftigen Schluck von seinem Bier. Kopfschüttelnd holte Steinhauser noch zwei Bierflaschen aus dem Kühlschrank und blieb demonstrativ hinter dem Laptop stehen, während Strubinski langsam den Kopf zur Seite neigte, den Blick auf den Bildschirm gerichtet.
„Das ist der Hammer. Der Kranz geht ab wie ein rosa Mofa. Hätte nie gedacht, dass der so gelenkig ist", lachte er und nahm einen weiteren, kräftigen Schluck. „So was gibt's in keinem Porno."
„Hast du dir etwa alle Videos angeschaut?", fragte Steinhauser.
„Logisch", kam prompt die Antwort. „Ich dacht mir schon, dass das nix für dich ist. Deshalb hab ich das Material schon mal gesichtet."
„Zum Glück hab ich ja dich."
„Du musst dich nicht bedanken. Wir sind doch ein Team", wehrte Strubinski ab.
Steinhauser zog die Augenbrauen hoch und beobachtete Strubinski, der immer noch konzentriert auf den kleinen Bildschirm starrte. Er fand es unglaublich, dass sich Strubinski diese Sauerei anschauen und sich dabei noch amüsieren konnte.
„Und, was konntest du herausfinden … bei der Sichtung?", fragte Steinhauser.
„Im Grunde immer dasselbe", meinte Strubinski. „Der Bürgermeister, der Bergmann, unsere ehemaligen Gemeinderäte und dieser Neuhaus geben

alles, um es der Uschi zu besorgen, aber so richtig hat das keiner geschafft. Die haben da eher kläglich versagt, würde ich meinen. Aber du kannst dich ja selber davon überzeugen."
„Nein, nein, lass mal gut sein", wehrte Steinhauser ab und klappte den Laptop erneut zu. „Weißt du, was das bedeutet?"
„Dass es die Uschi ganz schön wild getrieben hat", lachte Strubinski.
„Blödsinn", sagte Steinhauser. „Das bedeutet, dass ich jetzt jede Menge Verdächtige hab."
Strubinski schaute ungläubig. „Verdächtige?"
„Klar doch! Alle, die auf der Uschi rumgehüpft sind, sind ab sofort verdächtig."
„Wenn du das sagst. Und warum der Neuhaus?", wollte Strubinski wissen.
„Mit dem hat die Uschi Geschäfte gemacht. Die wollte Wald von dem kaufen. Den Vertrag haben wir doch im Büro von der Uschi gefunden", erklärte Steinhauser.
„Das weiß ich ja", sagte Strubinski. „Die vier Hektar zum Schnäppchenpreis."
„Genau", bestätigte Steinhauser. „Was denkst du, warum hat die Uschi wohl diese Videos gedreht?"
Strubinski zuckte mit den Schultern. „Gute Frage. Vielleicht sieht sie sich gern beim Vögeln zu. So was soll´s ja geben."
„Blödsinn! Hier geht's um Erpressung!", sagte Steinhauser und wedelte triumphierend mit den Händen.
„Du meinst ...?"
„Ja, ich meine, die Uschi hat die alle erpresst", bestätigte Steinhauser und setzte sich wieder. „Oder was glaubst du, warum sollte die sonst mit den Gestalten in die Kiste gehüpft sein? So wie die ausgesehen hat, hätte die nicht auf diese ... Wracks zurückgreifen müssen, um Spaß zu haben."
„Klingt logisch", gestand Strubinski.
„Wann wurden die Videos gedreht?"
Strubinski holte die Übersicht der Videos wieder auf den Bildschirm. Sie waren chronologisch sortiert.
„Das erste Video ist mit dem Jagdpächter", stellte Strubinski fest. „Und liegt schon einige Jahre zurück. Das Video mit dem Bergmann wurde auch in einem anderen Raum aufgenommen", ergänzte er noch.
„In einem anderen Raum?", wunderte sich Steinhauser.
„Ja. Aber ich habe keine Ahnung, wo. Jedenfalls nicht in der Jagdhütte", bestätigte Strubinski. „Soll ich es mal anmachen?"

„Nein, lass mal. Ich glaub dir auch so.“ Steinhauser hatte keine Lust auf weitere Details von Ursula Sternbergs Liebesleben. Der Anblick von Karl Kranz hatte ihm vollkommen genügt.
„Die Videos mit unserem Bürgermeister und seinen Gemeinderäten wurden einige Jahre später aufgenommen“, fuhr Strubinski fort. „Aber alle innerhalb von zehn Tagen.“ Beide betrachteten das Datum der Aufnahmen.
„Der Kaufvertrag!“, sagten sie gleichzeitig. Steinhauser sprang sofort auf und holte den Kaufvertrag, den sie im Büro von Ursula Sternberg gefunden hatten. „Der Vertrag wurde einige Tage nach der letzten Aufnahme mit einem der Gemeinderäte aufgesetzt.“
„Zeig mal her.“ Strubinski nahm das Dokument in Augenschein. „Stimmt, das Datum im Vertrag ist später als das letzte Video.“
Jetzt nahm Strubinski das Dokument an sich. „Aber da ist außer dem Datum sonst nix ausgefüllt.“
„Klar, musste ja auch nicht“, kombinierte Steinhauser. „Die Uschi hat die ja auch erpresst!“
„Aber weswegen denn?“, wunderte sich Strubinski.
„Mensch Fred. Steh halt mal auf, wenn du auf der Leitung sitzt, damit der Strom wieder zu deim Hirn fließen kann. Das liegt doch auf der Hand, was da gelaufen ist.“
„Was denn, Herr Kommissar?“
Steinhauser konnte nicht glauben, dass Strubinski es nicht kapierte.
„Die Uschi hat sich von denen vögeln lassen und dann alle erpresst!“
„Ja, aber weswegen denn?“, wiederholte sich Strubinski immer noch ratlos.
Strubinski kapierte es nicht. Steinhauser schüttelte verzweifelt den Kopf und rief seinem Freund noch einmal alles in Erinnerung, was sie bisher herausgefunden hatten: „Zuerst hat die Uschi den Jagdpächter erpresst, damit der die Jagdhütte auf ihr Christbaumfeld baut. Denn der wollte eigentlich zuerst beim Weirich bauen“, erläuterte Steinhauser seine Theorie. „Dann hat sie sich dort eine Liebeshöhle einrichten lassen und die ganzen Filmchen gedreht, um die ausgehungerten Gemeinderäte zu verführen. Und anschließend hat sie die dann erpresst. So kam sie letzten Endes an die Fläche im Gewerbegebiet.“
„Meinst du?“ Strubinski war skeptisch. „Dann war die ja voll krass drauf gewesen, wenn die das über all die Jahre geplant hatte.“
„Klar, oder was glaubst du, warum die Uschi sonst mit all den … super sexy Typen ... in die Kiste gesprungen ist. War ja nicht so, dass sie das

nötig gehabt hätte. Schlecht ausgesehen hat sie schließlich nicht. Die Abstimmung über den Verkauf war nur ein paar Tage später als das letzte Video mit einem der Gemeinderäte. Das war doch die Sitzung, mit der es der Mittelsinner Gemeinderat bis in die Zeitung geschafft hatte. Die waren sogar tagelang das Topthema im ganzen Sinngrund."

So langsam dämmerte es Strubinski. „Klar, das war die Sitzung mit der Keilerei. Aber das ist doch auch schon ein paar Jahre her. Warum sollte der Uschi ausgerechnet jetzt einer von denen was antun?"

„Vielleicht hat sie erneut einen von den ... Filmstars ... erpresst und dem sind die Sicherungen durchgebrannt", meinte Steinhauser.

„Und woher kam eigentlich das Geld für die Fläche im Gewerbegebiet?", überlegte Strubinski. „Die werden wohl kaum gesagt haben: *Wir haben mit der Uschi gevögelt, deshalb kriegt sie jetzt die Fläche, die eigentlich der Weirich bekommen sollte, und weil´s so schön war: umsonst*. Gehen wir mal davon aus, du hast Recht. Woher kam dann das Geld? Laut Weirich war die Uschi doch abgebrannt", erinnerte sich Strubinski an Steinhausers Zusammenfassung kurz zuvor.

Steinhauser war immer wieder überrascht von seinem Freund. Im einen Augenblick schien er gar nichts zu verstehen und im nächsten stellte er genau die richtigen Fragen. Fragen, die er selbst eigentlich stellen sollte.

„Ich weiß es nicht, aber das werde ich herausfinden", meinte Steinhauser. „Gleich morgen werde ich als erstes dem Kranz mal auf den Zahn fühlen."

„Super Idee, Hannes. Morgen ist der Kranz garantiert beim Weirich im Gewerbegebiet. Und die anderen bestimmt auch."

„Beim Weirich? Wieso?"

„Weil da morgen doch die Eröffnung von den VeMiNa-Märkten ist", erklärte Strubinski. „Die sollte eigentlich in der Halle von der Uschi sein, aber nach ihrem Tod hat man die Eröffnung zum Weirich verlegt. Der ist doch im Vorstand von der VeMiNa. Die Uschi war übrigens auch in der Vorstandschaft. Man hat sogar überlegt, die Wochenend-Märkte abzusagen. Aber da die Werbung ja schon voll im Gange war, hat man sich dagegen entschieden."

„The show must go on, oder was?", sagte Steinhauser abfällig.

„Was dachtest du denn?", wunderte sich Strubinski. „Wem nützt es denn, wenn dieses Megaevent abgesagt wird? Schließlich ist das ganze Dorf voll auf die Märkte programmiert."

„Stimmt auch wieder", stimmte Steinhauser zu. „Wann ist denn die Eröffnung?"

„Um 13:00 Uhr“, sagte Strubinski.
„Gut, dann werde ich mich dort morgen mal mit ein paar Leuten unterhalten“, meinte Steinhauser, ließ sich zufrieden auf die Couch fallen und trank von seinem Bier. „Gibt´s eigentlich auch ein Video von der Tatnacht?“
„Nein“, war die klare Antwort von Strubinski.
„Wär ja auch zu schön gewesen, wenn sie ihren Mörder auch noch gefilmt hätte.“ Steinhauser erinnerte sich an die Spermaspuren, die von der Spurensicherung entdeckt worden waren. Er sprach Strubinski darauf an.
Der zuckte nur mit den Schultern. „Sie wird nicht jeden gefilmt haben, mit dem sie sich in der Jagdhütte getroffen hat. Vielleicht war sie eine Nymphomanin und hat´s ständig gebraucht.“
„Du wieder“, Steinhauser winkte ab.
„Ohne so einen DNA-Dings-Test nutzt das Sperma ja auch nix. Und außerdem kann das auch von einem anderen Tag sein“, meinte Strubinski.
Steinhauser nickte nur.
Jetzt saßen beide einträchtig nebeneinander auf der Couch und starrten auf den Bildschirm des Laptops. Schweigend leerten sie ihr zweites Bier. Strubinski war der Erste, der wieder etwas sagte: „Und was ist jetzt eigentlich mit dem Neuhaus? Das Video mit dem wurde erst ein paar Tage vor Uschis Ableben gedreht.“
Steinhauser starrte immer noch auf den Bildschirm. „Könnte mit dem geplanten Kauf des Waldes zusammenhängen“, überlegte er und erinnerte sich an den ungewöhnlich niedrigen Preis auf dem Kaufvertrag, der nicht unterschrieben gewesen war. Hier stimmte was nicht, so viel war ihm klar.
„Aber da werd ich auch noch mal nachhaken. Garantiert!“
„Hast du eigentlich die Alibis überprüft?“
„Welche Alibis?“ Steinhauser hatte keine Ahnung, wovon Strubinski sprach. Dementsprechend schaute er.
„Na, die vom Weirich und dem Neuhaus.“
Jetzt dämmerte es ihm und wieder einmal war er von seinem Schulfreund überrascht. Strubinski vergaß anscheinend nichts, was er ihm einmal erzählt hatte. Zumindest nicht alles. Wenn man ihn so betrachtete, hätte man glauben können, er wäre nicht einmal in der Lage, fehlerlos bis drei zu zählen, geschweige denn seinen Namen richtig zu buchstabieren. Aber er war ein cleveres Kerlchen, das musste er neidlos anerkennen. Zugeben würde er das natürlich nie … zumindest nicht offiziell. Gleiches galt für die Alibis. Er würde niemals zugeben, dass er die Alibis von Weirich und

Neuhaus nicht nur verdrängt, sondern völlig vergessen hatte.
„Ach die", wehrte Steinhauser ab. „Das bringt doch nix."
Strubinski schaute ihn verständnislos an. „Das bringt nix?", wiederholte er kopfschüttelnd. „Wie bist denn du drauf? Wir müssen jede Spur verfolgen. Und überhaupt, wie kommst du darauf, dass das nix bringt?"
Da war es wieder, dieses wir. Steinhauser rutschte verlegen auf der Couch hin und her. Dann erhob er sich und holte noch mal vier Bier. Nach einem kräftigen Schluck antwortete er. „Die waren doch in der Kneipe. Fußball schaun. Da gibt's jede Menge Zeugen. Das haben die sich bestimmt nicht ausgedacht."
„Egal!", hielt Strubinski dagegen. „Wir prüfen das. Basta! Oder hast du bei der Kripo immer so oberflächlich gearbeitet? Dann wundert´s mich nicht, dass die dich nach Burgsinn versetzt haben."
Das Letzte, was Steinhauser jetzt gebrauchen konnte, war, dass ihm Strubinski sagte, was er zu tun hatte. Und die Anspielung auf seine Versetzung tat weh ... richtig weh. Offiziell war er schließlich an dem Projekt *„Mehr Sicherheit auf dem Land"* des bayerischen Innenministeriums beteiligt. Was im Grunde einer Auszeichnung gleich kam ... so hatte er die Versetzung zumindest offiziell dargestellt. „Fred, jetzt halt mal den Ball flach!", sagte er streng. „Ich weiß schon, was ich mach. Dazu brauch ich dich nicht! Und außerdem, wenn hier einer nachfragt, dann bin *ich* das und nicht *wir*. Ist das klar?"
Strubinski verschränkte beleidigt die Arme vor der Brust. „Ja, ist ja schon gut. Ich dacht nur, weil wir doch so ein gutes Team sind. Schließlich hab ich ja auch den Laptop geknackt."
Sofort tat es Steinhauser leid, dass er seinen Freund so angeschnauzt hatte. „Entschuldige", meint er versöhnlich. „Und ... ja ... irgendwie sind wir schon ein ... ganz gutes Team." Der Satz hatte ihn zwar einiges an Überwindung gekostet, aber ohne Strubinski hätte er weder den Laptop, noch Verdächtige. Er wollte seinen Freund wieder versöhnlich stimmen. „Aber bitte versteh das jetzt nicht falsch. Ich bin Polizist und darf solche Befragungen durchführen. Du bist Elektriker ... mit mäßigem Erfolg, wenn ich da an die Alarmanlage der Sternbergs denke, aber nun mal kein Polizist."
„Überprüfst du die Alibis jetzt?", fragte Strubinski vorsichtig. Die Anspielung auf die Alarmanlage überging er einfach.
„Natürlich, mach ich gleich morgen früh. Bin nur bis jetzt nicht dazu gekommen", versicherte Steinhauser. „Apropos Elektrofachkraft. Warst du eigentlich wegen dem Sicherungskasten bei den Sternbergs?"

„Gleich am nächsten Tag“, sagte Strubinski und war auch nicht mehr beleidigt. „Die haben vielleicht blöd geglotzt, als ich erschienen bin. Ich hab denen gesagt, dass du mich geschickt hast.“
„Und?“
„Was und?“
„Haben die wieder Strom?“
„Klar“, meinte Strubinski stolz. „Du hast den Kasten zwar ganz schön übel zugerichtet, aber ich hab das wieder hingekriegt. Elektrofachkraft halt.“
„Und die Alarmanlage?“
„Die … die haben wir abgeklemmt“, meinte Strubinski, jetzt nicht mehr ganz so stolz. „Der Benedikt hat gemeint, dass er die nicht braucht. Er hat da nix Wertvolles, was es lohnt zu klauen.“
Steinhauser lachte. „Da hast du ja Glück gehabt.“
„Ich würd sagen, du hältst dich beim Strom raus und ich mich beim Ermitteln, zumindest bei den Befragungen. Und ich hab dem Benedikt auch gesagt, dass er einen Sonderpreis bekommt.“
„Sonderpreis?“ Steinhauser schaute seinen Schulfreund eindringlich an.
„Ja, ist ja schon gut“, meinte Strubinski und verdrehte die Augen. „Ich vergess dann halt einfach eine Rechnung zu schreiben.“
„Okay, damit kann ich leben“, meinte Steinhauser und prostete ihm zu.
Sie tranken noch die zwei Bier, dann ging Strubinski nach Hause und Steinhauser kam endlich in sein Bett.

Kapitel 14

Um die Ermittlungen am Samstag möglichst früh aufzunehmen, stellte Steinhauser sogar den Wecker seines Handys. Normalerweise erhob er sich erst, wenn er von alleine wach wurde oder Jacky ihn weckte. Allerdings brauchte er diesmal weder Handy noch Jacky. Er war so früh wach wie lange nicht mehr. In Gedanken ging er die geplante Vorgehensweise des heutigen Tages durch und legte sich einen Schlachtplan zurecht. Er hatte sich viel vorgenommen und wollte bis zum Abend, wenn Stefanie kam, alles erledigt haben.

Gegen Jackys Willen schleppte er sie, noch bevor es hell wurde, durch die Siedlung und kürzte ihre übliche Samstagsrunde einfach ab. Jacky war ihm nicht böse, denn sie mochte es gar nicht, bei Eiseskälte durch den Schnee zu laufen. Unter der Woche wechselte sich Steinhauser mit Torben, Jennifer und Vanessa ab. Sogar seine Schwester Monika drehte ab und an eine Runde mit der Beagle-Dame. Klaus hingegen lehnte es kategorisch ab, mit dem Hund durch die Gegend zu laufen. Es sei denn, sein Sohn Torben bekniete ihn, dann konnte er sich nicht verweigern.

Um zu vermeiden, dass ihn Strubinski wieder wegen der Alibis vom Neuhaus und vom Weirich nervte – denn das würde er ganz sicher –, beschloss er, diese als erstes zu prüfen. Und da er keine Zeit hatte, jeden persönlich zu besuchen, beschloss er die Angelegenheit per Telefon zu erledigen.

Er kramte einen zerknitterten Zettel hervor, auf dem er Weirichs Zeugen notiert hatte. Punkt 8:00 Uhr griff er zum Telefon und wählte die Nummer von Franz Peller, dem Mittelsinner Dorfmetzger.

Peller brauchte eine Weile, bis er verstand, wer ihn anrief und was Steinhauser von ihm wollte. Nachdem ihm Steinhauser den besagten Abend in Erinnerung gerufen hatte und Peller noch einmal genau nachgedacht hatte, war sich der Metzger absolut sicher, dass Weirich erst kurz vor 20:00 Uhr beim Lukas erschienen war. Und irgendwie anders als sonst war er auch gewesen. Aber genauer konnte das Peller nicht erklären. Der Weirich hatte nur kurz gegrüßt und dann zwei Weizen hinuntergestürzt. Auch sonst war er an diesem Abend ungewöhnlich wortkarg.

Nachdem das Gespräch beendet war, überlegte er kurz und rief die anderen auf der Liste auch noch an. Die Aussage von Franz Peller deckte sich im Wesentlichen mit den Aussagen von Erwin Zahn, Gerd Rausch, Horst

Tschirr und Georg Kümmer. Damit hatte Weirich kein Alibi mehr.
Sofort holte er sein Diktiergerät heraus und notierte sich die Namen der Personen, die ihm Karl-Heinz Neuhaus als Zeugen genannt hatte. Er suchte die Telefonnummern heraus und rief einen nach dem anderen an. Steinhauser staunte nicht schlecht, als diese ihm berichteten, dass Neuhaus ebenfalls erst kurz nach 20:00 Uhr beim Gruber, der Burgsinner Dorfkneipe, erschienen war. Aber besonders hellhörig wurde er, als sie sagten, dass Neuhaus aufgeregt und gestresst gewirkt hatte.
Jetzt stand Steinhauser ganz schön blöd da. Beide hatten kein Alibi mehr, waren nahezu zur gleichen Zeit zum Fußball schauen in ihrer Stammkneipe erschienen und ihr Verhalten war nicht so, wie das ihre Freunde gewohnt waren. Das durfte Strubinski auf keinen Fall erfahren, denn dann würde er wieder auf zwei Meter anwachsen und voller Stolz vom *wir* reden. Aber daran hatte er sich ja schon gewöhnt. In jedem Fall wollte sich Steinhauser die beiden noch einmal zur Brust nehmen, denn seltsam war dies allemal. Und mit dem Weirich würde er beginnen, gleich nachher bei der Eröffnung der VeMiNa-Märkte.
Steinhauser holte sich einen Zettel und notierte sich die Namen aller, die für ihn ab jetzt verdächtig waren. Die Liste war lang. Bis gestern hatte er noch keinen einzigen potentiellen Täter und heute hatte er jede Menge Verdächtige. Und eine lange Liste bedeutete viel Ermittlungsarbeit. Wenn es nach Steinhauser gegangen wäre, dann hätten es weniger auch getan.

Als Steinhauser nach Mittelsinn einbog, staunte er nicht schlecht. Zu seiner Überraschung hatten unzählige Autos das gleiche Ziel. Sie drängten in das kleine Mittelsinn, auf der Suche nach einem Parkplatz. Offensichtlich hatten die Werbung im Radio und die Berichte in der Frankenschau über die VeMiNa-Märkte gefruchtet. Steinhauser erkannte Nummernschilder aus Schweinfurt, Ansbach, Würzburg und Aschaffenburg. Sogar welche aus Hessen, um genauer zu sein, aus Hanau, dem Vogelsbergkreis und Fulda, hatten den Weg hierher gefunden. Die örtliche Feuerwehr hatte die Hauptstraße gesperrt und lenkte den ankommenden Besucherstrom auf ausgewiesene Parkplätze. Hier war die Hölle los. Was nicht zuletzt auch am Wetter lag. Es war zwar kalt, aber trocken und sonnig. Hätte er das geahnt, wäre er schon eher hergefahren.
Sofort stach Steinhauser ein riesiger Schneemann ins Auge, der aus einem großen Haufen Schnee geformt worden war. Als rechter Arm diente ein

großes Schild auf dem in großen Lettern *Willkommen im Christbaumdorf* stand. Der linke Arm war eine stattliche Nordmann-Tanne und auf dem Kopf thronte ein schwarzer, aus Holz gebastelter Zylinder. Augen und Mund bestanden aus Kohlestücken. Die Nase war ein knorriges, orange gestrichenes Stück Holz.

Während Steinhauser das Kunstwerk aus Schnee bewunderte, fiel ihm jemand ins Auge, der wie verrückt winkte. Erst auf den zweiten Blick erkannte er Strubinski, der ihm fast ins Auto gelaufen wäre. Steinhauser bremste scharf und ließ die Scheibe herunter.

„Ja, spinnst du!“, schimpfte er.

„Ich dacht schon, du kommst gar nicht mehr“, warf ihm Strubinski entgegen. „Die Eröffnung fängt gleich an!“

„Reg dich ab“, meinte Steinhauser und parkte den Polo direkt hinter einem Feuerwehrauto, woraufhin ein aufgebrachter Feuerwehrmann lauthals schimpfte: „Hey, hier kannst du nicht stehen bleiben!“

„Ich bin im Dienst“, gab Steinhauser gelassen zurück und warf sich einen Rucksack über die Schulter. „Oder glaubst du, ich trag die Uniform zum Spaß?“

„Ach du bist´s, Hannes“, meinte der Feuerwehrmann etwas verlegen. „Ich hab dich grad gar nicht erkannt.“

„Passt scho“, sagte Steinhauser versöhnlich, ließ ihn stehen und ging direkt zu Strubinski.

„Was hast´n da drin?“, wollt der gleich wissen und klopfte auf den Rucksack.

„Den Laptop“, sagte Steinhauser mit einem Augenzwinkern.

Gemeinsam liefen sie zu Weirichs Halle.

„Hast du schon die Alibis geprüft?“, wollte Strubinski als nächstes wissen. Ganz so, wie es Steinhauser erwartet hatte.

„Hab ich.“

„Und?“

„Und was?“

„Ja, was wohl? Waren die zwei jetzt beim Fußball schauen oder nicht?“

„Waren sie“, gab Steinhauser zurück. Mit dieser Antwort hatte er Strubinskis Frage korrekt beantwortet, musste keine Ermittlungsergebnisse preisgeben, hatte nicht gelogen und musste sich keinen seiner schlauen Sprüche anhören.

„Zu dumm“, meinte Strubinski enttäuscht. „Wär ja auch zu schön gewesen, wenn die Alibis geplatzt wären. Aber wir haben ja erst mal genug

Verdächtige, denen wir auf den Zahn fühlen können."
Mittlerweile zuckte Steinhauser nicht mehr zusammen, wenn Strubinski in der *wir-Form* sprach. Zumindest nicht mehr so sehr. „So ist das halt bei Ermittlungen. Man bekommt es nur selten so serviert, wie man es gerne hätte."
Vor Weirichs Halle stand ein übergroßer, aufgeblasener Nikolaus, der sich im Wind leicht hin und her bewegte. Weirich betrat gerade ein erhöhtes Rednerpult, richtete das Mikrofon zurecht und wandte sich an die Besucher. Eingehüllt in dicke Winterkleidung standen auf dem Vorplatz mehrere hundert Menschen. Als er das Wort ergriff, wurde es still.
Ingo Weirich begrüßte die Gäste und erinnerte zum Auftakt mit ein paar blumigen Worten an die verstorbene Ursula Sternberg, gefolgt von einer Schweigeminute. Steinhauser schaute sich derweilen etwas um. Auf einem Podest entdeckte er eine Kamera des Bayerischen Rundfunks, die über die Menge schwenkte und alles aufzeichnete. Im Anschluss stellte Weirich die anwesende Prominenz vor. Neben dem Mittelsinner Bürgermeister waren noch der Landrat, ein Landtagsabgeordneter, einige andere Leute aus der Politik sowie der Vorsitzende des Bundesverbandes der Weihnachtsbaumerzeuger anwesend. Außer dem Landrat kannte Steinhauser keinen der Leute. Die Mittelsinner Gemeinderäte und einige Bürgermeister der umliegenden Dörfer standen in der Menge. Während einer nach dem anderen seinen Senf zur Eröffnung der VeMiNa-Märkte abgab, liefen Steinhauser und Strubinski langsam durch die Menge und verschafften sich einen Überblick. Die zwei Christbaumzüchter Erwin Zahn und Gerd Rausch entdeckten sie sofort. Gleich daneben stand Horst Tschirr, der Kassenwart vom Schützenverein. Etwas abseits standen noch der Vorstand des Schützenvereins, Georg Kümmer, der Gemeindearbeiter Paul Reichel und Franz Peller, der Mittelsinner Wurstbaron. Sie grüßten den Polizisten beiläufig und richteten ihre Blicke wieder Richtung Rednerpult.
„Wer ist denn das da?", wunderte sich Steinhauser und blieb stehen.
„Wer?", wollte Strubinski genauer wissen.
„Na, die da!", Steinhauser deutete auf eine junge Frau, die für diesen Anlass ein etwas unpassendes Kleid trug, wie er fand. „Die, wo so aussieht wie … wie die Prinzessin Lillifee."
„Prinzessin Lillifee?", Strubinski schaute ihn verwundert an. „Woher kennst du denn die Prinzessin Lillifee?"
„Ich hab vielleicht Nichten", erinnerte er Strubinski. „Vor ein paar Jahren musst ich mal mit Jennifer ins Kino. *Prinzessin Lillifee und das Einhorn*

… oder so. Und Bücher hab ich ihr auch manchmal vorgelesen. Ich kenn mich voll aus. Ich kenn die ganze Lillifee-Truppe. Bruno der Bär, Henry der Hase, Pfurzi die Sau und wie sie alle heißen."
„Pupsi", warf Strubinski dazwischen.
„Was?" Steinhauser schaute ihn fragend an.
„Die Sau heißt Pupsi. Pupsi, das kleine rosa Schweinchen", verbesserte ihn Strubinski und zwinkerte ihm zu. „Und Prinzessin Lillifee ist eine kleine Blumenfee, die in einem Blütenschloss im Zaubergarten des Zauberlandes Rosarien lebt. Ich hab eine Tochter. Schon vergessen?"
„Okay, ich geb´s zu, du bist der Lillifee-Experte. Aber wer ist das jetzt … die in dem Kleid?"
„Das ist die Christbaumkönigin", klärte ihn Strubinski auf.
„Ich dachte, die Uschi war die Christbaumkönigin?", wunderte sich Steinhauser.
„Die Uschi hat man hier doch nur so genannt, weil sie die größten Flächen im Sinngrund bewirtschaftet hatte. Die da ist die echte … also die offizielle Christbaumkönigin."
„So was gibt's?" Steinhauser schaute verwundert. „Ich dacht immer, es gibt nur Weinköniginnen."
„Quatsch. Es gibt ja auch Faschingsprinzen und so´n Zeug", meinte Strubinski.
„Naja, ist ja auch egal. Wir … also ich … bin ja wegen was Anderem hier." Jetzt hatte er sogar selbst *wir* gesagt. Steinhauser musste aufpassen, dass dies nicht zur Gewohnheit wurde.
Strubinski grinste.
„Irgendwie schon beeindruckend, oder?", meinte Strubinski, nachdem sie eine Weile den Worten des Landrates gelauscht hatten, der gerade das Rednerpult für sich beanspruchte.
„Was ist beeindruckend?"
„Was die ganzen Christbaumfuzzis alles so auf die Beine gestellt haben", erklärte Strubinski. „Die haben es doch glatt geschafft, hier im Sinngrund ein Event auf die Beine zu stellen, das überregional bekannt ist. Funk und Fernsehen berichten und zigtausend Besucher pilgern jährlich hierher. Und das, obwohl viele der Christbaumfuzzis vorher total zerstritten gewesen waren."
„So, waren die das?", hakte Steinhauser nach.
„Ja, aber das gemeinsame Ziel hat sie vereint", erklärte Steinhauser. „Viele haben gelacht, als das mit der VeMiNa angefangen hat und jetzt … ja, jetzt

glotzen die ganz schön blöd. Die meisten haben doch nur darauf gewartet, dass das Projekt scheitert … aber das ist es nicht."
„Wer hat darauf gewartet?", wunderte sich Steinhauser. „Das ist doch eine super Sache."
„Es gibt immer Leute, die anderen den Erfolg nicht gönnen", meinte Strubinski.
„Echt, gibt's die? Hab ich gar nicht gewusst."
„Doch, die gibt´s immer!", bestätigte Strubinski. „Und meistens sind das die Leute, die selber nix gebacken kriegen und außer viel Wind ums Haus nix besitzen. Das ging in der Vergangenheit sogar schon so weit, dass Schrauben auf die Straße gestreut oder in Bulldogreifen geschraubt wurden."
„Das ist doch Quatsch!" Steinhauser konnte gar nicht glauben, was er da hörte.
„Wenn ich es dir doch sage. Ich hab´s damals selbst gesehen. Sogar der Sepp hatte sich Schrauben in die Reifen gefahren. Und der hat mit Christbäumen ja wohl absolut nix am Hut", sagte Strubinski.
„Wurde das angezeigt?", fragte Steinhauser neugierig.
„Nein. Wenn die rausfinden, wer das war, dann regeln die das auf ihre Weise."
„Wie meinst du das?", Steinhauser wurde hellhörig.
Strubinski überging seine Frage. „Anstatt dass im Dorf zusammengehalten wird, bilden sich Fronten. Fronten, die es teilweise auch noch von einem Kaff zum anderen gibt. Die ganze Welt spricht von Globalisierung und wir kriegen hier noch nicht mal eine vernünftige Sinngrundisierung hin."
„Du wieder", meinte Steinhauser abfällig.
„Hier ändert sich erst was, wenn die Gipskopf-Generation weggestorben ist und deren Nachkommen ihr Hirn einschalten. Die Christbaumfuzzis waren sich früher auch nicht alle grün – im wahrsten Sinne des Wortes –, aber die haben begriffen, dass man alleine nicht weit kommt und sich zusammengerauft", sagte Strubinski.
„Und du denkst, bei denen ist jetzt alles Friede, Freude, Eierkuchen, oder was?", hielt Steinhauser dagegen.
„Das habe ich nicht gesagt. Ich hab keine Ahnung, was bei denen abgeht, wenn die Sitzung haben, aber Stress gibt es schließlich in jeder Familie mal", meinte Strubinski.
Steinhauser hob die Augenbrauen und schaute ihn wortlos an.
„Glotz nicht so!", meinte Strubinski. „Denk doch mal nach. Früher gab es

in Mittelsinn ein Lebensmittelgeschäft und heute? Du kriegst zwar noch Weck und Brot in der Bäckerei deiner Eltern und Wurst beim Peller, aber das war´s dann auch schon."
„Das ist doch immer noch besser wie nix!", meinte Steinhauser.
„Ja, stimmt schon", räumte Strubinski ein. „Aber in Aura sind sie da schon weiter, mit ihrem Dorfladen."
„So gesehen … hast du ja Recht, aber so groß ist der Laden auch wieder nicht", sagte Steinhauser, weil er nicht wusste, was er sonst sagen sollte.
„Die Größe ist nicht entscheidend … müsstest du ja wissen", lachte Strubinski und Steinhauser verzog sein Gesicht. „So einen Dorfladen müsste es in jedem Kaff geben, um die regionalen Produkte zu stärken. Aber die meisten Leute gehen halt immer noch lieber in die Billigdiscounter und kaufen dort das billige Gelump. Was der Liter Öl für´s Auto kost, spielt keine Rolle, aber wehe Wurst, Fleisch, Butter oder Nudeln kosten etwas mehr."
„Fred, du bist ja voll der Visionär", wunderte sich Steinhauser.
„Ist doch aber so", meinte Strubinski. „Mir ist ja auch lieber, wenn die Leute ihr Zeug bei mir kaufen, anstatt bei den riesigen Internetkonzernen. Die wachen alle erst dann auf, wenn es zu spät ist!"
„Erzwingen kannst du das aber nicht", sagte Steinhauser. „Die Leute müssen da alleine draufkommen."
Strubinski fuhr unbeirrt fort. „Früher gab es in Mittelsinn und Burgsinn sogar einen Schuhladen. Und jetzt? Jetzt musst du im Internet bestellen oder mindestens bis Gemünden fahren und bekommst auch nur so´n Schrott. In Rieneck gibt´s auch kaum noch Geschäfte. Dabei ist Rieneck eine Stadt … naja, auch nur auf dem Ortsschild."
„An den Schuhladen in Mittelsinn kann ich mich noch erinnern, sehr gut sogar", meinte Steinhauser und vor seinem geistigen Auge sah er, wie er von seinen Eltern zum Schmittchen geschleppt wurde, um Schuhe anzuprobieren, die alles waren, außer bequem und schön. „Aber die Schuhe, die es da gegeben hatte, waren jetzt auch nicht der Brüller", winkte Steinhauser ab.
„Ja, ich geb´s zu", bestätigte Strubinski. „Das Design war ausbaufähig. Aber es gab welche. Ein Schuhgeschäft, das wäre vielleicht auch noch eine Lücke im Sinngrund, die man wieder schließen sollte."
„Da würde doch eh keiner einkaufen", sagte Steinhauser. „Da gibt es Marktanalysen, wo so was geprüft wird. Hier wohnen wahrscheinlich viel zu wenig Leute und das Einzugsgebiet ist zu klein."

„Und warum wohnen hier zu wenig Leute?“, fragte Strubinski
Steinhauser zuckte ratlos mit den Schultern. „Vielleicht wird im Sinngrund zu wenig gepoppt.“
Strubinski überlegte kurz. „Das kann auch sein“, räumte er ein. „Aber ich denke, es liegt eher daran, dass viele Leute aus den ländlichen Regionen in die Städte abwandern. Warum auch immer. Dabei ist es auf dem Land doch so schön. Wir haben hier Natur und eine super Lebensqualität. Und ob ich jetzt in München wohn und eine Stunde mit der U- oder S-Bahn zu meinem Arbeitsplatz fahren muss oder ob ich hier wohn und eine Stunde mit dem Auto fahr, das ist doch dann auch egal.“
„So kann man es auch sehen“, stimmte Steinhauser zu.
„Und sauteuer ist die Stadt auch, von den Mietpreisen will ich erst gar nicht reden“, schob Strubinski noch hinterher. Er war nun mal mit Leib und Seele ein Junge vom Land. „Ich bin davon überzeugt, wenn wir im Sinngrund besser zusammenhalten würden, dann würde es hier noch mehr Geschäfte geben.“
„Mag sein, aber so dramatisch, wie du tust, ist es jetzt auch wieder nicht“, sagte Steinhauser, der durchaus verstand, was Strubinski meinte. „Wenn ich da so an die Geschichten denk, die mir mein Opa früher so erzählt hat, dann ist der Zusammenhalt auch schon viel besser geworden.“
„Ja, das stimmt schon.“ Strubinski nickte. „Es ist aber noch viel Luft nach oben.“
„So was braucht Zeit. Aber die VeMiNa ist doch schon mal ein Anfang“, sagte Steinhauser. „Auch wenn die jetzt ihr erstes Todesopfer haben. Und dazu noch ein ganz prominentes.“
In diesem Moment wurde applaudiert.
„Ob der Tod von der Uschi was mit der VeMiNa zu tun hat, wissen wir doch gar nicht“, meinte Strubinski.
„Stimmt, aber im Augenblick deutet alles darauf hin“, stellte Steinhauser klar und wies in Richtung Rednerpult. Irgendein Abgeordneter hatte gerade das Schlusswort gesprochen. „So wie es aussieht, sind die jetzt alle fertig mit ihrem Gelaber. Ich muss noch mal was mit dem Weirich besprechen. Du passt so lange auf den Kranz auf, dass der nicht verschwindet.“
„Geht klar“, versicherte Strubinski und folgte Steinhauser.
„Wo willst´n hin?“, fragte dieser, als er bemerkte, dass ihm Strubinski folgte. „Ich rede mit dem Weirich. Nicht du! Ich dachte, das mit den Befragungen hätten wir geklärt.“

„Entschuldige. Ich wusste ja nicht, dass du den Weirich befragen willst. Ich dacht, der hat ein Alibi?“, meinte Strubinski.
„Fred, bitte behalt den Kranz im Auge. Ich bin gleich wieder da. Wenn ich was Neues in Erfahrung gebracht hab, dann bist du der erste, der es erfährt. Versprochen!“, sagte er versöhnlich.
Strubinski streckte lässig den Daumen nach oben.

Steinhauser ging direkt auf Weirich zu. Der war gerade dabei, eifrig alle möglichen Hände zu schütteln, die ihm entgegengestreckt wurden. Er war bester Laune.
„Servus Ingo“, machte Steinhauser auf sich aufmerksam.
„Hannes?“ Weirich schaute überrascht, als er ihn in seiner Uniform sah. „Im Dienst? Heute?“
„Polizist ist ein Full-Time-Job. Ich hab immer Saison“, gab er knapp zurück und schaute sein Gegenüber streng an.
„Is was?“, wunderte der sich.
„Weißt du, was ich gar nicht leiden kann, Ingo?“ Steinhauser schaute in die Runde der geladenen Gäste. Neben der politischen Prominenz war auch Bürgermeister Kranz unter den Anwesenden. Steinhauser hatte ihre volle Aufmerksamkeit.
„Nein“, gab Weirich verunsichert zurück und warf ebenfalls einen kurzen Blick in die Runde der Ehrengäste.
„Wenn jemand glaubt, dass er mich verarschen kann!“
Weirich schaute verlegen in die überrascht dreinschauenden Gesichter.
„Äh ... ich ... Äh ... ich, ich bin gleich wieder zurück“, rief er seinen Gästen schnell zu, packte Steinhauser am Arm und zerrte ihn weg. „Was soll´n das?“, zischte er und hatte Mühe, seine Wut im Zaum zu halten.
Steinhauser kam ganz dicht an Weirich heran. „Du hast mir ein falsches Alibi aufgetischt!“, zischte er zurück.
Dieser kaute verlegen auf seiner Unterlippe herum. „Wie kommst´n darauf? Ich hab Zeugen.“
„Einen Scheiß hast du!“, blieb Steinhausers Tonfall scharf und er entschied sich kurzfristig für die *Böser-Bulle-Taktik*. Mit Weirich musste er nicht so zimperlich umgehen. Der konnte was abhaben. „Ich habe mir deine Zeugen einen nach dem anderen vorgeknöpft und alle haben mir bestätigt, dass du erst kurz vor 20:00 Uhr beim Lukas eingelaufen bist. Und merkwürdig verhalten hast du dich auch.“

„So, haben die das?“ Weirichs Miene verfinsterte sich. Sofort suchte er nach seinen Freunden, konnte in der Menge aber keinen entdecken.
„Ja, das haben die!“, bestätigte Steinhauser. „Du hättest dich besser mit ihnen absprechen sollen! Und jetzt will ich wissen wo du am besagten Tag zwischen 19:00 Uhr und 20:00 Uhr gewesen warst!“
Weirich biss die Zähne zusammen. Sein Unterkiefer bebte. Am liebsten wäre er geplatzt, da war sich Steinhauser sicher. Aber das konnte er sich hier und jetzt auf keinen Fall leisten. Geduldig schaute ihn Steinhauser an.
„Ich höre!“
„Ich war unterwegs!“
„Geht´s auch genauer?“ Steinhauser wurde laut. Einige Besucher schauten bereits interessiert zu den beiden herüber. „Wenn du nicht kooperierst, dann gibt’s ne Anzeige wegen … wegen … wegen Justizbehinderung. Ist das klar?“
„Ich kann dir genau sagen, wo ich war!“, fauchte Weirich, zerrte Steinhauser noch ein Stück weiter zur Seite. „Ich war auf meinen Feldern und habe nach dem Drecksack Ausschau gehalten, der seit Wochen im Sinngrund sein Unwesen treibt und von unseren Christbäumen die Spitzen abschneidet. Und weißt du auch, warum? Weil du völlig unfähig bist!“
Das hatte gesessen. Steinhauser fiel die Kinnlade herunter und er wusste in diesem Moment nicht, was er sagen sollte. Doch der Treffer wirkte nur kurz.
„Und warum hast du das nicht gleich gesagt?“, führte er seine Befragung unbeirrt fort.
„Warum, warum? Ständig hast du neue Fragen!“ Weirich kämpfte mit sich.
„Das ist mein Job. Also, warum?“
„Mensch Hannes, als du nach nem Alibi gefragt hast, hab ich halt Schiss bekommen“, begann Weirich zu erklären. „Schließlich haben wir hier nicht ständig irgendwelche Tote rumliegen.“
„Hast du Zeugen, dass du nach dem Christbaumzwicker gesucht hast?“ Diesmal fragte er ganz bewusst in ruhigem Ton.
„Zeugen? Immer faselst du was von Zeugen!“, beschwerte sich Weirich. „Du glaubst doch nicht im Ernst, dass ich was mit dem Tod von der Uschi zu tun hab?“
„Was ich glaube, spielt hier keine Rolle“, hielt Steinhauser dagegen. „Ich sammle Fakten. Und Fakt ist, dass du für den Todeszeitpunkt der Uschi kein Alibi hast. Ab sofort bist du verdächtig. Basta!“
„Du bist doch völlig bescheuert!“ Weirich tippte sich aufgebracht an die

Stirn. „Ich brauch keine Zeugen! Beweis du mir erst mal das Gegenteil!“
„Du darfst die Gegend nicht verlassen. Wenn ich weitere Fragen habe, musst du zu meiner Verfügung stehen. Ist das klar?“ Steinhauser ließ sich nicht provozieren.
„Wo soll ich denn hin? Ich habe Saison! Schon vergessen?“
Gerade als Weirich davonstapfen wollte, stieß ein großer schlanker Mann zu ihnen. Er trug schlichte, aber dennoch elegante Outdoor-Kleidung. Sofort fiel Steinhauser auf, dass es teure Markenkleider waren.
„Ingo, da bist du ja“, wandte er sich direkt an Weirich, ohne den Polizisten zur Kenntnis zu nehmen. „Ich hab dich schon überall gesucht.“
Um Fassung bemüht und mit einem sichtlich aufgesetzten Lächeln, grüßte Weirich zurück. „Servus Lorenz, ich dachte, du hast heute keine Zeit?“
„Ich hab meine Termine extra verschoben. Ist doch selbstverständlich, dass ich hierher komme, nach der schlimmen Sache mit der Ursula“, gab der Mann weltmännisch zurück.
Bei dem Namen Lorenz wurde Steinhauser hellhörig. „Sind Sie Lorenz Bergmann, der Jagdpächter?“, mischte sich Steinhauser in das Gespräch ein.
Bergmann schaute überrascht zu dem Polizisten in Uniform. Ganz so, als ob dieser plötzlich, wie aus dem Nichts, neben ihm erschienen wäre.
„Ja, genau der bin ich.“ Bergmann schaute verwirrt.
„Das trifft sich ja prima, mit Ihnen wollte ich auch noch sprechen“, meinte Steinhauser und erntete einen überraschten Blick.
„Mit mir?“
„Ja, mit Ihnen“, wiederholte Steinhauser.
„Kennen wir uns?“
„Noch nicht, aber das wird sich ja gleich ändern. Mein Name ist Johannes Steinhauser, und wie Sie unschwer erkennen können, bin ich von der Polizei.“
„Ja, das kann ich gerade noch erkennen“, meinte Bergmann abweisend. Offensichtlich war er nicht sonderlich begeistert, mit einem Polizisten zu reden. „Und wie kann ich Ihnen helfen? Herr Steinhauser.“
„Es geht um den Tod von Ursula Sternberg. Ich hätte da ein paar Fragen an Sie.“
„Muss das jetzt sein?“ Bergmann schaute demonstrativ auf seine Uhr, um Steinhauser zu signalisieren, dass seine Zeit begrenzt war.
Steinhauser ignorierte die Geste und blieb beharrlich. „Jetzt oder später auf dem Revier. Das liegt ganz bei Ihnen.“

„Also gut, wenn es denn sein muss.“ Bergmann gab nach und wandte sich an Weirich. „Geh schon mal vor. Die anderen sind bereits in der Halle. Ich komme gleich nach.“
Weirich nickte und ging.
„Darf man fragen, wer die anderen sind?“, stieg Steinhauser direkt in die Befragung ein.
„Einige Mitglieder der Jagdgenossenschaft, einige Christbaumerzeuger und der ein oder andere Politiker“, antwortet Bergmann bereitwillig.
„Was machen Sie eigentlich beruflich?“
„Ich bin Bauunternehmer. Aber deswegen wollten Sie mich doch nicht sprechen, oder?“
„Nein, ich wollte wissen, in welchem Verhältnis Sie zu Frau Ursula Sternberg standen.“
„Die Uschi“, Bergmann seufzte betroffen. „Traurig, traurig. Ich hatte keine Beziehung mit ihr, falls Sie das meinen. Zumindest keine feste, wenn Sie verstehen?“
„Ihre Jagdhütte, Herr Bergmann ...“, Steinhauser hielt kurz inne, ohne näher auf sein Bedauern über den Tod von Uschi einzugehen, ... die wollten Sie doch zuerst auf einem Feld vom Herrn Weirich bauen, entschieden sich dann aber kurzfristig für ein Feld von Frau Sternberg. Weswegen?“
„Weil mir das Feld von der Frau Sternberg besser gefallen hatte“, gab er verschmitzt zurück.
„Kann es sein, dass diese Entscheidung zufällig mit einem ... Video zu tun gehabt hatte, das Frau Sternberg von Ihnen gedreht hatte?“, kam Steinhauser direkt auf den Punkt.
Bergmann lachte. „Ach, daher weht der Wind. Ja, Sie hat versucht, mich damit zu ... überzeugen. Aber das war gar nicht nötig gewesen. Ich sagte ihr, wenn sie mir verspricht, sich regelmäßig mit mir für ein paar schöne Stunden dort zu treffen, wenn ich in der Gegend bin, dann baue ich ihr eine Jagdhütte. Aber nur dann. Erpressen lasse ich mich nicht. Das Gegenteil war eher der Fall. Ich drohte ihr, das Video ihrer Familie zu zeigen. Und das wollte sie ganz und gar nicht.“
Steinhauser war von Bergmanns Offenheit überrascht. „Hatten Sie keine Angst, dass Ihre Frau von dem Video erfahren könnte?“
„Angst?“ Bergmann lachte erneut. „Das war der Plan der guten Frau Sternberg. Aber sie konnte ja nicht wissen, dass ich mich schon vor Jahren von meiner Frau getrennt hatte. Wir sind zwar auf dem Papier noch verheiratet, aber das ist auch alles. Jedenfalls hatte ich viel Spaß mit der Uschi. Sie war

eine tolle Frau und ich bedaure ihren Tod wirklich sehr.“
Wer´s glaubt wird selig, dachte sich Steinhauser. „Dennoch würde es mich interessieren, wo Sie waren, als Frau Sternberg verstarb“, fragte er weiter. Mehr aus Gewohnheit, als dass er sich neue Erkenntnisse erhoffte.
Bergmanns Reaktion war die gewohnte: „Sie glauben doch nicht ernsthaft, dass ich etwas mit dem Tod von Ursula Sternberg zu tun habe?“
„Was ich glaube, spielt keine Rolle. Also, wo waren Sie?“
„Naja, Sie machen ja auch nur ihren Job.“ Bergmann zeigte Verständnis. „Ich habe in Afrika von ihrem Tod erfahren. Bis vor ein paar Tagen war ich dort noch auf Großwildjagd“, gab der Bauunternehmer großspurig zurück. Falls er damit bei Steinhauser Eindruck schinden wollte, ging das gründlich daneben.
„Wer um die halbe Welt fliegt, um wehrlose Tiere zu erschießen, die auch noch vom Aussterben bedroht sind, der hat auch genug Geld, um einen Auftragskiller zu bezahlen“, sagte ihm Steinhauser schonungslos seine Meinung. Dass er damit vielleicht etwas über das Ziel hinausschoss, war ihm in diesem Moment egal. Er hatte schon immer eine Allergie gegen sich selbst verherrlichende Machos. Und genau für so einen hielt er Bergmann. Dieser schluckte verlegen und setzte an, etwas zu sagen, doch Steinhauser ließ ihn erst gar nicht zu Wort kommen.
„Ich habe keine weiteren Fragen. Sie können gehen.“
Bergmann starrte Steinhauser verdattert an. „So was habe ich noch nicht erlebt“, schimpfte er und trollte sich.
Was für ein arrogantes Arschloch, dachte sich Steinhauser und schaute dem Jagdpächter hinterher. Dieser verschwand kopfschüttelnd zwischen den Besuchern.

„Das war doch der Bergmann, oder?“ Steinhauser zuckte erschrocken zusammen, als ihn Strubinski ansprach. „Hast du ihn auf das Video angesprochen?“
„Hab ich.“
„Und?“
„Er fand´s irgendwie lustig.“
„Lustig?“ Strubinski verstand gar nichts.
„Der war so dreist und hat das Video sogar gegen die Uschi verwendet“, sagte Steinhauser. „Aber das erzähl ich dir später. Als Täter scheidet er jedenfalls auch aus.“

„Ach, und warum?"
„Er hat ein Alibi. War zur Tatzeit auf Großwildjagd in Afrika."
Strubinski verzog das Gesicht.
„Das prüf ich aber jetzt nicht nach", stellte Steinhauser gleich klar. „So was denkt sich niemand aus, außer es stimmt."
„Seh ich ein", stimmte Strubinski zu. „Wie ätzend ist das denn? Vom Aussterben bedrohte Tiere abknallen!"
In diesem Punkt waren sich die beiden einig.
„Genauso ätzend wie der Typ selber! Aber jetzt will ich erst mal mit dem Kranz reden."
„Der ist da drüben", Strubinski zeigte voller Stolz quer über den Hof. „Der steht da mit so´n paar Politikern. Ich hab ihn die ganze Zeit nicht aus den Augen gelassen." Strubinski strahlte Steinhauser an, ganz so, als ob er ein Lob erwarten würde.
„Du wartest hier!", befahl er stattdessen und marschierte los. Strubinski zögerte kurz, blieb dann aber doch lieber zurück. Steinhauser würde ihn eh wieder wegschicken.

Karl Kranz, der Mittelsinner Bürgermeister, war gerade in ein Gespräch mit dem Landrat und einem Mann vertieft, der vorher von Weirich als Landtagsabgeordneter vorgestellt worden war. Zu Steinhausers Schande kannte er den Mann nicht. Entschlossen, den Bürgermeister zur Rede zu stellen, tippte er ihm auf die Schulter. Der wandte sich zu ihm um und erstarrte kurz beim Anblick des uniformierten Polizeibeamten.
„Karl, ich muss dich mal kurz sprechen", sagte Steinhauser und nickte den anderen beiden kurz zu.
„Na, Herr Kranz, Sie werden mir doch nichts angestellt haben", witzelte der Landrat.
Kranz gab ein gequältes Lächeln von sich. „Darf ich vorstellen, das ist der Herr Steinhauser. Unser ... äh … Sinngrundpolizist."
„Wir haben schon gehört von Ihnen", sagte der Landrat zu seiner Überraschung. „Den Herrn Weirich hatten sie ja eben auch schon entführt."
Steinhauser zuckte nur mit den Schultern, ohne näher darauf einzugehen. Er wollte gar nicht wissen, was die werten Herren über ihn gehört hatten.
„Grüß Gott", sagte er schnell. „Ich bitte um Entschuldigung, aber ich müsste unseren geschätzten Bürgermeister mal kurz sprechen. Dauert auch bestimmt nicht lange."

„Das geht jetzt nicht!“, protestierte Kranz entschieden. Steinhauser wusste nur zu gut, dass Kranz, ähnlich wie Mehrhold, es liebte, sich mit Prominenten zu zeigen und sich weltmännisch zu geben. Zumindest versuchte er es.
„Tun Sie sich keinen Zwang an“, sagte der Landtagsabgeordnete. „Der Herr Weirich hat es ja auch überlebt. Zudem scheint es wichtig zu sein. Der Herr Steinhauser macht ja auch nur seine Arbeit.“
„Ja … also … wenn Sie meinen, ... ich bin dann auch gleich wieder zurück“, stammelte der Bürgermeister und folgte widerwillig Steinhauser. Als die Politiker außer Hörweite waren, packte er Steinhauser am Arm. „Was soll denn das?“, beschwerte er sich verärgert. „Was sollen die denn denken, wenn du mich hier so … so abführst?“
„Reg dich ab, Karl“, blieb Steinhauser unbeeindruckt. „Ich ermittle im Mordfall Ursula Sternberg. Da kann ich keine Rücksicht auf irgendwelche Befindlichkeiten oder Abgeordnete nehmen.“
„Was soll das heißen, *du ermittelst im Mordfall Ursula Sternberg?*“
„Das soll heißen, dass ich im Mordfall Ursula Sternberg ermittle. Und in diesem Zusammenhang habe ich ein paar Fragen an dich.“
„Fragen? An mich? Heute?“ Kranz sah ihn entgeistert an. „Was hab ich denn damit zu tun?“
„Das will ich ja gerade herausfinden“, erklärte Steinhauser.
„Das freut mich ja für dich, aber da bist du bei mir an der falschen Adresse. Wie kommst du überhaupt darauf, dass ich dir da weiterhelfen könnte?“ Immer wieder hielt Kranz Ausschau nach seinen Gesprächspartnern. Wann kam schon einmal so viel Prominenz nach Mittelsinn?
Steinhauser kramte ein Stück Papier aus seiner Brusttasche und reichte es Kranz. Der warf zunächst nur einen flüchtigen Blick darauf, doch plötzlich erstarrte er. Es dauerte einen Moment, bis er begriff, was er da in der Hand hielt. Er schaute wieder zu Steinhauser. Diesmal war sein Gesichtsausdruck verändert. Kranz wirkte ertappt.
„Wo hast du das her?“, fragte er mit dünner Stimme.
„Bei der Uschi gefunden. Und jetzt würde ich gerne mal wissen, was für ein Kaufvertrag das sein soll, bei dem nix drinnen steht?“ Steinhauser schaute den Bürgermeister eindringlich an.
„Ich wüsste nicht, was dich das angeht.“
„Oh, das geht mich sogar sehr viel an“, meinte Steinhauser und nahm ihm den Vertrag wieder ab. „Ach ja, bevor ich es vergesse … ich habe da auch ein paar *private Videoaufnahmen*. Nicht jugendfrei, falls du verstehst, was

ich meine?“ Die ohnehin rosige Gesichtsfarbe von Kranz wechselte binnen Sekunden in dunkelrot. Am liebsten wäre er im Boden versunken oder über Steinhauser hergefallen. So genau konnte man das nicht wissen. „Nur für den Fall, dass du mir nicht glaubst, ich hab die Aufnahmen dabei.“ Steinhauser zeigte auf seinen Rucksack. „Wollen wir mal reinschauen?“
Kranz wusste sofort, was Steinhauser meinte. Er rang um Fassung. „Mensch Hannes, das ist ne Ewigkeit her. Was soll´n das jetzt?“
„Sag du´s mir!“, forderte Steinhauser ihn auf. „Oder soll ich deine ehemaligen Gemeinderäte befragen? Bin mal gespannt, was die dazu zu sagen haben.“
Kranz zog Steinhauser aus dem Getümmel an einen Platz, an dem sie weitestgehend ungestört waren.
„Was willst du wissen?“, fragte Kranz angefressen.
„Was ist das für ein Kaufvertrag, in dem nix drinnen steht? Und warum hat euch die Uschi mit den Videos erpresst?“, wollte Steinhauser wissen.
„Wie kommst du darauf, dass uns die Uschi erpresst hat?“
„Karl“, sagte Steinhauser und schaute den Bürgermeister streng an. „Es gibt nur zwei Gründe, warum die Uschi mit dir und deinen super sexy Gemeinderäten in die Kiste gesprungen ist. Erstens: Ihr seid absolut unwiderstehlich. Zweitens: Sie wollte euch erpressen. Und da Erstens für mich eher nicht in Frage kommt, bleibt nur noch Zweitens.“
Kranz schaute verlegen zu Boden. Sagte aber nichts.
Steinhauser fuhr fort. „Und mit den Videos hat sie euch erpresst, damit ihr beim Kauf des Gewerbegebietes für sie stimmt. Hab ich Recht?“
„Wenn du schon alles weißt, warum fragst du mich dann noch?“, beschwerte sich Kranz. „Dann kann ich ja wieder gehen!“
„Was ist mit dem Kaufvertrag?“, wollte Steinhauser erneut wissen.
„Was soll damit sein? Ist halt ein Entwurf, der nicht gebraucht wurde“, sagte Kranz.
Steinhauser überlegte, wie er ihn aus der Reserve locken konnte.
„Bei der Durchsuchung aller Unterlagen der Uschi wurde nirgends ein Kaufvertrag über die Fläche im Gewerbegebiet gefunden. Wie kann das sein?“, bluffte er einfach. In Wahrheit hatte er keine Ahnung, was von der Kripo alles gefunden und sichergestellt wurde.
Kranz zuckte mit den Schultern. „Vielleicht hat sie ihn verschlampt!“
„Okay, ich seh schon. Du bist nicht sehr kooperativ. Dann werde ich mich mal mit deinen ehemaligen Gemeinderäten unterhalten oder an eure Ehefrauen wenden“, sagte Steinhauser spitz.

„Mensch, Hannes!“, Kranz trat unruhig auf der Stelle. „Das ist Erpressung!“
„Das ist keine Erpressung“, stellte Steinhauser klar. „Ich biete dir lediglich verschiedene Möglichkeiten an, mir zu helfen, die Wahrheit herauszufinden.“
„Ich geb´s ja zu!“, zischte Kranz. „Wir haben mit der Uschi gevögelt und dann hat sie uns erpresst, die miese Schlampe! Bis du jetzt zufrieden?“
„Und weiter?“
„Was willst du denn noch hören?“
„Was wollte sie für ihre … Liebesdienste haben?“
„Das weißt du doch schon! Sie wollte, dass wir bei der Vergabe der Gewerbefläche für sie stimmen! Dafür hat sie uns versprochen, nix unseren Familien zu verraten.“ Kranz fuchtelte ungehalten mit den Armen vor Steinhauser herum. Die ersten Besucher wurden schon auf ihn aufmerksam. Als er ihre Blicke bemerkte, warf er ihnen ein aufgesetztes Lächeln entgegen.
Steinhauser überlegt kurz. Dann stellt er eine andere Frage. „Woher hatte die Uschi eigentlich das Geld für die Fläche. Was ich so gehört habe, war sie eher abgebrannt als wohlhabend.“
„Das weiß ich doch nicht“, gab sich Kranz unwissend.
„Naja, das lässt sich ja rausfinden. Konto- und Sparbuchbewegungen lassen sich ja über Jahre zurückverfolgen. Und wenn man weiß, wo man zu suchen hat, wird man auch fündig.“
„Ja, ja, ja! Ist ja schon gut!“ Kranz hob beschwichtigend die Hände. „Das Geld hat sie von uns bekommen. In bar! Damit hat sie dann offiziell bezahlt. Der Kaufvertrag liegt auf der Gemeinde. Bist du jetzt zufrieden?“
Steinhauser nickte.
„Geschadet hat es jedenfalls keinem“, setzte Kranz zu einer Rechtfertigung an. „Also im Grunde eine win-win-win-Situation für alle. Quasi eine Triple-Win-Situation. Die Uschi bekam ihre Fläche, wir hatten unseren Spaß und in die Gemeindekasse ist ein hübsches Sümmchen geflossen. Viel mehr, als wenn es der Weirich gekauft hätte.“
„Dann sind die ehemaligen Gemeinderäte also quasi der FC Bayern von Mittelsinn. Die Triple-Gewinner“, sagte Steinhauser spitz.
„Könnte man so sagen“, gab Kranz angefressen zurück.
„Ist ja hervorragend gelaufen für euch. Mal abgesehen davon, dass ihr tief in eure Taschen greifen musstet.“
„Besser so als anders!“

„Bis auf den Weirich waren dann also alle zufrieden. Der ist dank eurer Geilheit der Dumme. Quasi der Triple-Loser. Und die Uschi ist jetzt tot“, stichelte Steinhauser.
„Dass die Uschi tot ist, das tut uns allen sehr leid“, stellte Kranz noch einmal klar. „Aber damit hat von uns keiner was zu tun! Die Uschi hat sich immer an die Abmachungen gehalten!“
„Das werden wir ja seh´n“, meinte Steinhauser bewusst gelassen. „Vielleicht brauchte sie ja wieder mal eine kleine Gefälligkeit von dir … oder einem der anderen. Und da hat es euch gereicht.“
„Als wir gehört hatten, dass die Uschi tot ist, haben wir uns sofort getroffen. Von uns war´s keiner! Wir haben alle ein Alibi!“
„Davon bin ich überzeugt“, gab Steinhauser zurück. Ihm war klar, wenn es tatsächlich einer der Pornostars gewesen war, dann würden ihm die anderen in jedem Fall ein Alibi geben. Ohne handfeste Beweise war da wenig bis nichts zu holen. Da er keine weiteren Fragen mehr hatte, entließ er Kranz. Der gesellte sich wieder zu seinen politischen Freunden. Allerdings war seine Laune jetzt im Keller.

Kaum war der Bürgermeister verschwunden, stand schon Strubinski wieder neben ihm.
„Und? Was erreicht?“
Steinhauser zuckte mit den Schultern. „Kein‘ Ahnung. Ich denke eher nicht.“
Was ihm Kranz erzählt hatte, behielt er vorerst besser für sich. Zu viele Informationen wollte er Strubinski jetzt auch nicht zukommen lassen.
„Die ehemaligen Gemeinderäte sind auch alle da. Wollen wir uns die auch gleich vorknöpfen?“, schlug Strubinski voller Tatendrang vor. Noch immer zuckte Steinhauser leicht zusammen, wenn Strubinski in der *Wir-Form* sprach. „Nein, heute nicht.“
„Warum denn nicht? Die Gelegenheit für einen kleinen Plausch ist doch ideal.“
„Weil ich denke, dass wir … also ... dass *ich* da im Augenblick nicht weiterkomme.“
„Und wieso?“ Strubinski schaute ihn verständnislos an.
„Jahrelange Erfahrung“, meinte Steinhauser.
„Wenn du meinst.“ Strubinski war skeptisch. „Du musst es ja wissen ... als erfahrener Kripo-Kommissar.“

„Ja, genau so ist es“, bestätigte Steinhauser. Er konnte es mittlerweile gar nicht mehr leiden, wenn er als Kommissar angesprochen wurde. Es erinnerte ihn immer an seine Lügengeschichten, die er jahrelang erfolgreich verbreitet hatte. Jetzt galt es, diese unter den Teppich zu kehren, ohne dass jemand etwas bemerkte. „Fred. Ich bin derzeit nicht als Kommissar tätig, also spar dir bitte diese Bemerkungen in Zukunft.“
Etwas verwirrt über Steinhausers scharfen Tonfall gab Strubinski nur ein knappes „Okay“ zurück. Dennoch konnte er sich die Frage, wie es denn jetzt weiterging, nicht verkneifen.
„Ich fahr jetzt mal nach Burgsinn zu dem Neuhaus. Mal hör´n, was der für´ne Ausrede hat“, sagte Steinhauser.
„Alles klar. Geh´n wir.“
„Fred“, Steinhauser warf ihm einen langen Blick zu.
„Ja, schon klar. War nur ein Scherz. Ich bleib hier und observier die Filmstars. Man weiß ja nie, was passiert“, meinte Strubinski mit einem Augenzwinkern.
„Tu, was du nicht lassen kannst“, sagte Steinhauser und machte sich auf den Weg.

„Himmelarschundzwirn! Die Scheißklingel!“, schimpfte Steinhauser. Schon wie bei seinem ersten Besuch hatte die Klingel erst ein Geräusch von sich gegeben, nachdem er fest darauf gedrückt hatte. Allerdings verklemmte sie sich dann wieder und hörte nicht mehr auf. Ein greller Klingelton schallte durch das Haus. Diesmal blieb er aber gelassen und wartete. Kurz darauf ging die Haustür auf und Neuhaus stand, bewaffnet mit einem kleinen Schraubenzieher, vor ihm. Dieser schaute kurz verdutzt, dann brachte er mit geübtem Handgriff die Klingel zum Schweigen.
„Sie schon wieder?“, wunderte er sich.
„Ja, Herr Neuhaus. Ich schon wieder“, gab Steinhauser mit strengem Blick zurück. „Wir müssen uns noch einmal unterhalten.“
„Um was geht es?“, fragte Neuhaus etwas verunsichert.
Ohne Umschweife konfrontierte ihn Steinhauser mit dem, was er von seinen Schafkopffreunden erfahren hatte. Nach einem kurzen Blick über die Schulter zog Neuhaus die Haustür hinter sich zu und trat vor das Haus.
„Haben Sie mir vielleicht noch etwas zu sagen?“, fragte Steinhauser. „Zum Beispiel, wo sie am besagten Tag zwischen 19:00 Uhr und 20:00 Uhr gewesen waren?“

Neuhaus schaute ihn wortlos an. Die Verunsicherung war ihm deutlich anzusehen.
„Ich hätte da auch noch ein Video im Angebot, über das wir reden könnten, wenn Ihnen nicht einfällt, wo Sie gewesen waren“, fuhr Steinhauser unbeirrt fort.
„Video?“, quiekte Neuhaus, der jetzt völlig überfordert war.
„Ja, das ist aber ab achtzehn. Falls Sie verstehen, was ich meine“, ergänzte Steinhauser.
Das rundliche Gesicht von Neuhaus wurde aschfahl. Er schluckte und schaute verwirrt umher. Gerade so, als ob er darauf hoffte, dass ihm jemand zu Hilfe eilen würde. Doch da kam niemand. Vor ihm stand nur Steinhauser, der ihn eindringlich anstarrte.
„Ich bitte Sie, das darf niemand erfahren“, flehte Neuhaus.
„Und was genau darf niemand erfahren?“, hakte Steinhauser nach.
„Das von dem Video … und dass ich am besagten Abend an der Jagdhütte war“, räumte Neuhaus mit gesenktem Kopf ein. „Aber ich bin kurz vor 19:00 Uhr gegangen und da hat die Uschi ... also die Frau Sternberg noch gelebt. Das müssen Sie mir glauben!“
„Weswegen waren Sie denn bei Frau Sternberg?“
„Wegen dem Wald und weil wir doch nach Regensburg ziehen wollten.“
„Am besten, Sie erzählen mal von Anfang an“, schlug Steinhauser vor.
Erneut schaute sich Neuhaus um, dass ihn niemand beobachtete. „Lassen Sie uns ein Stück gehen“, gab er zurück und schob Steinhauser vor sich her. Sie liefen die steile Mäusbergstraße hinauf. Nachdem sie ein Stück gegangen waren, begann er schwermütig zu erzählen. „Nachdem ich im Amtsblatt inseriert hatte, dass ich vier Hektar Wald verkaufen möchte, hatte sich zunächst nur der Herr Weirich gemeldet. Wir waren uns eigentlich schon einig, da hat mich plötzlich die Frau Sternberg angerufen und mir gesagt, dass sie auch Interesse an meinem Wald hätte. Ich wollt ihr schon absagen, aber sie hat mich überredet, dass wir uns in der Jagdhütte treffen, um noch einmal über den Preis zu verhandeln. Und da ist es dann passiert.“
„Sie konnten den weiblichen Reizen von Frau Sternberg und Ihren niedrigsten Trieben nicht widerstehen!“, warf Steinhauser dazwischen.
Neuhaus schaute beschämt zu Boden. „Ja, ich geb´s ja zu. Sie hat mich verführt und einen Tag später mit dem Video konfrontiert. Sie hat mir gedroht, dass sie es meiner Frau zeigt, wenn ich ihr den Wald nicht verkaufe. Sie war so … so kalt.“

„Aber sie wollten nicht an die Frau Sternberg verkaufen, oder?"
„Eigentlich war es mir egal, aber was die zahlen wollte, war schon sehr unverschämt. 200 Euro hat sie gesagt! Absolut lächerlich! Mit dem Geld wollten wir unseren Neustart in Regensburg finanzieren. Mein Sohn ist Architekt. Er lebt dort mit seiner Familie. Ich habe bis vor ein paar Jahren noch im Wald gearbeitet, aber nach einem Arbeitsunfall habe ich eine neue Hüfte bekommen und bin jetzt Frührentner. Meine Frau und mich hält nix in Burgsinn. Aber wie sollte ich ihr denn erklären, warum ich nur 200 Euro für den Wald bekommen habe."
„Lächerliche 200 Euro für vier Hektar Wald und ein mehr oder weniger professionelles Sexvideo, das sind zwei ganz gute Motive", meinte Steinhauser. „So ein Blödsinn!", wehrte sich Neuhaus entschieden gegen diese Behauptung.
„Und da Sie das nicht auf sich sitzen lassen konnten, sind Sie noch mal zur Frau Sternberg, um mit ihr zu reden, stimmt´s?", hakte Steinhauser nach.
„Ja", gestand Neuhaus. „Ich bin nach Mittelsinn gefahren, um sie zur Rede zu stellen, aber sie war nicht zu Hause. Keiner wusste, wo sie war. Ich hab mir dann gedacht, dass sie bestimmt wieder in der Jagdhütte ist. Also bin ich da hin."
Neuhaus schwieg kurz und schaute zu Steinhauser. Der forderte ihn mit einer ungeduldigen Geste auf, weiter zu erzählen. „Wie spät war es da?"
Neuhaus zuckte mit den Schultern. „Kann ich nicht so genau sagen. Müsste gegen 18:30 Uhr gewesen sein. Die Kirchenglocken haben geläutet, als ich von den Sternbergs weg bin."
„Kam es zu … Handgreiflichkeiten zwischen Ihnen und Frau Sternberg?"
„Nein, ich habe sie nicht angerührt!", wehrte Neuhaus entschieden ab. „Die hat nur durchs gekippte Fenster mit mir geredet."
„Und was wollten Sie mit ihr bereden?"
„Ich hab sie angefleht, meiner Frau nichts zu sagen und das Video zu vernichten. Als ich ihr erzählt habe, wozu wir das Geld brauchen und dass wir auf den Verkauf angewiesen sind, hat sie nur gelacht. Es hat sie nicht interessiert. Es war ihr egal, ob meine Ehe kaputt geht oder nicht. Sie hat gesagt, ich soll den Kaufvertrag unterschreiben, dann bleibt das Video unser kleines Geheimnis. Für den Preis muss ich mir halt eine plausible Erklärung einfallen lassen. Aber wenn´s mir hilft, dann zahlt sie auch 500 Euro."
„Naja, so ganz unschuldig sind Sie an Ihrer Lage jetzt auch wieder nicht", schob Steinhauser dazwischen.

„Ja, das stimmt zwar, aber ich habe ihr wirklich nichts getan. Wie auch? Sie hat mich ja nicht mal reingelassen.“
„Das würde ich an Ihrer Stelle auch behaupten“, meinte Steinhauser ungläubig. *In diesem Fall wäre ein DNA-Vergleich mit den Entdeckungen der Kripo durchaus sinnvoll*, überlegte Steinhauser, behielt es aber für sich.
„Ich sag aber die Wahrheit!“, beharrte Neuhaus.
„Nehmen wir mal an, Sie sagen die Wahrheit, wie ging es dann weiter?“, bohrte Steinhauser nach.
„Diese arrogante Kuh hat das Fenster zugemacht und mich einfach stehen gelassen.“
„Das haben Sie sich gefallen lassen?“
„Was sollte ich denn machen? Ich hab zwar noch ein paar Mal versucht, mit ihr zu reden, aber sie hat nicht mehr reagiert. Also bin ich gegangen.“
„Um wie viel Uhr war das?“
„Vielleicht kurz vor oder nach 19:00 Uhr. Lange war ich nicht an der Hütte.“
„Dann sind sie einfach so gegangen? Wohlwissend, dass Ihre Ehe im Arsch ist. Ganz gleich, was Sie tun“, hakte Steinhauser ungläubig nach.
„Ja“, war die knappe Antwort. Neuhaus schämte sich und ging mit gesenktem Haupt neben Steinhauser her. „Ist Ihnen sonst noch was aufgefallen? War Frau Sternberg alleine in der Hütte?“
„Kann ich nicht sagen. Konnte ja nicht reinschauen.“
„Und was haben Sie in der Stunde von 19:00 Uhr bis zu Ihrem Eintreffen beim Gruber gemacht?“
„Ich bin mit dem Auto rumgefahren und habe nachgedacht.“
„Zeugen?“
„Nein!“
„Also haben Sie kein Alibi?“
„Nein!“, sagte Neuhaus mit brüchiger Stimme.
„Hat Sie vielleicht irgendjemand gesehen beim Rumfahren?“ Steinhauser hatte Mitleid mit dem Häufchen Elend neben sich, das mit schweren Schritten den Mäusberg hochstapfte.
„Als ich zurück nach Mittelsinn gefahren bin, ist mir ein Radfahrer entgegengekommen“, fiel ihm ein.
„Ein Radfahrer?“, wunderte sich Steinhauser. „Bei der Kälte?“
„Ja, ein Radfahrer“, war sich Neuhaus sicher. „Ich hab mich auch gewundert, wer bei der Kälte und der Dunkelheit da rumfährt. Beinahe hätte ich ihn umgefahren.“

„Konnten Sie erkennen, wer gefahren ist? Ein Mann? Eine Frau? Dick? Dünn? Groß? Klein?“
„Ich hatte gerade andere Sorgen, als mich um einen Fahrradfahrer zu kümmern, der nachts, bei Frost, Richtung Aura fährt.“
„Zu dumm, der Fahrradfahrer hätte Sie vielleicht entlasten können“, meinte Steinhauser schulterzuckend.
Erschrocken schaute Neuhaus zu dem Polizisten. Steinhauser konnte sehen, wie es in seinem Gehirn zu rattern begann.
„Ein gelber Fahrradhelm“, schoss es aus Neuhaus heraus. „Der Radfahrer hatte einen gelben Fahrradhelm auf dem Kopf!“
Sofort erinnerte sich Steinhauser an den merkwürdigen Fund vor der Jagdhütte, als er mit Strubinski den Laptop entdeckt hatte.
„Denken Sie nach, Herr Neuhaus! Ist Ihnen sonst noch etwas aufgefallen?“, forderte er ihn auf. „Das kann für Sie ein wichtiger Entlastungszeuge sein.“
Und für Steinhauser ein wichtiger Zeuge oder ein weiterer Tatverdächtiger. Neuhaus blieb stehen und überlegte.
„Nein, tut mir leid“, kam die ernüchternde Antwort. „Ich habe fieberhaft überlegt, wie ich aus der Nummer mit der Frau Sternberg wieder rauskommen kann und nicht auf den Radfahrer geachtet.“
„Und, haben Sie eine Lösung gefunden?“
„Ja, das habe ich!“ Die Stimme von Neuhaus wurde wieder fester. Er schaute zu Steinhauser. „Ich habe beschlossen, meiner Frau reinen Wein einzuschenken und den Wald an den Weirich zu verkaufen. Vorausgesetzt, sie schmeißt mich nicht raus.“
„Und wie hat Ihre Frau reagiert?“ Jetzt wollte es Steinhauser genau wissen.
„Naja, ... ich hatte es mir zumindest fest vorgenommen, ... aber den richtigen Zeitpunkt noch nicht gefunden. So was muss ja auch geplant und vorbereitet werden.“
„Das hat sich ja jetzt erledigt.“
„Ja, aber da kann doch ich nichts dafür“, rechtfertigte sich Neuhaus. „Ich hab mit dem Tod der Frau Sternberg wirklich nichts zu tun!“
„Kann sein, kann aber auch nicht sein“, meinte Steinhauser. „Jedenfalls dürfen Sie Burgsinn vorerst nicht verlassen. Bis die Sache aufgeklärt ist. Ist das klar?“
„Wo soll ich denn hin?“
„Nach Regensburg!“

„So schnell geht das jetzt auch wieder nicht!“, beschwerte sich Neuhaus. „Dürfen Sie mir überhaupt verbieten, das Dorf zu verlassen?“
„Was ich darf oder nicht, dass überlassen Sie mal mir“, gab Steinhauser zurück, denn natürlich durfte er das nicht. „Dann bleiben Sie halt wenigstens im Sinngrund, so dass ich sie jederzeit erreichen kann“, räumte er noch ein, beendete ihren kleinen Spaziergang und blickte Neuhaus streng an. „Ich behalte Sie im Auge“, sagte er noch, dann ließ er ihn stehen.

Kapitel 15

Eigentlich wollte Steinhauser nach der Eröffnung des ersten VeMiNa-Marktes noch einmal kurz am Stand seiner Eltern vorbeischauen, aber da er bereits in Burgsinn war, zog er es vor, sich auf Stefanies Ankunft vorzubereiten. Er hatte sich fest vorgenommen, sich von seiner besten Seite zu zeigen. Diesmal musst es klappen. Nachdem er mit Jacky, Torben und Jennifer eine Runde durch die Siedlung gedreht und den Haufen der Beagle-Dame ordnungsgemäß entsorgt hatte, duschte er ausgiebig. Ein Blick auf die Uhr verriet ihm, dass er bis zu Stefanies Ankunft noch etwas Zeit hatte. In Gedanken ging er noch mal die durchgeführten Befragungen durch. Die Alibis von Weirich und Neuhaus konnte er widerlegen, aber so richtig glücklich war er dennoch nicht. Ein umfangreiches Geständnis wäre ja auch zu schön gewesen. Weirich hatte zwar jetzt kein Alibi mehr, aber das nutzte ihm auch nicht viel. Es gab nichts, was darauf hinwies, dass er bei Ursula Sternberg gewesen war. Neuhaus hingegen hatte zugegeben, am besagten Abend noch mit ihr gesprochen zu haben. Aktuell war er der Letzte, der sie lebend gesehen hatte. Für den Tatzeitpunkt hatte er auch kein handfestes Alibi. An Bergmann, diesen aufgeblasenen Baulöwen und Großwildjäger, wollte er erst gar nicht denken.
Steinhauser gab Jacky zu Fressen, als sein Blick auf den Laptop mit den ominösen Videoaufnahmen fiel. Nach kurzem Zögern nahm er das Gerät, setzte sich auf die Couch und fuhr es hoch. Obwohl er alleine war, vergewisserte er sich, dass ihn auch niemand beobachtete, und startete eines der Videos. Angewidert, aber hochkonzentriert, beobachtete er das Treiben auf dem kleinen Bildschirm. Manchmal schaute er verschämt zur Seite, dann wieder kam er kopfschüttelnd ganz nah an den Monitor heran. Plötzlich wurde er am rechten Ohr geleckt. Mit einem gellenden Schrei zuckte er zusammen. Jacky, die sich unbemerkt neben ihn geschlichen und ebenfalls interessiert auf den Bildschirm gestarrt hatte, flüchtete erschrocken unter den Couchtisch.
„Mach das nie wieder!“, schimpfte Steinhauser kurzatmig. Sein Herzschlag war binnen Sekunden auf maximaler Leistung. Nachdem er den Schock und das erste Video überstanden hatte, holte er sich erst einmal ein Bier. Gerade als er es öffnen wollte, klingelte es an der Tür. Erneut zuckte er zusammen.
„Stefanie!“

Vor lauter Alibis und Videos, hatte er sie völlig vergessen. Angezogen war er auch noch nicht. Hektisch stellte er das Bier zurück in den Kühlschrank, rannte ins Schlafzimmer und zog sich etwas über. Auf dem Weg zur Tür klappte er noch schnell den Laptop zu. Kurz bevor er öffnete, hielt er noch einmal inne und holte tief Luft.
„Hallo“, sagte er etwas verschüchtert, als er Stefanie gegenüberstand. Wieder einmal wusste er nicht, wie er sich verhalten sollte. Waren sie jetzt zusammen? Und noch viel wichtiger: Hatten sie Sex gehabt oder nicht? Eine Frage, dessen Antwort für ihn nicht unerheblich war.
Stefanie gab ihm einen flüchtigen Kuss auf die Wange und kam herein. Kaum war sie in der Wohnung, wurde sie voller Freude von Jacky begrüßt.
„Warum bist du noch nicht angezogen? Ich dachte, wir gehen gleich los.“
„Wir gehen ja auch gleich“, sagte er. „Ich dachte wir … wir unterhalten uns vorher noch ein wenig.“
„So, über was willst du dich denn unterhalten?“
„Naja ... über den aktuellen Stand eurer Ermittlungen zum Beispiel“, stammelte er vorsichtig.
Stefanie kam ganz nah zu ihm. „Hannes, du weißt doch ganz genau, dass ich dir nichts sagen darf.“
„Ja, schon klar“, versuchte er es erneut. „Aber ich dachte ...“
„Besser, du denkst nicht“, fiel ihm Stefanie ins Wort. „Ich bin heute hergekommen, um einen schönen Abend mit dir zu verbringen. Und nicht, um über den Stand unserer Ermittlungen zu reden. Zumal die dich ja auch gar nichts angehen.“
„Klar, hast ja Recht“, stimmte er zähneknirschend zu. „Es gibt so vieles, über was wir reden können. Ich zieh mich schnell um, dann können wir los.“
In Windeseile verschwand Steinhauser im Schlafzimmer und wechselte die Kleider. In dem Moment, als er wieder das Wohnzimmer betrat, war Stefanie gerade dabei den, Laptop aufzuklappen.
„HALT!!“, schrie er, dass Stefanie zusammenzuckte. Mit offenem Mund starrte sie ihn an. Auch Jacky erstarrte in ihrer Bewegung.
„Entschuldige“, sagte er besänftigend. „Du ... du darfst nicht sehen, was da auf dem Bildschirm ist.“
„Und wieso nicht?“, fragte sie neugierig.
Steinhauser nahm ihr behutsam den Laptop ab. „Weil, weil, weil, … weil ich gerade dabei war ein, ein, ein ... Gedicht für dich zu schreiben.“
„Ein Gedicht? Du?“, Stefanie schaute verdutzt.

„Ja, ich“, Steinhauser war etwas beleidigt, weil sie so offensichtlich überrascht war. „Oder glaubst du, ich kann das nicht?“
„Naja, ich kenne dich halt“, hielt sie dezent dagegen.
„Schließlich hab ich ja jetzt auch einen Hund.“
„Okay, das stimmt“, gestand sie ein. „Aber Gedichte? Darf ich mal lesen?“
„Nein“, sagte Steinhauser entschieden und brachte den Laptop ins Schlafzimmer.“
„Aber wenn es fertig ist, darf ich es lesen. Oder liest du es mir vor?“
Steinhauser hätte sich am liebsten geohrfeigt. Ein Gedicht! Er! Das war so ziemlich das Dümmste, was ihm hätte einfallen können. Und so wie er Stefanie kannte, würde ganz bestimmt irgendwann der Tag kommen, an dem sie das Gedicht hören wollte. Doch das verdrängte er erst einmal.

Wenig später schlenderten sie einträchtig über den VeMiNa-Markt in Mittelsinn. Auf der Hauptstraße, die bis zur Linde gesperrt war, tummelten sich unzählige Menschen im Schein bunt erleuchteter Weihnachtsbäume. Eine geschlossene Schneedecke sorgte für ein romantisches Ambiente, wie man es nur selten zu sehen bekam. Ideale Voraussetzungen, um Stefanies Herz im Sturm zurück zu erobern. Beide ließen sich Zeit und statteten jedem Hof, der sich für den Markt herausgeputzt hatte, einen kurzen, manchmal auch einen längeren Besuch ab. Am liebsten hätte Steinhauser ihre Hand gehalten, traute sich aber nicht. Sein Beziehungsstatus war im wahrsten Sinne des Wortes *unklar*.
Überall gab es etwas Anderes zu bestaunen. Neben typischem Weihnachtskram gab es die unterschiedlichsten Leckereien. Von Damwild-Bratwurst über Bio-Burger vom heimischen Rind bis hin zu Wildschweingeschnetzeltem war für jeden etwas dabei. Daneben gab es auch gebrannte Mandeln, Zuckerwatte und jede Menge selbstgebackene Plätzchen. Wer hier nichts fand, war selber schuld. Dasselbe galt für Geschenk- und Dekoartikel.
Dicke Kerzen in großen Gläsern säumten zu beiden Seiten die verschneite Straße. Düfte von Glühwein, Bratwürsten, Waffeln und frisch gebackenem Brot machten Lust auf mehr. Der Brotduft kam vom Stand seiner Eltern an der Linde. Dort verkauften sie traditionell gebackenes Brot und Brötchen.
„Na ihr zwei“, grüßte Hildegard die beiden. Sie strahlte bis über beide Ohren beim Anblick von Stefanie.
„Wo is´n der Vodder?“, fragte ihr Sohn.

„Der ist gerade zurück in die Backstube und holt die letzten Brote", erklärte Hildegard stolz. „Ihr könnt euch nicht vorstellen, was hier heute los war. Die haben uns die Brote und Brötchen regelrecht aus der Hand gerissen."
„Als ob es sonst nirgendwo Brot geben würde", winkte Steinhauser ab und erntete von Stefanie einen Stoß in die Seite."
„Du wieder", sagte sie kopfschüttelnd.
Steinhauser hätte sich ohrfeigen können für diese unüberlegte Äußerung. Denn bis zu diesem Zeitpunkt war der Abend aus seiner Sicht hervorragend gelaufen.
„Das ist nicht irgendein Brot", belehrte ihn seine Mutter. „Diese Brote sind nach einem alten, sehr aufwendigen Familienrezept gebacken worden. Das kennen viele Leute gar nicht mehr."
„Sei nicht sauer, Mama. Das war nicht so gemeint", entschuldigte er sich sofort.
Steinhauser und Stefanie verabschiedeten sich wieder und machten sich auf den Rückweg. Während sie über die geschmückte Hauptstraße schlenderten, wagte er es und legte seinen Arm um ihre Hüfte. Sein Herz pochte wie wild. Zu seiner Freude ließ sie es zu und er zog sie sanft an sich. Die traute Zweisamkeit wurde jäh gestört, als jemand seinen Namen quer über die Straße schrie.
„Na, ihr zwei Turteltäubchen", begrüßte sie Fred Strubinski, der mit seiner Frau Lavinia und Töchterchen Sonja direkt auf die beiden zusteuerte.
Der hat mir gerade noch gefehlt, dachte Steinhauser.
„Ich hab euch heute angemeldet", verkündete er voller Stolz.
„Angemeldet? Wo hast du uns angemeldet?", fragte Steinhauser verwirrt.
„Beim Yoga", zwinkerte Strubinski.
Yoga! Das hatte er ja völlig verdrängt. Am liebsten hätte er losgepoltert, was er von dieser bescheuerten Idee hielt, aber ihm fiel gerade noch ein, dass Stefanie dieser Veranstaltung nicht abgeneigt war.
„Den Sepp hab ich schon informiert. Der freut sich schon voll darauf", schob Strubinski noch hinterher.
„Das ist ja toll", freute sich auch Stefanie und rang Steinhauser ein gequältes Lächeln ab. „Wann ist es denn soweit?"
„Durch meine Beziehungen konnte ich euch schon für kommenden Mittwoch anmelden. War gerade noch so viel Platz im Kurs", sagte Strubinski. „Die Agnes und der Björn, die Kursleiter, freuen sich schon, unsere Freunde kennenzulernen. Der Björn hat gesagt, dass sich die letzten Wochen so

viele anmelden wollten, dass sie schon Zusatzkurse planen. Ihr zwei und ein weiteres Pärchen seid aber die letzten, die in den aktuellen Kurs aufgenommen werden. Ist doch super, oder?“
„Ganz hervorragend. Das hast du ganz hervorragend gemacht, Fred“, quälte sich Steinhauser zu einem Lob.
„Mittwoch passt prima“, warf Stefanie dazwischen. „Da ist auch die Beerdigung der Ursula Sternberg.“
„Die Uschi wird am Mittwoch beerdigt?“, fragten Steinhauser und Strubinski gleichzeitig.
„Das sagst du mir erst jetzt?“, beschwerte sich Steinhauser.
„Entschuldige, Hannes“, beschwichtigte Stefanie. „Dass die Leiche freigegeben ist, wollte ich dir eigentlich morgen sagen. Heute wollte ich nicht über den Fall reden, sondern den Abend nur mit dir verbringen. Ohne Ablenkung.“
Diese offenen Worte ließen ihn sofort dahinschmelzen. „Da hast du natürlich Recht. Das ist heute unser Abend.“
„Oooooooh, euer Abend“, heulte Strubinski und zuckte mehrfach mit den Augenbrauen. „Dann wollen wir euch nicht länger aufhalten. Stimmt´s Lavinia?“
„Ja, dann wollen wir *eurem Abend* nicht länger im Weg stehen“, stimmte sie ihrem Mann zu und Familie Strubinski verabschiedete sich.

Wieder in Steinhausers Wohnung angekommen, schob er eine CD von INXS in den CD-Player, zündete ein paar Kerzen an und löschte das Licht. Stefanie liebte INXS. Die Band war in den 1980ern bis Mitte der 1990er eine der prägenden Kräfte in der australischen Rockszene und hatte ihren Weg bis in Stefanies Teenagerzimmer gefunden. Allerdings erst lange nach deren größten Erfolgen, die mit dem Freitod des Frontmannes Michel Hutchence 1997 jäh ein Ende fanden. Jacky verzog sich in ihr Körbchen, während es sich beide mit einem kleinen Sicherheitsabstand auf der Couch bequem machten. Als das erste Lied den Raum beschallte, setzte Steinhauser alles auf eine Karte. Er wollte jetzt wissen, wie sein aktueller Beziehungsstatus war.
„Stefanie …“, begann er vorsichtig. Er war hypernervös und zitterte vor Aufregung. Stefanie lehnte sich entspannt zurück und wartete. „Also … ich … ich … äh … sind wir jetzt wieder …? Och man, ... mach es mir doch nicht so schwer.“

„Möchtest du vielleicht wissen, ob wir wieder ein Paar sind?“, fragte sie und beugte sich zu ihm.
„Ja, das möchte ich“, bestätigte Steinhauser mit gesenktem Kopf.
„Was denkst du denn?“
„Ich weiß ja auch nicht“, stammelte er verlegen. „Ich weiß ja noch nicht mal, was am Abend nach dem Weihnachtsmarkt passiert ist.“ So, jetzt war es raus.
Stefanie lächelte amüsiert. „Das kann ich mir gut vorstellen. Du hattest ganz schön einen sitzen.“
„Du aber auch“, hielt Steinhauser dagegen. Jetzt musste auch er lächeln. „Immerhin hast du mein Ohr angeknabbert.“
„Ja, das habe ich“, bestätigte sie. „Aber zu mehr bin ich nicht gekommen. Nachdem uns deine Nichte, die Vanessa, hier abgeliefert hatte, haben wir uns geküsst und ich bin noch einmal kurz ins Bad. Als ich zurückgekommen bin, lagst du neben Jackys Körbchen und Jacky lag auf dir. Du hast deinem Hund von mir vorgeschwärmt und bist eingeschlafen. Da wurde mir klar, wie sehr du mir die ganze Zeit gefehlt hast. Wie liebevoll du mit Jacky umgegangen bist. Das hätte ich dir niemals zugetraut. Ich finde es auch toll, dass du Jacky adoptiert und nicht in ein Tierheim gebracht hast. Die Aktion mit der Leiche, die ihr eingefroren hattet, fand ich zwar nicht so prickelnd, aber das hat mir auch gezeigt, dass du Freunde niemals im Stich lassen würdest. Selbst wenn du dabei deinen Job riskierst. Und ich weiß, wie gerne du Polizist bist. Tugenden, die du vorher immer geschickt vor mir verborgen hattest oder ich nicht erkannt habe. Ich wäre doch dumm, wenn ich mir so einen Kerl durch die Lappen gehen lassen würde. Und aufräumen kannst du seit neustem auch. Ich hätte nie gedacht, dass du in der Lage bist, Ordnung zu halten.“
Mit allem hätte Steinhauser gerechnet, aber das, was ihm Stefanie gerade gesagt hatte, verschlug ihm die Sprache. Das mit der Ordnung lag allerdings eher an seiner Schwester, die regelmäßig vorbeischaute, damit ihre Einliegerwohnung nicht verwahrloste. Aber das musste Stefanie ja nicht wissen.
„Ja, … also jetzt weiß ich gar nicht, was ich sagen soll“, brachte er mit einem Kloß im Hals hervor.
„Am besten sagst du nichts“, meinte Stefanie, krabbelte zu ihm herüber und knabberte ihn am Ohr. „Wir haben noch einiges nachzuholen.“

Kapitel 16

Eng umschlungen waren Steinhauser und Stefanie spät in der Nacht eingeschlafen. Und daran hatte sich bis zum Morgen nicht viel geändert. Ein fernes, aufgeregtes Bellen drang zu den beiden ins Schlafzimmer und weckte sie.

„Macht das die Jacky jeden Morgen?“, fragte Stefanie verschlafen und löste sich aus seinen Armen.

„Normal nie“, knurrte Steinhauser.

„Dann solltest du besser mal nachsehen“, meinte Stefanie und gab ihm einen Kuss. „Und wenn du schon mal wach bist, kannst du gleich Kaffee machen.“

„Hm“, nickend trottete Steinhauser ins Wohnzimmer, wo er von Jacky schon erwartet wurde. Die Beagle-Dame rannte aufgeregt um die Couch, während die Titelmelodie von Magnum hartnäckig aus seinem Handy donnerte. Als er es in die Hand nahm, verstummte es. Mit verquollenen Augen schaute er, wer angerufen hatte. „Der Sepp! Was will der denn, um die Zeit?“, murmelte er. Als er sah, dass dies bereits der siebzehnte Anruf in Folge gewesen war, wurde er stutzig. Kein Wunder, dass Jacky sich aufregte. Gerade als er zurückrufen wollte, klingelte es erneut – Holzinger!

„Servus Sepp“, nahm er den Anruf entgegen.

„He, du Vollpfosten!“, schimpfte Holzinger. „Wo bleibst du denn? Wir stehen alle hier und warten!“

„Warten?“ Steinhauser überlegte fieberhaft, warum er auf ihn wartete. Und wer war *alle*?

„Ich hätte nie gedacht, dass du es vergisst!“, schimpfte Holzinger weiter. „Der Jan wartet auf seinen Patenonkel! Oder soll der Fred einspringen?“

Jede Farbe wich aus Steinhausers Gesicht. Fast wäre ihm das Handy aus der Hand gefallen. Müsste er jetzt zum Blutspenden, dann würden sie keinen Tropfen aus ihm herausbekommen.

„Die Taufe!“, platzte es aus ihm heraus. Mit einem Schlag war er hellwach. Wie konnte er die nur vergessen. „Wir sind gleich da!“, sagte er schnell, drückte Holzinger weg und rannte ins Schlafzimmer. Stefanie war schon aus dem Bett gesprungen. Bei dem Wort *Taufe* war auch sie sofort hellwach. Wie ein aufgescheuchtes Huhn rannte sie umher auf der Suche nach Kleidern.

„Ich hab alles gehört“, rief sie. „Mein Koffer, wo ist mein Koffer?“

„Was für ein Koffer?“, fragte Steinhauser panisch. „Als du gekommen bist, hattest du keinen Koffer dabei.“
„Dann ist er im Auto“, sagte sie und rannte los.
„Halt!“, Steinhauser hielt sie fest. „Du bist nackt!“
„Aaaaaah“, schrie sie. „Tu was!“
„Ich hol deinen Koffer!“ Steinhauser sprang aus dem Zimmer. Immerhin hatte er eine Unterhose an.
Begleitet von höchst ungläubigen Blicken der Nachbarschaft, die gerade auf dem Weg zur Kirche waren, flitzte er barfuß und in Unterhose, zu Stefanies Auto und holte den Koffer heraus.
„Keine Panik“, rief er den Nachbarn zu, die ihn mit offenem Mund anstarrten. „Dies ist ein Notfall! Ein Polizist ist halt immer im Dienst!“

In Rekordzeit erreichten Steinhauser und Stefanie die Kirche in Mittelsinn. Ihr Outfit hing zwar etwas schräg, ebenso wie ihre Frisuren, aber das war ihnen egal.
„Ich dachte, du hättest die Taufe dick und fett in deinem Kalender stehen!“, begrüßte ihn Holzinger aufgebracht.
„Steht sie ja auch“, log er.
Die gesamte Familie Holzinger wartete schon ungeduldig.
„War doch klar, dass er das vergisst“, grinste Strubinski. „Die beiden waren bestimmt die ganze Nacht schwer beschäftigt. So selten, wie die sich sehen.“ Dann streckte er die Hand Richtung Holzinger aus und rieb Daumen und Zeigefinger aneinander.
Genervt zog Holzinger einen Fünfzig-Euro-Schein hervor und reichte ihm Strubinski. Der Strich ihn glatt und rieb ihn Steinhauser unter die Nase. „Danke, Hannes.“
„Ihr habt gewettet?“, entrüstete er sich.
„Logisch“, sagte Strubinski und reichte den Schein seiner Frau Lavinia. Die faltete ihn zusammen und ließ ihn in ihrem Dekolletee verschwinden. „Der Sepp war doch tatsächlich davon überzeugt, dass du die Taufe nicht vergisst. Da hab ich sofort dagegen gewettet. Leicht verdientes Geld.“
„Egal jetzt!“, mischte sich Katja energisch ein. „Es ist kalt, Jan friert und der Pfarrer wartet schon fast eine Stunde. Wir gehen jetzt da rein!“ Dann drückte sie Steinhauser das eingewickelte Baby in die Hand. „Wenn Jan schreit, dann bist du zuständig!“
Etwas unbeholfen nahm er den kleinen Kerl entgegen. „Natürlich“, sagte

er gehorsam und die Gesellschaft versammelte sich nach und nach in der Kirche, wo sie vom Pfarrer und den Ministranten schon ungeduldig erwartet wurden.
Jan erwies sich als dankbares Baby und schlief während der ganzen Zeremonie. Erst am Mittag, als alle zum Essen beim Lukas waren, wurde er aktiv und das nicht zu knapp. Steinhauser wurde kurzerhand dazu verdonnert, sich um sein Patenkind zu kümmern, was er auch anstandslos machte. Schließlich hatte er jetzt eine Verantwortung, der er gerecht werden musste und wollte. Dass ein Kurzbesuch an Weihnachten und am Geburtstag nicht ausreichen würde, war ihm durchaus klar. Das schreiende Baby zu beruhigen, erwies sich allerdings als aussichtsloses Unterfangen. Was Katja auch erkannte. Erst nachdem sie Jan gefüttert hatte, kehrte wieder Ruhe ein. Anschließend schlenderten sie gemütlich über den Markt. Wobei man von schlendern nicht reden konnte. Das Dorf glich bei perfektem Winterwetter einem Tollhaus.
Während die Frauen in Gespräche vertieft waren, zog Strubinski Steinhauser beiseite.
„Gibt´s was Neues aus Würzburg?"
„Nein, die Stefanie sagt nix."
„Hast du ihr irgendwas erzählt?"
„Ne. Wenn die nix sagt, dann sag ich auch nix."
„Ist vielleicht auch besser so. Wir wollen den Profis ja nicht ins Handwerk pfuschen", meinte Strubinski und beide grinsten.
Da fiel Steinhauser ein, dass Strubinski nach den Wildtierkameras Ausschau halten wollte, deren leere Schachteln sie im Büro von Ursula Sternberg gefunden hatten. Doch Strubinskis Antwort war ernüchternd. „Ich wollte, aber es ging nicht", sagte er. „Ich bin mal mit dem Sepp seinem Geländewagen draußen rumgefahren, aber die Christbaumfuzzis sind im Moment überall. Die sind alle im Nadelfieber, da hast du keine Chance."
„Naja, auch egal", wehrte Steinhauser ab.
„Eben nicht egal!", beschwerte sich Strubinski. „Wir müssen jeder noch so vagen Spur folgen!"
„Ja, hast natürlich Recht", beschwichtigte Steinhauser. „Aber wie?"
„Genau darüber hab ich mir Gedanken gemacht", sagte Strubinski und in diesem Moment ahnte Steinhauser Schlimmes. „Wir zwei werden heute, wenn es dunkel ist, nach den Kameras suchen."
„Wir zwei? Heute?", Steinhauser glaubte sich verhört zu haben. „Wie kommst du denn auf diese beknackte Idee?"

„Weil die ganzen Christbaumfuzzis heute hier beschäftigt sind und uns dann bestimmt keiner stört.“
„Aber dir ist schon klar, dass es heute Abend dunkel ist und dass wir überhaupt keinen Plan haben, wo wir suchen sollen.“
„Doch, das haben wir“, sagte Strubinski und nickte lässig mit dem Kopf.
„So, und wo?“
„Auf dem Acker, wo die Jagdhütte steht.“
„Und wieso ausgerechnet da?“, fragte Steinhauser.
„Wie ich draußen rumgefahren bin, bin ich auch an dem Stück vorbeigefahren. Und ich bin mir fast sicher, dass ich vom Auto aus Kameras gesehen habe. Dem Sepp sein Geländewagen bekommen wir auch.“
Steinhauser holte tief Luft. Er hatte nicht die geringste Lust, bei Nacht und dieser Kälte zwischen verschneiten Christbäumen herumzuirren, um einen Christbaumzwicker zu suchen, den er gar nicht finden wollte. Aber das konnte er Strubinski so nicht sagen. Anders aber auch nicht. Und in Anbetracht von Strubinskis Sturheit, gepaart mit unbeirrbarer Motivation, würde es auch keinen Sinn machen. Also fügte er sich seinem Schicksal.
„Von mir aus, ich komm heute Abend vorbei.“
„Super“, freute sich Strubinski. „Wir werden den Fall schon noch lösen.“
Steinhauser zuckte kurz zusammen.

Weil Jan seinen Mittagsschlaf halten musste, waren die Holzingers die ersten, die sich verabschiedeten. Stefanie hatte Dienst und musste wieder zurück nach Würzburg. Steinhauser brachte sie zu ihrem Auto, wo er sich ausgiebig von ihr verabschiedete. Im Augenblick war er der glücklichste Mensch auf der Welt, da konnte auch der bevorstehende nächtliche Ausflug mit Strubinski nichts daran ändern.

Da man bei Ausflügen mit Strubinski grundsätzlich mit allem rechnen musste, trug er unter einem dicken Wintermantel seine Uniform. Strubinski war, wie erwartet, wieder mit Nachtsichtgerät und Tarnkleidung ausgerüstet. Da Strubinski diesmal nichts riskieren wollte, stellten sie Holzingers Geländewagen ein Stück vor der steilen Kurve ab und liefen das restliche Stück.
„Hier“, rief Strubinski und warf Steinhauser eine große Taschenlampe zu. „Spezialausrüstung“, erklärte er. „Wird normal bei der Erforschung von Höhlen benutzt. Hab ich extra organisiert. Mit den handelsüblichen

Dingern sieht man ja nix."
„Fred, du bist der Beste", gab Steinhauser mit sarkastischem Unterton zurück, den Strubinski wie üblich ignorierte. Der setzte sein Nachtsichtgerät auf, warf sich einen Rucksack über die Schultern und stapfte voran. Steinhauser folgte ihm wie sein Gehilfe. Und genauso kam er sich auch vor. Auf dem Feld angekommen, erklärte ihm Strubinski die Vorgehensweise, und Steinhauser tat, wie ihm befohlen wurde. Alles andere würde eh keinen Sinn machen. Frierend leuchtete er Reihe für Reihe jeden Baum ab, ob irgendwo eine der Wildtierkameras zu finden war. Seine Laune war im Keller, denn er hielt die ganze Aktion für höchst schwachsinnig. Das konnte er Strubinski, der voller Tatendrang war, allerdings nicht sagen. Doch als er tatsächlich eine Kamera fand, änderte er seine Meinung. Nach knapp zwei Stunden hatten sie das ganze Feld abgesucht.
„Sechs Kameras!" Strubinski hielt triumphierend den Rucksack in die Höhe. „Wenn sich das mal nicht gelohnt hat."
Steinhauser nickte anerkennend. Ein Lob verkniff er sich sicherheitshalber.
„Zu mir oder zu dir?", fragte Strubinski.
„Was meinst du?" Steinhauser schaute verwundert.
„Na, die Kameras. Wir sollten gleich mal schauen, was drauf ist." Strubinskis Ehrgeiz war ungebremst, jetzt erst recht.
„Fred, es ist kurz vor Mitternacht. Ich bin müde und möchte ins Bett." Steinhauser versuchte ihm zu signalisieren, dass er keine Lust mehr hatte, auch nur irgendetwas zu machen. „Wir haben die Kameras. Lass uns morgen schauen, was drauf ist."
„Hast wohl letzte Nacht wenig Schlaf abbekommen?" Strubinski lachte laut.
„Also, dann komm ich morgen bei dir vorbei, okay?"
„Auf keinen Fall!", gab Strubinski entschieden zurück. „Ich will jetzt wissen, was da drauf ist."
Mit einem tiefen Seufzer kapitulierte Steinhauser und beide gingen zurück zu Holzingers Geländewagen. Plötzlich blieb Strubinski stehen.
„Hörst du das?"
Steinhauser blieb ebenfalls stehen. „Ja", bestätigte er. „Kommt von hinter uns."
Beide drehten sich um. Im Schein der Taschenlampe leuchteten ihnen unzählige kleine Punkte entgegen, begleitet von tiefem Grunzen.
„Scheiße!", schrie Strubinski. „Eine Rotte Wildschweine!"
„Wo kommen die denn her?", quiekte Steinhauser.

„Du stellst Fragen! Lauf!“, schrie Strubinski erneut. „Oder tu was!“
Beide stolperten die steile Straße nach unten. In seiner Verzweiflung wühlte Steinhauser seine Dienstwaffe hervor. Während er panisch um sein Leben rannte, feuerte er blindlings hinter sich. Es quiekte kurz, dann wurden beide von der Rotte eingeholt. Die Wildschweine rannten den beiden in die Beine, sie verloren das Gleichgewicht und ehe sie sich versahen, wurden sie regelrecht niedergetrampelt und überrannt. Binnen weniger Sekunden war alles vorüber.
„Bist du verletzt?“, krächzte Steinhauser. Die Taschenlampe war ihm aus der Hand geschleudert worden, lag ein Stück entfernt im Schnee und strahlte in den Himmel. Es fing an leicht zu schneien.
„Geht schon“, gab Strubinski leicht angeschlagen von sich, suchte sein Nachtsichtgerät und setzte es auf.
Beide rappelten sich auf und waren froh, die Attacke unbeschadet überstanden zu haben.
„So was hab ich ja noch nie erlebt“, meinte Steinhauser, nahm die Taschenlampe wieder an sich und leuchtete den Weg ab. „Wo sind denn jetzt die Säu hergekommen?“
„Keine Ahnung“, meinte Strubinski. „Vermutlich sind die irgendwo auf den Weg gekommen, und weil hier ja alles eingezäunt ist, konnten die nirgendwo mehr hin. Dann haben die uns gesehen und Panik gekriegt.“
„Naja, Hauptsache, uns ist nix passiert.“
„Uns nicht ...“, sagte Strubinski und ging ein Stück zurück. „Komm mal her und schau dir das an.“
Im Schein der Taschenlampe lagen zwei tote Wildschweine. „Nicht schlecht“, meinte Strubinski. „Wir haben hier Wildschweine ohne Ende, aber unsere sogenannten Jäger sind einfach nicht fähig die Bestände einzudämmen. Und du knallst gleich zwei Stück ab.“
„Das wollt ich jetzt auch nicht“, entschuldigte sich Steinhauser.
„Darfst du das eigentlich oder bist du jetzt ein Wilderer?“
„Ich würde sagen, das war Notwehr“, überlegte Steinhauser. „Aber was machen wir denn jetzt? Die können wir doch nicht hier liegenlassen.“
„Nein, das können wir nicht“, stimmte Strubinski zu. „Ich schlage vor, wir schaffen die erst mal in den Kofferraum.“
Gemeinsam schleiften sie die toten Tiere zu Holzingers Geländewagen und verluden sie.
„Die Viecher stinken das ganze Auto aus“, stellte Steinhauser fest.
„Ach was, das riecht der Sepp eh nicht mehr. Der latscht doch den ganzen

Tag im Mief von seine Küh rum", wehrte Strubinski ab.
Beide standen da und starrten etwas ratlos auf die toten Wildschweine.
„Und jetzt?", fragte Steinhauser.
„Ich würde sagen, wir bringen die Säu zum Peller", schlug Strubinski vor. „Der ist Metzger."
„Gute Idee", stimmte Steinhauser zu. „Und außerdem ist er einer der ehemaligen Gemeinderäte, die sich mit der Uschi amüsiert haben und höchstwahrscheinlich bei der Vergabe der Industriefläche für die Uschi gestimmt haben. Diskretion sollte für ihn kein Problem sein."
Mitten in der Nacht klingelten sie Franz Peller, den Dorfmetzger, aus dem Schlaf. Seine Begeisterung hielt sich erwartungsgemäß in Grenzen. „Seid ihr eigentlich noch ganz dicht?", schimpfte er schlaftrunken. Der Schlafanzug des beleibten Mannes hatte früher auch einmal besser gepasst, oder war ein paar Nummern zu klein. Ein Stück seines behaarten Bauches schaute heraus. Ein Anblick, auf den beide hätten verzichten können. „Ich bin gerade erst ins Bett!"
„Hast wohl noch etwas gefeiert?", spottete Strubinski.
„Blödsinn! Ich musste noch Zeug für morgen vorbereiten. Die haben mir heute fast alle Bratwürste weggefressen. So was hab ich noch nicht erlebt."
„Ist ja prima, wenn du noch nicht geschlafen hast." Strubinski klopfte dem Metzger auf die Schulter. „Dann komm mal mit, wir haben da was für dich."
„Für mich?"
„Ja, für dich", bestätigte Steinhauser.
Franz Peller staunte nicht schlecht, als er einen Blick in den Kofferraum warf.
„Seid ihr eigentlich total bescheuert? Ihr könnt doch nicht mitten in der Nacht hier auftauchen und mir zwei tote Wildschweine bringen!", beschwerte sich der Metzger.
„Doch, das können wir!", sagte Steinhauser scharf. „Wir können noch viel mehr!"
„Habt ihr sie noch alle?" Peller war stocksauer. „Wo habt ihr die überhaupt her?"
„Wo wir die herhaben, spielt jetzt keine Rolle und kann dir scheißegal sein!" Steinhauser wurde laut. Er war todmüde und hatte jetzt keine Zeit und Lust für lange Debatten oder Erklärungen.
Doch das interessierte Peller nicht. „Seht selber zu, wie ihr die loswerdet!", hielt er dagegen. „Ich will mit eurem Gewilder nix zu tun haben!"

„Du kümmerst dich jetzt um die Viecher“, befahl Steinhauser, „sonst ...“
„Sonst … was?“, fiel ihm Peller ins Wort und baute sich wütend vor Steinhauser auf. „Ein Polizist, der wildert! Bin mal gespannt, was dein Chef dazu sagt, wenn ich dem das erzähl!“
Steinhauser kam ganz dicht an den Metzger heran, fast berührten sich ihre Nasenspitzen. „Und ich bin mal gespannt, was deine Frau dazu sagt, wenn sie erfährt, was du mit der Uschi so getrieben hast?“
Für einen Moment erstarrte Peller, Steinhauser schien einen Wirkungstreffer erzielt zu haben. „Was laberst du da für ein Scheiß?“, fing sich der Metzger gleich wieder. Sein Tonfall verlor aber deutlich an Schärfe.
„Ich hab da ein sehr interessantes Video, von dir und der Uschi. Wahrlich nicht sehr schön, aber dafür selten“, sagte Steinhauser spitz.
„Video? Was denn für ein Video?“ Peller sackte regelrecht in sich zusammen.
„Du weißt ganz genau, was für ein Video ich meine“, sagte Steinhauser gelassen.
„Ja, genau!“, mischte sich Strubinski ein. „Wir wissen alles!“
Steinhauser warf ihm einen strengen Blick zu. Strubinski hob entschuldigend die Hände und machte einen Schritt zurück.“
„Was meint der Elektropfuscher mit: *Ihr wisst alles!*“, fragte Peller vorsichtig.
„Was an dem Satz: ‚*Wir wissen alles!*‘ hast du nicht verstanden?“, fragte Steinhauser, was Strubinski ein lässiges Lächeln ins Gesicht zauberte.
„Alles?“, fragte Peller sicherheitshalber noch einmal nach.
„Alles!“, bestätigte Steinhauser. „Inklusive, warum das Video gemacht wurde“, schob er noch hinterher.
„Aber mach dir nix draus, du bist ja nicht der einzige Amateur-Pornostar, den wir im Dorf haben“, meldete sich Strubinski wieder zu Wort. „Aber wahrscheinlich der schlechteste. Eigentlich habt ihr alle keine gute Figur bei den Turnübungen mit der Uschi gemacht.“
„Ja, genau!“, bestätigte Steinhauser, wenngleich er die Videos nicht so intensiv wie Strubinski gesichtet hatte.
„Dir ist schon klar, dass du damit auch ein Motiv hast?“ Jetzt kam Strubinski in Fahrt.
„Motiv? Was denn für ein Motiv?“, gab Peller verängstigt von sich.
„Mordmotiv!“, zischte Strubinski.
„Was redet der denn da für´n Zeug?“, wandte sich Peller hilfesuchend an Steinhauser. „Darf der das überhaupt?“

„Nein, darf er nicht!", sagte Steinhauser entschieden und brachte Strubinski wieder zum Schweigen. „Aber es stimmt trotzdem", wandte er sich wieder an Peller.
Peller schluckte. „Ich hab doch nix mit dem Tod von der Uschi zu tun", sagte er verzweifelt.
„Das würde ich an deiner Stelle auch sagen", blieb Steinhauser hart. Der Metzger tat ihm zwar leid, aber da musste er jetzt durch. „Trotzdem gehörst du zum erweiterten Kreis der Verdächtigen!" Peller wusste nicht, wie ihm geschah. Er wurde mitten in der Nacht geweckt, um zwei Wildschweine illegal zu entsorgen, nebenbei mit den Sünden seiner Vergangenheit konfrontiert und stand plötzlich unter Mordverdacht. Mit offenem Mund starrte er Steinhauser und Strubinski an. Der Metzger wusste nicht, was er sagen sollte. „Wo warst du denn, als die Uschi ums Leben gekommen ist?", fragte Steinhauser erbarmungslos.
„Hä … was?", Peller war jetzt völlig von der Rolle. Seine Blicke wanderten aufgeregt zwischen Steinhauser und Strubinski hin und her.
„Was heißt hier: Hä?", mischte sich Strubinski wieder ein. „Das heißt: Wie bitte, könnten Sie den Satz noch einmal wiederholen, ich habe ihn nicht verstanden! Also, wo warst du?"
„Was ist los? Wann war das nochmal? Was wollt ihr von mir?", stammelte Peller hilflos und verwirrt. „Also kein Alibi?", stelle Strubinski fest.
„Was denn für ein Alibi?" Peller war verzweifelt.
„Ohne Alibi stehst du unter Mordverdacht", sagte Strubinski knapp.
Steinhauser war der Ansicht, dass dies jetzt genügen dürfte, um den Metzger davon zu überzeugen, sich um die toten Tiere zu kümmern. „Können wir die Schweine jetzt abladen?", fragte er Peller.
Der sagte nichts, nickte nur eifrig. „Was soll ich denn mit den Viechern machen?", fragte er kleinlaut.
„Mir wurscht!", sagte Steinhauser. „Im wahrsten Sinne des Wortes. Kannst sie verwurschteln, wenn du willst."
„Das kann ich nicht! Ich muss doch nachweisen, wo meine Schweine herkommen. Außerdem hab ich Wild sonst nie im Angebot", sagte er vorsichtig.
„Mensch, Franz!", mischte sich jetzt Strubinski wieder ein. „Stell dich doch nicht so blöd an! Nächste Woche ist noch mal VeMiNa-Markt. Glaubst du, da interessiert das irgendjemand, wo du dein Fleisch herhast?"
„Genau!", bestätigte Steinhauser. „Ansonsten musst du die Säu halt irgendwie anders entsorgen."

„Ist ja schon gut. Ich kümmer mich darum. Und was ist mit dem Video?“, fragte er vorsichtig.
„Was soll damit sein? Es ist bei mir und wenn ich noch Fragen dazu habe, komme ich wieder auf dich zu“, stellte Steinhauser klar.
Peller schwieg einen Moment, dann sagte er zähneknirschend: „Ich zieh mich schnell um.“ Im Anschluss brachten sie die Wildschweine ins Schlachthaus.
„War´s das jetzt?“, fragte Peller vorsichtig.
Steinhauser überlegte. Da fiel ihm noch etwas ein. „Du, der Reichel, der Schorsch und der Hodschi, ihr seid doch mit dem Weirich gut befreundet, oder?“
Peller zögerte. „Ja, warum?“, fragte er vorsichtig.
„Und trotzdem seid ihr eurem Freund, als ihr noch im Gemeinderat wart, in den Rücken gefallen und habt für die Uschi gestimmt!“, sagte Steinhauser und schaute ihn streng an.
„Mensch Leute, ... könnt ihr mal damit aufhören! Meine Ehe stand auf dem Spiel! Eine Scheidung hätte mich ruiniert“, flehte Peller. „Glaubt ihr, ich bin stolz auf die Aktion? Das darf der Ingo niemals erfahren! Der war damals sowieso total mies drauf und hat uns dafür verantwortlich gemacht, dass die Uschi die Fläche bekommen hat.“
„Mit *„uns“*, da meinst du den Hodschi, den Schorsch und den Reichel, stimmt´s?“, hakte Steinhauser noch einmal nach, auch wenn er es im Grunde schon wusste. „Ja, aber von mir wisst ihr das nicht! Ihr könnt doch dichthalten, oder?“, fragte Peller verzweifelt.
„Ich schon“, gab Steinhauser zurück und deutete auf Strubinski. „Aber für den kann ich nicht garantieren!“
Strubinski sagte nichts, schaute sich nur ein wenig in Pellers Schlachthaus um. „Die Elektrik sieht auch schon ziemlich alt aus. Entspricht das überhaupt noch den internationalen Sicherheitsstandards?“, fragte er mit prüfendem Blick.
Es dauerte einen Moment, bis bei Peller der Groschen fiel. „Ja, das muss dringend auf den neusten Stand gebracht werden. Deswegen wollte ich eh schon mal zu dir kommen ... wegen Angebot und so.“
„Prima“, meinte Strubinski zufrieden. „Dann hätten wir ja alles geklärt.“
„Halt“, sagte Peller plötzlich. „Ich war doch beim Lukas! Fußball schauen, als die Uschi ... naja, ihr wisst schon.“
„Glückwunsch, dann hast du ja ein Alibi“, sagte Steinhauser, der das bereits wusste und ließ ihn stehen.

Ohne Zeit zu verlieren, fuhren sie weiter zu Strubinski, um zu prüfen, ob auf den Wildtierkameras etwas zu sehen war, das ihnen weiterhelfen könnte.
„War das jetzt eigentlich nötig, dass wir den Franz so hart rangenommen haben?“, fragte Strubinski.
„Du wirst doch jetzt kein schlechtes Gewissen haben?“, wunderte sich Steinhauser.
„Ein klein wenig schon.“ Strubinski schaute schuldbewusst.
„Quatsch! Der brauchte eine klare Ansage, damit er erst gar nicht auf dumme Gedanken kommt und du hast wieder was zu tun“, stellte Steinhauser unmissverständlich klar.
„Glaubst du, der hat irgendwas mit dem Tod von der Uschi zu tun?“, wollte Strubinski wissen.
„Das kann ich mir nicht vorstellen“, meinte Steinhauser.
„Hast du den Reichel, den Schorsch und den Hodschi wegen den Videos schon in die Mangel genommen?“
„Noch nicht“, gestand Steinhauser. „Erst mal sehen, wie es weitergeht und was wir noch so rausfinden. Vielleicht ist das gar nicht nötig.“
„Du bist der Profi. Wenn du nicht weißt, was zu tun ist, wer dann?“ Strubinski hatte volles Vertrauen in die Fachkenntnisse seines Freundes. Steinhauser ließ den Satz besser unkommentiert.
Während Strubinski die Datenspeicher aus den Kameras entfernte und deren Inhalt auf seinen Laptop spielte, berichtete Steinhauser ausführlich über die Gespräche, die er mit Weirich, Bergmann und Neuhaus geführt hatte. Eigentlich hatte er sich ja vorgenommen, Strubinski in Zukunft weitestgehend aus seinen Ermittlungen herauszuhalten, aber auch wenn er es sich nicht eingestehen wollte, so war Strubinski der einzige, mit dem er darüber reden konnte. Strubinski hörte aufmerksam zu, während sie die Daten der Kameras sichteten. Und auf Kamera vier hatten sie tatsächlich einen Treffer.
„Das glaub ich jetzt nicht!“, sagten beide gleichzeitig.
„Spul noch mal zurück“, verlangte Steinhauser.
Insgesamt schauten sie die Stelle zehn Mal an und es war eindeutig. Auf dem Bild war für wenige Sekunden Ingo Weirich zu sehen gewesen.
„Wann war das?“, wollte Steinhauser sofort wissen.
Strubinski prüfte es. „Jetzt halt dich fest.“ Er machte es spannend. „Die Aufnahme stammt von dem Abend, als die Uschi umgekommen ist. Und zwar von 18:27 Uhr.“

„Dann war der Weirich also am besagten Abend an der Jagdhütte“, stellte Steinhauser fest.
„Und hast du gesehen, was er da gemacht hat?“
„Hab ich!“, bestätigte Steinhauser.
„Der Weirich ist dein Christbaumzwicker!“ Strubinski war erschüttert. „Das kann doch wohl nicht wahr sein!“
„Unglaublich!“, war alles, was Steinhauser dazu meinte. Bis vor kurzem war es ihm noch egal gewesen, wer die Spitzen der Bäume abzwickte, jetzt fand er es sogar witzig. „Der Weirich“, lachte er. „Da bin ich mal gespannt, welche Ausrede er dafür parat hat.“
„An dem Abend war wohl ganz schön was los an der Hütte“, warf Strubinski dazwischen.
„Sieht ganz so aus, aber das hat noch lange nichts zu bedeuten.“ Steinhauser blieb sachlich. „Die Uschi ist erst später ums Leben gekommen.“
„Das weiß ich, aber überleg doch mal.“ Strubinski hatte schon eine Theorie. „Der Weirich war gerade wieder mal dabei, Christbäume zu köpfen, als plötzlich der Neuhaus auftaucht. Der Weirich ist stinksauer auf die Uschi, weil die ihm den Wald vor der Nase weggeschnappt hat. Er belauscht die beiden und platzt wutentbrannt in die Unterredung. Es kommt zum Eklat und schwupps ist die Uschi tot. Zuerst sind die beiden Männer in Panik, aber die legt sich. Dann fangen sie an zu überlegen. Sie reden miteinander und kommen zu dem Ergebnis, dass es für beide zum Vorteil ist, wenn die Uschi tot ist. Der Neuhaus kann nicht mehr erpresst werden, kann den Wald für gutes Geld an den Weirich verkaufen und ab nach Regensburg. Der Weirich bekommt den Wald und die ungeliebte Uschi, die ihm immer in die Quere kommt, ist aus dem Weg. Beide wissen, was die Uschi in der Jagdhütte so getrieben hat, besonders der Neuhaus. Sie ziehen die Tote aus, zerwühlen das Bett und verschwinden. Jetzt denkt doch jeder, dass es zwischen ihr und einem ihrer Lover zum Streit gekommen war.“
Steinhauser war beeindruckt von Strubinskis Gedankengängen und neidisch zugleich. Er ließ sich natürlich nichts anmerken und hätte es niemals zugegeben. „So weit war ich auch schon“, winkte er stattdessen ab.
„Echt?“ Strubinski war beeindruckt. „Und warum sagst du dann nix.“
„Fred, ich red halt nicht so viel wie du“, gab sich Steinhauser gelassen. „Außerdem müssen solche Behauptungen genau geprüft werden. Voreilige Rückschlüsse können dich auf eine falsche Fährte führen. Und das ist für einen Ermittler fatal. Du darfst nie das große Ganze aus den Augen verlieren.“

„Du bist halt ein echter Profi“, Strubinski nickte anerkennend. „Manchmal denk ich, dass du keine Ahnung hast, was du tust. Dabei planst du jeden Schritt akribisch und lässt dich durch nichts aus dem Konzept bringen. Wahnsinn.“
„Jetzt übertreib mal nicht“, gab Steinhauser peinlich berührt zurück.
„Und wie geht's jetzt weiter?“
„Als erstes gehe ich in mein Bett“, erklärte Steinhauser und ging Richtung Tür. „Ich bin nämlich todmüde. Dann plane ich die weitere Vorgehensweise und werde mir in jedem Fall noch mal den Weirich zur Brust nehmen. Und du spielst mir die Daten auf einen Stick.“
Kaum war Steinhauser verschwunden, machte sich Strubinski an die Arbeit. Seine Motivation war ungebrochen, im Gegensatz zu der von Steinhauser.

Kapitel 17

Am nächsten Morgen fuhr Steinhauser erst bei Strubinski vorbei und holte den Stick mit dem Film von Weirich ab, bevor er auf dem Rathaus erschien. Die Nacht war zwar sehr kurz gewesen, aber er war fit wie lange nicht. Eine neue Spur und das Wissen, dass er wieder mit Stefanie zusammen war, verliehen ihm neue Energie.

Als er pfeifend und voller Elan das Rathaus betrat, bemerkte Frau Schäflein sofort die Veränderung. „Sie sind heut aber gut gelaunt."

„Wollen Sie damit behaupten, dass ich sonst keine gute Laune habe?", entgegnete Steinhauser mit einem Lachen, goss sich eine Tasse Kaffee ein und ging in sein Büro. „Ihr Kaffee duftet heute wieder besonders lecker. Frau Schäflein, Sie sind einfach die Beste."

„Naja, ich bin ja auch die Einzige hier. Jedenfalls war Ihre Laune in den letzten Wochen alles andere als ansteckend, wenn Sie verstehe, was ich meine."

„Ach was, da müssen Sie sich getäuscht haben", winkte er ab. „Ich muss ein wichtiges Telefonat führen. Anschließend werde ich Besuch bekommen. Können Sie bitte dafür sorgen, dass mich niemand stört?"

„Kein Problem", versicherte sie ihm und schloss die Bürotür.

Steinhauser nahm genüsslich einen Schluck aus seiner Tasse und griff zum Telefon. Er verspürte fast so etwas wie Vorfreude. Am anderen Ende der Leitung meldete sich Ingo Weirich. Steinhauser gab sich ernst. Mit strengem Tonfall zitierte er Weirich aufs Rathaus. Es gäbe wichtige Erkenntnisse zum Christbaumzwicker, die er ihm unbedingt mitteilen müsse.

Kurz darauf saß ihm Weirich in seinem kleinen Büro gegenüber.

„Was gibt's denn so Wichtiges, dass ich sofort kommen soll?", fragte Weirich. Seine Laune war nicht besonders gut und er wirkte angespannt. „Ich habe jetzt keine Zeit. Bei mir ist die Hölle los." Steinhauser blieb gelassen, lehnte sich in seinem Stuhl zurück und klappte den Laptop auf. „Interessiert es dich denn nicht, was ich herausgefunden habe?"

„Natürlich will ich wissen, welcher Drecksack unsere Bäume kaputt gemacht hat." Weirich war um Souveränität bemüht, aber ihm war anzumerken, dass er nichts Gutes ahnte. „Dann solltest du dir mal dieses Video ansehen", meinte Steinhauser und drehte den Laptop um. „Du musst genau hinschauen. Der Drecksack ist nur kurz zu sehen. Ich hab extra auf Wiederholung gestellt, damit dir auch nix entgeht."

Neugierig betrachtete Weirich den kleinen Bildschirm. Steinhauser beobachtete genüsslich, wie seine Gesichtsfarbe zunächst weiß, dann dunkelrot wurde. Vor lauter Scham wusste er nicht, wohin er schauen sollte. Er vermied jeden Blickkontakt.

„So, Ingo“, ergriff Steinhauser das Wort, nachdem er die Stille im Büro noch eine Weile auf sein Gegenüber hatte wirken lassen. Und seine Tonlage machte Weirich sofort klar, dass der Polizist jetzt nicht zu Scherzen aufgelegt war. „Als ich dich gefragt habe, wo du warst, als die Uschi ums Leben gekommen ist, hast du mich als unfähig bezeichnet. Angeblich willst du selber auf der Suche nach dem Drecksack gewesen sein, der eure Bäume kaputt macht. Dabei bist du selber der Drecksack!“ Er ließ seine Worte kurz wirken, dann sprach er weiter. „Ich werde dir jetzt ein paar Fragen stellen und du wirst die mir korrekt beantworten. Ansonsten reiß ich dir deinen Arsch so weit auf, dass du einen Christbaum darin pflanzen kannst! Hab ich mich klar genug ausgedrückt?“

„Ist ja schon gut“, gab der ansonsten so selbstbewusst auftretende Weirich kleinlaut zurück.

„So, dann erzähl mir doch mal, warum du nachts draußen rumschleichst und die Spitzen von deinen und den Bäumen der anderen Christbaumerzeuger abzwickst?“, fragte Steinhauser schadenfroh.

„Das ist nicht so, wie du denkst“, meinte Weirich halbherzig. „Ach, wie ist es denn sonst?“ Steinhauser lehnte sich interessiert in seinem Stuhl zurück.

„Ich geb´s ja zu. Bei der Uschi hab ich bei ein paar Bäumen die Spitzen abgezwickt“, räumte er ein. „Aber bei den anderen war ich das nicht. Ehrlich!“

„Und das soll ich dir glauben?“

„Das musst du mir glauben, weil es so ist!“, beharrte Weirich. „Ich bin quasi nur ein Trittbrettfahrer.“

Steinhauser musterte ihn genau. Weirich zeigte keinerlei Regung. Nachweisen, dass er es war, der bei seinen anderen Kollegen die Spitzen der Bäume abzwickte, konnte er ihm nicht, auch wenn er dieses Video hatte, und das wusste Weirich. Aber er konnte ihn bei seinen Kollegen anschwärzen und abwarten, was dann passiert. Eine Option, die er im Hinterkopf behielt.

„Aber warum hast du das gemacht?“, fragte Steinhauser interessiert.

„Na, wegen der Uschi, der blöden Kuh!“, fing Weirich an. „Ständig kommt die mir in die Quere. Erst die Aktion mit der Fläche im Gewerbegebiet und jetzt der Wald vom Neuhaus!“

„Und da ist dir der Kragen geplatzt!“, hakte Steinhauser dazwischen.
„Ja!“, bestätigte Weirich. „Ich wollte ihr eins auswischen!“
„Und dabei hat sie dich erwischt und ist aus Versehen ums Leben gekommen, oder was?“
„Nein, was redest du denn da für einen Blödsinn“, verteidigte sich Weirich. „Die hat mich gar nicht erwischt. Ich wollt ihr einfach nur eins auswischen. Die paar Bäume hätten der doch eh nicht weh getan.“
„Und wieso hast du bei den anderen Christbaumerzeugern auch welche abgezwickt?“, fragte Steinhauser beiläufig. „Das war ich nicht!“, beschwerte sich Weirich und ließ sich nicht aufs Glatteis führen.
„Und um keinen Verdacht zu erwecken, hast du nach ihrem Tod auch noch mal zugeschlagen und Anzeige erstattet, stimmt´s?“
„Nein, das war ich auch nicht!“ Weirich wurde jetzt ungehalten. „Was hätte ich denn davon? Der Arsch, der das macht, weiß wahrscheinlich gar nicht, wem die Felder gehören, auf denen er sein Unwesen treibt.“
Steinhauser ließ das mal so stehen und kam zurück zur Videoaufnahme. „Dennoch zeigt der Film, dass du im Zeitraum ihres Todes an der Hütte warst“, machte ihn Steinhauser auf die Uhrzeit der Aufnahme aufmerksam. Weirich rutschte unruhig in seinem Stuhl hin und her. „Es ist nicht so, wie du denkst.“
„Ach, was denk ich denn?“
„Ich hab nix mit dem Tod von der Uschi zu tun, das musst du mir glauben“, beharrte Weirich.
„Ja klar, genau so wenig wie du mit dem Christbaumzwicker zu tun hast.“
„Das ist doch was ganz Anderes. Außerdem war ich nicht der Einzige, der an dem Abend an der Jagdhütte war“, verteidigte sich Weirich.
Das wusste Steinhauser bereits, aber er behielt sein Wissen für sich. Er wollte hören, was Weirich zu sagen hatte. „Wer war denn noch da?“, gab er sich ahnungslos.
„Der Neuhaus“, sagte Weirich. „Echt?“ Steinhauser tat so überrascht, wie er nur konnte. „Was wollte er denn dort?“
„Woher soll ich das denn wissen?“ Weirich zuckte mit den Schultern. „Ich bin total erschrocken, als ein Auto den Weg hergefahren kam. Ich hab ja gar nicht gewusst, dass die Uschi in der Hütte ist. Es war doch alles dunkel, als ich gekommen bin. Sonst wär ich doch gleich wieder verschwunden. Mir ist später erst aufgefallen, dass alle Fensterläden zu waren.“
Dass die Fensterläden geschlossen waren, daran konnte sich Steinhauser auch erinnern. „War der Neuhaus in der Hütte drinnen?“

„Nein, die Uschi hat ihn nicht reingelassen“, bestätigte Weirich unwissend die Geschichte von Neuhaus. „Die hat das Fenster gekippt und mit ihm geredet. Aber ich konnte nix verstehen. Weiter ranschleichen hab ich mich nicht getraut.“
„Wann ist der Neuhaus denn dort erschienen?“
„Ich schätze so um halb sieben oder etwas später“, sagte Weirich. „Aber so genau kann ich das nicht sagen.“
Auch das passte, denn um 18:27 Uhr war Weirich noch mit dem Zwicken beschäftigt. „Und wann ist der Neuhaus wieder gegangen?“
Weirich überlegte. „Die Unterredung hat nicht so lange gedauert. Vielleicht um sieben oder etwas eher.“
Jetzt überlegte Steinhauser, ob er Weirich mit Strubinskis Theorie konfrontieren sollte, entschied sich aber dagegen. War vielleicht im Augenblick besser so. „Ist dir sonst noch irgendwas aufgefallen?“
Erneut überlegte Weirich. „Als der Neuhaus weg war, bin ich zu einem der Fensterläden geschlichen und hab versucht reinzuschauen. Aber die waren von innen verriegelt. Ich konnte nur so schummriges Licht erkennen und leise Musik hören. So Kuschelzeug, glaub ich.“
„Kann es sein, dass schon jemand in der Hütte war, als der Neuhaus kam?“, hakte Steinhauser nach.
„Schon möglich“, meinte Weirich schulterzuckend. „Vielleicht hat sie den Neuhaus deshalb auch nicht reingelassen. Jedenfalls hab ich mich nicht mehr lange dort aufgehalten und bin abgehaut, bevor mich doch noch jemand erwischt.“
„Hast du sonst noch was gesehen?“, fragte Steinhauser weiter. „Ein Auto vielleicht?“ Schließlich musste die Uschi ja auch irgendwie zur Jagdhütte gekommen sein.
„Nein, hab ich nicht“, gab Weirich zurück. „Ich hab auch nicht darauf geachtet. Wenn da ein dunkles Auto irgendwo gestanden war, kann man das schon mal übersehen. Schließlich hatte ich da gerade andere Probleme.“
„Wo hast du denn geparkt?“, wollte Steinhauser wissen.
„Ein Stück weiter weg. Nicht Richtung Auraer Berg. Die Straße ist ein Rundweg und führt anders herum zurück nach Mittelsinn.“
„Das weiß ich auch“, meinte Steinhauser. „Wo warst du anschließend? Beim Lukas bist du erst kurz vor 20:00 Uhr erschienen.“
„Ich bin zu meiner Halle im Gewerbegebiet gefahren, hab mich umgezogen und noch etwas Schreibkram erledigt“, erklärte Weirich.
Steinhauser ließ das mal so stehen und hakte nicht weiter nach. Beide

saßen in der kleinen Polizeidienststelle auf dem Rathaus und schwiegen. Weirich war es, der vorsichtig wieder das Wort ergriff. „Was passiert denn jetzt?"
„Wieso, was soll denn passieren?", wunderte sich Steinhauser.
„Naja, … weil ich doch die Spitzen abgezwickt hab."
„Ach so", daran hatte Steinhauser gar nicht mehr gedacht. Auch wenn er jetzt wusste, wer der Übeltäter war, so war es ihm dennoch egal. Das konnte er so natürlich nicht sagen. „Das kann ich natürlich nicht unter den Tisch kehren", sagte er mit strengem Blick.
„Bekomm ich jetzt ne Anzeige?"
„Naja, ungeschoren kann ich dich nicht davonkommen lassen. Ist ja schließlich Sachbeschädigung", meinte Steinhauser."
„Das seh ich ein", stimmte Weirich zu. „Aber ..."
„Kein aber!", fiel ihm Steinhauser ins Wort. „Um dich kümmer ich mich später. Du wirst in jedem Fall wieder von mir hören!"
„Sonst noch was?", fragte Weirich, nachdem Steinhauser keine weiteren Fragen mehr stellte. „Nein, eigentlich kannst du gehen. Und wenn dir noch was einfällt, dann meldest du dich, ist das klar?"
„Ja, ist klar", bestätigte Weirich.
Als er gerade die Tür hinter sich zuziehen wollte, drehte er sich noch einmal um. „Da fällt mir noch was ein."
„Ich höre", forderte ihn Steinhauser auf.
„Als ich zum Auto gelaufen bin, ist mir ein kleiner Lichtpunkt aufgefallen, der den Weg zur Jagdhütte entlangkam. Ich kann dir aber nicht sagen, was oder wer das war", sagte Weirich noch, dann ging er.

Nachdem Weirich verschwunden war, ließ sich Steinhauser dessen Geschichte noch einmal durch den Kopf gehen. Sie deckte sich mit der von Neuhaus – ohne, dass er Weirich über sein Wissen in Kenntnis gesetzt hatte. Entweder erzählten beide die Wahrheit oder sie hatten sich tatsächlich abgesprochen, wie es Strubinski vermutete. Steinhauser ließ sich diese Möglichkeit mehrmals durch den Kopf gehen und kam immer wieder zu demselben Ergebnis: Auf keinen Fall waren der Weirich und der Neuhaus so abgebrüht, um so eine Nummer durchzuziehen. Niemals! Dafür waren die viel zu dämlich. Aber was war dann geschehen? Beide berichteten über ein Licht oder einen Radfahrer, der sich zur Tatzeit im Erbsenhafen aufgehalten haben soll.

„Der Fahrradhelm“, fiel ihm wieder ein. „Klar, da muss ein Radfahrer an der Hütte gewesen sein!“, wurde ihm plötzlich klar. „Aber was für ein Verrückter fährt um diese Zeit und bei der Kälte da draußen rum?“, überlegte Steinhauser laut und begann in seinem Büro umherzulaufen. „Ich muss herausfinden, wer da mit dem Rad unterwegs gewesen war. Aber wie? Scheiße, dazu fehlen mir die Mittel. Stefanie! Nein, die kann ich nicht anrufen, auf keinen Fall! Erstens: Ich hab nichts Konkretes, nur Theorien und die Aussagen von zwei möglichen Verdächtigen, die sich entweder unwissend oder bewusst gegenseitig ein Alibi gegeben haben. Zweitens: Ich darf gar nicht ermitteln. Wenn Stefanie das rausbekommt, gibt's wieder Stress und den kann ich grad nicht gebrauchen. Drittens: Wir hatten Sex und das darf ich auf keinen Fall aufs Spiel setzen.“
Seufzend ließ sich Steinhauser wieder in seinen Stuhl fallen. Die Angelegenheit war kompliziert. Dann war da noch dieser Unfall mit dem Marcel Breuer. Er hatte zwar immer Ausschau nach einem dunklen SUV gehalten, der vorne links beschädigt war, hatte aber bisher nichts finden können. Das Auto war wie vom Erdboden verschluckt. Wem der weiße Kastenwagen gehörte, den er am nächsten Tag im Erbsenhafen gesehen hatte, wusste er auch noch nicht. Das Einzige, was er wusste, war, dass er nichts wusste. Er war frustriert. Er überlegte, ob er Neuhaus noch einmal einen Besuch abstatten sollte, verwarf den Gedanken aber wieder. Neuhaus würde ihm eh nur wieder dieselbe Geschichte erzählen.
Plötzlich hämmerte die Titelmelodie von Magnum aus seiner Jackentasche. Hektisch kramte Steinhauser sein Handy hervor. Es war seine Mutter. Er nahm den Anruf entgegen und lauschte aufmerksam ihren Worten. Seine Miene verfinsterte sich zunehmend. „Und seit wann ist er weg?“, fragte er. „Kann ich gar nicht so genau sagen. Vielleicht eine Stunde?“, gab seine Mutter aufgeregt zurück. „Ist dir irgendetwas aufgefallen, die letzten Tage? Kam ein auffälliges Päckchen mit der Post?“
„Nein, alles normal, wenn man seine aktuelle Laune als normal bezeichnen kann.“
„Wirklich? Mama, denk nach!“
Es dauerte einen Augenblick, bis Hildegard antwortete. „Er hatte die letzten Tage ein paar Mal mit der Vanessa telefoniert, glaub ich.“
„In Ordnung, ich kümmer mich gleich darum.“ Steinhauser beendete das Telefonat und holte tief Luft, dann sprang er auf. Er hatte so eine Ahnung, wo sein Vater sein könnte. „Frau Schäflein, ich muss weg. Notfall!“, sagte er und verschwand.

Kapitel 18

Mit dem mobilen Blaulicht auf dem Dach des grünen Polos seiner Schwester raste Steinhauser Richtung Karlstadt. Der Anblick war zwar etwas skurril, aber verfehlte seine Wirkung nicht. Auch in der Fußgängerzone der Karlstädter Altstadt zog er die Blicke der verwirrten Anwohner auf sich. Steinhauser parkte direkt vor dem Landratsamt und rannte in das historische Gebäude.

In der Empfangshalle stand eine Traube Menschen und diskutierte aufgeregt miteinander. Weitere kamen hektisch aus dem ersten Stock heruntergerannt. Als Steinhauser das Gebäude betrat, wurden die Leute sofort auf ihn aufmerksam. Eine Frau kam direkt auf ihn zu.

„Das ging aber schnell“, sagte sie voller Bewunderung. „Ich hab die Polizei doch gerade eben erst angerufen.“

„Äh … ja, wenn´s brennt, geht's schnell“, meinte Steinhauser etwas verwirrt, ahnte aber schon, um was es ging. „Wie ist die Lage?“, fragte er vorsichtig.

„Er ist oben, der Verrückte.“ Die Frau deutete in den ersten Stock. Während Steinhauser noch überlegte, was er sagen sollte, klingelte ein Telefon. Die Frau starrte ihn wartend an. Es dauerte einen Augenblick, bis er begriff, dass es sein Diensthandy war.

„Da muss ich ran“, sagte er und entfernte sich von den Leuten.

„Steinhauser, wo treiben Sie sich denn schon wieder rum?“, donnerte Rappert aus dem Gerät. Doch bevor Steinhauser etwas erwidern konnte, ergriff sein Vorgesetzter schon wieder das Wort. „Ist ja jetzt auch egal. Sie müssen sofort nach Karlstadt kommen. Wir brauchen dort jeden Mann.“

Steinhauser wäre das Handy fast aus der Hand gefallen. Unzählige Augen waren auf ihn gerichtet. Er drehte sich weg.

„Karlstadt?“, fragte Steinhauser mit brüchiger Stimme.

„Ja, Karlstadt!“, bestätigte Rappert. „Verdacht auf Terrorangriff im Landratsamt. Das SEK ist bereits informiert.“

„Terror? SEK?“ Steinhauser musste husten.

„Ja!“, bestätigte Rappert erneut.

„Hier ist kein Terror“, sagte Steinhauser, so dass ihn keiner hören konnte. Was Besseres fiel ihm in diesem Moment nicht ein. Er musste irgendwie verhindern, dass das SEK hier auftauchte.

„Was meinen Sie damit, hier ist kein Terror?“ Rappert war verwirrt.

„Ich bin gerade auf dem Landratsamt“, gab er zurück und entfernte sich noch ein Stück von den Leuten.
„Wie? Sie sind auf dem Landratsamt?“ Jetzt verstand Rappert gar nichts mehr.
„Ja, ich bin rein zufällig hier“, erklärte Steinhauser.
„Wie können Sie während ihrer Dienstzeit zufällig auf dem Landratsamt sein. Ausgerechnet dann, wenn dort ein bewaffneter Mann gesehen wurde? Können Sie mir das mal erklären?“ Rapperts Verwirrung wich seinem üblichen Tonfall.
„Das ist doch jetzt egal“, wehrte Steinhauser ab. „Sie müssen das SEK zurückpfeifen! Oder wollen Sie sich bis auf die Knochen blamieren?“
„Und was ist mit dem Terroristen?“
„Hier gibt es keinen Terroristen“, sagte Steinhauser. „Hier ist alles ruhig. So ruhig, wie es auf einem Amt eben ist.“
„Sind Sie sicher?“, hakte Rappert nach.
„Ja klar, ich bin doch direkt vor Ort.“ Steinhauser schaute über seine Schulter. Mittlerweile hatten sich wahrscheinlich alle Mitarbeiter des Landratsamtes in der Empfangshalle versammelt und starrten auf ihn. „Sie müssen das SEK stoppen. Oder wollen Sie morgen die Schlagzeile in der Zeitung sein?“
Rappert schwieg.
„Ihre Entscheidung“, schob Steinhauser noch hinterher. „Ich mach mich ja nicht zum Deppen, wenn das SEK hier auftaucht und feststellt, dass Beamtenmikado hier die größte Aufregung ist.“
„Ist ja schon gut!“, gab Rappert missmutig nach. Blamieren wollte er sich auf keinen Fall. „Ich blase die Aktion ab. Aber ich weiß jetzt immer noch nicht, was Sie dort machen.“
„Alles klar, Herr Rappert“, gab Steinhauser zurück und beendete das Gespräch, ohne auf seine Frage zu antworten. Anschließend rückte er seine Uniform zurecht und ging zu den Mitarbeitern des Landratsamtes. Jetzt galt es souverän aufzutreten.
„Wie war noch mal Ihr Name?“, wandte er sich an die Frau, die die Polizei gerufen hatte.“
„Iris Beer“, gab Sie zurück.
„Frau Beer. Wo genau ist denn jetzt dieser … Verrückte mit der Pistole?“
„Oben, im ersten Stock. Zweite Tür links. Bauamt.“
„Woher wissen Sie das so genau?“, wollte Steinhauser wissen.
„Die Toilette ist auch im ersten Stock“, erklärte Frau Beer. „Als ich zur

Toilette rein bin, war der Mann noch vor dem Büro gesessen und hat gewartet, bis er aufgerufen wird."
„Er ist nicht hineingestürmt?", wunderte sich Steinhauser.
„Nein, er hat gewartet", sagte Frau Beer.
„Und woher wissen Sie, dass er eine Pistole hatte?", fragte Steinhauser.
„Als ich wieder aus der Toilette kam, hat er die Pistole gerade aus seiner Jackentasche gezogen und ist ins Büro von Herrn Klehrbach gegangen."
Steinhauser bedankte sich bei Frau Beer für die Informationen, dann wandte er sich an die übrigen Mitarbeiter. „Hören Sie mir jetzt bitte genau zu. Ich bin Deeskalationsexperte. Ich werde jetzt nach oben gehen und nachsehen, was da los ist. Ich bitte Sie Ruhe zu bewahren. Bleiben Sie genau hier im Foyer und verlassen Sie unter keinen Umständen das Gebäude. Haben Sie mich verstanden?"
„Entschuldigen Sie, Herr …?", meldete sich ein Mann zu Wort.
Da Steinhauser seinen Namen nicht sagen wollte, verzichtete er sicherheitshalber darauf sich vorzustellen. „Wie kann ich Ihnen helfen?", fragte er stattdessen.
„Sollten wir nicht besser alle das Gebäude verlassen?", wunderte sich der Mann.
„Wie ist ihr Name?", fragte Steinhauser mit ruhiger Stimme.
„Bernd Brand", stellte sich der Mann vor.
„Herr Brand, unter normalen Umständen haben Sie vollkommen Recht", stimmte ihm Steinhauser zu. Er musste Zeit gewinnen, um irgendwie zu verhindern, dass die Aktion seines Vaters öffentliches Aufsehen erregte. Am Ende würde doch noch das SEK auftauchen. Da hatte er eine Idee. „Nach neuesten, verhandlungstaktischen Erkenntnissen darf eine Evakuierung erst nach genauer Einschätzung der aktuellen Gefahrenlage durchgeführt werden", war alles, was ihm auf die Schnelle dazu einfiel. Die Leute schauten ihn zweifelnd an, aber er ließ sich nicht beirren. „Und da der Mann offensichtlich keinen von Ihnen bedroht hat, könnte es verheerende Folgen haben, wenn er das Gefühl bekommt, dass er bei seinem Vorhaben entdeckt wurde. Deshalb ist es augenblicklich das Sicherste für alle hier Anwesenden und das vermeintliche Opfer, wenn sich der potentielle Terrorist in Sicherheit wiegt. Dadurch wird er leichtsinnig und macht Fehler. Panikartiges Verlassen des Gebäudes würde hingegen seine Aufmerksamkeit erregen und ihn in eine unkalkulierbare Stresssituation manövrieren. Und das muss unter allen Umständen verhindert werden. Haben Sie das verstanden?"

Die Angestellten des Landratsamtes schauten ihn wortlos an. Steinhauser gab sich gelassen, ganz so, als ob er alles im Griff hätte.
Nach einer kurzen Stille meldete sich Bernd Brand wieder zu Wort. „Ja, das klingt logisch“, sagte er und die anderen stimmten ihm zu.
Mit den Worten: „Ich zähl auf Sie“, ging Steinhauser in den ersten Stock. Schnell fand er das Büro von Herrn Klehrbach. Vor der Tür blieb er stehen. Die Stimme seines Vaters war laut und deutlich zu hören. Er hatte keinen Plan, noch nicht mal eine Idee, was er jetzt machen sollte. Nur eines wusste Steinhauser: Er musste verhindern, dass herauskam, dass er mit dem vermeintlichen Terroristen verwandt war. Ihm blieb nur zu improvisieren und zu hoffen, dass er die vertrackte Situation irgendwie retten konnte.
Ohne zu klopfen trat er ein. Sein Vater wedelte gerade mit der alten Luger 08 wild gestikulierend vor dem Schreibtisch des Beamten herum und redete ununterbrochen auf ihn ein. Sein Opfer verkroch sich tief in seinem Schreibtischstuhl. Beim Anblick seines Sohnes verstummte Rudolf Steinhauser. Ihm verschlug es regelrecht die Sprache. Stille machte sich breit. Steinhauser wusste absolut nicht, was er sagen sollte. Er war nur heilfroh, dass es seinem Vater ebenso erging.
Da ergriff der Beamte das Wort. „Dieser Verrückte bedroht mich mit einer Waffe!“
„Keine Panik, Herr Klehrbach, ich bin ja jetzt da“, versuchte Steinhauser beruhigend auf den verängstigten Beamten einzuwirken.
„Ich bin nicht der Herr Klehrbach!“, gab er zurück. „Das versuche ich dem da“, er deutete auf Rudolf Steinhauser, „schon die ganze Zeit zu erklären.“
„Ach, Sie sind gar nicht der Herr Klehrbach?“, wunderte sich Steinhauser.
„Nein, ich bin Julius Schmitt, die Vertretung“, erklärte er. „Der Herr Klehrbach musste kurzfristig zu einem Außer-Haus-Termin.“
„Dann kennen Sie ... den da gar nicht?“ Jetzt deutete Steinhauser auf seinen Vater, dem immer noch die Worte fehlten.
„Nein, woher denn auch? Den hab ich noch nie gesehen! Der Verrückte kam rein, hat mich mit der Waffe bedroht und angefangen etwas von einer Halle zu faseln, die ich gefälligst genehmigen soll.“
Da kam Steinhauser eine Idee. Gerade in diesem Moment löste sich sein Vater aus seiner Starre und setzte an, etwas zu sagen. Sofort fiel ihm sein Sohn ins Wort.
„RUDI!!!“, schrie er, dass sein Vater und der Beamte zusammenzuckten. „Du bist schon wieder abgehauen! Und jedes Mal muss ich dich einfangen! Das geht mir mittlerweile ganz schön auf den Wecker!“

„Abgehauen?“, wunderte sich Schmitt. Auch sein Vater schaute verwirrt. „Ist der etwa ein Straftäter?“
„Nein, gewiss nicht“, wehrte Steinhauser ab. „Der Rudi ist aus Lohr abgehauen. Sie wissen schon ...“
„Hey, was soll denn das? Ich bin doch nicht ...“, meldete sich Rudolf zu Wort, doch sofort schnitt ihm sein Sohn das Wort ab.
„Du bist jetzt leise und hältst die Klappe! Hast schon genug Unsinn angestellt für heute!“, befahl er streng. Dann ging er entschlossen auf seinen Vater zu und riss ihm die Pistole aus der Hand. Der schaute völlig verdutzt. Mit der Waffe wandte er sich wieder an Schmitt. „Sie müssen entschuldigen, Herr Schmitt, ist nur ein Spielzeug.“
„Wie kann denn … so jemand aus der Psychiatrie ausbrechen? Werden solche Leute nicht weggeschlossen?“ Schmitt hatte jetzt keine Angst mehr. Er war wütend.
„Gute Frage, Herr Schmitt“, stimmte Steinhauser zu. „Aber das dürfen Sie mich nicht fragen. Ich werde immer dann gerufen, wenn jemand eingesammelt werden muss, damit nix Schlimmes passiert. Wie jetzt!“, er schaute vorwurfsvoll zu seinem Vater. Der zog es jetzt vor zu schweigen.
„Aber so was kann man doch nicht einfach so akzeptieren.“ Schmitt stand auf.
„Naja, ist ja nix passiert und kommt bestimmt auch nicht wieder vor, stimmt´s Rudi?“, wandte sich Steinhauser an seinen Vater. Der nickte nur verlegen. „Ich nehm den Rudi wieder mit und Schwamm drüber.“
„Schwamm drüber?“, Schmitt war erschüttert. „Was sind Sie denn für ein Polizist?“, beschwerte sich der Beamte.
Steinhauser ahnte Schlimmes.
„Ich erstatte Anzeige! So etwas kann man doch nicht akzeptieren!“
„Eine Anzeige? Jetzt?“ Damit hatte Steinhauser nicht gerechnet. „Aber es ist doch nichts passiert.“
„Das spielt doch keine Rolle!“, Schmitt nahm jetzt Fahrt auf. „Es hätte aber etwas passieren können! Wie können überhaupt so gemeingefährliche Personen aus der Psychiatrie entfliehen? Der ist ja eine Gefahr für die Allgemeinheit!“
Eine Anzeige war das Letzte, was Steinhauser jetzt noch gebrauchen konnte. „Bitte beruhigen Sie sich doch wieder. Der Rudi ist vollkommen harmlos“, versuchte er die Angelegenheit herunterzuspielen. Erfolglos!
„Das können Sie doch gar nicht beurteilen! Oder sind sie vielleicht Psychiater?“, blieb Schmitt hartnäckig. „Ich bestehe auf einer Anzeige! Und

zwar möchte ich den Rudi und das Krankenhaus in Lohr anzeigen. So was kann man doch nicht durchgehen lassen!"
Steinhauser überlegte. Er versuchte ruhig zu bleiben. Tat sich aber schwer, denn Schmitt machte nicht den Eindruck, dass mit ihm gut Kirschen essen war. Er musste seine Taktik ändern. Gewaltig ändern.
„Wissen Sie eigentlich, warum der Rudi in der Psychiatrie ist?", wandte er sich mit scharfem Ton an den Beamten.
Der war kurz überrascht, fing sich aber gleich wieder. „Nein! Und es ist mir auch egal!"
„Das sollte Ihnen aber nicht egal sein!", hielt Steinhauser dagegen.
„Und wieso sollte mich das interessieren?", wollte Schmitt wissen.
„Der Rudi war ein unbescholtener Bürger, bis er es mit Leuten wie Ihnen zu tun bekommen hat!", begann Steinhauser. „Zuerst wurde sein alter Holzofen verworfen, dann wurde er gezwungen, sich eine neue Heizung anzuschaffen. Und obwohl seine finanziellen Mittel begrenzt waren, investierte er sein ganzes Vermögen in die Anschaffung einer Hackschnitzelheizung. Und wissen Sie auch, warum?"
„Äh, ... nein. Woher auch?" Schmitt war etwas verwirrt.
„Das kann ich Ihnen genau sagen!" Steinhauser redete sich jetzt in Rage. „Weil er umweltbewusst ist und auf erneuerbare Energien baut. Und dann bekommt er von euch keine Halle zur Lagerung der Hackschnitzel genehmigt! Er ist völlig verzweifelt, weil er jetzt nicht weiß, wie er seine Heizanlage bestücken soll."
„Naja, da gibt es Schlimmeres", wiegelte Schmitt ab. „Das ist noch lange kein Grund hier mit einer Waffe aufzukreuzen."
„Für Sie vielleicht! Sie sitzen hier und Ihr Arsch wird mit dem Gas vom Russen warm gemacht!" Jetzt griff er die Worte seines Vaters auf. „Aber der Rudi kann sich das auf Dauer nicht leisten. Zudem ist er ein heimatverbundener Mensch. Das können Sie wahrscheinlich nicht verstehen."
„Was regen Sie sich denn so auf", beschwerte sich Schmitt jetzt. „Das kann Ihnen doch egal sein!"
Steinhauser musste sich wieder beruhigen. Es gelang ihm nur begrenzt. „Für Sie ist das alles ganz einfach. Sie müssen so Leute wie den Rudi ja nicht einfangen, wenn die wegen einem Nervenzusammenbruch nach Lohr eingewiesen werden und wieder ausbrechen, weil sie mit den Nerven runter sind, weil so Leute wie Sie Entscheidungen treffen, die ein normal denkender Mensch nicht nachvollziehen kann!"
„Wissen Sie was?", blieb Schmitt hart. „Dann geh ich eben auf die Wache

und gebe dort meine Anzeige auf, wenn Sie das nicht machen wollen."
Die Gesamtsituation entwickelte sich nicht so, wie Steinhauser das gerne gehabt hätte. Eher in die andere Richtung.
„Das würde ich mir an Ihrer Stelle noch einmal gut überlegen!" Steinhauser schaute streng.
Schmitt wunderte sich hingegen über die Einstellung des Polizisten. „Der Kerl kommt in mein Büro gestürmt und bedroht mich mit einer Waffe! Was gibt es da noch zu überlegen?"
„Was wird wohl die Öffentlichkeit sagen, wenn sie erfährt, dass das Landratsamt mit seinen Entscheidungen unbescholtene Bürger in den Ruin und in die Psychiatrie treibt?", sagte Steinhauser bewusst in ruhigem Ton und ließ die Worte wirken.
„Wie meinen Sie das?" Schmitt war verunsichert.
Steinhauser kam ganz nah zu dem Beamten. „Wenn Sie den armen Rudi und das Krankenhaus in Lohr anzeigen, dann wird das in der Zeitung im Polizeibericht veröffentlicht. Ebenso wie die genauen Zusammenhänge der Anzeige. Manchmal gibt es dann auch den ein oder anderen unangenehmen Leserbrief. Falls Sie verstehen, was ich meine?"
Schmitt überlegte. Schlechte Presse konnte das Landratsamt auch nicht gebrauchen.
„Ich bring den Rudi jetzt zurück in die Anstalt. Tun Sie, was Sie für richtig halten. Ihre Entscheidung!", sagte Steinhauser gleichgültig und schob seinen Vater aus dem Büro.
„Halt!", rief Schmitt ihnen hinterher. „Naja, es ist ja im Grunde nix passiert", lenkte er plötzlich ein.
Steinhauser nickte dankend, da ergriff sein Vater unerwartet das Wort. „Ich geh in jedem Fall zur Presse! So was muss die Öffentlichkeit erfahren!"
Mit lautem Stöhnen verdrehte Steinhauser die Augen und gab seinem Vater einen kräftigen Stoß. „Du hältst gefälligst die Klappe. Dein Auftritt ist durch nichts zu entschuldigen, auch wenn du ganz offensichtlich nicht mehr alle Latten am Zaun hast!" Dann wandte er sich noch einmal kurz an Schmitt. „Bitte entschuldigen Sie die Unannehmlichkeiten. Ich verspreche Ihnen, das kommt nie wieder vor. Dafür werde ich sorgen!", sagte er und schob seinen Vater vor sich her.
In der Empfangshalle wurde der Polizist bereits mit Spannung erwartet. Mit seinem Erscheinen verstummten die Mitarbeiter des Landratsamtes. Alle Augen waren auf die beiden gerichtet. Langsam kamen Steinhauser und sein Vater die Treppe herunter.

„Der hat ja gar keine Handschellen an!“, rief jemand.
Steinhauser hob beschwichtigend die Hände. „Alles in Ordnung. Es ist nichts passiert. Es war alles ein Missverständnis“, sagte er.
„Ein Missverständnis?“, Frau Beer kam auf ihn zu. „Aber ich habe doch gesehen, dass dieser Mann eine Waffe in der Hand hatte!“
„Ja, das ist wohl wahr“, bestätigte Steinhauser. Leugnen würde eh keinen Sinn machen. Die aktuellen Ereignisse würden alle Mitarbeiter spätestens dann erfahren, wenn er und sein Vater das Landratsamt verlassen hatten. „Und so, wie ich Sie alle einschätze, werden Sie, sobald wir verschwunden sind, Ihren Kollegen aufsuchen. Er kann Ihnen dann ja erzählen, was genau vorgefallen ist. Von meiner Seite her ist alles geklärt.“ Mit diesen Worten ließ er die Mitarbeiter stehen und verließ mit seinem Vater das Gebäude. Hinter ihnen stürmten die Mitarbeiter in den ersten Stock.
Am Auto angekommen, konnte sich Steinhauser nicht mehr beherrschen. „Wie bescheuert bist du eigentlich?“, schimpfte er los.
„He, wie redest du denn mit deinem Vodder?“, beschwerte sich Rudolf Steinhauser.
„Erwartest du etwa Verständnis für deinen Auftritt?“ Sein Sohn schüttelte nur mit dem Kopf.
„Ja“, sagte Rudolf Steinhauser voller Überzeugung. „Irgendjemand muss sich doch gegen diese Ungerechtigkeiten wehren!“
Steinhauser glaubte, er hörte nicht richtig. „Aber doch nicht so! Du kannst doch nicht mit einer Waffe auf dem Landratsamt einmarschieren, einen Beamten bedrohen und glauben, dass das keine Folgen hat!“
„Ist doch nix passiert“, wehrte sein Vater ab.
„Ja, warum wohl?“ Steinhauser regte sich schon wieder auf. „Wenn mich die Mama nicht angerufen hätte, dass du mit einer Waffe auf dem Weg hierher bist, wäre das SEK aufgelaufen und hätte das Landratsamt gestürmt! Mein Chef hatte Terroralarm ausgerufen!“
„Echt?“ Steinhauser Senior zeigte sich wenig beeindruckt. „Woher wusst´n die Hilde, dass ich hier bin?“
„Hast du gedacht, dass du vor der Mama irgendwas geheim halten kannst? Dann bist du aber ganz schön naiv. Die hat auch gewusst, dass dir die Vanessa Munition für die alte Luger besorgen sollte und dass du das Ding hast restaurieren lassen.“
„Die Hilde wieder!“, Rudolf schüttelte den Kopf. „Vor deiner Mutter kannst du nix geheimhalt. An der solltest du dir mal ein Beispiel nehm. Da würde der Mörder von der Uschi nicht mehr frei rumlaufen.“

„Ja, ja. Lenk nicht ab!", mahnte Steinhauser. „Und wie kommst du überhaupt auf die bekloppte Idee, die Vanessa in die Sache hineinzuziehen?"
„Die Vanessa? Wieso?" Rudolf gab sich ahnungslos.
„Vodder!" Steinhauser wurde es langsam zu bunt. „Tu nicht so ahnungslos! Dein Enkelkind sollte dir Munition besorgen. Ich weiß alles!"
„Woher weißt du … ach vergiss es!"
„Wenn du mit der Vanessa im Internet surfst und dich mit ihr unterhältst, dann musst du aufpassen, dass dir niemand zusieht und zuhört. Nur so am Rande", sagte Steinhauser.
„Ach was ...", wehrte sein Vater ab. „Das hat doch alles nicht geklappt. Die Vanessa wollte die Munition woanders auftreiben, aber das hat auch nicht funktioniert. Wegen einer Waffenbesitzkarte oder so was. Jedenfalls war die Pistole gar nicht geladen."
„Geladen oder nicht geladen, das spielt doch gar keine Rolle. Solche Amokläufe kannst du dir, mir und der Mama in Zukunft ersparen. Ist das klar?"
Rudolf Steinhauser schwieg. Sein Sohn fuhr fort. „Die alte Knarre bleibt jetzt jedenfalls bei mir. Und am Sonntag, in der Kirche, kannst du beten, dass nix nachkommt, und beichten kannst du auch gleich."
„Wann warst´n du eigentlich das letzte Mal in der Kirche?", fragte sein Vater.
Steinhauser Junior holte tief Luft. „Steig jetzt ins Auto. Wir fahren nach Hause und beruhigen uns. Hast du mich verstanden?"
Rudolf knurrte kurz, was soviel wie ja bedeutete, und stieg ein.

Kapitel 19

Am Mittwochmorgen lag eine unheimliche Stille über Mittelsinn. Passend zur Stimmung hatte bei frostigen Temperaturen leichter Schneefall eingesetzt. Es war Hauptsaison für die Christbaumernte, dennoch donnerte kein Schlepper, beladen mit Christbäumen, durchs Dorf. Dafür pilgerten schwarz gekleidete Menschen in Scharen zum Friedhof. Um 11:00 Uhr vormittags war die Beerdigung von Ursula Sternberg angesetzt. Steinhauser und Strubinski hatten schon lange vorher auf dem Friedhof Stellung bezogen. Sie wollten jeden genau in Augenschein nehmen, der ihr die letzte Ehre erwies. Denn beide wussten, dass Täter gewöhnlich zur Beerdigung ihres Opfers kamen. Ganz besonders, wenn sich Opfer und Täter kannten. Und dass dies hier der Fall war, da waren sich beide sicher.
„So viele Leute hab ich hier noch nie gesehen“, stellte Strubinski erstaunt fest. „Das hört ja gar nicht auf.“
„Unglaublich“, bestätigte Steinhauser.
„Fällt dir was auf?“, fragte Strubinski.
„Was soll mir denn auffallen?“
„Von der Kripo aus Würzburg ist keine Sau da. Ich frag mich, ob die überhaupt ermitteln.“
„Irgendwas werden die schon machen. Sind ja schließlich Profis.“
Beide mussten grinsen. Sie versuchten jeden zu mustern, der den Friedhof betrat, doch da die Menschenströme nicht abrissen, gaben sie irgendwann auf. Nahezu das ganze Dorf war auf den Beinen, egal ob sie die Uschi gemocht hatten oder nicht. Keiner wollte sich etwas nachsagen lassen. Dazu kamen noch etliche alte Freunde und Leute, die mit ihr Geschäfte gemacht hatten.
Als der Trauergottesdienst, der vor der Beisetzung auf dem Friedhof stattgefunden hatte, zu Ende war, kamen noch einmal viele Menschen auf den Friedhof gelaufen. Der Pfarrer, seine Ministranten, die engsten Angehörigen und der Mittelsinner Posaunenchor bildeten das Ende des Trosses.
„Guck, da ist auch die Monika, deine Schwester“, wandte sich Strubinski an Steinhauser. „War die nicht mit der Uschi in die Schule gegangen?“
Steinhauser zuckte ratlos mit den Schultern. „Woher soll ich denn wissen, mit wem die in die Schule gegangen ist?“
„Ich glaub schon. Du solltest sie mal fragen.“
„Mach ich“, stimmte Steinhauser zu.

Die Menschen reihten sich in eine lange Schlange ein, die zum Sarg von Ursula Sternberg führte, um sich im Anschluss auf dem Friedhof zu verteilen. Nachdem jeder einen Platz gefunden hatte, begann der Pfarrer mit der Trauerfeier. Dazwischen spielte der Posaunenchor immer wieder Kirchenlieder und die Trauergemeinde sang. Der Gesang war zwar etwas gewöhnungsbedürftig und kaum hörbar, aber die Geste zählte. Im Anschluss sprachen der Bürgermeister Karl Kranz, Ingo Weirich, der Jagdpächter Lorenz Bergmann und einige Geschäftspartner ein paar blumige Worte.

„Es wird doch nirgendwo mehr geheuchelt und gelogen als auf einer Beerdigung“, flüsterte Strubinski.

„Du weißt doch: Über Tote redet man nicht schlecht“, meinte Steinhauser mit einem Augenzwinkern.

„Zumindest solange nicht, bis sie unter der Erde sind“, ergänzte Strubinski.

„So sieht´s aus. Aber manchmal auch eher“, sagte Steinhauser.

Nachdem alle Reden beendet waren, wurde Ursulas Sarg zum Grab getragen und in die Erde abgelassen. Der Posaunenchor untermalte die Beerdigung mit feierlichen Musikstücken. Die teilweise schrägen Töne fielen diesmal kaum auf.

Zum Schluss hatte jeder der Trauergäste die Gelegenheit, Blumen und Sand auf den Sarg zu werfen, um sich noch einmal persönlich von Uschi zu verabschieden. Diese Prozedur zog sich schier endlos hin. Ursulas Sohn Benedikt, seine Großmutter, die Angestellten und andere Verwandte nahmen im Anschluss regungslos die Beileidsbekundungen entgegen.

„Komm wir geh´n“, meinte Steinhauser. „Mir tun die Beine weh und ich frier wie Sau.“

„Jetzt, wo´s spannend wird, willst du abhauen?“ Strubinski schüttelte verständnislos den Kopf. „Was bist´n du für ein Ermittler? Nix! Mir bleiben und warten ab, was passiert!“

„Ist ja schon gut“, gab Steinhauser nach und trat auf der Stelle.

Es dauerte fast eine Stunde, bis sich die Massen aufgelöst hatten. Steinhauser konnte seine Füße nicht mehr spüren. Er war bis auf die Knochen durchgefroren und zitterte am ganzen Leib. Die Wahl seiner Kleider war alles andere als optimal gewesen. Als alle verschwunden waren, trat plötzlich ein Mann hinter den großen Bäumen in der Mitte des Friedhofes hervor, nahm seine Mütze vom Kopf und stellte sich mit gefalteten Händen vor das Grab. Der Mann war groß und kräftig mit tiefschwarzen Haaren. In seinem schwarzen Mantel mit hochgestelltem Kragen stand er eine ganze

Weile da, ohne sich zu bewegen. Dann holte er etwas aus seiner Tasche hervor und warf es ins Grab.
„Kennst du den?", fragte Steinhauser.
„Klar, das ist der Kurt Schalubka."
„Kurt Schalubka?" Steinhauser überlegte. „Kenn ich nicht."
„Oh Mann, du warst echt zu lang in Würzburg", sagte Strubinski. „Das ist der Heizungsbauer aus Obersinn."
„Ist das nicht dieser Ramires?", erinnerte sich Steinhauser. „Der hat bei uns früher immer die Heizung repariert, wenn was kaputt war. Daran kann ich mich noch ganz gut erinnern. Der war ganz oft da, als ich von der Schule gekommen bin."
„Du hast echt keine Ahnung! Der Ramires ist schon lange gestorben", erklärte Strubinski.
„Wirklich?" Steinhauser war überrascht.
„Ja, der Ramires hat nebenbei noch Schnaps gebrannt und irgendwann ist er dann selber zu seinem besten Kunden geworden. Der hat außerdem nicht nur Heizungsrohre verlegt, falls du verstehst, was ich meine?"
„Was du wieder alles so weißt", spottete Steinhauser.
„Jedenfalls hatte sich der Ramires mehr oder weniger tot gesoffen. Aber vorher hatte er ein sehr bewegtes Leben. El Torro, der spanische Hausfrauenbeglücker, hatte man ihn genannt."
„Echt?" Steinhauser war überrascht.
„Ja klar", sagte Strubinski. „El Torro hatte einen unaufhaltsamen Fortpflanzungsdrang. Er hatte zwar öfter mal den Frack voll bekommen, aber das bisschen Backenfett hatte ihn nicht aufgehalten, seinen Samen zu streuen, wo er nur konnte. Die Frauen liebten ihn, weil er wusste, was sie hören wollten und was ihnen gefiel. Das hat er halt auch eiskalt ausgenutzt. Wenn mal wieder die Wartung der Heizung anstand, wurde die Alte gleich mitgewartet. Ich will nicht wissen, wie viele Kuckuckskinder der in die Welt gesetzt hat."
„Fred! Ich bitte dich!", warf Steinhauser erschüttert dazwischen. „Wir sind hier auf´m Friedhof und nicht beim Lukas. Etwas mehr Respekt vor den Toten, wenn ich bitten darf."
„Entschuldigung. El Torro liegt ja auch in Obersinn begraben. Jedenfalls hatte der Kurt beim Ramires gelernt und nach dessen Ableben seinen Laden übernommen", erklärte Strubinski weiter.
„Wenn der Ramires bei den Frauen so erfolgreich war, warum hat er sich dann tot gesoffen?" Das interessierte Steinhauser jetzt doch.

Strubinski zuckte mit den Schultern. „Ich weiß ja auch nur, was man so erzählt hatte. Der wurd halt auch älter und einsam."
Steinhauser sagte nichts. Beide beobachteten Kurt Schalubka, der immer noch regungslos vor dem Grab stand.
„War El Torro eigentlich früher öfter bei euch?", fragte Strubinski eher beiläufig.
„Was heißt hier öfter? Manchmal schon. Wenn halt was kaputt war", gab Steinhauser zurück. Nach einer Weile schaute Steinhauser mit schmalen Augen zu Strubinski. „Was ist? Was glotzt´n so blöd", fragte dieser erschrocken. „Du denkst doch nicht, dass der Ramires ..."
„Keine Ahnung, was du meinst." Strubinski zuckte mit den Schultern.
„Du hast eben angedeutet, dass meine Mutter ...", Steinhauser brach den Satz ab. Die Vorstellung erschütterte ihn.
„Naja, der wär jetzt in etwa so alt wie deine Mutter und bei deinem Vodder, dem Charmebolzen, würd es mich nicht wundern, wenn ..."
„Du spinnst wohl!", fiel ihm Steinhauser ins Wort und packte ihn am Arm.
„Ist ja gut. War doch nur Spaß", entschuldigte sich Strubinski. „Und bitte keine Gewalt auf´m Kirfich. Aber so einen gewissen südländischen Touch kannst du nicht leugnen."
„Blödmann!" Steinhauser gab ihm einen Schubser.
Strubinski lachte. „Konzentrieren wir uns lieber wieder auf unseren Fall."
„Ja, das sollten wir!", stimmte Steinhauser zu, auch wenn ihn Begriffe wie *unser* oder *wir* im Zusammenhang mit illegalen Ermittlungen immer noch erschauern ließen. Aber irgendwie waren sie halt doch ein Team. „Wenn du immer alles so genau weißt, weißt du dann auch, was der Kurt mit der Uschi zu tun hatte?"
„Keine Ahnung! Als ich bei der Uschi ihrer Jagdhütte den Strom gemacht hab, war der Kurt auch dort. Er hat Wasser und Scheiße gemacht. Vielleicht kannte er die Uschi näher und hat sein Rohr gleich mitverlegt. Die Uschi hat schließlich auch nix anbrennen lassen. Die könnten sogar im selben Alter sein."
„Fred!" Steinhauser regte sich wieder auf. „Friedhof! Keine Kneipe!"
„Ja, ist ja schon gut", meinte er kleinlaut.
„Ich frag ihn mal, ob er die Uschi näher gekannt hat", sagte Steinhauser. Gerade, als er auf Kurt Schalubka zugehen wollte, schaute dieser kurz auf und lief zügig zum Ausgang. Zu seiner Überraschung stand dort seine Schwester. Kurt Schalubka ging auf sie zu und Monika nahm ihn tröstend in die Arme. Die beiden redeten kurz miteinander, dann verschwanden sie.

„Und jetzt?“, wollte Strubinski wissen.
„Hinterher!“, sagte Steinhauser. Beide liefen los, aber bis sie den Ausgang erreicht hatten, war niemand mehr zu sehen.
„Wo sind die denn so schnell hin?“, wunderte sich Strubinski.
„Vielleicht zum Tröster beim Lukas“, sagte Steinhauser.
„Da wollten wir eh noch hin. Wenn sie da sind, werden wir sie finden“, gab Strubinski zurück.
Steinhauser zögerte. „Mich würd ja schon mal interessieren, was der Kurt ins Grab geworfen hat.“
„Dann sollten wir nachsehen“, meinte Strubinski entschlossen.
Sie gingen zurück zum Grab und starrten eine Weile in die Tiefe. Mittlerweile war der Friedhof menschenleer. Ein Meer aus Blumen türmte sich über dem Sarg.
„Siehst du irgendetwas?“, fragte Steinhauser.
„Nö“, gab Strubinski zurück. „War was Kleines, was der da reingeworfen hat.“
„Ja, war was Kleines“, bestätigte Steinhauser.
„Wir brauchen eine Leiter“, schlug Strubinski vor.
„Wir haben keine Zeit, eine Leiter zu holen. Außerdem ist dies eine Störung der Totenruhe und wir müssen noch auf den Tröster“, sagte Steinhauser.
„Ich glaub nicht, dass das die Uschi stört. Die war zu Lebzeiten auch nicht so zimperlich“, meinte Strubinski.
„Stimmt auch wieder“, meinte Steinhauser.
„Aber wenn wir wissen wollen, was der Kurt da reingeworfen hat, dann müssen wir da runter. Und zwar jetzt!“
„Ja, da hast du Recht“, stimmte Steinhauser zu. „Aber wir können da nicht beide rein. Du bist leichter.“
„Okay! Ich spring rein.“ Strubinski ließ sich nicht zweimal bitten. Er machte einen Satz und war im Grab verschwunden. Er landete weich auf den zahllosen Blumen. Sofort fing er an zu suchen.
Steinhauser hielt Wache. „Schon was gefunden?“
„Noch nicht.“
Strubinski wühlte zwischen den Blumen, legte sich auf den Sarg und suchte den Boden des Grabes ab. Steinhauser beobachtete ihn und passte auf, dass niemand kam.
„Ich hab was!“ rief Strubinski und richtete sich auf. In der Hand hielt er eine kleine Schachtel, etwa so groß wie eine Zigarettenschachtel. Er reckte

sie triumphierend in die Höhe.
„Was ist drinnen?“, fragte Steinhauser.
„Helf mir erst mal raus“, sagte Strubinski und streckte ihm seine Hand entgegen.
Steinhauser, der mittlerweile völlig steifgefroren war, bückte sich umständlich. Zu umständlich! Er rutschte auf dem gefrorenen Boden weg und stürzte auf Strubinski ins Grab. Beide knallten auf den Sarg. Mit einem lauten Knacken gab der Deckel ein Stück nach.
„Bist du bescheuert!“, beschwerte sich Strubinski.
„Ja glaubst du, ich bin mit Absicht hier reingefallen?“
Beide rappelten sich auf und untersuchten den Schaden am Sarg.
„Was machen mir denn jetzt?“, fragte Strubinski verzweifelt.
„Nix!“, gab Steinhauser zurück. „Was willst du denn machen? Einen neuen Deckel besorgen?“
„Das können wir doch nicht so lassen.“
„Wir legen halt einen Haufen Blumen drauf“, meinte Steinhauser. „Dann sieht´s keiner, wenn das Grab verschlossen wird.“
„Das können wir doch nicht machen.“
„Wenn du dich besser fühlst, dann kannst du ja zu den Sternbergs gehen und erklären, was wir hier gemacht haben“, schlug Steinhauser vor.
Das wollte Strubinski auch nicht. Also stellten sie sich an die Ecken des Sargdeckels und schoben mit den Füßen einen Haufen Blumen über der eingedrückten Stelle zusammen.
„Ich will hier raus!“, sagte Steinhauser. „Mach mal ne Räuberleiter!“
Strubinski lehnte sich an die Wand und Steinhauser kletterte auf ihm hinauf. Auf dem Bauch liegend, robbte er aus dem Grab. Zum Glück war niemand gekommen, der das bizarre Schauspiel beobachten konnte. Anschließend zog er Strubinski heraus.
„Fällt gar nicht auf“, meinte Steinhauser, der noch einmal einen Blick in das Grab warf.
„Naja, die Blumen sind halt total zerfranst und plattgedrückt“, sagte Strubinski.
„Egal, das fällt keinem auf“, gab Steinhauser zurück. „Zeig lieber mal die Schachtel her.“
Strubinski holte sie hervor. Sie hatte einen kleinen Riegel. Er öffnete ihn und vor ihnen lagen zwei Ringe. Sie holten die Ringe heraus und begutachteten sie.
„Sehen alt aus“, meinte Steinhauser.

„Und irgendwie … billig“, sagte Strubinski. „Eingraviert ist nix.“
„Mich würde ja schon mal interessieren, was das zu bedeuten hat“, sagte Steinhauser.
„Dann frag doch mal deine Schwester, vielleicht weiß die was“, schlug Strubinski vor.
„Das werde ich, Fred. Das werde ich!“ Steinhauser steckte die Ringe ein.
So gut es ging, klopften sie sich den Dreck von ihren Kleidern und gingen zu Fuß zum Tröster beim Lukas. Mit dem Auto hätte es auch keinen Sinn gemacht. Alles war zugeparkt und die kleine Kneipe platzte aus allen Nähten.
„Wenn´s was umsonst zu futtern gibt, dann sind halt alle da“, sagte Strubinski.
„Stellt sich nur die Frage, ob die trauern oder feiern“, meinte Steinhauser.
Beide mischten sich unter die Trauergäste, doch Kurt Schalubka konnten sie nicht finden. Dafür war die gesamte Mittelsinner Prominenz anwesend. Amtierende und ehemalige Gemeinderäte, ausnahmslos alle Christbaumerzeuger und sämtliche Geschäftspartner brachten die Kneipe zum Platzen.
Steinhauser taute langsam wieder auf. Gerade als er sich einen Platz am Fenster ergattern konnte, um sich einen Überblick zu verschaffen, fuhr draußen ein weißer Kastenwagen vorbei. Es war derselbe Wagen, den er vor einigen Tagen auf dem Weg zu seinen Eltern gesehen hatte.
„Scheiße!“, rief er und drängelte sich sofort wieder hinaus, aber der Kastenwagen war längst verschwunden. Wieder zurück in der Kneipe, suchte er seine Schwester und quetschte sich neben sie. Es war ein Trubel wie an Kirchweih. Mit dem kleinen, aber feinen Unterschied, dass es sich hier um einen Leichenschmaus handelte.
„Wie siehst du denn aus? Hast du dich im Dreck gewälzt?“, wunderte sich Monika über seine verschmutzten Kleider.
„Lange Geschichte“, wehrte er ab und suchte erst gar nicht nach einer Erklärung. „Du kennst Kurt Schalubka?“, fragte er direkt.
„Ja, wieso?“, wunderte sich Monika. „Er ist vor ein paar Minuten gegangen.“
„Ging die Uschi mit dir zur Schule?“, fragte er weiter.
„Was fragst du denn so komisch?“ Monika gefiel es nicht, wie er mit ihr sprach.
„Mensch Monika!“, beschwerte sich ihr Bruder. „Erzähl mir mal was!“
„Erzählen? Was soll ich denn erzählen?“, wunderte sie sich. „Och komm! Du bist doch mit der Mama verwandt, also lass mal was hören.“

„Wie meinst du das? Was willst du denn hören?“
„Warum sagst du mir denn nicht, dass du mit der Uschi zur Schule gegangen bist? Und was hast du mit dem Kurt Schalubka zu tun? Was hatte die Uschi mit dem Kurt Schalubka zu tun?“ Er stellte ihr eine Frage nach der anderen.
„Ach so“, jetzt verstand sie. „Was willst du denn wissen, Brüderchen?“
„Alles! Ich will alles über die Uschi wissen.“
„Puh, wo fang ich da an?“
„Wo du willst! Am besten von ganz vorne.“
„Die Uschi und der Kurt, die waren schon im Kindergarten nicht voneinander zu trennen gewesen“, begann seine Schwester zu erzählen. „Das hat sich auch lange nicht geändert. Wenn ihr Vater nicht gewesen wäre, dann hätten sie wahrscheinlich geheiratet.“
„Ihr Vater? Warum?“ wollte Steinhauser sofort wissen.
„Der alte Sternberg wollte nie, dass seine Uschi mit dem Kurt abhängt. Kurts Eltern waren ... wie soll ich sagen ... sie haben von Sozialhilfe gelebt, gerne mal gesoffen und vor allem nix geschafft.“
„Und das war dem alten Sternberg nix, oder wie?“
„Genau“, bestätigte Monika. „Der alte Sternberg war ein echtes Arschloch. Dabei war der Kurt ganz anders als seine Eltern. Ist er heute noch. Er hat nach einer abgebrochenen Kfz-Lehre und einigen Jobs noch mal beim Mehrhold Kfz-Mechaniker gelernt und alles dafür getan, dass ihn der alte Sternberg akzeptierte.“
„Damit hatte er aber auch keinen Erfolg, oder?“, warf Steinhauser dazwischen. „Nein, hatte er nicht“, stimmte Monika zu. „Aber die Uschi und der Kurt haben nie voneinander abgelassen. Der alte Sternberg hat seine Tochter fast schon gestalkt. Bis ... ja, bis der alte Sternberg verunglückt ist.“
„Darüber hätten sich die beiden doch freuen müssen.“
„Du wirst lachen, das habe ich damals auch gedacht“, meinte Monika. „Aber danach wurde alles noch schlimmer. Das war alles sehr komisch, damals.“
„Wieso denn?“
„Das kann ich dir auch nicht sagen. Die Uschi und der Kurt haben sich völlig überraschend getrennt. Kurz darauf hat der Kurt beim Mehrhold gekündigt und auch diese Lehre abgebrochen. Nach ein paar Jahren Arbeitslosigkeit hat er beim Ramires angeheuert. Dort hat er dann sogar noch mal Heizungsbauer gelernt und am Ende den Laden vom Ramires übernommen.“

Das wusste Steinhauser mittlerweile schon. „Und was hat die Uschi gemacht?“
„Ja, die Uschi ...“ Monika holte tief Luft. „Die Uschi hatte sich dann zur Christbaumkönigin gemausert. Dabei hatte sie, im wahrsten Sinne des Wortes, die Waffen der Frauen eingesetzt, um ihre Ziele zu erreichen. Was ihr auch immer sehr gut gelungen war … also, das wird halt so erzählt. Was Genaues weiß keiner. In Burgsinn bekomm ich ja auch nicht alles mit. Den Geschäftssinn hatte sie jedenfalls von ihrem Vater geerbt. Aber Freunde machte sie sich damit keine. Besonders zwischen ihr und dem Weirich gab es immer Spannungen.“
„Das hab ich auch schon mitbekommen“, stimmte Steinhauser zu.
„Ihr Junge tut mir leid.“ Monika schaute zu Benedikt. „Jetzt hat er nur noch seine Oma. Naja, immer noch besser als sein Opa. Aber irgendwie ist er doch alleine.“
„Weiß man, wer sein Vater ist?“
„Darüber wurde schon viel gerätselt. Die Einzige, die es weiß, ist jetzt tot.“
„Was war der alte Sternberg für ein Mann?“, fragte Steinhauser.
Monika überlegte. Es schien so, als ob sie nicht wusste, wie sie ihn beschreiben sollte. „Wie schon gesagt: ein Arschloch, ein Tyrann, ein Kontrollfreak, ein Choleriker. Such dir was aus.“
Das genügte Steinhauser, mehr wollte er gar nicht wissen. Seine Schwester verabschiedete sich wenig später und Steinhauser gesellte sich zu Strubinski. Beide blieben bis zum Ende der Trösterfeier, dann ging Steinhauser noch einmal zu Benedikt und seiner Großmutter Elisabeth Sternberg, um sich zu verabschieden.
„Finde das Schwein, das meiner Tochter das angetan hat!“, gab ihm Elisabeth Sternberg noch mit auf den Weg.
Vor der Kneipe kam Strubinski wieder zu Steinhauser, um sich von ihm zu verabschieden. „Bis heute Abend.“
„Heute Abend? Was ist denn heute Abend?“, wunderte sich Steinhauser,
„Yoga“, sagte Strubinski und grinste über beide Ohren. „Wir holen euch ab.“

Kapitel 20

Auf dem Weg nach Gemünden quetschten sich Steinhauser und Stefanie auf die kleine Rücksitzbank von Strubinskis E-Auto. Seine Motivation war überschaubar, aber da es mit Stefanie gerade so gut lief, wollte er nichts riskieren. Am liebsten wäre er mit den Holzingers gefahren. Und das nicht nur, weil diese ein größeres Auto hatten. Aber Stefanie bestand darauf, mit den Strubinskis zu fahren. Sie wollte unbedingt schon im Vorfeld erfahren, was so auf sie zukommen würde. Sie musste keine einzige Frage stellen, Fred und Lavinia redeten ohne Punkt und ohne Komma. Man hätte denken können, dieser ominöse Yoga-Kurs wäre ihre ganz persönliche Erfindung gewesen. Stefanie hörte voller Begeisterung zu und schaute immer wieder erwartungsvoll zu Steinhauser. Der gab sich alle Mühe, Begeisterung zu versprühen.
In der Umkleidekabine der Schulsporthalle wurde ihm zum ersten Mal klar, dass er weder geistig noch kleidungstechnisch auf diese Veranstaltung vorbereitet war. Sein Outfit war völlig daneben. In seinem grünen Polizei-Jogginganzug war er der absolute Exot. Alle Männer trugen hautenge Bodys und Leggins.
„Cooles Outfit“, meinte Strubinski lachend.
„Etwas gewagt, aber warum auch nicht“, sagte Holzinger.
Steinhauser schaute sich in der Umkleide um. Einige Männer wären aus seiner Sicht gut beraten gewesen, weite, luftige Kleider zu tragen. Hier bekam der Begriff *Rettungsring* eine völlig neue Bedeutung.
„Mein Jogginganzug ist vielleicht nicht mehr der modernste, aber wenn hier jemand gewagt aussieht, dann bin das ganz bestimmt nicht ich.“ Er ließ seinen Blick demonstrativ umherkreisen. „Dein Tigerdress mit dem türkisfarbenen Oberteil ist auch nicht der Brüller.“
Strubinski lachte.
Das Bild änderte sich in der Sporthalle nicht. Die engen Bodys standen den Frauen zwar deutlich besser, aber auch hier gab es welche, die auf keinen Fall an mangelndem Selbstbewusstsein litten. Steinhauser kam sich vor wie auf einer Zeitreise in die achtziger Jahre. Beim Anblick seiner Stefanie vergaß er allerdings für einen Moment alles um sich herum. Dafür hatte er jetzt ein anderes Problem, was aber dank seiner weiten Hose niemandem auffiel.
„Hannes, wie siehst du denn aus?“, beschwerte sich Stefanie.

„Glaube mir, Schatz, das ist im Augenblick das beste Outfit, das ich haben kann“, versicherte er ihr.
Zwischen den Holzingers und den Strubinskis breitete Stefanie ihre Turnmatte aus. Lavinia schmiegte sich, ebenfalls in ihr hautenges Tigerdress gehüllt, an Fred und zwinkerte Steinhauser zu. Stefanie fand es lustig und die Holzingers waren voller Neugierde auf das, was da jetzt kommen würde. Nur Steinhauser wäre am liebsten davongelaufen. Er schaute sich um und zählte sage und schreibe neunzehn Paare, die sich unterhielten und mit leichten Dehnübungen auf den Kursbeginn vorbereiteten. Notgedrungen tat er es ihnen gleich. Kurz darauf traten eine Frau und ein Mann vor die Gruppe und klatschten in die Hände. Sofort wurde es mucksmäuschenstill und die beiden hatten die volle Aufmerksamkeit aller Anwesenden.
„Hallöchen“, rief der Mann.
„Das sind die Agnes und der Björn“, flüsterte Strubinski Steinhauser ins Ohr.
„Aha“, war sein einziger Kommentar. Björn und Agnes trugen ein hautenges schwarz-weiß-gestreiftes Outfit im Partnerlook. Steinhauser musste unweigerlich an Zebras denken.
„Wir freuen uns total, dass ihr wieder alle gekommen seid“, begrüßte Björn die Teilnehmer. „Und ich freue mich auch total, dass sich noch weitere Paare angemeldet haben. Und für die Neuen möchten wir uns noch einmal kurz vorstellen und euch unsere Botschaft näher bringen. Also, ich bin der Björn und das ist meine herzallerliebste Frau, die Agnes.“
„Der klingt wie ein Sektenführer“, sagte Steinhauser leise, der sich einen Kommentar jetzt nicht mehr verkneifen konnte.
Stefanie kniff ihm in die Seite und lachte ihn an. „Ich bin ja so stolz auf dich. Ich hätte niemals geglaubt, dass du hier mitmachst.“
Ich auch nicht, dachte sich Steinhauser und rang sich ein gequältes Grinsen ab.
„Ja, ich freue mich auch total, dass wir erneut Zuwachs bekommen haben“, ergriff jetzt Agnes das Wort. „Leider konnten wir nicht mehr alle in den Kurs aufnehmen, die sich noch anmelden wollten.“
Ein leichtes Raunen ging durch die Teilnehmer.
„Da kann ich meiner Frau nur beipflichten“, sprach jetzt wieder Björn. „Aber ich kann alle beruhigen, wenn dieser Kurs zu Ende ist, haben wir schon einen weiteren Kurs geplant. So, und jetzt darf ich die neuen Pärchen einmal zu uns bitten. Es müssten drei sein.“

Steinhauser verdrehte die Augen und warf Strubinski einen Blick zu, der ihn hätte töten können. Als ihn Stefanie an der Hand nahm und vor die Gruppe zog, verflog seine Wut aber gleich wieder. Sie sah einfach umwerfend aus. Zum Glück hatte er keine Leggins an. Gemeinsam mit den Holzingers standen sie jetzt neben Agnes und Björn.
„Hallöchen“, ging Björn auf Steinhauser zu. „Darf ich erfahren, wer du bist?“
Am liebsten hätte Steinhauser „Nein“ gesagt, aber das konnte er nicht bringen. „Ich bin der Johannes“, sagte er gehorsam.
„Interessantes Outfit“, sagte Björn mit einem Augenzwinkern, und leises Gelächter ertönte. Steinhauser spürte, wie er rot anlief.
Nachdem sich alle vier vorgestellt hatten, schauten sich Agnes und Björn um. „Da fehlen doch noch welche“, sagte Björn.
In diesem Moment klopfte es an der Hallentür. Kurz darauf ging sie auf und ein weiteres Pärchen kam herein. Steinhauser stockte der Atem. Als der Mann Steinhauser erblickte, blieb er erschrocken stehen. Sein Outfit war identisch mit dem von Steinhauser.
„Das ist doch dein Chef, oder?“, flüsterte ihm Stefanie ins Ohr.
Steinhauser sagte nichts, er nickte nur.
Sichtlich peinlich berührt kam Rappert mit seiner Frau zu Agnes und Björn. Die zierliche Frau mit den krausen Haaren passte so gar nicht zu ihrem kantigen Mann, der eher grobschlächtig daherkam.
„Dann seid ihr wohl die Rapperts. Hallo Evelin, hallo Rolf. Schön dass ihr noch den Weg zu uns gefunden habt“, freute sich Björn, und die Agnes pflichtete ihm bei.
Rappert schaute kurz zu Steinhauser, dann räusperte er sich und gab ein knappes „Ja, die sind wir“ von sich.
Sofort fiel allen das Outfit von Rappert auf.
„Kennt ihr euch zufällig?“, fragte Björn mit Blick auf Steinhauser.
Während Holzinger ebenso überrascht wie Steinhauser war, musste Strubinski gegen einen Lachkrampf ankämpfen.
„Das kann man so sagen“, beantworteten Rappert und Steinhauser Björns Frage.
„Schön, dass wir das klären konnten“, ergriff Agnes das Wort. „Wir freuen uns immer, wenn Freunde zu uns kommen.“ Jetzt wurde Steinhauser auch noch eine Freundschaft mit Rappert unterstellt. Ein Supergau konnte nicht schlimmer sein. „Bitte sucht euch einen Platz, damit wir anfangen können.“

Die Rapperts breiteten ihre Turnmatte am anderen Ende der Halle aus, was Steinhauser ganz recht war. Die Kursleiter warteten, bis alle ihren Platz gefunden hatten, dann ergriffen sie wieder das Wort.
„Unser Yoga-Kurs ist ja kein gewöhnlicher Yoga-Kurs, wie ihr alle wisst", begann Björn. „Deshalb möchten wir den neuen Teilnehmern noch einmal kurz erklären, was sie die nächsten Wochen erwarten wird. Ziel ist es nicht nur den eigenen Körper neu zu erleben ..."
„... nein, wir wollen hier auch, und insbesondere, den Körper unseres Partners kennenlernen", sprach Agnes den Satz zu Ende. „Zudem wollen wir euch zeigen, wie ihr neue erogene Zonen bei euch und eurem Partner entdecken könnt. Das alles wird gepaart mit Entspannungs- und Konzentrationsübungen, die euch helfen werden, euren und den Körper eures Partners beim Sex viel intensiver zu erleben. Ihr werdet überrascht sein, wie toll das sein wird."
„Lasst uns gleich mit den *liebenden Libellen* beginnen", ergriff Björn wieder das Wort und stellte sich hinter seine Frau. „Das ist eine kleine aber feine Übung, um uns aneinander zu gewöhnen."
Agnes brachte sich bereitwillig vor ihm in Stellung. Sie streckte ihre Arme in die Höhe und Björn kam ganz dicht an sie heran. Dann ließ er seine Hände langsam an ihren Armen nach oben gleiten, bis sich ihre Handflächen berührten. Anschließend beugte sich Agnes langsam nach vorne, bis sie ihren Oberkörper waagerecht ausstreckte. Dabei drückte sie ihren Hintern in Björns Unterleib. Dieser ließ seine Hände an Agnes Armen zurückgleiten und legte seinen Kopf auf ihrem Rücken ab. In dieser Stellung verharrten beide und breiteten ihre Arme zu Flügeln aus.
Nach und nach taten es ihnen die Kursteilnehmer gleich. Bei den kleineren Männern sah die Figur etwas … verkrampft aus. Teilweise erinnerte das Bild an aufeinander hockende Kröten bei der Paarung. Björn und Agnes erkannten sofort die Problematik.
„Wir haben kleine Hocker", trällerte Agnes vergnügt und brachte den Männern kleine Hocker, auf die sie sich stellen konnten. Jetzt bekamen die *liebenden Libellen* halbwegs eine Form.
„Körperspannung!", rief Björn. „Nicht dass sich die Männer auf ihren Frauen ausruhen."
„Spürt eure Körper", sagte Agnes. Eigentlich hauchte sie es in den Raum.
Stefanie stellte sich vor Steinhauser und streckte die Arme in die Höhe. Dieser beobachtete mit ungläubigem Kopfschütteln, wie es Strubinski und Holzinger den Kursleitern gleichtaten.

„Hannes, was ist denn? Ich warte“, flüsterte Stefanie.
„Schatz, ich weiß nicht, ob du das wirklich willst“, sagte er unsicher.
„Doch, das will ich! Ganz bestimmt!“, erwiderte sie ungeduldig.
Mit zittrigen Händen ließ Steinhauser seine Handflächen an ihren Armen emporgleiten. Als er sie berührte, machte sich sein kurzzeitig vergessenes Problem wieder bemerkbar.
„Hannes, du bist zu weit weg, ich kann dich nicht richtig spüren.“
„Bist du dir sicher, dass ich näher kommen soll?“, fragte er vorsichtig.
„Ganz sicher!“, sagte sie entschlossen, griff kurz hinter sich und zog ihn an sich heran. Da entfuhr ihr ein leises „Huch! Hannes!“
„Du wolltest es so haben, jetzt beschwer dich nicht“, flüsterte er ihr ins Ohr. Steinhauser spürte, wie ihm die Schamröte ins Gesicht stieg. Aber das kümmerte niemanden. Alle waren mit sich und ihren Partnern beschäftigt.
„Konzentriert euch auf den Körper eures Partners“, meldete sich Björn wieder zu Wort. „Spürt den Herzschlag des anderen.“
Wenn Stefanie seinen Herzschlag nicht spüren würde, müsste er sich ernsthafte Gedanken um sie machen. Sein Herz hämmerte mit Höchstleistungen gegen seine Brust. Das musste sie auf jeden Fall spüren.
„Wer schon etwas Übung hat, kann auch versuchen, die Augen zu schließen“, sagte Agnes. „Aber bitte aufpassen, nicht dass ihr das Gleichgewicht verliert.“
Vorsichtig schaute sich Steinhauser um. Holzinger war voll konzentriert, das war nicht zu übersehen. Strubinski hingegen verharrte mit geschlossenen Augen in dieser Position, ohne dass er und Lavinia auch nur im Geringsten wackelten. Er stand auf einem Hocker. Die Strubinskis waren zweifellos die Streber des Kurses. Dann sah er Rappert. Dieser hing wie ein schlaffer Rucksack auf seiner Frau. Ihre Beine zitterten. Da trafen sich ihre Blicke. Schnell schauten beide weg. Kurz darauf gab es einen gedämpften Aufprall und Rappert und seine Frau lagen auf der Matte.
„Alles in Ordnung?“, fragten Agnes und Björn besorgt.
„Geht schon“, sagte Rappert.
„Beim nächsten Mal lieber die Augen offen lassen“, riet ihnen Agnes und forderte die Gruppe auf, sich wieder zu lockern. Es war Zeit für eine neue Übung und weitere, tiefgründige Ratschläge.

Nach dem Kurs wusste Steinhauser nicht, ob er die Veranstaltung als idiotisch oder interessant bezeichnen sollte. Den engen Kontakt zu Stefanie

hatte er nach anfänglichen Problemen dann aber doch genießen können. Dass in der Turnhalle an die zwanzig Paare waren, spielte am Ende gar keine Rolle mehr. Dass Stefanie völlig in den Übungen aufging, half ihm ungemein, sich etwas fallen zu lassen.
„Ich bin echt positiv überrascht“, sagte Holzinger nach dem Kurs und hielt seine Katja mit strahlenden Augen in den Armen.
„Und ich freu mich schon darauf, wenn wir endlich wieder zu Hause sind“, gab sie mit gespitzten Lippen zurück.
„Das sind nur die ersten Übungen“, gab sich Strubinski gelassen.
„Ja, das wird noch viel besser“, pflichtete ihm Lavinia bei. „Zu Hause machen wir die Übungen dann meistens mit etwas … weniger Stoff“, fügte sie noch an und Strubinski bestätigte ihre Aussage mit einem lässigen Kopfnicken.
Steinhauser hielt sich beim Austausch ihrer Erfahrungen dezent zurück, was ein Kopfkino über die Praktiken der Strubinskis allerdings nicht verhindern konnte. Kurz bevor sie ihre Autos erreichten, rief jemand nach Steinhauser. Rolf Rappert kam auf ihn zugelaufen. Steinhauser ging ihm ein Stück entgegen. Er hatte keine Lust, vor seinen Freunden die Launen seines Vorgesetzten auszubaden.
„Herr Steinhauser … äh ...“, Rappert wusste nicht so recht, wie er beginnen sollte. „Wäre es Ihnen vielleicht möglich, morgen einmal in Gemünden auf der Wache vorbeizuschauen?“, fragte er höflich.
Steinhauser war verwirrt. Er war eigentlich einen anderen Tonfall von seinem Vorgesetzten gewohnt. Er sagte kaum hörbar „Ja“ und nickte. Rappert bedankte sich und ging wieder.
„Ist alles in Ordnung?“, fragte Stefanie etwas besorgt, da er etwas abwesend wirkte, als er zurückkam. „Was wollte denn dein Chef von dir?“
„Ich soll morgen bei ihm auf der Wache vorbeikommen.“
„Ist das jetzt schlimm?“
„Das werde ich dann morgen erfahren“, meinte Steinhauser etwas verwirrt. „Er war so … so freundlich.“
„Lass uns nach Hause gehen.“ Stefanie zog ihn dicht an sich heran. „Ich bleibe heute bei dir. Der Fred hat gesagt, die Übungen müssen unbedingt noch einmal zu Hause durchgeführt werden.“
„Ja, wenn der Fred das sagt, dann sollten wir schnell nach Hause“, gab er grinsend zurück und gab ihr einen innigen Kuss.

Kapitel 21

Nach einer langen und intensiven Nacht mit Stefanie hatte sich Steinhausers Meinung über den Yoga-Kurs grundlegend geändert. Sogar seinen frühmorgendlichen Rundgang mit Jacky genoss er wie selten zuvor. Was sicherlich auch daran lag, dass ihn Stefanie begleitete, bevor sie wieder nach Würzburg musste. Leicht verspätet, aber tiefenentspannt und bester Laune kam er auf das Rathaus.

„Einen wunderschönen guten Morgen, liebste Frau Schäflein", trällerte Steinhauser, als er das Büro der aktiven Hessin betrat. Diese stand mit verwirrtem Blick an ihrem Schreibtisch, den Hörer ihres Telefons in der Hand. „Alles klar, Frau Schäflein? Ich weiß, ich bin etwas zu spät", er schaute zur Uhr. „Okay, ich bin fast zwei Stunden zu spät. Hab ich was verpasst?"

Sie legte vorsichtig die Hand auf die Sprechmuschel. „Ob Sie was verpasst habbe, kann ich net sagen."

„Wer ist denn am Telefon?"

„Ihr Chef, glaub ich", gab sie schulterzuckend zurück.

„Was heißt hier, glaub ich? Sie müssen doch wissen, ob da mein Chef dran ist."

„Ich denk schon, aber ..."

„Was, aber?" Steinhauser machte sich etwas Sorgen um Frau Schäflein.

„Es ist ihr Chef", bestätigte sie. „Und der hat heut scho mehrmals angerufe und nach Ihne gefragt."

„Oje", sagte Steinhauser. In diesem Moment fiel ihm wieder ein, dass sein Chef ihn heute Morgen in Gemünden sprechen wollte. Dass dieser auch beim Yoga-Kurs gewesen war, hatte er schon wieder völlig vergessen. „Der wird wieder eine Laune haben", befürchtete er.

„Diesmal ist er irgendwie … anders", meinte sie.

„Anders? Wie, anders?", Steinhauser verstand gar nichts.

„Er hat gefragt, ob der Herr Steinhauser zu spreche ist. Sonst sagt der nie Herr. Eigentlich will er immer nur wisse, wo Sie sich gerade rumtreibe."

Das war allerdings neu. „Geben Sie mir mal den Hörer", forderte er sie auf.

„Einen wunderschönen guten Morgen, Herr Rappert", begann er bewusst freundlich und entschuldigte sich gleich, dass er sich verspätet hatte. Aufmerksam lauschte er Rapperts Worten. Am Ende des Gesprächs verbeugte

er sich mehrmals und versprach, sich sofort auf den Weg zu machen.
„Alles in Ordnung?“, fragte Frau Schäflein besorgt.
„Ja … und irgendwie auch nein“, sagte er sichtlich verwirrt.
„Gell, der war heut komisch!“
„Ja, das war eben echt komisch“, bestätigte Steinhauser. „Der Rappert hat gesagt, das macht doch nichts, wenn man mal etwas später den Dienst antritt. Dann hat er mich gefragt, ob es mein zeitlicher Rahmen zulässt, dass ich heute noch einmal nach Gemünden auf die Dienststelle kommen kann. Er wäre mir zu großem Dank verpflichtet.“
Frau Schäflein starrte ihn mit offenem Mund an. „Das ist nicht nur komisch, das ist höchst seltsam.“
„Er hat sich nicht mal beschwert, dass er mir gestern Abend schon gesagt hatte, dass ich heute Morgen in Gemünden vorbeikommen soll.“
„Wo habbe Sie denn gestern Abend ihren Chef getroffe?“, wollte Frau Schäflein gleich wissen.
Steinhauser überlegte, ob er ihr sagen sollte, wo er gewesen war. Ver-zichtete aber lieber darauf.
„Im Baumarkt“, sagte er. Denn irgendetwas musste er ja sagen.

Eine halbe Stunde später saß Steinhauser im Büro von Rolf Rappert.
„Schön, dass Sie sich die Zeit genommen haben, um nach Gemünden zu kommen“, begrüßte ihn sein Chef ungewohnt freundlich.
„Sie sind der Boss“, sagte Steinhauser misstrauisch. „Trotzdem – danke! Ich weiß ja, dass Sie im Sinngrund alle Hände voll zu tun haben“, meinte Rappert. Steinhauser schaute verwirrt. „Ach, seit wann denn?“
„Das ganze Theater mit dem Christbaumzwicker, die Überwachungen, das alles ist doch bestimmt sehr zeitaufwendig, oder?“
„Geht so“, meinte Steinhauser. Dass der mögliche Übeltäter dank Strubinski bereits überführt war, behielt er vorerst für sich. Und dass er so gut wie gar nichts zu diesem Erfolg beigetragen hatte, musste Rappert ja auch nicht wissen.
„Ich bin davon überzeugt, dass Sie ihr Bestes geben“, lobte Rappert. „Möchten Sie vielleicht eine Tasse Kaffee?“
Steinhauser schaute misstrauisch. „Nein, danke“, antwortete er zögerlich. Das freundliche Getue seines Chefs nervte ihn. Er hatte keine Ahnung, was das Theater eigentlich sollte. „Und weswegen bin ich jetzt hier?“, fragte er ungeduldig.

„Ich wollte Sie persönlich für Ihren Einsatz loben“, sagte Rappert. „Wie Sie den krankheitsbedingten Personalausfall auf der Burgsinner Gemeinde kompensiert und anschließend noch den Kollegen in Gemünden unterstützt haben – das war alles sehr vorbildlich. Vielen Dank dafür.“
Steinhauser schwieg. So langsam ahnte er, woher der Wind wehte.
„Außerdem liegt mir der Teamgeist sehr am Herzen“, schob Rappert noch hinterher.
Steinhauser räusperte sich. „Wie fanden Sie eigentlich den Yoga-Kurs?“, fragte er.
Rappert rutschte verlegen auf seinem Stuhl umher, gab sich aber alle Mühe, sich nichts anmerken zu lassen. „Ja ... der Yoga-Kurs“, begann er zögerlich. „Weil Sie das gerade ansprechen. Ich hatte gar nicht mehr daran gedacht. Ich meine … mal so unter uns ... das muss doch jetzt auch nicht jeder erfahren ... also ... ich mein ... dass wir beide dort hingehen, oder?“
Steinhauser lehnte sich entspannt zurück. „Also ich habe kein Problem damit, wenn jemand davon erfährt.“
„Ja …“, Rappert wusste nicht, was er sagen sollte, deshalb ging er erst gar nicht auf Steinhausers Äußerung ein. „Ich habe mich auch schon um ein neues Handy für Sie bemüht. Das allerneueste, was es gibt. Dann können Sie dieses alte Tastending wegwerfen.“
„Eigentlich brauch ich gar kein anderes Handy“, meinte Steinhauser.
„Kein Handy?“ Rappert überlegte. „Aber ich dachte, Sie wollten erreichbar sein?“
„Dachte ich die ganze Zeit auch, aber … muss man denn immer erreichbar sein?“
Rappert knetete nervös seine Hände. „Ja, wenn Sie das so sagen ... wer will das schon? Es kann ja auch zu einer psychischen Belastung werden, wenn man immer und überall erreichbar ist.“
„Genau!“, stimmte Steinhauser zu. „Die ganze Welt redet ja immer von der sogenannten Entschleunigung. Und ein Polizist, der ein psychisches Wrack ist, den kann man auch nicht gebrauchen.“
„Wahre Worte, Herr Steinhauser, wahre Worte ...“, griff Rappert Steinhausers dubiose Theorie auf, ohne jedoch näher darauf einzugehen.
„Und wie wichtig sind eigentlich die täglichen Berichte?“, fragte Steinhauser.
„Berichte? Ja, das ist eine gute Frage. Ich würde sagen … es gibt wahrlich Wichtigeres. Die werden ja eh nur irgendwo abgeheftet und später interessiert sich kein Mensch mehr dafür“, winkte Rappert ab.

„Und was bedeutet das jetzt für mich?", wollte Steinhauser konkret wissen.
„Naja ...", begann Rappert. „Ganz so unwichtig sind Berichte und die Erreichbarkeit für einen Polizeibeamten auch wieder nicht … Sie wissen ja … aber ich hab die Regeln nicht gemacht." Rappert schaute erwartungsvoll zu Steinhauser. Der zeigte jedoch keine Regung. Also stammelte sein Chef weiter. „Ich würde sagen ... machen Sie das doch einfach individuell. Nehmen Sie Ihr Handy mit und wenn Sie das Bedürfnis haben, erreichbar zu sein, dann schalten Sie es einfach ein. Ich kann ja auch bei der netten Frau Schäflein eine Nachricht für Sie hinterlegen. Und die Berichte … ja, da lasse ich Ihnen freie Hand. Wenn es nichts Besonderes gibt, dann kann man auch mal einige Berichte zu einem Wochenbericht zusammenfassen. Ich habe da volles Vertrauen in Sie."
Die Berichte waren für Steinhauser derzeit ohnehin kein Problem. Diese machte Frau Schäflein mit großer Hingabe und daran wollte er vorerst auch nichts ändern.
„Und was ist mit dem Bürgermeister?", fragte Steinhauser weiter.
„Der Bürgermeister? Was soll denn mit dem sein?", wunderte sich Rappert
„Der Mehrhold hat da so eine To-Do-Liste, mit der er mich nervt."
„Lieber Herr Steinhauser, ich werde selbstverständlich mit dem Herrn Mehrhold reden. Sie dürfen unter keinen Umständen von Ihrer eigentlichen Arbeit abgelenkt werden", versprach Rappert. „Aber ich bitte Sie um Verständnis. Ich kann Sie jetzt nicht machen lassen, was Sie wollen."
‚Wer hat denn damit angefangen?', dachte sich Steinhauser. Wenn sein Chef Schiss hatte, dass herauskam, dass er an einem erotischen Yoga-Kurs teilnahm, um sein Sexleben auf Vordermann zu bringen, dann konnte er es ja auch einfach sagen.
„Okay, das sehe ich ein", gab Steinhauser zu. „Ich werde schon fertig mit ihm. Aber warum sagen Sie es nicht einfach?"
„Sagen? Ich weiß nicht, was Sie meinen?", gab sich Rappert ahnungslos.
„Na, der Yoga-Kurs", sagte Steinhauser gerade heraus. Rappert lief rot an und wusste nicht, wie er sich hinsetzen sollte. Unruhig rollte er mit seinem Stuhl hin und her. „Wenn Sie nicht wollen, dass ich jemandem davon erzähle, dass Sie mit Ihrer Frau dort waren, weil es im Bett nicht mehr so läuft, dann sagen Sie das doch einfach."
Peinlich berührt erstarrte Rappert in seiner Bewegung. „Ja … was soll ich sagen. Das ist mir jetzt etwas unangenehm. Ich wäre Ihnen jedenfalls zu großem Dank verpflichtet, wenn das unter uns bleiben könnte. Muss ja

nicht jeder wissen. Was würden denn die Kollegen denken?"
„Was denken Sie denn, was die denken?", fragte Steinhauser. Er genoss es, dass sein sonst so ruppiger und dominanter Chef verlegen war. Steinhauser wäre nie auf die Idee gekommen, irgendwo und irgendwem zu erzählen, dass Rappert einen derartigen Kurs besuchte. Warum auch? Er nahm ja selbst daran teil und war anfangs wenig begeistert. Was sich allerdings über Nacht geändert hatte. Eine Tatsache, die er Strubinski gegenüber besser erst einmal nicht zugeben sollte. Außerdem hatte er mit den Kollegen in Gemünden so gut wie nichts zu tun. Und davon abgesehen, war es ihm auch völlig egal, was in Rapperts Rappelkiste so abging oder auch nicht abging.
„Naja, Sie wissen doch, was ich meine ...", gab Rappert fast etwas hilflos zurück.
„Entschuldigen Sie bitte, ich kann Ihnen nicht folgen." Steinhauser kostete es aus.
„Mensch Steinhauser, tun Sie doch nicht so! Die denken doch sonst alle, dass bei mir im Bett nichts mehr los ist!", platzte es überraschend ehrlich aus Rappert heraus.
„Ist dem denn so?" Steinhauser wollte jetzt wissen, wie weit er gehen konnte.
Rappert zögerte.
„Natürlich nicht!", gab er entschieden zurück. „Aber nach über zwanzig Jahren Ehe ist der Evi der ewige Dreistellungskampf langweilig geworden. Ich oben ... die Evi oben ... und dann von … naja, ist ja auch egal jetzt."
Das war dann doch etwas zu viel Offenheit für Steinhauser. So genau wollte er es wahrlich nicht wissen. Jetzt hatte er nicht nur Kopfkino von den Strubinskis, sondern auch noch welches von Rappert und seiner Evi. Hoffentlich kehrten diese Bilder niemals zurück, wenn er mit Stefanie zusammen war. Das Gespräch musste ein Ende finden, bevor sie noch beste Freunde wurden. „Herr Rappert, ich denke, Sie haben mich überzeugt. Ich kann schweigen wie ein Grab. Für meine Freunde kann ich allerdings keine Garantie übernehmen."
„Aber Sie können mit Ihnen reden", schlug Rappert vor.
„Das mach ich mal besser nicht", wehrte Steinhauser ab. „Sonst kommen die noch auf dumme Gedanken."
„Wenn Sie das sagen. Ich habe volles Vertrauen in Sie."
„Bleibt nur noch die Frage eines Dienstwagens", kam Steinhauser noch einmal auf das Entgegenkommen seines Chefs zurück.

„Da habe ich mich auch schon schlau gemacht." Rappert steckte heute voller Überraschungen. Er holte einen Prospekt hervor und breitete ihn vor Steinhauser aus. Er musste wirklich sehr große Angst haben, dass die Sache mit dem Yoga-Kurs herauskommen könnte. „Sie können sich einen aussuchen, und ich werde mich persönlich darum kümmern."
Steinhauser nahm den Prospekt in die Hand und erhob sich. „Ich werde mir das anschauen und melde mich, sobald ich mich entschieden habe. Wir sehen uns ja spätestens beim nächsten Yoga-Kurs wieder, oder?"
„Gewiss, Herr Steinhauser. Gewiss." Rappert erhob sich und wünschte Steinhauser noch eine erfolgreiche Woche, bevor dieser ging.

Der Rest der Woche war wie Urlaub für Steinhauser. Rappert meldete sich nicht ein einziges Mal und wenn ihm Horst Mehrhold, der Burgsinner Bürgermeister, über den Weg lief, grüßte dieser notgedrungen und verschwand gleich wieder. Kein einziges Wort über seine geliebte To-Do-Liste. So ließ es sich aushalten. Den möglichen Christbaumzwicker hatte er überführt, wusste aber noch nicht so recht, wie er damit umgehen sollte. Und da von Rappert kein Druck mehr kam, ließ er sich Zeit mit einer Entscheidung, wie er mit Weirich weiter verfahren sollte.

Kapitel 22

Das Wochenende musste Steinhauser ohne Stefanie verbringen. Sie hatte Dienst. Deshalb hatte er sich am Samstag auch dazu bereit erklärt, auf Torben aufzupassen, damit seine Schwester Monika und ihr Mann Klaus, der gestresste Hausarzt, ein paar Stunden ungestört für sich hatten. Sie nutzten die Zeit, schlenderten über den VeMiNa-Markt und statteten ihren Eltern einen Besuch ab.
Da Steinhauser aktuell bester Laune war, setzte er noch einen drauf und ging am Sonntag alleine mit Torben auf den Markt nach Mittelsinn. Sie wollten dort etwas zu Mittag essen und das eine oder andere Weihnachtsgeschenk kaufen. Da Stefanie nicht da war, bot es sich an, etwas Zeit mit seinem Patenkind zu verbringen. Jacky war auch mit von der Partie.
„Hast du heute Morgen mit Jacky ihre Kackrunde gedreht?", fragte Torben, der die Beagle-Dame an der Leine führte. „Nein, das wolltest du doch machen", gab Steinhauser zurück. „Naja, macht ja nix." Torben schaute verlegen. „Wir können Jackys Kacke ja wieder in einen Schneeball einrollen. Kacktüten hast du bestimmt auch keine dabei, oder?"
„Nein, keine Kacktüten." Steinhauser verdrehte die Augen. „Aber wehe, du wirfst dann den Schneeball!"
„Ich kann für nichts garantieren." Sein Patenkind grinste verschlagen.
Steinhauser holte sich einen Bio-Rind-Burger und Torben gönnte sich eine Damwild-Bratwurst. Mit diesem Essen ausgestattet, stellten sie sich bei Eiseskälte an einen der Ölfassöfen, die schon am Weihnachtsmarkt zum Einsatz gekommen waren. Steinhauser hatte sich noch einen Glühwein und Torben einen Früchtepunsch organisiert. Und da es wieder knackig frostige Temperaturen hatte, drängelten sich zahlreiche Besucher um die Öfen. Auf der gesperrten Hauptstraße war die Hölle los. Am letzten Tag kamen immer die meisten Leute.
„Hallo Herr Steinhauser", sprach ihn unerwartet ein älterer, grauhaariger Mann an. „Herr Haupt", gab er verwundert zurück. „Mein Namensvetter. Sie, hier in Mittelsinn?"
„Wenn es hier in der Gegend schon einmal so ein Event gibt, dann muss man mindestens einmal hier gewesen sein", gab der ehemalige Dienststellenleiter von Gemünden zurück.
„Gefällt es Ihnen?", fragte Steinhauser.
„Sehr interessant und so vielseitig", meinte Haupt.

„Was ist ein Namensvetter?“, warf Torben dazwischen.
„Der Herr Haupt heißt auch Johannes“, erklärte Steinhauser.
„Okay. Ich geh dann mal zu Oma und Opa an die Linde“, sagte Torben knapp und zerrte Jacky hinter sich her. Die Beagle-Dame folgte ihm frierend und unmotiviert.
„Nur schade, dass diese Veranstaltung von so einem traurigen Ereignis überschattet wird“, sagte Haupt.
„Wem sagen Sie das“, stimmte Steinhauser zu. „Schlimme Sache mit der Uschi, … also ich meine mit Frau Sternberg.“
„Die armen Sternbergs“, sagte Haupt mit einem traurigen Unterton in seiner Stimme. „Vor vielen Jahren der Unfall vom Vater und jetzt das.“
„Ja, da haben Sie Recht. Die Sternbergs haben anscheinend kein gutes Verhältnis zu ihren Schutzengeln“, bestätigte Steinhauser. „Kannten Sie den alten Sternberg?“
„Nein, ich kannte ihn nicht. Ich wurde damals zum Unfall gerufen.“
„Ja, ich habe davon gehört“, erinnerte sich Steinhauser an das, was Strubinski an der Jagdhütte erzählt hatte, als sie die Uschi gefunden hatten. „Können Sie sich noch daran erinnern?“
„An diesen Unfall kann ich mich noch sehr gut erinnern. Ich war damals oft bei den Sternbergs wegen den Ermittlungen.“
„Es gab Ermittlungen?“, jetzt wurde Steinhauser neugierig. „Ich weiß nicht, ob man meine Fragerei als Ermittlungen bezeichnen konnte“, wehrte Haupt ab. „Können Sie mir mehr zu ihrer … Fragerei sagen?“, fragte Steinhauser. „Natürlich“, gab Haupt zurück. „Der ganze Unfall war etwas … wie soll ich sagen … merkwürdig.“
„Merkwürdig?“, wiederholte Steinhauser.
„Ja, der alte Sternberg ist damals in der scharfen Kurve vor der Schranke, die es ja mittlerweile nicht mehr gibt, zwischen Obersinn und Mittelsinn ungebremst durch die Leitplanke gedonnert und in die Sinn gestürzt. Die Straße war trocken, Bremsspuren gab es keine. Es gab sogar einen Zeugen“, berichtete Haupt.
„Und was hatte der gesehen?“, wollte Steinhauser wissen.
„Der Zeuge kam aus der anderen Richtung und hatte alles mit angesehen. Der alte Sternberg kam wohl sehr zügig angerauscht. Kurz vor der Kurve kam sein Auto aus unerklärlichen Gründen ins Schlingern, durchbrach die Leitplanke, überschlug sich und landete in der Sinn. Die hatte damals sogar Niedrigwasser und trotzdem ist er ertrunken. Kein schöner Tod.“
„Und was hatten Sie herausgefunden?“

„Zu richtigen Ermittlungen ist es leider erst gar nicht gekommen“, bedauerte Haupt. „Bei den Untersuchungen wurde festgestellt, dass der alte Sternberg getrunken hatte.“
„Aha“, meinte Steinhauser nachdenklich. „Wie viel hatte er denn getankt?“
„Eigentlich nur 0,8 Promille“, antwortete Haupt. „Seine Frau sagte damals, das sei sein Grundpegel gewesen. Für ihren Mann kein Grund, in die Sinn zu fahren. Sie war sich sicher, dass da jemand nachgeholfen hatte. Denn besonders viele Freunde hatte er nicht.“
„Und da wurde nicht nachgehakt?“, wunderte sich Steinhauser. „Mein damaliger Chef war der Meinung, dass Frau Sternberg einfach nicht akzeptieren wollte, dass ihr Mann doch nicht so viel vertrug, wie sie wohl vermutete.“
„Wenn sich Ihr Chef da mal nicht getäuscht hatte“, sagte Steinhauser.
„*Die Polizei hat keine Zeit bei jedem Unfallopfer, das sich im Suff zu Tode gefahren hat, Nachforschungen anzustellen*, hatte mein Chef gemeint“, fuhr Haupt fort.
„Und welche Nachforschungen wollten Sie anstellen?“
„Ich hätte das Auto gerne kriminaltechnisch untersuchen lassen, aber das lag nicht in meiner Entscheidungsgewalt“, bedauerte Haupt.
„Hatten Sie auch den Verdacht, dass jemand nachgeholfen haben könnte?“, bohrte Steinhauser nach.
Haupt überlegte einen Augenblick. „Verdacht hin, Verdacht her. Ich hätte den Sternbergs gerne geholfen, diese Ungewissheit aus der Welt zu schaffen. Aber das spielt jetzt keine Rolle mehr. Dazu hätte man den Unfallwagen genauer unter die Lupe nehmen müssen. Was leider nicht passiert ist.“
„Ja, echt schade“, seufzte Steinhauser.
„Lassen Sie uns nicht über die Vergangenheit sinnieren“, wechselte Haupt das Thema. „Wie geht es Ihnen? Wie läuft es mit Ihrem Chef, meinem Nachfolger?“ Steinhauser musste grinsen. „Mit dem Rappert läuft es zurzeit richtig gut. Um nicht zu sagen: hervorragend. Wir sind mittlerweile fast wie … wie ... Yin und Yang. Naja, wollen mal nicht übertreiben.“
„Oh“, gab Haupt verwundert zurück. „Das freut mich für Sie.“
„Ich bin nur mal gespannt, wie lang der Zustand anhält“, schob Steinhauser hinterher. „Warum?“, fragte Haupt interessiert.
„Ach … das ist eine lange Geschichte“, wehrte Steinhauser ab. „Damit will ich Sie nicht langweilen.“
„Ich hätte Zeit“, sagte Haupt.

Während Steinhauser überlegte, ob er ihm vom Yoga erzählen sollte, sah er Horst Tschirr, den Kassenwart vom Schützenverein und Paul Reichel, den Gemeindediener, durch die Besucherschar hasten. Dicht hinter ihnen lief Georg Kümmer, der erste Vorstand vom Schützenverein. Diesen drei wollte er wegen der Schmuddelvideos eigentlich auch noch einen Besuch abstatten.
„Bitte verstehen Sie mich nicht falsch, Herr Haupt, aber ich muss grad mal was erledigen“, entschuldigte sich Steinhauser und rannte den drei hinterher. Kurz vor der Absperrung erreichte er sie. „Paul! Hodschi! Schorsch!“, rief er. „Bleibt bitte mal stehen!“ Die drei Männer drehten sich überrascht um. „Hannes?“, wunderten sie sich. „Was ist?“, fragte Reichel.
„Kann ich euch mal was fragen?“
Horst Tschirr schaute auf seine Uhr, dann zu Georg Kümmer. „Muss das jetzt sein? Wir müssen ins Schützenhaus und Nachschub holen. Die Gulaschsuppe am Schützenstand ist gleich leer. Siehst ja selber, was hier los ist!“
„Geht auch ganz schnell“, versicherte Steinhauser.
„Hannes, sei uns nicht bös, aber jetzt nicht!“, beharrte Kümmer.
Aber wenn sich Steinhauser erst einmal etwas in den Kopf gesetzt hatte, dann ließ er sich nicht so schnell davon abbringen. „Ich wollt nur mal kurz mit euch über eure Beziehung zur Uschi reden“, sagte er.
Alle drei erstarrten kurz, schauten sich an und kamen dann langsam auf Steinhauser zu. „Was für eine Beziehung?“, fragten sie skeptisch. Da Steinhauser jetzt nicht viel Zeit hatte, ebenso wie seine drei Gesprächspartner, beschloss er, nicht lange drumherum zu reden. „Ihr habt mit der Uschi gevögelt, sie hat euch erpresst und ihr habt dann bei der Abstimmung über die Vergabe der Industriefläche für die Uschi und gegen euren Freund Weirich gestimmt.“ Mit offenem Mund starrten sie ihn ungläubig an. „Könnt ihr mir was dazu sagen?“, fragte er weiter und biss genüsslich in seinen Bio-Rind-Burger.
Tschirr fand als erster wieder die Worte. „Was soll´n das jetzt?“, fragte er aufgebracht, wusste aber dann auch nicht weiter.
„Ich hab da ein paar Videos entdeckt, auf denen ihr mehr oder weniger schlecht auf der Uschi rumhüpft“, sagte er gelassen. „Ich frag mich, ob sie euch vielleicht wieder mal erpresst hat?“
„Woher …?“ Reichel wusste nicht, was er sagen sollte. Steinhausers direkte Konfrontationstaktik zeigte Wirkung, aber dass sie gar keine Worte fanden, half ihm auch nicht weiter. Irgendwas sollten sie schon sagen. Er

ließ ihnen Zeit zu verdauen, was er ihnen eben unvorbereitet an den Kopf geworfen hatte. „Was willst du von uns?", fragten sie verständnislos.
„Hier noch mal die Zusammenfassung", sagte Steinhauser und leckte sich Ketchup von den Fingern. „Die Uschi ist tot, ihr habt mit ihr gevögelt, sie hat euch erpresst, ihr habt für sie und gegen den Weirich gestimmt. Hat sie euch wieder erpresst? Hat sie wieder was gebraucht von euch?"
„Nein!", gaben alle drei entschieden zurück. Jetzt war der Groschen gefallen und sie ahnten, wohin die Fragerei führte. „Du glaubst doch nicht, dass wir … ja sag mal spinnst du?", schimpften sie durcheinander auf Steinhauser ein. Der blieb ruhig. „Du kommst daher, wenn wir grad mitten im Stress sind und … und ... und … laberst da so´n Zeug!", stammelten sie. „Muss das jetzt sein?"
„Ja, weil bei Mord gibt's keine Rücksicht!" Steinhauser genoss es, wie sie verlegen daher stammelten.
„Wir waren doch beim Lukas und haben Fußball geschaut!" Jetzt erinnerte sich Reichel an das Telefonat mit Steinhauser. „Du hast uns wegen dem Ingo doch alle angerufen und ausgefragt. Dafür gibt's jede Menge Zeugen!"
„Das stimmt!", meldete sich Tschirr zu Wort.
Steinhauser hätte sich fast an seinem Burger verschluckt. Das hatte er ja völlig vergessen. Die drei kamen für die Tat überhaupt nicht in Frage.
„Aber da wusste ich noch nix von den Videos", fiel ihm gerade noch ein.
„Ja, wir haben uns mit ihr eingelassen", gestand Kümmer. „Aber mit ihrem Tod haben wir nix zu tun!"
Die ganze Aktion war ihm jetzt mehr als peinlich und er hätte sie sich obendrein sparen können. „Ich wollte nur noch mal sicher gehen ...", räusperte er sich, „... ob ihr unter Stress immer noch dieselbe Aussage macht. Das sind … bewährte, polizeitaktische Ermittlungsmethoden. Ihr habt bestanden und könnt jetzt gehen." Doch das taten sie nicht. Steinhauser wurde nervös. „Tut mir leid. Ich weiß, das war nicht die feine englische Art", entschuldigte er sich. „Aber hier geht's um Mord."
„Ist schon gut", gab sich Reichel versöhnlich. „Äh ... weiß der Ingo ... äh ... dass wir für die Uschi gestimmt haben?", fragte er vorsichtig.
„Nein, von mir jedenfalls nicht!", versicherte Steinhauser. „Und das wird er von mir auch nie erfahren! Ihr könnt euch voll auf meine Verschwiegenheit verlassen."
„Okay, wir zählen auf dich", sagte Tschirr. „Wenn wir der Polizei nicht vertrauen können, wem dann?"

Steinhauser verschloss symbolisch seinen Mund, warf den Schlüssel weg und zwinkerte ihnen zu. Als sie weg waren, verzog er peinlich berührt das Gesicht und ging zurück zu Johannes Haupt.
„Alles in Ordnung?“, fragte dieser. „Sie sehen nicht sehr glücklich aus.“
„Ja, ja, alles gut“, versicherte Steinhauser. „Lust auf einen Glühwein, Herr Haupt?“
„Nein, danke“, lehnte dieser ab. „Aber ich glaube, da will jemand was von Ihnen.“ Haupt zeigte auf Torben, der zu ihnen gerannt kam und Jacky hinter sich herschleifte. Die Beagle-Dame machte wirklich keinen Schritt mehr, als sie musste.
„Die Jacky hat gekackt!“, schrie Torben schon von Weitem, dass es auch ja jeder mitbekam. Steinhauser verdrehte die Augen, Johannes Haupt lachte.
„Wohin?“, fragte Steinhauser knapp.
„Hinter die Hütte von Oma und Opa. Direkt vor die Linde.“
„Und was hast du mit der Kacke gemacht?“
„In einen Schneeball eingerollt. Wie wir es besprochen haben“, strahlte Torben.
„Und wo ist der Schneeball?“
„Den hab ich auf die Bank gelegt, die um die Linde ist.“
„Ja, Herr Haupt, da muss ich mich wohl drum kümmern.“
„Ich geh dann mal weiter. Kümmern Sie sich mal um den Schneeball“, sagte der ehemalige Dienststellenleiter mit einem Lächeln und verabschiedete sich. Steinhauser grüßte kurz seine Eltern, bevor er von Torben hinter ihre Hütte geschleppt wurde. Torben blieb vor der Linde stehen und deutete auf die Bank. „Da hab ich ihn hingelegt.“
„Ich seh aber nix!“, sagte Steinhauser. Torben zuckte mit den Schultern.
„Dann weiß ich auch nicht, wo er hingekommen ist.“
„Und ich will es auch gar nicht wissen“, seufzte Steinhauser.
Vor der Hütte seiner Eltern war eine große Schlange. Ihre frischen Backwaren waren heißbegehrt. Zu gerne hätte er noch einmal nachgefragt, ob sich sein Vater wieder beruhigt hatte, aber dafür war jetzt weder die Zeit, noch der richtige Ort. Hildegard und Rudolf hatten alle Hände voll zu tun. Kai, ihr Auszubildender, schaffte gerade Nachschub heran. Sandra und Lars, ihre Angestellten, hielten in der Backstube die Stellung. An den VeMiNa-Markt-Wochenenden waren alle Hände gefordert.
Torben wäre gerne noch etwas geblieben, aber da Jacky jegliche Bewegung verweigerte und Steinhauser sie sogar die letzten Meter zum Auto tragen musste, zogen sie es dann doch vor zu gehen.

Kapitel 23

Das Highlight der nächsten Woche war der anstehende Yoga-Kurs, auf den sich Steinhauser diesmal sogar freute. Ganz besonders freute er sich auf Rolf Rappert und seine Evi. Mit einem sichtlich aufgesetzten Lächeln und schlecht gespielter Freundlichkeit grüßte ihn sein Chef in der Umkleide. Steinhauser zeigte sich weltmännisch und gab den souveränen Kollegen. Was beide unverändert vereinte, waren ihre grünen, schlabbrigen Polizei-Jogginganzüge. Was sie von den restlichen Leggins-Fetischisten eindeutig unterschied. In diesem Punkt waren sie sich einig.

„Was geht denn mit deinem Chef ab?", fragte Strubinski verwirrt. „Der ist ja voll freundlich zu dir. Ich dachte euer Verhältnis wäre eher … schwierig und gestört?"

„Ach was", wehrte Steinhauser ab. „Der Rappert kann auch ganz handzahm sein. Liegt bestimmt am Yoga-Kurs."

„Ja, das kann sein. Guter Sex kann helfen. Wobei ich mir nicht vorstellen mag, was der zu Hause mit seiner Evi veranstaltet", meinte Strubinski und schüttelte sich. „Wie war´s eigentlich bei euch?"

„Wie war was?", fragte Steinhauser.

„Stell dich nicht dümmer als die Polizei!", mischte sich Holzinger lachend ein. „Oder willst du behaupten, ihr habt die Übungen zu Hause nicht mehr wiederholt?"

„Das geht euch gar nix an", gab Steinhauser zurück. „Ein Gentleman schweigt und genießt."

„Ja, genau! Du und Gentleman", lachte Strubinski. „Also die Lavinia, ich muss euch sagen, die ging wieder ab wie ein ..."

„Ja, ja, ... wie ein rosa Mofa. Fred, wir wollen es gar nicht wissen!" Steinhauser ging schnell in die Turnhalle, bevor sich sein Kopfkino einschaltete. Zum Glück sah er dort Stefanie. Mit ihrem hautengen Body brachte sie ihn gleich auf andere Gedanken. Strubinski und Holzinger kamen lachend hinterher.

Während alle Kursteilnehmer ihre Turnmatten ausrollten, betraten Agnes und Björn gutgelaunt die Halle. Nach einer herzlichen Begrüßung wurde die Gruppe in das heutige Thema ‚*Verschlungene Schwäne*' eingewiesen. Anschließend bereiteten sich die Kursteilnehmer auf die Übung vor, um dann direkt in die Praxis zu starten. Agnes und Björn demonstrierten kurz, wie die *verschlungenen Schwäne* aussahen. Die Gefahr, das Gleichgewicht

zu verlieren, bestand diesmal nicht.
Steinhauser und Stefanie setzten sich gegenüber. Er streckte die Beine aus, Stefanie setzte sich auf seinen Schoß. Er war heilfroh, dass er keine dieser engen Leggins trug.
„Hannes!“, flüsterte sie ihm verlegen ins Ohr.
„Ich kann auch nix dazu. Wir seh´n uns halt so selten“, grinste er zurück.
Strubinski, der alte Streber, kannte die Übung natürlich schon. Er legte sich auf den Rücken und zog die Knie und Ellenbogen an. Lavinia lehnte sich gegen seine Oberschenkel. Dann streckte sie ihren Oberkörper und Strubinski drückte seine Hüfte nach oben. In dieser Position verharrten sie. Steinhauser staunte nicht schlecht, als er es ihm nachmachte und merkte, wie anstrengend das war. Stefanie ging ganz in der Übung auf.
„Körperspannung!“, trällerte Björn, während Agnes und er bei jedem Pärchen prüften, ob die Übung auch richtig gemacht wurde. Die Kursleiter hatten jede Menge gute Ratschläge parat, wie man den Körper des Partners noch besser spüren konnte.
Auch wenn es Steinhauser niemals zugeben würde, der Yoga-Kurs brachte völlig neue Perspektiven für ihre Beziehung. Und dass Stefanie ihn bestens spürte, davon war er überzeugt. Den frischen Wind in ihrer Beziehung genossen sie jedenfalls in vollen Zügen. Besonders in der darauffolgenden Nacht.
Tags darauf kam er wieder deutlich zu spät auf das Rathaus. Außer von Frau Schäflein wurde er dort von niemandem vermisst. Wenn´s läuft, dann läuft´s ...

Am Abend hatte sich Strubinski zur Lagebesprechung angemeldet. Steinhausers Motivation hielt sich in Grenzen. Den Fall mit dem Christbaumzwicker hatte er aus seiner Sicht ja gelöst. Auch wenn Weirich es abstritt, so war er dennoch der Hauptverdächtige. Aber genaugenommen hatte Strubinski, sein freier Mitarbeiter, den Fall gelöst. Und was Ursula Sternbergs Tod anbelangte, da war er eigentlich mit seinem Latein am Ende. Dennoch konnte ein Gedankenaustausch mit Strubinski nicht schaden. Dieser war motiviert, daran gab es keinen Zweifel.
„Wie gehen wir weiter vor?“, fragte Strubinski, während Steinhauser Jacky zu Fressen gab. Anschließend holte er zwei Bier.
„Ich bin am Überlegen, ob wir nicht doch den Tagweih und Stefanie in unser Wissen einbeziehen sollten“, meinte Steinhauser etwas niedergeschlagen.

„Den Tagweih einbeziehen?“ Strubinski war erschüttert. „Kommt gar nicht in die Tüte. Der ist doch komplett unfähig. Wir haben alles, was wir brauchen, um den Fall zu lösen. Hast du dir noch mal die Videos angeschaut?“
„Hab ich. Das war kein schöner Anblick.“ Steinhauser schüttelte sich bei der Erinnerung an die Turnübungen ihres Bürgermeisters oder Pellers Begattungsversuchen.
„Was ist mit dem Helm?“, fragte Strubinski.
„Was für´n Helm?“
„Na, der Fahrradhelm, den wir gefunden haben“, erinnerte ihn Strubinski.
„Ach so, der Helm“, Steinhauser hatte ihn völlig vergessen. „Was soll damit sein?“
„Hast du ihn untersucht?“
„Ja … äh … nicht so genau“, gestand Steinhauser.
Strubinski schüttelte den Kopf. „Wie hast du´s nur zur Kripo geschafft? Wo ist er denn, der Helm?“
„Ich bin halt voll im Stress“, verteidigte sich Steinhauser. „Schließlich ermittel ich nicht offiziell, da kann man schon mal was vergessen.“ Steinhauser holte den Fahrradhelm und das Stück Kotflügel, das er aus Breuers altem Opel herausgeschnitten hatte. Nachdem er Strubinski erklärt hatte, woher er das Blech hatte, begann Strubinski sofort wieder die haarsträubendsten Theorien und Lösungsmöglichkeiten zu konstruieren.
„Fred, wir können nicht von jedem dunkelfarbigen Auto im Sinngrund Lackproben entnehmen, und schon gar nicht inoffiziell. Die müssen auch analysiert werden! Wie sollen wir das anstellen, ohne dass das jemand mitbekommt?“
„Okay, das seh ich ein. Ohne deine alte Truppe geht das schlecht.“ Strubinski war zum Glück einsichtig. Seinen Job als Steinhausers freier Mitarbeiter wollte er schließlich auch nicht verlieren. Er nahm den Fahrradhelm und begann ihn zu untersuchen. „Hast du mal ne Pinzette und ne Zip-Tüte?“, fragt er nach einer Weile.
„Was für eine Tüte?“
„Das ist so ne Plastiktüte, die man wieder verschließen kann“, erklärte Strubinski und machte mit den Händen die entsprechende Handbewegung.
„Wozu brauchst du das Zeug?“
„Ich hab da was entdeckt.“
Das war ja klar! Steinhauser hatte den Helm völlig vergessen und Strubinski entdeckte gleich wieder was. Vielleicht sollten sie ihre Jobs tauschen.

„Ich guck mal bei Monika“, meinte Steinhauser, ärgerte sich über sich selbst und verschwand. Nach einer Weile kam er mit einer Pinzette und einer kleinen blauen Plastiktüte zurück. „Hier die Pinzette. Die Tüte ist zwar zum Einfrieren und ohne Zip, sollte aber gehen.“
Strubinski nahm die Pinzette und zupfte voll konzentriert etwas aus dem Helm. „Halt mal die Tüte auf!“
Steinhauser verdrehte die Augen. Er kam sich vor wie Strubinskis Adjutant, tat aber, wie ihm geheißen wurde.
„Haare, jede Menge Haare“, meinte Strubinski stolz, während er diese in die Tüte fummelte.
„Natürlich sind da Haare, was auch sonst? Ist ja auch ein Helm!“, spielte Steinhauser die Entdeckung herunter.
„Jetzt müsse mir nur noch rausfind, wem die gehören, dann wisse mir, wer bei der Eiseskälte mit dem Rad im Erbsenhafe war“, meinte Strubinski, während er die Haare genauer in Augenschein nahm. „Sind lange, hellbraune Haare“, schob er hinterher.
„Ja klar, jetzt wird's einfach“, frotzelte Steinhauser. „Am besten, wir kratzen von allen dunklen Autos im Sinngrund den Lack ab und sammeln von allen, die hellbraune Haare haben, eine Haarprobe ein.“
„Meinst du? Das ist aber verdammt aufwendig“, gab Strubinski todernst zurück.
„Fred, das war ein Scherz!“, meinte Steinhauser ungläubig. „Wir werden nie rausfinden, wer dem Breuer ins Auto gefahren ist und wem der Helm gehört. Zumindest nicht ohne … mein altes Team.“
Strubinski lehnte sich zurück und trank sein Bier leer. Steinhauser holte Nachschub. Jacky bekam frisches Wasser. Die beiden Männer überlegten.
„Dann müssen wir den Fall anders lösen!“, meinte Strubinski, nahm sein Bier und lief umher.
„Wir stecken in einer Sackgasse“, sagte Steinhauser ernüchternd.
„Mag sein“, bestätigte Strubinski. „Aber wir haben noch den Weirich und den Neuhaus. Die könnten immer noch gemeinsame Sache gemacht haben.“
Steinhauser erinnerte sich an Strubinskis Theorie. Er musste zugeben, ganz abwegig war der Gedanke nicht. Auch wenn für den Helm in dieser Darstellung kein Platz war.
„Und was willst du machen?“, fragte Steinhauser vorsichtig. In Strubinskis Gesichtsausdruck konnte er schon erahnen, dass dieser eine Idee hatte. Er war gespannt und verängstigt zugleich.

„Konfrontationsverhör!“, sagte Strubinski.
„Was für ein Verhör?“ Steinhauser war verwirrt.
„Mensch Hannes, du wirst doch wissen, was ein Konfrontationsverhör ist?“
„Äh, ja ... schon“, stammelte dieser ahnungslos. „Da gibt es aber verschiedene Varianten. Welche davon schwebt dir vor?“ Der angeblich so erfahrene Kriminalist rettete sich gerade noch vor einer Blamage.
Strubinski überlegte. „Gute Frage. Was denkst du?“
Jetzt überlegte Steinhauser und zwar sehr intensiv. „Ich würde sagen: die klassische Variante“, meinte er vorsichtig und wartete gespannt auf Strubinskis Reaktion.
„Ja, genau so machen wir es“, stimmte sein Schulfreund zu. „Ich kenn eh nur eine. So wie´s halt immer im Fernsehn gemacht wird. Du weißt ja, dass ich leidenschaftlicher Krimi-Gucker bin.“
„Oh ja, das ist mir bekannt“, bestätigte Steinhauser mit einem tiefen Seufzer. Hatte aber keinen Schimmer, wie die klassische Variante aussehen sollte.
„Okay, dann sollten wir es auch genauso arrangieren“, schlug Strubinski vor und ging schon mal die Taktik durch. Steinhauser hörte gespannt zu. „Du bestellst den Weirich und den Neuhaus auf´s Rathaus. Und zwar so, dass die sich sehen müssen. Ich bin dann zufällig auch anwesend und beobachte die beiden. Wenn die sich sehen, dann denkt doch jeder, dass der eine den anderen verpfeifen will. Folglich beschuldigen die sich gegenseitig. Weil: Für Uschis Tod, will keiner den Kopf hinhalten.“
„Soweit klingt das ja ganz gut“, meinte Steinhauser, war jedoch skeptisch. „Aber ...“
„Kein Aber!“, warf Strubinski gleich dazwischen. „Wenn du die dann einzeln ins Verhör nimmst, ist das doch für dich die leichteste Übung, die Wahrheit aus denen rauszuquetschen. Mit knallharten Verhören von Verbrechern kennst du dich doch aus! Mit deiner Erfahrung als Kripo-Kommissar nimmst du die auseinander, wie eine Weihnachtsgans. Und ruckzuck ist das Rätsel um Uschis Tod geknackt.“
„Ich weiß nicht, ob das so einfach klappt“, gab Steinhauser zu bedenken. Schließlich wusste Strubinski nicht, dass es mit seinen knallharten Verhörtechniken nicht allzu weit her war. Von Erfahrung ganz zu schweigen.
„Doch, das mache mir!“, beschloss Strubinski. Er war Feuer und Flamme für den Plan. „Der Weirich und der Neuhaus sind doch keine Profikiller. Wenn du die erst mal in die Mangel nimmst, dann singen die wie Vögel-

chen! Im Krimi klappt das immer!“
Steinhauser überlegte, wie er Strubinski diese absurde Idee ausreden konnte. Vielleicht war jetzt der ideale Zeitpunkt, um zu gestehen, dass er in Wahrheit nie bei der Kripo gearbeitet hatte. Aber was, wenn Stefanie von seinen Lügengeschichten erfahren würde? Fred konnte auf Dauer eh kein Geheimnis für sich behalten. Nein, das konnte er auf keinen Fall riskieren. Und je länger er darüber nachdachte, je klarer wurde ihm, dass der Zeitpunkt für so eine Aktion ideal war. So verrückt sie sich auch anhörte. Sollten sich Weirich und Neuhaus bei Rappert beschweren, würde dieser aktuell wohl kaum Stress machen. Zum Glück hatte sich Rappert mit dem Yoga-Kurs quasi selbst erpresst.
„Gut, so machen wir´s“, stimmte Steinhauser zu. Er holte noch ein paar Bier, dann stimmten sie den zeitlichen Rahmen und die Vorgehensweise im Detail ab. Strubinski war motiviert bis in die Haarspitzen und nach einer halben Kiste Bier war der Funke auch auf Steinhauser übergesprungen. Für beide war klar: Morgen wird das Ding gerockt!
„Hast du eigentlich schon ein Weihnachtsgeschenk für deine Stefanie“, fragte Strubinski eher beiläufig. Dennoch gingen bei Steinhauser alle Alarmglocken los. Er hatte noch kein einziges Weihnachtsgeschenk besorgt! „Ist in Arbeit“, meinte er.
„Denk dran, was mir die Lavinia gesagt hat“, erinnerte er Steinhauser an den Tipp, den er ihm nach dem völlig missratenen Einbruch in Uschis Büro gegeben hatte. „Beim Oberländer gibt’s mehr Auswahl, als du denkst.“
„Beim Oberländer?“, wunderte sich Steinhauser. „Ich dachte, der wäre bankrott?“
„War er ja auch … fast“, sagte Strubinski. „Dann hat er vor ein paar Jahren sein Konzept grundsätzlich überarbeitet und … wie soll ich sagen? … spezielle Mode ins Programm genommen. Danach ging´s steil bergauf.“

Kapitel 24

„Sind Sie irgendwie uffgerecht?“, fragte Frau Schäflein am nächsten Morgen, nachdem Steinhauser innerhalb einer halben Stunde bereits sieben Tassen Kaffee in sich hineingestürzt hatte. „Normal nehme Sie doch Milch und zwei Stück Zucker?“
„Heute nicht, Frau Schäflein. Heute nicht!“, meinte er und zwang sich zur Ruhe. Das letzte Bier am gestrigen Abend war wahrscheinlich schlecht oder einfach eines zu viel gewesen.
„Kann ich Ihne vielleicht helfe?“ Frau Schäflein war wirklich besorgt.
„Nein, ich glaube, mir ist nicht zu helfen“, gab er zurück und rückte seine Uniform zurecht. Anschließend ging er in sein Büro. Sie schaute ihm verwirrt hinterher. „Frau Schäflein, können Sie bitte dafür sorgen, dass ich die nächsten Stunden nicht gestört werde. Ich habe einige wichtige ... Besprechungen.“
„Klar, kann ich mache“, versicherte sie ihm.
Steinhauser schloss die Tür und setzte sich an seinen Schreibtisch. „Konfrontationsverhör!“, murmelte er. „Was für eine bescheuerte Idee. Wie konnte ich mich nur auf so einen Schwachsinn einlassen?“ Kaum hatte er sich gesetzt, klopfte es. „Komm rein!“, rief er und Strubinski betrat seine Dienststelle. „Wie ist die Lage?“, fragte Strubinski.
Steinhauser war bemüht, sich cool und gelassen zu geben. „Alles auf Plan. Der Weirich kommt in einer halben Stunde. Kurz darauf der Neuhaus. Den lassen wir dann warten. Je länger der wartet, umso schneller ist der weichgekocht. Weil das Warten an die Nerven geht.“
„Du hast es halt voll drauf!“ Strubinski war begeistert.
„Du setzt dich einfach draußen hin und beobachtest. Mehr nicht! Ist das klar?“, mahnte Steinhauser.
„Logisch, du bist der Chef!“, bestätigte Strubinski. „Wenn ich schon nicht dabei sein darf, wenn du die in die Mangel nimmst, darf ich dann wenigstens erfahren, wie du das machst?“
Steinhauser räusperte sich. „Naja, wie so ein Verhör verläuft, das kann man nie so genau wissen. Zuerst setz ich den Weirich leicht unter Druck. Den haben wir eh schon bei den Eiern, wegen den Christbäumen. Dann werd ich den Druck sukzessive erhöhen und ihn langsam aber sicher in die Enge drängen. Wenn der richtige Moment gekommen ist, hol ich den Neuhaus dazu – Konfrontation! Weirich ist in die Enge getrieben, der Neuhaus

durchs Warten weichgekocht. Wenn beide psychisch am Rand ihrer Belastbarkeit sind, fällt einer von ihnen um. Sind ja schließlich keine Profikiller."
„Aber du bist ein Profi!", sagte Strubinski stolz.
„Naja, was heißt hier Profi", wehrte Steinhauser ab.
„Doch, schließlich warst du jahrelang bei der Kripo."
„Ja, Fred, jetzt ist gut. Mach dich raus, ich muss mich vorbereiten. Der Weirich kommt gleich." Das waren dann doch zu viele Vorschusslorbeeren für Dinge, von denen er wenig bis gar keine Ahnung hatte. Mit breitem Grinsen und zwei erhobenen Daumen verließ Strubinski das Büro.

„Dir ist schon klar, dass ich voll im Stress bin!" Weirich war stinksauer, dass ihn Steinhauser kurzfristig aufs Rathaus bestellt hatte. Wütend knallte er die Tür zu.
Steinhauser blieb äußerlich gelassen. Die Hoffnung, dass Weirich eingeschüchtert sein würde, seit er ihn als potentiellen Christbaumzwicker entlarvt hatte, verpuffte schon zu Beginn. Das konnte er so nicht stehen lassen. Steinhauser erhob sich und setzte gleich zum Gegenangriff an.
„Ingo!", fuhr ihn Steinhauser an. „Setz dich hin und halt die Füße still. Oder willst du morgen die Schlagzeile sein: *Mittelsinner Christbaumschänder überführt. Er kam aus den eigenen Reihen!*"
Knurrend spurte Weirich. „Das war ich nicht!", fauchte er zurück und beharrte immer noch auf seiner Unschuld.
„Wenn das deine Kollegen im Sinngrund auch so sehen, kann ich ja die Presse anrufen. Dass du nur ein Trittbrettfahrer bist, kannst du ihnen dann ja erklären."
„Ist ja gut jetzt." Weirich lenkte ein, denn auf diese Diskussionen konnte er durchaus verzichten. Alleine die Andeutung, dass er etwas damit zu tun haben könnte, wäre fatal. „Warum bin ich hier?", fragte er ungeduldig.
Steinhauser erhob sich. Er hielt es aus verhörtaktischen Gründen für eine gute Idee. Dann ging er auf der kleinen Dienststelle auf und ab. Eigentlich drehte er sich nur um die eigene Achse und wäre beinahe über seinen Schreibtischstuhl gestolpert. Steinhauser wusste nicht, wie er anfangen sollte, also setzte er sich wieder.
„Was ist jetzt?" Weirich wurde immer ungeduldiger.
„Bist du nervös?", fragte Steinhauser ruhig.
„Ich? Warum sollte ich denn nervös sein?" Weirich war verwundert. „Du stolperst doch hier herum, nicht ich!"

Steinhauser räusperte sich verlegen und stand wieder auf. Nach reiflicher Überlegung entschied er sich dazu, direkt in die Offensive zu gehen. Quasi in die direkte Konfrontation. „Ich weiß ganz genau, was an dem Abend gelaufen ist, als die Uschi ums Leben gekommen ist!“
Weirich starrte ihn an. „Aha. Und was?“
„Tu doch nicht so scheinheilig!“ Steinhauser versuchte überlegen zu wirken. „Du weißt doch ganz genau, was passiert ist!“
„Ich?“ Weirich schaute ungläubig.
„Ja, du!“
„Warum ich?“
„Weil du dabei warst!“
„Wo dabei?“
„Als die Uschi ums Leben gekommen ist!“
„Hä? Was schmarrst du da für´n Mist?“
„Du und der Neuhaus!“ Steinhauser ging weiter auf Angriff.
„Was willst du denn jetzt mit dem Neuhaus?“ Weirich verstand nichts.
Steinhauser beugte sich über den Schreibtisch. Schaute kurz auf die Uhr, dann Weirich direkt ins Gesicht. Neuhaus müsste mittlerweile auch eingetroffen sein.
„Als du wieder mal deinem Hobby als Christbaumzwicker nachgegangen bist, hast du doch den Neuhaus an der Hütte von der Uschi gesehen, oder?“
„Ja, das hab ich dir doch lang und breit erklärt!“ Weirichs Tonfall wurde schärfer. Die Spitze wegen dem Zwicker überging er diesmal. Steinhauser ging wieder etwas auf Distanz. Er musste weiterhin Überlegenheit ausstrahlen. „Soweit glaub ich dir das auch“, meinte er. „Aber den Rest nicht!“
„Aha“, war alles, was Weirich sagte. Er lehnte sich neugierig in seinem Stuhl zurück und schaute den Polizisten mit schmalen Augen an. „Was für´n Rest?“
Steinhauser fuhr mit Strubinskis Theorie fort. „Du hast gesehen, dass der Neuhaus mit der Uschi geredet hat. Mit der Uschi, die dir vor ein paar Jahren die Fläche im Gewerbegebiet und jetzt den Wald vom Neuhaus weggeschnappt hat. Da kam alles wieder hoch und dir sind die Sicherungen durchgebrannt. Dann hast du beide zur Rede gestellt. Es kam zum Streit und schwuppdiwupp war die Uschi tot! Wahrscheinlich war es keine Absicht.“
Steinhauser ließ seine Worte wirken. Weirich starrte ihn völlig perplex mit

offenem Mund an. Bevor er etwas sagen konnte, ergriff Steinhauser wieder das Wort. „Zuerst ward ihr panisch, doch das legte sich. Ihr habt überlegt, wie ihr aus der Nummer wieder rauskommen könnt. Und je länger ihr darüber nachgedacht habt, wurd euch klar, dass der Uschi ihr Tod das Beste war, was euch passieren konnte!"
Immer noch sprachlos starrte ihn Weirich an.
„Der Neuhaus kann dir seinen Wald für gutes Geld verkaufen, was er von der Uschi nicht bekommen hätte, seine Frau erfährt nie was von seiner Affäre, und ab geht´s nach Regensburg zum Sohnemann. Du hast endlich mal nicht das Nachsehen und bist nebenbei deine leidige Konkurrentin los!"
Weirich sagte immer noch nichts, was Steinhauser zu der Überzeugung kommen ließ, dass er ins Schwarze getroffen hatte. Also setzte er noch einen drauf.
„Da ihr ja wusstet, was die Uschi in der Jagdhütte vom Bergmann so treibt, habt ihr die Tote ausgezogen und das Bett zerwühlt. Verdächtige Liebhaber gibt es ja zur Genüge."
Jetzt erwachte Weirich aus seiner Schockstarre. „HAST DU SIE NOCH ALLE!!!!!", brüllte er aus Leibeskräften und sprang von seinem Stuhl hoch. Sein Gesicht verwandelte sich in eine dunkelrote Fratze. Steinhauser wich erschrocken zurück und stolperte über seinen Schreibtischstuhl. Instinktiv suchte er nach seiner Dienstwaffe. „ICH UND DER NEUHAUS SOLLEN DIE USCHI AUF DEM GEWISSEN HABEN? JA GEHT ´S NOCH!!!", brüllte Weirich unvermindert weiter. Dabei spuckte er wie ein Lama.
„Brüllen hilft dir auch nicht weiter!", gab Steinhauser halbherzig zurück. „Dass du ständig Stress mit ihr hattest, ist ja kein Geheimnis."
„WAS HEISST HIER STÄNDIG?" Weirich war außer sich. Er schrie immer noch, was seine Stimmbänder hergaben. „DAS IST DOCH ALLES LANGE HER! UND FÜR 4 HEKTAR FICHTEN BRINGT MAN DOCH NIEMANDEN UM!"
„Und was ist mit den Christbäumen?"
Weirich bebte. „Ja, das war eine total bescheuerte Aktion, das geb ich ja zu!"
„Wäre nicht das erste Mal, dass aus einer bescheuerten Aktion ein Verbrechen entsteht", sagte Steinhauser spitz.
Weirich platzte der Kragen. „JETZT REICHT´S!" schrie er, schob den kleinen Schreibtisch wutentbrannt zur Seite, packte Steinhauser am Kragen und drückte ihn gegen die Wand. Just in diesem Augenblick kamen

Strubinski, Karl-Heinz Neuhaus und Frau Schäflein in sein Büro gestürmt.
„Was ist denn hier los?“, fragte Frau Schäflein erschüttert, als sie sah, wie Steinhauser von Weirich durchgeschüttelt wurde.
„Der will mir und dem Neuhaus den Mord an der Uschi anhängen!“, schrie er Steinhauser, immer noch spuckend, direkt ins Ohr. Aber langsam ging ihm die Puste aus. Weirich wurde etwas leiser.
„Was will der?“, meldete sich Neuhaus zu Wort.
Erst jetzt bemerkten Steinhauser und Weirich, dass neben Frau Schäflein auch Strubinski und Neuhaus in die kleine Dienststelle gekommen waren. Das Zimmer war so voll wie noch nie.
Weirich wandte sich an Neuhaus. „Der Vollidiot von Dorfpolizist will uns den Mord an der Uschi anhängen!“, erklärte er lautstark. „Weil wir beide an dem Abend an der Jagdhütte gewesen waren!“
„Du warst auch an der Hütte?“ Neuhaus war sichtlich verwundert. Strubinski auch. Entweder war Neuhaus ein verdammt guter Schauspieler oder wirklich überrascht.
„Ja, ich hab dich da gesehen“, meinte Weirich.
„Echt?“ Neuhaus war komplett verwirrt.
„Ja, und deshalb denkt dieser … Schmalspurschnüffler … wir hätten was mit ihrem Tod zu tun!“
„Das ist ja wohl das Allerletzte!“ Jetzt regte sich auch Neuhaus auf.
Die Luft im Raum wurde immer dicker. Man hätte sie schneiden können. Steinhauser schaute hilfesuchend zu Frau Schäflein, doch auch ihr fehlten die Worte. Und das sollte was heißen. Die Situation war selbst für sie zu bizarr, um sie zu verstehen. Steinhauser suchte Strubinski, doch der war verschwunden. Dafür kam jetzt Horst Mehrhold ins Zimmer.
„Herr Bürgermeister!“, meinte Frau Schäflein erschrocken.
Weirich hatte Steinhauser immer noch am Kragen gepackt.
„Kann mir bitte mal jemand erklären, was hier los ist?“, verlangte Mehrhold. „Man kann euch im ganzen Rathaus hören!“
„Der will uns den Mord an der Uschi anhängen!“, sagten Weirich und Neuhaus gleichzeitig. Neuhaus deutete auf Steinhauser, Weirich schüttelte ihn.
„Was wollen Sie?“ Mehrhold wandte sich entrüstet an den Polizisten.
„Ich kann das erklären ...“, setzte Steinhauser zu einer Ausrede an, doch Mehrhold fiel ihm direkt wieder ins Wort.
„Das werden Sie, Herr Steinhauser! Das werden Sie!“, versicherte ihm der Bürgermeister.

Steinhauser wägte kurz ab, ob er erwähnen sollte, dass Weirich möglicherweise der Christbaumzwicker war. Hatte aber wenig Hoffnung, dass dies die Situation retten konnte. Zumal seine Beweislage auch eher dünn war. Wenn Weirich zwischen einer Anklage wegen Sachbeschädigung oder Mord wählen müsste, wäre ihm die Sachbeschädigung bestimmt lieber gewesen. Also verzichtete er darauf.

„Und Ihren Dienststellenleiter, den Herrn Rappert, werde ich auch informieren", schob Mehrhold noch hinterher. Da Steinhauser von Rappert zurzeit nicht viel zu befürchten hatte, wirkte diese Drohung fast beruhigend auf ihn. „Und Sie", befahl Mehrhold Richtung Weirich. „Sie lassen den Herrn Steinhauser jetzt los und dann will ich genau wissen, was das Theater hier soll!"

Knurrend ließ Weirich von Steinhauser ab. Anschließend stellten sie sich nebeneinander auf.

Wie früher in der Schule, dachte Steinhauser, als Mehrhold sein Lehrer gewesen war.

„Ich höre!", sagte Mehrhold in einem Ton, der keine Widerrede zuließ.

In kurzen Worten wiederholte Weirich die Anschuldigungen, die Steinhauser gegen ihn und Neuhaus vorgebracht hatte. Weitere Diskussionen ließ der Bürgermeister nicht zu. Nachdem keiner mehr etwas zu sagen hatte, durften Weirich, Neuhaus und Frau Schäflein gehen. Steinhauser musste bleiben. Er verstand nicht, wie die Aktion derart aus dem Ruder hatte laufen können. Die Vorgehensweise war doch bis ins Detail geplant gewesen. „Dieser Auftritt wird Folgen haben! Das ist Ihnen hoffentlich klar!", sagte Mehrhold streng, dann ging er.

Zurück blieb Steinhauser, der wie ein Häufchen Elend an seinem Schreibtisch saß und gegen die Wand starrte. Er hatte keine Ahnung, wie lange er dasaß, ohne sich zu bewegen. Erst Frau Schäflein holte ihn wieder ins Hier und Jetzt zurück.

„Kann ich Ihne irgendwie helfe?", fragte sie vorsichtig. „Käffchen vielleicht?" Steinhauser reagierte nicht. „Hatte des ebe was mit Ihre verdeckte Ermittlunge zu tun, von dene Sie mir erzählt habbe?"

Steinhauser schnaufte tief durch und überging die Frage. „Nein danke, Frau Schäflein. Lassen Sie mal. Ich brauch jetzt was Härteres als Kaffee", sagte er gefrustet, stand auf und strich ihr dankbar über die Schulter. „Ich geh jetzt zur Henni in den Imbiss, hau mir drei Burgsinner hinter die Kiemen und spül die mit ein paar Bier runter. Und dann ...", Steinhauser prüfte das Magazin seiner Dienstwaffe, „... dann geh ich zum Fred!"

Frisch gestärkt betrat Steinhauser Strubinskis Elektrogeschäft in Mittelsinn. „Hallo Hannes", freute sich Lavinia. Gerade als sie ihn auf ihre bekannte Art und Weise begrüßen wollte, hielt sie inne. Steinhausers Blick war verändert. So hatte sie ihn noch nie gesehen. Und eine Fahne hatte er auch. Sie schaute verwirrt auf die Uhr. Es war mitten am Tag.
„Ist was?", fragte sie besorgt.
„Wo ist er?", fragte Steinhauser ohne jede Begrüßung.
„Wer?"
„Wer wohl? Der Fred natürlich!", gab er viel schärfer zurück, als er eigentlich wollte.
„In seiner Werkstatt, glaub ich." Lavinia war etwas verschreckt von seinem Verhalten.
Steinhauser lief los, sie hinterher. „Ist was passiert?", fragte Lavinia erneut, aber Steinhauser ignorierte sie.
Wutentbrannt stürmte er in Strubinskis Chaos-Werkstatt. Dieser saß an einer komplett zugemüllten Werkbank, hatte einen Lötkolben in der Hand und fummelte an einem alten Toaster herum. Eigentlich war strukturiertes Arbeiten in diesem Durcheinander nicht möglich. Und so sah es auch aus, was Strubinski da veranstaltete.
„Hannes, du hier?", gab er sich verwundert. „Wie ist es gelaufen?"
„Wie es gelaufen ist?" Steinhauser war außer sich vor Wut. „Du fragst mich, wie es gelaufen ist? Warum bist du abgehauen?"
„Ich konnt doch schlecht da bleib, als der Mehrhold erschienen ist. Ich hatt jetzt echt keinen Bock auf eine Debatte mit unserem alten Lehrer. Ich bin froh, wenn ich den nicht sehn muss", verteidigte sich Strubinski. „Außerdem dachte ich, dass du alles im Griff hast … so rein taktisch betrachtet. Schließlich hast du die Erfahrung. Jedenfalls hast du den Weirich ganz schön aus der Reserve gelockt. Respekt! Einfach genial, wie du das gemacht hast."
Steinhauser fehlten die Worte. Strubinski saß freudestrahlend vor ihm, als ob alles glatt gelaufen wäre.
„Und, wer war´s?", fragte Strubinski.
„Hast du sie noch alle?", donnerte Steinhauser los. „Du mit deinem Konfrontations-Scheiß! Die sind komplett ausgerastet und aus allen Wolken gefallen, als ich die mit DEINER Theorie konfrontiert hab."
„Ja, aber …"
„Kein *aber*!", schnitt ihm Steinhauser das Wort ab.

„Warum hast du überhaupt zugelassen, dass der Neuhaus in mein Büro kommt, während ich den Weirich bearbeite?“, fragte Steinhauser wütend.
„Sorry, aber das ging alles so schnell“, verteidigte sich Strubinski. „Der hat seinen Namen gehört und bevor ich reagieren konnte, war er schon drinnen in deinem Büro. Außerdem hab ich gedacht, dass du den Ausraster von Weirich eingeplant hast, um ihn zu reizen, damit er einen Fehler macht“, meinte Strubinski todernst.
„Der hat aber keinen Fehler gemacht!“
„Und was war mit deinen Verhörtechniken? Haben die nicht gegriffen?“
Strubinski hatte anscheinend wirklich nicht kapiert, dass das Verhör völlig aus dem Ruder gelaufen war. Er dachte tatsächlich, dass Steinhauser alles so geplant hatte. Am liebsten hätte Steinhauser ihn in der Luft zerrissen, aber wie konnte er ihm böse sein, wenn er gar nicht verstand, was passiert war. Steinhauser beruhigte sich langsam.
„Ja, … das war schon alles so geplant“, meinte Steinhauser versöhnlich. Was sollte er auch sonst sagen. „Der Neuhaus kam halt zu früh rein. Das hat mein Konzept über den Haufen geworfen. Aber die zwei waren es nicht.“
„Bist du sicher?“, hakte Fred vorsichtig nach. „Was ist mit unserer Theorie?“
„*Deine* Theorie!“, verbesserte Steinhauser. „Deine Theorie!“
„Von mir aus, dann halt meine Theorie, wenn du dich dann besser fühlst.“
„Entweder die sind eiskalt, oder haben wirklich nichts mit der Uschi ihrem Ableben zu tun“, meinte Steinhauser gefrustet. „Nachweisen konnte ich ihnen jedenfalls nix“, schob er noch hinterher.
„Hat wohl nicht geklappt, euer Plan“, tröstete Lavinia die beiden Männer.
„Ne, Schatz“, gestand Strubinski. Nachdem alle drei eine Weile schweigend und grübelnd dagesessen waren, ging Lavinia zurück ins Geschäft. Als sie weg war, ergriff Strubinski wieder das Wort. „Hannes, ich glaube, wir haben uns noch nicht intensiv genug mit allen … Filmstars … beschäftigt. Da sollten wir noch mal den Hebel ansetzen. Ich glaub, wir müssen den Fall noch einmal ganz von vorne aufrollen.“
„Fred“, wandte sich Steinhauser an seinen Freund. „Wir rollen hier gar nix auf. Und du schon gar nicht. Jetzt ist erst mal Weihnachten.“

Kapitel 25

Der Frust über das misslungene Konfrontationsverhör saß auch die nächsten Tage noch tief. Da halfen auch die aufmunternden Worte von Frau Schäflein und ihr leckerer Kaffee nicht. Entgegen Steinhausers Erwartungen hatte sich sein Chef nicht bei ihm gemeldet. Er hatte eigentlich damit gerechnet, denn Mehrhold hatte ihn mit ziemlich großer Sicherheit kurz nach dem Chaos-Verhör angerufen und in Kenntnis gesetzt.

Beim Yoga-Kurs, der wegen Heiligabend diesmal schon am Montagabend stattfand, konnte er Rappert zwar ansehen, dass dieser innerlich kochte und ihn am liebsten in den Senkel gestellt hätte, aber er schwieg. Fragte sich nur, wie lange noch. Während der Übungen, von denen eine den Namen ‚*Brennende Hüften*' trug, lenkte ihn Stefanie erfolgreich ab. Lavinia und Strubinski, die zwei Streber, beherrschten die Übungen wie kein anderes Pärchen. Katja verglich die eine oder andere Übung mit ihrem Schwangerschaftskurs und Holzinger erwies sich, trotz seiner Größe, als unerwartet gelenkig. Was Steinhauser zusehends anspornte. Schließlich wollte er sich nicht vor Stefanie blamieren. Am Ende der Stunde überreichten Agnes und Björn noch ein kleines Geschenk an jedes Paar und kündigten eine Weihnachtspause bis Ende Dezember an. Ein enttäuschtes Raunen ging durch die Teilnehmer. Doch das änderte sich schnell wieder, nachdem alle das Geschenk ausgepackt hatten. Es war ein kleines Buch. ‚*Yoga für Liebende*' war der Titel; die Verfasser Agnes und Björn.

„Damit ihr nicht aus der Übung kommt", verkündete Björn voller Freude. „Und wer Lust hat, und ich hoffe doch, die habt ihr ..." Björn musste lachen, die Teilnehmer klatschten. „Der kann schon einmal ein paar Seiten vorblättern und etwas üben. Aber übernehmt euch nicht, die Übungen werden immer anspruchsvoller. Nicht dass ihr euch noch verletzt."

Erneut wurde geklatscht, was sich mit lautem Gelächter mischte.

Mit den Worten: „Wir wünschen euch allen ein besinnlich-erotisches Weihnachtsfest und einen guten *Rutsch* ins neue Jahr", verabschiedeten sich Agnes und Björn.

Da beide das Wort *Rutsch* besonders betonten und dazu eine zweideutige Geste machten, löste das unter den Teilnehmern ein erneutes Gelächter und fast tobenden Beifall aus, von dem sich sogar Steinhauser anstecken ließ. Umso enttäuschter war er, als ihm Stefanie mitteilte, dass sie heute nicht mit zu ihm kommen konnte, weil sie morgen in aller Früh Dienst hatte.

„Lass den Kopf nicht hängen“, meinte Holzinger mitleidvoll, als sie in der Umkleide waren. „Über die Feiertage habt ihr bestimmt genug Zeit, um euch durch *Yoga für Liebende* zu arbeiten.“
„Das werden wir … ganz bestimmt!“, gab Steinhauser grinsend zurück.
Beim Verlassen der Umkleide traf er ungewollt auf Rappert. Sein Chef stand vor ihm, sagte aber nichts.
Steinhauser ergriff das Wort. „Herr Rappert, ich wünsche Ihnen und Ihrer Frau ein gesegnetes Weihnachtsfest.“
„Äh … ja, danke. Wünsche ich Ihnen und Ihrer … Freundin auch“, stammelte sein Chef und verschwand.
„Das ist dem aber ganz schön schwer gefallen“, meinte Strubinski.
Steinhauser sagte nichts, er nickte nur.

Heiligabend. Bis auf den letzten Drücker hatte es Steinhauser vor sich hergeschoben. Jetzt hatte er keine Wahl mehr. Er brauchte dringend Weihnachtsgeschenke. Und da ihm, wie schon in all den Jahren zuvor, nichts Vernünftiges für Stefanie eingefallen war, blieb ihm nichts anders übrig, als auf Strubinskis Tipp zurückzugreifen. Wie das Tor in eine fremde Welt betrachtete er die Glastür des Modehauses Oberländer. Unschlüssig ging er vor den Schaufenstern auf und ab. Dessous, wie er sie sich vorstellte, waren keine ausgestellt. Das würden die Rienecker vermutlich auch nicht verkraften. Schließlich war jetzt Wintermode angesagt. Seine Eltern kauften ausschließlich bei Oberländer ein. Als Kind wurde er regelmäßig hierher geschleift und neu eingekleidet. Wobei sich seine Vorstellung von trendigen Kleidern meist nicht mit der seiner Eltern oder der von Oberländer gedeckt hatte. Schließlich gab er sich einen Ruck und betrat das Geschäft des Rienecker Modezaren. Leise Weihnachtsmusik beschallte den Raum und mischte sich mit dem ständigen Gemurmel geschäftigen Treibens.
„Scheiße, was geht denn hier ab?“, stieß Steinhauser überrascht aus.
Der Laden war im wahrsten Sinne des Wortes rappelvoll. Anscheinend hatten noch mehr Menschen mit ihrem Weihnachtseinkauf bis auf den letzten Drücker gewartet.
„Hallo Hannes“, begrüßte ihn Henni, die heute ihren Imbiss geschlossen hatte und sich stattdessen lieber durch Oberländers Kleiderauswahl wühlte.
Er grüßte verlegen zurück und versuchte möglichst unauffällig durch das Geschäft zu schleichen, um sich erst einmal zu orientieren. Der Laden sah von außen viel kleiner aus. Gerade, als er an einer der Umkleidekabinen

vorbeiging, trat plötzlich Horst Mehrhold schwungvoll aus dieser heraus. Knopf und Reißverschluss seiner Hose standen offen.
„Toni, die zwickt!“, schrie er, ohne dabei Steinhauser zu bemerken.
Sofort kam Anton Oberländer, kurz Toni, herbeigeeilt.
„Mensch Horst“, schrie dieser zurück. „Hast du schon wieder zugenommen?“
Toni Oberländer, der elegant gekleidete Endfünfziger mit gepflegtem Dreitagebart, bahnte sich gekonnt einen Weg durch den Trubel und hatte schon ein paar neue Hosen für den Bürgermeister dabei. Seine langen, schwarz gefärbten Haare hatte er mit jeder Menge Gel glattgestrichen und zu einem Pferdeschwanz gebunden.
„Was heißt hier zugenommen?“, beschwerte sich Mehrhold. „Was kann ich denn dafür, wenn deine Hosen immer enger werden!“
„Jedes Mal dasselbe mit dir“, lachte Toni. „Ich hätte auch Hosen mit Stretch, die können eine Zeit lang mitwachsen.“
„Stretch?“, fragte Mehrhold verwundert.
„Ja, Stretch“, bestätigte Toni. „Die Hosen sind elastisch und können sich ausdehnen. Die wachsen sozusagen ein Stück mit. Natürlich auch nicht unbegrenzt. Denk mal drüber nach.“
„Ich brauch kein Stretch“, gab Mehrhold beleidigt zurück. „Geb mir lieber was Gescheit´s.“
„Stretch ist aber viel bequemer“, rutschte Steinhauser heraus, der unmittelbar neben dem Bürgermeister stand.
Mehrhold zuckte kurz zusammen, als er den Polizisten in Zivil erkannte. „Steinhauser, was machen Sie denn hier?“
Das war´s dann wohl mit unauffällig. Warum hatte er nicht einfach seine Klappe halten können? „Weihnachtsshopping“, gab er zurück und ging schnell weiter.
Mehrhold winkte ab, schnappte sich die Hosen, die ihm Toni gebracht hatte und verschwand wieder in der Umkleide. Steinhauser schlich langsam bis ans Ende des Geschäftes. Dort befand sich die Unterwäscheabteilung. Die allerdings nicht sonderlich groß war. Nach Strubinskis Tipp hatte er eigentlich mit mehr Auswahl gerechnet. Aus sicherer Entfernung betrachtete er die ausgehängten Dessous. Als er sich sicher war, dass ihn niemand beobachtete, nahm er einen BH in die Hand und befühlte ihn.
„Hallo Herr Steinhauser“, quiekte plötzlich eine Stimme hinter ihm. Vor Schreck ließ er den BH fallen. Bepackt mit einer Ladung Kleider stand Frau Schäflein vor ihm. „Na, auch auf der Suche nach Geschenke?“,

kicherte sie.
Steinhauser erschrak und wusste nicht, was er sagen sollte. Mit dem Fuß schob er den BH schnell unter das Regal. „Äh … ja … hallo Frau Schäflein“, gab er verlegen zurück. „Hat das Rathaus heute geschlossen?“
„Ja, der Bürgermeister hat gemeint, dass heut eh keiner kommt und da müsse mir net unnötig da rumsitze. Ist doch nett, oder? Habbe Sie scho was gefunne?“
„Ja … äh … nein. Ich such noch“, stammelte er.
„Ich hab scho was gefunne“, gab sie vergnügt zurück und zeigte ihm ihre Ausbeute. „Hier, ein ganz tolle Pullover. Gestrickt. Und ein leichter Mantel für die Übergangszeit. Neue Unnerwäsch hab ich mir auch gegönnt. Suche sie auch Unnerwäsch?“
Völlig überfordert mit der Situation stammelte er ein paar unverständliche Brocken, was Frau Schäflein nur amüsierte. „Ach, Sie suche wohl was für ihre Freundin, stimmt´s?“
„Äh … also … um ehrlich zu sein: ja!“, gestand Steinhauser. Er wollte jetzt auch nicht sagen, dass er Unterhosen für sich suchte. Am Ende kam sie noch auf die Idee, ihn zu beraten. Und das konnte er nun wahrlich nicht gebrauchen.
„Des ist aber lieb von Ihne“, strahlte sie. „Über ein schönes Schnapperle freut sich ihre Freundin bestimmt.“
„Über ein was?“ Den Begriff hatte Steinhauser noch nie gehört.
„Ein Schnapperle!“, wiederholte Frau Schäflein mit einem Augenzwinkern. „So hat mein verstorbene Mann immer zur Reizwäsch gesagt.“
Wenn Steinhauser vorhin noch nicht rot angelaufen war, dann wechselte seine Gesichtsfarbe spätestens jetzt ins stark Dunkelrote. Er spürte, wie ihm heiß wurde.
„Soll ich Ihne helfe?“, fragte sie mit strahlenden Augen. „Des mach ich gern für Sie.“
Genau das hatte er befürchtet. Immer noch besser, als wenn sie Unterhosen für ihn suchen wollte.
„Puh … ich bin eigentlich noch in der Findungsphase“, gab er zurück. „Ich bin mir gar nicht mehr so sicher, ob ich der Stefanie nicht doch lieber einen schönen Schal kaufen sollte. Der passt ihr dann auch ganz bestimmt.“
„Des ist auch ein schönes Geschenk“, bestätigte sie. „Wollen wir mal gemeinsam gucke, was der Toni alles so dahat?“
Dass sie hartnäckig sein konnte, wusste er ja, aber warum gerade jetzt? Vor den Kopf stoßen wollte er sie aber auch nicht. Schließlich schrieb sie die

Berichte für Rappert. Und das machte sie hervorragend. Ein Luxus, auf den er im Augenblick nicht verzichten wollte.
„Das ist wirklich wahnsinnig lieb von Ihnen, Frau Schäflein. Aber ich möchte Sie jetzt nicht unnötig von Ihren Einkäufen abhalten ...“, er deutete auf ihren Berg Kleider. „... und bei mir kann das sehr lange dauern. Ich bin beim Geschenkekaufen immer so ... unentschlossen.“
Frau Schäflein grinste bis über beide Ohren. „Na klar, des kann ich voll und ganz verstehe. So ein Schnapperle will gut ausgewählt sein.“ Mit einem Zwinkern packte sie ihren Berg Kleider und kämpfte sich zur Kasse durch.
Erleichtert atmete Steinhauser auf. Er wartete, bis er sicher sein konnte, dass ihn diesmal niemand überraschen konnte, dann holte er den BH wieder unter dem Regal hervor.
„Brauchen Sie Hilfe?“, wandte sich erneut eine Frauenstimme an ihn. Wieder zuckte Steinhauser zusammen und wieder ließ er vor Schreck den BH fallen. Diesmal war es Tonis Frau, Gertrud Oberländer, von allen nur Gerti genannt. Sie trug einen Hosenanzug, duftete wie ein Parfümladen und war wie aus dem Ei gepellt.
„Äh ...“, war alles, was Steinhauser hervorbrachte.
Gerti hob den BH auf und schaute Steinhauser einen Moment an, dann grinste sie. „Hannes, unser Ordnungswächter. Ich hätte dich fast nicht erkannt … ohne die Uniform. Was machen die Eltern?“
„Denen geht's gut“, gab er verlegen zurück.
„Du warst ja schon ewig nicht mehr bei uns.“
„Was soll ich sagen“, meinte er schulterzuckend. „Ich hab ja auch lang in Würzburg gewohnt.“
„Das stimmt allerdings. Aber jetzt bist du ja wieder da. Ich kann mich noch ganz genau daran erinnern, wie deine Eltern immer mit dir zu uns gekommen sind.“ Steinhauser verzog das Gesicht. Gerti wedelte mit dem BH und lachte. „Suchst du etwas für deine Herzdame?“
Jetzt war der Moment gekommen, an dem er die Mission Weihnachtsgeschenke am liebsten abgebrochen hätte. „Naja … leugnen ist wohl zwecklos, oder?“, gestand er stattdessen.
„Es sei denn, du trägst heimlich BH´s“, lachte sie herzlich. „Hast du an etwas Bestimmtes gedacht?“
Steinhauser zuckte mit den Schultern und schaute sich um. „Naja, … soll halt was Besonderes sein.“
„Oh, was Besonderes.“ Gerti zwinkerte ihm zu.

„Ja ... also ... soll halt … schön sein“, stammelte Steinhauser.
„Ich glaube, da haben wir genau das Richtige für dich.“ Gerti drehte sich um und rief lautstark nach ihrem Mann. „Toni, kommst du bitte mal. Hier braucht jemand deine speziellen Fachkenntnisse.“
Steinhauser lief zum wiederholten Mal rot an und wäre am liebsten im Erdboden versunken. Während Gerti vergnügt mit dem BH wedelte, drehten sich fast alle im Laden zu ihnen um. Toni kam elegant und mit langen Schritten herbeigeeilt. Früher musste er als Model gearbeitet haben, denn so lief kein normaler Mensch.
„Was kann ich für euch tun?“, fragte er motiviert.
„Der Hannes sucht spezielle Dessous für seine Herzdame“, sagte Gerti mit einem Augenzwinkern. „Du weißt schon. Und für unsere männliche Kundschaft bist du in diesem Fall zuständig.“
Voller Vorfreude rieb sich Toni die Hände. „Hannes, ich hab dich gar nicht gleich erkannt“, entschuldigte er sich. „So ohne Uniform siehst du gleich ganz anders aus. Aber jetzt bist du ja da. Ich hab schon auf dich gewartet.“
„Du hast auf mich gewartet?“, wunderte sich Steinhauser.
„Ein Vögelchen hat mir gezwitschert, dass du noch vor Weihnachten kommen wirst“, meinte Toni mit einem Augenzwinkern. Anscheinend hatten hier alle etwas im Auge. Zuerst Frau Schäflein, jetzt Gerti und Toni. Dieses ständige Gezwinker nervte ihn. „Aber das ist doch jetzt egal, Hauptsache du bist hier“, winkte Toni ab. „Dann wollen wir doch mal schauen, ob wir für unseren Sinngrund-Sheriff was Passendes finden beziehungsweise für seine Herzdame. Aber es soll ja beiden gefallen. Nicht wahr?“
„Äh … ja“, gab Steinhauser verlegen zurück. Er konnte sich schon denken, wer das Vögelchen gewesen war.
„Na, dann komm mal mit.“ Toni führte ihn durch eine schmale Tür in ein Hinterzimmer. „Hier werden wir bestimmt etwas … Angemessenes finden“, strahlte der Rienecker Modezar.
Der Raum war erstaunlich groß und bot eine deutlich größere Auswahl als im Laden. Allerdings schienen die Kleidungsstücke auch etwas … anders zu sein. Neben Lederoutfits erkannte Steinhauser auch einige … Spielsachen …, wie er es bezeichnete.
„Darf ich vorstellen: Der Raum der Liebe“, verkündete Toni stolz mit ausgebreiteten Armen. „Nicht unbedingt das, was man in einem seriösen Modegeschäft erwartet, nicht wahr?“
Steinhauser nickte. „Mit so etwas … hätte ich jetzt nicht gerechnet“, gab er zu.

„Um unsere geschätzte Kundschaft nicht zu überfordern, haben wir es vorgezogen, diese Auswahl an besonderen Stücken etwas ... wie soll ich sagen ... diskret anzubieten. Nur für einen ausgewählten Personenkreis sozusagen."
Interessiert ging Steinhauser umher und inspizierte intensiv die Auswahl an Liebesspielsachen und spezieller Reizwäsche.
„Welche Größen?", fragte Toni.
„Was?", fragte Steinhauser erschrocken. Er war völlig gefesselt von den außergewöhnlichen Dessous.
„Die Größen deiner Herzdame?", wiederholte Toni.
Steinhauser überlegte. „Puh ... gute Frage", meinte er schulterzuckend, betrachtete seine Hände und hielt sie Toni hin. „Etwa so groß ... schätz ich."
„Nicht sonderlich genau", meinte dieser nachdenklich.
„Tut mir leid, ich kenn mich da halt nicht so aus."
„Aber ausziehen klappt, oder?" Toni lachte, Steinhauser verdrehte die Augen. „Mach dir nix draus, die wenigsten kennen den Brustumfang, die Unterbrustweite und die Körbchengröße ihrer Angebeteten."
„Was für Größen?", fragte Steinhauser.
„Junge, Junge", meinte Toni etwas mitleidvoll. „Du kennst dich echt nicht aus! Um die Körbchengröße zu ermitteln, musst du den Brustumfang und den Unterbrustumfang ermitteln. Dann ziehst du den Unterbrustumfang vom Brustumfang ab. Heraus kommt eine Differenz. Mit dieser kannst du dann die Körbchengröße mit Hilfe einer Tabelle bestimmen."
„Mag sein", sagte Steinhauser. „Aber ich weiß weder den Brustumfang noch sonst etwas von meiner ... Angebeteten."
„Ganz einfach. Hier ein Beispiel", erklärte Toni weiter. „Ein BH mit der Größe 80B hat eine Körbchengröße B und einen Unterbrustumfang von 80cm."
Steinhauser hörte aufmerksam zu. Eigentlich wollte er nur Dessous für Stefanie kaufen und keinen Kurs zur Ermittlung von Körbchengrößen besuchen.
„Keine Ursache, das gehört zum Kundenservice", sagte Toni, als ob er Steinhausers Gedanken gelesen hätte.
„Das nutzt aber jetzt nicht wirklich was", sagte Steinhauser. „Ich kenn leider nicht die genauen Maße meiner Freundin. Um ehrlich zu sein, ich hab auch noch nie nachgemessen."
„Dacht ich mir", sagte Toni und holte eine große Kiste. „Deshalb haben wir ja auch Testpuppen." Im Nu zauberte Toni eine Handvoll kopfloser

Gummioberkörper in verschiedenen Formen und Größen hervor. „Hier kannst du dich an die Größe deiner Herzdame herantasten. Nur zu, keine Hemmungen."
Zunächst zögerlich, dann mit großem Eifer betastete Steinhauser die Puppen. Erst von vorne und nach Tonis Aufforderung auch von hinten. „So kann man es am besten bestimmen", meinte er und sollte Recht behalten.
„Die hier!", entschied Steinhauser nach reichlicher Überlegung.
„Hervorragend", lobte Toni und schaute auf die Nummer. „75C. Nicht schlecht", meinte er mit einem Zwinkern. „Und jetzt die Slip-Größe."
Steinhauser schaute ihn fragend an und zuckte kurz mit den Schultern.
„Du bist ein echter Härtefall", meinte Toni mit leichtem Kopfschütteln.
„Testpuppen?", fragte Steinhauser vorsichtig.
„Testpuppen!", bestätigte Toni mit einem Lachen. „Diese hier brauchen wir echt ganz selten." Ruckzuck zauberte er aus der Kiste eine Reihe Hinterteile hervor. „Na, dann mal ran an die Ärsche."
„Das ist mir jetzt echt zu blöd", beschwerte sich Steinhauser.
„Deine Entscheidung", meinte Toni gelassen.
Mit einem leisen Seufzer machte sich Steinhauser an die Arbeit und kam schnell zu einem Ergebnis.
„Wunderbar, 75C und 36", freute sich Toni. „Jetzt können wir uns auf das Wesentliche konzentrieren."
Mit geschickten Handgriffen zupfte Toni eine große Auswahl an Dessous aus den Regalen und breitete sie auf einem kleinen Tisch aus. Neugierig nahm Steinhauser die Stücke in die Hände und inspizierte diese ganz genau.
„Ich weiß auch nicht", meinte Steinhauser vorsichtig. „Die Unterhosen sind im Schritt kaputt und bei den BH´s sind Löcher drinnen. Da gucken ja die Nippel raus!"
Toni schlug sich mit der flachen Hand gegen die Stirn, dass es klatschte. „Das ist jetzt nicht dein Ernst, oder? Muss ich dir jetzt auch noch erklären, warum das so ist?"
Es dauerte einen Moment, bis Steinhauser reagierte. „Nein, nein, natürlich nicht", gab er schnell zurück und räusperte sich verlegen. „War nur ein Scherz", versuchte er die Situation zu retten. „Die Teile sind ja ganz hübsch, aber ich such eher etwas … was *ganz* ist. Verstehst du?"
Toni überlegte. „Verstehe", meinte er knapp und wedelte mit ein paar rosa Plüsch-Handschellen. „So was brauchst du dann wohl auch nicht?"
Steinhauser schüttelte den Kopf.

„Stimmt, hast du ja selber." Toni lachte. „Spaß bei Seite. Ich hab natürlich auch etwas, was *ganz* ist und trotzdem deinen Vorstellungen entspricht." In kürzester Zeit tauschte er die *beschädigte* Ware aus. „Das sind ganz besonders edle Stoffe. Hier, fühl mal!" Er reichte Steinhauser einen BH und einen Slip. „Brauchst du was mit Push-up oder Bügel?"
„Nein, nicht nötig, bei Stefanie hängt nix rum … noch nicht!", gab er zurück.
Nach genauer Prüfung stimmte Steinhauser zu. „Ganz weich … wie Seide."
„Genau, wie Seide", bestätigte Toni. „Ist etwas für dich beziehungsweise für deine Herzdame dabei?"
„Ja, ich glaub, ich nehm die hier." Steinhauser reichte ihm ein roséfarbenes Set mit aufwendig eingearbeiteter schwarzer Spitze.
„Hervorragend!", freute sich Toni. „Einer unserer *ganzen* Bestseller und was Besonderes", sagte er mit einem Strahlen. „Soll ich die Sachen einpacken?"
„Ja, das wäre super."
„Hier, nimm schon mal die Preisschilder!"
Steinhauser nahm sie entgegen. Als er die Preise sah, musste er husten.
„Alles in Ordnung?", fragte Toni besorgt.
„Ja, ja, geht schon. Hab mich nur verschluckt", gab Steinhauser zurück und warf noch einmal einen Blick auf die Preise. BH und Slip kosteten zusammen 398 Euro, wahrlich ein besonderes Geschenk.
Mit den Worten: „Viel Spaß", überreichte ihm Toni ein kleines Päckchen aus goldenem Glitzerpapier mit rosa Schleife.
Auf dem Weg zur Kasse rief plötzlich jemand lauthals nach Steinhauser. Der zuckte erschrocken zusammen, denn die Stimme dieses Vögelchens war ihm bestens bekannt. Nicht nur er, sondern der halbe Laden drehte sich zum Eingang um. Freudestrahlend und winkend kam Fred Strubinski auf ihn zu. Seine langen, zerzausten Haare hatte er zu einem Pferdeschwanz zusammengebunden. Sein Dreitagebart sah aus wie ein Dreiwochenbart. Hinter ihm kam Lavinia hereinstolziert. Sie hätte glatt als Model für ein Modelabel arbeiten können, so war sie herausgeputzt. Was sie an Fred fand, konnte er noch immer nicht verstehen, aber Gegensätze zogen sich eben an.
„Hannes, du hier?", lachte er. „Hast du doch auf meinen Rat gehört?"
Bevor Steinhauser antworten konnte, kam ihm Anton Oberländer zuvor. „Fred, Lavinia!", begrüßte er sie überschwänglich. „Welch seltener Glanz

in meiner Hütte."

Damit konnte er unmöglich Strubinski meinen, dachte sich Steinhauser während sich die beiden Männer umarmten, als ob sie sich seit Jahren nicht gesehen hätten. Vor Lavinia verbeugte er sich elegant und gab ihr sogar einen Kuss auf die Hand.

„Ich habe euch schon vermisst. Ihr seid schon lange nicht mehr hier gewesen", sagte Toni.

„Ich vielleicht, aber Lavinia ist doch mindestens einmal die Woche hier", gab Strubinski zurück.

„Da hast du vollkommen Recht", lachte Toni. „Aber zusammen wart ihr schon lange nicht mehr hier."

„Das stimmt", bestätigte Lavinia mit einem Augenaufschlag, der unanständiger nicht hätte sein können. „Aber heute ist Weihnachten und wir sind wieder da! Wie jedes Jahr!"

„Ganz genau, wie jedes Jahr", lachte Toni. „Wie immer, wenn ihr zusammenkommt?", fragte Toni mit einem Augenzwinkern.

„Wie immer!", bestätigte Strubinski ebenfalls mit einem Augenzwinkern und wandte sich an seine Frau. „Schatz, geh du schon mal vor, ich komm gleich nach."

Das Zwinkern schien in Oberländers Modegeschäft Tradition zu haben. Lavinia kniff Strubinski in den Hintern, warf Steinhauser einen Handkuss zu und ging mit Toni durch die Tür, aus der Steinhauser gerade eben herausgekommen war. Völlig überrascht und überfordert mit der Situation stand er da, Strubinski grinste ihn an.

„Und, warst du mit Toni im Hinterzimmer?", fragte er.

„Das geht dich gar nix an", sagte Steinhauser.

„Du warst", meinte sein Freund gelassen und deutete auf das Päckchen. „Das Geschenkpapier gibt's nur im Raum der Liebe."

„Und wie kommst du überhaupt dazu, dem Toni zu sagen, dass ich komme?", beschwerte sich Steinhauser.

„Keine Ahnung, was du meinst?" Strubinski lachte und ließ ihn stehen.

Steinhauser spürte, wie ihm die Schamesröte ins Gesicht stieg. Eine ältere Frau schaute verlegen zur Seite. An der Kasse kaufte Steinhauser dann noch zwei Gutscheine für seine Mutter und seine Schwester. Dabei fragte er sich, ob sie wohl von dem Hinterzimmer wussten. Weitere Gutscheine für seinen Vater und seinen Schwager holte er im Anschluss beim Lukas. Irgendwo musste er ja das Sparen anfangen.

Um 18:00 Uhr war es dann soweit. Das alljährliche Heiligabend-Weihnachtsritual bei den Steinhausers konnte beginnen. Die gesamte Familie hatte sich versammelt. Über Stefanies Erscheinen freute sich Hildegard ganz besonders, und sogar Rudolf konnte sich ihr gegenüber ein ehrliches Lächeln abringen. Seinem Sohn wünschte er kurz frohe Weihnachten und ließ ihn dann gleich wieder links liegen. Das war also der Dank dafür, dass er ihn vor dem Knast bewahrt und einen Einsatz des SEK verhindert hatte. Eine Tatsache, die Rudolf natürlich anders sah, aber darüber wollte er heute nicht diskutieren. Würde eh nichts bringen. Jacky stromerte in der Zwischenzeit durch das Haus, immer auf der Suche nach etwas zum Fressen.

„Wann gibt's Geschenke?“, fragte Torben ungeduldig und erntete einen strengen Blick seiner Mutter.

„Du wirst es schon noch erleben“, meinte Jennifer und seine große Schwester Vanessa gab ihm einen Klaps auf den Hinterkopf.

„Hey, lasst mich in Ruhe, ihr blöden Kühe!“, beschwerte sich Torben.

„Du sollst das lassen!“, schimpfte ihr Vater Klaus mit erhobenem Zeigefinger und schaute Vanessa streng an. „Und du, Torben, von dir will ich solche Ausdrücke nicht mehr hören. Hast du mich verstanden?“

„Jedes Jahr die gleiche, blöde Frage“, meinte Vanessa genervt. „Der verwöhnte Fratz wird's doch wohl irgendwann mal kapieren, dass erst gegessen wird, bevor es Geschenke gibt.“

„Der Fratz hat auch einen Namen“, sagte Klaus.

„Ach, wer hätt´s gedacht“, gab Vanessa abfällig zurück, stopfte sich Kopfhörer in die Ohren und tippte auf ihrem Smartphone herum.

„Ich hab aber gar keinen Hunger“, warf Torben dazwischen.

„Monika!“ Klaus rief nach seiner Frau. „Sag du doch auch mal was!“

„Was ist denn schon wieder los?“, fragte Monika angespannt. Sie schleppte gerade einen Berg Teller herbei und verteilte sie auf dem Tisch. „Hilf mir lieber mal, den Tisch zu decken!“

„Ich hab jetzt doch Hunger“, rief Torben.

„Hat er nicht!“, rief Jennifer. „Doch hab ich!“, beschwerte sich Torben.

„Du willst nur was essen, damit du deine Geschenke bekommst“, hielt Jennifer dagegen. „Aber das nutzt dir nix, die gibt's erst um acht. Vorher wird nämlich noch gesungen.“

„Ich will nicht singen!“ Torben verschränkte beleidigt die Arme vor der Brust.

„Könnt ihr jetzt mal Ruhe geben!“, versuchte sich Klaus durchzusetzen. Sein Erfolg hielt sich in Grenzen.
Monika und Stefanie schleppten Besteck und Schüsseln herbei. Sogar Steinhauser packte mit an. Lediglich Rudolf, das Familienoberhaupt, saß bereits am Tisch und hielt sich aus allem heraus.
Als alles aufgetischt war, quetschte sich einer nach dem anderen an den viel zu kleinen Tisch in dem viel zu kleinen Wohnzimmer, welches von Rudolf ausgeräumt und anschließend von Hildegard festlich dekoriert worden war. Ohne den viel zu großen Weihnachtsbaum hätten sie zwar mehr Platz gehabt, aber das ging natürlich gar nicht. Die mittlerweile im Sinngrund und in ganz Deutschland übliche Nordmanntanne war selbstverständlich Pflicht. Früher hatte Rudolf extra wegen den Kindern die berühmt berüchtigte Blaufichte aufgestellt. Nicht weil sie besonders schön gewesen wäre, sondern wegen ihrer extra harten und spitzen Nadeln. Dass auch ja niemand den Baum anfasste. Rudolf musste ihn ja nicht schmücken. Das überließ er immer Hildegard und seinen Kindern, die anschließend nahezu alle Finger mit Pflastern verklebt hatten.
„Mach dich nicht so breit!“, beschwerte sich Torben und gab Jennifer einen Stoß, dass diese hart gegen Vanessa knallte.
„Hey, geht's noch!“, maulte Vanessa und schubste zurück.
„Warum feiern wir nicht auch mal bei uns?“, fragte Jennifer aufgebracht. „Da ist viel mehr Platz!“
Steinhauser und Stefanie mussten sich das Lachen verkneifen, Rudolf verzog keine Miene.
„Könnt ihr euch jetzt mal zusammenreißen!“, zischte Klaus aufgebracht über den Tisch. Am liebsten hätte er gebrüllt: „Heute ist Heiligabend, das Fest der Liebe! Also benehmt euch auch so.“ Verlegen wandte sich Klaus an Hildegard und Rudolf: „Tut mir leid, aber das geht schon den ganzen Tag so.“
„Mach dir nix draus“, winkte Hildegard ab und wandte sich an Torben. „Sprichst du bitte wieder das Tischgebet.“
„Schon wieder?“
„Torben!“, mischte sich jetzt Monika ein, um dem Ganzen ein Ende zu setzten. „Und du, Vanessa! Du nimmst jetzt die Dinger aus den Ohren, hast du mich verstanden?“
„Ist ja schon gut“, gab sie kleinlaut zurück.
Ein strenger Blick von ihrer Mutter genügte. Vanessa legte ihr Smartphone weg, Jennifer schwieg und Torben sprach brav das Tischgebet.

Nachdem sich die Gemüter beruhigt hatten, konnte endlich gegessen werden. Zum Auftakt gab es eine Pfannkuchensuppe, anschließend die traditionellen Rippchen mit Kraut und Brötchen aus der eigenen Bäckerei. Ein Essen, das Jacky sehr entgegen kam. Mit drei leckeren Rippchenknochen verkroch sie sich unter den Weihnachtsbaum. Zum Nachtisch gab es Plätzchen.

Beim anschließenden Weihnachtssingen kam es dann zu unerwarteten Komplikationen. Jacky konnte sich für die mehr oder weniger schiefen Gesangseinlagen nicht wirklich begeistern und beschloss den Gesang mit anhaltendem Gejaule zu unterstützen. Was wiederum bei den Sängern auf Unverständnis stieß. Und da man nicht auf einen gemeinsamen Nenner kam, wurden die Weihnachtslieder diesmal kurzerhand aus dem Programm gestrichen. Sehr zur Freude von Torben, denn jetzt gab es Geschenke. Er freute sich über ein riesiges Lego Star-Wars Raumschiff von seinen Eltern und einen dazugehörigen Truppentransporter von seinem Patenonkel, den seine Mutter besorgt hatte. Von Oma und Opa bekam er, wer hätte es gedacht, auch ein Fahrzeug von Lego-Star-Wars, das natürlich auch Monika besorgt hatte. Für Jennifer gab es einen Bluetooth-Lautsprecher, einen kabellosen Kopfhörer und eine ganz spezielle Hose, die sie sich selbst ausgesucht hatte. Vanessa hatte beim Christkind Gutscheine aller Art bestellt.

Hildegard und Rudolf bekamen gerahmte Fotos von ihren Enkelkindern und Gutscheine für die Scherenburg-Festspiele im Sommer in Gemünden. Dagegen wirkten Steinhausers Gutscheine vom Oberländer und vom Lukas etwas mickrig, aber seine Eltern ließen sich nichts anmerken.

„An deinen Weihnachtsgeschenken müssen wir noch arbeiten“, flüsterte ihm Stefanie ins Ohr. „Für 20 Euro bekommst du heutzutage noch nicht mal eine vernünftige Unterhose.“

Wenn du wüsstest, wie Recht du hast, dachte sich Steinhauser.

Jacky bekam einen riesigen Kauknochen mit Schleife, über den sie sich sofort hermachte. Die Plastikschleife fraß sie zuerst.

„Die Jacky hat die Schleife gefressen!“, erschrak sich Jennifer.

„Das macht nix“, beruhigte sie Steinhauser. „Die frisst alles, was sie ins Maul bekommt. Kommt auch alles wieder raus.“

„Hast du kein Geschenk für die Stefanie?“, wunderte sich Hildegard über ihren Sohn.

„Doch, schon … aber, das … das bekommt sie später“, gab er zurück.

„Oho“, meinte Klaus mit großen Augen. „Was kann das wohl sein?“

„Das geht dich gar nix an!“, sagte Steinhauser entschieden. Stefanie schmiegte sich mit einem Lächeln an seinen Arm. Klaus und Monika lachten, Vanessa verdrehte die Augen.
Der krönende Abschluss des Abends war der gemeinsame Besuch der Christmette um 22:00 Uhr in Burgsinn. Nach anfänglichem Herumgezicke von Torben und Jennifer war es diesmal Oma Hildegard, die ein Machtwort sprach. Was Oma sagte, war Gesetz – für alle. Denn auch Steinhauser wollte sich ursprünglich um den Kirchenbesuch drücken, wagte es dann aber doch nicht. Lediglich Jacky kam nicht mit in die Kirche. Steinhauser hatte sie vorher zu Hause abgeliefert.

Nach der Christmette war es dann soweit. Voller Vorfreude, bei romantischer Musik und Kerzenschein, überreichte Steinhauser Stefanie sein Geschenk. Jacky hatte sich derart vollgefressen, dass sie faul in ihrem Körbchen lag und nicht mehr zuckte. Doch anders, als er es erwartet hatte, legte Stefanie das Geschenk zunächst beiseite und überreichte ihm ihrerseits ein kleines Päckchen. Schnell packte er es aus.
„Ist jetzt nicht wahr, oder?“, sagte er voller Begeisterung. „Wie geil ist das denn?“
„Ich hab gehofft, dass es dir gefällt.“
„Und ob mir das gefällt!“, freute sich Steinhauser und gab ihr einen dicken Kuss. „Das ist ein Modell des originalen Magnum-Ferraris aus meiner Lieblingsserie. Ich hab alle Folgen auf DVD.“
„Ich weiß“, gab sie zurück.
„Jetzt musst du mein Geschenk auspacken“, forderte er sie auf. Geduldig beobachtete Steinhauser, wie Stefanie das Päckchen öffnete und die Dessous in die Hand nahm. Sie sagte zunächst nichts.
„Und? Gefällt´s dir?“, wollte er ungeduldig wissen.
„Sanft wie Seide“, stellte sie erstaunt fest.
„Ja, was denkst du denn?“, gab er zurück. „Für die zarte Haut von meinem Schatz nur das Beste.“
„Passen die auch?“, fragte sie vorsichtig.
„Tja, da gibt es nur eine Möglichkeit das herauszufinden“, sagte Steinhauser mit einem schelmischen Grinsen.
„Dann geh ich mal anprobieren“, lächelte sie zurück und verschwand im Schlafzimmer. Steinhauser war gespannt, ob sich der Besuch beim Oberländer gelohnt hatte. Es dauerte einen Augenblick, dann ging die Schlaf-

zimmertür wieder auf. Nur in die neuen Dessous gekleidet, lehnte sich Stefanie lässig an den Türrahmen. Steinhauser blieb der Mund offen stehen. Sie sah nicht einfach nur umwerfend aus, sie war der Hammer. Die Dessous waren sogar leicht durchsichtig.

„Also Hannes, ich bin schwer beeindruckt“, sagte sie. „Passt wie angegossen. Woher weißt du überhaupt meine Größen? So aufmerksam kenne ich dich ja gar nicht.“

„Ja, deine Größen … das ist mein Geheimnis“, grinste er. „Ich würde sagen … das hab ich einfach im Gefühl.“

„Du überrascht mich immer mehr“, stellte sie staunend fest. „Wie du dich um Jacky kümmerst, das hätte ich dir niemals zugetraut. Wenn man bedenkt, wie sehr du dich immer gegen einen Hund gesträubt hattest.“

„Naja, was soll ich sagen. Man wächst mit seinen Aufgaben“, gab er sich bescheiden.

„Ich hätte auch nie gedacht, dass du dich komplett aus den Mordermittlungen heraushältst.“

„Ich habe meine Lektion gelernt“, versicherte er.

„Im Fall Uschi tappen wir nämlich immer noch im Dunkeln. Wir haben zwar neulich in der Jagdhütte einen geheimen Raum entdeckt, aber weitergeholfen hat uns das auch nicht“, sagte sie. Unter normalen Umständen hätte ihn der Stand ihrer Ermittlungen brennend interessiert, aber aktuell juckte es ihn nicht die Bohne, was die Kripo in Würzburg machte. Er hatte nur Augen für Stefanie.

„Das tut mir echt total leid für euch, aber …“, er schaute sie sehnsüchtig an, „können wir jetzt Yoga machen?“

Stefanie lächelte, ging langsam zurück ins Schlafzimmer und winkte ihn zu sich.

Kapitel 26

Dass am ersten Weihnachtsfeiertag der Besuch bei Stefanies Eltern in Kitzingen anstand, hatte Steinhauser so lange erfolgreich verdrängt, bis es soweit war. Gunther und Olivia Fehlhaus waren noch nie sonderlich begeistert gewesen vom Freund ihrer Tochter und das zeigten sie ihm bei jeder sich bietenden Gelegenheit. Aus Steinhausers Sicht waren sie die größten Spießer, die es gab, was er Stefanie gegenüber natürlich so nicht sagte. Stefanies Bruder, den alle für einen Musterstudenten hielten, war eher seine Wellenlänge. Kilian studierte Jura und ließ keine Party aus. Seine Eltern waren sehr stolz auf ihn, wussten von seinem Doppelleben allerdings nichts. Steinhauser und Stefanie hingegen schon, behielten es aber für sich. Diese Art der Wahrheit würde absolut nicht in das Weltbild von Gunther und Olivia passen.

„Seit wann habt ihr denn einen Hund?“, war die Art Begrüßung, die Steinhauser von Stefanies Mutter erwartet hatte, als sie Jacky entdeckte. „Ist der auch stubenrein?“

„Hallo Mama, ich freue mich auch, dich zu sehen“, gab Stefanie zurück. Steinhauser verdrehte die Augen. „Ich habe euch doch gesagt, dass der Johannes an einem Projekt für das Innenministerium arbeitet, oder habt ihr das schon wieder vergessen?“

„Ja, jetzt wo du es sagst“, warf ihr Vater dazwischen. „Und was hat das mit dem Hund zu tun?“

„Der gehört zu meinem Team“, sagte Steinhauser.“

„So, so“, mehr sagte Gunther dazu nicht. „Dann wird aus deinem Streifenpolizisten ja vielleicht doch noch was Brauchbares.“

„Papa!“, beschwerte sich Stefanie.

„Aber von einem Hund hast du nichts gesagt!“, beschwerte sich Olivia.

„Spielt das jetzt eine Rolle?“, hielt Stefanie sauer dagegen.

„Lass mal gut sein“, beschwichtigte Steinhauser. „Ich kenne ja mittlerweile den seltsamen Humor deiner Eltern.“

„Dürfen wir jetzt reinkommen, oder sollen wir wieder gehen?“, fragte Stefanie scharf. So hatte sie sich in der Vergangenheit nie für ihn stark gemacht.

„Klar könnt ihr reinkommen“, rief Kilian aus dem Hintergrund und begrüßte seine große Schwester und Steinhauser herzlich. „Wir haben schon auf euch gewartet.“

„Der Hund muss draußen bleiben!“, befahl Olivia streng.
„Mama, ich bitte dich!“
„Nein, der Hund hat schmutzige Füße!“
„Pfoten, der Hund hat Pfoten“, verbesserte Steinhauser.
„Ist mir egal“, ließ sich Olivia nicht beirren. „Wir haben keine Hausschuhe oder Überzieher für Hundefüße. Also muss er draußen bleiben. Basta!“
Stefanie warf ihrer Mutter einen strengen Blick zu, holte ein Taschentuch hervor und wischte Jackys Pfoten ab. „Das dürfte wohl genügen!“, sagte sie.
Olivia zögerte. „Wartet hier“, sagte sie und lief in den ersten Stock. Kurz darauf kam sie wieder und hielt Steinhauser zwei Paar kleine Socken entgegen.
„Was soll ich damit?“, wunderte er sich.
„Das sind Babysocken von Stefanie“, sagte Olivia.
„Die hast du noch?“, wunderte sich ihre Tochter.
„Natürlich“, sagte ihre Mutter voller Stolz, als ob das selbstverständlich gewesen wäre. „Ich habe noch fast alle eure Babykleider.“
„Und die Dinger soll ich jetzt der Jacky anziehen?“, fragte Steinhauser ungläubig.
„Ja, was anderes habe ich nicht.“
Steinhauser holte tief Luft, warf Stefanie einen alles sagenden Blick zu, dann versuchte er Jacky die Minisocken anzuziehen. Die wehrte sich hartnäckig. Erst nachdem die Socken mit Tape fixiert wurden, durfte sie in die Wohnung. Jacky versuchte die Minisocken wieder loszuwerden, aber da dies nicht klappte, ließ sie es über sich ergehen.
„Ach Mama, kack dich doch nicht so an“, meldete sich Kilian zu Wort, während er Jacky streichelte.
„Kilian!“, stieß seine Mutter entrüstet aus. „Wie redest du mit mir?“
„Du brauchst dich nicht zu wundern, dass die Stefanie und ich nur dreimal im Jahr zu Besuch kommen, wenn du immer so rumstresst wegen deinen blöden Fliesen.“
„Marmor, Kilian! Italienischer Marmor“, verbesserte ihn seine Mutter.
„Ist mir doch egal!“, winkte Kilian gleichgültig ab.
Mit versteinerter Miene reichte Olivia ihrer Tochter und Steinhauser Überzieher. Gehorsam verpackten sie ihre Schuhe und betraten die heiligen Hallen der Familie Fehlhaus. Hier war alles vom Feinsten und strahlte vor Sauberkeit. Steinhauser hatte immer Angst, etwas schmutzig zu machen. Während dem Essen musste sich Steinhauser den üblichen Lobgesang auf

Kilian, den angehenden Staatsanwalt oder Richter, anhören, und natürlich, wie stolz Stefanies Eltern auf ihre Tochter waren. Nichts Neues für ihn. Dass er jetzt an einem Projekt für das Innenministerium arbeitete, ließ ihn allerdings diesmal in einem etwas anderen Licht erscheinen. Stefanies Eltern waren nicht ganz so abweisend zu ihm, wie das in der Vergangenheit oft der Fall gewesen war.
„Wo ist eigentlich der Hund?“, fragte Olivia besorgt.
„Vorhin war er in der Küche“, sagte Kilian. „Ich hab ihm etwas zu Trinken und zu Fressen gegeben.“
„Zu Fressen?“, wunderte sich seine Mutter. „Seit wann haben wir Hundefutter?“
„Ich hab dem Hund etwas vom Braten gegeben.“
„Du hast was?“ Seine Mutter war außer sich.
„Mama!“, mischte sich jetzt Stefanie ein. „Ihr esst doch eh keine Reste.“
Verärgert sprang Olivia auf und räumte energisch die Teller zusammen. Mit den Worten: „Ich hol jetzt mal den Nachtisch“, verschwand sie in der Küche. Kurz darauf ertönte ein langer, schriller Schrei. Alle rannten in die Küche. Jacky hatte direkt neben den Kühlschrank gekackt. Olivia hatte sich bei dem Anblick des präzise platzierten Haufens übergeben. Zum Glück war der Boden mit italienischem Marmor ausgelegt. Die Minisocken hatte Jacky auch abgekaut und in der Küche verteilt. Der Nachtisch fiel dann aus.
„Ich kann mir das echt nicht erklären“, entschuldigte sich Steinhauser auf dem Nachhauseweg, den sie viel früher antreten mussten, als dies ursprünglich geplant gewesen war. „Das hat die noch nie gemacht.“
„Muss wohl am Braten gelegen haben“, lachte Stefanie. „Kochen war noch nie Mamas Stärke.“
Beide lachten, während Jacky auf der Rücksitzbank von Stefanies gelbem Beetle schlief.

Am zweiten Weihnachtsfeiertag, dem letzten Tag des Weihnachtsvöllerei-Marathons, stand ein weiterer Besuch in Mittelsinn an. So richtig Lust hatte weder Steinhauser noch Stefanie, aber sie wollten jetzt auch nicht für schlechte Stimmung sorgen. Schließlich war Weihnachten, das Fest der Liebe.
„Der Scheißdreck ist verreckt!“, konnten sie Rudolf Steinhauser schon von Weitem toben hören. „Das kotzt mich an. Ausgerechnet heut, und der

Schalubka geht nicht ans Telefon!"
„Da kann doch der Kurt auch nix dafür", versuchte Hildegard ihren Mann zu beruhigen. „Du weißt doch, dass so etwas immer dann kaputt geht, wenn man es nicht gebrauchen kann."
„Aber der kann doch mal ans Telefon gehen!"
„Der wird halt auch mal mit seiner Familie in Ruhe Weihnachten feiern wollen", sagte Hildegard.
Vorsichtig näherten sich Steinhauser und Stefanie der Tür zum Heizraum.
„Alles in Ordnung bei euch?", rief er aus sicherer Entfernung.
Kurz darauf kamen seine Eltern heraus in den Hof. „Die Heizung ist kaputt!", war Rudolfs Begrüßung.
„Kaputt?", wunderte sich Steinhauser.
„Ja, die Pumpe streikt. Ist heute Nacht ausgefallen", erklärte Rudolf etwas versöhnlicher, als er Stefanie sah.
„Im Haus ist es eiskalt", warf Hildegard dazwischen, nachdem sie Stefanie begrüßt hatte.
„Nicht gut bei den Temperaturen", sagte Steinhauser.
„Wem sagst du das", stimmte seine Mutter besorgt zu. „Für die nächsten Tage ist auch noch Dauerfrost angesagt. So eine Kälte hatten wir ja schon ewig nicht mehr. Und dann der ganze Schnee."
„Dieser Schalubka wird doch irgendwann mal zu erreichen sein", meinte Stefanie.
„Normalerweise ist er das auch", sagte Rudolf, „aber heute eben nicht."
„Wo sind eigentlich die Vorndrans?", fragte Steinhauser.
„Die kommen heute nicht", gab Hildegard traurig zurück.
„Ach, und wieso?", wollte Steinhauser wissen.
„Die waren doch gestern in Nürnberg, bei der Mutter von Klaus. Und da müssen die sich was eingefangen haben. Die haben die ganze Nacht gekotzt", erklärte Hildegard.
„Na, das ist ja mal eine originelle Ausrede", murmelte Steinhauser.
„Wieso Ausrede?", hakte Hildegard, die ihn genau verstanden hatte, sofort nach.
„Ach nix." Steinhauser winkte ab. „Was ist jetzt mit der Heizung? Soll ich mal guck?"
„Um Gottes Willen, bloß nicht!", sagte sein Vater. „Du kannst aber mal nach Obersinn fahren und guck, ob der Schalubka da ist. Deine Mutter erfriert sonst noch."
Steinhauser überlegte kurz, dann kam ihm eine Idee. „Klar mach ich." Das

war die ideale Gelegenheit, um mit Kurt Schalubka zu reden. Einen besseren Vorwand konnte er nicht bekommen.
„Soll ich mitkommen?“, fragte Stefanie. „Nein, nein, das musst du nicht. Bleib lieber mal hier“, wehrte er dankend ab. Das Letzte, was Steinhauser jetzt gebrauchen konnte war, dass ihn Stefanie begleitete.

Kurz darauf fuhr Steinhauser mit Stefanies Beetle auf Schalubkas Firmenhof. Da niemand auf ihn aufmerksam wurde, stieg er aus und schaute sich etwas um. Das gepflasterte Firmengelände machte einen ordentlichen Eindruck. In einer verschlossenen Gitterbox standen verschiedene Gasflaschen und in einem überdachten Regal lagerten jede Menge PVC-Rohre unterschiedlichster Durchmesser und Längen sowie eine große Auswahl an Bögen und Abzweigen. Einige der Lagerhallen waren mit Rolltoren verschlossen. Steinhauser vermutete, dass sich darin teure Kupferrohre befanden. Andere Hallen, in denen sich Zubehör aller Art stapelte, waren frei zugängig. Was er hoffte, hier zu finden, wusste er selbst nicht genau, bis er neben einer Garage einen weißen Kastenwagen mit Dachständer entdeckte. Neugierig inspizierte er das Fahrzeug. *Kurt Schalubka – Herr der Elemente. Ihr Heizungsinstallateur vor Ort* stand in großen Lettern auf den Seitenwänden und den Hecktüren. Sofort erinnerte sich Steinhauser, dass ihm genau so ein Transporter in den letzten Wochen vermehrt aufgefallen war. Zuerst im Erbsenhafen, später auf dem Weg zu seinem Vater und zuletzt nach Ursula Sternbergs Beerdigung. Ob es allerdings jedes Mal derselbe Wagen gewesen war, konnte er nicht hundertprozentig beschwören. Aber der Verdacht lag nah.
Gerade als Steinhauser dabei war, seine Gedanken zu sortieren, wurde er unterbrochen. „Kann ich Ihnen helfen?“, fragte eine Männerstimme.
Abrupt wurde Steinhauser aus seinen Gedanken gerissen. „Was?“, fragte er verdattert und wandte sich dem Mann zu.
„Die Polizei!“ Der Mann erschrak, als er Steinhauser, den mittlerweile überall bekannten Sinngrund-Sheriff, erkannte. Es war Kurt Schalubka.
„Keine Panik“, beruhigte ihn Steinhauser. Auch er erkannte den Heizungsinstallateur sofort wieder. „Ich bin heute nicht im Dienst.“
„Aha“, gab Schalubka skeptisch zurück. „Und was suchen Sie hier?“
„Äh … ja … mir ist nur dein … äh … Transporter aufgefallen“, stammelte er. Fing sich aber gleich wieder. „Ich bin der Johannes Steinhauser“, stellte er sich vor.

„Ich weiß, wer Sie sind“, gab Schalubka zurück.
„Nicht so förmlich. Wir können uns ruhig duzen“, bot ihm Steinhauser an, um gleich das Eis zu brechen.
„Ist mir auch recht“, sagte Schalubka. „Und was ist jetzt mit meinem Transporter?“
Steinhauser war immer noch dabei, seine Gedanken zu sortieren. Nach kurzem Überlegen fragte er den Heizungsbauer, was ihm als erstes durch den Kopf gegangen war. „Kann es sein, dass ich dich neulich im Erbsenhafen gesehen hab?“
„Wo?“, fragte Schalubka verwundert.
„Im Erbsenhafen, unterhalb vom Auraer Berg. Da, wo die Jagdhütte von …“, Steinhauser wog seine Worte ab. „... von diesem Lorenz Bergmann steht, dem Jagdpächter“, erklärte er.
„Meinst du da, wo alles voll mit Christbäumen steht?“, fragte Schalubka nach.
„Ja, genau da!“, bestätigte Steinhauser.
„Nein, da war ich nicht. Ich hab ja gar keine Christbäume. Wie kommst du darauf, dass ich da gewesen bin?“
„Ich dacht nur, weil ich dort so einen Montagebus gesehen hatte, der genau so aussah wie deiner.“ Steinhauser wollte so schnell nicht aufgeben.
„Naja, von den Kisten fahren zurzeit jede Menge in der Gegend rum.“
„Echt?“
„Ja, klar. Die Saisonarbeiter der Christbaumfuzzis haben doch alle solche Transporter“, erklärte Schalubka.
„Ach, das wusst ich ja gar nicht.“
„Dann schau dich mal genau um. Die Kisten sehen doch alle gleich aus“, meinte Schalubka.
„Danke, das werde ich ganz bestimmt machen“, gab Steinhauser etwas gefrustet zurück. Bis vor ein paar Sekunden dachte er noch, er hätte eine neue Spur. Da fiel ihm noch etwas ein. Doch gerade, als er eine weitere Frage stellen wollte, kam eine Frau in einem dicken, langen Mantel dazu. Um ihren Hals trug sie einen Schal, und ihre langen, braunen Haare schauten unter einer weißen, eleganten Mütze hervor.
„Kurt, wo bleibst du denn?“, fragte sie ungeduldig. „Wir müssen los!“
„Wir haben Besuch, von der Polizei“, antwortete er.
„Polizei?“, gab die Frau erschrocken zurück.
„Nein, ich bin doch nicht im Dienst“, beruhigte sie Steinhauser.
„Das ist meine Frau, die Britta“, wurde sie von Kurt vorgestellt.

„Hallo, ich bin der Johannes Steinhauser. Wir sind beim du“, sagte er und reichte ihr die Hand.
„Und was machst du hier, wenn du nicht im Dienst bist?“, fragte Britta misstrauisch.
„Mein Vater hat mich geschickt. Seine Heizung ist ausgefallen“, erklärte Steinhauser. „Er hat schon ein paar Mal angerufen, aber es ging keiner ran.“
„Irgendwann muss ja auch mal Feierabend sein! Schließlich ist Weihnachten.“, beschwerte sich Britta.
„Tut mir leid“, entschuldigte sich Steinhauser und wandte sich an Kurt Schalubka. „Aber das ganze Haus ist kalt. Vielleicht kannst du schnell mal schauen, was genau kaputt ist. Mein Vater meint, es ist die Pumpe.“
„Klar, kann ich machen“, sagte er, während seine Frau verärgert den Kopf schüttelte.
„Wir müssen zum Essen!“
„Ja, Britta! Aber ich kann die Hildegard und den Rudolf jetzt nicht frieren lassen“, stellte Schalubka gleich klar. „Fahr halt schon mal vor, ich komm dann nach.“
„Ich kann nicht vorausfahren, weil das Auto schon seit Wochen kaputt ist!“
„Dann wart halt, bis ich wieder da bin“, beschwichtigte Schalubka. „Dauert bestimmt nicht lange. Vielleicht ist nur ein Kabel locker. So eine Pumpe geht eigentlich nie kaputt.“
Britta hob resignierend die Hände, drehte sich um und ging.
„Ich hoff, du bekommst jetzt kein Stress“, entschuldigte sich Steinhauser.
„Die regt sich wieder ab.“ Schalubka blieb gelassen. „Ich zieh mich um, dann komm ich.“
„Super“, bedankte sich Steinhauser. Schalubka ging bereits zum Haus, als sich Steinhauser wieder an seine letzte Frage erinnerte. „Eins noch“, rief er Schalubka hinterher. „Warst du mit deinem Montagebus auf der Beerdigung von der Uschi?“
Schalubka zögerte, bestätigte es dann aber mit einem Nicken und verschwand im Haus. Am liebsten hätte ihn Steinhauser noch zu seiner Beziehung zur Uschi befragt, aber dazu war jetzt weder die Zeit, noch ein geeigneter Moment, noch hatte er sich entsprechend vorbereitet.

„Und, hast du den Schalubka gefunden?"
„Ja, Vodder, der kommt gleich und guckt, was los ist", bestätigte Steinhauser seinem Vater, der schon ungeduldig die Rückkehr seines Sohnes erwartet hatte.
Wenig später kam dann auch Schalubka. In Begleitung von Hildegard, Rudolf, ihrem Sohn Johannes und Stefanie machte er sich sofort an die Arbeit. Das Ergebnis seiner Untersuchung war ernüchternd.
„Tut mir leid, aber die Pumpe ist kaputt", bestätigte Schalubka Rudolfs Befürchtungen.
„Und jetzt?", fragte Hildegard.
„Wenn ich morgen die Pumpe bestelle, kann ich die mit etwas Glück übermorgen einbauen", erklärte Schalubka. „Eher wird's leider nichts, wegen der Feiertage."
„Hast du keine Ersatzpumpe?", fragte Rudolf.
„Nein, hab ich nicht."
„Aber so eine Pumpe kann doch immer mal kaputt gehen."
„Normal nicht", meinte Schalubka.
„Rudolf, was mache mir denn jetzt?", fragte Hildegard besorgt.
Ihr Mann stand da und schaute hilfesuchend zu Schalubka. Der zuckte nur mit den Schultern. „In zwei Tagen komm ich wieder. Solange müsst ihr halt aushalten", sagte er und ging.
„Das geht auf keinen Fall!", beschwerte sich Hildegard und verließ unter Protest den Heizraum.
„Ich kann doch auch nix dafür!", rief ihr Rudolf hinterher.
„Ich schau mal nach ihr", sagte Stefanie und ließ die Männer alleine.
„Du Vodder, mal was Anderes. Neulich, als du den Saustall wegen der Hackschnitzelheizung vermessen hast, war da, bevor ich gekommen bin, der Schalubka bei dir gewesen?"
Rudolf überlegte. „Ja, ich glaub scho. Warum?"
„Nur so", gab Steinhauser zurück. Damit wusste er jetzt, dass es zweimal Schalubkas Montageauto gewesen war, das er gesehen hatte. Jetzt interessierte ihn noch brennend, wie nahe sich der Heizungsinstallateur und die Uschi tatsächlich gestanden waren. Der eine mit den Gedanken bei Uschi und Schalubka, der andere mit den Gedanken bei seiner Heizung, gingen Vater und Sohn in die Küche, wo sie bereits von Hildegard und Stefanie erwartet wurden.
„Ich glaube, wir haben eine Lösung gefunden", sagte Stefanie.
„Lösung?", wunderte sich Steinhauser. „Für was denn eine Lösung?

„Dafür, dass die Heizung deiner Eltern kaputt ist."
„So dramatisch ist das nicht", winkte Steinhauser ab. „Die sollen sich halt dicke Socken und eine LÜ anzieh."
„Was ist denn eine LÜ?" Stefanie schaute verwirrt.
„Lange Ünnerhose", erklärte Steinhauser.
„Ach du wieder!" Stefanie schüttelte den Kopf. „Nein, ich hab mit deiner Mutter ausgemacht, dass deine Eltern, bis die Heizung wieder läuft, bei dir schlafen können."
Das war jetzt nicht das, was sich Steinhauser unter einer Lösung vorgestellt hatte. Er brauchte einen Moment, bis er diese Information verdaut und richtig eingeordnet hatte.
„Was habt ihr?", fragte er sicherheitshalber noch einmal nach.
„Du hast schon verstanden!", sagte Hildegard entschieden.
„Ich hab doch gar kein richtiges Gästezimmer. Das ist eine Abstellkammer. Außerdem steht da nur ein Einzelbett drinnen", hielt Steinhauser dagegen.
„Deine Eltern schlafen ja auch in deinem Doppelbett", sagte Stefanie. Ihr war nicht entgangen, dass sich seine Begeisterung in Grenzen hielt. Sie kam zu ihm und gab ihm einen Kuss. „Das machst du doch gerne für deine Eltern, oder?"
Das war keine Frage, dachte er, *das war ein Befehl!* Aber was blieb ihm jetzt noch übrig. Bevor er etwas dazu sagen konnte, erteilte seine Mutter bereits die ersten Anweisungen: „Rudolf, wir packen!"
„Ich bleib hier", gab ihr Mann zurück. „Du kannst ja beim Bub schlaf."
„Nein, du kommst mit! Sonst erkältest du dich noch!", befahl sie in einem Ton, der keine Widerrede zuließ.
Steinhauser schaute wie drei Tage Regenwetter, Stefanie grinste bis über beide Ohren und Rudolf musste packen.
Unter den skeptischen Blicken von Stefanie und ihrem Sohn verluden seine Eltern ihre Koffer in Rudolfs Auto.
„Mama, bist du sicher, dass ihr das alles braucht?", fragte Steinhauser.
„Das haben wir immer dabei, wenn wir mit dem Obst- und Gartenbauverein wegfahren."
„Aber da fahrt ihr ja auch eine ganze Woche mit dem Bus weg. In zwei Tagen seid ihr doch wieder daheim."
„Ich werd doch wohl wissen, was wir brauchen!", beschwerte sich seine Mutter. Steinhauser gab auf, Rudolf verdrehte kopfschüttelnd die Augen und Stefanie grinste.
In Burgsinn angekommen, half Stefanie noch, die Sachen von Steinhausers

Eltern ins Haus zu bringen, dann musste sie zurück zum Dienst nach Würzburg. Sofort begann Hildegard sich häuslich niederzulassen. Als erstes bezog sie ihr zukünftiges Nachtlager neu. Sein Vater platzierte sich auf der Couch und so wie ihn Steinhauser kannte, würde er diese erst wieder verlassen, wenn er schlafen ging.
„Wo ist denn dein Hund?“, fragte Hildegard.
„Oben, bei Monika.“
„Da geh ich jetzt auch mal hin“, sagte Hildegard. „Ich will mal sehen, wie es denen geht. Vielleicht kann ich ja was helfen.“
„Super Idee“, stimmte Steinhauser zu. „Ich bin auch mal gespannt, wie es denen geht.“
„Rudolf, kommst du auch mit?“, fragte Hildegard.
„Ich sitz jetzt!“, knurrte er. „Und außerdem will ich mich nicht ansteck.“
Durch die Verbindungstür gelangten Steinhauser und seine Mutter ins Treppenhaus. Hildegard klingelte und kurz darauf wurde ihr von Jennifer geöffnet.
„Oma?“, rief sie erschrocken.
„Ich wollte mal nach euch schauen. Ihr habt euch doch gestern in Nürnberg den Magen verdorben.“
„Hä, was haben wir?“
„Habt ihr nicht?“, hakte Hildegard verwundert nach.
„Äh, doch … äh … ja … äh … uns geht's gar nicht gut“, stammelte sie verlegen. „Ich muss auch gleich wieder ins Bett“, sagte sie schnell und verschwand in ihrem Zimmer.“
Kurz darauf erschienen Monika und Klaus. „Mama? Was machst du denn hier?“ Monika war sichtlich überrascht über ihren Besuch.
„Ich wollte mal nach euch schauen“, sagte sie. „Ihr habt doch alle gekotzt.“
„Ja, ja, haben wir auch“, bestätigte Monika. „Aber uns geht's schon wieder viel besser.“
„Komm doch rein“, sagte Klaus und führte seine Schwiegermutter ins Wohnzimmer. „Kann ich dir etwas anbieten?“
„Nein, danke.“
„Wo ist denn Rudolf?“
„Der ist unten“, sagte sie und ließ sich von ihrem Schwiegersohn ins Wohnzimmer geleiten. „So krank seht ihr gar nicht aus!“, stellte sie bei näherer Betrachtung ihrer Tochter und ihres Schwiegersohnes fest.
„Naja, du weißt doch, wie das ist“, winkte Klaus ab. „So ein Virus kommt

schnell und geht schnell wieder. Vor einer Stunde ging es uns noch richtig schlecht."
„Aha", meinte sie skeptisch. „Habt ihr auch genug Zwieback, Salzstangen und Pfefferminztee? Pfefferminztee ist am besten, wenn man es im Magen hat. Das hilf bei mir immer."
„Mach dir keine Sorgen", meinte Klaus. „Wie du weißt, bin ich Arzt."
„Ja, aber das hat noch lang nix zu bedeuten", winkte sie ab. „Die alten Hausmittel sind immer noch die besten."
„Das mag sein", stimmte er ihr zu. „Aber uns geht's schon wieder viel besser. Außer Torben, der liegt noch im Bett.
„Der arme Junge", sagte Hildegard und machte sich gleich auf den Weg in sein Zimmer. Klaus folgte ihr.
Kaum waren Hildegard und Klaus in Torbens Zimmer verschwunden, zerrte Monika ihren Bruder in die Küche. „Wie um alles in der Welt kommst du auf die Idee, unsere Eltern hierher zu schleppen?"
„Von wegen, ihr habt alle gekotzt!", beschwerte sich Steinhauser. „Ihr hattet einfach keinen Bock zum Essen nach Mittelsinn zu kommen!"
„Das ist doch noch lange kein Grund, die Mama und den Papa hierher zu bringen!"
„War nicht meine Idee. War die von Stefanie."
Monika schaute verwirrt, aber bevor sie noch etwas sagen konnte, klärte sie Steinhauser über die Umstände des Erscheinens ihrer Eltern auf.
„Und die bleiben auch bestimmt nicht länger?", fragte sie besorgt.
„Glaubst du vielleicht, ich bin begeistert? Aber frieren lassen, können wir sie jetzt auch nicht", meinte Steinhauser.
Monika seufzte. „Da hast du natürlich Recht." Seine Schwester zeigte sich einsichtig.
„Ich find es trotzdem nicht in Ordnung, dass ihr behauptet, ihr hättet gekotzt, nur damit ihr nicht zum Essen kommen müsst", stellte Steinhauser noch einmal klar.
„Das ist nicht ganz korrekt", erklärte Monika. „Der Torben hat sich echt was eingefangen und sich die ganze Nacht die Seele aus dem Leib gekotzt. Der arme Kerl."
„Und da habt ihr die Gelegenheit gleich ausgenutzt und euch abgeseilt!"
„Wir wollten halt einfach mal für uns sein. Ständig diese Fresserei. Am Heiligabend bei der Mama, am ersten Weihnachtsfeiertag nach Nürnberg zur Mutter von Klaus und seiner Schwester und heute wieder bei der Mama. Dieses ständige Rumgereis nervt", verteidigte sich Monika.

„Meinst du, mir geht's anders?", hielt Steinhauser dagegen. „Ich hätt auch kein Problem damit, den ganzen Tag faul auf der Couch rumzuliegen. Aber dann sei halt wenigstens ehrlich zur Mama", sagte Steinhauser, der durchaus Verständnis für seine Schwester hatte. Von wegen besinnliche Zeit! Am Ende war er immer froh, wenn Weihnachten endlich wieder vorbei war.

„Bist du verrückt!", regte sich Monika auf. „Das kann ich der Mama doch nicht sagen!"

„Ja, da hast du auch wieder Recht. Das ist vielleicht keine so gute Idee", stimmte ihr Steinhauser zu.

„Naja, die Heizung wird ja hoffentlich bald wieder gehen", sagte Monika versöhnlich.

„Das will ich doch hoffen. Schließlich hab ich die an der Backe."

Steinhauser verbrachte den Abend einträchtig mit seinen Eltern auf der Couch. Zu allem Überfluss lief im Fernseher auch noch die alljährliche Weihnachtsfolge des Traumschiffs. Als sein Vater im Anschluss auch noch darauf bestand, die Wiederholung des Weihnachtsfestes der Volksmusik zu schauen, verzog er sich ins Gästezimmer. Sein Doppelbett musste er ja abgeben.

Kapitel 27

Steinhausers ohnehin unruhige Nacht im Gästebett wurde von seiner Mutter um exakt 03:30 Uhr unsanft beendet.
„Hannes, wach auf!“, rief sie ihm direkt ins Ohr.
„Mama!“, schrie er erschrocken und hüpfte mit wedelnden Armen aus dem Bett. „Was um alles in der Welt ist denn passiert?“ Er starrte seine Mutter mit bestenfalls halb offenen Augen an. Das Licht blendete ihn.
„Der Hund ist raus“, sagte sie besorgt.
„Und deswegen weckst du mich mitten in der Nacht?“ Steinhauser war wütend. „Die Jacky kann durch die Hundeklappe zu jeder Tages- und Nachtzeit rein und raus. Wie sie will!“, erklärte er ihr.
„Die ist aber zur Gartentür raus“, sagte seine Mutter kleinlaut.
„Wieso zur Gartentür?“
„Wir müssen doch in die Backstube. Und als wir zum Auto gegangen sind, ist uns der Hund nachgelaufen. Wir haben es wirklich nicht gemerkt. Erst als es zu spät war“, erklärte seine Mutter.
„Und wo ist die Jacky jetzt?“, fragte Steinhauser genervt.
Hildegard zuckte mit den Schultern. „Weiß ich nicht. Dein Hund ist die Straße entlanggelaufen. Wir haben zwar gerufen, aber die hat nicht auf uns gehört.“
„Na toll!“, knurrte Steinhauser.
„Das wollt ich dir nur sagen. Nicht dass du dich morgen wunderst, wenn dein Hund weg ist. Wir müssen dann auch los. Tschüss.“
Mit dicken, verschlafenen Augen schaute Steinhauser seiner Mutter hinterher. Nach einem prüfenden Blick auf die Uhr und dem Wissen, wie kälteempfindlich die Beagle-Dame war, entschied er sich, sie zu suchen. Mit Mütze, Schal, Handschuhen und dicker Winterjacke machte er sich bei eisiger Kälte auf den Weg. Sicherheitshalber ließ er die Gartentür offen. Aus Rücksicht auf die Nachbarschaft verzichtete er darauf, nach ihr zu rufen oder zu pfeifen. Eine Stunde später war er den gesamten Kirchrain erfolglos abgelaufen. Frustriert und durchgefroren machte er sich auf den Rückweg. Er war hundemüde und wollte noch ein paar Stunden schlafen, bevor er wieder aufs Rathaus musste. Und als ob er es geahnt hätte, lag Jacky bei seiner Rückkehr seelenruhig in ihrem Körbchen und schlief.
„Mach das nie wieder!“, drohte er, streichelte sie und fiel kurz darauf erschöpft in sein Bett.

Da er allerdings vergessen hatte, seinen Handywecker zu stellen, kam er wieder einmal mit einigen Stunden Verspätung aufs Rathaus. Wenigstens hatte er halbwegs ausgeschlafen.
„Ich hab Sie scho vermisst“, begrüßte ihn Frau Schäflein. „Des mit der Pünktlichkeit klappt ach net mehr so gut, oder bild ich mir des nur ein?“
„Tut mir leid, Frau Schäflein. Ich hatte heute Nacht einen Notfall.“
„Ein Notfall? Ich hoff, es ist nix Schlimmes passiert?“, fragte sie besorgt.
„Nein, nein, alles in Ordnung. Ich musste nur die Jacky suchen. Die war ausgebüchst.“
„Habbe Sie die Jacky wieder gefunne?“
„Die ist von alleine wiedergekommen.“
„Na, dann ist ja alles gut.“ Sie reichte Steinhauser eine Tasse Kaffee. „Der Herr Rappert hat auch scho ein paar Mal angerufe und nach Ihne gefragt.“
„So, was wollte er denn?“
„Des hat er net gesagt. Der war irgendwie gar net mehr so freundlich wie beim letzte Mal. Sie solle sofort zurückrufe, wenn Sie da sind.“
Mit einem nachdenklichen Stirnrunzeln nahm er den Kaffee entgegen, ging in sein Büro und wählte die Nummer von seinem Chef.
„Steinhauser! Wo treiben Sie sich denn schon wieder rum?“, war die Art der Begrüßung, die ihm bestens bekannt war und meistens nichts Gutes zu bedeuten hatte. „Ihr Dienst hat schon längst begonnen!“
„Ja … äh ...“, völlig überrascht von Rapperts scharfem Tonfall, wusste er zunächst nicht, was er sagen sollte.
„Können Sie mir mal erklären, wo Sie waren?“, donnerte es weiter durch die Leitung. Zum Glück fiel Steinhauser etwas ein. „Es gab heute Nacht eine Vermisstenanzeige.“
„Eine Vermisstenanzeige?“, raunte Rappert in den Hörer.
„Ja, eine Vermisstenanzeige!“, bestätigte Steinhauser.
„Wer wurde denn vermisst?“
„Ein Hund“, sagte Steinhauser.
„Ein Hund?“, fragte Rappert ungläubig nach. Steinhauser hasste es, wenn jemand seine Aussage als Frage wiederholte.
„Ja!“, bestätigte Steinhauser erneut. „In der Nachbarschaft wurde ein Hund vermisst. Hab ihn aber wiedergefunden.“
„In Ihrer Nachbarschaft?“
Jetzt wurde es Steinhauser zu blöd. „Himmelarschundzwirn! Red ich vielleicht chinesisch, oder warum fragen Sie ständig nach?“, brüllte er in die Sprechmuschel.

Für kurze Zeit war es still, doch dann kam ein Orkan zurück.
„Wie reden Sie überhaupt mit mir?“ schrie Rappert aus Leibeskräften, dass es sogar Frau Schäflein im Nebenbüro hören konnte. Steinhauser hatte die Tür offen gelassen. „Zuerst erpressen Sie mich und jetzt werden Sie auch noch frech! Ihren Dienstwagen können Sie sich abschminken!“
„Aber ich ...“, versuchte sich Steinhauser zu rechtfertigen. Doch Rappert ließ ihn nicht zu Wort kommen. Vor lauter Ermittlungsstress hatte er ganz vergessen, sich um das Fahrzeug zu kümmern. Jetzt war es zu spät.
„Ich erwarte in Zukunft von Ihnen, dass Sie rund um die Uhr telefonisch erreichbar sind und dass Sie täglich detaillierte Berichte abliefern! Haben Sie mich verstanden?“
„Ich verstehe nicht ...“, versuchte Steinhauser erneut das Wort zu ergreifen. Ohne Erfolg.
„Dass Sie nix verstehen, das ist mir nicht neu!“, donnerte Rappert weiter durch den Hörer. „Die Kollegen auf der Wache in Gemünden haben von dem Yoga-Kurs erfahren und wollten sich auch anmelden. Dabei haben die mich gesehen. Die waren so sehr an dem Kurs interessiert, dass die mich gleich am nächsten Tag gefragt haben, wie der so ist. Ich will jetzt nicht behaupten, dass die völlig aus dem Häuschen waren, aber die waren alle sehr beeindruckt, dass ich so einen Kurs besuche.“
Steinhauser verstand die Welt nicht mehr. Er konnte nicht glauben, was er da eben gehört hatte. Jetzt war der Rappert auch noch der erotische Yoga-Gott der Dienststelle. Aber sein Chef war noch nicht fertig mit ihm.
„Und wegen diesem Verhör, das Sie eigenmächtig durchgeführt haben, werden wir uns auch noch sprechen! Das wird Folgen für Sie haben! Das verspreche ich Ihnen!“
Damit war Steinhauser dann komplett bedient. Wann Rappert das Gespräch beendet hatte, hatte er nicht mehr mitbekommen. Wie versteinert saß er da, den Hörer in der Hand. Erst Frau Schäflein holte ihn ins Hier und Jetzt zurück.
„Stimmt des, Sie habbe ihren Chef erpresst?“, fragte sie vorsichtig.
Langsam löste sich Steinhauser aus seiner geistigen Starre. Er kam sich vor, als ob ihn ein Zug überrollt hätte. „Das kann man so nicht sagen“, gab er halbherzig zurück. „Eigentlich hat sich der Rappert selber erpresst.“
„Des versteh ich jetzt net“, wunderte sich Frau Schäflein.
„Trösten Sie sich, ich auch nicht“, meinte Steinhauser resignierend.
Während er wie in Schockstarre dasaß, klingelte das Telefon. Es war noch einmal Rappert. Wie in Trance nahm er das Gespräch entgegen.

„Und sehen Sie zu, dass sie diesen Christbaumzwicker finden!“, schrie Rappert.
„Aber Weihnachten ist doch vorbei“, stammelte Steinhauser hilflos.
„Das ist mir doch egal! Finden Sie ihn!“, fauchte Rappert. Danach war die Leitung tot.

Nach einer knappen Stunde absoluter Stille, in der sich Steinhauser keinen Millimeter von seinem Schreibtisch wegbewegt hatte, wagte es Frau Schäflein ihn erneut anzusprechen. „Möchten Sie vielleicht einen Kaffee? Oder ein paar Burgsinner? Es ist ja gleich Mittag und ich kann gern mal zum Imbiss laufe.“
In Zeitlupe wandte er sich ihr zu. „Das Zeug, das ich jetzt bräucht, bekommt man nicht auf legalem Weg“, seufzte er. „Aber ein Kaffee wär ein Anfang. Hunger hab ich keinen.“
„Kopf hoch, Herr Steinhauser, des wird scho wieder“, versuchte ihn Frau Schäflein zaghaft aufzumuntern.
Gerade als er die Tasse mit duftendem Kaffee dankend entgegennahm, klingelte plötzlich erneut das Telefon. Vor Schreck verschüttete er den halben Inhalt. Zum Glück verfehlte er seine Hose.
„Scheiße!“, fluchte er und entschuldigte sich sofort für seine verbale Entgleisung.
„Macht nix“, wehrte Frau Schäflein ab und zeigte auf das Telefon. „Is des wieder der Herr Rappert?“, fragte sie besorgt.
Steinhauser warf einen Blick auf das Display. „Nein, die Mama. Aber das ist im Augenblick auch nicht besser.“
„Ach, Sie wieder. Geh´n Sie mal ran, ich hol so lang nen Lappen und mach die Sauerei weg.“
„Mama, was ist?“, fragte er direkt.
„Hannes?“, kam es verwundert vom anderen Ende der Leitung. „Bist du es?“
„Ja, wer denn sonst?“
„Dann sag das doch auch“, beschwerte sich Hildegard. „Woher wusstest du überhaupt, dass ich es bin?“
„Ist jetzt egal! Was ist?“
„Der Schalubka hat seine Werkzeugkiste vergessen. Kannst du die dem mal schnell nach Obersinn fahren. Der braucht die doch bestimmt.“
Steinhauser überlegte. Eigentlich hatte er gerade zu absolut nichts Lust.

Doch die vage Hoffnung, im Fall Uschi ein paar Neuigkeiten in Erfahrung zu bringen, brachte ihn dann dazu, sich zu bewegen.
„Ich komm gleich“, sagte er und legte auf.
„Sie müsse weg?“, fragte Frau Schäflein.
„Familiärer Notfall“, sagte Steinhauser.
„Oh, was Schlimmes?“ Frau Schäflein war sichtlich besorgt.
„Nein, es ist nur die Heizung kaputt“, beruhigte er sie.
„Na, wenn das bei den Temperaturen kein Notfall ist.“
„Irgendwie schon“, lachte er halbherzig und machte sich auf den Weg.

Mit der Werkzeugkiste im Kofferraum des Polos seiner Schwester fuhr Steinhauser durch Mittelsinn. An der Abzweigung zum Gewerbegebiet blieb er abrupt stehen. Er überlegte kurz, dann bog er ab und steuerte den Umschlagplatz von Weirich an. Er hatte da noch was zu klären.
Weirich war, wie konnte es auch anders sein, über das Erscheinen des Polizisten nicht sonderlich begeistert.
„Dass du dich noch hierher traust!“, war die schroffe Begrüßung des Christbaumerzeugers, der offensichtlich mit Aufräumarbeiten beschäftigt war. Hinter der Halle stieg dünner, kaum erkennbarer Rauch auf.
„Grüß dich, Ingo“, gab Steinhauser zurück. Er ließ sich nicht provozieren. „Ich geb zu, unsere letzte Begegnung war nicht so … geglückt. Und ich wollte mich dafür entschuldigen.“
„Entschuldigen?“, fragte Weirich ungläubig nach.
„Ja, du hast schon richtig gehört“, bestätigte Steinhauser. „Ich hab mich da in was verrannt und möchte mich entschuldigen.“
Weirich schaute skeptisch. „Gut, akzeptiert“, sagte er knapp und wandte sich gleich wieder ab. „Mach´s gut, ich muss weitermachen.“
Etwas verwirrt über das merkwürdige Verhalten Weirichs folgte ihm Steinhauser. Dabei bemerkte er einen seltsamen Geruch.
„Ist noch was?“, fragte Weirich leicht ungehalten, als er ihn bemerkte. „Ich bin nicht mehr sauer, du kannst ruhig wieder fahren.“
„Was stinkt denn hier so?“ Steinhauser reckte neugierig seine Nase in die Luft. „Ich riech nix!“, gab Weirich nervös zurück.
„Was verbrennst du denn da?“ Steinhauser deutete auf eine dicke Rauchwolke, die hinter Weirichs Halle emporquoll. Als er auf den Hof gefahren kam, war diese noch kaum zu erkennen gewesen.
Weirich tat so, als ob er die Rauchwolke gerade erst bemerkte. „Ach, das

meinst du. Nur ein paar übrige Christbäume, sonst nix“, wiegelte er ab.
Im Stechschritt eilte Steinhauser um die Halle. Weirich hatte Mühe hinterherzukommen.
„Sag mal, hast du sie noch alle?“, schimpfte Steinhauser. „Die Bäume sind ja noch im Netz!“
„Was sind die?“, Weirich gab sich empört. „Das darf doch wohl nicht wahr sein! Ich hab denen extra gesagt, dass die Bäume aus dem Netz müssen!“, schimpfte er und hielt nach seinen Leuten Ausschau. „Baratti!“, brüllte er.
Kurz darauf kam ein kleiner, schmächtiger Mann mit Zipfelmütze und dichtem Bart um die Ecke gerannt. „Chefe haben gerufen?“, fragte er in gebrochenem Deutsch.
„Warum sind denn die Bäume noch in den Netzen?“, schrie er ihn an.
„Aber Chefe habe doch gesagt, machte nix, wenn de Netze dran bleibe!“, gab er schulterzuckend zurück.
„Hast du was an den Ohren!“, schrie Weirich weiter. Dabei warf er Steinhauser schnell einen peinlichen Blick zu. „Ich hab gesagt: Auf keinen Fall dürfen die Bäume in den Netzen bleiben!“
„Nein!“ Baratti schüttelte voller Überzeugung den Kopf. „Ich bine mir sicher, Chefe habe gesagt, machte nix, wenn ...“
„Baratti!“, fiel ihm Weirich lautstark ins Wort und deutete mit einer kurzen Kopfbewegung auf den Polizisten neben ihm. „Du hast mich falsch verstanden! Das ist doch verboten!“
„Und schädlich für die Umwelt ist es auch!“, warf Steinhauser dazwischen.
„Ja genau!“, stimmte Weirich zu. „Vor allem schädlich für die Umwelt!“
„Die Netze werden nämlich getrennt entsorgt“, fügte Steinhauser noch an.
„Genau so wird das gemacht bei uns in Deutschland!“, stimmte Weirich erneut zu und wandte sich gleich wieder an seinen Angestellten. „Hast du das gehört?“
Baratti schaute kurz zwischen seinem Chef und Steinhauser hin und her, dann nickte er mehrfach eifrig mit dem Kopf. „Okay. Dann musse habe falsch verstanden. Mache gleich wieder gut.“
Weirich seufzte laut. „Überall muss man hinterher sein, wenn´s anständig werden soll. Du kannst dir nicht vorstellen, wie schwer es ist, heutzutage gutes Personal zu bekommen.“
Steinhauser verdrehte die Augen. „Doch Ingo, das kann ich mir sehr gut vorstellen.“
„Ich guck gleich mal nach, dass die Netze von den anderen Bäumen auch

wirklich runtergemacht werden“, meinte Weirich und wollte gehen.
„Einen Moment noch“, hielt ihn Steinhauser zurück. „Ich hätte da aber noch ein paar Dinge, die ich gerne mit dir klären würde.“
„Hannes, mach doch jetzt bitte kein Fass auf, ich kümmer mich darum, dass die Netze runterkommen. Versprochen!“
„Darum geht's mir jetzt nicht“, beruhigte ihn Steinhauser. „Die Netze sollten aber trotzdem runter!“
„Dann wüsst ich nicht, was wir noch zu klären haben“, wunderte sich Weirich.
„Och, da gibt es schon noch so einiges“, blieb Steinhauser gelassen. Er wusste genau, was er von Weirich wollte. Und das würde er ihm auch klar und deutlich zu verstehen geben. Chaosverhör hin oder her. „Ich hab immer noch ein Video von dir, wie du die Christbaumspitzen abzwickst. Schon vergessen?“
Weirich schaute ihn wütend an. „Und was willst du jetzt von mir? Mich erpressen?“
Steinhauser wippte lässig mit dem Kopf hin und her. „Erpressen? Klingt nicht schön. Ich würde sagen … wir treffen die eine oder andere Abmachung, im Gegenzug erfährt keiner was von der Aufnahme.“
„Ich war das aber nicht, bei den anderen! Nur bei der Uschi!“, erinnerte ihn Weirich mit Nachdruck.“
„Kann sein, kann aber auch nicht sein. Das kannst du ja dann mit deinen Kollegen ausdiskutieren“, meinte Steinhauser gleichgültig.“
„Was bist du denn für ein Bulle?“, fauchte Weirich. „Zuerst beschuldigst du mich für den Tod der Uschi verantwortlich zu sein und jetzt erpresst du mich!“
„Für die fälschlichen Anschuldigungen hab ich mich entschuldigt und du hast es angenommen“, erinnerte ihn Steinhauser. „Und bevor du wieder austickst, hör mir doch erst mal zu.“
Weirich ballte die Fäuste, hatte aber keine andere Wahl. „Dann lass mal hören, um was für sogenannte Abmachungen es sich handelt.“
„Ich bitte dich um Folgendes.“ Steinhauser wählte bewusst einen freundlichen Tonfall. Er wollte nicht unbedingt den Eindruck erwecken, dass er ihn mit dem Video erpresste. Auch wenn es im Grunde genauso war. „Erstens: Du rufst bei meinem Chef an, dem Rolf Rappert, und sagst ihm, dass das Verhör ein Missverständnis war und du mir das nicht übelnimmst.“
„Okay, das kann ich machen“, stimmte Weirich zu. „Aber ich weiß doch

gar nicht, was der Mehrhold dem erzählt hat."
„Spielt keine Rolle, du sagst einfach, dass der Mehrhold übertrieben hat, falls der Rappert was sagt."
„Gut, wenn es dich glücklich macht. Und zweitens?", wollte Weirich wissen.
„Der Benedikt Sternberg ...", begann Steinhauser.
„Was ist mit dem?", funkte Weirich gleich dazwischen. Der Name Sternberg löste bei ihm grundsätzlich keine Begeisterung aus.
„Der Benedikt hat ja keine Mutter mehr und … keinen Vater ...", fuhr Steinhauser fort. „... aber der hat verdammt viele Christbäume. Mehr als du. Mit seiner Oma kann der da keinen Krieg gewinnen. Erfahrung in dem Geschäft hat er ja auch wenig bis keine."
„Ja und, was geht mich das an?", fragte Weirich misstrauisch.
„Genau da kommst du ins Spiel", grinste Steinhauser. „Wenn du mit dem jungen Sternberg fusionieren würdest, dann könntet ihr gemeinsam was auf die Beine stellen."
„Ich glaub, du spinnst!", entfuhr es Weirich.
„Denk doch mal nach", blieb Steinhauser ruhig. „Du hast keine Kinder und keinen Erben. Und jünger wirst du auch nicht. Der Benedikt hingegen ist jung, du hast die Kontakte und die Erfahrung. Tut euch zusammen, davon könnt ihr beide nur profitieren."
„Du hast vielleicht Ideen." Weirich schüttelte den Kopf. „Vielleicht denk ich mal drüber nach."
„Nein Ingo, du versprichst mir jetzt, dass du dich mit dem Benedikt zusammentust!", blieb Steinhauser beharrlich.
Weirich überlegte. „Und wenn der gar nicht will?"
„Das machst du schon." Steinhauser klopfte ihm aufmunternd auf die Schultern. „Dir fällt da schon was ein. Der Benedikt ist bestimmt froh über jede ernst gemeinte Unterstützung."
„Mal sehen", meinte Weirich.
„Ingo!", sagte Steinhauser streng.
„Ist ja gut", gab sich der Christbaumerzeuger geschlagen. „Ich geb mir Mühe."
„Das wollte ich hören", lobte ihn Steinhauser. Mit den Worten: „Und denk dran, immer schön die Netze abmachen, das machen wir so in Deutschland", verließ er Ingo Weirich wieder.

Auf dem Weg zu Schalubka hatte Steinhauser versucht, sich einen Plan zurechtzulegen, wie er mehr über die Beziehung zwischen Ursula Sternberg und ihm in Erfahrung bringen konnte, aber irgendwie schaffte er es nicht, einen klaren Gedanken zu fassen. Und da er, so wie sich alles entwickelt hatte, ohnehin nichts mehr zu verlieren hatte, beschloss Steinhauser seine Befragung spontan zu gestalten.
Er klingelte mehrmals an der Haustür, aber niemand öffnete. Unschlüssig, was er machen sollte, fing er an, über das Gelände zu schleichen. Das Montageauto war nicht da, also folgerte Steinhauser, dass Schalubka irgendwo auf einer Baustelle war und so schnell nicht zurückkommen würde. Nachdem er sich mehrmals vergewissert hatte, dass ihn niemand beobachtete, begann er vorsichtig an den Rolltoren der verschlossenen Lagerhallen zu zerren. Es konnte ja nicht schaden, sich ein wenig umzusehen. Kein Tor ließ sich öffnen. Anschließend versuchte er sein Glück mit den Türen, die in den Rolltoren eingelassen waren. Doch die waren auch verschlossen.
„Der hat aber Angst, dass ihm was geklaut wird", motzte Steinhauser und schaute durch die kleinen, verdreckten Fenster der Türen. Er wollte wissen, was sich im Inneren befand. Eine Lagerhalle weckte sein Interesse. Unbedingt wollte er da rein. Bei näherer Untersuchung der Tür stellte er fest, dass der Schließzylinder etwas weit herausschaute. Die sonst übliche Sicherheitsabdeckung war nicht mehr vorhanden. Steinhauser erinnerte sich an ein Seminar, das er vor langer Zeit wegen einer Einbruchsserie in Würzburg besuchen musste. Daher kannte er auch den einen oder anderen Trick der Einbrecher. Da kam ihm eine Idee. Steinhauser ging zum Kofferraum und holte Schalubkas Werkzeugkiste. Schnell fand er, was er suchte. Mit der größten Rohrzange, die in der Kiste war, packte er das überstehende Stück des Schließzylinders, zerrte an ihm herum und versuchte ihn zu verdrehen. Er stellte sich dabei zwar etwas unbeholfen an, aber dank des großen Hebels knackte es nach einigen Auf- und Ab-Bewegungen. Nach einem kräftigen Ruck hatte er den halben Schließzylinder aus der Tür gerissen.
„Ist ja echt voll einfach", wunderte er sich über seinen unerwartet schnellen Erfolg.
Die andere Hälfte klopfte er mit Hammer und Schraubenzieher zur anderen Seite hinaus. Es dauerte zwar noch einen Moment, bis er das Schloss entriegelt hatte, aber er war durchaus stolz auf sich. Mit etwas mehr Übung

wäre die Zeit sicherlich noch ausbaufähig.
Steinhauser betrat die düstere Lagerhalle. Er suchte nach einem Schalter und machte Licht. Vor ihm stand ein mit Plane abgedecktes Fahrzeug. Daneben standen mehrere alte Fahrräder, sowie zwei neue E-Bikes. An einem Haken hing ein Fahrradhelm. Neugierig zerrte er die Plane von dem Fahrzeug herunter. Zum Vorschein kam ein schwarzer Golf. Interessiert umrundete er diesen. Vorne links blieb er stehen. Motorhaube, Licht und Kotflügel waren stark beschädigt. Nachdenklich schaute er sich erneut in der Lagerhalle um. Beim Anblick der E-Bikes, des Fahrradhelms und des beschädigten Autos schossen Steinhauser plötzlich zahlreiche Gedanken durch den Kopf. Während er versuchte, diese zu ordnen, nahm er vorsichtig den Schaden am Auto genauer in Augenschein.
„Das darf doch wohl nicht wahr sein", murmelte er gerade, als in die Stille der Lagerhalle eine wütende Stimme donnerte und Steinhauser aus seinen Gedanken riss.
„Was ist denn hier los?", brüllte jemand. Steinhauser zuckte erschrocken zu-sammen.
Mit der großen Rohrzange in der Hand, die Steinhauser zum Knacken des Schließzylinders benutzt hatte, betrat Kurt Schalubka die Lagerhalle.
„Äh … Kurt, da bist du ja", sagte Steinhauser und versuchte, sich nicht anmerken zu lassen, dass er sich erschrocken hatte. „Ich hab dich schon gesucht."
„Hannes?", wunderte sich Schalubka, als er den Polizisten erkannte. „Was machst´n du hier?"
„Du hast deine Werkzeugkiste bei uns vergessen", erklärte Steinhauser und war um ein souveränes Auftreten bemüht. Was ihm nicht so leicht fiel, da Schalubka immer noch die Rohrzange in der Hand hielt.
„Ich weiß, ich komm gerade von euch. Deine Mutter hat mir gesagt, dass du sie bringen wolltest", sagte Schalubka und schaute sich um. „Aber warum bist du hier eingebrochen?", blieb seine Stimme scharf.
„Eingebrochen …?" Steinhauser wurde heiß und kalt. „Wie kommst du denn darauf, dass ich eingebrochen bin?"
„Vor der Tür steht meine Werkzeugkiste, die du mir gebracht hast, das Schloss wurde gewaltsam aufgebrochen und du stehst in meiner Lagerhalle!", schlussfolgerte Schalubka und hatte damit voll ins Schwarze getroffen.
„Nein! Das siehst du völlig falsch!", sagte Steinhauser voller Überzeugung.

„So, und wie kommt es, dass du hier drinnen stehst?“, wollte Schalubka sofort wissen. Die Rohrzange hielt er immer noch wie eine Streitaxt in beiden Händen.
„Ja … das ist so gewesen ...“, Steinhauser suchte fieberhaft nach einer glaubhaften Ausrede. „Ich war vorhin schon mal da, und weil niemand zu Hause war, hab ich die Werkzeugkiste vor deine Haustür gestellt. Auf dem Rückweg hab ich mir dann gedacht, dass das vielleicht keine so gute Idee war. Da sieht die ja jeder! Und damit sie nicht geklaut wird, bin ich noch mal hergekommen, um sie wieder zu holen.“
„Und dann bist du hier eingebrochen?“, hakte Schalubka nach.
„Nein! Ich brech doch nicht ein! Ich weiß doch gar nicht, wie das geht“, verteidigte sich Steinhauser. „Und wer hat dann die Tür aufgebrochen?“, wollte Schalubka scharf wissen.
„Das war so ...“, Steinhauser überlegte, „ … gerade als ich wieder auf deinen Hof gefahren bin, sind zwei Jugendliche davongerannt. Zuerst hab ich mir nix dabei gedacht, aber als ich die aufgebrochene Tür gesehen hatte, wusste ich, warum die davongelaufen sind.“
„Hast du sie wenigstens erkannt?“, fragte Kurt weiter.
„Du Kurt, das ging alles so schnell. Ich war ja gar nicht auf einen Einbruch vorbereitet. Wer denkt schon, dass am helllichten Tag jemand einbricht. Außerdem hatten die so Kapuzenpullis an und trugen Baseballmützen“, log er weiter. Mittlerweile sogar sehr überzeugend.
„Aha“, war alles, was Schalubka dazu sagte.
„Willst du Anzeige erstatten?“, fragte Steinhauser, um möglichst professionell zu wirken.
Schalubka überlegte. „Nein, wenn du, als Polizist, die nicht erkannt hast, bringt das eh nix.“
„Ja, das stimmt allerdings. Leider werden die wenigsten Einbrüche aufgeklärt“, stimmte Steinhauser zu.
„Dann kannst du ja wieder gehen“, meinte Schalubka. „Wenn was fehlt, meld ich mich.“
„Weil ich gerade zufällig da bin ...“, begann Steinhauser. Er hatte da noch einige Fragen, die ihm unter den Nägeln brannten. Und nach seiner Entdeckung waren noch weitere dazu gekommen. „... und zufällig dein verbeultes Auto gesehen habe … hätt ich da noch ein paar Fragen.“
Schalubka trat unruhig auf der Stelle. „Was denn für Fragen?“
„Der Schaden an deinem Auto ...“, Steinhauser deutete auf den Kotflügel, „ ...wo ist der denn her?“

Schalubka räusperte sich verlegen. „Ich bin wo dagegen gefahren."
„Und wo bist du dagegen gefahren?", bohrte Steinhauser nach. Dabei beobachtete er mit Besorgnis, wie sich Schalubkas Hände fester um die Rohrzange schlossen.
Schalubka wartete mit einer Antwort. „Irgendwo auf einer Baustelle."
Steinhauser klopfte auf den Kotflügel. „Kann es sein, dass du da in ein anderes Auto reingefahren bist?"
„Ach, wie kommst du denn da drauf" Schalubka kam unmerklich einen Schritt näher.
„Weil da Lack von einem anderen Auto dranhängt. Das seh ich auf den ersten Blick – Berufskrankheit", meinte Steinhauser und erinnerte sich an Breuer. „Zufällig war vor ein paar Wochen jemand bei mir und hat einen Unfall mit einem dunklen Auto gemeldet, das abgehauen ist."
„Und ich soll das jetzt gewesen sein, oder was?" Schalubkas Stimme wurde wieder schärfer.
„Das herauszufinden, ist die kleinste Übung", sagte Steinhauser, der mittlerweile bemerkt hatte, dass ihm Schalubka nähergekommen war. Instinktiv stellte er den alten Abstand wieder her und war darauf bedacht, dass das Auto immer zwischen ihm und dem Heizungsinstallateur war. „Ich nehm einfach ein paar Lackproben mit und ruck, zuck weiß ich, ob dein Auto in den Unfall involviert war."
„Und wenn ich das nicht zulasse?", fragte Schalubka spitz.
„Ich wüsste nicht, wie du das verhindern willst!"
„Ich wüsste schon, wie ich das verhindern kann!", hielt Schalubka dagegen.
Steinhauser ließ sich nicht beirren. Vor seinem geistigen Auge fügte sich langsam alles zusammen. „Der Unfall war am Erbsenhafen!", warf er dazwischen.
Schalubka blieb stehen. „Ich war nie am Erbsenhafen!" Seine Stimme wurde lauter.
„Ob dein Auto am Erbsenhafen war, werden mir die Lackproben verraten." Steinhauser löste unauffällig die Halterung seiner Dienstwaffe.
„Was soll ich denn da gewollt haben?", beharrte Schalubka weiter.
Steinhauser überlegte, wie er ihn jetzt aus der Reserve locken konnte, ohne dass er Amok lief. In seinem Kopf formte sich eine Theorie. Er riskierte es. „Am Abend, an dem wir die Uschi gefunden haben, und am Tag danach, da warst du mit deinem Transporter im Erbsenhafen!", begann er ihn mit seinen Gedanken zu konfrontieren. Auch wenn er und Strubinski nachts im

Schneetreiben nur einen Lichtkegel gesehen hatten, war er jetzt davon überzeugt, dass es Schalubka gewesen war.
„Blödsinn!", wiegelte der Heizungsinstallateur ab.
„Und ich kann dir auch genau sagen, was du da gesucht hast!" Schalubka schwieg. Steinhauser wartete einen Moment, bis er weitersprach. „Und zwar einen Fahrradhelm." Er deutete auf die Haken. „Dort fehlt nämlich einer. Und ich hab an der Jagdhütte im Erbsenhafen einen gefunden."
„Na und", sagte Schalubka gleichgültig.
„Ich bin mir sicher, dass der Helm, den ich gefunden habe, dir oder deiner Frau gehört", bohrte Steinhauser weiter.
„Schwachsinn!" Schalubka tippte sich demonstrativ gegen die Stirn. „Den kann dort jeder verloren haben."
„Stimmt!", bestätigte Steinhauser. „Aber um sicher zu gehen, können wir ja einen DNA-Abgleich mit den Haaren vom Helm und den Haaren von dir und deiner Frau machen. Dann wissen wir es ganz genau! Ich tipp ja eher auf deine Frau. Die hat keine schwarzen Haare, so wie du. Fragt sich nur, wie ihr Helm da hingekommen ist."
„Alles haltlose Beschuldigungen", sagte Schalubka trotzig. Sein Tonfall war jetzt nicht mehr so bestimmend. Er wirkte angeschlagen.
Steinhauser überlegte, wie er seine Theorie weiter festigen konnte. Da fiel ihm wieder ein, was ihm Stefanie alles mitgeteilt hatte. Er beschloss das Risiko zu erhöhen und setzte noch einen drauf. „Unter den Fingernägeln der Uschi wurden Hautpartikel sichergestellt. Die werden in den nächsten Tagen mit den Haaren im Helm abgeglichen. Außerdem haben wir Spermaspuren auf den Bettlaken sichergestellt. Ich bin mal gespannt, was da rauskommt, wenn das alles miteinander verglichen wird. Deine DNA, die deiner Frau, die Hautpartikel und was sonst noch so in der Jagdhütte gefunden wurde. Irgendeinen Treffer gibt es immer."
Schalubka schwieg. Er hatte Steinhauser fest im Visier. Sein Unterkiefer zuckte leicht. Die Rohrzange hielt er immer noch fest in der Hand. Es war ihm anzusehen, dass er seine Möglichkeiten abwog.
Steinhauser musste das Gespräch mit Schalubka aufrechterhalten. Nicht dass es durch zu langes Schweigen noch zu einer Kurzschlusshandlung kam. Er redete weiter. „Ich habe dich am Grab der Uschi gesehen", sagte er. Schalubka reagierte zunächst nicht. „Du hast da was reingeworfen! Was war das?", fragte er, auch wenn er es längst wusste. Aber er wollte versuchen, sein Gegenüber irgendwie zu einer Reaktion zu drängen. Die kam dann auch. Allerdings ganz anders, als er das erwartet hatte.

„Ich wollt das doch alles nicht!“, rief er verzweifelt, knallte die Rohrzange auf das Autodach und begann laut loszuheulen. Dabei gab er kaum zu verstehende Sätze von sich. „Daran ist nur der alte Sternberg schuld, das blöde Arschloch … die Uschi hätt mich ja auch in Ruhe lassen können … es war doch alles gut, so wie es war … aber nein, die Uschi muss ja wieder anfangen … die Britta kann da gar nix dazu ...“
Etwas verwirrt beobachtete Steinhauser, wie sich Schalubka auf die Motorhaube warf, mit den Armen wedelte und heulte. Nein, er heulte nicht. Er flennte wie ein Baby. Steinhauser beobachtete das Schauspiel eine Weile, und als sich Schalubka etwas beruhigt hatte, ergriff er wieder das Wort. „Ich lieg richtig, stimmt´s?“, fragte er vorsichtig.
Sofort heulte Schalubka wieder los. „Du blickst überhaupt nicht durch!“, schluchzte der Heizungsinstallateur.
„Dann hör halt auf hier rumzuheulen und klär mich auf!“, forderte Steinhauser. „Was ist in der Hütte passiert? Dein Geflenn werte ich jetzt mal als ein Teilgeständnis, dass du und deine Britta was damit zu tun habt!“
Schalubka richtete sich auf. Seine Augen waren rot vom Heulen. „Ihr kriegt es ja eh raus, mit dem DNA-Zeug“, schluchzte er verzweifelt und bekam erneut einen Heulkrampf. Steinhauser verdrehte die Augen, wartete aber geduldig, bis er wieder ansprechbar war. Der Heizungsinstallateur setzte sich auf die Motorhaube. Steinhauser stellt sich vor ihn.
„Also, Kurt“, wirkte er beruhigend auf ihn ein. „Was ist passiert?“
Schalubka schniefte noch einige Male. „Alles fing vor ein paar Jahren an“, wollte er zu erzählen beginnen, doch Steinhauser unterbrach ihn. Er hatte noch eine Frage.
„Ist es für dich in Ordnung, wenn ich das Gespräch auf Band aufnehme?“, er wedelte mit seinem Smartphone. Von Strubinski konnte er noch etwas lernen, was er allerdings niemals zugeben würde.
„Auf Band?“, wunderte sich Schalubka.
„Ja … natürlich nur im übertragenen Sinne auf Band … du weißt schon. Die neuen Wischdinger haben natürlich kein Band, aber einen Chip. Also ... ist es in Ordnung, wenn ich das Gespräch auf … Chip aufnehme?“
Schalubka überlegte.
„Später musst du eh noch mal alles zu Protokoll geben“, schob Steinhauser hinterher.
„Ach, was soll´s. Von mir aus“, stimmte Schalubka zu.
„Sehr gut“, freute sich Steinhauser. „Also, wie war das jetzt … mit der Uschi und dir?“

„Wie schon gesagt: Alles fing vor ein paar Jahren an", begann Schalubka erneut. „Ich hatte lang keinen Kontakt mehr zur Uschi. Dann kam sie völlig unerwartet auf mich zu und bat mich, die Wasserleitungen in der Jagdhütte zu installieren."
„Warum hattet ihr lang keinen Kontakt?" hakte Steinhauser sofort nach. „So groß ist der Sinngrund nun auch wieder nicht. Wart ihr nicht mal ein Paar?", fragte er vorsichtig.
„Ja, das waren wir", seufzte er. „Aber das ist lange her. Woher weißt du das überhaupt?"
„Ich bin Polizist", gab er zunächst lässig zurück, korrigierte sich aber gleich wieder. „Meine Schwester war mit euch in der Schule."
„Ja genau, das ist richtig", stimmte er zu. „Die Monika. Die hat´s mit ihrem Doktor auch gut erwischt."
„Naja, Ansichtssache", winkte Steinhauser ab.
„Wieso?"
„Hast ja Recht. Hätte schlimmer kommen können", bestätigte er schnell. Über die Vorndrans wollte er jetzt wahrlich nicht reden. Schnell wechselte er wieder das Thema. „Und bei den Installationen in der Jagdhütte seid ihr euch wieder nähergekommen? Du und die Uschi."
„Ja, das kann man so sagen", seufzte er.
„Die Uschi, das war deine erste Liebe, oder?"
„Ja, das war sie", sagte er wehmütig und fing an, in der Lagerhalle umherzulaufen.
„Und warum ist nix aus euch geworden?", fragte Steinhauser, nahm das Handy, lief ihm hinterher und hielt es ihm unter die Nase. „Die Monika hat mir erzählt, dass ihr unzertrennlich gewesen wart."
Schalubka sagte zunächst nichts, dann zuckte er nur mit den Schultern. „Hat halt nicht gepasst", meinte er und versuchte dabei gleichgültig zu wirken, was ihm aber überhaupt nicht gelang.
„Oder lag´s am alten Sternberg?", fragte Steinhauser nach. „Der soll ja sehr über seine Uschi gewacht haben … hab ich gehört."
„Von Monika?"
„Ja. Sie hat gemeint, der alte Sternberg war nicht so ... glücklich, dass die Uschi mit dir zusammen war."
Schalubka winkte ab. „Dem wär keiner recht gewesen, für seine Uschi. Wir mussten uns immer heimlich treffen. Das Arschloch hat die Uschi nicht aus den Augen gelassen. Die konnt nirgends hin, ohne dass er aufgetaucht ist. Und wehe, der Uschi kam jemand zu nahe. Dann ist er aus-

geflippt. Da kam´s schon mal vor, dass der eine oder andere den Frack voll gekriegt hat, wenn er zur falschen Zeit am falschen Ort war. Der alte Sternberg war ein totaler Psycho."
„Gab wohl öfter Zoff mit dem alten Sternberg, oder?"
„Dauernd! Die Uschi hatte total Angst vor ihrem Alten!"
„Und warum seid ihr nicht weg, als ihr älter wart?"
„Den alten Sternberg hätte niemand verlassen! Der hatte damals seine ganze Familie tyrannisiert. Wenn er gesoffen hatte, war´s am schlimmsten. Ich hab das mal mitbekommen, wie er seine Frau und die Uschi angeschissen hat. Ich dacht erst, der klopft die windelweich. Der Typ war ein totaler Choleriker. Da gab´s öfter mal ne Schelle." Schalubka wedelte mit den Armen. Steinhauser musste aufpassen, dass er ihm das Handy nicht aus der Hand schlug.
„Hör mal auf so herumzuwedeln und bleib mal stehen", sagte Steinhauser. Das ständige Hinterherlaufen machte ihn wahnsinnig. Schalubka gehorchte und lehnte sich an das E-Bike. „Hatte er seine Frau und die Uschi geschlagen?"
„Die Uschi hatte er angeblich nie geschlagen, zumindest hatte sie das immer behauptet. Ich hab´s aber nie richtig geglaubt, weil sie mich manchmal Tage lang nicht sehen wollte. Seine Frau musste öfter mal was einstecken."
„Warum habt ihr euch nicht gewehrt? Die Polizei eingeschaltet?"
„Haben wir doch!"
„Die Polizei eingeschaltet?", fragte Steinhauser nach.
Schalubka zögerte zunächst mit einer Antwort. „Nein, das nicht", sagte er schließlich. „Ich hab den Alten zur Rede gestellt. Die Uschi hatte mir gesagt, dass er nach Obersinn kommt, um sich ein Stück Wald anzusehen, das er kaufen wollte. Da hab ich ihn abgepasst, bin ihm bis in den Wald hinterhergefahren und hab ihn zur Rede gestellt."
„Und, was hat er gesagt?"
„Nix!"
„Wie, nix?", wunderte sich Steinhauser.
„Ausgelacht hat er mich, das Arschloch!"
„Nur ausgelacht?"
Schalubka lachte laut auf. „Von wegen, nur ausgelacht! Die Nase und zwei Rippen hat er mir gebrochen. Die Sau hat mir einfach eine reingehauen, ohne Vorwarnung! Und wenn er mich noch mal bei der Uschi sieht, bricht er mir jeden Knochen in meinem jämmerlichen Leib, hat er gesagt. Ich soll

bei meinesgleichen bleiben, hat er gesagt. Ja, meine Eltern hatten damals von Sozialhilfe gelebt. Aber ich nicht! Ich bin immer arbeiten gegangen! Da ist mir der Kragen geplatzt und ich bin auf ihn losgegangen. Aber der alte Sternberg war ein Tier. Ich hatte keine Chance. Wenn der Diehl nicht gekommen wär, ich glaub, der hätt mich umgebracht."
„Bernhard Diehl?", fragte Steinhauser überrascht.
„Ja, dem hat er den Wald abgekauft. Kennst du den Diehl? Auch irgendwie ein schräger Vogel."
„Nur flüchtig" meinte Steinhauser. „Und wie ging´s dann weiter?"
„Als der Diehl gekommen ist, hat er aufgehört und ich hab mich davongemacht."
Steinhauser hatte durchaus Mitgefühl für Schalubka. „Aber nachdem der alte Sternberg verunglückt war, stand euch doch niemand mehr im Weg. Warum wurd´s nix mit der Uschi und dir?", wunderte er sich.
Schalubka zögerte. In diesem Augenblick piepte es. Beide schauten sich verwundert an. „Scheiße, mein Akku ist leer", stellte Steinhauser entsetzt fest. „Ladekabel hab ich auch keins dabei. Hast du ein Ladekabel?", wandte er sich an Schalubka.
Der betrachtete Steinhausers Smartphone. „Ich hab ein anderes Telefon."
„Auch gut, dann nehmen wir jetzt deines."
Schalubka schaute verwirrt. „Mein Telefon? Du willst, dass ich unser … Gespräch ... mit meinem Telefon aufnehme?"
„Ja, ist ja auch irgendwie dein Gespräch. Da ist es doch nur fair, wenn wir auch dein Telefon nehmen, oder?
„Du bist vielleicht ein Kommissar. Nicht sehr professionell."
„Wie kommst du darauf, dass ich ein Kommissar bin?", fragte Steinhauser interessiert.
„Deine Mutter hat mir erzählt, dass du eigentlich bei der Kripo in Würzburg arbeitest. Ermittler oder so was."
„So, hat sie das?"
„Ja, hat sie. Und weil du deinen Job so gut kannst, wurdest du für das Projekt „Mehr Sicherheit auf dem Land" ausgewählt und nach Burgsinn versetzt", hat sie auch gesagt.
Steinhauser musste unbedingt mit seiner Mutter über ihr Mitteilungsbedürfnis reden.
„Naja, was soll ich sagen. Es kann schon mal passieren, dass ein Akku leer wird", kam er zurück zum Thema. „Können wir jetzt dein Telefon nehmen oder muss ich es konfiszieren?"

„Ich kann´s ja eh nicht verhindern“, gab Schalubka nach und reichte es Steinhauser.
„Mach mal das Diktiergerät an“, forderte er Schalubka auf. Der verdrehte die Augen, folgte der Anweisung, und legte das Telefon auf die Motorhaube. Sie setzten sich wieder daneben.
„Also, warum wurd´s nix mit der Uschi und dir, nachdem der alte Sternberg tot war?“, griff Steinhauser seine letzte Frage auf.
„Das ist kompliziert.“
„Macht nix. Ich hab Zeit“, meinte Steinhauser und warf einen Blick auf das Handy von Schalubka. „Dein Akku ist auch voll.“
Schalubka holte mehrmals tief Luft. Er wog seine Worte ab, dann fuhr er fort. „Ich hab zu dem Zeitpunkt Kfz-Mechaniker gelernt.“
„Zu welchem Zeitpunkt?“ Steinhauser wollte es genau wissen.
„Als der alte Sternberg verunglückt ist“, sagte Schalubka.
Steinhauser versuchte sich zu erinnern, wann das gewesen war und rechnete grob nach.
„Aber da warst du doch schon … Anfang zwanzig?“, wunderte er sich.
„Ja, ich hatte nach der Schule in Gemünden eine Lehre begonnen, hat aber nicht gepasst. Also hab ich hingeschmissen. Dann hab ich erst mal eine Weile etwas … gejobbt.“
„Also nix Festes?“
„Ich war nie auf dem Arbeitsamt, falls du das meinst“, stellte Schalubka klar. „Jedenfalls ist mir das ständige Hin und Her mit der Uschi und ihrem Alten ganz schön auf die Nerven gegangen. Mal waren wir zusammen, mal nicht. Dann immer diese geheimen Treffen. Da hatte ich halt irgendwann keine Motivation mehr zu einer Lehre. Später hat dann der Mehrhold jemanden gesucht und mir noch mal ne Chance gegeben. Also hab ich noch mal ne Kfz-Lehre begonnen.“
„Der Mehrhold hat dir eine Chance gegeben?“, wunderte sich Steinhauser.
„Ja“, bestätigte Schalubka. „Der hatte einen Mechaniker für die Werkstatt seiner Frau gesucht, der Geizkragen. Der war ja damals noch Lehrer und hatte die Witwe vom Brummer geheiratet. Der Brummer war doch so früh gestorben und der Mehrhold hatte überhaupt keine Ahnung von dem Geschäft. Hat er ja heut noch nicht. Aber einen auf Bürgermeister machen.“
„Alles klar, jetzt versteh ich“, meinte Steinhauser. „Der hatte also nur eine billige Arbeitskraft gesucht.“
„War mir doch egal. Ich wollte wieder was Festes, wegen dem Sternberg.“

„Aber die Lehre beim Mehrhold hast du nach dem tödlichen Unfall vom alten Sternberg auch abgebrochen, oder?", erinnerte sich Steinhauser, was er von seiner Schwester erfahren hatte.
„Wenn du schon alles weißt, dann kann ich ja jetzt ruhig sein, oder willst du weitererzählen?"
„Sorry, red weiter", entschuldigte sich Steinhauser.
„Nachdem mich der alte Sternberg zusammengeschlagen hatte, ist er mit dem Diehl im Wald verschwunden." Schalubka setzte an dieser Stelle wieder neu an, machte aber eine kurze Pause, als ob er seine Worte noch einmal überdachte. Dann redete er weiter. „Ich war natürlich stocksauer und ...", Schalubka brach den Satz ab.
„... und in deiner Ehre gekränkt", führte Steinhauser den Satz zu Ende.
„Ja, das auch", bestätigte er. „Ich bin dann zum Auto vom alten Sternberg und hab die Bremsschläuche angeschnitten."
Steinhauser war sich nicht sicher, ob er ihn richtig verstanden hatte. „Was hast du?", hakte er ungläubig nach.
„Ja, du hast richtig gehört! Aber ich hab die nur ganz wenig angeschnitten. Nicht durchgeschnitten! Echt nicht! Ich wollte dem Arschloch nur eins auswischen. Ich konnte ja nicht damit rechnen, dass der gleich in die Sinn rast und ersäuft. Geheult hab ich jedenfalls nicht. Und sonst auch keiner!"
„Mensch Kurt, weißt du, was du da sagst?" Steinhauser konnte es immer noch nicht glauben.
„Ja klar, weiß ich das. Glaubst du, ich bin stolz drauf", gab er zurück.
„Und, hast du´s der Uschi gesagt?", wollte Steinhauser wissen.
„Anfangs nicht. Ich dacht ja, dass die Polizei irgendwann darauf kommt, dass dem jemand die Bremsschläuche angeschnitten hatte. Aber da der alte Sternberg immer gern gesoffen hatte, wurde da gar kein Fass aufgemacht. Die Uschi war zunächst auch nicht sonderlich traurig, dass ihr Alter abgenippelt ist, dacht ich. Aber irgendwie wurd die immer komischer. Ich glaub, die war irgendwie abhängig von ihrem Alten."
„So was soll´s geben", meinte Steinhauser.
„Jedenfalls haben wir gestritten. Ich weiß gar nicht mehr warum. Und da hab ich ihr gesagt, dass ich die Bremsschläuche vom Auto ihres Alten angeschnitten hatte."
„Aber warum?" Steinhauser konnte sein Geständnis der Uschi gegenüber zunächst nicht nachvollziehen. Es wäre niemals herausgekommen.
Schalubka zuckte mit den Schultern. „Keine Ahnung. Wahrscheinlich wollte ich vor ihr prahlen. Ich weiß es auch nicht mehr. Jedenfalls ging das

voll in die Hose. Danach wollt sie nix mehr mit mir zu tun haben. Sie hat mir versprochen, es niemandem zu sagen, wenn ich aus ihrem Leben verschwinde. Die Uschi hat sich komplett von mir abgewandt, aber ihr Wort hat sie gehalten. Ich hatte dann keinen Bock mehr auf Autos und beim Mehrhold hingeschmissen. Später hab ich dann auf Heizung umgeschult und den Laden vom Ramires übernommen."
„Aber alte Liebe rostet nicht, oder?", fragte Steinhauser spitz. Er wusste zwar jetzt mehr über Schalubkas Beziehung zu Ursula Sternberg, aber immer noch nicht, was am Abend ihres Todes geschehen war.
Schalubka seufzte. „Ja, die Uschi. Die war schon ein heißer Feger. Trotz all ihrer Affären konnte sie mich auch nie vergessen. Erste Liebe halt. Beim Bau der Jagdhütte sind wir uns wieder nähergekommen. Aber es war nicht mehr so wie früher. Sie hat mir gesagt, dass sie mir im Nachhinein sogar dankbar war, dass ich die Bremsschläuche durchgeschnitten habe. Aber damals konnte sie das alles nicht einordnen. Ich hab sie von ihrem Alten befreit, aber das hat sie erst später erkannt. Und als ich die Britta geheiratet hab, hat sie gemerkt, wie sehr ich ihr fehle. All die Jahre … was für ein Scheiß. Sie wollte mich wiederhaben und das hat sie mir auch gezeigt."
„Aber jetzt ist die Uschi tot. Warum?"
Kurt überlegte lange, bevor er antwortete. „Wir hatten viele Jahre eine heimliche Beziehung und uns immer in der Jagdhütte getroffen."
„Hat es dich nicht gestört, dass sich die Uschi dort auch mit vielen anderen amüsiert hat?", fragte Steinhauser verwundert.
„Anfangs schon, aber die Deppen waren doch alle nur Mittel zum Zweck für die Uschi."
„Du hast alles gewusst, was die so getrieben und … geplant hatte, oder?" Steinhausers Verwunderung wurde immer größer.
„Ja, aber es hat mir nix ausgemacht. War für mich auch irgendwie spannend. Hier die Uschi … da die Britta. Es gab für mich keinen Grund, was daran zu ändern."
„Aber irgendwas hat sich geändert!", sagte Steinhauser mit einem gewissen Unterton. „Sonst wäre ich jetzt nicht hier."
Schalubka lachte ironisch. „Am besagten Abend auf der Jagdhütte kam mir die Uschi plötzlich mit Reue. Es täte ihr alles so leid. Sie wollte, dass ich die Britta verlasse. Aber ich wollte das nicht! Die Uschi wurde immer energischer, dann haben wir gestritten. Ich hab sie weggestoßen, sie ist gestolpert und auf die Kante vom Ofen geknallt. Ich wollte das nicht, aber

… es war ein Unfall, ein saudummer Unfall."
Steinhauser ließ sich mit seiner Antwort Zeit. Er ließ sich Schalubkas Geschichte noch einmal durch den Kopf gehen, hatte aber so seine Zweifel.
„Kurt, ich glaube dir, dass du die Bremsschläuche durchgeschnitten hast", sagte er. „Aber die Geschichte mit dem Unfall … das glaube ich dir nicht. Ich glaube, du verschweigst mir noch was."
„Quatsch!", gab er energisch zurück. „So war´s! Du hast ein Geständnis, was willst du denn noch?"
„Die Wahrheit", sagte Steinhauser. „Ich habe vor der Jagdhütte einen Fahrradhelm gefunden", erinnerte er Schalubka. „Und ich würde wetten, dass der deiner Frau gehört. Aber das wird spätestens der DNA-Test beweisen."
„Blödsinn!" Schalubka wurde wütend. „Es ist so passiert, wie ich es dir gesagt habe. Und nicht anders!"
„Ich denke, es war anders", sagte Steinhauser ruhig. „Ich bin davon überzeugt, dass ich dich und dein Auto im Erbsenhafen gesehen habe. Das erste Mal, als ich die Uschi gefunden hatte. Da war ich nämlich auf der Suche nach dem Christbaumzwicker und im Erbsenhafen habe ich das Licht von einem Auto gesehen, das weggefahren ist." Dass es Strubinski gewesen war, der den Lichtkegel entdeckt hatte, verschwieg er sicherheitshalber. „Das zweite Mal am Tag, nachdem ich die Uschi gefunden hatte. Da hast du wahrscheinlich das zweite Mal nach dem Fahrradhelm deiner Frau gesucht. Aber der scheiß Schnee und ich kamen dir jedes Mal dazwischen. Der Helm hätte überall liegen können. Zu dumm, dass ausgerechnet ich über ihn gestolpert bin."
„Ich war nicht im Erbsenhafen!", beharrte Schalubka weiter.
Steinhauser ließ sich nicht beirren. „Es gibt Zeugen, dass am Abend von Uschis Tod jemand mit einem Fahrrad im Erbsenhafen gewesen ist."
„Hannes, was willst du denn noch? Ich hab doch gestanden!"
„Die Wahrheit, verdammt noch mal!", schrie Steinhauser, stand auf und schlug auf das Autodach. „Wir fahren jetzt nach Würzburg. Die Kollegen von der Kripo werden schon rausbekommen, was da passiert ist. Die haben Spermaspuren, Hautreste unter den Fingernägeln der Uschi und die Haare aus dem Fahrradhelm! Mehr brauchen die nicht!"
Schalubka biss sich auf die Lippen. Er rang mit sich. „Ja, ich geb´s ja zu, die Britta hat rausbekommen, dass da wieder was läuft, zwischen der Uschi und mir", gestand er, sprang auf und ging ein paar Schritte in der Lagerhalle umher. Steinhauser war ganz Ohr. Er warf noch schnell einen Blick auf Schalubkas Handy. Der Akku hatte noch genug Energie. „Sie

war vor ein paar Wochen mit Freundinnen in Aura zum Essen gewesen. Auf der Rückfahrt hat sie gesehen, wie die Uschi in ihrem und ich in unserem Auto aus dem Feldweg unterhalb vom Auraer Berg gekommen sind. Da hat sie´s wohl geahnt."
„Und was geschah dann?" Steinhauser blieb hartnäckig.
Erneut wog Schalubka seine Worte ab. „Am besagten Abend hatte ich der Britta gesagt, dass ich zu einem Rohrbruch muss."
„Ein Rohrbruch?", hakte Steinhauser ungläubig dazwischen. „Was Blöderes ist dir nicht eingefallen?"
„Ja, war im Nachhinein vielleicht etwas einfallslos", gestand Schalubka. „Aber das ist doch jetzt egal!"
„Hast ja Recht. Wie ging´s weiter?"
„Ich hab die Uschi an ihrer Halle im Gewerbegebiet abgeholt, damit es keiner mitbekommt, und bin mit ihr zur Jagdhütte gefahren. Ich wollte ihr dort sagen, dass ich die Beziehung beenden werde. Aber irgendwie hab ich´s nicht fertiggebracht. Die Uschi war halt was Besonderes. Ich wollte mich aber auch nicht von Britta trennen. Die Britta hat wohl geahnt, dass ich zur Uschi in die Jagdhütte bin und ist bei der Kälte mit dem E-Bike hingefahren. Da lag noch kein Schnee. Jedenfalls stand sie plötzlich in der Hütte. Es kam zu einer Rangelei, ich hab die Uschi gestoßen, um die beiden Weiber zu trennen. Da ist sie gestolpert. Den Rest kennst du ja."
Jetzt wusste Steinhauser auch, warum von der Uschi kein Auto an der Jagdhütte gestanden war. Erneut ließ sich Steinhauser seine Worte durch den Kopf gehen. „Du wolltest dich von ihr trennen? Und dabei war die Uschi in Unterwäsche?"
Kurt zögerte, Steinhauser konnte sehen, wie es in seinem Hirn ratterte.
„Du wolltest erst mit ihr Schluss machen, nachdem du mit ihr gepoppt hast, oder was?", sagte Steinhauser kopfschüttelnd.
„Das ist nicht so einfach, wie du denkst!" Schalubka suchte nach den richtigen Worten. Fand aber keine. Was unter diesen Umständen durchaus verständlich war.
„Kurt, soll ich dir sagen, was ich denk?"
„Sag halt. Verhindern kann ich´s eh nicht."
„Ich denk, die Britta hat euch beim Vögeln erwischt und ist auf die Uschi losgegangen. Dann haben sich die Weib... die Frauen gekloppt und dabei ist die Uschi gegen den Ofen geknallt."
Schalubka winkte ab. „Was du denkst, ist mir egal. Es war so, wie ich es dir gesagt habe und nicht anders."

„Du hättest die Uschi nie so fest gestoßen, dass sie derart stürzt. Sie war und ist wahrscheinlich immer noch deine große Liebe. Und ob die Britta die Uschi gestoßen hat, das werde ich so oder so in Erfahrung bringen. Ich sag nur: Hautreste unter den Fingernägeln!"
Schalubka zog seine Jacke aus und krempelte seinen Pullover zurück. Zum Vorschein kamen einige tiefe Kratzer. „Die Hautreste sind in jedem Fall von mir! Die Britta wird dir genau das sagen, was ich dir zum Schluss gesagt habe. DNA von der Britta werdet ihr natürlich auch finden. Schließlich haben die sich ja gekloppt!"
„Dass ihr euch abgesprochen habt, ist mir schon klar. Aber das macht nix. Die Forensik wird ans Licht bringen, was passiert ist.", sagte Steinhauser gelassen.
„Hannes, ich bitte dich! Lass die Britta da raus! Die Hautreste sind von mir!"
Steinhauser zögerte. „Und warum sollte ich das?"
„Die Britta ist eine gute Frau. Sie ist das Beste, was mir je passiert ist. Ich hab´s nur lang nicht kapiert. Lass sie da bitte raus!"
„Ich muss die Wahrheit wissen, Kurt", blieb Steinhauser hart.
„Die Wahrheit. Die Wahrheit", regte sich Schalubka auf. „Ist die Wahrheit immer so wichtig? Willst du wissen, was die Wahrheit ist? Ich sag´s dir!"
„Ich höre!", forderte ihn Steinhauser auf.
„Die Wahrheit ist, wenn du die Britta jetzt verhörst, wird sie dir vermutlich sagen, was passiert ist. Lügen konnte sie noch nie. Die Wahrheit ist auch, dass ich dann das Leben von zwei Menschen versaut habe. Das von der Uschi und das von der Britta. Um den alten Sternberg tut´s mir nicht leid. War wahrscheinlich das größte Arschloch im ganzen Sinngrund. Um den hat keiner getrauert. Noch nicht mal seine Sippe. Da war kaum jemand auf der Beerdigung."
Steinhauser überlegte. „Kurt, das geht nicht!", sagte er entschieden. „Du kannst mir nicht das als Wahrheit verkaufen, was dir und deinem schlechten Gewissen am liebsten ist. Ich werd euch jetzt beide mit nach Würzburg nehmen!"
„Ich flehe dich an, lass die Britta da raus", bat er erneut. „Ich stell mich morgen und gestehe alles. Die Sache mit dem alten Sternberg und dass ich mich mit der Uschi gestritten und sie gestoßen habe. Mehr muss niemand wissen. Es ist meine Aufgabe, für das alles geradezustehen. Schließlich hab ich das alles in Gang gesetzt."
In diesem Moment ging die Tür der Lagerhalle auf und Britta betrat den

Raum. Schalubka sprang erschrocken von der Motorhaube. Beide Männer starrten sie an, aber keiner sagte etwas. Schließlich ergriff Britta das Wort. „Ich hab alles mitangehört“, sagte sie ruhig und ging auf ihren Mann zu. Sie gab ihm einen Klaps auf den Hinterkopf ... nein, eigentlich war es schon eine handfeste Ohrfeige ... von hinten halt. Kurt zog die Schultern hoch, gab aber keinen Laut von sich. „Und das Letzte, was ich will, ist, dass du noch einmal irgendetwas für mich machst!“
Jetzt wurde es spannend. Noch einmal kontrollierte Steinhauser den Akkustand von Schalubkas Handy – alles im grünen Bereich.
„Die Uschi, die Schlampe“, fuhr Britta fort. „Die hat mit ihrem Fötzchen gewedelt und der Kurt musste ja gleich draufspringen“, sagte sie und reichte Steinhauser einen Brief.
„Nein!“, schrie ihr Mann energisch und wollte dazwischen gehen, aber Steinhauser war schneller und schnappte sich den Brief.
„Was ist das?“, fragt er neugierig. „Glotz halt nei!“, schimpfte Schalubka und funkelte seine Frau wütend an. „Du kannst doch lesen, oder?“
Steinhauser las den Brief. Dabei behielt er Schalubka immer im Blick. Je weiter er kam, umso größer wurden seine Augen. Nachdem er fertig gelesen hatte, faltete er den Brief wieder zusammen und steckte ihn ein. „Ist das wahr? Du bist dem Benedikt Sternberg sein Vater?“
„Das hab ich doch auch nicht gewusst!“, verteidigte sich Schalubka. „Die Uschi hat einfach mein Sperma geklaut und den Vaterschaftstest machen lassen!“
Steinhauser zuckte mit den Schultern. „So was kann passieren.“
„Sie hat vor ein paar Wochen schon behauptet, dass der Benedikt mein Sohn ist, aber ich hab es ihr nicht geglaubt“, meinte Schalubka.
„Und mit mir wollte er nie Kinder haben“, beschwerte sich Britta. „Dabei hat er schon lange ein Kind.“
„Das habe ich doch nicht gewusst!“, verteidigte er sich erneut. „Als der Benedikt zur Welt kam, da waren wir doch schon lange nicht mehr zusammen!“
„Ach Kurt! Hör doch auf!“, ergriff Britta wieder das Wort. „So blöd kannst nicht mal du sein! Jeder Erstklässler weiß schon, dass es neun Monate dauert, bis ein Kind zur Welt kommt.“
Schalubka schaute in der Tat jetzt ziemlich blöd.
„Ich wusste, dass Kurt wieder bei ihr war“, Britta wandte sich an Steinhauser. „Ein Rohrbruch!“, sagte sie kopfschüttelnd und schlug ihrem Mann erneut gegen den Hinterkopf. „Für wie blöd hältst du mich eigentlich?“

Schalubka schaute verlegen zu Boden. Britta redete weiter. „Den Brief hab ich zufällig gefunden. Da war mir klar, dass er wieder zu ihr zurückwollte. Also hab ich mich aufs E-Bike gesetzt und bin bei Eiseskälte zur Jagdhütte gefahren. In ihrem Liebeswahn haben die nicht mal die Tür abgeschlossen. Wie die Karnickel sind sie aufeinander rumgehopst. Der Kurt wollte sie vor mir schützen. Die billige Schlampe hatte sich an ihm festgekrallt, aber ich hab sie ihm aus den Armen gerissen. Blöd war halt, dass sie dabei gestolpert und gegen den Ofen geknallt ist. War keine Absicht, aber leid hat sie mir nicht getan."

Frauen konnten zu Furien werden, das hatte Steinhauser schon mal gehört. Und das Funkeln in Brittas Augen sagte ihm, dass sie diesmal die Wahrheit sagte. Schalubka saß wie ein Häufchen Elend auf der Motorhaube und suhlte sich in seinem Selbstmitleid. „Und ich bin an allem Schuld", jammerte er kaum hörbar. Britta und Steinhauser verdrehten gleichzeitig die Augen.

„Dein Gewinsel ändert jetzt auch nichts mehr!", sagte Britta.

Eine unendlich lang erscheinende Weile schwiegen die drei. Steinhauser gingen viele Gedanken durch den Kopf, unter anderem auch die kaputte Heizung seiner Eltern. Da er der Polizist war, fühlte er sich dazu berufen, wieder das Wort zu ergreifen.

„Und was machen wir jetzt mit der Heizung?"

„Hä?", wunderte sich Schalubka. „Was für eine Heizung?"

„Na, die meiner Eltern."

„Was soll damit sein?"

„Wer repariert die denn jetzt, wenn ich euch festnehme? Die wohnen zurzeit bei mir und das kann auf keinen Fall so bleiben."

Britta und Kurt Schalubka schauten sich erst ungläubig an, dann fragend zu Steinhauser. „Hast du die Pumpe schon bestellt?" fragte der Polizist.

„Ja, gleich heute Morgen. Per Express", antwortete Schalubka.

„Und wann kommt die?"

„Morgen früh, wenn alles klappt."

„Gut, dann machen wir das jetzt wie folgt ...", erklärte Steinhauser. „Du reparierst morgen die Heizung meiner Eltern und übermorgen bring ich euch nach Würzburg zur Kripo."

„Hast du keine Angst, dass wir abhauen?", wunderte sich Schalubka und schaute verwirrt zu seiner Frau.

„Eigentlich müsst ich euch sofort festnehmen, aber ... ich hab da mal so viel Vertrauen in euch, dass ihr das nicht macht. Und außerdem, wo wollt

ihr denn hin?", gab Steinhauser zurück.
„Da hast du auch wieder Recht", gestand Schalubka ein. „Irgendwie bin ich froh, dass jetzt alles raus ist."
„Kannst du vielleicht noch kurz folgenden Satz ins Handy sagen: *Hiermit bestätige ich, Kurt Schalubka, dass diese Aussage freiwillig erfolgt ist, und dass ich im Vorfeld über meine Rechte aufgeklärt* wurde. Und vielleicht noch Datum und Uhrzeit von heute", bat Steinhauser.
„Aber das ist so nicht ganz richtig", meinte Schalubka vorsichtig.
„Gut, dann nehm ich euch halt doch sofort fest und der Vodder soll sich jemand anderen für seine kaputte Heizung such", sagte Steinhauser streng.
„Ne, lass mal", wehrte Schalubka ab, nahm das Handy und tat, was man ihm gesagt hatte. Anschließend gab er es wieder an Steinhauser zurück. Dieser hatte nun alles, was wichtig war, auf Band.
„Ihr gebt mir jetzt noch eure Personalausweise und gut ist. Nur zur Sicherheit. Auf einen Tag mehr oder weniger kommt es jetzt auch nicht mehr an."
Ganz korrekt war diese Vorgehensweise zwar auch nicht, aber die Schalubkas machten jetzt nicht den Eindruck, dass sie besser mit dem Strafgesetzbuch vertraut gewesen wären als Steinhauser. Also zog er es vor, diese Angelegenheit flexibel zu gestalten. Im Augenblick musste er an sich denken und da hatte es oberste Priorität, dass die Heizung seiner Eltern so schnell wie möglich wieder funktionieren würde. Die Einhaltung irgendwelcher Vorschriften war da weniger von Bedeutung. Besondere Situationen erfordern eben besondere Maßnahmen. Für die neue Hackschnitzelheizung, die Rudolf bauen wollte, musste sich sein Vater halt dann jemand anderen suchen.
„Und wann bekomm ich mein Telefon wieder?", fragte der Heizungsinstallateur wehmütig.
„Sobald ich alles auf mein Telefon überspielt habe und die Heizung meiner Eltern wieder läuft", sagte Steinhauser zufrieden. Da aus seiner Sicht jetzt alles geklärt war, sammelte er die Personalausweise ein und ließ die verdutzten Eheleute zurück.

Mit frischem Mut und neuer Motivation durch den zufälligen und völlig unerwarteten Ermittlungserfolg im Fall Uschi, für den er gar nicht zuständig gewesen war, hatte Steinhauser schon das nächste Ziel vor Augen – er

fuhr zu seinen Eltern. Die waren gerade in der Backstube beschäftigt. Aufräumen und vorbereiten für den nächsten Tag. Kai, ihr Auszubildender, und Sandra, die Aushilfe, waren auch noch da.
„Der Schalubka kommt morgen und tauscht die Pumpe aus, dann könnt ihr wieder nach Hause“, teilte er seinen Eltern mit.
„Gott sei Dank“, meinte Hildegard erleichtert.
„Wem sagst du das“, stimmte ihr Sohn zu.
„Wir sind dir wohl eine Last?“, fragte seine Mutter spitz.
„Nein, nein“, wehrte er ab. „So war das nicht gemeint. Ihr seid immer herzlich willkommen.“
„Ja, ja, schon recht“, gab sie beleidigt zurück. „Morgen bist du uns wieder los.“
Steinhauser sagte jetzt lieber gar nichts mehr. Alles, was er sagen würde, konnte und würde gegen ihn verwendet werden.
Dafür ergriff sein Vater das Wort. „Guck mal, was ich da hab“, meinte er, kramte einen Brief aus seiner Hosentasche hervor und gab ihn seinem Sohn. Der nahm ihn und überflog das Schreiben. Als er fertig war, sah er seinen Vater staunend an. Dann las er ein paar Zeilen daraus vor. *„Hiermit teilen wir Ihnen mit, dass wir nach erneuter, intensiver Prüfung den Bau einer Lagerhalle für Ihre Hackschnitzel genehmigen können.“*
Rudolf Steinhauser lachte laut. „Hat mein Besuch auf dem Bauamt doch was genutzt.“
Sein Sohn musste ebenfalls lachen, hatte aber gleich eine nicht so erfreuliche Nachricht für ihn. „Wahrscheinlich musst du dir einen anderen Heizungsbauer suchen.“
„Wieso?“, wunderte sich Rudolf.
„Ich glaub, der Schalubka wird für längere Zeit im Außendienst sein.“
„Warum im Außendienst?“, fragte Rudolf verwundert.
Steinhauser winkte ab. „Nur so ein Gefühl. Aber wahrscheinlich doch eher im Innendienst“, sagte er beim Gehen.

Am liebsten wäre Steinhauser direkt nach Gemünden gefahren und hätte Rappert die Lösung des Falls Ursula Sternberg präsentiert. Allerdings hätte er dann auch erklären müssen, warum er Beweismaterial unterschlagen, wichtige Informationen zurückgehalten und ohne Genehmigung ermittelt hatte, was ihm ja ausdrücklich untersagt worden war. So gerne er das auch gemacht hätte, es war nicht möglich, ohne mit weitreichenden Konse-

quenzen rechnen zu müssen. Bei Tagweih und Stefanie würde er auch keine offenen Türen einrennen, also blieb ihm nur zu hoffen, dass die Aktion mit dem Verhör keine so großen Wellen schlagen würde. Auch wenn es ihm nicht passte, hier musste er auf Weirich hoffen, aber da war er ganz zuversichtlich.
Quietschvergnügt und laut pfeifend kam Steinhauser kurz vor Feierabend wieder zurück auf das Rathaus nach Burgsinn. Als er Frau Schäflein sah, begrüßte er sie überschwänglich und schlenderte lässig in sein Büro.
„Sie habbe aber jetzt gute Laune“, stellte sie verwundert fest. „Heut Mittag hat das noch ganz anders ausgesehe.“
„Ach Frau Schäflein, wissen Sie ...“, winkte er lachend ab, „... man muss nach vorne schauen. Sie wissen doch, die Zeit heilt alle Wunden.“
„Die Zeit?“, wunderte sie sich. „Des is grad mal ein paar Stunde her.“
„Sag ich doch“, grinste er, holte seine Sachen und verschwand wieder.

Kapitel 28

Wie vereinbart, reparierte Schalubka am nächsten Tag die defekte Heizung. Zur Sicherheit fuhr Steinhauser nach Mittelsinn, um das Ganze zu überwachen. Sein Vater schaute dem Installateur ebenfalls über die Schulter. Nach einer Stunde war alles erledigt.

„So, das war´s dann. Ich bin fertig!“, sagte Schalubka.

„Sag mal, stimmt es, dass du die nächste Zeit im Außendienst bist?“, fragte Rudolf.

„Wieso Außendienst?“, wunderte sich Schalubka, und Steinhauser fielen alle Todsünden ein.

„Der Hannes hat gemeint, du hättest keine Zeit, meine Hackschnitzelheizung zu bauen, weil du demnächst im Außendienst bist und ich müsst mir einen anderen Heizungsbauer suchen“, erklärte Rudolf.

„Ja, der Kurt hat einen großen Auftrag in Würzburg an Land gezogen“, warf Steinhauser schnell dazwischen. „Stimmt doch, oder?“, wandte er sich an Schalubka. „Hast du mir doch gestern erzählt, … als ich dir die Werkzeugkiste gebracht habe.“

Schalubka schaute verwirrt. Steinhauser schaute ihn nickend an. „Würzburg!“, wiederholte er. „Schon vergessen?“

Jetzt begriff der Heizungsbauer. „Ja, ja“, stammelte er. „Großauftrag. Ich kann aktuell unmöglich abschätzen, wie lange das dauert.“

„Ja, das kann er unmöglich wissen“, pflichtete ihm Steinhauser bei.

„Was weißt du denn schon?“, schüttelte Rudolf den Kopf. „Dann baust du die Heizung halt, wenn du fertig bist.“

„Rudolf, ich würde sagen, ich fang erst mal in Würzburg an und wenn ich abschätzen kann, wie lange das dauert, geb ich dir Bescheid.“

„So machen wir das“, freute sich Rudolf.

Steinhauser war von Schalubkas Schlagfertigkeit beeindruckt. Besser hätte er es auch nicht ausdrücken können.

Steinhauser half Schalubka beim Aufräumen seiner Werkzeuge, während sein Vater wieder in der Backstube verschwand. „Habt ihr schon … gepackt?“, fragte er.

„Was denn packen?“, wunderte sich Schalubka.

„Naja, kann schon sein, dass die euch erst mal in Würzburg behalten“, erklärte Steinhauser.

„Aha“, war alles, was Schalubka dazu sagte.

„Ich hol euch in zwei Stunden ab“, sagte Steinhauser und übergab ihm wieder sein Telefon, das er gestern konfisziert hatte. „Die Zeit dürfte reichen, um das Nötigste einzupacken. So viel braucht ihr eh nicht, ist ja kein Urlaub.“
„Danke“, sagte Schalubka knapp, steckte sein Telefon ein, knallte die Hecktür zu und fuhr davon.

Exakt zwei Stunden später stand Steinhauser mit dem Polo seiner Schwester auf Schalubkas Firmengelände. Dort wurde er bereits erwartet. Britta und Kurt Schalubka standen mit zwei riesigen Rollkoffern und einer ebenso großen Reisetasche vor der Haustür.
„Kurt, ich hab doch gesagt, nur das Nötigste“, beschwerte sich Steinhauser, als er die Koffer sah. „Das Zeug krieg ich gar nicht ins Auto.“
„Aber wir wissen ja nicht, wie lange wir weg sind“, meinte Britta.
In der Regel würden beide zunächst in U-Haft genommen. Und wie lange die dauerte, wusste niemand. Aber das wollte Steinhauser jetzt nicht näher erklären.
„Da ihr ja keine kaltblütigen Killer seid und auch keine Fluchtgefahr besteht, ist gar nicht gesagt, dass ihr überhaupt in Würzburg bleiben müsst. Mit etwas Glück dürft ihr auch wieder nach Hause“, log er stattdessen, um sie nicht zu beunruhigen. „Habt ihr schon einen Anwalt?“, fragte er noch.
„Stimmt ja, wir brauchen auch einen Anwalt“, sagte Schalubka. „Kennst du einen?“, fragte er Steinhauser.
„Ich? Nein, aber den bekommt ihr in Würzburg, glaub ich zumindest“, meinte Steinhauser. „Es wäre aber gut, wenn ihr euer … Gepäck … etwas reduzieren könntet.“
„Auf keinen Fall pack ich wieder aus!“, blieb Britta hart. „Die Koffer bekommen wir schon ins Auto.“
„Ich hab auch schon mit ihr geredet. Nutzt nix“, meinte Kurt schulterzuckend.
Steinhauser holte tief Luft, dann öffnete er den Kofferraum. „Die Reisetasche kann ja noch auf die Rückbank, dann könnte es gehen.“
Die beiden Männer verstauten die Koffer. Aber wie Steinhauser es schon befürchtet hatte, war der Kofferraum zu klein. Mit einem Spanngurt fixierten sie die Heckklappe des Polos, die allerdings immer noch ein gutes Stück offen stand.
„Jetzt zieht´s halt hinten rein“, meinte Steinhauser. Anschließend quetschte

sich Britta mit der riesigen Reisetasche auf die Rücksitzbank. Als alles verstaut war, stellte Steinhauser die Heizung auf maximale Leistung und fuhr los. Britta wickelte sich in einen dicken Schal ein. Keiner sagte etwas, außer dem Moderator im Radio. Hinter dem Zollberg, wo der Sinngrund endete, lag kein Schnee mehr. Kurz vor Würzburg schaltete Steinhauser das Radio ab. „Eine Sache noch“, sagte er. „Könnt ihr der Kripo bitte sagen, dass ihr euch freiwillig bei mir gemeldet habt. Muss ja keiner wissen, dass ich euch mehr oder weniger überführt habe.“
„Und warum nicht?“, wunderte sich Kurt.
„Ach, nur so. Ich leg keinen Wert darauf, belobigt zu werden“, sagte er. Dass er keine Lust hatte, Rechenschaft abzuliefern, warum er Beweise unterschlagen und auf eigene Faust ermittelt hatte, mussten die beiden ja nicht wissen. „Außerdem kommt es immer besser an, wenn man freiwillig ein Geständnis ablegt. Und das habt ihr ja vor ... irgendwie.“
„Das ist echt nett von dir, danke“, meinte Kurt.
„Keine Ursache. Wisst ihr denn jetzt schon ... welche Wahrheit ihr der Kripo erzählen wollt?“, fragte Steinhauser.
Keiner der beiden sagte etwas, sie schauten sich nur kurz an.
„Ich kann euch nur raten, die richtige Wahrheit ... also die wahre Wahrheit zu sagen“, empfahl Steinhauser. „Über kurz oder lang fliegt ihr eh auf.“
„Die Britta will eh nicht, dass ich alles auf mich nehme“, sagte Kurt und warf ihr über die Schulter einen kurzen Blick zu. Sie schaute weg. Bis zu ihrem Ziel sagte keiner mehr etwas.
Steinhauser fuhr auf das Gelände der Polizeiinspektion Würzburg-Land, wo auch die Kripo untergebracht war, stellte das Auto ab und betrachtete etwas wehmütig das große Gebäude, in dem er zehn Jahre lang Dienst geschoben hatte. Einerseits freute er sich darauf, alte Kollegen zu treffen, andererseits war er auch etwas nervös. Wie würden sie reagieren, wenn sie ihn sahen? Einige Polizisten standen vor dem Gebäude und unterhielten sich, Dienstfahrzeuge kamen, andere fuhren davon. Es war ordentlich was los heute. Bevor sie ausstiegen, gab er den beiden ihre Personalausweise zurück. Zunächst schenkte ihnen niemand großartig Aufmerksamkeit. Das änderte sich allerdings schnell, als sie mit den beiden großen Rollkoffern und der riesigen Reisetasche zum Eingang liefen.
„Hey, Hannes. Was machst du denn hier?“ Einer der ehemaligen Kollegen hatte ihn erkannt. „Habt ihr was Bestimmtes vor?“, frage er mit Blick auf die Koffer.
„Servus, Flo“, grüßte er zurück. „Das ist eine lange Geschichte und glaube

mir, die willst du nicht hören", winkte er ab. „Ich liefer die zwei nur ab."
Steinhauser führte Britta und Kurt ins Gebäude. Sie quetschten sich mit dem Gepäck in den kleinen Aufzug und fuhren direkt in den zweiten Stock zur Kripo.
„Hallo Hannes, schön dich mal wieder zu sehen", begrüßte ihn dort eine Polizistin. Sie war eine Kollegin von Stefanie. „Kann ich euch helfen?", fragte sie mit verwundertem Blick auf die Schalubkas und ihre Koffer.
„Hallo Jutta", sagte Steinhauser „Ist der Tagweih da?"
„Ich schau mal", sagte sie und verschwand in einem der zahlreichen Büros.
Es dauerte eine Weile, dann kam sie mit dem Kriminalhauptkommissar zurück. Marek Tagweih, der große, schlanke Mann, trug eine elegante Hose, Hemd und ein lässiges Jackett. Alleine, wie er auf die drei zugelaufen kam, spürte Steinhauser die Autorität dieser Respektsperson. Auf dem Fuß folgte ihm Stefanie. Er winkte und sie lächelte zurück.
„Herr Steinhauser? Sie, hier?", wunderte sich Marek Tagweih.
„Ich habe hier jemanden für Sie." Steinhauser deutete auf die Schalubkas. „Darf ich vorstellen, Britta und Kurt Schalubka."
Tagweih musterte beide von oben bis unten. „Wollen Sie hier einchecken, oder was? Wenn Sie ein Hotel suchen, dann sind Sie hier falsch", gab er spitz zurück.
„So ähnlich", warf Steinhauser dazwischen. „Die zwei gehen davon aus, dass sie länger bei euch bleiben müssen."
Jetzt verstand der Kriminalhauptkommissar gar nichts mehr. „Wollen Sie mich verarschen?", sagte er entschieden. Humor war eindeutig nicht seine Stärke.
„Die beiden haben wichtige Informationen zum Fall Ursula Sternberg", meinte Steinhauser. „Wenn Sie aber schon wissen, wer für ihr Ableben verantwortlich ist, dann kann ich die zwei ja auch wieder mitnehmen. Soweit ich weiß, tappt ihr immer noch im Dunkeln."
„Wie kommen Sie darauf, dass wir im Dunkeln tappen?", fragte Tagweih scharf und warf Stefanie einen strengen Blick zu. „Haben Sie etwa ..."
„Nein, hat sie nicht!", sagte Steinhauser schnell und energisch. „Die Elisabeth Sternberg hat mir gesagt, dass die Kripo auf der Stelle tappt und immer noch null Ahnung hat, wer das ihrer Tochter angetan hat", fiel ihm noch ein.
Tagweih sagte aber nichts. Stefanie warf Steinhauser einen dankbaren Blick zu. Bevor ihr Chef etwas sagen konnte, ergriff sie schnell das Wort

und wandte sich an die Schalubkas. „Ihr habt Informationen zum Fall Sternberg?“, fragte sie.
„Ja, haben sie“, bestätigte Steinhauser anstelle der Schalubkas. Die beiden nickten nur verlegen. „Ich kann aber nicht sagen, was für Informationen“, versicherte er noch. „Die zwei kamen heute zu mir, mit gepackten Koffern, und haben gesagt, dass sie eine Aussage machen möchten. Aber mir wollten sie nix erzählen.“
Tagweih räusperte sich. „Gut, wenn das so ist, dann kommen Sie bitte mit“, wandte er sich an die Schalubkas. „Aber die Koffer, die ... die müssen hier bleiben.“
„Ich lasse meine Kleider nirgendwo stehen!“, sagte Britta entschlossen. „Am Ende werden sie noch geklaut!“ Tagweih schaute verwirrt zwischen Steinhauser, Stefanie und den Schalubkas hin und her.
„Dann nehmen Sie die Koffer halt mit“, ergriff Stefanie die Initiative und führte sie in ein Zimmer. Tagweih zögerte kurz, dann folgte er ihr.
Kurz bevor Steinhauser ging, kam Stefanie noch einmal zu ihm. „Wir sehen uns an Silvester“, sagte sie, gab ihm schnell einen Kuss und verschwand wieder. Das hatte sie früher nie gemacht. Erfreut und überrascht schaute er ihr hinterher. Auch wenn er es niemals zugeben würde, der Yoga-Kurs hatte einen bedeutenden Anteil daran, dass ihre Beziehung so gut lief wie noch nie. Es könnte aber auch an der räumlichen Trennung liegen. Aber nur vielleicht. Steinhauser entschied sich dazu, dass es eine Mischung aus beidem war.
Beim Verlassen der Polizeidienststelle klingelte sein Diensthandy. Da es nur einen gab, der die Nummer kannte, konnte es nur einen geben, der ihn anrief. Er zögerte, nahm den Anruf dann aber doch entgegen.
„Steinhauser, wo treiben Sie sich denn schon wieder rum?“, krakeelte Rappert. „Sie waren heute noch keine Minute auf dem Rathaus! Können Sie mir das erklären?“
„Ich habe Zeugen im Fall Ursula Sternberg zur Kripo nach Würzburg gebracht“, sagte er knapp.
„Was haben Sie? Zeugen nach Würzburg gebracht?“
„Ja“, bestätigte er zähneknirschend. Steinhauser dachte, er hätte seinem Chef klargemacht, dass er es nicht leiden konnte, wenn dieser ständig nachfragte und er alles wiederholen musste, was er vorher schon einmal gesagt hatte. Aber er hatte jetzt keine Lust, darüber zu diskutieren. Ändern würde sich wahrscheinlich eh nichts. Rappert hatte seine Marotten und mit denen musste er eben klarkommen.

„Und warum haben Sie die Zeugen nicht zu mir gebracht?“, wollte er aufgebracht wissen.
„Weil die zur Kripo wollten und nicht zu Ihnen!“
„Aha“, gab Rappert beleidigt zurück. Danach war es kurz still in der Leitung. Steinhauser dachte schon, das Gespräch sei beendet, als sich sein Chef doch noch einmal zu Wort meldete. „Wie weit sind Sie eigentlich mit dem Christbaumzwicker?“
Steinhauser holte tief Luft. Am liebsten hätte er ihm die Meinung gegeigt, verkniff es sich aber. „Herr Rappert“, sagt er entschieden. „Nächstes Jahr werde ich die Ermittlungen wieder aufnehmen! Ich gehe mal davon aus, dass der Täter jetzt erst mal Pause macht. Und außerdem gibt es im Sinngrund Schlimmeres, was bis heute nicht aufgeklärt ist!“ Steinhauser dachte gar nicht daran, Weirich zu verpfeifen. Er hatte mehr davon, wenn er gegen ihn ein kleines Druckmittel in der Hand hatte. Gleiches galt für die Gemeinderäte. Man weiß ja nie, für was die Videos noch gut sind. Bevor Rappert noch etwas sagen konnte, drückte er ihn weg. Steinhauser wartete einen Moment, aber da sein Chef ihn nicht mehr anrief, steckte er das Telefon weg. Zufrieden mit sich und der Welt, machte sich Steinhauser auf den Heimweg. Spätestens jetzt wusste er, wo er hingehörte. Er steuerte direkt das Grab von Ursula Sternberg an. Ein Blumenmeer und unzählige Kränze zierten die Grabstätte. Steinhauser ging einen Moment in sich, dann schaute er sich um. Ein paar Gräber weiter sah er einen Spaten, holte ihn, schaffte die Blumen auf die Seite und grub ein Loch. Als es ihm tief genug war, holte er die Schachtel mit den Ringen hervor und warf sie hinein. Während er das Loch wieder verschloss, nahm er sich vor, gleich morgen Frau Schäflein vom Schreiben der Berichte zu befreien. Seine illegale Arbeit als selbsternannter verdeckter Ermittler war erledigt.

Kapitel 29

An Silvester wollte Steinhauser eigentlich zu Hause bleiben und sich auf die Party am Abend mit den Strubinskis, den Holzingers und Stefanie vorbereiten. Aber ein nicht sonderlich aufmunternder Anruf von Horst Mehrhold zwang ihn zu reagieren. Der hatte ihn nämlich nach Absprache mit seinem Dienststellenleiter Rolf Rappert aufs Rathaus zitiert und wieder zum Winterdienst verdonnert.

„Wenn ich mit Streuen fertig bin, dann werd ich dem Berthold Fritsch erst mal einen Besuch abstatten", schimpfte Steinhauser im Beisein von Frau Schäflein. „Wollen doch mal sehen, wie lange der noch krank ist, wenn ich ihn mir zur Brust genommen habe!"

„Da freut sich der Berthold bestimmt, wenn er Besuch bekommt", meinte Frau Schäflein.

„Wenn der mich sieht, wird er garantiert nicht besonders begeistert sein!", sagte Steinhauser aufgebracht.

„Des glaub ich net, der freut sich bestimmt."

Das sah Steinhauser anders. „Spätestens, wenn ich ihn von seinem Sofa aufgescheucht habe, ist es vorbei mit der Freude."

„Ach, Sie wisse des noch gar net?", wunderte sich Frau Schäflein.

„Was weiß ich nicht?", wollte Steinhauser wissen.

„Der Berthold ist beim Streuen die Kirchraintreppe runnergefalle und hat sich ein Bein gebroche", erklärte Frau Schäflein. „Der liegt in Lohr im Krankenhaus. Habbe Sie des net gewusst?"

Frustriert ließ sich Steinhauser in seinen Schreibtischstuhl fallen. „Jetzt weiß ich es!", seufzte er.

„Und danke noch mal, dass Sie die Berichte für Ihren Chef jetzt wieder selber schreibe. Der hat zuletzt an jedem Bericht was zu meckern gehabt."

„Keine Ursache, Frau Schäflein. Ich bin Ihnen sehr dankbar, dass Sie mich während meines … Einsatzes so unterstützt haben", sagte Steinhauser.

„Ist Ihr Einsatz beendet?"

„Ja, das ist er", gab er zurück und starrte an die Decke. Steinhauser erinnerte sich an die Mitschnitte des Gespräches zwischen Kurt, Britta und ihm. Am nächsten Tag, nachdem er die Schalubkas in Würzburg abgeliefert hatte, bekam er einen Anruf von Stefanie. Sie teilte ihm die Neuigkeiten mit, die er bereits wusste und gehofft hatte zu hören. Da sich die beiden für die Wahrheit entschieden hatten, holte er sein Handy hervor und

löschte die Aufnahmen, die er dort abgespeichert hatte. Was er mit dem Fahrradhelm machen sollte, wusste er noch nicht. Entweder würde er ihn zurückgeben oder sauber machen und Stefanie schenken.
„Kann ich irgendwas für Sie mache?“, fragte Frau Schäflein.
„Nein“, gab Steinhauser zurück. „Ich geh jetzt streuen, heute Abend feiern und dann mach ich Yoga! Den Rest der Nacht und am 1. Januar den ganzen Tag Yoga! Und wenn ich damit fertig bin, schreibe ich ein Gedicht.“
„Yoga? Gedicht?“, wunderte sich Frau Schäflein.
Steinhauser erhob sich mit einem Lächeln. „Ja! Yoga und ein Gedicht“, bestätigte er und verließ das Rathaus zum letzten Mal in diesem Jahr…

Und hier noch etwas über mich, den Autor … wen´s halt interessiert

So, liebe Leserinnen und Leser, ich hoffe, Ihr hattet auch diesmal wieder jede Menge Spaß mit Johannes Steinhauser, seinen Freunden und den „Eingeborenen“ aus dem Sinngrund. Aus Gründen der Authentizität musste ich auch bei Nadelfieber hier und da auf die Umgangssprache zurückgreifen. Aber ich denke, jeder sollte verstanden haben, wie ich es gemeint hatte.

Ich möchte auch hier noch einmal ausdrücklich darauf hinweisen, dass alle Charaktere und die Geschichte in diesem Roman frei erfunden sind. Ähnlichkeiten mit Personen, die im Sinngrund leben, sind rein zufällig oder auch Einbildung. Auf keinen Fall wollte ich irgendjemandem zu nahe treten und falls sich doch jemand angesprochen fühlt, dann tut es mir leid. Zu ändern ist es aber jetzt nicht mehr.

Zurück zu meiner Person. Geschichten hatte ich schon immer geschrieben und mir mit der 6-teiligen Fantasybuchreihe „Elving“ einen Kindheitstraum erfüllt. Also, nur mal so am Rande … wer neben lustigen Krimis auch spannende Abenteuerbücher liest, dem kann ich Elving nur empfehlen – klar, was soll ich auch sonst hier schreiben.
Jedenfalls habe ich nach dem Abschluss meiner Elving-Reihe nach einer neuen Aufgabe gesucht. Und da ich wahnsinnig gerne lustige und etwas skurrile Bücher lese, unter anderem auch Krimis, bin ich auf die Idee gekommen Sinngrundkrimis zu schreiben. Dabei wollte ich Themen, die im Sinngrund allgegenwärtig sind, aufgreifen und eine lustige Geschichte mit schrägen Typen drumherum erzählen. Ich hoffe, es ist mir wieder gelungen. Wenn ja, dann kann man das auch gerne auf meiner Homepage kundtun.

Ach ja: Neben „Nadelfieber“ gibt es noch einen weiteren, sehr unterhaltsamen und lesenswerten Spessartkrimi:
„Sinngrundbauern“; ISBN 978-3-932717-58-1; Euro 14,90

Meine Homepage: www.elving.de
Meine Mailadresse: tino.filippi@online.de

Danksagung

Bedanken möchte ich mich bei:

Frank Mielke, der selbst Polizist ist (aber kein Kollege von Johannes Steinhauser). Er hat auch dieses Mal wieder meine Darstellung der Polizei geprüft, damit deren Methoden zumindest halbwegs der Realität entsprechen.

Julia Notkina, die auch bei diesem Buchprojekt das Cover nach meinen Ideen gestaltet hat.
Danke Julia, wir kommen bestimmt wieder mal nach Berlin.
www.julianotkina.de

Natürlich bei *Thomas Rüger*, meinem Verleger, der meine Bücher liest und es auch diesmal wieder möglich gemacht hat, dass meine Geschichte in Buchform erschienen ist. Danke Thomas, dass du immer so geduldig bist und mich tatkräftig unterstützt.

Dann wäre da noch die *Daniela*. Auch dir ein gaaaaanz liebes Dankeschön für dein Engagement!

Und nicht zuletzt bedanke ich mich von ganzem Herzen bei meiner besseren Hälfte *Kerstin*, die mir bei jedem Buchprojekt, ganz gleich wie verrückt es auch ist, Tag und Nacht mit Rat zur Seite steht, meine Texte immer und immer wieder liest und ihnen den letzten Feinschliff verpasst.

LESENSWERT! Die Bücher der Edition Knurrhahn:

Sechs Bände umfasst Tino Filippis Fantasyserie „Elving“:

Band 1: „Zurück in Firlana“ ISBN 978-3-932717-37-6; Euro 11,80
Band 2: „Aufbruch ins Ungewisse“ ISBN 978-3-932717-40-6; Euro 11,80
Band 3: „Die Nordspitze“ - ISBN 978-3-932717-42-0; Euro 11,80
Band 4: „Reise ohne Wiederkehr“ ISBN 978-3-932717-45-1; Euro 12,80
Band 5: „Die Stadt der Könige“ ISBN 978-3-932717-49-8; Euro 12,80
Band 6: „Die letzte Schlacht“ ISBN 978-3-932717-51-2; Euro 12,80

Krimis der Edition Knurrhahn

Tatort Fürth:
Ein pfiffiger Regionalkrimi mit dezent ironischem Unterton ist Elmar Vogts Roman **„Der Fall Zita S.“**
ISBN 978-3-932717-44-4; Euro 12,80

Kurz-Krimis mit Sonderermittlerin Iahel Nimoy zu Beginn des 20. Jahrhunderts präsentiert Elmar Vogts zweites Werk **„Der Fall des einsamen Goldfischs“**
ISBN 978-3-932717-48-2; Euro 12,80

Tatort Nürnberg:
Dieter Schneiders zweiter Roman – ein packender Nürnberg-Thriller: **„Angefüttert“.**

ISBN: 978-3-932717-30-7; Euro 11,80.

Tatort Erlangen:
Mit einem Toten an einer Erlanger Schule beginnt Astrid Schwabes Krimi **„Judiths Schal“**
ISBN 978-3-932717-34-5; 8,80 Euro

Weitere Bücher aus der Edition Knurrhahn

Kennen Sie die Literaturgruppe Mimikry? Lieben Sie Reizwörter? Lesen Sie **„Einer flog übers Gemüsefach”.**
ISBN 3-932717-00-7; Euro 10,-

Eine bunte Vielfalt an Kurzgeschichten vereinigt der „Mimikry“-Band **„Seltsame Begegnungen”.**
ISBN 3-932717-17-1; Euro 11,-

60 Autorinnen und Autoren schrieben einen Brief an Anne Frank: **„ich schreibe dir, weil auch ich mir frieden wünsche“**
ISBN 3-932717-22-8; Euro 9,90

Skurrile und witzige Kurzgeschichten vereinigt das „WördArtisten“-Buch **„Als der Java Wizard einen Koffer traf“.**
ISBN 3-932717-23-6; Euro 9,-.

40 jugendliche Autoren mit ihren Reizwortgeschichten finden sich in: **„Gib mir Fünf“**
ISBN 978-3-932717-33-8; 8,- Euro

Ein packender Roman ist das Erstlingswerk der blinden Autorin Danny P.: **„Süßer Wahnsinn“**
ISBN 978-3-932717-36-9; Euro 9,90

Neue witzige bis und tragikomische Vorfälle beschreibt R. Unterburger in: **„Müßiggang und Hirnschmalz“**
ISBN 978-3-932717-38-3; Euro 9,90

Eine hintersinnige Parabel ist G. Baum und K. Storck-Duvenbecks Werk **„Die Abweichung“**
ISBN 978-3-932717-39-0; Euro 8,90

Fatale Entwicklungen im familiären Umfeld beschreibt Astrid Schwabes Roman **„Jakobs Freundin“**
ISBN 978-3-932717-41-3; 9,- Euro

Der Auftakt einer neuen Fantasy-Serie ist das Debüt von Marion Klingelhöfer: **„Mara – Die Söhne Kordins“**
ISBN 978-3-932717-47-5; Euro 11,80

Eine Benefizanthologie zugunsten von Hawelti e.V. ist die Schulgeschichten-Anthologie **„Was bei mir wirklich hängen blieb …“**
ISBN 978-3-932717-55-0; Euro 12,-

Wenn die Erinnerungen Fangen spielen … Sabine Burkhardt teilt mit uns Gedichte, Prosa und Collagen: **„In der Kniebeuge des Windes“**
ISBN 978-3-932717-56-7; Euro 20,-